JUSTE CAUSE

SCORPION NOIR

DU MÊME AUTEUR
CHEZ LE MÊME ÉDITEUR

Le Voyayeur sans visage
Nuit de terreur

John Katzenbach

JUSTE CAUSE

SCORPION NOIR

Roman

PRESSES DE LA CITÉ

Titre original : *Just Cause*
Traduit par Jacques Guiod

ISBN 2-258-04080-9

Ce livre est dédié à ma mère ainsi qu'à la mémoire de trois hommes : V.A. Eagle, Wm. A. Nixon et H. Simons.

Celui qui combat des monstres doit prendre garde de ne pas devenir monstre lui-même. Et si tu regardes longtemps un abîme, l'abîme regarde aussi en toi.

Friedrich Wilhelm Nietzsche,
Par-delà le bien et le mal

L'enfer est pavé de bonnes intentions, pas de mauvaises.

George Bernard Shaw,
Maximes pour révolutionnaires

Remerciements

Je tiens à remercier mes amis Joe Oglesby du *Miami Herald* et Athelia Knight du *Washington Post* pour l'aide qu'ils m'ont apportée. Leurs suggestions ont énormément contribué à l'élaboration de ce manuscrit ; bien entendu, celui-ci n'aurait jamais pu être achevé sans le secours et la tolérance de mon épouse, Madeleine Blais, et de nos enfants.

WARNER BROS. PRESENTE
UNE PRODUCTION LEE RICH EN ASSOCIATION AVEC
FOUNTAINBRIDGE FILMS UN FILM DE ARNE GLIMCHER
SEAN CONNERY LAURENCE FISHBURNE
« JUSTE CAUSE » (JUST CAUSE) KATE CAPSHAW
BLAIR UNDERWOOD RUBY DEE ET ED HARRIS
MONTAGE WILLIAM ANDERSON, A.C.E. PRODUCTION DES DECORS PATRIZIA
VON BRANDENSTEIN DIRECTEUR DE LA PHOTOGRAPHIE LAJOS KOLTAI, A.S.C.
COPRODUCTEURS GARY FOSTER ANNA REINHARDT MUSIQUE
JAMES NEWTON HOWARD PRODUCTEUR EXECUTIF SEAN CONNERY
D'APRÈS LE ROMAN DE JOHN KATZENBACH SCENARIO DE JEB STUART
ET PETER STONE PRODUIT PAR LEE RICH ARNE GLIMCHER
STEVE PERRY REALISE PAR ARNE GLIMCHER

PREMIÈRE PARTIE

LES DÉTENUS

Quand vous décrochez la timbale, on vous raconte une blague : vous connaissez maintenant la première ligne de votre notice nécrologique

1

Un homme d'opinion

Le matin où il reçut la lettre, Matthew Cowart se réveilla seul et crut que c'était l'hiver.

Le vent du nord s'était levé peu après minuit; il paraissait vouloir repousser la nuit, maculant ainsi le ciel matinal d'un gris terne qui donnait de la ville une image trompeuse. Lorsqu'il quitta son appartement pour descendre dans la rue, il entendit le vent agiter les palmiers et entrechoquer leurs frondaisons comme autant d'armes de taille.

Il rentra la tête dans les épaules et regretta de ne pas avoir mis un pull sous son veston. Chaque année, il y avait quelques matinées semblables à celles-ci, promesses de grisaille et de bourrasques. La nature jouait un tour à sa façon, et les touristes de Miami Beach déambulaient en pestant sur les plages, emmitouflés dans leurs chandails. A Little Havana, les vieilles Cubaines endossaient de lourds manteaux de laine et maudissaient le vent, oubliant qu'en été elles portaient des ombrelles et maudissaient la chaleur. A Liberty City, les trous à rats des squats bruissaient sous le vent. Les camés grelottaient et se débattaient avec leur matériel. Mais, bientôt, la ville retrouverait la sueur et le poisseux qui la caractérisent.

Ça va durer un ou deux jours, se dit-il tout en marchant d'un pas rapide. Puis le Sud nous enverra son air chaud et nous oublierons bien vite tout ce froid.

Matthew Cowart était un homme qui ne faisait qu'effleurer la vie.

Les circonstances et le manque de chance l'avaient dépouillé de bien des oripeaux de cette maturité qui n'allait pas tarder à venir. Un divorce banal, qui l'avait coupé de sa femme et de sa fille, la mort brutale de ses parents; ses amis qui avaient pris des chemins différents avec carrières prometteuses, ribambelles d'enfants, traites pour la voiture et hypothèques sur la maison. Un moment, on avait bien tenté de l'inviter à des soirées ou des sorties, mais sa solitude grandissante et le plaisir apparent qu'il semblait y prendre mirent rapidement fin à toute proposition. Sa vie sociale se limitait aux pots organisés au bureau et aux échanges avec les commerçants. Il n'avait pas de petite amie et ne comprenait pas trop pourquoi. Il avait un appartement modeste dans un immeuble imposant qui dominait la baie depuis les années 50. Il l'avait rempli de vieux meubles, de bibliothèques chargées de romans policiers et de documents sur des enquêtes policières, de vaisselle bon marché mais pratique et de quelques gravures encadrées sans grand intérêt.

Parfois, il se disait que toute couleur avait quitté sa vie quand sa femme avait emmené leur fille. Pour s'occuper, il avait le sport – un jogging de dix kilomètres par jour dans un parc du centre-ville et, de temps en temps, un match de basket au YMCA – ainsi que son travail au journal. Il se sentait absolument libre et s'inquiétait d'avoir si peu besoin des autres.

Le vent soufflait toujours en rafales et malmenait les trois drapeaux accrochés au-dessus de l'entrée principale du *Journal* de Miami. Il s'arrêta un instant pour contempler le bâtiment trapu de couleur jaune. Le nom du journal s'étalait en énormes lettres au néon rouge. C'était une entreprise célèbre pour sa combativité et sa puissance. De l'autre côté, les bureaux donnaient sur la baie. On pouvait voir les vagues se briser sur les docks où l'on débarquait les énormes rouleaux de papier. Un jour qu'il mangeait seul un sandwich à la cafétéria, il avait vu une famille de lamantins s'ébattre dans les eaux pâles, à moins de dix mètres du bord. Leurs dos bruns crevaient la surface avant de disparaître sous les vagues. Il avait cherché quelqu'un avec qui en parler, mais n'avait trouvé personne; les jours suivants, il avait passé tous ses déjeuners à guetter les animaux dans le vert et le bleu des flots, mais il ne les avait pas revus. C'était cela qui lui plaisait, en Floride : cette région semblait arrachée à quelque jungle menaçant toujours de reprendre le dessus et de revenir à son état primitif. Le journal ne cessait de parler d'alligators de quatre mètres de long qui s'aventuraient sur les bretelles de l'autoroute et paralysaient le trafic. Il appréciait ce genre d'article : une bête des temps anciens qui vient défier le monde moderne.

Cowart franchit en toute hâte les portes battantes qui donnaient sur la salle de presse et adressa un signe de la main à l'employé de la réception à demi caché derrière son standard.

Près de l'entrée, un pan de mur était entièrement consacré aux plaques, citations et récompenses : toute une kyrielle de prix Pulitzer, Kennedy, Cabot, Pyle et de bien d'autres aux noms plus quelconques. Il s'arrêta devant les cases du courrier pour prendre celui du matin et jeta un coup d'œil rapide aux publicités habituelles et aux dizaines de coupures de presse, de déclarations politiques et de propositions qui arrivaient chaque jour de la délégation du Congrès, du bureau du maire, du bureau du responsable local et de diverses agences, et qui toutes le mettaient au courant de quelque événement digne de mériter la plus grande attention. Il soupira en pensant à l'argent gaspillé. Une enveloppe retint toutefois son attention. Il la mit à part.

C'était une enveloppe mince et blanche, sur laquelle son nom et son adresse étaient écrits en majuscules épaisses. La mention de l'expéditeur figurait dans un coin : c'était une boîte postale située à Starke, au nord de la Floride. La prison d'État, se dit-il immédiatement.

Il déposa cette lettre sur les autres et se dirigea vers son bureau, zigzaguant entre les tables et saluant au passage les quelques journalistes arrivés avant lui et déjà au téléphone. Il fit signe au responsable des nouvelles locales, qui lisait la dernière édition, les pieds posés sur son bureau, au beau milieu de la salle. Au fond, il y avait une porte marquée RÉDACTION. Il s'apprêtait à entrer dans son petit bureau quand une voix l'arrêta.

– Ah, le jeune Turc arrive bien tôt, à ce que je vois! Qu'est-ce qui te fait te pointer avant les hordes ? Les émeutes à Beyrouth t'ont perturbé ? Le programme de redressement du président te cause des insomnies ?

Cowart passa la tête entre deux panneaux de séparation.

– Salut, Will. En fait, je voulais appeler ma fille du boulot. Je te laisse les misères de ce monde.

Will Martin rit et rejeta la mèche blanche qui lui tombait sur les yeux. C'était plus le geste d'un enfant que celui d'un homme mûr.

– Vas-y, abuse de la générosité de notre canard bien-aimé. Quand tu auras fini, jette un œil sur la page locale. On dirait qu'un de nos juges intègres a fait une fleur à un de ses vieux copains qui conduisait en état d'ébriété. Tu devrais te lancer dans une de tes campagnes sur le thème « crime et châtiment ».

– On verra ça, dit Cowart.

– Il fait drôlement froid, ce matin. A quoi ça sert de vivre ici s'il faut se les geler pour venir bosser ? On serait aussi bien en Alaska.

– Pars donc en croisade contre le climat. On essaye toujours de faire pression sur les hautes sphères, non ? Pour une fois, elles nous écouteront peut-être.

– Tu as peut-être raison, dit Martin en souriant.

– Tu es l'homme de la situation.

– C'est vrai, reconnut Martin, je ne suis pas englué dans le péché, comme toi, et j'ai la cote avec le Tout-Puissant, ça peut servir.

– Uniquement parce que tu es plus près de le rejoindre que moi, lança son collègue dans un rugissement. Tu n'es qu'un négativiste, protesta-t-il en agitant le doigt. Probablement aussi un raciste, un sexiste, un pacifiste, tous les trucs en *iste*, quoi !

Cowart éclata de rire et se dirigea vers son bureau, où il déposa sa pile de courrier. L'enveloppe qu'il avait mise à part se trouvait sur le dessus. Il s'en empara tout en composant le numéro de téléphone de son ex. Avec un peu de chance, se dit-il, il les trouverait en plein petit déjeuner.

Il coinça le combiné contre son oreille. Il était en train d'ouvrir l'enveloppe quand la sonnerie retentit. Dedans, il ne trouva qu'une grande feuille de papier jaune de type administratif.

Cher monsieur Cowart,

Je suis dans le couloir de la mort et j'attends d'être exécuté pour un crime que JE N'AI PAS COMMIS.

– Allô ? (Il reposa la lettre.) Salut, Sandy, c'est Matt. Je voulais parler à Becky, rien qu'une minute. J'espère que je ne vous dérange pas.

– Bonjour, Matt. (La voix trahissait une certaine hésitation...) On allait partir, c'est tout. Tom doit arriver très tôt au tribunal, il va la conduire à l'école et... (Elle hésita.) Non, ça va. De toute façon, je voulais te parler de quelque chose. Ils vont bientôt partir, alors fais vite, d'accord ?

Il ferma les yeux. Comme c'était dur de ne pas participer à la vie quotidienne de sa fille. Il s'imagina en train de lui verser son lait au petit déjeuner, de lui lire une histoire, le soir, avant qu'elle s'endorme, de lui tenir la main quand elle était malade, d'admirer les dessins qu'elle rapportait de l'école. Il chassa son amertume.

– Bien sûr, je voulais seulement lui dire un petit bonjour.

– Je l'appelle.

Le combiné fut reposé sur la table. Pendant le silence qui suivit, Matt regarda les mots : QUE JE N'AI PAS COMMIS.

Il se rappela le jour où il avait rencontré sa femme, dans le bureau de presse de l'université du Michigan. Elle était de petite taille, mais son énergie contrastait avec sa stature. Elle étudiait le graphisme publicitaire et travaillait à temps partiel à la mise en pages ou à la correction d'épreuves. Elle rejetait en arrière ses lourds cheveux bruns et se concentrait à un point tel qu'elle entendait rarement la sonnerie du téléphone ou les blagues salaces qu'on lui lançait parfois. C'était une personne d'ordre et de précision, qui voyait la vie en dessinatrice. Fille d'un capitaine des pompiers tué en mission dans une petite ville du Midwest et d'une institutrice, elle adorait les biens matériels et ne pensait qu'au confort. Il la trouvait belle et se sentait intimidé par son désir; il fut surpris quand elle lui accorda un rendez-vous et, encore plus, quand, après plusieurs sorties, elle coucha avec lui.

Il s'occupait de la rubrique sportive; un vrai gaspillage selon elle. Des types pleins de muscles qui portent des tenues invraisemblables pour courir après des ballons, voilà comment elle voyait les choses. Il avait bien essayé de lui faire aimer le côté chevaleresque de ces affrontements virils, mais elle s'était montrée intransigeante. Peu après, on lui avait confié de vrais articles et il s'y était pleinement investi tandis que leur relation se consolidait. Il avait tant aimé ces heures interminables passées à traquer une histoire, à construire un récit. Elle l'avait suivi quand il avait eu son premier boulot dans un petit journal du Midwest. Une demi-douzaine d'années plus tard, ils étaient toujours ensemble. Le jour où elle lui avait annoncé qu'elle était enceinte, il avait reçu une offre du *Journal*. Il s'occuperait des procès en assises, elle donnerait le jour à Becky.

– Papa?

– Bonjour, mon poussin.

– Bonjour, papa. Maman dit que je ne peux te parler qu'une minute. Je pars à l'école.

– Il fait froid aussi chez toi? Mets un gros pull.

– Oui. Tom va m'en acheter un avec un pirate dessus, il est tout orange, c'est la couleur des Bucs. Je vais mettre mon pull et je vais aussi rencontrer des joueurs. Ils sont venus à un pique-nique qu'on avait organisé pour une œuvre de charité.

– C'est drôlement bien, dit Matt.

Quelle foutaise...

– Dis papa, les footballeurs, c'est des gens importants?

– Si on veut, fit-il en riant.

– Papa, ça ne va pas?

– Si, poussin, pourquoi?

– Eh bien, tu n'appelles jamais le matin.

– Ça m'a fait drôle de me réveiller sans entendre ta voix.

– Toi aussi, tu me manques, papa. Dis, on retournera à Disney World ?

– Au printemps, c'est promis.

– Papa, il faut que j'y aille. Tom me fait de grands gestes. Oh, tu sais quoi ? On a un club au lycée, ça s'appelle le Club des cent livres. On a une récompense quand on a déjà lu cent livres. Eh bien, je l'ai eue !

– Super ! Qu'est-ce que c'était ?

– J'ai eu une plaque avec mon nom et on fera une fête à la fin de l'année.

– Formidable. Et c'était quoi, ton livre préféré ?

– Oh, c'est facile, c'est celui que tu m'as envoyé, *Dragon malgré lui*. (Elle rit). Quand je le relis, je pense à toi.

Il rit aussi.

» Il faut que j'y aille, répéta-t-elle.

– Bon. Je t'aime, tu sais, tu me manques très fort.

– Toi aussi. Au revoir.

– Au revoir, dit-il à son tour, mais elle avait déjà reposé le combiné.

Il y eut quelques secondes de silence, puis son ex-femme prit le téléphone. Il parla le premier.

– Un pique-nique avec des footballeurs ?

Il avait toujours désiré haïr l'homme qui l'avait remplacé, le haïr pour ce qu'il faisait, du droit pénal, pour son allure saine et sa silhouette baraquée comme s'il passait des heures à soulever des haltères dans un gymnase ; il voulait l'imaginer cruel, amant déplorable, beau-père pitoyable, incapable de pourvoir au quotidien. Mais il n'était rien de tout cela. Peu après que son ex-épouse lui eut annoncé son mariage, Tom était descendu à Miami – sans la mettre au courant – afin de le rencontrer. Ils avaient pris l'apéritif et dîné ensemble. Le premier contact avait été difficile et la conversation laborieuse, mais, après la deuxième bouteille, l'avocat lui avait parlé avec franchise : il n'avait pas l'intention de le remplacer aux yeux de sa fille, mais il ferait tout son possible pour l'entourer de son affection et se faire aimer d'elle. Cowart l'avait cru. Il avait éprouvé une sorte de satisfaction, de soulagement, et il avait commandé une troisième bouteille de vin avant de reconnaître qu'il aimait bien son successeur.

– C'est le cabinet, ils sponsorisent une association caritative de Tampa, c'est comme ça que les footballeurs sont intervenus. Becky était très impressionnée, mais Tom ne lui a pas dit combien de matches les Bucs ont remportés l'année dernière.

– Normal.
– En tout cas, c'est certainement les types les plus costauds qu'elle a jamais vus. (Il y eut un blanc, puis elle reprit :) Et toi, ça va, à Miami ?
– On caille, et ça rend tout le monde complètement dingue. Tu sais ce que c'est, personne n'a de manteau d'hiver ni de chauffage à la maison. Tout le monde grelotte et devient à moitié fou, mais ça va passer. Moi, ça va, je me fonds dans le décor.
– Tu fais toujours des cauchemars ?
– Moins souvent. Je tiens le bon bout.
Il mentait plus ou moins et elle le devinerait, mais elle ne lui poserait plus d'autres questions à ce sujet. Il haussa les épaules. La nuit lui faisait horreur.
– Tu pourrais voir un psy. Le canard peut bien t'offrir ça.
– Pas la peine, je n'en ai plus fait depuis des mois.
Son mensonge était encore plus flagrant.
Il l'entendit prendre sa respiration.
– Qu'est-ce qui se passe ?
– Eh bien, fit-elle, il vaudrait mieux que je te le dise.
– Vas-y.
– Tom et moi allons avoir un enfant. Becky ne sera plus toute seule.
Il sentit la tête lui tourner, une douzaine de sensations et de sentiments contradictoires s'affrontèrent en lui.
– C'est bien, oui, c'est bien. Félicitations.
– Merci, mais tu ne comprends pas.
– Quoi ?
– Becky va faire partie d'une famille. Encore plus qu'avant.
– Ah oui ?
– Tu ne comprends donc pas ce qui va arriver ? Tu seras mis à l'écart. Du moins, c'est ce que je crains. C'est déjà dur pour elle que tu vives à l'autre bout de l'État.
Il eut l'impression de recevoir une gifle.
– Eh, ce n'est pas moi qui suis à l'autre bout de l'État, c'est toi, c'est toi qui as déménagé !
– C'est de l'histoire ancienne. Et puis, ajouta-t-elle après un instant, il va y avoir du changement.
– Je ne vois pas pourquoi... bredouilla-t-il.
– Écoute-moi. (Dans le ton de sa voix, quelque chose indiquait qu'elle avait bien préparé son discours.) Il y aura moins de temps pour toi. J'en suis sûre. J'y ai beaucoup réfléchi.
– Ce n'est pas ce qui était prévu.
– Un accord, ça peut se changer. Tu le sais aussi bien que moi.

– Il n'est pas question... commença-t-il, une nuance de colère dans la voix.

– De toute façon, l'interrompit-elle, je ne vais pas me prendre la tête maintenant. Nous verrons plus tard.

– Mais...

– Matt, je dois y aller. Je voulais que tu saches, c'est tout.

– Merci bien, c'est sympa.

– On en rediscutera plus tard, si tu penses qu'il y a matière à discussion.

– C'est ça, quand tu auras parlé aux avocats et aux assistantes sociales et que tu m'auras complètement débiné...

Il savait que ce n'était pas vrai, mais il ne parvenait pas à se débarrasser de cette pensée.

– Ce n'est pas de ta vie que l'on parle en ce moment, conclut-elle. C'est fini, ça. C'est de la mienne uniquement.

Elle raccrocha.

Tu as tort, se raisonna-t-il. Il contempla son petit bureau. Par une fenêtre, il aperçut le ciel gris ardoise qui pesait sur la ville. Puis ses yeux se posèrent à nouveau sur les mots terribles : QUE JE N'AI PAS COMMIS.

Nous sommes tous innocents, se dit-il. C'est le prouver qui est difficile.

Il essaya de chasser de son esprit la conversation qu'il venait d'avoir, prit la lettre et en poursuivit la lecture :

> *Le 4 mai 1987, je revenais de chez ma grand-mère, qui habite à Pachoula, dans le comté d'Escambia. A l'époque, j'étais étudiant à la Rutgers University de New Brunswick, dans le New Jersey, je terminais ma première année. J'avais passé plusieurs jours chez elle, quand le bureau du shérif m'a interrogé à propos d'un viol suivi d'un meurtre qui avait eu lieu à quelques kilomètres de chez ma grand-mère. La victime était blanche, je suis noir. Un témoin oculaire avait vu une berline Ford verte semblable à la mienne quitter l'endroit où la jeune fille avait disparu. Pendant trente-six heures d'affilée, on m'a retenu sans me donner à boire et à manger, sans me laisser dormir ou prendre contact avec qui que ce soit. Les adjoints du shérif m'ont frappé à plusieurs reprises. Ils se servaient d'annuaires parce que ça ne laisse pas de traces. Ils ont dit qu'ils me tueraient et l'un d'eux me collait le canon de son arme sur la tempe et n'arrêtait pas de jouer avec le chien. Il pressait la détente et j'entendais le cliquetis du barillet. A la fin, ils m'ont dit que, si je me confessais, tout se passerait bien pour moi. J'avais*

peur, j'étais épuisé, alors j'ai obéi. Je ne savais rien des détails, mais je les ai laissés les décrire pour moi. J'ai tout avoué. Après ce que je venais de subir, j'aurais avoué n'importe quoi.

MAIS JE NE SUIS PAS COUPABLE!

J'ai voulu revenir sur mes aveux quelques heures plus tard, mais je n'y suis pas arrivé. Mon avocat commis d'office ne m'a rendu visite qu'à trois reprises avant le procès. Il n'a pas fait d'enquête, il n'a convoqué aucun témoin qui aurait pu dire que j'étais ailleurs à l'heure du crime et il n'a même pas pu faire annuler mes aveux, pourtant extorqués sous la menace. Dans le jury, il n'y avait que des Blancs, ils ont entendu les faits et m'ont reconnu coupable après moins d'une heure de délibération. Il leur a fallu une heure de plus pour demander la peine capitale. Le juge, un Blanc, a rendu son verdict. Il a dit que j'étais un animal et que je ne méritais pas de vivre.

Cela fait trois ans que je suis dans le couloir de la mort. J'espère toujours que le tribunal révisera mon procès, mais cela risque de prendre des années. Pouvez-vous m'aider? Je sais par des compagnons de cellule que vous avez écrit des articles où vous vous élevez contre la peine de mort. Je suis innocent et on va me tuer parce que je me retrouve dans un système raciste où je n'ai aucun droit. Ce sont les préjugés, l'ignorance et le mal qui m'ont placé dans cette situation. Aidez-moi, je vous en prie.

J'ai écrit ci-dessous le nom de mon nouvel avocat et des témoins. J'ai ajouté votre nom à la liste des visiteurs au cas où vous décideriez de venir me voir.

Ce n'est pas tout. Je suis non seulement innocent des charges retenues contre moi, mais je peux aussi vous donner le nom du vrai coupable.

Dans l'espoir que vous me viendrez en aide,
Robert Earl Ferguson
 # 212009
Prison de l'État de Floride
Starke, Floride

Il fallut à Cowart plusieurs minutes pour assimiler le contenu de cette lettre. Il la relut plusieurs fois et tenta d'analyser ses impressions. L'homme s'exprimait bien, il avait de l'éducation, mais les détenus qui clament leur innocence, surtout lorsqu'ils sont dans le couloir de la mort, étaient légion. Il s'était toujours demandé pourquoi la majorité des hommes, même confrontés à leur propre fin, persistait à se dire innocente. C'était vrai même pour les pires psychopathes, les tueurs en série qui avaient un tel mépris de la vie humaine qu'ils préféraient abattre quelqu'un que discuter avec lui; ils préservaient cette aura maléfique, à moins qu'on ne les persuadât que la confession leur viendrait en aide. L'étalage des horreurs qu'ils avaient commises prenait alors un sens nouveau, il les blanchissait, remettait les pendules à zéro.

Ces réflexions lui rappelèrent les yeux du jeune homme. Ces yeux présents dans nombre de ses cauchemars.

Il était minuit passé et Miami croupissait dans la chaleur de l'été quand la sonnerie du téléphone l'arracha au sommeil : le responsable des nouvelles locales, écrasé de travail, l'envoyait dans une villa située à une dizaine de pâtés de maisons de chez lui. La villa de l'horreur.

A l'époque, il couvrait les faits divers locaux, pas mal de crimes en vérité. Il était arrivé à l'adresse et avait passé une heure à déambuler autour du cordon de police, à attendre qu'il se passe quelque chose, les yeux rivés sur la petite propriété de plain-pied, avec sa pelouse bien tondue et la BMW garée dans l'allée. La demeure typique d'un jeune cadre et de son épouse. Il voyait les experts en criminalistique, les inspecteurs et les employés du bureau du coroner entrer et sortir de la maison, mais il ignorait toujours ce qui était arrivé. La scène était illuminée par le bleu et le rouge des gyrophares de la police. L'humidité ambiante donnait de l'épaisseur à la lumière. Les quelques voisins venus en curieux avaient tous répondu de la même façon aux premières questions de la police : c'était un couple sympathique, mais discret. Le genre de description que connaissent tous les journalistes. Les gens assassinés sont toujours présentés comme discrets, que cela soit vrai ou pas. Un peu comme si les voisins éprouvaient le besoin de se dissocier de l'ignominie qui venait d'être commise.

En fin de compte, il avait aperçu Vernon Hawkins qui quittait la maison par une porte latérale. Le vieil inspecteur avait fui les projecteurs de la police et de la télévision pour s'adosser à un arbre, comme s'il était épuisé.

Il connaissait Vernon Hawkins depuis des années, à travers des dizaines de drames semblables à celui-ci. Le vétéran de la police aimait bien Cowart, il lui avait fait plusieurs fois des confidences ou montré des pièces à conviction; en un mot, il avait initié le journaliste à la vie inexorablement sinistre d'un inspecteur de la criminelle. Cowart s'était glissé sous le ruban jaune et s'était approché de l'inspecteur. L'homme avait froncé les sourcils avant de hausser les épaules et de lui faire signe de s'asseoir.

L'inspecteur alluma une cigarette, dont il observa un instant l'extrémité incandescente.

– Ça, c'est une arme redoutable, dit-il avec un rire un peu triste. Ça me tue à petit feu, mais je vieillis et je sens que ça s'accélère.

– Pourquoi vous n'arrêtez pas ? lui demanda Cowart.

– Parce que c'est la seule chose que je connaisse qui arrive à m'ôter des narines l'odeur de la mort.

L'inspecteur tira une longue bouffée et la cendre rougeoyante illumina son visage.

Après un instant de silence, il se tourna vers Cowart.

– Alors, Matty, qu'est-ce qui vous fait sortir par une belle nuit comme ça ? Vous devriez être au lit avec une pépée.

– Allons, Vernon...

L'inspecteur eut un doux sourire avant de s'appuyer de nouveau au tronc de l'arbre.

– Vous allez terminer comme moi à n'avoir rien de mieux à faire la nuit que de traîner sur le lieu du crime.

– Soyez sympa, Vernon. Qu'est-ce qu'il y a à l'intérieur ?

L'inspecteur eut un rire très bref.

– Un type, nu et mort. La gorge ouverte pendant qu'il était au lit. Une femme, nue et morte, elle aussi. Égorgée dans son lit. Du sang dans tout l'appartement.

– C'est tout ?

– Un suspect appréhendé.

– Qui est-ce ?

– Un adolescent. Un fugueur de Des Moines qu'ils avaient ramassé en début de soirée. Ils ont roulé jusqu'à Fort Lauderdale pour le trouver. Ces gens aimaient bien faire des trucs à trois. Le problème, c'est qu'après avoir pris leur pied avec le gosse, celui-ci a trouvé que cent dollars, ça ne suffisait pas. Il avait vu la voiture, la maison, tout ça. Ils ont commencé à discuter, et lui a sorti un coupe-choux ancien modèle. Ça ne pardonne pas, vous savez. Le premier coup de rasoir a eu le type en pleine jugulaire. (L'inspecteur mima le geste, déchirant la nuit du tranchant de la main.) Le type s'écroule comme si on lui avait tiré dessus. Quelques gargouillis et c'est fini. Il vit seulement assez longtemps pour comprendre qu'il est en train de mourir. Plutôt dur. La femme se met à hurler, bien sûr, elle essaye de s'enfuir. Le gosse la rattrape par les cheveux, la jette sur le lit, et rebelote. Du rapide, elle n'a crié qu'une fois, mais assez fort pour alerter un voisin qui nous a appelés. Un insomniaque qui promenait son chien. On a eu le môme dès qu'il a passé la porte. Il chargeait la voiture d'un tas de trucs : télé, stéréo, vêtements, tout ce qu'il pouvait ramasser. Il y avait du sang partout. (Il regarda par-delà la pelouse et dit d'un air absent :) Matty, c'est quoi la première loi de la rue selon Hawkins ?

Cowart sourit, Hawkins aimait user de maximes.

– La première loi, Vernon, c'est de ne jamais chercher les ennuis, parce qu'eux savent toujours vous trouver.

L'inspecteur hocha la tête.

– Un bon gosse, un bon petit psychopathe, il dit qu'il n'a rien à voir avec tout ça.

– Seigneur...

– Ça n'a rien d'étonnant, reprit l'inspecteur. Ce jeunot met sûrement tout ce qui est arrivé sur le compte du cadre dynamique et de sa femme. S'ils n'avaient pas voulu le ramener, enfin, vous me comprenez.

– Mais...

– Pas le moindre remords, pas la moindre sympathie, rien d'humain. C'est un môme, c'est tout, il me raconte tout ce qui s'est passé et puis il me dit : « Je n'ai rien fait, je suis innocent, je veux un avocat. » On est là, dans la pièce, il y a du sang partout et il me dit comme ça qu'il n'a rien fait. Certainement parce que ce qui s'est produit ne signifie rien pour lui. Enfin, je crois. Bon sang... (Il paraissait épuisé, vaincu.) Vous savez quel âge il a, ce môme ? Quinze ans. Il a eu quinze ans il y a tout juste un mois. Il devrait s'occuper de son acné et de ses petites amies. Je vous fiche mon billet qu'il va passer au tribunal pour enfants. (L'inspecteur ferma les yeux et soupira.) Je n'ai rien fait. Je n'ai rien fait. Seigneur ! (Il tendit la main.) Regardez-moi, j'ai cinquante-neuf balais, je vais bientôt prendre ma retraite et je croyais avoir tout vu, tout entendu.

Sa main tremblait un peu à la lueur dansante des gyrophares.

» Vous savez, dit Hawkins en regardant sa main, je ne peux plus supporter ça. Je préférerais lui faire la peau tout de suite que de l'entendre raconter ces trucs ignobles qui ne lui font ni chaud ni froid. C'est des vies qu'il a prises, bon Dieu, c'est pas des bonbons qu'il a volés au supermarché. (Il se tourna vers Cowart.) Vous voulez voir ?

– Naturellement. Allons-y, répondit celui-ci un peu trop vivement.

Hawkins le regarda avec attention.

– Ne soyez pas trop sûr de vous. Vous voulez toujours voir les choses trop vite. Ce n'est pas joli joli. Vous pouvez me croire.

– C'est aussi mon boulot, non ?

L'inspecteur haussa les épaules.

– Je vous fais entrer, mais vous allez me promettre quelque chose.

– Quoi ?

– Vous verrez ce qu'il a fait, ensuite je vous le montrerai. Pas de question, vous jetez juste un coup d'œil, il est dans la cuisine. Mais jurez-moi que vous n'écrirez pas que c'est un pauvre gosse défavorisé, ce genre de truc. C'est ce que son avocat va nous sortir dès qu'il arrivera. Je ne veux pas de ça. Vous raconterez que c'est un tueur de sang-froid, OK ? De sang-froid. Je ne veux pas que quelqu'un ouvre son journal et regarde sa photo en se disant : « Comment ce brave gosse aurait-il fait une chose pareille ? »

– Ça peut se faire, dit Cowart.

– C'est bon, alors.

L'inspecteur se redressa et ils se dirigèrent tous deux vers la porte d'entrée. Ils allaient la franchir quand Vernon se tourna encore une fois vers Cowart.

» Vous êtes bien sûr, hein ? Ce sont des gens comme vous et moi. Et lui, vous ne l'oublierez pas. Jamais.

– On y va.

– Matty, croyez-moi, vous ne devriez peut-être pas...

– Allez, Vernon.

– Dans ce cas... ça deviendra votre cauchemar, dit l'inspecteur.

Comme il avait raison...

Cowart se rappelait avoir regardé fixement le cadre dynamique et sa femme. Il y avait tant de sang sur eux que cela leur faisait comme un vêtement. A chaque explosion du flash du photographe de la police, les corps resplendissaient brièvement.

Sans un mot, il avait suivi l'inspecteur jusque dans la cuisine. Le garçon était assis là, en baskets et en jeans, torse nu, une main attachée par des menottes à la chaise. Des traînées de sang souillaient son corps, mais il n'y prenait pas garde et, de temps à autre, tirait sur une cigarette de sa main libre. Cela le rajeunissait un peu plus. Il avait l'air d'un enfant qui cherche à se vieillir, comme pour impressionner les policiers présents dans la pièce, mais en réalité cela lui donnait plutôt un air idiot. Cowart remarqua du sang séché dans ses cheveux blonds, du rouge aussi sur ses joues imberbes. Il n'avait même pas l'âge de se raser.

Le gosse leva les yeux quand Cowart et l'inspecteur pénétrèrent dans la cuisine.

– C'est qui ? fit-il en désignant Cowart.

Une seconde durant, Matthew croisa le regard du gosse : il avait un regard bleu et glacial, d'une méchanceté infinie, aussi tranchant que le fil de la hache du bourreau.

– C'est un reporter du *Journal*, dit Hawkins.

– Salut, le reporter, dit le gosse dont le visage s'illumina d'un sourire.

– Quoi ?

– Vous allez dire à tout le monde que je n'ai rien fait, reprit-il.

Puis il éclata d'un rire suraigu, qui devait résonner dans la mémoire de Cowart longtemps après que Hawkins l'eut fait sortir et entraîné dans le petit matin.

Il était allé au bureau pour écrire l'histoire du jeune cadre, de son épouse et de l'adolescent. Il avait raconté les draps froissés, noircis par le sang, les traces sanglantes sur les murs, dignes de Dali. Il avait parlé du voisinage, de la petite villa et du diplôme accroché au mur. Il avait évoqué les rêves des banlieusards et l'attrait du sexe interdit. Il avait dépeint le coin de Fort Lauderdale où les gosses draguent la nuit et vieillissent prématurément. Et, surtout, il avait décrit le regard du jeune assassin, brûlant de haine, comme son ami le lui avait demandé.

L'article s'achevait sur les paroles du criminel.

En rentrant chez lui, un exemplaire de la première édition du *Journal* sous le bras, avec son article à la une, il avait éprouvé une grande lassitude que le manque de sommeil seul n'expliquait pas. Il s'était traîné vers son lit, blotti contre sa femme, même s'il savait déjà qu'elle envisageait de le quitter. Il grelottait, comme pris de fièvre, incapable de se réchauffer.

Cowart secoua la tête pour oublier cette matinée et jeta un coup d'œil sur ce qui lui tenait lieu de bureau.

Hawkins était mort à présent. Un pot d'amitié pour son départ à la retraite, une petite pension et un emphysème qui avait eu raison de lui. Cowart avait assisté au pot et applaudi quand le chef de la police avait évoqué la carrière exemplaire de l'inspecteur. Il était allé le plus souvent possible le voir dans son petit appartement de Miami Beach. C'était un endroit austère, décoré exclusivement de coupures de journaux, d'articles écrits par Cowart ou d'autres. « Rappelez-vous bien les règles qui ont cours sur le trottoir, lui disait Hawkins à la fin de chaque visite, et si vous n'arrivez pas à vous en souvenir, établissez vos propres règles et suivez-les. » Ils riaient ensemble. Il lui avait rendu visite à l'hôpital, prenant sur son temps de travail pour bavarder avec lui, jusqu'au jour où il avait trouvé Hawkins inconscient, sous une tente à oxygène. Cowart ne savait même pas si l'inspecteur l'avait entendu quand il l'avait doucement appelé par son nom, s'il avait senti qu'il lui prenait la main. Il avait passé toute la nuit à son chevet, sans savoir à quel moment la vie s'en était allée. Il s'était rendu à l'enterrement en compagnie de quelques vieux policiers. Il y avait eu un drapeau, un cercueil, quelques mots prononcés par un prêtre. Mais pas de femme, pas d'enfants, rien que des yeux secs. Ce n'était plus que le détenteur de souvenirs terribles que l'on descendait lentement en terre. En serait-il de même pour lui à l'heure de sa mort ?

Cowart se demanda ce qu'était devenu le gosse. Le tribunal pour enfants l'avait peut-être remis en liberté. A moins qu'il ne soit dans le couloir de la mort, juste à côté de l'auteur de cette lettre. Ou mort.

Il regarda la lettre.

C'était bon pour les infos locales, pour un éditorial. Il devrait la transmettre à quelqu'un du service et le laisser s'en occuper. Je ne fais plus ce genre de chose. Je suis un homme d'opinion. J'écris avec un certain recul, je suis membre d'une rédaction, je vote, décide et prends des positions. Les passions, c'est fini. J'ai oublié qui je suis.

Il ébaucha le geste de se lever pour se rendre dans l'autre service et s'arrêta brusquement.

Un innocent.

Dans chaque crime et chaque procès qu'il avait couvert, il avait vainement cherché un accusé qui fût véritablement innocent. Il avait entendu beaucoup de verdicts de non-culpabilité, des accusations écartées par manque de preuve, des causes gagnées grâce à l'éloquence de la défense ou la faiblesse du parquet. Mais il ne se rappelait pas un seul cas d'innocence. Un jour, il avait demandé à Hawkins s'il avait déjà arrêté un individu de ce genre et l'autre avait ri.

– Un type qui n'a absolument rien fait ? Il y a plein de coupables qui se baladent dans la rue, ça je le sais. Mais coffrer quelqu'un de complètement innocent ? C'est terrible, ça, je me demande si je pourrais vivre avec une telle idée. C'est même la seule chose qui pourrait me faire perdre le sommeil.

Il tenait la lettre à la main. UN CRIME QUE JE N'AI PAS COMMIS. Et il se demanda si quelqu'un avait perdu le sommeil à cause de Robert Earl Ferguson.

L'excitation embrasa son esprit.

Et si c'était vrai ? Une idée lui venait, encore imprécise ; bien qu'il luttât contre, une folle ambition s'emparait de lui.
Ses doigts étaient crispés sur la lettre.
Un innocent. Voyons voir ça...

La salle des archives du *Journal* était un mélange d'ancien et de moderne. Elle se trouvait juste à côté de la salle de presse, tout de suite après les bureaux des rédacteurs. Au fond de la bibliothèque se dressaient des rayonnages métalliques chargés de coupures vieilles parfois de plusieurs dizaines d'années. Dans le temps, chaque article était découpé, répertorié, rangé avec méthode. Aujourd'hui, tout cela se faisait sur ordinateur. Les archivistes parcouraient les articles, en dégageaient le thème principal et l'intégraient à des fichiers électroniques. Cowart préférait l'ancienne méthode. Il aimait pouvoir tenir en main de vieux papiers à l'encre délavée, il avait l'impression de construire sa propre histoire. Maintenant, tout était fonctionnel, rapide. Sans âme. Chaque fois, il lançait une vanne aux employés de la bibliothèque.
Lorsqu'il franchit les portes battantes, une jeune femme leva les yeux sur lui. Elle était blonde, grande et mince, et le dévisageait par-dessus ses lunettes cerclées de métal.
– Ne dites rien, Matt.
– Que je ne dise rien ?
– Ne dites pas ce que vous nous sortez tout le temps. Que vous préférez l'ancienne méthode.
– D'accord, je ne le dirai pas.
– Tant mieux.
– Parce que vous venez de le dire.
– Oh! moi, ça ne compte pas! (Elle rit et se leva pour s'approcher de lui.) En quoi puis-je vous aider ?
– Laura l'archiviste, est-ce que quelqu'un vous a dit que vous vous abîmiez les yeux à fixer sans arrêt cet écran ?
– Tout le monde me le dit.
– Supposez que je vous donne un nom...
– Et je vous ferai un tour de passe-passe...
– Robert Earl Ferguson.
– C'est tout ?
– Couloir de la mort. Condamné il y a trois ans dans le comté d'Escambia.
– On va voir ça...
Elle s'assit devant un terminal, entra les informations et enfonça une touche. Cowart vit l'écran devenir blanc, à

l'exception de trois mots qui clignotaient dans un coin : RECHERCHE EN COURS. Puis la machine eut une sorte de hoquet et des mots s'inscrivirent.

– Qu'est-ce qu'il dit ?

– Attendez. (Elle tapota sur quelques touches et des phrases entières se formèrent. Elle lut les grands titres.) Ancien étudiant inculpé pour le meurtre d'une fillette, condamné à la peine capitale. Appel rejeté par la juridiction locale. Dossier déposé auprès de la cour suprême de Floride. C'est tout. Trois articles, tous parus dans l'édition du Golfe. Rien dans l'édition principale, sauf le dernier, qui est sûrement un résumé.

– Ce n'est pas beaucoup pour un meurtre et une peine capitale, dit Cowart. Vous savez, dans le temps, on couvrait tous les procès pour meurtre...

– C'est fini, tout ça.

– La vie avait plus d'importance à l'époque.

La jeune femme haussa les épaules.

– Les morts violentes étaient autrement plus sensationnelles qu'aujourd'hui et vous êtes bien trop jeune pour dire « dans le temps ». Vous voulez sûrement parler des années 70. (Elle sourit et Cowart rit avec elle.) Les condamnations à mort étaient plus rares. Aujourd'hui... (Elle hésita, rejeta la tête en arrière et fixa un instant le plafond...) Ils sont plus de deux cents dans le couloir de la mort. Le gouverneur signe plusieurs ordonnances par mois. Cela ne veut pas dire qu'ils sont tous exécutés, mais vous connaissez cela mieux que moi, conclut-elle avec un sourire. Vos éditoriaux de l'année dernière sur la notion de nation civilisée. Ce n'est pas vrai ?

– Si. La thèse que je développais, c'était que nous ne devrions pas sanctionner les crimes contre l'État. Trois éditoriaux, rien de plus que quelques colonnes. En réponse, nous avons publié cinquante lettres qui exprimaient, comment dirais-je ? un avis contraire. On en a passé cinquante, mais on aurait pu en imprimer quatre milliards. Les plus sympathiques proposaient que je sois pendu en place publique. Les autres...

L'archiviste sourit.

– La popularité, ce n'est pas votre truc, hein ? Vous voulez que je vous en fasse des photocopies ?

– S'il vous plaît. Mais je préférerais me faire aimer...

Elle pianota sur le clavier de l'ordinateur et une imprimante laser sortit immédiatement plusieurs feuillets.

– Voilà. Vous êtes sur quelque chose ?

– Peut-être, répondit Cowart en arrachant le listing. Ce type prétend qu'il n'y est pour rien.

La jeune femme ne put s'empêcher de rire.

– Voilà qui est intéressant. Et original.

Elle se consacra à nouveau à son ordinateur et Cowart regagna son bureau.

Les événements qui avaient conduit Robert Earl Ferguson au couloir de la mort prirent forme peu à peu. Les articles étaient succincts, mais toutefois suffisants pour que Cowart commence à se faire une idée. Il apprit que la victime était une fillette de onze ans et que son corps avait été découvert dans des fourrés au bord d'un étang.

Il n'avait aucun mal à se représenter le feuillage vert et brun refermé sur le cadavre. Une végétation maladive, un lieu idéal pour y trouver la mort.

Il poursuivit sa lecture. La victime était la fille d'un membre du conseil municipal ; on l'avait vue pour la dernière fois à la sortie de l'école. Cowart se représenta le bâtiment de béton au beau milieu d'un champ poussiéreux. Il devait être peint en rose ou en vert, les couleurs habituelles et que n'égayent même pas les cris des enfants qui rentrent chez eux après les cours. Une institutrice avait vu une Ford verte avec des plaques d'un autre État. Pourquoi, oui, pourquoi était-elle montée dans la voiture d'un étranger ? Cette pensée le fit frémir : il tremblait pour sa propre fille. Elle ne ferait pas ça, c'était impossible. Comme la fillette ne rentrait pas, la famille s'était inquiétée, on avait déclenché l'alerte. Cowart savait que les stations de télévision locales avaient montré une photo aux infos du soir, celle d'une petite fille à queue de cheval, souriante malgré son appareil dentaire. Une photo de famille, pleine d'espoir et de promesse, balancée de façon obscène, en désespoir de cause, sur les ondes.

Plus de vingt-quatre heures après, des adjoints qui fouillaient la campagne avaient retrouvé son corps. Les articles regorgeaient d'euphémismes : « attaque brutale », « agression sauvage », « corps mutilé ». Cowart reconnaissait là les tics du journaliste moyen : se refusant à décrire en détail l'ignominie que l'enfant avait subie, il se réfugiait dans les clichés.

Elle avait dû connaître une fin terrible... Les gens voulaient savoir ce qui s'était passé, sans le vouloir vraiment, toutefois, parce que la vérité les aurait empêchés de dormir.

Visiblement, Ferguson avait été le seul suspect arrêté. La police l'avait cueilli peu après la découverte du corps à cause de sa voiture. On l'avait interrogé – sans lui interdire de téléphoner ni lui infliger de quelconques sévices – et il avait avoué. Ces aveux accompagnés d'une recherche de groupe sanguin, d'une identification des plaques de la voiture, semblaient être la seule charge retenue contre lui, mais Cowart était circonspect. Les procès avaient leur dynamique interne, comme le théâtre. Un détail minime ou négligé par la presse pouvait prendre des proportions formidables aux yeux des jurés.

Ferguson avait dit vrai quant aux propos du juge. La citation « ... un animal qui ne mérite pas de vivre... » était bien exacte. Le juge devait vouloir se faire réélire cette année-là, pensa Cowart.

Les autres pièces d'archives lui avaient fourni des informations supplémentaires : l'appel de Ferguson, fondé sur une insuffisance de preuves, avait été rejeté par la première cour d'appel du district. Le contraire eût été improbable. On attendait toujours la décision de la cour suprême de l'État de Floride. Cowart comprit que Ferguson n'avait pas épuisé toutes ses ressources en matière d'appel.

Il s'assit à son bureau et essaya de se représenter ce qui avait bien pu se passer.

Il voyait un comté rural de l'arrière-pays. Il savait que c'était une partie de l'État qui n'avait absolument rien de commun avec les stéréotypes de la Floride, les visages lisses et souriants des visiteurs d'Orlando et de Disney World, les jeunes sportifs qui se précipitaient sur les plages dès que leur emploi du temps le leur permettait, les touristes en mobile home venus au cap Canaveral assister au lancement d'une fusée. Non, cette Floride-là n'avait rien à voir avec les images luxuriantes de Miami, ce Casablanca de l'Amérique.

A Pachoula, se dit-il, même dans les années 80, quand une petite fille blanche se fait tuer et violer et que le coupable est un Noir, une Amérique plus primitive prend le dessus. Une Amérique que les gens préféreraient oublier.

Est-ce cela qui est arrivé à Ferguson ? C'était très possible.

Cowart décrocha le combiné pour appeler l'avocat qui s'occupait de l'appel de Ferguson.

Il lui fallut une bonne partie de la matinée pour parvenir à le joindre. Quand il y arriva enfin, Cowart fut immédiatement frappé par l'accent sudiste et doucereux de l'homme de loi.

– Monsieur Cowart ? Ici Roy Black. En quoi un journaliste de Miami peut-il s'intéresser à ce qui se passe à Escambia ?

– Merci de m'avoir rappelé, monsieur Black. C'est à propos de l'un de vos clients, Robert Earl Ferguson.

L'avocat eut un rire bref.

– J'étais sûr que c'était à propos de Ferguson quand ma

secrétaire m'a transmis votre message. Qu'est-ce que vous voulez savoir ?

– Parlez-moi d'abord du procès.

– Eh bien, c'est la cour suprême qui a le dossier entre les mains. Nous soutenons que les preuves retenues contre M. Ferguson sont insuffisantes et nous demandons à ce que le juge ne tienne plus compte de ses aveux. Vous devriez les lire. Je crois bien que je n'ai jamais vu de document aussi accablant. Comme si les flics l'avaient rédigé dans le bureau du shérif. Sans ces aveux, il n'y a plus d'affaire. Si Robert Earl ne dit pas ce qu'ils veulent lui faire dire, ils ne tiendront pas deux minutes. Même dans le tribunal le plus plouc et le plus raciste du monde.

– Et la typologie sanguine ?

– Le labo de la police du comté d'Escambia est plutôt simpliste, pas du tout le genre de ce que vous pouvez avoir à Miami. Ils ont trouvé le groupe, c'est tout. O positif. C'était aussi le groupe du sperme prélevé sur la fillette. Bien entendu, il y a des milliers d'hommes dans le comté qui ont le même groupe sanguin, mais la défense ne s'est pas donné la peine d'examiner les dossiers médicaux.

– Et la voiture ?

– Une Ford verte avec des plaques d'un autre État. Personne n'a identifié Robert Earl et affirmé que c'est bien dans sa voiture que la petite est montée. Il n'y a que des preuves indirectes. Le tribunal aurait dû les rejeter.

– Vous n'assuriez pas sa défense à l'époque, n'est-ce pas ?

– Non, monsieur. C'est un honneur qui est revenu à quelqu'un d'autre.

– Est-ce que vous avez mis en cause la compétence de sa représentation ?

– Pas encore, mais je vais le faire. Un étudiant en deuxième année de droit aurait été meilleur, pas de doute là-dessus. Ça me rend dingue. Je n'ai qu'une hâte, c'est de contre-attaquer, mais je dois attendre.

– Qu'est-ce que vous voulez dire ?

– Qu'il vaut mieux y aller à petits pas, si vous me comprenez bien. Un élément par-ci par-là, histoire de faire passer le temps. Après plusieurs années, les gens oublient et on peut obtenir des résultats. Si on abat tout de suite sa carte maîtresse, votre client risque de se retrouver vite fait sur la chaise. Vous me suivez ?

– Tout à fait. Mais qu'est-ce qui se produit si c'est un innocent qui passe à la chaise ?

– C'est ce que Robert Earl vous a dit ?

– Oui.

– Il me l'a dit aussi.
– Alors, monsieur Black, vous le croyez ?
– Hum, peut-être. Sûrement plus que tous ceux que j'ai entendus et qui profitent de l'hospitalité de l'État de Floride. Mais entendons-nous bien, monsieur, je ne peux pas me payer le luxe de savoir si mes clients sont coupables ou pas. Pour moi, ils se retrouvent devant un tribunal et, moi, je dois leur éviter la prison, ça s'arrête là. Les journaux s'intéressent plus que moi au bien et au mal, à la vérité et à la justice. Ils ont aussi plus d'influence sur les juges, le gouverneur ou la chambre des grâces. C'est peut-être vous qui pourriez faire un petit quelque chose pour Robert Earl.
– C'est possible.
– Pourquoi ne lui rendez-vous pas visite ? C'est un type intelligent et qui parle bien. Mieux que moi, dit Black en riant. Il aurait fait un bon avocat. Il est plus malin en tout cas que son défenseur : celui-ci, il passe son temps à roupiller même si son client doit passer à la chaise électrique.
– Parlez-moi de lui.
– Oh, c'est un vieux de la vieille, il doit plaider depuis un siècle ou deux. C'est un petit bled, Pachoula, tout le monde se connaît. Quand ils descendent au tribunal du comté d'Escambia, on dirait une partie de campagne. Moi, ils ne m'aiment pas trop.
– Je comprends.
– Robert Earl aussi, ils ne l'aimaient pas trop. Un Noir qui fait des études et se balade dans une belle bagnole. Les gens ont dû se sentir mieux quand il a été arrêté. Il faut dire qu'ils n'ont pas vraiment l'habitude des agressions sexuelles.
– Le pays, il ressemble à quoi ? demanda Cowart.
– A ce que vous imaginez. Typique de ce que les journaux et les chambres de commerce appellent le Nouveau Sud. Ça veut dire qu'ils ont des idées nouvelles, mais aussi des anciennes. Non, ce n'est pas aussi moche qu'on peut le croire. Venez y faire un tour, mais laissez-moi vous donner un petit conseil. Ce n'est pas parce que les gens parlent comme moi et ont l'air sortis d'un bouquin de Faulkner ou de Flannery O'Connor qu'ils sont tous idiots.
– Bien reçu.
L'avocat éclata de rire.
– Ça doit vous étonner que je connaisse ces auteurs ?
– Je n'y avais même pas pensé.
– Ce n'est pas tout. La plupart des gens sont bien contents de ce qui est arrivé à Robert Earl, alors ne comptez pas vous

faire trop d'amis dans le coin. Des sources, comme vous dites dans la presse.

– Il y a une chose qui me préoccupe, dit Cowart. Ferguson prétend connaître le nom du coupable.

– Je ne suis pas au courant. C'est possible. Je vous l'ai dit, Pachoula, c'est un petit bled. Mais il y a une chose que je sais... (Brusquement, l'avocat changea de ton, il devint moins familier, plus grave.) Un homme a été reconnu coupable de manière injuste et je veux le sortir du couloir de la mort, qu'il soit responsable ou pas. Peut-être pas cette année, mais l'année prochaine, devant une autre juridiction. J'ai grandi avec les gens d'ici, je les connais bien et j'y arriverai. Coupable ou pas, je m'en moque.

– Et s'il ne l'est pas ? objecta Cowart.

– Quelqu'un a quand même tué la petite, non ? Il faudra bien que quelqu'un paye pour ça.

– Je me pose beaucoup de questions.

– Je m'en doute, c'est une affaire qui suscite les questions. Ça arrive, parfois. Un procès est censé faire la lumière, mais il peut aussi tout embrouiller. On dirait que c'est le cas avec Robert Earl.

– Vous pensez que je devrais m'y intéresser de plus près ?

– Pour sûr. (Cowart imaginait le sourire de l'avocat.) Je ne sais pas ce que vous trouverez, à part pas mal de préjugés et d'idées idiotes. Vous pourrez peut-être aider un innocent à s'en sortir.

– Vous le croyez donc innocent ?

– J'ai dit ça, moi ? Non, je veux seulement dire qu'il aurait dû être reconnu non coupable. Ça fait une sacrée différence, vous savez.

2

Un homme dans le couloir de la mort

Cowart arrêta sa voiture de location sur la route menant à la prison d'État de Floride et observa, par-delà les champs, les bâtisses massives et sombres qui abritaient la plus grande partie des détenus les plus dangereux de l'État. Il y avait deux prisons, en réalité, séparées par une petite rivière : l'Union Correctional Institution sur une rive, la Raiford Prison sur l'autre. Du bétail paissait dans la prairie, la poussière s'élevait en petits nuages aux endroits où les détenus cultivaient la terre. Des tours de guet se dressaient aux quatre coins et Cowart crut voir scintiller les armes des gardes. Il ne savait pas dans quel bâtiment se situaient le couloir de la mort et la pièce où était installée la chaise électrique, mais on lui avait dit que cette dernière était un peu à l'écart de la prison proprement dite. Il vit des doubles clôtures de quatre mètres de hauteur surmontées de rouleaux de fil de fer barbelé brillant au soleil. Il descendit de voiture. Des pins se dressaient au bord de la route comme autant de doigts menaçants, tendus vers le ciel d'un bleu cristallin. Le vent frais qui agitait les branchages caressa le front de Cowart.

Il n'avait rencontré aucune difficulté lorsqu'il avait persuadé Will Martin et les autres membres de la rédaction de lui laisser carte blanche pour approfondir les circonstances de l'inculpation de Robert Earl Ferguson. Martin avait tout de même exprimé un certain scepticisme que Cowart avait choisi d'ignorer.

– Tu ne te rappelles pas Pitts et Lee ? avait répliqué Cowart.

Freddie Pitts et Wilbert Lee avaient été condamnés à mort pour le meurtre d'un pompiste du nord de la Floride. Les deux hommes avaient avoué un crime qu'ils n'avaient pas commis. Il avait fallu des années d'investigation à l'un des plus célèbres reporters du *Journal* pour les faire libérer. Cela lui avait valu le prix Pulitzer. Dans la salle de presse du *Journal*, c'était la première chose que l'on racontait à tout journaliste fraîchement débarqué.

– C'était différent.

– Pourquoi ?

– Cela se passait en 1963, mais ç'aurait pu être 1863. Les choses ont changé depuis.

– Ah oui ? Et ce type du Texas que le réalisateur de documentaires a tiré du couloir de la mort ?

– C'était différent.

– Vraiment ?

Martin n'avait pu s'empêcher de rire.

– Allez, tu as ma bénédiction, mais trouve la réponse à ta question. Et souviens-toi, quand tu en auras marre de traîner sur le terrain, tu pourras toujours revenir au bercail.

Le responsable des nouvelles locales avait été averti et il avait promis de lui apporter toute l'aide nécessaire. Cowart avait toutefois perçu chez ce dernier un brin de jalousie. C'est vrai qu'il avait un avantage certain sur ce service : il pouvait travailler seul, discrètement, alors que les journalistes des nouvelles locales fonctionnaient en équipe et débarquaient en force. De plus, il n'avait pas de contrainte de temps, pas de rédacteur en chef pour le harceler. Il pouvait écrire à son rythme, selon son humeur. Ou ne rien écrire du tout.

Il s'accrocha à cette dernière pensée pour chasser tout regret éventuel. Il redémarra et se dirigea vers la prison. Son pouls s'accéléra. Une série de panneaux informaient les visiteurs que, dès l'instant où ils pénétraient dans cette zone, ils devaient accepter d'être fouillés et que toute infraction à la législation sur les armes à feu et les narcotiques était passible d'emprisonnement immédiat. Il franchit un portail : un gardien en uniforme gris vérifia que son nom se trouvait bien sur la liste avant de lui faire signe de passer. Il se gara sur le parking réservé et entra dans le bâtiment administratif.

Il y eut un certain flottement quand il se présenta à la secrétaire. Elle avait apparemment perdu sa demande de visite. Il attendit patiemment qu'elle fouille dans ses dossiers. Elle la retrouva et s'excusa. Elle lui demanda alors d'attendre dans une pièce voisine l'officier chargé de le conduire auprès de Robert Earl Ferguson.

Au bout de quelques minutes, un homme d'un certain âge à la carrure et la coupe de cheveux typiques des marines le rejoignit. Il lui donna une solide poignée de main.

– Sergent Rogers. Je suis l'officier de jour chargé des condamnés à mort.

– Enchanté.

– Il y a quelques formalités, monsieur Cowart, si cela ne vous dérange pas.

– De quel genre ?

– Je dois vous fouiller et examiner votre magnétophone et votre attaché-case. Je dois aussi vous faire signer un papier au cas où vous seriez pris en otage...

– Hein ?

– C'est juste un papier qui dit que vous entrez dans la prison d'État de Floride de plein gré et que, si vous vous trouvez retenu en otage pendant la durée de votre visite, vous n'assignerez pas en justice l'État de Floride, et n'exigerez pas de nous des efforts extraordinaires pour vous faire recouvrer la liberté.

– Des efforts extraordinaires ?

L'homme rit et se passa la main sur le crâne.

– Ça veut dire qu'on ne se cassera pas le cul pour vos beaux yeux.

Cowart sourit, puis fit la grimace.

– C'est plutôt un mauvais plan pour moi.

– Oui mais, la prison, c'est un mauvais plan pour tout le monde, sauf pour ceux qui rentrent chez eux le soir.

Cowart prit le papier que lui tendait le sergent et le signa avec un sourire contraint.

– On ne peut pas dire que vous me mettiez en confiance.

– Oh, vous n'avez pas à vous en faire, Robert Earl n'est pas cinglé, c'est même un gentleman. (Tout en parlant, le sergent fouillait méthodiquement l'attaché-case de Cowart ; il ouvrit aussi le magnétophone pour vérifier qu'il y avait bien des piles dans le compartiment prévu à cet effet.) Ce n'est pas comme si vous alliez voir Willie Arthur ou Specs Wilson – deux cyclistes de Fort Lauderdale qui se sont un peu trop amusés avec une fille qui faisait du stop –, ou encore Jose Salazar – vous savez, celui qui a descendu deux flics. Vous n'êtes pas au courant de ce qu'il les a obligés à faire avant de les tuer ? L'un avec l'autre... Imaginez un peu. Il n'y a pas qu'eux. La plupart des types les plus durs viennent du sud de l'État, de votre ville. Qu'est-ce qui se passe donc chez vous pour que tout le monde se massacre comme ça ?

– Ah ! sergent, si je pouvais répondre à cette question !...

Les deux hommes sourirent. Le sergent Rogers posa l'attaché-case de Cowart et lui fit signe de lever les mains.

– Il y a intérêt à avoir le sens de l'humour ici, dit-il en le palpant rapidement. Allez, c'est bon. Je vais vous expliquer pour l'entretien. Il n'y aura que vous et lui. Je ne suis là que pour la sécurité, de l'autre côté de la porte. Au moindre problème, vous appelez. Mais ça se passera bien, parce que Robert Earl est un des seuls du couloir qui ne soit pas cinglé. On va vous mettre dans le salon d'apparat...

– Le quoi ?

– Le salon d'apparat. C'est comme ça qu'on appelle la pièce où l'on peut voir les détenus modèles, mais, je vous préviens, il y a juste une table et des chaises. Robert Earl ne sera pas entravé, mais pas de contact physique, d'accord ? Vous pouvez lui donner une cigarette...

– Je ne fume pas.

– Tant mieux. Vous pouvez prendre les papiers qu'il vous tend mais, pour lui faire passer quelque chose, vous devez d'abord m'appeler.

– Lui faire passer quoi ?

– Oh ! une lime, une corde et une carte routière !

Cowart eut l'air surpris.

– Allez, je blaguais, dit le sergent. Remarquez, ici, l'évasion, c'est la seule chose avec laquelle on ne plaisante pas. Ce n'est pas drôle, vous savez. Mais il y a bien des moyens pour s'enfuir de prison. Même du couloir de la mort. Certains détenus croient que le fait de rencontrer un journaliste en est un.

– Ça les aiderait à s'enfuir ?

– A sortir. Chacun veut que la presse se passionne pour son cas. Tous les détenus pensent qu'ils ont été mal jugés. En faisant du ramdam, ils repasseront peut-être en jugement. Ça marche parfois. C'est pour ça que la plupart des gardiens ne peuvent pas saquer les journalistes. Enfin... Je vous demanderai seulement de ne rien lui transmettre. Ça ne peut qu'aggraver les choses.

– Il y a pire que le couloir de la mort ?

– Il faut que vous compreniez que, même dans le couloir, il y a différentes façons de passer le temps. Robert Earl est aux petits oignons. Bien sûr, sa cellule est fouillée tous les jours et lui-même passe à la fouille après chaque visite, mais il a le droit de sortir dans la cour, il a des livres aussi. Vous ne vous rendez pas compte, mais des petites choses comme ça prennent ici des proportions incroyables.

– Je n'ai rien pour lui, mais il aura peut-être des documents...

– Je vous l'ai déjà dit, vous pouvez sortir n'importe quoi d'ici. Autre chose, vous êtes censé me dire combien de temps vous allez rester.

– Je n'en sais rien.

– Moi, je suis là pour la matinée, alors prenez votre temps. Après, je vous ferai faire le tour du propriétaire. Vous avez déjà vu la chaise ?

– Non.

– Ça vaut le coup d'œil.

Le sergent se leva. C'était vraiment un homme d'une carrure impressionnante, qui pouvait rendre votre vie douce ou misérable, selon ses humeurs.

» Ça remet les idées en place, si vous voyez ce que je veux dire.

Cowart le suivit dans un couloir, il se sentait minuscule, comparé au sergent.

On lui fit franchir toute une série de portes fermées à clef et on le soumit à un détecteur de métaux. Ils arrivèrent au QG de la prison, sorte de moyeu d'une immense roue dont chaque couloir constituerait un rayon. C'est seulement là que Cowart prit conscience des bruits de la prison, cette constante cacophonie de voix, de cliquetis métalliques et de bruits de portes qui s'ouvrent et se ferment. Quelque part, une radio diffusait de la musique country. Une télévision passait un feuilleton populaire; il percevait les voix, puis la musique passe-partout des publicités. Il se sentit pris dans un formidable mouvement, comme emporté par le courant d'un fleuve, mais en dehors du sergent et des quelques officiers occupant le poste de contrôle central, il n'y avait pratiquement personne. A l'intérieur, un tableau électronique indiquait quelles portes étaient ouvertes et lesquelles étaient fermées. Les images grisâtres des moniteurs montraient les différents étages. Cowart remarqua que le sol était recouvert d'un lino jaune immaculé, usé par le passage et les soins des employés à l'entretien. Il vit un homme en combinaison bleue, qui frottait inlassablement le même endroit à l'aide d'une serpillière grise et sale.

– Voilà les ailes Q, R et S, expliqua le sergent. Le couloir de la mort. Je devrais plutôt dire « les » couloirs. Ici aussi, il y a de la surpopulation. Incroyable, non ? La chaise est par là.

Cowart observa les couloirs hauts et étroits. Les cellules se trouvaient sur la gauche, sur trois niveaux, avec un escalier à chaque bout. En face, des fenêtres crasseuses laissaient entrer un peu d'air. Il se rendit compte que les hommes enfermés dans les cellules pouvaient entrevoir une parcelle de ciel, si proche et si lointain à la fois. Cela le fit frémir.

– Robert Earl est ici, dit le sergent.

Cowart se retourna et vit une petite cage munie de barreaux

tout au bout d'un couloir. Quatre hommes le regardaient, assis sur un banc de métal. Trois d'entre eux portaient des combinaisons bleues, pareilles à celles des employés de la maintenance; un seul avait une combinaison orange.

– On n'a pas envie de porter de l'orange, dit calmement le sergent. Ça veut dire que l'échéance se rapproche.

Cowart se dirigea vers la cage, mais la main du sergent sur son épaule l'arrêta net.

– Non, la salle des visites est de ce côté-ci. Quand quelqu'un arrive de l'extérieur, on fouille les hommes et on établit la liste de tout ce qu'ils ont en leur possession, livres, papiers, etc. Ensuite, ils sont isolés, puis on vous les amène. Quand la visite est terminée, on fait exactement le contraire. Ça prend un temps fou, d'accord, mais c'est une question de sécurité.

Cowart hocha la tête et entra dans la salle réservée aux visites. C'était un bureau blanc et nu, avec une table métallique et deux vieilles chaises. Il y avait aussi un cendrier et un miroir, rien d'autre.

Il désigna le miroir.

– Il est sans tain? demanda-t-il.

– Naturellement, fit le sergent. Ça vous pose un problème?

– Non, mais vous êtes sûr que c'est bien le salon d'apparat? (Il se tourna vers le sergent et lui sourit.) A la ville, on est habitué à davantage de confort.

– Ça, je m'en serais douté, fit en riant le sergent Rogers. Désolé, mais il n'y a pas mieux.

– Bah! on fera avec! Merci.

Il prit un siège et attendit Ferguson.

L'impression première que lui fit le détenu fut celle d'un homme jeune, vingt-cinq ans environ, qui mesurait un peu plus d'un mètre quatre-vingts; il avait une corpulence très moyenne, mais qui cachait une force certaine dont témoignait sa poignée de main. Robert Earl Ferguson avait relevé les manches de sa combinaison sur ses avant-bras musclés. Il était mince, avec des hanches étroites et des épaules de coureur de fond; sa démarche était celle d'un athlète. Il avait la peau sombre, les cheveux courts. Son regard était vif, pénétrant. Matthew Cowart eut la sensation d'être jaugé, analysé, classé par le détenu en un seul coup d'œil.

– Merci d'être venu, dit Ferguson.

– Ça n'a pas été très compliqué.

– Ne parlez pas trop vite, répliqua Ferguson sur le ton de la confidence.

Il tenait une pile de documents juridiques qu'il disposa sur la table. Cowart vit le détenu lancer un regard au sergent Rogers, lequel hocha la tête, se retourna et sortit avant de refermer assez sèchement la porte.

Cowart prit un bloc et un stylo, puis il plaça son magnétophone au milieu de la table.

– Ça vous dérange ? dit-il.

– Non, fit Ferguson. Ça se comprend.

– Pourquoi m'avez-vous écrit ? demanda Cowart. Je suis curieux, c'est tout. Par exemple, comment avez-vous eu mon nom ?

Le prisonnier sourit et s'appuya au dossier de son siège. Il paraissait étonnamment détendu en un moment aussi crucial.

– L'année dernière, vous avez remporté le prix décerné par l'Association des juristes de Floride pour une série d'éditoriaux sur la peine de mort. Votre nom était dans le journal de Tallahassee. C'est un de mes voisins du couloir qui me l'a donné. Cela ne faisait pas de mal que vous bossiez pour le journal le plus lu de tout l'État.

– Pourquoi avoir attendu pour me contacter ?

– Eh bien, pour être honnête, je pensais que les appels allaient annuler ma condamnation. Quand ça n'a pas marché, j'ai engagé – engagé n'est pas le mot qui convient –, j'ai eu un nouvel avocat et j'ai pris ma situation plus au sérieux. Vous savez, monsieur Cowart, même reconnu coupable et condamné à la peine capitale, je n'avais pas vraiment l'impression que c'était à moi que cela arrivait. C'était un peu comme un rêve, j'allais me réveiller et me retrouver à la fac. A moins que quelqu'un ne me dise : « Allez, prends tes affaires, il y a eu maldonne à ton sujet... » Je ne me rendais pas compte que je devais me battre comme un lion pour sauver ma peau. On ne peut pas compter sur le système pour ce genre de chose.

Ce sera la première phrase de mon récit, pensa Cowart.

Ferguson plaça les mains sur la table, mais les retira aussitôt, elles lui étaient trop utiles pour souligner ses paroles. Il avait une voix douce mais énergique, capable de bien scander chaque mot. Il se tenait les épaules un peu en avant, comme poussé par la force de sa conviction. L'effet fut immédiat : la petite pièce n'existait plus, il n'y avait que l'espace séparant le détenu du journaliste.

– Voyez-vous, je croyais qu'il suffisait d'être innocent, que cela marchait comme ça, que je n'aurais rien à faire. Et puis, en arrivant ici, on m'a fait mon éducation.

– C'est-à-dire ?

– Les hommes du couloir de la mort ont des moyens bien à eux de se transmettre des informations sur tout ce qui concerne les avocats, les appels, les mesures de clémence. Là-bas, dit-il en faisant un geste en direction des bâtiments, les détenus pensent à ce qu'ils vont faire en sortant. Ils s'imaginent un futur tout en organisant leur vie ici. Même s'ils sont condamnés à perpète, ils ont un avenir, vous comprenez ? Ils peuvent toujours rêver de liberté. Et ils jouissent du plus beau don qui soit, l'espoir. Ils ne savent pas ce que la vie va leur réserver.

» Pour nous, ce n'est pas pareil, on sait qu'on va terminer ici. On sait qu'il y aura un jour où l'État nous enverra deux mille cinq cents volts dans le cerveau. On en a peut-être pour cinq ans, pour dix ans. Chaque soir, on se dit qu'un jour de plus vient de se passer et qu'on a un jour de moins à vivre. C'est comme un poids autour du cou en permanence.

Les deux hommes demeurèrent un instant silencieux. Cowart entendait sa propre respiration, il était essoufflé comme s'il avait monté un escalier en courant.

– Vous parlez comme un philosophe.

– Tout le monde l'est ici. Même les cinglés qui n'arrêtent pas de hurler ou les débiles qui comprennent à peine ce qui leur arrive. Ce poids, ils l'éprouvent tous. Ceux d'entre nous qui ont eu un peu d'éducation l'expriment mieux, c'est tout, mais nous sommes tous semblables.

– Vous avez changé ici ?

– Qui ne changerait pas ?

Cowart hocha la tête.

» Quand mon premier appel a été rejeté, des hommes du couloir de la mort qui étaient là depuis huit ou dix ans se sont mis à me parler. Je suis jeune, monsieur Cowart, et je ne veux pas finir ici. C'est pour ça que j'ai eu un meilleur avocat et que je vous ai écrit. J'ai besoin que vous m'aidiez.

– On reviendra là-dessus plus tard.

Cowart ne savait pas trop quelle attitude adopter au cours de cet entretien. Il voulait préserver une certaine distance professionnelle, mais dans quelle mesure ? Il avait bien réfléchi à sa façon de se comporter avec le détenu, mais n'avait abouti à rien. Il se sentait un peu ridicule, assis en face de cet homme reconnu coupable de meurtre, au cœur d'une prison regorgeant d'individus ayant commis les actes les plus atroces.

» Pourquoi ne commencez-vous pas par me parler un peu de vous ? Par exemple, comment une personne originaire de Pachoula n'a-t-elle pas d'accent ?

Ferguson se mit à rire.

– Je peux en avoir un si cela vous fait plaisir. Eh oui, missié, je peux pa'ler comme un pauv' nèg' qu'a eu bien des malheu's, oh ! oui... (Ferguson se balança sur sa chaise comme un vieillard dans son rocking-chair. Soudain, il se pencha en avant et serra les poings.) Écoute, mon pote, je suis né dans la rue, moi, et la baston, ça me fout pas les glandes... (Cette attitude disparut tout aussi rapidement que la précédente, et il redevint le jeune homme calme qui parlait posément.) Je peux aussi parler comme un étudiant qui prépare un diplôme et envisage un avenir dans les affaires. Car c'est cela que j'étais.

Cowart fut frappé par ces métamorphoses. Elles ne se limitaient pas à quelques mimiques, à l'emploi d'un autre vocabulaire. Toute la personnalité de Robert Earl Ferguson semblait transformée.

– Impressionnant, dit Cowart. Vous devez avoir une bonne oreille.

Ferguson hocha la tête.

– Vous voyez, ces trois accents sont les trois composantes de ma personnalité. Je suis né à Newark, dans le New Jersey. Ma mère était femme de ménage ; elle partait à six heures, tous les matins, pour aller travailler dans les banlieues blanches, et elle ne revenait qu'à la nuit. Mon père était dans l'armée et il a disparu quand j'avais trois ou quatre ans. Ils n'étaient pas vraiment mariés. Ma mère est morte quand j'avais sept ans. Un problème cardiaque, m'a-t-on dit, mais moi, tout ce que je voyais, c'est que je n'avais plus de mère. Un jour, elle a eu du mal à respirer, elle est allée à l'hôpital et je ne l'ai plus jamais revue. On m'a envoyé vivre à Pachoula, chez ma grand-mère. Vous n'avez pas idée de ce que cela peut représenter pour un gamin qui n'a connu que le ghetto. Il y avait des arbres, des rivières, de l'air pur, j'avais l'impression d'être au paradis, même s'il n'y avait pas l'eau courante. Les plus belles années de ma vie, oui. Je suis allé à l'école. La nuit, je lisais à la bougie. On mangeait les poissons qu'on attrapait dans les cours d'eau, on se serait cru au siècle dernier. Je pensais que je ne partirais jamais de là, et puis ma grand-mère est tombée malade, elle avait peur de ne plus pouvoir s'occuper de moi, et elle m'a renvoyé à Newark, chez ma tante et son nouveau mari. J'ai terminé le lycée, je suis allé à l'université. Mais j'aimais revenir voir ma grand-mère. Dès que j'avais des loisirs, je prenais un car de nuit qui m'emmenait de Newark à Atlanta ; là je changeais pour Mobile, et enfin je prenais le bus local jusqu'à Pachoula. J'étais un gosse de la campagne, la ville ne me convenait pas.

Ferguson secoua la tête et un petit sourire éclaira son visage.

» Ah, ces trajets en car, ça a été le début de tous mes ennuis.
– Comment cela ?
– Plus de trente heures de car, ça ne vous dit rien ? fit-il en continuant de secouer la tête. On traverse des villes minables, on est entouré de pauvres gens qui auraient besoin de prendre une bonne douche. C'est pour ça que je me suis acheté une voiture. Une Ford Granada d'occasion, vert bouteille. J'ai dû emprunter douze cents dollars à un camarade. Elle n'avait que cent mille kilomètres. Qu'est-ce que j'aimais rouler avec...
La voix de Ferguson se perdit dans le lointain.
– Mais...
– Mais si je ne l'avais pas achetée, je n'aurais jamais été arrêté par les hommes du shérif qui enquêtaient sur le crime.
– Parlez-moi de cela.
– Il n'y a pas grand-chose à dire. L'après-midi du drame, j'étais chez ma grand-mère. Elle aurait pu en témoigner, si seulement on avait pris la peine de le lui demander...
– Quelqu'un d'autre aurait pu vous voir ? Un parent...
– Non, personne, il n'y avait qu'elle et moi. Si vous lui rendez visite, vous comprendrez pourquoi. Elle vit dans une cabane délabrée à près d'un kilomètre des autres, tout au bout d'un chemin de terre.
– Continuez.
– Peu après la découverte du corps de la petite fille, deux inspecteurs sont venus à la maison. J'étais occupé à laver ma voiture, j'aimais bien la voir briller. Ils sont arrivés sur le coup de midi et m'ont demandé ce que j'avais fait les jours précédents. Ce n'était pas moi qu'ils regardaient, mais la voiture. Ils n'écoutaient pas vraiment ce que je leur racontais.
– Le nom des inspecteurs ?
– Brown et Wilcox. Je connaissais ces deux salauds, je savais qu'ils ne pouvaient pas me blairer. Ils savaient que j'allais être quelqu'un et ça, ils ne le supportaient pas.
– Poursuivez.
– Ils m'ont dit que je devais signer une déclaration en ville et je suis parti avec eux. Bon sang, si j'avais su ce qui m'attendait ! Mais voyez-vous, monsieur Cowart, je n'avais rien à craindre. Je ne savais même pas de quoi ils parlaient, ils ont évoqué un cas de disparition, pas un crime.
– Et ?
– Comme je vous l'ai dit dans ma lettre, je n'ai pas vu la lumière du jour pendant trente-six heures. (Ferguson raconta les menaces, les sévices, les privations, les insultes dont il avait fait l'objet.) Brown jouait le rôle du gentil, Wilcox celui du

méchant. Le truc habituel. Wilcox n'arrêtait pas de me gifler, il me hurlait dessus, son visage était tout rouge et j'ai même pensé qu'il allait avoir une crise cardiaque. Brown était sorti de la pièce pour me laisser seul avec ce dingue. « Dis-moi ce que tu lui as fait! Tu l'as tuée avant de la baiser ou bien c'était le contraire ? » Ça a duré des heures, je disais tout le temps « non, je ne comprends rien à tout cela ». Il m'a montré des photos de la petite fille. « Alors, t'as pris ton pied ? Ça t'a fait comment au premier coup de couteau ? Et au vingtième ? » Comme ça, sans arrêt, pendant des heures.

Ferguson reprit son souffle.

» De temps en temps, il s'arrêtait et sortait de la pièce où il me laissait, menotté à ma chaise. Cela pouvait durer cinq minutes, une demi-heure, deux heures. Et puis, à un moment, il en a eu vraiment marre que je ne parle pas, il s'est mis à me frapper à l'estomac. Je tremblais de partout. Je n'ai pas pu aller aux toilettes et j'ai fait sous moi. Après, ça a été l'annuaire du téléphone.

Cowart hocha la tête, il connaissait cette technique. Hawkins la lui avait expliquée un soir. L'impact est formidable, mais il ne laisse pas la moindre trace.

» Il est ressorti et Brown est venu le remplacer; cela faisait des heures que je ne l'avais pas vu. Il m'a relevé doucement. Il était tout sucre, tout miel avec moi. Je sais ce que Wilcox t'a fait, il me dit, je suis vraiment désolé. Il dit qu'il va m'emmener aux toilettes et me donner de quoi me changer, qu'il va aller me chercher un Coca et un sandwich, qu'il faut seulement que je lui fasse confiance et que je lui dise ce que j'ai fait à la petite fille. Je ne dis toujours rien. « Bobby Earl, tu es salement amoché, il va falloir que je t'emmène à l'infirmerie pour voir un médecin. Allez, raconte-moi comment ça s'est passé. » Je répète que je n'ai rien fait et, là, il se met à hurler : « On sait que c'est toi qui as fait le coup, alors raconte! » Et il sort son arme, pas une arme de service, non, mais un calibre 38 qu'il portait à la cheville. Wilcox est arrivé à ce moment-là, il m'a mis les bras dans le dos et m'a relevé la tête pour que je voie bien le canon. « Allez, accouche! » me dit Brown. « Je n'ai rien fait! » que je lui dis, et il appuie sur la détente. J'ai poussé un hurlement. « Bobby Earl, tu as du pot ce coup-là, mais ça va pas être pareil la prochaine fois. » Il appuie encore une fois sur la détente et c'est encore un clic. « C'est bizarre, on dirait que mon flingue est vide. Ah! tiens, voilà une cartouche!... » Et il la place bien dans le barillet pour qu'elle fasse feu au prochain coup. « Ta dernière chance, le négro! » Et moi, je le crois, et je dis : « Oui, c'est moi, c'est moi, tout ce que vous voudrez, c'est moi qui l'ai fait. » Voilà pour ma confession.

Matthew Cowart respira à fond comme pour bien digérer ce pénible récit. Il avait l'impression que l'air manquait dans la petite pièce, que les murs étaient chauffés à blanc.

– Vous avez raconté tout ça à votre avocat ?

– Naturellement, mais il a mis les choses au clair. Deux inspecteurs de police et une petite fille blanche assassinée contre moi, le résultat était connu d'avance, non ?

Cowart hocha la tête.

– Pourquoi je vous croirais, moi ?

– Je n'en sais rien, dit Ferguson avec un certain énervement. Peut-être parce que je dis la vérité.

– Vous êtes passé au détecteur de mensonges ?

– Oui, mon avocat l'avait demandé, mais le résultat n'a pas été concluant. J'étais trop nerveux quand on m'a placé tous ces fils. Je peux repasser un test, si vous le voulez, mais je ne sais pas si cela vous sera très utile, ça n'a aucune valeur devant un tribunal.

– Qu'est-ce que je peux raconter dans mon article qui puisse prouver que vous dites bien la vérité ?

Ferguson réfléchit un instant, le regard rivé à celui de Cowart. Puis un sourire se dessina sur le visage du détenu.

– L'arme, dit-il. Ça devrait convenir.

– Comment cela ?

– Avant de me conduire dans la petite pièce, ils ont déposé leurs armes de service sur un bureau ; tout le monde a pu le voir. Le petit flingue était dissimulé sous son pantalon. Il vous mentira si vous arrivez à l'interroger.

– Possible.

Les deux hommes redevinrent silencieux. Cowart regarda tourner son magnétophone.

– Pourquoi vous ont-ils arrêté ? demanda-t-il.

– C'était bien pratique. J'étais sur place, j'étais noir, j'avais une voiture verte et le même groupe sanguin – cela, ils ne l'ont su que plus tard. La communauté – les Blancs, je veux dire – devenait complètement hystérique. Il lui fallait un responsable et ils me sont tombés dessus. J'étais le coupable idéal, non ?

– Dans leur logique, oui.

La colère brilla un instant dans les yeux de Ferguson et Cowart le vit serrer les poings. Puis il se ressaisit.

– Ils n'ont jamais pu me voir par ici parce que je n'étais pas le négro abruti qui correspondait à leurs désirs, parce que je suis allé à l'université, parce que j'ai vécu dans des grandes villes. Oui, ils me connaissaient et ils ne pouvaient pas me voir pour ce que j'étais et pour ce que j'allais devenir.

Cowart allait poser une question quand Ferguson empoigna à deux mains le rebord de la table. Sa voix tremblait et Cowart sentit la fureur qui l'habitait. Les muscles de son cou étaient gonflés, il serrait les mâchoires. A cet instant, Cowart se dit qu'il n'aimerait pas tomber dans les mains d'un tel homme.

– Rendez-vous là-bas, allez à Pachoula, visitez le comté d'Escambia. C'est juste au sud de l'Alabama, à trente-cinq ou quarante kilomètres de la frontière. Il y a cinquante ans, on m'aurait pendu au premier arbre, ils auraient endossé des robes blanches et mis des bonnets pointus, il y aurait eu des croix de feu. Les temps ont changé, cracha-t-il avec amertume, mais pas tant que ça. Ils se sont fondus dans le moule de la civilisation. J'ai eu un procès, oui monsieur. J'ai eu un avocat, oui monsieur. Et un jury. J'ai bénéficié de tous les droits que m'accorde la Constitution, oui monsieur. Comme ça, leur lynchage est tout ce qu'il y a de plus légal. (Ferguson frémissait sous le coup de l'émotion.) Allez là-bas, monsieur le journaliste blanc, posez-leur des questions et vous verrez. Vous croyez qu'on est à la fin du XXe siècle ? Eh bien, vous découvrirez que les choses n'ont pas évolué aussi vite que ça. Oui, vous verrez.

Il s'arrêta de parler et regarda Cowart.

Les bruits de la prison paraissaient incroyablement atténués, comme s'il y avait des kilomètres de murs et de couloirs. La pièce lui parut encore plus petite, et elle était tout entière emplie de désespoir, de colère et de frustration.

Ferguson paraissait réfléchir à ce qu'il allait dire.

» Dites-moi, monsieur Cowart, vous pensez que cela se passe de la même façon à Pachoula qu'à Miami ?

– Non.

– Je ne vous le fais pas dire. Et vous savez le plus drôle ? Si j'avais commis ce crime – ce qui n'est pas le cas –, mais si je l'avais commis et que ça soit à Miami, vous savez ce qu'ils auraient fait avec l'absence de preuves qu'ils ont contre moi ? Il y aurait eu un compromis, j'aurais récolté dans les cinq ans, peut-être même quatre. Je n'ai pas de casier judiciaire, j'étais étudiant, j'avais un avenir. Ils n'avaient aucune preuve. Qu'est-ce que vous en pensez, monsieur Cowart, qu'est-ce qu'ils auraient fait à Miami ?

– Un compromis, vous avez probablement raison.

– Eh bien, à Pachoula, c'est la peine capitale.

– C'est le système qui veut ça.

– Une belle saloperie, non ? Mais surtout, je ne suis pas dans le coup, je n'ai pas commis ce crime. D'accord, je ne suis pas parfait, j'ai fait quelques blagues quand je vivais à Newark, même chose à Pachoula, vous pourrez vérifier. Mais bon sang, je n'ai pas tué cette petite fille.

Ferguson fit silence un instant.

» En revanche, je sais qui a fait le coup.

Cowart ne put parler tout de suite.

– Revenons sur ce point, dit-il. Dites-moi qui.

Ferguson se balança sur sa chaise. Cowart vit une sorte de sourire se dessiner sur ses lèvres, on eût dit une cicatrice qui lui barrait le visage. L'attitude de Ferguson changea radicalement, un peu comme lorsqu'il avait changé d'accent.

– Je ne peux pas vous le dire pour l'instant, fit le détenu.

– Foutaises, répondit Cowart avec un certain mépris. Ne jouez pas les timides.

– Non, dit l'autre en secouant la tête. Je vous le dirai, mais seulement quand vous me croirez.

– A quoi vous jouez ?

Ferguson se pencha et les deux hommes n'étaient plus qu'à quelques dizaines de centimètres l'un de l'autre. Il posa un regard glacial sur le journaliste.

– C'est ma vie qui est en jeu, ils veulent me la prendre et c'est la meilleure carte que je possède. Ne me demandez pas de l'abattre tant que je ne serai pas prêt.

Cowart ne répliqua pas.

» Allez vérifier tout ce que je vous ai dit. Ensuite, quand vous me croirez innocent, quand vous aurez vu comment ces enfoirés m'ont coincé, je vous parlerai.

Quand un individu désespéré établit les règles du jeu, lui avait dit un jour Hawkins, mieux vaut faire comme il dit.

Cowart hocha la tête.

Ils ne parlèrent pas et se regardèrent dans les yeux, comme rivés l'un à l'autre. Cowart savait qu'il n'avait plus le choix. C'était là le dilemme de tout journaliste : il avait entendu un homme lui raconter une histoire, avec ses côtés positifs et ses côtés négatifs, il était astreint à découvrir la vérité. Il ne pouvait plus y échapper.

» Voilà, monsieur Cowart, c'est tout ce que je peux vous dire pour l'instant. Est-ce que vous allez m'aider ?

Cowart repensa aux dizaines de feuillets qu'il avait écrits à propos de la mort, de la douleur et de l'agonie, aux visions cauchemardesques qui s'imposaient parfois à lui. Avec tout ce qu'il avait écrit, il n'avait jamais réussi à épargner le désespoir à qui que ce soit. Et encore moins à sauver une vie.

– Je ferai de mon mieux, dit-il.

3
Pachoula

Le comté d'Escambia se situe à la pointe nord-ouest de la Floride et jouxte l'Alabama par deux de ses côtés. Il partage l'identité culturelle de l'État voisin. C'était à l'origine une région rurale, avec de petites exploitations disséminées à flanc de collines, séparées par des bouquets de pins rabougris, mais aussi de grands saules et des vignes. Ces dernières années, comme dans la majeure partie du Sud, les constructions avaient pris le dessus, les terres agricoles avaient cédé la place à des banlieues quand la ville principale, le port de Pensacola, s'était brusquement développée. Mais le comté avait tout de même préservé les liens qui l'unissaient à Mobile par la nationale 10 et aux zones côtières du Golfe. Comme de nombreux coins du Sud profond, Escambia revendiquait un mélange contradictoire de pauvreté et de fierté, car des générations d'hommes avaient trouvé la vie ici sinon douce, du moins meilleure qu'autre part.

Le voyage en avion jusqu'à l'aéroport local ne fut qu'une longue série de trous d'air et de soubresauts. Les nuages annonciateurs d'orage ne semblaient pas apprécier l'intrusion du bimoteur; la cabine était successivement plongée dans la pénombre et brutalement éclairée quand l'appareil rencontrait les nuages ou les rayons du soleil qui se couchait au-dessus du golfe du Mexique. Cowart entendait les moteurs lutter contre le vent, changer de sonorité comme le souffle d'un coureur de fond. Il se pelotonnait dans le cocon de l'avion et pensait à l'homme du couloir de la mort, mais aussi à ce qui l'attendait à Pachoula.

Ferguson avait déclenché une tempête en lui. Il était sorti de son entretien avec le condamné à mort en se jurant de préserver l'objectivité, de tout écouter et d'accorder la même valeur à chaque déclaration. Mais en même temps, il savait qu'il n'allait pas à Pachoula pour être tenu à l'écart de cette histoire. Il serra les poings en repensant à la voix vibrante de Ferguson, à sa colère contenue. Puis il repensa à la fillette. Onze ans. Pas un âge pour mourir. Ça aussi, ne l'oublie pas.

L'avion se posa sous une pluie battante. Par le hublot, Cowart aperçut les arbres sombres qui se dressaient à la limite de la piste.

La nuit tombait et il conduisit sa voiture de location jusqu'à l'Admiral Benbow Inn, non loin de la nationale, juste à la sortie de Pachoula. Après avoir inspecté sa chambre modeste mais d'une propreté impressionnante, il descendit au bar de l'hôtel, se glissa entre deux représentants de commerce et commanda une bière à la serveuse. Ses cheveux bruns et bouclés lui encadraient le visage; ses traits étaient ceux d'une femme lasse de servir toujours les mêmes bières aux mêmes hommes et de refuser les éternelles propositions qu'ils ne manquaient pas de lui faire après avoir un peu trop arrosé la soirée. Elle servit à Cowart une bière pression sans cesser de le dévisager, même lorsqu'il commença à boire.

– Vous êtes pas d'ici, n'est-ce pas? lui demanda-t-elle avec un fort accent.

Il secoua la tête.

» Ne me dites rien, fit-elle, j'aime bien deviner. Tenez, répétez ça après moi.

Elle débita une phrase difficile à prononcer, il rit et la répéta.

Elle lui sourit.

» Vous êtes pas de Mobile ou de Montgomery, ça c'est sûr. Pas même de Tallahassee ou de La Nouvelle-Orléans. Je vois que deux solutions, Miami ou Atlanta. Mais si c'est Atlanta, vous en êtes pas originaire, de New York peut-être, et vous êtes à Atlanta que depuis quelque temps.

– Pas mal, fit-il. Miami.

Elle le dévisagea longuement, satisfaite d'elle-même.

– Voyons voir, un beau costume, assez classique, comme celui d'un avocat... (Elle se pencha vers lui et palpa le revers de son veston.) Belle étoffe. Vous ressemblez pas à tous ces types qui vendent des vitamines pour le bétail. Les cheveux sont un peu longs sur les oreilles et il y en a déjà quelques-uns de blanc. Je vous donnerais dans les trente-cinq. Si vous étiez avocat, vous seriez dans un cabinet et on vous aurait envoyé faire le boulot d'un autre. Non. Je vous vois pas flic, vous en avez pas l'allure, ni agent immobilier ou représentant, comme vos voisins. Résumons, qu'est-ce qui peut bien amener de Miami un type dans votre genre ? Je vois qu'une chose, vous êtes journaliste et vous vous intéressez à une affaire.

– En plein dans le mille, fit-il en riant. Et j'ai trente-sept ans.

Elle se retourna pour tirer un demi qu'elle déposa devant un client, puis revint vers Cowart.

– Vous faites que passer ? Je vois pas ce qui pourrait vous intéresser ici. Il se passe pas grand-chose par chez nous, au cas où vous l'auriez pas encore remarqué.

Cowart hésita, ne sachant s'il devait se taire ou parler. Puis il haussa les épaules. Si elle a trouvé qui je suis en moins de deux minutes, tout le monde sera au courant avant même que je rende visite aux flics et aux magistrats.

– Une affaire de meurtre, dit-il.

Elle hocha la tête.

– Je m'en doutais. Vous m'intriguez. Quelle affaire ? Je me rappelle pas le dernier crime qu'il y a eu par ici. On en dirait pas autant à Mobile ou à Pensacola. Vous cherchez des dealers ? Seigneur, on raconte que la cocaïne passe par ici, des tonnes tous les jours. Des fois, il y a des gus qui parlent espagnol qui se pointent par ici. La semaine dernière, il y en a qui ont débarqué, ils avaient des costumes sombres et des téléphones de poche. On aurait cru qu'ils étaient chez eux. Ils ont demandé du champagne pour l'apéritif et j'ai dû envoyer le môme en chercher. C'est pas dur d'imaginer ce qu'ils fêtaient.

– Je ne m'intéresse pas à la drogue, dit Cowart. Vous êtes ici depuis longtemps ?

– Quelques années. Je suis arrivée à Pensacola avec mon mari qui était pilote. Il vole encore mais il est plus mon mari et moi je suis coincée ici.

– Est-ce que vous vous rappelez une affaire survenue il y a à peu près trois ans; une petite fille du nom de Joanie Shriver qui aurait été tuée par un certain Robert Earl Ferguson ?

– La petite gosse qu'on a retrouvée près de l'étang de Miller ?

– C'est cela.

– Je m'en souviens bien, c'est arrivé juste au moment où je débarquais ici avec mon bonhomme. J'étais au bar depuis une semaine. (Elle rit.) Je croyais que le boulot allait toujours être aussi intéressant. Tout le monde parlait de la petite. Il y a eu des journalistes de Tallahassee, des types de la télé venus d'Atlanta. C'est comme ça que je vous ai reconnu. Ils venaient tous ici. Faut dire qu'on peut pas vraiment aller autre part. Ça a été la folie pendant quelques jours, et puis ils ont annoncé qu'ils avaient pris le type. Après, c'est redevenu le calme plat. Vous êtes sûr de pas arriver un peu trop tard?

– Je viens seulement d'être mis au courant.

– Le type est en prison, non? Dans le couloir de la mort.

– La façon dont il y est arrivé mérite d'être étudiée. Il y a eu quelques vices de forme.

La jeune femme rejeta la tête en arrière pour rire.

– Je crois pas que ça ferait beaucoup de différence, dit-elle. Bonne chance, Miami.

Elle servit une bière à un autre consommateur et ne s'intéressa plus à Cowart.

La matinée était très claire. Le soleil paraissait bien décidé à assécher les dernières flaques d'eau. La chaleur montait doucement. Cowart avait la chemise qui lui collait au dos. Il quitta l'hôtel et prit la voiture pour traverser Pachoula.

La petite ville était bien implantée sur un terrain plat pas très éloigné de la nationale et entouré de terres cultivables, assurant ainsi la transition entre la route et la campagne. C'était un peu trop au nord pour qu'il y eût de belles orangeraies, mais Cowart dépassa des exploitations aux arbres bien alignés, aux prés où paissait du bétail. Il comprit qu'il se trouvait du côté riche de la ville. Les maisons de plain-pied étaient toutes semblables mais témoignaient d'un certain statut social. Toutes possédaient de grosses antennes de télévision. Il y avait même des antennes paraboliques sur les pelouses. Comme il entrait dans la ville proprement dite, il vit des boutiques et des stations-service. Il longea un petit centre commercial, avec supermarché, carterie, pizzeria et restaurant. Bien tenues, les maisons avaient cette solidité qui est l'image de la réussite.

Le centre-ville ne comportait que trois pâtés de maisons. Il y avait là un cinéma, quelques bureaux, des boutiques et des feux aux carrefours. Les rues étaient propres et il se demanda si elles avaient été balayées par le vent de la veille ou les services municipaux.

Il continua de rouler, laissant derrière lui magasin de pièces détachées pour voitures, quincaillerie et fast-food, pour s'engager sur une route à deux voies. Il lui sembla que le paysage se modifiait sensiblement, une certaine grisaille qui faisait contraste avec la végétation vue précédemment. La route devenait moins carrossable, les maisons de bois étaient peintes de couleurs délavées. Les branches des pins et des saules faisaient clignoter la lumière du soleil et Cowart avait mal aux yeux. Il faillit manquer le chemin de terre qui partait sur sa gauche. La voiture dérapa dans la poussière avant de reprendre de la vitesse. Il longea une longue haie. Il apercevait parfois de petites fermes. Il ralentit et passa devant trois maisonnettes en bois. Un vieux Noir le regarda. Cowart roula encore pendant près d'un kilomètre et s'arrêta devant une cabane qui se dressait seule au bord de la route.

Il y avait un porche de bois et un rocking-chair. Un petit poulailler était aménagé sur le côté, avec quelques poules qui picoraient la terre. Un break Chevrolet était garé là, capot ouvert.

Cowart descendit de voiture et la chaleur le submergea. Il entendit un chien aboyer dans le lointain. La riche terre brune de la cour de devant était durcie par la sécheresse. Il se retourna et vit que la maison donnait sur un immense champ, voisin d'une forêt sombre.

Cowart hésita, puis s'approcha du porche.

En posant le pied sur la première marche, il entendit une voix appeler de l'intérieur.

– Je vous ai vu. Qu'est-ce que vous voulez ?

Il s'arrêta net pour répondre :

– Je cherche Mme Emma Mae Ferguson.

– Qu'est-ce que vous lui voulez ?

– Je désirerais lui parler.

– C'est pas une réponse, ça. Qu'est-ce que vous lui voulez ?

– Je veux lui parler de son petit-fils.

La porte d'entrée s'entrouvrit doucement. Une vieille Noire aux cheveux gris tirés en arrière apparut. Elle était mince, toute en nerfs, et se déplaçait avec lenteur, mais aussi une certaine assurance, comme si le poids des ans et les rhumatismes n'étaient d'aucune importance.

– Vous êtes de la police ?

– Non, je m'appelle Matthew Cowart et je suis du *Journal* de Miami. Je suis journaliste.

– Qui c'est qui vous envoie ?

– Personne. Je suis venu tout seul. Vous êtes Mme Ferguson ?

– Peut-être bien.

– Je vous en prie, madame Ferguson, je veux parler de Robert Earl.

– C'est un brave garçon et on me l'a pris.

– Oui, je le sais. J'essaye de l'aider.

– Qu'est-ce que vous pouvez faire ? Vous êtes avocat ? Les avocats lui ont déjà fait assez de mal.

– Non, madame. Je vous en prie, on ne pourrait pas discuter quelques instants ? Je ne cherche qu'à venir en aide à votre petit-fils. Il m'a dit de venir vous voir.

– Vous avez vu mon gars ?

– Oui.

– On le traite bien ?

– Il m'avait l'air en forme. Frustré, mais en forme.

– Bobby Earl était un bon gars, vraiment un bon gars.

– Je le sais. S'il vous plaît...

– Bon, monsieur le journaliste. Je vais m'asseoir et vous écouter. Demandez-moi ce que vous voulez savoir.

La vieille femme s'avança lentement vers son rocking-chair. Elle fit signe à Cowart de monter les autres marches, et il s'assit sur le porche, presque à ses pieds.

– Eh bien, voilà. Je veux savoir ce qui s'est passé pendant ces trois jours il y a près de trois ans. J'ai besoin de savoir exactement ce qu'a fait Robert Earl le jour où la petite fille a disparu, le lendemain et le jour où il a été arrêté. Vous vous en souvenez ?

Elle renifla.

– Écoutez, monsieur le journaliste, je suis peut-être vieille, mais je suis pas idiote. J'ai peut-être pas les yeux aussi bons que dans le temps, mais j'ai toute ma tête. Seigneur, comment je pourrais oublier tout ça ? Mais vous êtes sûr que vous voulez aider Bobby Earl ?

– Oui, madame, je ferai de mon mieux.

– Comment vous allez vous y prendre ? Vous allez faire mieux que ce bavard d'avocat ?

– Je vais écrire un article.

– On a déjà écrit un tas d'articles sur Bobby Earl, et ça a surtout réussi à le mettre au couloir de la mort.

– Ce ne sera pas pareil.

– Comment vous en êtes sûr ?

Il n'était pas préparé à une telle question et il lui fallut un instant pour répondre.

– Écoutez, madame Ferguson, cela ne peut pas être pire qu'aujourd'hui. Et il me faut certaines réponses si je veux l'aider.

La vieille femme lui sourit.

– Vous avez raison. Bon, posez-moi vos questions.

– Le jour du meurtre de la petite fille...

– Il est resté avec moi. Toute la journée. Il est pas sorti, sauf le matin pour aller prendre du poisson. Des perches. Je me le rappelle bien parce qu'on les a fait frire pour dîner.

– Vous en êtes certaine ?
– Naturellement. Où il aurait pu aller ?
– Il avait sa voiture, non ?
– Je l'aurais entendue s'il avait démarré. Je suis pas sourde. Non, il est allé nulle part ce jour-là.
– Vous avez raconté tout ça à la police ?
– Naturellement.
– Et alors ?
– Ils m'ont pas crue. Ils m'ont dit : « Emma Mae, vous êtes bien sûre qu'il s'est pas éclipsé l'après-midi ? Peut-être que vous avez fait un petit somme. » Je leur ai dit que non, alors ils m'ont dit que j'avais tort et ils se sont mis en colère. Je les ai pas beaucoup revus après ça.
– Parlez-moi de l'avocat de Robert Earl.
– Il m'a posé des questions, tout un tas de questions, et il m'a pas crue non plus. Il a dit que j'avais trop de bonnes raisons de mentir et de couvrir mon gars. Ça, c'est vrai, c'était mon petit chéri et je l'aimais tout plein. Même quand il est parti dans le New Jersey et qu'il est revenu et qu'il parlait mal, je l'aimais quand même. Il travaillait bien, vous savez, c'était mon petit étudiant. Vous imaginez ça, vous qui êtes un journaliste blanc ? Regardez autour de vous, vous croyez qu'on est beaucoup à aller apprendre dans les écoles ?

Elle renifla de nouveau en attendant une réponse qui ne vint pas. Au bout d'un instant, elle reprit :

» C'est vrai, c'était mon petit gars à moi, j'étais fière de lui et j'aurais menti pour le sauver. Mais je l'ai pas fait. Je fais mes prières à Jésus, mais je serais allée supplier le diable pour sauver mon gars, ça je vous le jure. De toute façon, personne m'a crue.
– La vérité, c'est quoi ?
– Il est resté tout le temps avec moi.
– Et le lendemain ?
– Il m'a pas quittée.
– Quand la police est venue ?
– Il était dehors à astiquer sa voiture. Il a été poli avec eux, oui monsieur et non monsieur, et il est parti avec eux. Vous voyez à quoi ça lui a servi.
– Vous avez l'air en colère ?

La vieille femme bloqua son rocking-chair, toute raidie d'émotion. Elle fit claquer ses paumes sur les bras du fauteuil.
– En colère ? Vous me demandez si je suis en colère ? Ils m'ont pris mon gars et maintenant ils veulent le tuer. J'ai pas les mots pour vous dire ce que je ressens en moi. (Elle se leva et

se dirigea vers la porte.) J'ai plus que de la haine et de l'amertume, monsieur le journaliste. Vous pourrez l'écrire dans votre journal.

Sur ce, elle disparut dans la pénombre de la cabane et referma brutalement la porte derrière elle. Matthew Cowart nota ses paroles dans son carnet.

Il était midi lorsqu'il arriva à l'école. Elle ressemblait tout à fait à ce qu'il avait pensé, un bâtiment en béton, sans imagination, avec un drapeau américain qui pendait au-dessus de la porte principale. Des cars scolaires étaient garés sur le côté; derrière, il y avait un terrain de jeux avec des balançoires et des paniers de basket. Il rangea sa voiture et se dirigea vers l'école, comme attiré par les voix des enfants. C'était l'heure du repas, l'animation au-delà des portes à double battant. Des enfants passèrent à côté de lui, un sac en papier ou une mallette contenant leur repas à la main. Les murs de l'école étaient décorés de leurs travaux. Il regarda un instant les dessins et se souvint des collages que sa fille ne cessait de lui adresser; ils ornaient maintenant son bureau. Il traversa un vestibule pour atteindre une porte sur laquelle était écrit ADMINISTRATION. Elle s'ouvrit devant lui et deux fillettes sortirent en chuchotant. L'une était blanche, l'autre noire. Il les vit disparaître dans un couloir. Son regard capta un portrait accroché au mur.

C'était celui d'une petite fille blonde, avec des taches de rousseur et un grand sourire qui dévoilait un appareil dentaire. Elle portait une chemise blanche et une chaîne autour du cou. Le prénom « Joanie » était gravé sur la médaille. Une petite plaque avait été apposée sous le portrait.

Joanie Shriver
1976-1987
Notre camarade de classe
Nous ne l'oublierons jamais

Il regarda encore un instant le portrait, puis entra dans le bureau. Une femme d'âge mûr à la chevelure ondoyante lui adressa la parole.

– Je peux vous aider?

– Oui, je cherche Amy Kaplan.

– Elle vient de sortir. Elle vous attendait?

– Je lui ai parlé au téléphone l'autre jour. Je m'appelle Cowart, je viens de Miami.

– Vous êtes le journaliste?

Il hocha la tête.

» Elle m'a dit que vous alliez venir. Je vais voir si je peux la trouver.

Il y avait une certaine amertume dans la voix de cette femme. Elle ne sourit pas à Cowart, sortit dans le couloir et revint un instant plus tard, accompagnée d'une jeune femme. Cowart vit qu'elle était jolie, avec des cheveux auburn qui mettaient en valeur un agréable visage.

– Monsieur Cowart ? Je suis Amy Kaplan.

Ils se serrèrent la main.

– Désolé de vous interrompre en plein déjeuner.

Elle haussa les épaules.

– C'est probablement le meilleur moment. Mais comme je vous l'ai dit au téléphone, je ne pense pas vous être d'une grande utilité.

– Vous allez me parler de la voiture et de ce que vous avez vu.

– Il vaudrait mieux que je vous montre l'endroit où je me trouvais, vous comprendrez mieux une fois sur place.

Ils sortirent sans échanger une parole. La jeune enseignante montra la route.

– Vous voyez, dit-elle, un maître était là pour surveiller la sortie. On ne veut pas que les garçons se bagarrent ou que les filles traînent à papoter. Maintenant, il y a une raison supplémentaire... (Elle s'arrêta de parler, l'observa un instant et reprit :) Le jour de la disparition de Joanie, tout le monde était parti et je m'apprêtais à rentrer quand je l'ai aperçue près du grand saule, là-bas... (Elle désigna un point situé à une cinquantaine de mètres et porta la main à sa bouche.) Oh ! mon Dieu...

– Je suis désolé, fit Cowart.

La jeune femme semblait revoir toute la scène. Ses lèvres frémirent comme pour murmurer quelque chose, puis elle secoua la tête et dit que tout allait bien.

– C'était ma première année, vous savez. Je m'en souviens très bien, elle m'a vue et m'a fait un petit signe, c'est comme ça que j'ai su que c'était elle.

Sa voix était bien moins assurée.

– Ensuite ?

– Elle a longé la voiture verte avant de se retourner comme si quelqu'un lui avait parlé. La portière s'est ouverte, elle est montée et la voiture a démarré. (La jeune femme reprit son souffle.) Elle est montée d'elle-même, monsieur Cowart, comme si c'était prévu. Mon Dieu, je revois souvent cette scène, jusque dans mes rêves.

Cowart eut envie d'avouer à la jeune femme que lui-même était en proie aux cauchemars, mais il n'en fit rien.

» C'est ça qui me torture le plus, poursuivit-elle. Je veux dire... Si elle avait crié, si elle s'était débattue... j'aurais pu faire quelque chose, crier, appeler au secours, je ne sais... (L'émotion faisait vibrer sa voix.) Mais non. C'était un après-midi de mai comme tous les autres. Et il faisait si chaud, je n'avais qu'une hâte, rentrer dans l'école.

Cowart arpenta la rue pour mieux se rendre compte des distances.

– La voiture était à l'ombre ?

– Oui.

– Vous êtes certaine qu'elle était verte ? Vert foncé ?

– Oui.

– Pas noire ?

– Vous parlez comme les inspecteurs et les avocats. Bien sûr, elle aurait pu être noire, mais dans mon cœur et dans mes souvenirs, elle est verte.

– Vous n'avez pas vu de main pousser la portière de l'intérieur ?

Elle hésita.

– C'est une bonne question. Personne ne me l'a posée. Ils m'ont demandé si j'avais vu le conducteur. Il aurait dû se pencher. Non, je n'ai pas vu sa main, rien que la portière qui s'ouvrait.

– Et la plaque minéralogique ?

– Vous savez comme moi que les plaques de Floride portent le tracé de l'État en orange sur fond blanc. Tout ce que j'ai vu, c'est qu'elle était plus sombre et qu'elle venait d'un autre État.

– Quand vous ont-ils montré la voiture de Robert Earl Ferguson ?

– Je n'ai vu qu'une photo, plusieurs jours après.

– Vous n'avez pas vu la voiture ?

– Pas depuis le jour où Joanie a disparu.

– Parlez-moi de la photo.

– Il y en avait plusieurs, prises au Polaroïd certainement.

– Sous quel angle ?

– Je vous demande pardon ?

– Sous quel angle les photos ont-elles été prises ?

– De profil.

– Mais vous avez vu l'arrière de la voiture.

– Oui, mais c'était la bonne couleur, et la forme générale était la même. Aussi...

– Oui ?

– Non, rien.

– Vous avez dû voir les feux de stop s'allumer quand la voiture a démarré. Les feux de stop s'allument quand le conducteur enclenche une vitesse. Vous ne vous souvenez pas de leur forme ?

– Je ne sais pas. On ne me l'a pas demandé.

– Dans ce cas, dites-moi ce qu'ils vous ont posé comme questions ?

– Il n'y en a pas eu beaucoup. Ce n'était pas la police, c'était au procès. J'étais très émue de devoir témoigner, ça n'a duré que quelques secondes.

– Et le contre-interrogatoire ?

– Il m'a demandé comme vous si j'étais certaine de la couleur. Je lui ai répondu que je pouvais me tromper, mais que je ne le pensais pas. Il a paru satisfait et s'en est tenu là.

Cowart observa à nouveau la route, puis il se tourna vers la jeune femme qui paraissait perdue dans ses souvenirs.

– Vous le croyez coupable ?

– Il a été condamné.

– Oui, mais qu'est-ce que vous en pensez vraiment ?

Elle prit son souffle.

– Ce qui m'a toujours tracassée, c'est qu'elle est montée en voiture, sans la moindre hésitation. Pourquoi aurait-elle fait ça si elle ne le connaissait pas ? On essaye d'apprendre aux gosses à se méfier, monsieur Cowart, il y a des cours pour ça. Ils ne doivent jamais suivre un étranger. Eh oui, on fait ça, à Pachoula, on n'est pas aussi retardé que vous pourriez le croire. Le personnel de l'école vient la plupart du temps de Pensacola ou même de Mobile. Nous connaissons notre métier et nous enseignons la sécurité aux enfants. C'est pour ça que je n'ai jamais compris. Elle est montée toute seule en voiture, ça n'a pas de sens.

– Pour moi non plus, cela n'a pas de sens.

– Dans ce cas, commencez par poser la question à Robert Earl Ferguson, lui lança-t-elle avec hargne.

Il ne répondit pas et elle se calma.

» Excusez-moi, mais tout le monde s'en veut. Vous ne vous rendez pas compte de ce que ça a été pour les autres enfants. Ils avaient peur de venir à l'école. En classe, ils n'écoutaient plus rien. Et chez eux, ils faisaient des cauchemars. Des psychologues de l'université sont venus pour les aider. C'était horrible. Ce sera toujours horrible. (Elle regarda autour d'elle.) Je ne sais pas, c'est comme si quelque chose s'était brisé ce jour-là...

Ils demeurèrent un instant silencieux. Puis elle dit :

» Je vous ai aidé ?

– Bien sûr. Je peux vous poser une dernière question ? Il faudra aussi que je revienne vous voir quand j'aurai parlé à d'autres personnes. Les flics, par exemple.

– D'accord, vous savez où me trouver. Alors ?

– Dites-moi seulement ce qui vous a traversé l'esprit il y a quelques minutes quand vous avez évoqué les photos.

– Rien, fit-elle en fronçant les sourcils.

Il la dévisagea.

» Si, il y a bien quelque chose.

– Oui ?

– Quand les policiers m'ont montré les photos, ils m'ont dit qu'ils avaient arrêté le meurtrier et qu'il était passé aux aveux. Que j'identifie la voiture n'était qu'une formalité. C'est plusieurs mois plus tard que j'ai compris que c'était vraiment important, juste avant le procès. Ils m'ont montré les photos en disant : « C'est la voiture du tueur, hein ? » Je les ai regardées et j'ai dit : « Bien sûr. » Ça me tracasse toujours, la façon dont ils ont procédé.

Cowart ne dit rien, mais lui aussi était tracassé.

Un article de journal, ce n'est qu'une compilation d'événements qui se sont déroulés à un moment précis, de citations, de visions subjectives de la part de nombreuses personnes. Le journaliste ne fait qu'y apporter son petit commentaire, ce qu'il a vu et entendu. Un article s'appuie sur le passé, il repose sur une foule de détails. Cowart savait qu'il manquait de matière et il passa la journée à lire des coupures de presse extraites des archives du *News* de Pensacola. Cela l'aida à comprendre la véritable frénésie qui s'était emparée de la ville quand la mère de la fillette avait appelé la police pour dire qu'elle n'était pas rentrée de l'école. A Miami, la police lui aurait dit ne rien pouvoir faire avant vingt-quatre heures; pour elle, la fillette aurait été une fugueuse, qui s'était enfuie pour ne plus être battue ou échapper aux attouchements d'un beau-père, pour rejoindre un petit ami ou faire un tour dans une Pontiac Firebird noire flambant neuve.

Mais à Pachoula les choses ne se passaient pas comme ça. La police municipale avait aussitôt quadrillé les rues. Les hommes avaient des porte-voix pour appeler la petite fille. Les pompiers les avaient assistés, leurs sirènes déchirant le calme du soir. Dans toutes les maisons, les téléphones s'étaient mis à sonner. De petits groupes de parents s'étaient formés pour fouiller chaque ruelle, les scouts avaient été mobilisés. Ceux qui travaillaient encore avaient déserté leur bureau pour chercher eux aussi.

Mais elle était déjà morte, se dit-il. Elle est morte dès l'instant où elle est montée dans cette voiture.

Ensuite, on avait pris des torches, des projecteurs. Un hélicoptère avait été envoyé par la police de Pensacola. Jusqu'à plus de minuit, on avait entendu ses rotors, vu ses phares balayer le paysage. Au matin, on avait lancé des chiens dans la battue. Le périmètre de recherche avait été agrandi. Vers midi, la petite ville ressemblait à un camp retranché. Les journalistes de la télévision et de la presse écrite étaient déjà sur place. Le corps de la petite fille avait été découvert en fin d'après-midi par deux pompiers qui inspectaient méticuleusement les abords de l'étang infesté de moustiques. L'un d'eux avait entrevu des cheveux blonds qu'éclairait le soleil couchant.

Il imaginait que la nouvelle avait ravagé la ville, de même que le cadavre de la fillette avait été ravagé par le meurtrier. Et il comprit alors que la pression exercée sur les deux policiers avait dû être énorme. Peut-être même intolérable.

Hamilton Burns était un petit homme rougeaud aux cheveux grisonnants. Sa façon de parler était, comme celle de bien des habitants de Pachoula, typique du Sud profond. La journée touchait à sa fin. Il fit signe à Matthew Cowart de prendre place dans un fauteuil en cuir rouge un peu trop rembourré et se servit un verre de bourbon après avoir tiré comme par magie une bouteille d'un tiroir de son bureau. Cowart secoua la tête quand il la lui tendit.

– Il faudrait un peu de glace, dit Burns, et il se leva pour ouvrir la porte d'un petit réfrigérateur situé dans un coin de la pièce à côté de piles de documents juridiques. Cowart remarqua qu'il boitait. Les murs du bureau étaient recouverts de frisettes et des ouvrages de droit en occupaient tout un pan. Il y avait aussi des diplômes encadrés et des photographies représentant Burns bras dessus bras dessous avec le gouverneur ou d'autres hommes politiques.

L'homme de loi but longuement avant de faire pivoter son fauteuil.

– Bon, vous voulez tout savoir sur Robert Earl Ferguson, hein ? Qu'est-ce que je pourrais vous dire ? Je crois que son appel a été accepté, normal quand on voit que c'est cette vieille fripouille de Roy Black qui s'est occupé du dossier.

– Pourquoi, normal ?

– A cause de ces foutus aveux, quoi d'autre ? Le juge aurait dû les écarter.

– On y reviendra. Vous pouvez commencer par le commencement et me dire comment vous en êtes venu à le défendre ?

– Oh ! j'ai été nommé d'office ! Le tribunal m'a appelé pour me demander si je voulais m'occuper de ça. Les autres étaient trop occupés, je crois aussi que le dossier devait leur brûler les doigts. Tout le monde voulait la peau de ce type.

– Et vous avez accepté ?

– Quand le président vous appelle, vous répondez présent. Et puis, je suis nommé d'office la plupart du temps, je ne pouvais pas me permettre de refuser.

– Vous avez tout de même réclamé vingt mille dollars d'honoraires ?

– Ça prend du temps pour défendre un assassin.

– A cent dollars de l'heure ?

– Si je vous disais que j'ai perdu du fric dans cette affaire. Les gens ont mis des semaines avant de recommencer à m'adresser la parole. Avant, c'était toujours « Bonjour, monsieur Burns » et « Comment ça va, monsieur Burns ? » Après, ils changeaient de trottoir pour ne pas avoir à me saluer. Tenez, faites le compte de tout ce que j'ai perdu en défendant Bobby Earl. Tout ça, c'est allé chez mes confrères. Réfléchissez un peu à ça avant de me critiquer.

L'avocat paraissait en pleine déconfiture et Cowart se demanda s'il ne se prenait pas pour la vraie victime de cette pénible histoire.

– Vous aviez déjà traité des dossiers criminels ?

– Quelques-uns.

– Des affaires qui méritaient la chaise ?

– Non, c'était surtout des problèmes domestiques. Vous savez bien, un mari et une femme qui s'engueulent, pour avoir le dernier mot, il y en a un qui prend un feu... (Il rit.) On se retrouve avec un mort, deux au maximum. Je m'occupe pas mal d'accidents de la circulation. Le fils du conseiller municipal qui prend une cuite et balance un piéton. Mais je vous dis, défendre un chauffard ou un vrai criminel, c'est du pareil au même, il faut faire sérieusement son boulot.

– Je vois, fit Cowart en écrivant quelques mots dans son carnet, ce qui lui permit d'éviter le regard de l'avocat. Parlez-moi de votre système de défense.

– Il n'y a pas grand-chose à en dire. J'ai plaidé le vice de procédure. Refusé. J'ai voulu faire supprimer les aveux. Refusé. Je suis allé trouver Bobby Earl et je lui ai dit : « Mon garçon, on va plaider coupable. Pour homicide volontaire. Tu t'en prends pour vingt-cinq ans incompressibles, mais tu sauves ta peau. » Il lui resterait encore quelques belles années devant lui. « Pas question », il me dit. Une vraie tête de mule. Il n'arrêtait pas de répéter qu'il n'y était pour rien. Qu'est-ce qu'il me restait comme solution ? Trouver un jury qui n'ait pas de préjugés ? Bonjour ! On est passé au tribunal et j'ai plaidé le doute raisonnable, mais rien à faire, on a perdu. Qu'est-ce que je peux dire d'autre ?

– Comment se fait-il que vous n'ayez pas appelé sa grand-mère à la barre ?

– Personne ne l'aurait crue. Vous êtes allé voir cette vieille teigne ? Tout ce qu'elle sait dire, c'est que son petit chéri est mignon comme un angelot et qu'il ne ferait pas de mal à une mouche. Autant dire qu'elle est la seule à y croire. Si elle avait raconté ça au président, ça n'aurait fait qu'empirer les choses, merci.

– Je ne vois pas comment cela pourrait être pire.

– Facile à dire maintenant.

– Et si elle disait la vérité ?

Burns haussa les épaules.

» Et la voiture ?

– L'institutrice a reconnu qu'elle pouvait être d'une autre couleur, oui, elle l'a dit à la barre. Je ne sais pas pourquoi le jury ne l'a pas écoutée.

– Vous saviez que la police lui avait montré une photo de la voiture de Ferguson après lui avoir révélé qu'il était passé aux aveux ?

– Quoi ? Non, elle ne me l'a pas dit quand je l'ai interrogée.

– Eh bien, moi, elle me l'a dit.

– Merde alors.

L'avocat se versa un autre bourbon qu'il avala aussi sec.

– L'analyse de sang ?

– Type O positif. La moitié des hommes de ce comté doivent avoir le même groupe. Je suis allé trouver les gars du labo, je leur ai demandé pourquoi ils n'avaient pas utilisé de techniques plus sophistiquées, une recherche d'empreinte génétique, par exemple. Ils avaient un échantillon qui correspondait, cela leur suffisait.

– Les aveux ?

– On aurait dû les supprimer. Je crois qu'on les lui a extorqués. Et lui, au procès, il disait oui à tout ce qu'on lui demandait. C'en était énervant. Vous croyez qu'on aurait pu trouver deux personnes en ville qui auraient dit quelque chose de bien sur son compte ? Eh bien, non, pas même un Noir, comme si personne ne l'aimait.

– Les jurés étaient tous blancs. Vous n'avez pas réussi à ce qu'il y ait au moins un Noir ?

– J'ai bien essayé, monsieur, mais l'accusation se servait de son avantage pour les rejeter les uns après les autres.

– Vous n'avez pas objecté ?

– Si, mais ça a été rejeté. C'est quand même passé dans les minutes. Peut-être que cela servira en appel.

– Cela ne vous inquiète pas ?

– Quoi donc ?

– Eh bien, vous me dites que Ferguson n'a pas bénéficié d'un procès équitable et qu'il est peut-être innocent, alors qu'il se trouve maintenant dans le couloir de la mort.

L'avocat haussa les épaules.

– Je n'en sais rien, fit-il lentement. Pour le procès, oui, c'est vrai. Mais innocent, ça... C'est quand même ses propres paroles. Ses aveux.

– Vous m'avez dit vous-même qu'on les lui a arrachés.

– C'est vrai, mais...

– Oui ?

– Écoutez, je suis d'une autre époque, moi, et j'aime à croire que si l'on n'a rien fait, rien ne vous oblige jamais à dire le contraire. Voilà.

– Il me semble que l'histoire judiciaire regorge d'exemples d'aveux arrachés ou manipulés, non ? dit Cowart avec froideur.

– Exact.

– Il y a des centaines, des milliers de cas.

– Exact. (L'avocat détourna la tête, il était encore plus rouge que d'habitude.) Peut-être bien que vous pourriez écrire un petit quelque chose qui titillerait le juge en appel ou même le gouverneur, on ne sait jamais, ça pourrait faire avancer les choses.

– Vous croyez ?

– Ça se pourrait. Il faut donner sa chance à la justice.

– Sa chance... On dirait que Robert Earl n'en a pas eu beaucoup, la première fois.

– Vous voulez mon avis ?

– Oui.

– C'est vrai, il n'en a pas eu beaucoup.

Surtout avec quelqu'un comme vous à la défense, se dit Cowart, quelqu'un qui s'inquiète plus de sa position sociale à Pachoula que d'envoyer un type à la chaise électrique.

L'avocat s'appuya au dossier de son fauteuil et serra nerveusement son verre, faisant tinter ce qui restait des glaçons.

Une nuit noire, impénétrable, recouvrait la ville. Cowart marchait lentement dans les rues. Il y avait bien des réverbères et des boutiques d'allumés, mais leur lumière était blafarde comme si Pachoula s'était totalement abandonnée aux ténèbres avec la fin du jour. L'air était frais, le calme presque palpable. Il entendait ses pas claquer sur le trottoir.

Il eut du mal à s'endormir. Les bruits du motel – une voix avinée, un lit qui craque, une porte qui claque, le mécanisme des distributeurs de boissons – jouaient sur son imagination et l'empêchaient de faire le tri dans tout ce qu'il avait vu et entendu. Il était bien plus de minuit quand le sommeil l'engloutit enfin, mais ce fut un sommeil terrible.

Dans ses rêves, il roulait lentement en voiture dans les rues de Miami déchirée par les émeutes. Les lueurs des bâtiments en feu se reflétaient sur son véhicule. Il conduisait avec précaution pour éviter les débris de verre et les morceaux de bois qui jonchaient la chaussée. Il savait qu'il se rapprochait du cœur de l'émeute, mais c'était son travail que de voir et de raconter cela. En tournant au coin d'une rue, il découvrit la foule qui hurlait et chantait tout en pillant les magasins. Il lui semblait qu'on scandait son nom. Soudain, dans la voiture qui s'était rangée à côté de la sienne, un cri perçant retentit. Il se tourna et vit que c'était la fillette assassinée. Avant même qu'il pût lui demander ce qu'elle faisait là, sa voiture fut entourée. Il vit le visage de Robert Earl Ferguson et des dizaines de mains l'arrachèrent à son volant; la voiture fut secouée en tout sens comme un navire ballotté par les vents. La fillette fut elle aussi extirpée de son véhicule, mais au moment où elle parvenait à s'échapper, elle changea de visage et hurla : « Papa, au secours ! »

Il se réveilla, le souffle court. Il se leva en titubant, se servit un verre d'eau et se regarda dans le miroir de la salle de bains comme s'il cherchait quelque cicatrice, mais il ne vit rien que ses cheveux trempés de sueur qui lui collaient au front. Il alla s'asseoir près de la fenêtre et il se souvint.

Six ou sept ans plus tôt, il avait vu la folie à l'état pur quand une foule avait sorti deux adolescents d'une fourgonnette. Les garçons étaient blancs, leurs assaillants noirs. Ils étaient arrivés malgré eux en pleine émeute, ils avaient bien essayé de repartir, mais s'étaient trompés de chemin. Faites que ce soit un rêve, avait-il pensé à l'époque, faites que je ne sois pas là. La foule les avait noyés et ils avaient disparu sous les coups de pied et les coups de poing tandis que claquaient des armes à feu. Il se trouvait à un pâté de maisons de là, pas assez près pour servir de témoin oculaire à la police, mais tout de même assez pour ne jamais oublier cette scène. Il était caché dans l'encoignure d'un immeuble en feu à côté d'un reporter qui mitraillait la scène et pestait de ne pas avoir emporté son téléobjectif. Puis il n'y eut plus que deux cadavres mutilés au milieu de la rue. Il avait profité de ce que la foule s'intéressait à autre chose pour s'enfuir à toutes jambes et regagner sa voiture. Il évitait ainsi un sort identique, mais cette vision le hanterait à jamais. Il y avait eu bien des victimes cette nuit-là.

Il se rappelait avoir écrit un article dans la salle de rédaction, aussi impuissant que les deux jeunes qu'il avait vus mourir, prisonnier des images qu'il s'efforçait de coucher sur le papier.

Au moins, je ne suis pas mort, se disait-il.

Rien qu'un tout petit peu.

Il frissonna et se leva avant d'étirer ses muscles pour recouvrer un peu de vigueur. Il se devait d'être en forme. Aujourd'hui, il s'entretiendrait avec les deux inspecteurs. Il se demanda ce qu'ils allaient bien pouvoir lui dire et s'il réussirait à les croire.

Il prit une douche et laissa longuement l'eau couler sur son crâne comme pour en chasser tous les souvenirs douloureux.

4
Les inspecteurs

Une secrétaire de la brigade criminelle du bureau du shérif du comté d'Escambia désigna à Matthew Cowart un canapé en similicuir et lui dit d'attendre qu'elle joigne les deux inspecteurs. C'était une femme jeune, qui aurait été jolie si son visage n'avait pas été marqué par l'ennui; ses cheveux étaient tirés en arrière et ses épaules se contractaient sous l'uniforme brunâtre de la police. Il la remercia et s'assit. La femme composa un numéro de téléphone et parla à voix basse, de sorte qu'il ne comprit pas ce qu'elle disait. « Quelqu'un va venir dans une minute », fit-elle en raccrochant. Puis elle se retourna, s'intéressa aux papiers disposés sur son bureau et l'oublia. Ainsi donc, tout le monde sait pourquoi je suis ici...

La brigade criminelle occupait un bâtiment neuf juste à côté de la prison pour détention provisoire. C'était moderne et calme, les bruits étaient étouffés par l'épaisse moquette brune et les murs blancs qui séparaient l'accueil des bureaux des inspecteurs. Cowart essaya de se concentrer sur la conversation qu'il allait avoir, mais son esprit battait la campagne. Ce silence était déconcertant.

Il se prit à penser à sa maison quand il était gosse. Son père était directeur de rédaction d'un petit quotidien d'une ville de Nouvelle-Angleterre, une cité minière qui avait pris son essor grâce aux heureux investissements de quelques grosses sociétés. C'était un homme distant, qui travaillait dur, partait de chez lui avant le jour et n'y revenait qu'après la tombée de la nuit. Il portait des costumes bleus ou gris très stricts qui dissimulaient difficilement son corps ascétique; peu souriant, un visage taillé à la serpe, il avait les doigts tachés par la nicotine et l'encre d'imprimerie.

Son père était littéralement possédé par tout ce qui touchait de près ou de loin à la fabrication de son journal. Une aberration, une mauvaise action le mettaient littéralement en transe; il oubliait alors sa rigueur et s'enflammait comme le ferait un danseur qui n'a pas entendu de musique depuis des années. Dans de telles circonstances, son père était pareil à un chien de chasse à l'affût, prêt à se jeter sur sa proie et oubliant tout le reste.

Est-ce que je suis très différent? se demandait-il souvent. Pas vraiment. Sa femme le traitait de romantique, comme si c'était une insulte. Un chevalier errant, oui (il leva les yeux et vit quelqu'un entrer dans le secrétariat), c'est plutôt cela, mais avec un cœur de bouledogue.

– C'est vous, Cowart? lui demanda l'homme sur un ton qui n'avait rien d'hostile.

Cowart se leva.

– C'est exact.

– Je suis Bruce Wilcox. (L'homme lui tendit la main.) Le lieutenant Brown ne va arriver que dans quelques minutes. On peut bavarder là-bas.

Le lieutenant entraîna Cowart dans un couloir, jusqu'à une porte vitrée portant l'indication : LT.T.A. WILCOX, BRIGADE CRIMINELLE. Ils entrèrent. Wilcox s'installa derrière un grand bureau gris et fit signe à Cowart de prendre place.

– Il y a eu un accident d'avion ce matin, dit-il en arrangeant des documents disposés devant lui. Un petit Piper Cub qui servait aux cours de pilotage. Tanny s'est rendu sur place pour superviser les recherches. Les types, le pilote et son élève, sont tombés dans les étangs. Sale boulot. Il faut d'abord franchir la bouillasse pour arriver au zinc. Ensuite ramener les corps. On m'a dit que le coucou avait pris feu. Vous avez déjà essayé d'extirper un corps brûlé d'une carlingue en feu? Bon Dieu, c'est pas joli.

L'inspecteur secoua la tête, soulagé de ne pas avoir participé aux recherches.

Cowart l'observa. Il était trapu, avec des cheveux mi-longs rejetés en arrière et un air décontracté; il ne devait pas avoir plus de trente ans. Wilcox avait ôté sa veste de sport – rouge, très voyante – et l'avait accrochée au dossier de son fauteuil. Il se balançait comme s'il avait envie de poser les pieds sur le bureau. Cowart découvrit de larges épaules et des bras puissants disproportionnés par rapport au reste du corps.

» Qu'est-ce que vous voulez, reprit l'inspecteur, ramener des corps, c'est un des sales côtés du boulot. D'habitude, c'est moi qui m'en charge... (Il leva un bras et fit saillir ses muscles.) Je faisais de la lutte au lycée. Comme je ne suis pas très grand, je peux me faufiler un peu partout. J'imagine qu'à Miami ils ont des spécialistes pour ce genre de choses, des types qui ne s'occupent que de la récupération des cadavres. Ici, c'est nous que ça regarde. Le moindre mort, c'est pour nous. D'abord, il faut voir s'il y a eu meurtre ou pas. Ce n'est pas trop dur quand un avion s'est crashé. Ensuite, on les ramène à la morgue.

– Il y a beaucoup de meurtres ? demanda Cowart.

– Vous savez certainement qu'on a des problèmes avec la drogue à cause du Golfe. Ça fait du travail en plus.

– C'est plutôt récent, non ?

– Oui, quelques années.

– Et avant ça ?

– Oh, des disputes entre mari et femme qui tournent mal. Des accidents de la circulation. Des voisins qui se tombent dessus pour une histoire de bonne femme ou de chien qui aboie trop. C'est plutôt ça, dans le comté. On a aussi les problèmes propres aux grandes villes, à Pensacola surtout. La caserne, ça n'arrange rien. Il y a des histoires dans les bars, de la prostitution, et parfois ça se termine en règlement de comptes. Crans d'arrêt et calibres 32 à crosse de nacre. Rien d'exceptionnel, en fait.

– Et Joanie Shriver ?

L'inspecteur s'accorda un moment de réflexion.

– Ça, c'était différent.

– En quoi ?

– C'était différent, elle était... (Il hésita et serra le poing comme pour donner un crochet.) Tout le monde vous le dirait, elle était... (Il s'interrompit de nouveau et reprit son souffle.) On devrait attendre Tanny. C'est lui qui s'est occupé de l'affaire.

– Je croyais qu'il s'appelait Theodore.

– Tanny, c'est son surnom, et celui de son père avant lui. Le père s'occupait d'une petite tannerie aux abords de la ville, c'est de là que lui vient son nom. Il avait toujours les mains et les bras rouges. Tanny travaillait avec lui pendant toutes les vacances scolaires. En dehors de son père, je me demande qui peut bien encore l'appeler Theodore.

– Vous êtes tous les deux du coin ? Je veux dire...

– Oui, mais Tanny a dix ans de plus que moi. Il a grandi à Pachoula et il est allé au lycée. C'était un athlète à l'époque. Il devait faire du football avec l'équipe de Floride, mais il s'est retrouvé à crapahuter dans la jungle avec la 1st Air Cavalry. Il est revenu avec des médailles et il a terminé ses études. Moi, je suis issu de la marine. Mon père a été pendant des années responsable des patrouilles côtières. Je n'ai fait qu'un an à l'université. J'ai passé l'examen de l'école de police et voilà. C'est mon père qui m'y a incité.

– Vous êtes depuis longtemps à la criminelle ?

– Moi ? Ça doit faire trois ans. Un peu plus pour Tanny.

– Ça vous plaît ?

– C'est différent. En tout cas, c'est plus intéressant que de patrouiller dans les rues. Il faut se servir de sa tête, conclut-il en se frappant le front.

– Et Joanie Shriver ?

L'inspecteur affaissa les épaules comme pour mieux se concentrer.

– C'était ma première véritable affaire. La plupart du temps, on arrive sur place et on retrouve le criminel à côté de sa victime...

C'était exact. Cowart se rappela ce que Vernon Hawkins lui avait expliqué : quand on arrive sur le lieu du crime, il faut toujours chercher celui qui ne pleure pas, mais qui a le regard hagard – c'est lui l'assassin.

» Pour la drogue, c'est autre chose, on se contente de ramener les corps et terminé. Qu'est-ce que vous voulez faire avec un corps qui a passé plusieurs jours dans la flotte et que les poissons ont à moitié bouffé ? Une balle dans le crâne, pas de papiers, rien qu'un jean et une chaîne en or, impossible de mettre un nom là-dessus. Mais la petite Joanie, elle, elle avait un visage. Aucun rapport avec les passeurs colombiens anonymes. Elle était différente. (Il hésita un instant.) Ç'aurait pu être la petite sœur de n'importe lequel d'entre nous.

L'inspecteur Wilcox semblait sur le point d'ajouter quelque chose quand le téléphone sonna. Il décrocha, grommela quelques mots et tendit le combiné à Cowart.

» C'est le chef, il veut vous parler.

– Oui ?

– Monsieur Cowart ?

Il entendit une voix lointaine, profonde, qui n'était pas teintée de cet accent du Sud auquel il commençait à s'habituer.

– Je suis le lieutenant Brown. Je vais être retenu sur place.

– Il y a un problème ?

L'homme éclata de rire.

– On peut dire ça, oui. Il faut dire qu'on a un zinc carbonisé, deux morts, le tout sous trois mètres de marais, des épouses hystériques, le proprio de l'école de pilotage qui pique une crise et les gardiens du parc qui font la gueule parce que ça s'est produit au beau milieu d'une réserve d'oiseaux.

– Je vous attendrai et...

– Je crois que ce serait une bonne idée si l'inspecteur Wilcox vous montrait où on a trouvé le corps de la petite Joanie. Il y a d'autres endroits intéressants qui vous aideront sûrement à écrire votre papier. Quand vous aurez terminé, on pourra se voir pour parler de M. Robert Earl Ferguson et de son crime.

A sa façon de parler, Cowart comprit qu'une suggestion de la part de Brown équivalait à un ordre.

– Très bien. Cowart repassa le combiné à Wilcox, qui écouta un instant avant de dire :

– Tu es sûr qu'ils t'attendent ? Je ne voudrais pas...

Puis il hocha la tête comme si son interlocuteur pouvait le voir. Enfin il raccrocha.

» C'est bon, dit-il, je vous emmène en balade. J'espère que vous avez apporté des bottes et un jean, vous en aurez besoin.

Cowart fit signe que oui et suivit l'inspecteur qui esquissa un pas de danse dans le couloir.

Ils avaient pris la voiture banalisée de l'inspecteur. Wilcox abaissa la vitre pour laisser entrer l'air chaud. Il fredonnait des airs de musique country. Parfois, il prononçait les paroles. Ou parodiait des airs connus, comme *Le Pénitencier* : « Mama, ne laisse pas ton fils aimé / Rentrer dans la criminelle... » avant de sourire à Cowart. Le journaliste regardait le paysage, décontenancé. Il s'était attendu à ne trouver chez l'inspecteur que fureur et animosité à son égard. La police savait pourquoi il était là et ce qu'il avait l'intention de faire : écrire un article où il raconterait que Ferguson avait été torturé pour passer aux aveux. Mais non, l'inspecteur chantonnait.

– Dites-moi, lui demanda Wilcox en engageant la voiture dans une allée ombragée, qu'est-ce que vous pensez de Bobby Earl ? Vous êtes allé à Starke, hein ?

– Son histoire est intéressante.

– Je m'en doute, mais lui, qu'est-ce que vous en pensez ?

– Je ne sais pas trop.

C'était un mensonge, Cowart le savait bien, mais à quel point ?

– Moi, je l'ai ciblé en cinq secondes. Dès que je l'ai vu.

– C'est à peu près ce qu'il raconte.

L'inspecteur éclata de rire.

– Bien sûr, il ne vous a pas dit que j'avais raison, hein ?

– Bien sûr que non.

– Je m'en doute. Comment il va ?

– Il a l'air bien. Mais tout de même amer.

– Normal. De quoi il a l'air ?

– Il n'est pas dingue, si c'est ce que vous voulez dire.

L'inspecteur rit de nouveau.

– Non, je ne vois pas Bobby Earl devenir dingue, même s'il est au couloir. Ce fils de pute a toujours eu une pierre à la place du cœur. Il n'a pas bougé d'un poil jusqu'au bout quand le juge lui a annoncé comment il allait terminer.

Wilcox parut réfléchir un instant, puis il secoua la tête quand un souvenir lui revint à l'esprit.

» Vous savez, monsieur Cowart, il a été comme ça dès l'instant où on l'a pincé. Il n'a pas sourcillé, pas pipé un mot, jusqu'à ce qu'il lâche tout. Sans la moindre émotion. Je n'avais jamais vu ça. Le soir, je me suis tellement beurré que Tanny a dû me coucher. Il m'a foutu la trouille.

– Ses aveux m'intéressent énormément, dit Cowart.

– Je m'en doute ! fit l'inspecteur en riant. Mais pour ça, il va falloir attendre Tanny. On vous racontera tout à ce moment-là.

J'y compte bien, se dit Cowart.

– Vous dites qu'il vous a fait peur ?

– Pas vraiment lui, mais ce dont il pourrait être capable.

L'inspecteur ne développa pas sa pensée. Il prit un virage et Cowart se rendit compte qu'ils s'approchaient de l'école où avait eu lieu l'enlèvement.

» On va commencer par là, dit Wilcox en faisant halte sous un grand saule. C'est là qu'elle entre en scène. Regardez bien.

Il démarra sèchement et prit un brutal virage à droite, puis un second à gauche, avant de s'engager dans une avenue dont les maisons de plain-pied se perdaient parmi les pins et les broussailles.

» On se dirige toujours vers la maison de Joanie, elle n'a donc aucune raison d'avoir peur. Mais déjà on ne nous voit plus de l'école. Et maintenant ça.

Il s'arrêta à un embranchement en forme de Y. Une des rues qui leur faisaient face était bordée de maisons assez espacées, l'autre de baraques relativement décrépies puis de granges et de champs avant de déboucher sur une forêt sombre et des marécages.

» Elle voulait aller par là, dit l'inspecteur en désignant les maisons. Mais il a pris cette direction. Je crois que c'est là qu'il a commencé à la taper... (L'inspecteur feignit de cogner Cowart.) Il est fort comme un Turc. Il n'est pas vraiment grand, mais il a assez de force pour une petite fille de onze ans.

Elle a dû être surprise. Il la jette par terre, il la maintient plaquée...

Toute la bonhomie de l'inspecteur avait disparu en un instant. Wilcox avait saisi Cowart par l'épaule pour l'obliger à se plier en deux. En même temps, il écrasait l'accélérateur et la voiture fit une embardée. Ses doigts s'enfonçaient dans la chair du journaliste, qui poussa un cri où se mêlaient l'étonnement et la peur. La voiture prit un virage sur les chapeaux de roue et Cowart se trouva projeté contre la portière. L'inspecteur resserrait sa poigne, il criait des mots sans suite et avait le teint pourpre. En quelques secondes, ils dépassèrent les baraques et se retrouvèrent dans la forêt. Les arbres semblaient se jeter sur eux, la vitesse était hallucinante, le moteur vrombissait.

» Criez! lui ordonna l'inspecteur.

– Quoi?

– Allez-y, criez! Appelez au secours!

Cowart était stupéfié par le regard halluciné de l'inspecteur. La voix des deux hommes rivalisait avec le rugissement du moteur et le crissement des pneus.

– Arrêtez, nom de dieu! s'écria Cowart. Qu'est-ce qui vous prend? Arrêtez!

Tout à coup, Wilcox relâcha son étreinte, saisit le volant à deux mains et écrasa la pédale de frein. Cowart tendit le bras devant lui pour ne pas être projeté sur le pare-brise. La voiture s'immobilisa.

– Voilà, fit l'inspecteur, le souffle court, les mains tremblantes.

– Voilà quoi? Vous voulez nous foutre en l'air ou quoi?

L'autre ne répondit pas. Il se contenta de reposer sa nuque contre le dossier du siège et de respirer profondément. Puis il se tourna vers Cowart.

– Relaxez-vous, monsieur le journaliste. Et jetez un coup d'œil autour de vous.

– Qu'est-ce que vous voulez me prouver?

– Je veux vous montrer la réalité, rien de plus.

– En conduisant comme un dingue, au risque de nous foutre en l'air tous les deux?

– Non, répliqua calmement l'inspecteur. Je voulais vous montrer que Ferguson n'avait eu aucun mal à arracher la petite à la civilisation pour la conduire dans la jungle. Regardez un peu. Vous croyez qu'on peut vous entendre si vous appelez au secours? Qui va vous venir en aide? Regardez où vous êtes, Cowart. Qu'est-ce que vous voyez?

Cowart s'exécuta. Il n'y avait que des marécages sombres et une forêt omniprésente.

– Alors, qui va vous venir en aide ? Vous voyez quelqu'un ?
– Non, personne.
– Vous voyez quelqu'un qui pourrait aider une gamine de onze ans ?
– Non.
– Vous savez où on est ? En enfer. Et il faut cinq minutes depuis le centre-ville pour y arriver. Cinq minutes, et c'est la jungle. Vous pigez ?
– Je crois, oui.
– Je voulais que vous voyiez cela à travers le regard de Joanie Shriver.
– J'ai compris, je crois.
– Parfait, dit l'inspecteur avec un sourire. Ça n'a pas pris plus de temps quand il l'a emmenée jusqu'ici. Bon. On va descendre maintenant.

Wilcox descendit de voiture et ouvrit le coffre. Il en sortit deux pantalons de pêcheur et en jeta un à Cowart.

» Ça devrait vous aller.

Cowart enfila le pantalon. Ce faisant, il se pencha et palpa le sol. Oui, on va pouvoir jouer un peu, pensa-t-il.

– Les traces de pneus, dit-il sèchement en désignant la terre.
– Quoi ?
– Les traces de pneus. Regardez-moi cette terre. S'il est venu jusqu'ici, il devait bien y avoir des traces. Vous auriez pu les comparer à celles de sa voiture. Mais peut-être qu'on ne sait pas faire ça ici.

Wilcox ne mordit pas à l'appât qu'il lui tendait.

– On était en mai, le sol est recouvert de poussière très fine.
– Pas sous les arbres.

L'inspecteur regarda un instant le journaliste avant d'éclater de rire. Puis une sorte de sourire barra son visage.

– Vous n'êtes pas idiot, vous.

Cowart ne répondit pas.

» Les journalistes du coin ne sont pas aussi malins.

– Pas de flatteries. Pourquoi n'avez-vous pas fait d'empreintes ?
– Parce que cette zone a été parcourue en tout sens par les sauveteurs et les équipes de recherche. C'est un des gros problèmes que nous avons eus depuis le début. Dès que la nouvelle s'est répandue que la petite avait été retrouvée, tout le monde a rappliqué. Et quand je dis tout le monde, c'est vraiment tout le monde. Ils ont piétiné comme des malades, on ne pouvait plus rien voir. Les pompiers, les ambulanciers, les scouts et tous les autres. Même si on avait eu une empreinte de pneu ou de

chaussure, un morceau d'étoffe déchirée, tout aurait été salopé. Ils avaient même sorti la petite de l'étang pour la ramener sur la rive. (Wilcox parut réfléchir.) On ne peut pas vraiment leur en vouloir. Les gens étaient comme fous. Ce sont de bons chrétiens, ils ne pouvaient pas la laisser dans la flotte à se faire bouffer par les tortues.

La charité chrétienne n'a rien à voir là-dedans, se dit Cowart. Mais il garda sa remarque pour lui.

– Ils ont donc tout bousillé ?

– Oui. Mais je ne veux pas voir ça dans votre article. Vous pouvez faire comprendre qu'il y a eu quelques perturbations sur le lieu du crime, mais n'allez pas mettre : « L'inspecteur Wilcox dit que c'était le bordel total... » Même si c'est la réalité.

Cowart regarda l'inspecteur enfiler son pantalon. Il se souvint alors d'une autre maxime de Hawkins : Regarde bien et les lieux te révéleront tout. Là, malheureusement, tous les indices étaient bouleversés. Wilcox et Brown ne pouvaient rien en tirer. Une seule chose leur permettait de déférer Ferguson à la justice : ses aveux.

L'inspecteur serra les sangles de ses bretelles.

» Venez, je vais vous montrer l'endroit idéal pour mourir.

Il s'enfonça dans les bois, indifférent aux plantes qui s'accrochaient à ses jambes de pantalon.

L'endroit où était morte Joanie Shriver était sombre, ceint de vigne vierge et d'herbes folles, avec des branchages qui formaient une sorte de caverne naturelle. Il se situait à environ trois mètres du bord de l'étang. Les épines avaient griffé les mains et le visage de Cowart; ils avaient parcouru cinquante mètres à peine depuis la voiture, mais ce trajet lui avait semblé interminable. Il respirait difficilement, la sueur lui coulait dans les yeux. Une fois arrivé dans la petite clairière, il éprouva une sorte de malaise. Pendant quelques terribles secondes, il imagina sa fille, là, et il dut reprendre son souffle. Il faut que je trouve une bonne question, quelque chose qui m'empêche de penser.

– Comment peut-on emmener là une enfant qui hurle et qui se débat ? dit enfin Cowart.

– Nous pensons qu'elle était inconsciente.

– Pourquoi ?

– Il n'y a pas de blessures défensives sur les bras et les mains... (Il croisa les mains devant son visage pour lui faire une démonstration.) Comme si elle se protégeait d'un couteau. Rien n'indique qu'elle se soit débattue, des petits bouts de peau sous les ongles, par exemple. Elle avait une grosse contusion à la tempe. Pour le médecin légiste, elle a été assommée assez tôt. Cela vaut mieux pour elle. Au moins, elle n'a pas su ce qui lui arrivait.

Wilcox s'approcha d'un arbre dont il désigna la base.

» C'est là qu'on a retrouvé les vêtements de la petite. C'est dingue, ils étaient bien pliés, impeccables.

Il fit quelques pas vers le centre de la clairière, regarda en l'air comme pour entrevoir le ciel, puis secoua la tête.

» Les plus importantes traces de sang étaient là. C'est ici qu'il l'a tuée.

– Comment se fait-il que l'on n'ait pas retrouvé l'arme du crime ?

– Regardez autour de vous, fit l'inspecteur en haussant les épaules. On a tout fouillé, on a apporté un détecteur de métaux. Rien. Ou il l'a jetée autre part, ou on ne l'a pas vue. Vous savez, il y a près de quarante centimètres de boue au bord de l'étang, qu'est-ce que vous voulez faire avec ça ?

L'inspecteur continua de déambuler dans la clairière.

» Il y avait une petite traînée de sang, juste ici. L'autopsie a révélé que le viol avait eu lieu avant la mort. Pareil pour une bonne partie des coups de couteau. Mais les pires ont été donnés une fois qu'elle était déjà morte, comme s'il était devenu cinglé. Ensuite, quand il a eu fini, il l'a traînée par là et l'a foutue à l'eau. (Il désigna le bord de l'étang.) Il l'a poussée sous ces racines, vous voyez ? Pour la découvrir, il fallait être pratiquement le nez dessus. On a eu de la chance de la retrouver aussi rapidement, de la retrouver tout court même.

– Les vêtements de Ferguson, ils n'ont rien donné ? Il n'y avait rien ? Du sang, des cheveux, je ne sais pas moi...

– On a fouillé sa maison de fond en comble après ses aveux, mais ça n'a rien donné.

– Idem pour la voiture ?

– Quand on a pincé ce fils de pute, il terminait de nettoyer sa bagnole. Elle était nickel, comme neuve, à part un morceau de moquette manquant du côté droit. Non, on n'a rien trouvé. (L'inspecteur s'essuya le front et regarda la sueur sur ses doigts.) C'est vrai que l'on n'a pas la même technologie que vous en matière de médecine légale, mais attention, on n'est quand même pas au Moyen Age. Ici, le travail de labo se fait lentement et on ne peut pas toujours lui faire confiance. Il y a peut-être des choses qu'un vrai pro aurait découvertes avec un des spectographes du FBI. Nous, on a fait de notre mieux, et ça n'a rien donné. (Il hésita.) On a quand même quelque chose, mais ça ne nous a servi à rien.

– Qu'est-ce que c'est ?

– Un poil de pubis, mais il ne pouvait pas être à Joanie Shriver. Il n'était pas non plus à Ferguson.

Cowart secoua la tête. L'air chaud et humide l'étouffait.

– S'il a avoué, comment se fait-il qu'il n'ait pas révélé l'endroit où il a caché ses vêtements à lui ? Pourquoi ne vous a-t-il pas dit où il a balancé le couteau ? À quoi ça sert, des aveux, quand on n'a pas tous les détails ?

Wilcox foudroya Cowart du regard. Il voulut dire quelque chose, mais se retint.

– On repart, fit-il sans se soucier de savoir si le journaliste le suivait. On a autre chose à voir.

Cowart examina une dernière fois le lieu du crime. Il voulait le graver dans sa mémoire. Excité et dégoûté à la fois, il suivit l'inspecteur.

Wilcox arrêta sa voiture banalisée devant une petite maison semblable à toutes les habitations avoisinantes. Blanche, de plain-pied, elle était entourée d'une pelouse parfaitement tondue et jouxtée d'un garage. Une allée de brique rouge conduisait à la porte d'entrée. A l'arrière, il y avait une courette avec un barbecue. Un grand pin protégeait la moitié de la maison de la chaleur et son ombre s'étendait sur la pelouse. Cowart ne savait pas où il se trouvait ni pourquoi ils s'étaient arrêtés. Il interrogea Wilcox des yeux.

– Votre prochain rendez-vous, lui dit l'inspecteur.

Il s'était montré très calme depuis qu'ils avaient quitté le lieu du crime; il y avait cependant une certaine dureté dans sa voix.

» Si vous vous sentez prêt.

– Qui habite là ? demanda Cowart, mal à l'aise.

– Les parents de Joanie Shriver.

– Vous voulez dire...

– C'est là qu'elle se rendait. Et qu'elle n'est jamais arrivée. (Il jeta un coup d'œil à sa montre.) Tanny leur a dit que nous serions là vers onze heures, on est un peu en retard. On ferait bien d'y aller à moins que...

– A moins que quoi ?

– A moins que ce soit une rencontre que vous n'ayez pas envie de faire.

– J'ai compris, vous voulez voir si je leur suis sympathique, hein ?

L'inspecteur ne répondit pas.

» J'ai raison ?

– Écoutez, vous n'avez pas l'air d'avoir compris que ce salopard a tué cette gosse et je voudrais que vous voyez ce que cela veut dire pour des parents !

– D'habitude, c'est moi qui organise mes rendez-vous, répliqua Cowart, plus pompeusement qu'il ne l'aurait souhaité.

– Bon, vous voulez y aller maintenant ou revenir plus tard ?

Cowart comprit que l'inspecteur attendait de lui qu'il repoussât cet entretien. Wilcox n'espérait que cela pour justifier son dégoût à son égard, mais il ne lui ferait pas ce plaisir.

– Je vais parler à ces gens, dit-il en ouvrant sa portière.

Il la claqua derrière lui, suivit l'allée jusqu'à la porte et sonna sans même attendre l'inspecteur. Il y eut des bruits assourdis derrière la porte avant qu'elle ne s'ouvre. Il se retrouva en face d'une femme d'âge mûr à l'allure type de la femme au foyer. Elle était très légèrement maquillée mais avait soigneusement arrangé ses cheveux, qui lui faisaient une sorte de halo autour de la figure. Elle portait une robe très simple et des sandales. Elle avait des yeux bleu clair et, l'espace d'un instant, Cowart retrouva le visage de la fillette dans celui de la femme.

– Madame Shriver ? Je suis Matthew Cowart, du *Journal*. Je pense que le lieutenant Brown vous a parlé de moi...

– Mais bien sûr, entrez, monsieur Cowart. Appelez-moi Betty, je vous en prie. Tanny m'a dit que vous viendriez avec l'inspecteur Wilcox ce matin. Vous écrivez un article sur Ferguson, nous sommes au courant. Mon mari est ici, nous aimerions vous parler.

Le ton plaisant de sa voix ne parvenait pas à dissimuler l'angoisse qui l'étreignait. Elle prononçait distinctement chaque mot pour ne pas céder à l'émotion. Il suivit la femme dans sa maison en se disant qu'elle ne manquerait pas de craquer.

La mère de la fillette assassinée entraîna Cowart dans un petit couloir qui débouchait sur la salle de séjour. Il savait que Wilcox le suivait, mais cela n'avait aucune importance. Un gros homme un peu chauve se leva de son fauteuil quand il entra dans la pièce. Il lui tendit la main.

– Je suis George Shriver. Je suis content que nous puissions bavarder.

Cowart hocha la tête et parcourut le living du regard afin de s'imprégner de chaque détail. Comme l'extérieur de la maison, l'intérieur était simple. Le mobilier était discret, des gravures en couleurs étaient accrochées aux murs, comme si cette pièce n'existait que pour être admirée. Un panneau était consacré aux photos de famille. Il y avait là un portrait de Joanie, le même qu'à l'école. Il remarqua aussi un frère et une sœur aînés.

George Shriver lui commenta le panneau.

» Les deux grands, George Junior et Anne, sont en ce moment à l'université de Floride. Ils auraient sûrement aimé vous voir.

– Joanie était notre petite dernière, dit Betty Shriver. Elle allait entrer au lycée.

La femme avait la lèvre qui tremblait, elle se détourna rapidement des photos. Son mari la prit par le bras et la fit asseoir sur le canapé. Elle se releva immédiatement.

» J'oublie tous mes devoirs, dit-elle. Monsieur Cowart, je vous sers quelque chose à boire ?

– De l'eau glacée, je veux bien, dit-il en s'approchant d'un fauteuil.

La femme s'absenta un instant et Cowart chercha à poser au mari une question susceptible de détendre l'atmosphère.

» Vous êtes conseiller municipal ?

– Ex, répondit-il. Maintenant, je passe tout mon temps à la boutique. J'ai deux magasins de bricolage, en fait, un ici et l'autre sur la route de Pensacola. Ça m'occupe pas mal, surtout maintenant, avec le printemps qui va arriver.

Il hésita un instant avant de poursuivre.

» Oui, ex-conseiller municipal. Je m'intéressais à tout ça, mais j'ai tout laissé tomber quand Joanie nous a été enlevée. Et puis, on a passé tant de temps à s'occuper du procès. Si nous n'avions pas eu les deux autres, George Junior et Anne, je ne sais pas ce qu'on serait devenu.

Mme Shriver revint avec un verre qu'elle tendit à Cowart. Il remarqua qu'elle avait pris le temps de se ressaisir.

– Pardonnez-moi, je sais que ce doit être difficile.

– Non, il vaut mieux parler que cacher ses sentiments, répondit George Shriver.

Il s'assit sur le canapé à côté de sa femme et lui entoura les épaules.

» La douleur, ça ne vous quitte jamais. Elle est peut-être moins aiguë, mais la moindre chose la ravive. Vous voyez, si je suis dans mon fauteuil et qu'un enfant appelle dehors, je me dis que c'est elle. Le matin, je m'attends à tout moment à ce qu'elle sorte en courant de sa chambre...

Ses yeux s'emplissaient de larmes au fur et à mesure qu'il parlait, mais sa voix ne tremblait pas.

» Je vais à l'église un peu plus souvent, ça me réconforte. Je suis aussi plus sensible aux malheurs des enfants. Il y a un an, j'ai vu un reportage à la télé sur les enfants qui meurent de faim en Éthiopie. C'est l'autre bout du monde, pour moi ; je ne suis jamais allé qu'en Floride, sauf quand j'ai fait l'armée. Eh bien, maintenant, j'envoie un peu d'argent tous les mois aux organisations qui s'occupent de ces gosses. Je n'arrive pas à me dire qu'il y a là-bas des bébés qui vont mourir parce qu'ils n'ont rien à manger. Moi, on m'a volé ma fille, et peut-être que je fais ça pour elle, je n'en sais rien. Je m'en souviens, il y a des jours où je travaillais si tard à la boutique que quand je rentrais, les enfants étaient déjà couchés. Je me rends compte maintenant que je n'ai pas vu tous ses sourires, que je n'ai pas entendu ses rires... On aurait dit des pierres précieuses...

George Shriver pencha la tête en arrière et fixa le plafond. Il respirait bruyamment et suait abondamment, comme s'il se battait avec ses propres souvenirs.

Son épouse était plus calme, mais elle avait les yeux rouges et les mains qui frémissaient.

– Nous sommes des gens ordinaires, monsieur Cowart, dit-elle. George a travaillé dur pour que les enfants arrivent à quelque chose. George Junior va être ingénieur. Anne est très forte en sciences et en chimie, elle devrait rentrer à la faculté de médecine. (Les yeux de la femme brillèrent de fierté.) Vous vous rendez compte ? Un docteur dans notre famille.

– Dites-moi... prononça lentement Cowart. Qu'est-ce que vous pensez de Robert Earl Ferguson ?

Il y eut un silence pesant tandis qu'ils rassemblaient leurs esprits. Il vit Betty Shriver inspirer profondément avant de répondre.

– Ce que j'éprouve, c'est une haine qui va plus loin que la haine ordinaire. C'est une colère terrible, qui n'a rien de chrétien, monsieur Cowart. Une sorte de fureur noire qui ne veut pas s'en aller.

George Shriver secoua la tête.

– A une époque, je l'aurais tué de mes propres mains, ça ne m'aurait rien fait de plus que d'écraser un moustique. Je ne sais plus si je ressens la même chose. Vous savez, monsieur Cowart, notre communauté est très conservatrice. Les gens vont à l'église, ils saluent le drapeau. Ils disent les grâces avant de manger et votent pour les républicains depuis que les démocrates les ont oubliés. Je crois que si vous preniez dix personnes au hasard dans la rue, ils vous diraient : Non, n'envoyez pas ce type à la chaise électrique, ramenez-le ici et on va s'en occuper. Il y a cinquante ans, il se serait fait lyncher. Moins de cinquante ans, même. Les choses ont changé. Mais plus j'y pense, plus je me dis que, nous aussi, nous sommes en prison, pas seulement lui. Les mois passent, les années passent. Des avocats s'occupent de lui, il fait appel, on trouve à chaque fois quelque chose. Nous, on n'arrive pas à oublier tout ça. Oui, c'est comme si on vivait dans une cellule, juste à côté de lui, soupira-t-il en secouant la tête.

Cowart attendit quelques secondes pour demander :

– Vous savez ce que je suis en train de faire, n'est-ce pas ?

– Oui, monsieur, répondirent à l'unisson le mari et la femme.

– Dites-moi ce que vous savez.

– Vous vous occupez de cette affaire, dit Betty Shriver en se penchant en avant. Pour voir s'il n'y a pas eu d'irrégularité, c'est ça ?

– C'est tout à fait exact.

– Qu'est-ce qui a été irrégulier, à votre avis ? demanda George Shriver. Il y avait de la curiosité, mais pas de colère dans sa voix.

– C'est la question que je voulais vous poser. Qu'est-ce que vous pensez du déroulement du procès ?

– Je crois que ce fils de pute a été condamné, c'est ce qui... s'emporta-t-il.

Mais sa femme posa la main sur son genou pour le calmer.

– Nous y avons assisté d'un bout à l'autre, monsieur Cowart, dit Betty Shriver. Nous étions là à chaque instant. Nous l'avons bien observé. Il y avait comme de la peur dans ses yeux, monsieur, une fureur désespérée contre tous ceux qui étaient là. On m'a dit qu'il détestait Pachoula et tous les gens présents, qu'ils soient noirs ou blancs. Ça se voyait à son attitude et je crois bien que le jury l'a remarqué aussi.

– Et les preuves ?

– On lui a demandé s'il était coupable et il a dit que oui. Pourquoi dire ça si ce n'est pas vrai ? Il l'a dit, je l'ai entendu de sa bouche.

Il y eut un nouveau silence, puis George Shriver ajouta :

– C'est vrai, je me suis demandé pourquoi ils n'en savaient pas plus sur lui. Nous en avons parlé pendant des heures avec Tanny et l'inspecteur Wilcox. Tanny a passé des soirées entières ici, juste à l'endroit où vous êtes. Ils nous ont dit que l'affaire avait mal commencé et que ça avait été un coup de chance de réussir à le coincer. C'est aussi un coup de chance s'ils ont retrouvé Joanie. J'aurais aimé qu'ils aient plus de preuves, c'est vrai, mais ils avaient les aveux de ce type et, moi, ça m'a suffi.

On y est, se dit Cowart.

– Vous allez écrire un article, n'est-ce pas ? demanda Betty Shriver.

– Oui, mais je ne sais pas encore ce que je vais raconter.
– Qu'est-ce qui va se passer ?
– Je l'ignore.
– Cela va l'aider, non ? insista-t-elle.
– Je ne sais pas.
– En tout cas, cela ne risque pas de lui nuire.
– C'est vrai. Après tout, il est au couloir de la mort. Qu'est-ce qu'il a à perdre ?
– Je voudrais qu'il y reste, dit-elle.

Elle se leva et fit signe à Cowart de le suivre. Ils longèrent un couloir et s'arrêtèrent devant une porte. Elle posa la main sur la poignée sans la tourner.

» Je voudrais qu'il reste là jusqu'à ce qu'il rencontre son Créateur. Il faudra alors qu'il réponde de tout le mal qu'il nous a fait en nous prenant notre petite fille. Je ne voudrais pas vivre comme lui, non monsieur, mais surtout je ne voudrais pas mourir comme lui. Faites votre devoir, monsieur Cowart, mais rappelez-vous de cela.

Elle ouvrit la porte.

C'était la chambre de la fillette. Le papier peint était rose et blanc et il avait une sorte de frise au-dessus du lit. Il y avait des peluches aux grands yeux tristes, deux mobiles pendus au plafond. Au mur était accroché un grand poster de la gymnaste Mary Lou Retton. Il y avait aussi une étagère pleine de livres, une photo amusante où l'on voyait Joanie vêtue et maquillée à la mode des années 20, un petit coffret à bijoux fantaisie, une grande maison de poupée...

» Tout était comme ça le jour où elle nous a quittés. Cela restera toujours comme ça, dit Betty Shriver.

Puis la mère de la petite fille assassinée se détourna brusquement et sortit par une autre porte qu'elle ne ferma pas. On pouvait l'entendre sangloter. Cowart revint dans la salle de séjour ; le père de Joanie y était toujours assis, les joues ruisselantes de larmes, incapable de bouger. Cowart aurait aimé fermer les yeux, mais il ne put s'empêcher de revoir la chambre de la petite fille. Tous les objets, les jouets, les souvenirs l'assaillirent et il se sentit oppressé au point de ne plus pouvoir respirer. Il quitta la pièce et fit un signe à l'inspecteur Wilcox. Jamais il n'oublierait cela. Un instant, il pensa s'excuser et remercier George Shriver, mais il se rendit compte que ses mots sonneraient creux. Sur la pointe des pieds, comme quelque voleur d'âme, il franchit la porte de la maison.

Cowart était assis, silencieux, dans le bureau du lieutenant Brown. L'inspecteur Wilcox était installé à son bureau et feuilletait un gros dossier marqué « SHRIVER » sans prêter attention au journaliste. Ils ne s'étaient pas adressé la parole depuis leur départ de la maison. Cowart regarda par la fenêtre et vit les branches d'un gros chêne se plier sous le vent avant de reprendre leur position normale.

Wilcox parla enfin.

– J'ai remarqué que vous aviez longuement regardé la photo de Joanie chez ses parents. Vous aimeriez sûrement savoir ce qu'elle est devenue quand Ferguson s'est occupé d'elle.

Toute trace d'onctuosité avait disparu de la voix de l'inspecteur. Il allait à l'essentiel désormais.

Cowart prit le paquet sans répondre et en sortit les clichés. Le premier était le pire de tous : Joanie Shriver était allongée sur une dalle de la morgue en attendant d'être autopsiée. Du sang et de la terre étaient encore visibles. Elle était nue, son corps de petite fille présentait à peine les signes de l'adolescence. Il put voir les coups de couteau en travers de la poitrine, les seins naissants. Le ventre et le bas-ventre étaient transpercés en une douzaine d'endroits. Il continua l'examen des photos en se demandant s'il allait être malade. Le visage de la fillette était gonflé, la peau semblait sur le point d'éclater – elle avait passé des heures dans le marais. Il repensa aux dizaines de cadavres, aux centaines de photos d'autopsie qu'il avait dû voir pour ses enquêtes. Encore une fois, il s'intéressa aux traits de Joanie Shriver et constata que, malgré tout le mal qu'on lui avait fait, il restait en elle quelque chose de la petite fille souriante. Même dans la mort, elle souriait. Et c'était encore plus pénible.

Il passa en revue les autres photos. Sur la plupart, on voyait Joanie Shriver allongée au bord du marais. Bruce Wilcox avait dit vrai, il y avait autour du corps des dizaines d'empreintes de pas. Il ne leva les yeux que lorsque la porte s'ouvrit derrière lui et que Wilcox s'écria :

» Bon sang, Tanny, tu en as mis du temps!

Il se leva, se retourna et rencontra le regard du lieutenant Theodore Brown.

– Heureux de vous connaître, dit le policier en lui tendant la main.

Cowart prit la main tendue et la serra, incapable de dire quoi que ce soit. En quelques secondes, il jaugea le nouveau venu : Brown était immense, plus d'un mètre quatre-vingts, un physique de footballeur avec des épaules puissantes et des bras longs et musclés. Il avait les cheveux coupés très court et portait des lunettes. Mais surtout, il était noir, d'un noir très sombre.

» Un problème ? demanda Tanny Brown.
– Non, dit Cowart. Je ne savais pas que vous étiez noir.
– Quoi, à la grande ville, on croit que tous les flics de ce coin sont aussi pâlichons que Wilcox ?
– Non, j'ai été surpris, c'est tout, excusez-moi.
– Ne vous en faites pas. Pour être honnête, dit le lieutenant d'une voix sans accent, je joue un peu de l'effet de surprise. Mais si vous alliez à Mobile, à Montgomery ou à Atlanta, vous verriez plus de Noirs en uniforme que vous ne pouvez l'imaginer. Les temps changent. Tout change, même la police, au risque de vous surprendre.
– Pourquoi dites-vous cela ?
– Parce que, rétorqua Brown avec beaucoup de calme, vous n'êtes ici que pour une seule raison : vous croyez les conneries que vous ont racontées ce salaud et ses avocats.

Cowart ne répondit pas. Il s'assit tandis que le lieutenant prenait le fauteuil de Wilcox, lequel se contenta d'une chaise pliante.
» Alors, vous y croyez ? lui demanda Brown.
– Pourquoi ? C'est si important que ça ?
– Ça pourrait simplifier les choses. Vous pouvez me dire que oui, que vous croyez qu'on lui a arraché ses aveux, et on n'aurait pratiquement plus rien à se dire. Je vous dirais simplement que non, bien entendu, et vous noteriez cela dans votre petit carnet. Ensuite, terminé. Vous feriez votre article et advienne que pourra.
– Ce n'est pas aussi simple que ça.
– Je le sais. Alors, qu'est-ce que vous voulez savoir ?
– Tout. Depuis le début. Principalement ce qui vous a amené à Ferguson et comment il a avoué. Et n'oubliez rien. N'est-ce pas ce que vous diriez à quelqu'un qui vient déposer ?

Tanny Brown se cala dans le fauteuil et sourit, mais ce n'était pas parce que la situation l'amusait.
– Oui, c'est ce que je dirais. (Il faisait pivoter son fauteuil, sans pour autant quitter Cowart du regard.) Robert Earl Ferguson était en tête de liste des suspects dès l'instant où la petite a été retrouvée.
– Pourquoi ?
– On le soupçonnait d'avoir commis d'autres agressions.
– Quoi ? Je n'ai jamais entendu parler de ça. Quelles agressions ?
– Une demi-douzaine de viols dans le comté de Santa Rosa et de l'autre côté de la frontière de l'Alabama, près d'Atmore et de Bay Minette.

– Vous avez des preuves pour lui mettre ces viols sur le dos ?

– Non, fit Brown en secouant la tête. Mais physiquement, il colle aux meilleures descriptions que les inspecteurs du coin ont pu nous fournir. Les viols correspondent tous aux périodes où il était en congé et en visite chez sa grand-mère.

– Et puis ?

– C'est tout.

– Quoi ? C'est tout ? Aucune preuve légale pour l'associer à ces agressions ? J'imagine que vous avez montré son portrait aux victimes.

– Oui. Personne ne l'a reconnu.

– Le poil que vous avez retrouvé dans sa voiture, vous l'avez comparé à ceux des victimes des viols ?

– Oui.

– Et alors ?

– Ça ne correspond pas.

– La technique employée lors des viols était la même que dans le cas de Joanie Shriver ?

– Non. Il y a quelques points communs entre les autres affaires, mais aussi beaucoup d'aspects qui diffèrent. Parfois, les femmes ont été menacées avec une arme à feu, d'autres fois, avec un couteau. Certaines ont été suivies jusqu'à leur domicile. Une faisait du jogging. Il n'y a pas de schéma précis qui pourrait nous aider.

– Les victimes étaient blanches ? demanda Cowart.

– Oui.

– Très jeunes, comme Joanie Shriver ?

– Non, c'étaient toutes des adultes.

Cowart réfléchit un instant avant de continuer ses questions.

– Lieutenant, vous connaissez les statistiques du FBI à propos des viols de femmes blanches perpétrés par des Noirs ?

– Vous mourez d'envie de me l'apprendre.

– Moins de quatre pour cent des cas à l'échelle du pays. C'est donc extrêmement rare, en dépit de tous les stéréotypes et de la paranoïa ambiante. Combien d'affaires de cette espèce avez-vous eu à traiter à Pachoula avant Robert Earl Ferguson ?

– Il n'y en a pas eu, à ce que je sache. Mais lâchez-moi avec vos statistiques. (Brown regardait fixement Cowart tandis que Wilcox s'agitait sur sa chaise.) De toute façon, les statistiques, ça ne veut rien dire.

– Ah oui ? Bon, mettons. Il était chez lui, en congé.

– Oui.

– Et personne ne l'aimait, c'est ce que je me suis laissé dire.

– Exact. C'était un sale péteux, il méprisait tout le monde.

– Vous ne vous rendez pas compte à quel point c'est idiot ce que vous dites ? Un type que l'on ne peut pas voir descend chez sa grand-mère, et ça suffit pour l'accuser de viol. Pas étonnant qu'il ne vous aimait pas.

Tanny Brown était furieux, mais il se contint. Il s'accorda quelques secondes pour dévisager Cowart, avant de répondre avec calme :

– Oui, c'est idiot, ce que je dis. Vous êtes tombé chez des ploucs débiles.

Ses yeux étaient pareils à des fentes.

Cowart se pencha en avant et s'efforça de garder son sang-froid. Tu ne m'auras pas comme ça, mon vieux.

– C'est quand même pour ça que vous êtes allé tout de suite chez sa grand-mère, non ?

– Oui. Parce que...

Il ne poursuivit pas, mais Cowart savait ce qu'il allait ajouter.

– Parce que vous aviez un pressentiment, c'est ça ? Le fameux sixième sens du policier. C'est bien ce que vous alliez dire, non ?

Brown le foudroya du regard.

– Oui, c'est ça. (Il jeta un coup d'œil en direction de Wilcox.) Bruce m'a dit que vous étiez un petit futé, mais je voulais voir ça par moi-même.

– Je ne suis pas un petit futé, répondit placidement Cowart, je fais exactement ce que vous feriez.

– C'est faux, rétorqua Brown d'un ton sec. Je n'essaierais pas de sortir cette ordure du couloir de la mort.

Le journaliste et le policier demeurèrent longtemps silencieux.

» On ne s'y prend pas bien, dit enfin Brown.

– Ça c'est sûr. Si vous voulez me persuader que Ferguson est un menteur.

Brown se leva et se mit à arpenter la pièce. Tous les muscles de son corps étaient tendus, comme ceux d'un sprinter qui attend le signal du départ. Il voulait signifier clairement à Cowart qu'il n'était pas le genre d'individu à rester le derrière collé à sa chaise et à se perdre dans des détails.

– Il était mauvais, dit-il. Je l'ai compris dès le jour où je l'ai vu. C'était bien avant la mort de Joanie. Ce n'est pas une preuve, je le sais, mais c'est l'impression qu'il me faisait.

– A quelle époque était-ce ?

– Un an avant. Je l'ai surpris devant le lycée. Il était en voiture et il regardait sortir les gosses.

– Qu'est-ce que vous faisiez là ?

– J'étais allé chercher ma fille. C'est comme ça que je l'ai vu. Il m'est arrivé de le croiser à nouveau. Plusieurs fois. A chaque fois, son attitude me dérangeait. Il suivait des femmes dans la rue, par exemple. Je ne suis pas le seul à l'avoir remarqué, des hommes de Pachoula m'en ont parlé. Il s'est même fait pincer un soir, sur le coup de minuit, juste derrière un immeuble. Il a essayé de se planquer quand la voiture de patrouille est passée. Aucune charge n'a été retenue contre lui, mais tout de même...

– Je ne vois toujours pas de preuve là-dedans.

– Bon Dieu ! (Le lieutenant avait crié pour la première fois.) Vous ne comprenez rien ou quoi ? On n'a aucune preuve. Tout ce qu'on a, c'est des impressions. Comme quand on arrive chez lui et qu'on le voit en train de nettoyer sa bagnole : il a déjà découpé un morceau de moquette. Comme quand il nous sort : « Je n'ai rien fait à cette petite fille », avant même qu'on lui pose une question. Et la façon qu'il a de se tenir dans la pièce réservée aux interrogatoires, il se fout de vous parce qu'il sait que vous n'avez rien contre lui. Toutes ces impressions, c'est autre chose que de l'instinct, parce qu'il a fini par parler. Oui, monsieur, toutes ces impressions sont absolument justifiées parce qu'il a avoué avoir tué la petite.

– Dans ce cas, où est le couteau ? Où sont les vêtements couverts de sang et de boue ?

– Il n'a pas voulu le dire.

– Comment l'a-t-il repérée à l'école ? Comment l'a-t-il attirée dans la voiture ? Qu'est-ce qu'elle lui a dit ? Est-ce qu'elle s'est débattue ?

– Bon sang, vous n'avez qu'à lire ça !

Le lieutenant Brown prit une liasse de papiers sur son bureau et la poussa vers Cowart. C'était la transcription des aveux prise en sténo par une secrétaire assermentée. Il n'y avait que trois pages. Les deux inspecteurs lui avaient récité ses droits – ce qui prenait près d'une page. La première question était la suivante : « Le 4 mai 1987, vers trois heures de l'après-midi, avez-vous eu l'occasion de vous trouver à l'intersection de Grand Street et de Spring Street, non loin de la King Elementary School ? » Ferguson avait répondu par un simple oui. Ils lui avaient demandé s'il avait vu la jeune fille ultérieurement identifiée comme étant Joanie Shriver. Oui, de nouveau. Et ainsi de suite, pendant deux pages. Oui, toujours, sans la moindre explication, sans le moindre détail. Quand ils lui avaient parlé de l'arme et des aspects plus techniques du meurtre, il avait répondu qu'il ne se souvenait de rien. La dernière question était destinée à mettre en lumière la préméditation. C'était elle qui avait envoyé Ferguson dans le couloir de la mort. « Vous êtes-vous rendu là-bas avec l'intention d'enlever et de tuer une jeune fille ? » Là encore, il avait répondu par un terrible oui.

Cowart secoua la tête.

– Ce ne sont pas vraiment des aveux modèles...

Wilcox bondit de sa chaise, le visage empourpré, et menaça du poing le journaliste.

– Qu'est-ce qu'il vous faut, nom de Dieu ? Il a fait ça à cette gamine aussi sûr que je me tiens là devant vous. Vous ne voulez pas entendre la vérité ou quoi ?

– La vérité ?

Cowart secoua à nouveau la tête et Wilcox parut sur le point d'exploser. Il empoigna le journaliste par le col de sa veste et l'obligea à se lever.

– Bordel de merde, vous voulez vraiment que je vous fasse comprendre ?

Tanny Brown posa la main sur l'épaule de l'inspecteur et n'eut aucun mal à le faire lâcher prise. Il regarda le lieutenant puis le journaliste d'un air furieux et sortit de la pièce en claquant violemment la porte.

Cowart remit de l'ordre dans ses vêtements et se rassit. Il avait du mal à reprendre sa respiration. Au bout de quelques minutes, il se tourna vers Brown.

– Vous allez me dire qu'il n'a pas frappé Ferguson, hein ? Qu'en trente-six heures d'interrogatoire, il n'a pas perdu son calme ?

Le lieutenant parut réfléchir.

– Non, il s'est énervé à une ou deux reprises. Je l'ai arrêté à temps. Il a quand même giflé Ferguson.

– Pas de coup de poing dans le ventre ?

– Je n'ai rien vu de tel.

– Et des coups d'annuaire téléphonique ?

– C'est une vieille technique, fit Brown, de plus en plus calme. Non, malgré ce que M. Ferguson a pu vous raconter.

Le lieutenant s'approcha de la fenêtre et regarda au-dehors.

» Monsieur Cowart, je ne crois pas que j'arriverai à vous faire comprendre quoi que ce soit. La mort de cette gamine, ça a été un rude choc pour tout le monde, et ça a été encore pire pour nous. On devait oublier nos émotions, faire notre travail. Je n'ai pas dormi pendant trois jours. Personne, d'ailleurs. Et puis, quand on l'a tenu, ce salaud nous regardait tout le temps en rigolant. Je n'en veux pas à Bruce Wilcox s'il a un peu perdu les pédales. Ses aveux, d'accord, ce n'est pas un modèle du genre, mais on n'a pas pu tirer mieux de ce fils de pute. Son inculpation ne tient pas à grand-chose, on le sait, mais voilà que vous vous ramenez avec vos questions comme si vous vouliez tout foutre en l'air. Je suis désolé pour Wilcox. Et je regrette de vous avoir envoyé chez les Shriver. Je ne veux pas que l'accusation tombe. Je ne pourrais plus regarder ces gens dans les yeux, je ne pourrais plus regarder ma propre famille dans les yeux. Je veux que ce type meure pour ce qu'il a fait.

Le lieutenant avait terminé et attendait la réaction du journaliste. Cowart sentit que la balle était dans son camp et décida d'en profiter.

– Dans votre service, quelle est la règle à propos du port d'armes à feu lors des interrogatoires ?

– C'est simple, c'est interdit. Il faut les confier au sergent de service. Tous les flics savent ça, pourquoi ?

– Vous pouvez vous approcher de moi ?

Brown s'exécuta.

» Je voudrais voir vos chevilles.

Il parut surpris et hésita.

– Je ne comprends pas...

– Je vous en prie, lieutenant.

Brown lui jeta un regard plein de haine.

– C'est ça que vous voulez voir ?

Il posa le pied sur le rebord du bureau et souleva sa jambe de pantalon. Un calibre 38 était rangé dans un étui fixé au mollet.

Le lieutenant redescendit sa jambe de pantalon.

– Vous n'avez pas brandi cette arme vers Ferguson en disant que vous alliez le tuer s'il ne parlait pas ?

– Absolument pas, fit le lieutenant d'un ton glacial.

– Vous ne vous êtes pas amusé avec le chien et la détente ?

– Non.

– Dans ce cas, comment serais-je au courant pour votre arme s'il ne l'avait pas vue ?

Brown avait repris sa place de l'autre côté du bureau.

– L'entretien est terminé, dit-il en désignant la porte.

– Vous avez tort, cela ne fait que commencer.

5

Retour au couloir de la mort

Vient un temps dans l'enquête de tout journaliste où le récit commence à prendre forme dans son imagination et où tout ce qui lui est extérieur ne compte plus. Lui apparaissent alors les carences de la narration et la nécessité d'un complément d'information. Comme un fossoyeur qui jette des pelletées de terre sur un cercueil, le journaliste comble les trous de son futur article.

Ce temps était venu pour Matthew Cowart.

Impatient, il pianotait sur la table recouverte de linoléum et attendait que le sergent Rogers fasse entrer Ferguson dans la pièce réservée aux entretiens. Il était revenu de Pachoula avec de nombreuses questions, mais aussi bon nombre de réponses. Les grandes lignes de son article s'étaient dessinées dans son esprit dès l'instant où Tanny Brown avait reconnu malgré lui que Wilcox avait frappé Ferguson. Cet aveu laissait la porte ouverte à toutes les suppositions. Matthew Cowart ne savait pas avec exactitude ce qui s'était passé entre les deux inspecteurs et leur prisonnier, mais il pouvait lever suffisamment de lièvres pour écrire un article intéressant et, très certainement, rouvrir le dossier. C'était à présent l'autre élément de l'enquête qui le préoccupait. Si Ferguson n'avait pas tué la petite fille, qui l'avait fait ? Quand Robert Earl apparut dans l'encadrement de la porte, une cigarette éteinte aux lèvres et les bras chargés de documents juridiques, Cowart se leva brusquement.

Les deux hommes se serrèrent la main et Cowart regarda Ferguson s'installer sur la chaise en face de lui.

– J'attends dehors, dit le sergent en laissant le journaliste et le détenu dans la petite pièce.

On entendit le déclic de la porte. Le prisonnier souriait, non de plaisir, mais de suffisance, et Cowart ne put s'empêcher de comparer ce sourire à la colère glacée qui animait les yeux de Tanny Brown; cela le troubla. Puis le malaise se dissipa et Ferguson posa les documents sur la table.

– Je savais que vous reviendriez, dit Ferguson. Je savais que vous trouveriez quelque chose.

– Ah oui? Et quoi?

– Que je vous disais la vérité.

Cowart hésita, puis décida d'ébranler un peu les certitudes du détenu.

– Vous avez dit un certain nombre de choses vraies, en effet.

Ferguson fut prompt à réagir.

– Qu'est-ce que ça veut dire? Vous n'avez pas parlé aux flics? Vous n'avez pas vu ce bled plein de beaufs?

– Un des beaufs en question était noir, vous ne me l'aviez pas dit.

– Et alors, qu'il ait la même couleur que moi, ça doit automatiquement le rendre sympa? Vous croyez que c'est mon frère? Il est aussi raciste que son collègue! Tanny Brown est pire que le shérif le plus facho que vous puissiez imaginer, à côté de lui tous les autres flics du Sud profond ressemblent à de petits anges! Il est blanc des pieds à la tête parce qu'il l'est dans son cœur, et la seule chose qu'il déteste encore plus que lui, c'est les gars de sa couleur. Allez demander qui c'est le plus salaud de tous à Pachoula, tout le monde vous fera la même réponse.

Ferguson s'était levé et déambulait dans la pièce, ponctuant chaque mot d'un coup de poing dans la paume de sa main.

» Vous n'avez pas parlé à cet avocat véreux qui m'a laissé tomber?

– Si.

– Et à ma grand-mère?

– Si.

– Vous n'avez pas étudié le dossier?

– J'ai vu qu'ils n'avaient pas grand-chose.

– Vous avez compris pourquoi ils avaient besoin de mes aveux?

– Oui.

– Et son arme, vous l'avez vue?

– Oui.

– Vous avez lu mes aveux?

– Oui.

– Ils m'ont frappé, ces salauds.

– Ils reconnaissent vous avoir giflé à une ou deux reprises.

– Une ou deux? Bon Dieu! Ils ont dû vous dire que c'étaient de petites tapes amicales, hein? Plus une bavure qu'une correction en règle.

– C'est à peu près cela.

– Les enculés!

– Calmez-vous.

– Calmez-vous! Facile à dire, non? Ces fils de pute peuvent raconter n'importe quoi sur mon compte. Et moi, tout ce qui m'attend, c'est la chaise!

Ferguson avait élevé le ton, mais il s'arrêta net. Il regarda Cowart comme pour tenter de recouvrer son sang-froid. Il paraissait réfléchir intensément à ce qu'il allait dire.

» Monsieur Cowart, vous ne semblez pas comprendre que les choses ont évolué depuis ce matin. Le gouverneur a signé mon arrêt d'exécution. Je vais rester enfermé dans ma cellule vingt-quatre heures sur vingt-quatre jusqu'à expiration du mandat. Ou jusqu'à ce que j'y passe. (Il s'assit et posa les mains bien à plat sur la table.) Vous savez ce que cela fait d'être ainsi coffré? C'est la mort lente, comme si on perdait son sang goutte après goutte. Dans le couloir, tout le monde devient dingue. Vous pouvez demander au sergent Rogers. Il y a d'abord des hurlements, des protestations, et puis c'est le grand calme. Il n'y a pas pire. Jusqu'au moment où le condamné se remet à crier. Cela peut durer des heures, sans interruption. Quand on est bouclé, on perd complètement la tête, on n'est plus que haine. Et puis, ils viennent vous chercher.

Ferguson avait prononcé ces derniers mots à voix basse. Il se leva et se remit à arpenter la pièce.

» Vous savez ce qui me dégoûte, à Pachoula? C'est sa suffisance, son air paisible en permanence. (Il serra les poings.) Chaque chose a sa place bien définie. Tout le monde se connaît et sait avec exactitude ce qui va se passer. On se lève le matin. On va travailler. Oui monsieur, non monsieur. On rentre chez soi. On prend un verre. On dîne en famille. On allume la télé. On va se coucher. Même chose le lendemain. Vendredi soir, on va voir un match. Samedi, pique-nique, et dimanche, l'église. Cela ne fait pas de différence si vous êtes blanc ou noir – sauf que les Blancs commandent et que les Noirs obéissent, comme dans tout le reste du Sud. Ce qui me dégoûte le plus, c'est que tout le monde aime ça!

– Et vous là-dedans?

– Moi? Je ne collais pas à cette image, parce que je voulais quelque chose de différent. Je voulais devenir quelqu'un. Ma grand-mère, elle était pareille. Les vieux Noirs du coin, ils pourraient vous en parler de ma grand-mère. Elle a sa fierté même si elle habite dans une cabane où il n'y a pas l'eau courante. Elle ne s'abaissera jamais devant personne. Vous l'avez vue, vous croyez qu'elle est du genre à descendre d'un trottoir pour laisser passer quelqu'un ?

– Pas vraiment.

– Toute sa vie durant, elle s'est battue. Et moi, quand je suis venu la retrouver, comme je n'étais pas conforme à leurs idées, ils me sont tombés dessus.

Il paraissait désireux de poursuivre, mais Cowart l'en empêcha.

– Écoutez, Ferguson, mettons que tout ceci soit vrai et que j'écrive un article : preuves inexistantes, identification douteuse, avocat sans talent, aveux extorqués. C'est bien, mais ce n'est que la moitié de ce que vous m'avez promis. (Ferguson l'écoutait attentivement.) Je veux le nom de l'assassin. Plus de tergiversations.

– Qu'est-ce qui me prouve que...

– Rien. Il n'y aura que mon article.

– D'accord, mais c'est ma vie qui est en jeu.

– Je ne peux rien vous promettre.

Ferguson s'assit et regarda Cowart droit dans les yeux.

– Qu'est-ce que vous savez vraiment sur moi ?

Cette question prit Cowart par surprise. Oui, que savait-il au juste ?

– Ce que vous m'avez dit, ce que les autres m'ont raconté.

– Vous pensez me connaître ?

– Un peu, peut-être.

Ferguson eut une moue de dénégation.

– Vous vous trompez. (Il parut hésiter, comme s'il allait revenir sur ses paroles.) Ce que vous voyez, c'est ce que je suis. Je ne suis pas parfait, peut-être que j'ai fait des choses que je n'aurais pas dû faire. Je n'aurais peut-être pas dû cracher sur cette ville, mais ça leur a donné l'occasion de me tomber dessus et d'évacuer leurs problèmes.

– Je ne vous suis pas.

– Vous allez comprendre. (Ferguson ferma les yeux.) Je suis un peu soupe au lait, parfois, mais on est comme on est, non ?

– Il me semble.

– Je vais vous dire ce qui s'est passé à Pachoula. (Il rit en voyant Cowart changer d'expression.) Imaginez un type qui roule en direction du Sud. Il sort à Pachoula. Peut-être pour manger un hamburger et des frites. Il s'arrête sous un arbre, juste à côté d'une école. Il aperçoit une petite fille. Elle monte avec lui parce qu'il a l'air sympa. Vous connaissez les lieux. En cinq minutes, ils sont dans la forêt, près des marécages. Il lui règle son compte et il s'en va. Définitivement.

– Continuez.

– Il parcourt l'État en tout sens. Quelques histoires à Bay City. A Tallahassee. Orlando. Lake City. Tampa. Comme ça jusqu'à Miami. Une écolière. Un couple de touristes. Une serveuse de bar. Le problème, c'est qu'en arrivant dans cette grande ville, il ne fait pas assez attention. Et il se fait pincer. Ça vous dit quelque chose ?

– Ça commence. Poursuivez.

– Après plusieurs procès, le type termine ici, au couloir. Et qu'est-ce qu'il découvre en arrivant ? Le truc le plus dingue qu'on puisse imaginer. Le détenu de la cellule voisine attend d'être exécuté pour un crime que lui a commis et dont il ne se souvenait même pas, tellement il y en a eu. Plutôt marrant, non ? Seulement, l'autre détenu, ça ne l'amuse pas vraiment.

– Vous voulez dire que...

– Oui, monsieur Cowart, l'homme qui a tué Joanie Shriver est ici, au couloir de la mort. Blair Sullivan, ça vous dit quelque chose ?

Cowart en eut le souffle coupé. Ce nom lui faisait l'effet d'une bombe.

– Oui.

– Tout le monde connaît Blair Sullivan, n'est-ce pas, monsieur le journaliste ?

– Oui.

– Eh bien, c'est lui qui a fait le coup.

Cowart sentit le sang lui monter aux joues. Il desserra son nœud de cravate.

– Comment le savez-vous ?

– C'est lui qui me l'a dit ! Il trouvait que c'était à hurler de rire.

– Je veux des détails.

– Peu après son arrivée ici, il a été placé dans la cellule voisine. Il n'a pas toute sa tête, vous savez. Il éclate de rire alors que personne n'a raconté de blague. Il pleure sans raison. Il parle tout seul, et à Dieu, parfois. Merde, ce type a une voix doucereuse, on croirait entendre un serpent siffler. C'est vraiment le plus cinglé que j'ai jamais rencontré, mais il est malin comme un singe.

» Après une ou deux semaines, on se met à bavarder et, naturellement, il me demande pourquoi je suis là. Je lui dis la vérité : j'attends de passer à la chaise pour un crime que je n'ai pas commis. Ça le fait ricaner et il veut savoir de quoi je parle. Je lui raconte tout. Une petite fille à Pachoula. Une petite blonde, il me demande, avec un appareil ? Oui. Et là-dessus, il rit de plus belle. Début mai ? Oui, que je lui réponds. Une môme poignardée qu'on a jetée dans l'étang ? Oui, je lui dis de nouveau, mais comment ça se fait que tu en saches tant ? Il rit à s'en étouffer, il pousse des cris et se roule par terre, c'est complètement dingue. Je le sais bien que tu n'as rien fait à cette gamine, qu'il me dit, parce que c'est moi qui l'ai butée, même que c'était le super-panard ! Je me suis jeté sur les barreaux pour l'étrangler, je l'aurais tué, je vous le jure, et je me suis mis à hurler. Les matons sont arrivés, ils étaient au moins une dizaine, ils m'ont ceinturé et m'ont jeté au cachot. Vous savez ce que c'est, le cachot. Une cellule minuscule, sans fenêtre, avec seulement un seau et une banquette en ciment. On vous laisse à poil tant que vous n'êtes pas calmé.

» Quand je suis ressorti, ils l'avaient mis à un autre étage. On n'a pas promenade en même temps, je ne le vois plus. Mais je l'entends. La nuit, il m'appelle, il hurle mon nom. Bobby Earl ! Booobbyyy Earrrl ! Tu ne veux pas me parler, Booobbyyy Earrrl ? Et il éclate de rire parce que je ne lui réponds pas. Il rit sans arrêt, sans arrêt !

Cowart frissonna. Il aurait voulu se retirer un instant et réfléchir à tout ce qu'il venait d'entendre, mais cela lui était impossible. Il était prisonnier des révélations de Robert Earl Ferguson.

– Comment je vais prouver tout ça ?

– Je n'en sais rien, mon vieux, c'est votre boulot, pas le mien !

– Comment je peux le confirmer ?

– Bon sang... Le sergent vous dira qu'ils ont dû éloigner Sullivan, mais il ne sait pas pourquoi. Personne ne le sait, à part moi, lui et vous.

– Je ne peux tout de même...

– Je me fiche de ce que vous pouvez ou ne pouvez pas, monsieur le journaliste. J'en ai marre d'entendre les gens dire qu'ils ne peuvent pas. On ne peut pas dire ça, on ne peut pas faire ça, on ne peut pas penser ça... Merde ! Toute ma vie, ça a été la même chose.

– Bien, fit Cowart, je vais vérifier...

Ferguson se tourna brusquement vers lui et le foudroya du regard.

– C'est ça, dit le détenu, allez *vérifier*. Interrogez cette ordure et vous verrez, oui, vous verrez. (Il se leva et s'éloigna de la table.) Maintenant, vous savez. Le reste, c'est votre boulot. Posez toutes les questions que vous voudrez, mais faites-le avant que je sois refroidi!

Le détenu se dirigea vers la porte et y donna un grand coup de poing.

» Sergent Rogers! C'est terminé!

Quand la porte s'ouvrit enfin, Ferguson lança un regard à Cowart.

» Je veux regagner ma cellule. J'en ai assez de discuter.

Il tendit les mains pour qu'on lui passe les menottes. Ses yeux étincelaient de fureur et d'exaltation. Puis il passa la porte et laissa Cowart seul dans la pièce, assis sur sa chaise, les jambes tremblantes comme si la terre allait se dérober sous ses pieds.

Comme on le raccompagnait vers la sortie de la prison, Cowart demanda au sergent :

– Où est Blair Sullivan ?

– Sully ? fit Rogers en reniflant. Il est dans l'aile Q. Il reste toute la journée dans sa cellule à lire la Bible et à écrire des lettres. A tout un tas de psychiatres, aux familles de ses victimes aussi. Il leur décrit de manière ignoble ce qu'il leur a fait subir. Bien entendu, on n'envoie pas ce genre de lettres. On ne lui dit pas, mais il doit s'en douter. (Le sergent secoua la tête.) Il n'est pas net, ce type. Et il fait une fixation sur Robert Earl. Il l'appelle en pleine nuit. Est-ce que Bobby Earl vous a dit qu'il avait essayé d'étrangler Sullivan quand leurs cellules étaient voisines ? Ça s'est passé d'une drôle de manière. Au début, ils bavardaient calmement à travers les barreaux, et puis Robert Earl est devenu comme dingue. C'est vraiment la seule fois où il a fait ça. On a dû le mettre au mitard pendant quelque temps. Maintenant, ils sont sur la liste des séparations.

– Qu'est-ce que c'est que ça ?

– C'est clair, ils ne doivent pas avoir le moindre contact, quelles que soient les circonstances. C'est une liste qui empêche les gars de se tuer les uns les autres avant que l'État ne le fasse de manière légale.

– Et si je voulais parler à Sullivan ?

Le sergent secoua encore une fois la tête.

– Ce type, c'est le mal incarné, monsieur Cowart. Des fois, il me fait peur. Pourtant, j'ai vu les pires criminels qu'on puisse trouver dans ce pays.

– Comment cela ?

– Vous le savez comme moi, on a ici des types qui ont tué et qui n'y pensent même pas, une vie de plus ou de moins, ça n'a aucune importance pour eux. On a des dingues, des tueurs obsédés sexuels, des psychopathes, d'autres qui cherchent des sensations fortes, des hommes de main, des tueurs à gages. Sullivan, lui, il est différent de tout ça. Je ne sais pas comment vous dire... Il peut rentrer dans n'importe quelle catégorie, comme un de ces lézards qui changent de couleur.

– Un caméléon ?

– Oui. Il y a tout ça en lui, c'est pourquoi on ne peut pas lui coller une étiquette. (Le sergent Rogers fit une pause.) Non, ce type me fout la trouille. Je ne veux pas dire que je sois content de voir quelqu'un passer à la chaise mais, pour lui, ça me fera ni chaud ni froid. Ça ne devrait pas tarder d'ailleurs.

– Comment cela se fait-il ? Il n'est dans le couloir que depuis un an, non ?

– Exact, mais il a jeté tous ses avocats, comme l'autre dans l'Utah, il y a quelques années, vous vous souvenez ? Il y a automatiquement un appel devant la cour suprême, mais ça ne changera rien. Il dit lui-même qu'il ne veut pas attendre cent sept ans.

– Vous ne pensez pas qu'il va changer d'avis ?

– Je vous l'ai dit, ce type ne ressemble à personne, pas même aux autres tueurs. La vie, la mort, il ne voit pas la différence. Pour moi, il se marrera en montant sur la chaise, comme il prend tout en se marrant.

– J'aurais besoin de lui parler.

– On ne peut pas avoir *besoin* de parler à un type comme ça.

– Pourtant, si. Vous pourriez m'arranger ça ?

Rogers s'arrêta de marcher et planta son regard dans le sien.

– Ça a rapport avec Bobby Earl ?

– Peut-être.

Il haussa les épaules.

– Je lui demanderai. S'il dit oui, je vous arrange ça, mais si c'est non, laissez tomber.

– D'accord.

– Attention, vous ne vous retrouverez pas dans le salon d'apparat, comme avec Bobby Earl. Il faudra utiliser la cage.

– Aucune importance. Essayez, je vous en prie.

– D'accord, monsieur Cowart. Appelez-moi dans la matinée et je vous dirai ce qu'il en est.

Ils marchèrent en silence jusqu'à la porte de la prison. Puis Rogers regarda Cowart sortir et retrouver la lumière du soleil. Le journaliste vit le gardien cligner des yeux et respirer l'air à pleins poumons avant de secouer la tête. La porte se referma sur lui.

Ferguson avait raison, se dit Cowart, tout le monde connaissait Blair Sullivan.

La Floride a une fâcheuse tendance à engendrer des criminels. Comme les mangroves aux formes torturées qui jaillissent des eaux saumâtres de l'océan, le mal prend racine dans cet État et envahit toutes choses alentour. Ceux qui ne sont pas nés en Floride semblent attirés par elle. Cela donne à cet État une étrange familiarité avec le mal, une acceptation toute de résignation des paranoïaques qui tirent à l'arme automatique dans un fast-food ou des revendeurs de drogue qu'on retrouve pourrissant dans les Everglades. Poussé par la folie, la raison, la cupidité ou la passion, tout ce qu'il y a de mauvais s'est donné rendez-vous en Floride.

Lors de son périple vers le sud de l'État, Blair Sullivan avait abattu une douzaine de personnes avant d'arriver à Miami. Ces meurtres devaient tout au hasard et ces gens avaient eu la malchance de se frotter à Sullivan. Le gardien de nuit d'un petit motel, la serveuse d'une cafétéria, le vendeur d'une boutique, le vieux couple qui changeait de pneu au bord de la route. Ce qui rendait particulièrement spectaculaire cette folie meurtrière, c'était son aspect totalement aléatoire. Certaines victimes avaient été volées, d'autres violées. D'autres encore simplement tuées, sans aucune raison apparente ou pour des raisons terriblement complexes, comme ce pompiste abattu dans sa cage protectrice parce qu'il n'avait pas rendu assez rapidement la monnaie sur vingt dollars. Sullivan avait été arrêté à Miami quelques minutes après en avoir fini avec un jeune couple qui marchait le long d'une avenue déserte. Il avait pris son temps avec ces deux-là, attachant le garçon pour qu'il le voie violer la fille, puis ligotant celle-ci pour qu'elle le voie trancher la gorge de son compagnon. Il était en train de taillader la jeune fille quand un garde l'avait surpris. « Dommage, avait-il dit, plein de morgue, au juge qui venait de le condamner. A quelques minutes près, je me farcissais aussi le garde. »

Cowart décrocha le téléphone et appela le service des nouvelles locales du *Journal*, à Miami. Il demanda Edna McGee, la journaliste qui avait couvert le procès et la condamnation de Sullivan. Une musique insipide le fit patienter.

– Edna ?

– Matty ? Où es-tu donc passé ?

– Je suis coincé à Starke, dans un motel à vingt sacs la nuit, et j'essaye de débrouiller tout ça.

– Tu me mettras au courant, hein ? Alors, où tu en es ? On dit que tu es sur un gros coup.

– Ça avance.

– Ce type a vraiment tué la petite ou quoi ?

– Je ne sais pas. Je me pose des questions. Les flics ont reconnu l'avoir frappé pendant la garde à vue. Pas autant qu'il le prétend, bien sûr, mais tout de même.

– C'est vrai ? Tu sais, la moindre atteinte physique peut remettre en cause la validité des aveux. Alors, ne les lâche surtout pas. Bon, en quoi puis-je t'être utile ?

– Blair Sullivan.

– Sully ? Oh, oh ! voilà qui est intéressant ! Quel rapport avec ton affaire ?

– Son nom a été prononcé dans un contexte plutôt pas ordinaire, mais je ne peux pas vraiment en parler.

– Allez, dis-moi.

– Pas maintenant, Edna. Quand je serai sûr, tu seras la première au courant.

– Juré ?

– Craché.

– Sullivan... Seigneur ! Je suis libérale, on est d'accord, mais ce type ! Tu sais ce qu'il a fait à la fille avant de la tuer ? Je ne pouvais pas écrire ça dans mes articles. Quand il l'a raconté au tribunal, un des jurés s'est mis à vomir. Il a fallu une heure d'interruption pour tout nettoyer. Après qu'elle a vu son petit ami se faire saigner à blanc, Sully l'a obligée à s'accroupir et...

– Ça ne m'intéresse pas, dit sèchement Cowart.

Il y eut quelques secondes de silence, puis la femme demanda :

– Bon, qu'est-ce que tu veux savoir ?

– Parle-moi de son périple.

– Pas de problème. Les canards à sensation l'ont baptisé « la route de la mort ». On sait pas mal de choses là-dessus. Il a commencé par sa logeuse, en Louisiane, juste à côté de La Nouvelle-Orléans. Ensuite, une prostituée à Mobile, dans l'Alabama. Il prétend avoir poignardé un marin à Pensacola, un type qu'il aurait levé dans un bar et qu'il aurait fini sur une décharge. Ensuite...

– Tu as des dates ?

– C'est dans mes notes. Attends, je les prends. (Matthew Cowart l'entendit poser le combiné et ouvrir des tiroirs.) J'y suis. Voilà. Ce devrait être fin avril, début mai au plus tard, à l'époque où il est entré en Floride.

– Après ?

– Il a tranquillement poursuivi son chemin vers le sud. Il y avait sa photo partout, dans les agences de presse, au FBI, dans les bulletins de la police. Et personne ne l'a identifié. Personne de vivant, tout au moins. Il est arrivé fin juin à Miami.

– Tu sais quelque chose sur ses voitures ?

– Oui, il en a eu trois, toutes volées. Une Chevrolet, une Mercury et une Oldsmobile. Il se contentait de les abandonner pour en prendre une nouvelle. Il piquait des plaques d'immatriculation. Pour les voitures, il faisait vraiment attention. Jamais de modèles trop voyants, et il prenait bien soin de ne pas se faire pincer pour excès de vitesse.

– Qu'est-ce qu'il conduisait quand il a débarqué en Floride ?

– Voyons voir... Oh ! à propos, tu sais qu'il y a un type de *La Tribune* de Tampa qui veut écrire un livre sur lui ! Il a cherché à le rencontrer, mais Sully l'a foutu dehors. Même chose pour ses avocats. Il devrait dégager avant la fin de l'année. Ah voilà... Une Mercury Monarch de couleur brune.

– Pas une Ford ?

– Non, mais tu sais, la Mercury est exactement pareille. Même carrosserie, même ligne.

– Brun clair ?

– Non, foncé.

Ça colle parfaitement, se dit Cowart.

» Matty, tu ne veux vraiment rien me dire ?

– Je dois vérifier quelques points.

– Allez, fais ça pour moi.

– Je te recontacte.

– Promis ?

– Promis.

Elle raccrocha, laissant Matthew Cowart seul avec ses pensées, des pensées terribles et des explications tout aussi terrifiantes : une Mercury prise pour une Ford, du brun foncé pour du vert, un Blanc pour un Noir, un homme pour un autre.

– Je n'ai pas compris pourquoi, mais en tout cas vous avez de la chance, dit le sergent d'un air jovial.

– Comment cela ?

– M. Sullivan accepte de vous voir. Il balancerait ce type de Tampa qui est déjà venu l'autre semaine et tous les avocats qui chercheraient à le défendre, mais vous... Les seules personnes pour lesquelles il est d'accord, c'est des psys que le FBI a dénichés dans l'unité des sciences du comportement. Vous savez bien, ces types qui étudient les meurtriers en série. Pour moi, s'il fait ça, c'est pour bien expliquer tous ses actes et qu'aucun avocat ne le déclare irresponsable dans le but de faire appel.

– J'ai de la chance.

– Si on veut. Bon, prenez votre temps. On ne transfère pas M. Sullivan sans quelques précautions élémentaires. Tenez, il y a neuf mois, il a sauté sur un des gardiens quand il était aux douches et il lui a arraché l'oreille. Il a dit que ça avait bon goût. Il lui aurait sûrement bouffé toute la tête si on ne l'avait pas maîtrisé. C'est ça, Sully.

– Pourquoi a-t-il fait ça ?

– Le gardien l'avait traité de dingue. Enfin, pas vraiment. Comme quand vous dites à votre femme qu'elle est dingue d'acheter une robe pareille. Ou quand vous vous dites que vous êtes dingue de payer vos impôts en temps et en heure. Ça n'a rien de méchant. Mais ce n'était pas le mot à utiliser devant Sullivan. Vous auriez dû voir ça, il était agrippé à la tête du garde, un type deux fois plus grand que lui, et il y avait du sang partout. L'autre hurlait. On a dû l'assommer et le mettre au mitard pendant quelques mois. C'est comme si on avait pressé une détente. En tout cas, ça m'a appris quelque chose. A moi et à tout le monde. Il y a intérêt à surveiller son vocabulaire.

Et il laissa planer ce lugubre avertissement.

Cowart était accompagné d'un jeune gardien en uniforme gris qui gardait un silence réprobateur. Il se comportait comme s'il escortait un pestiféré. Les deux hommes marchaient dans un couloir peint en blanc, éclairé par de très hautes fenêtres qui lui conféraient un caractère irréel. Le journaliste essayait de faire le vide en se concentrant sur le bruit cadencé de leurs pas. Cette technique lui permettait de ne penser à rien, ni à l'entretien qu'il allait avoir, ni aux articles qu'il avait écrits ou aux gens qu'il connaissait. En agissant ainsi, il ferait face à Sullivan l'esprit complètement libre, sans idées préconçues, neutre. Alors, il serait totalement réceptif à ce qui allait se passer.

Quand il eut compté une centaine de pas, il parvint à une intersection ou se dressait une cage métallique. Au centre de celle-ci, une table et deux sièges fixés au sol. Sur un côté de la table, un gros anneau. Le gardien précéda Cowart dans la cage et lui désigna le siège qu'il devait occuper.

– Ce fils de pute va arriver, dit le gardien avant de sortir prestement de la cage et de disparaître dans un escalier.

Quelques instants plus tard, il y eut des bruits de porte et des appels. « Service de sécurité ! Cinq hommes au rapport ! »

Des systèmes électroniques cliquetèrent et Cowart vit arriver le sergent Rogers, portant casque et gilet de protection. Le détenu était vêtu d'orange, mais on ne le voyait pas très bien à cause des deux hommes qui l'entouraient et de celui qui le suivait. Le petit groupe se dirigea vers la cage.

Blair Sullivan avait les mains et les pieds entravés. Ceux qui l'accompagnaient avaient une démarche militaire, comme à la parade, tandis que lui traînait les pieds.

Il était très maigre, à la limite du cadavérique, de stature moyenne avec des tatouages violacés sur les avant-bras représentant des dragons. Ses cheveux grisonnaient. Il avait des yeux sombres et engloba en un seul regard la cage, les gardiens et Matthew Cowart.

Dans son attitude face aux gardiens, dans sa manière de ricaner pour rien, il faisait preuve d'une déconcertante décontraction. Il suffit que le sergent défît la chaîne qui liait les poignets aux pieds pour la passer dans l'anneau de la table et dans la ceinture de cuir de Sullivan pour que, l'espace d'un instant, tout le monde ait la terrifiante impression qu'aucune entrave ne pouvait empêcher le danger que Sullivan représentait.

– Allez, assis, ordonna Rogers d'un ton brusque.

Les trois autres gardiens se retirèrent. Sullivan s'installa et regarda Cowart droit dans les yeux. Ses lèvres esquissaient un mince sourire.

– Bon, on reste là, dit le sergent en se retirant à son tour.

Il ferma la cage à double tour.

– Ils ne m'aiment pas, dit Blair Sullivan avec un soupir.

– Pourquoi ?

– Question de régime, répliqua-t-il en éclatant de rire.

Et ce rire dégénéra en une quinte de toux. Sullivan sortit de sa poche un paquet de cigarettes et des allumettes. Il y parvint non sans difficulté, la chaîne passée dans l'anneau limitant considérablement ses mouvements.

– Remarquez, ils n'ont pas besoin de m'aimer s'ils veulent me tuer. Je peux ?

– Allez-y.

– C'est plutôt marrant, non ?

– Quoi ?

– Le condamné qui fume sa cigarette. Partout, les gens essayent d'arrêter de fumer, mais ici, dans le couloir, on est sûrement les meilleurs clients de J.J. Reynolds. Si on pouvait, on se laisserait aller à tous les vices, mais on se contente de cloper. Le cancer du poumon, on peut pas dire que ça nous fasse flipper, mais je me demande si l'État serait d'accord pour nous passer à la chaise alors qu'on est déjà à moitié clamsé. Ils aiment bien qu'on soit sain de corps et d'esprit. Ça a fait tout un bordel au Texas, il y a quelques années, quand ils ont voulu exécuter un pauvre type qui avait fait une crise cardiaque en apprenant que son arrêt de mort était signé. Il a fallu repousser l'exécution jusqu'à ce qu'il soit en état de marcher tout seul. Et tenez, à New York, dans les années 30, il y avait un gangster qui avait trouvé un truc, il s'était mis à bouffer, mais à bouffer à s'en faire péter la panse. Des spaghettis, des patates, du pain, tout ce qui lui tombait sous la main. Il voulait grossir pour plus pouvoir s'asseoir sur la chaise, mais ils ont quand même réussi à l'y coincer. Il ressemblait à un gros porc tout sanglé sur sa chaise. Vous pouvez me dire où est la logique dans tout ça, hein ? (Il rit de nouveau.) Y a rien de tel que le couloir de la mort pour vous faire voir toutes les petites ironies de la vie.

Il regarda Cowart bien en face. Une de ses paupières frémissait de manière perceptible.

» Dites-moi, Cowart, vous êtes un tueur aussi ?

– Pardon ?

– Je veux dire, vous avez déjà pris une vie ? A l'armée, peut-être. Vous êtes assez vieux pour avoir fait le Viêt Nam, hein ? Non, en fait, vous avez pas cet air paumé des anciens combattants. Mais peut-être bien que vous avez balancé une voiture dans un fossé quand vous étiez gosse ? Buté votre meilleur pote ou votre gonzesse un samedi soir en sortant de boîte ? Peut-être bien que vous avez demandé au docteur de débrancher votre vieux dans sa chambre d'hosto ? Vous avez fait ça, Cowart ? Dit à votre femme ou à votre copine de se faire avorter ? Vous vouliez pas avoir des mioches qui cavalent partout en braillant ? Mais non, vous êtes plus chicos que ça, Cowart. Vous avez dû sniffer de la coke dans une party à Miami, non ? Vous savez combien de vies à coûté cette livraison ? Allez, dites un chiffre. Non ? Allez, Cowart, dites-le, vous êtes un tueur ?

– Non, je ne le pense pas.

Blair Sullivan renifla.

– Vous vous trompez. Tout le monde est un tueur. Suffit de voir les choses en face. Élargissez la définition. Vous êtes déjà allé dans un centre commercial, hein ? Vous n'avez jamais vu une mère engueuler son môme ? Vous n'avez pas vu les yeux qu'il fait ? Il voudrait la tuer. Regardez aussi en vous, Cowart, vous avez sûrement le même regard. Moi, j'en suis certain. Y a qu'à vous regarder.

– Vous avez le truc, vous.

– C'est pas un truc, c'est plutôt une faculté spéciale. Je vous dis que la mort, ça vous connaît, vous en présentez tous les signes.

– Là, je crois que vous vous trompez.

– Ah oui ? On verra.

Sullivan s'installa plus confortablement sur son siège, sans toutefois quitter Cowart du regard.

» C'est facile, vous savez.

– Quoi ?

– Tuer. On apprend très vite comment meurent les gens. Il y en a pour qui c'est dur, d'autres pour qui c'est facile. Il y en a qui se débattent, d'autres qui se laissent faire. Il y en a qui chialent, d'autres qui se marrent. Il y en a qui appellent leur mère, d'autres qui vous disent qu'on se retrouvera en enfer. Mais en fin de compte, tout le monde se retrouve pareil, raide et froid. Vous et moi, on sera comme ça aussi.

Il tira sur sa cigarette et envoya la fumée vers le plafond. Un instant, il la suivit des yeux.

» Voilà tout ce qu'on est, de la fumée, en fin de compte. Je l'ai dit aux psys, mais je crois pas que ça les intéressait beaucoup.

– Quels psys ?

– Ceux du FBI. Ils ont une section spéciale qui s'occupe des sciences du comportement, ils veulent savoir ce qui fabrique des meurtriers en série, le dada de l'Amérique... (Il sourit.) Bien entendu, ils n'arrivent pas à grand-chose, parce qu'on a chacun ses petites raisons bien à soi. Ils étaient sympas. J'ai eu droit à tous les tests possibles : le test multiphasique de personnalité du Minnesota et celui d'aperception thématique, le Rorschach et le QI. Putain, ils vont me faire passer l'examen d'entrée en faculté, si ça continue. Ils aiment bien quand je leur parle de ma mère et surtout quand je leur dis à quel point je pouvais pas blairer cette vieille salope et mon beau-père. Il me frappait, vous savez. Il me tabassait chaque fois que j'ouvrais la bouche. A coups de poing, à coups de ceinture et à coups de pine. Oui, il me tapait et il me baisait, ou bien il me baisait avant de me taper. Chaque jour que Dieu fait, putain ! Qu'est-ce que je les détestais ! Et ça n'a pas changé. Eux, ils ont dans les soixante-dix balais, ils vivent dans une baraque en préfabriqué dans les Keys, avec un crucifix sur le mur et un chromo de Jésus, ils croient toujours que leur Sauveur va passer la porte et les amener tout droit jusqu'au ciel. Ils se signent chaque fois qu'ils entendent mon nom et disent des choses du genre : « Ce garçon a toujours été marqué par le diable. » Les gars du FBI se passionnent pour tout ça. Vous aussi, ça vous intéresse, Cowart ? Ou est-ce que vous voulez simplement savoir pourquoi j'ai tué tous ces gens que je ne connaissais même pas pour la plupart ?

– Ce serait plutôt ça.

– C'est facile à répondre, dit Sullivan avec un rire gras. Je rentrais chez moi et je n'étais pas dans les rails. Distrait, si vous voulez. Ça vous convient ?

– Pas vraiment.

Sullivan sourit.

– La vie est un mystère, pas vrai ?

– Puisque vous le dites.

– Oui, puisque je le dis. Mais tout ça, vous en vous foutez, pas vrai, Cowart ? Les autres, vous n'en avez rien à faire. C'est pas pour eux que vous êtes là.

– Non.

– Alors, dites-moi ce qui vous pousse à tailler une bavette avec un type dans mon genre ?

– Robert Earl Ferguson et Pachoula.

Blair Sullivan rejeta la tête en arrière et lança un formidable éclat de rire qui résonna entre les murs de la prison. Cowart vit plusieurs gardiens se tourner vers eux avant de reprendre leurs activités.

– Voilà des sujets intéressants, Cowart. Très intéressants même. Mais nous y reviendrons un peu plus tard.

– D'accord, mais pourquoi ?

Blair Sullivan se pencha en avant et approcha son visage de celui de Cowart. La chaîne qui le maintenait à la table crissait contre le métal. Une veine se gonfla au cou du détenu et le sang lui monta aux joues.

– Parce que vous ne me connaissez pas encore assez bien. Il reprit sa position normale et alluma une seconde cigarette au mégot de la première.

» Parlez-moi d'abord de vous, Cowart, ensuite on pourra causer. J'aime bien savoir à qui j'ai à faire.

– Qu'est-ce que vous voulez savoir ?

– Vous avez une femme ?

– Une ex.

– Des gosses ?

Matthew Cowart hésita avant de répondre :

– Non.

– Menteur. Vous vivez seul ou avec une petite amie ?

– Seul.

– Un appart ou une maison ?

– Un petit appartement.

– Vous avez de bons amis ?

Nouvelle hésitation.

– Bien sûr.

– Menteur. Ça fait deux fois. Qu'est-ce que vous faites le soir ?

– Je traîne. Je bouquine. Je regarde un match.

– Vous restez souvent seul, hein ?

– Souvent, oui.
La paupière de Sullivan se remit à frémir.
– Vous avez du mal à dormir ?
– Non.
– Menteur. Ça fait trois fois. Vous devriez avoir honte, mentir ainsi à un condamné à mort. Pierre a fait ça aussi à Jésus avant le chant du coq. Bon. Vous rêvez la nuit ?
– Bon sang, qu'est-ce...
– Écoutez, murmura Sullivan d'une voix sifflante, vous avez intérêt à jouer le jeu, sinon je me tire d'ici sans répondre à une seule de vos questions de merde.
– D'accord. Oui, je rêve. Tout le monde rêve.
– De quoi ?
– De gens comme vous, lui lança Cowart.
– Ah, un point pour vous ! fit Sullivan en riant. Des cauchemars, hein ? Parce que c'est ce que nous sommes tous, n'est-ce pas ? Des cauchemars.
– C'est vrai.
– C'est ça que j'ai essayé de faire comprendre aux gus du FBI, mais ils ne m'ont pas écouté. Voilà ce que nous sommes, de la fumée et des cauchemars. On ne fait que marcher et parler et apporter un peu de ténèbres et de peur sur cette terre. Évangile selon saint Jean : « Le père dont vous êtes issus, c'est le diable, et vous voulez accomplir les désirs de votre père. Il a été meurtrier dès le commencement ; et il n'a pas persévéré dans la vérité, parce qu'il n'y a point de vérité en lui. » Ça vous dit quelque chose ? Chapitre huit. C'est sûr qu'il y a tout un tas de vocabulaire spécialisé pour décrire ça, mais c'est de la branlette pour les médecins, non ?
– C'est vrai.
– Vous savez quoi ? Il faut être un homme libre pour faire un bon tueur. Libre, Cowart. Pas empêtré dans toutes ces merdes qui vous bouffent la vie. Un homme libre.
Cowart ne trouva rien à répondre.
» Je vais vous dire autre chose : tuer des gens, ce n'est pas dur. C'est ce que je leur ai dit. Et après coup, on n'y pense même plus. Il y a tant de choses plus importantes, comme cacher le corps et les armes et se nettoyer de tout ce sang. On est vachement occupé après un meurtre.
– Si tuer est une chose facile, qu'est-ce qui est difficile ?
– Ça, c'est une bonne question, fit Sullivan en souriant. Ils ne me l'ont jamais posée. (Il réfléchit un instant, les yeux rivés au plafond.) Je crois que le plus dur, c'est de débarquer ici, dans le couloir, et de se dire qu'on n'a jamais pu tuer ceux qu'on aurait voulu le plus tuer.

– Qu'est-ce que vous voulez dire ?

– C'est toujours ça le plus dur dans la vie, Cowart. Les occasions perdues. Celles qu'on regrette le plus et qui nous tiennent éveillés, la nuit.

– Je ne comprends toujours pas.

Sullivan se tortilla sur son siège et se pencha à nouveau vers Cowart.

– Il le faudra bien, pourtant, lui dit-il avec des airs de conspirateur. Si ce n'est pas aujourd'hui, ce sera un autre jour. Le jour où vous vous y attendrez le moins, vous vous direz : qui est-ce que Blair Sullivan déteste le plus ? Pourquoi est-ce que ça le tracasse tous les jours de savoir qu'ils se portent comme un charme ? C'est vraiment important que vous vous en souveniez, Cowart.

– Vous ne voulez pas me le dire ?

– Non, monsieur.

– Seigneur, je...

– Ne prononcez pas ce nom en l'air ! Je suis très sensible à ce genre de chose.

– Je voulais seulement...

Blair Sullivan se pencha davantage.

– Vous croyez que ces chaînes pourraient me retenir si je voulais vous arracher la tête ? Vous croyez que ces petits barreaux minables m'empêcheraient de quoi que ce soit ? Que je ne pourrais pas me jeter sur vous pour vous déchiqueter et boire votre sang comme s'il était source de vie ?

Cowart se cala dans son siège.

» J'en suis tout à fait capable. Alors ne me mettez pas en colère, Cowart. Je ne suis pas dingue et je crois en Jésus, même s'il va m'envoyer à coups de pompe dans le cul en enfer, mais je ne m'en fais pas, non monsieur, parce que ma vie a été un enfer et que ma mort le sera aussi ! Non, Cowart, reprit-il sur un ton presque insultant, ce qui nous sépare, vous et moi, ce n'est pas ces chaînes et toute cette merde, c'est seulement un petit détail de rien du tout : je n'ai pas peur de la mort. Mort, où es ton aiguillon ? Parce que je ne le crains pas. On peut m'asseoir sur la chaise, me faire une piqûre, me planter devant un peloton d'exécution ou me pendre par le cou. On peut me jeter aux lions, je continuerai de dire mes prières et d'espérer l'autre monde, où je me doute que je mettrai autant le bordel que dans celui-ci. Vous savez ce qui est bizarre, Cowart ?

– Non.

– J'ai plus peur de vivre ici comme une bête que de mourir. Je ne veux pas être trituré par les psys, les avocats, je ne veux pas qu'on écrive des trucs sur moi, je veux aller de l'avant, vous pigez ? De l'avant !

– C'est pour cela que vous avez renvoyé vos avocats et que vous ne contestez pas votre condamnation ?

– Exact ! fit-il en riant. Bon sang, Cowart, regardez-moi ! Qu'est-ce que vous voyez ?

– Un tueur.

– Tout juste. J'ai tué ces gens et j'en aurais tué encore plus si j'avais pu. Le garde qui m'a chopé, il a eu de la chance, je lui réservais une petite surprise. Je ne sais toujours pas pourquoi il ne m'a pas buté. Enfin... Il a fait ça dans les règles, remarquez, il m'a donné ma chance. Il m'a même lu mes droits après m'avoir pincé. Sa voix tremblait, il faisait presque dans son froc. Ensuite, j'ai appris que mon arrestation lui a valu de l'avancement, et j'en ai éprouvé de la fierté, oui monsieur. Alors, pourquoi discuter ? Pour donner un peu plus de boulot à ces putains d'avocats ? Qu'ils aillent se faire mettre. La vie n'est pas si super que ça, je n'ai pas envie d'y traîner.

Les deux hommes restèrent un instant silencieux comme s'ils réfléchissaient à ce qui venait de se dire.

» Alors, Cowart, vous avez une question ? dit enfin Sullivan.

– Oui. A propos de Pachoula.

– Un beau petit bled. J'y suis passé. Très sympa. Mais ce n'est pas une question, ça.

– Que s'est-il passé à Pachoula ?

– Vous avez vu Robert Earl Ferguson. Vous allez écrire un papier sur lui ? Mon vieux compagnon de cellule ?

– Que s'est-il passé entre vous ?

– On discutait, rien de plus.

Calmé, Blair Sullivan semblait s'amuser. Mais Cowart voulait lui arracher la vérité. Cependant, il continuait à lui poser des questions.

– De quoi avez-vous parlé ?

– De sa condamnation tout à fait injuste. Vous savez que les flics ont frappé ce garçon pour avoir ses aveux ? Moi, ils n'ont eu qu'à me payer un Coca et je leur ai tout balancé.

– De quoi d'autre ?

– On a parlé voiture. On avait à peu près les mêmes goûts.

– Oui ?

– De coïncidence, aussi. Du fait de se trouver en même temps au même endroit. Plutôt remarquable, non ?

– Oui.

– On a parlé de cette petite ville et de ce qui lui a fait perdre sa virginité, fit Sullivan avec un sourire. J'aime bien cette expression : perdre sa virginité. Car c'est bien ce qui s'est passé, non ? Pour la ville et pour la gosse.

– Vous avez tué la petite Joanie Shriver ? Dites, vous l'avez tuée ?

– Attendez... (Blair Sullivan sourit et fit mine de réfléchir.) Voyons si je peux me souvenir... Vous savez, Cowart, tout ça se mélange un peu dans ma tête...

– Alors ?

– Eh, Cowart, vous êtes en train de vous exciter, on dirait Bobby Earl. Ma façon de réunir mes souvenirs l'a tellement énervé qu'il s'est juré de me buter. Enfin, c'est le genre de chose qui arrive dans le couloir de la mort.

– Vous l'avez tuée ?

Blair Sullivan murmura à Cowart d'une voix rauque :

– Vous voudriez bien le savoir, hein ? (Il se pencha en arrière et dévisagea le journaliste.) Dites-moi quelque chose, Cowart...

– Quoi ?

– Vous avez déjà éprouvé cette sensation, tenir la vie et la mort de quelqu'un entre vos mains ? Au vrai sens du mot, je veux dire. Vous avez déjà connu ça ?

– Non.

– C'est la meilleure drogue qu'on puisse trouver. Il n'y a vraiment rien de tel que de savoir que la vie de quelqu'un dépend de vous...

Il leva la main comme s'il tenait un fruit. Et il serra le poing. La chaîne racla contre la table.

» Je vais vous dire deux ou trois choses, Cowart. D'une, je suis empli de force. Vous croyez peut-être que je suis un malheureux détenu, enchaîné et coincé sept jours sur sept dans une cellule minable, mais j'ai une force qui s'exerce par-delà ces barreaux. Je peux toucher qui je veux, Cowart, nul n'échappe à ma force. (Il s'arrêta un instant.) Pigé ?

Cowart hocha la tête.

» Et de deux, je ne vais pas vous dire si j'ai buté ou pas cette petite. Ce serait un peu facile si je vous disais la vérité, non ? Et puis, comment vous pourriez me croire, après tout ce que les journaux ont écrit sur moi ? Qu'est-ce que j'ai comme crédibilité ? Si je tue facilement, alors à votre avis, mentir, ça représente quoi ?

Cowart voulut parler, mais un seul regard de Sullivan l'en empêcha.

» Vous voulez savoir quelque chose, Cowart ? J'ai quitté l'école en première, mais je n'ai jamais cessé d'apprendre, je parierais même que j'ai plus d'instruction que vous. Qu'est-ce que vous lisez ? Le *Time* et *Newsweek.* Peut-être la chronique littéraire du *New York Times. Sports Illustrated*, aussi, quand vous en avez l'occasion. Moi, j'ai lu Freud et Jung, et je préfère le disciple au maître. J'ai lu Shakespeare, la poésie élisabéthaine et l'histoire des États-Unis, plus particulièrement la guerre de Sécession. J'apprécie les romanciers, surtout ceux qui font preuve d'ironie comme James Joyce, Faulkner, Conrad et Orwell. J'aime les classiques. Un peu de Proust et de Dickens. J'apprécie beaucoup Thucydide et ce qu'il dit de l'arrogance des Athéniens; Sophocle aussi parce qu'il parle de chacun de nous. La prison, c'est un endroit super pour bouquiner, Cowart. Personne ne vous dit ce qu'il faut lire ou pas et on a tout le temps qu'on veut. Je suis persuadé que le niveau est supérieur à celui de la plupart des facs. Bien sûr, cette fois-ci, je n'ai pas vraiment tout mon temps, alors je me consacre à la sainte Bible.

– Elle ne vous a rien appris en ce qui concerne la vérité et la charité ?

Blair Sullivan éclata d'un rire bruyant.

– Je vous aime bien, Cowart, vous êtes un marrant. Vous savez de quoi parle la Bible ? Il n'y est question que de trahison et de meurtre et de mensonge et d'assassinat et de vol et d'idolâtrie et de toutes sortes de choses qui constituent mon fonds de commerce, en quelque sorte.

Tout en parlant, il regardait Cowart avec un sourire vicieux.

» Allez, Cowart, on va rigoler un peu ?

– Rigoler ?

– Oui, fit-il en se trémoussant. A une dizaine de kilomètres de l'endroit où a été tuée Joanie Shriver, la départementale 50 coupe la nationale 120. Cent mètres avant ce croisement, il y a une petite canalisation qui passe sous la route, tout près d'un bouquet de saules qui font de l'ombre sur la route en été. Si vous vous arrêtez là, que vous prenez à droite et que vous passez la main sous le rebord de pierre, là où la canalisation dépasse, vous vous retrouverez dans les eaux grasses, mais vous découvrirez peut-être quelque chose d'important. De vraiment intéressant.

– Quoi ?

– Franchement, Cowart, vous ne voulez tout de même pas que je vous gâche la surprise, non ?

– D'accord. Si je trouve quelque chose, qu'est-ce que je fais ensuite ?

– Vous aurez une question passionnante à poser à vos lecteurs, non ?

– Quelle question ?
– Comment Blair Sullivan sait-il que tel objet est caché dans tel endroit ?
– Je...
– C'est une bonne question, non ? Comment le sait-il ? Il faudra que vous trouviez tout seul la réponse, Cowart, parce qu'on ne va plus se regarder après ça. Pas tant que je n'aurai pas senti le souffle de Madame la Mort sur ma nuque. (Blair Sullivan se leva et se mit à hurler.) Sergent ! J'en ai marre de cet enculé ! Sortez-moi de là avant que je lui bouffe la tête !
Il lança un sourire à Cowart et fit tinter ses chaînes tandis que se rapprochaient les gardiens.

6
La canalisation

Un petit vent du sud jouait avec la chaleur matinale qui allait en augmentant. Des nuages d'un blanc irisé traversaient le bleu du ciel au-dessus du Golfe et l'air humide s'amoncelait au-dessus du parking du motel. Cowart prit un sac dans lequel il avait rangé les gants de jardinier et la grosse lampe torche achetés la veille au soir chez un quincaillier. Il se dirigea vers sa voiture, préoccupé par ce que lui avaient dit les deux hommes du couloir de la mort et persuadé de bientôt découvrir une pièce capitale du puzzle. Il ne vit l'inspecteur qu'au dernier moment.

Tanny Brown était appuyé à la voiture du journaliste. La main en visière, il le regardait approcher.

– Alors, on est pressé ? fit l'inspecteur.

Le journaliste s'arrêta net.

– Vous êtes bien renseigné, je ne suis arrivé qu'hier soir.

– Je prends ça pour un compliment. Vous comptez rester longtemps ?

Cowart hésita un moment avant de répondre.

– On dirait un dialogue de série B.

Brown fronça les sourcils.

– Écoutez, j'ai appris hier soir que vous étiez descendu dans un motel. Visiblement, certaines de vos questions n'avaient pas encore obtenu de réponse, sinon vous ne seriez pas là.

– Exact.

– Quel type de question ?

Cowart ne répondit pas, se contentant d'observer l'inspecteur faire le tour de la voiture. Et il eut une idée bizarre : bien qu'il fît grand jour, le policier avait une démarche de noctambule –

il n'aurait pu expliquer cette impression, mais il sentait en lui de la nervosité et une certaine vulnérabilité.

» Je croyais que vous vous étiez déjà fait une idée, à propos de M. Ferguson et de nous.

– Vous aviez tort.

L'inspecteur sourit et secoua lentement la tête pour bien montrer à Cowart qu'il n'était pas dupe.

– Vous avez le crâne dur, hein ?

Il n'y avait dans cette phrase aucune agressivité.

– Je ne vois pas ce que vous voulez dire, lieutenant.

– Quand vous avez une idée en tête, vous ne la lâchez pas comme ça.

– Si vous voulez dire par là que j'ai de sérieux doutes quant à la culpabilité de Robert Earl Ferguson, eh bien, c'est oui.

– Je peux vous poser une question, monsieur Cowart ?

– Je vous en prie.

L'inspecteur prit son souffle, puis se pencha et dit dans un murmure :

– Vous l'avez vu, vous lui avez parlé. Vous étiez devant lui, vous avez senti son odeur. Qu'est-ce qu'il est, à votre avis ?

– Je ne sais pas.

– N'allez pas me dire que vous n'avez pas frissonné, que vous n'avez pas eu de suée quand vous parliez avec M. Ferguson. Vous ne vous attendiez tout de même pas à bavarder avec un innocent.

– Vous parlez d'impressions, pas de preuves.

– Je sais, mais ne me dites pas que vous ne vous fiez pas aussi aux impressions. Alors, votre avis ?

– Je n'en sais rien.

– Tu parles !

En cet instant, Cowart se rappela les tatouages sur la chair pâle des bras de Blair Sullivan. Un artiste méconnu avait dessiné des dragons à l'orientale qui suivaient le tracé de ses muscles et de ses nerfs. D'un bleu rougeâtre, avec des écailles vertes, les dragons ouvraient des gueules menaçantes chaque fois que Sullivan tendait les bras pour saisir quelque chose, ou quelqu'un. Il pensa lancer le nom de Sullivan à la tête de l'inspecteur pour voir l'effet que cela ferait, mais c'était une piste trop importante pour s'amuser à cela.

Le policier plongea ses yeux dans ceux de Cowart, tout le poids de son corps en avant, et se mit à parler d'une voix douce :

» Est-ce qu'il vous est arrivé de voir une paire de vieux chiens hargneux, monsieur Cowart ? Ils se tournent autour en se reniflant, ils s'étudient, ils se jaugent. Voyez-vous, je me suis toujours demandé pourquoi ces deux vieux chiens décident soudain de se battre. Quelquefois, il ne font que se sentir, grogner un peu et puis chacun repart de son côté, s'occuper de ses affaires de chien. Mais d'autres fois, sans qu'on sache pourquoi, tout à coup ils se jettent l'un sur l'autre, la gueule ouverte, et cherchent à se planter leurs crocs dans la gorge. (Il fit une pause.) Maintenant, monsieur Cowart, dites-moi pourquoi un jour ils se fichent la paix, le suivant ils se déchirent.

– Je ne sais pas.

– Peut-être qu'ils sentent quelque chose ?

– Peut-être.

Brown s'appuya à nouveau contre la voiture, la tête penchée en arrière, les yeux fixés sur les nuages qui glissaient. Il se remit à parler, s'adressant au ciel cette fois.

– Quand j'étais petit, je croyais que les Blancs avaient quelque chose de spécial, qu'ils étaient différents. C'était presque une évidence. Ils avaient les meilleurs boulots, les plus grosses voitures et les plus belles maisons. J'ai détesté les Blancs pendant longtemps. Et puis, j'ai vieilli. Je suis allé à l'école avec des Blancs. A l'armée avec eux. J'ai combattu à leurs côtés. Après la guerre, je suis allé en fac avec des Blancs. Je suis devenu un policier, l'un des premiers policiers noirs dans une force blanche. Maintenant, il y en a vingt pour cent, et ça augmente. J'ai mis des Blancs en tôle à côté de Noirs. Et à chaque étape de ma vie, j'ai appris un peu plus. Vous voulez savoir ce que j'ai appris ? Je sais maintenant que le diable est aveugle à la couleur. La couleur ne fait pas de différence, elle ne change rien. Si vous êtes mauvais, vous êtes mauvais, que vous soyez noir, blanc, vert, jaune, rouge. (Il baissa les yeux.) C'est simple, non, monsieur Cowart ?

– Trop simple.

– C'est parce que je suis un type de la cambrousse. Je suis un vieux chien, et j'ai du flair.

Les deux hommes se tenaient près de la voiture, se dévisageant en silence. La poitrine de Brown se souleva, comme s'il respirait profondément, et il passa une main dans ses cheveux crépus.

» Je devrais en rire, vous savez.

– Que voulez-vous dire ?

– Vous comprendrez un jour. Alors, où allez-vous ? dit Tanny Brown.

– A la chasse au trésor.

– Ça me plairait de vous accompagner, fit l'inspecteur en

souriant. On dirait un jeu pour les gosses, ça me manque un peu ces temps-ci. A moins que je ne doive vous suivre à distance raisonnable.

Cowart se rendait compte qu'il ne pourrait pas se débarrasser de lui. Il ne fut pas long à prendre sa décision.

– Allez, montez, dit-il en lui désignant le siège de droite.

Les deux hommes roulèrent en silence pendant quelques kilomètres. Cowart avait les yeux rivés sur le ruban d'asphalte, Brown sur le paysage qui défilait par la portière. Cette absence de conversation était insupportable. Cowart avait les mains crispées sur le volant. De temps à autre, il lançait un regard en direction de Tanny Brown. D'ordinaire, il se faisait très rapidement une idée des gens qu'il rencontrait, mais Brown lui échappait. L'inspecteur paraissait perdu dans ses pensées.

A un moment, le policier sortit un carnet de sa poche et nota un certain nombre de choses. Ses lunettes lui donnèrent alors l'air d'un professeur. Puis il rangea son carnet et regarda à nouveau par la vitre.

– C'était très différent il y a dix ans, dit-il soudain. Et il y a vingt ans, c'était encore autre chose.

– Comment cela ?

– Vous voyez la station-service ? Atelier de réparation, lavage rapide, pompes à affichage numérique, distributeurs automatiques et j'en passe...

Ils dépassèrent la station.

– Oui, et alors ?

– Il y a cinq ans, c'était un petit poste de la Dixie Gas, avec pour gérant un type qui avait dû appartenir au Klan dans les années 50. Il y avait deux pompes manuelles et dans la vitrine une pancarte indiquant qu'il vendait aussi des cartouches et des amorces pour la pêche. Il a cédé son commerce et s'est retiré dans un de ces lotissements qu'on voit un peu partout avec des noms ridicules comme Hameau du Soleil ou Champs-Élysées. (L'inspecteur ne put s'empêcher de rire.) Tiens, c'est là que je prendrai ma retraite, aux Champs-Élysées. A moins que j'en trouve un baptisé le Walhalla. C'est plus approprié pour un flic, non ? Les guerriers de la société moderne. Naturellement, il faudrait que je meure les armes à la main.

– Naturellement, dit Cowart, très tendu.

– Regardez un peu autour de vous. La route est bonne, elle ramène des dollars. Avant, c'était pépère, maintenant, il n'y a plus que des spécialistes, des centres commerciaux. Bon sang, l'avant-centre de l'équipe de foot est fils d'enseignant et noir, tandis que l'arrière est le fils du mécano du coin et blanc de surcroît. Vous vous rendez compte ?

– On dirait que les choses n'ont pas beaucoup changé là où habite la grand-mère de Ferguson.

– Oui, c'est vrai. C'est le Sud profond. La misère. Chaud en été, froid en hiver. Pas d'eau courante et des poêles à bois. C'est à ça qu'on voit que nous, on a beaucoup changé.

– Les pompes à essence, c'est bien, mais l'état d'esprit ?

– Ça va plus lentement, c'est sûr. Au match, tout le monde applaudit l'avant-centre et l'arrière, qu'ils soient noirs ou blancs. Mais si l'un d'eux veut sortir avec la petite sœur de l'autre, terminés les applaudissements. Je vous dis ça, mais vous devez déjà le savoir, non ?

Le journaliste hocha la tête sans savoir si son compagnon se moquait de lui, l'insultait ou lui faisait un compliment. Ils longèrent des champs où des machines agricoles soulevaient des nuages de poussière.

– Que fait Wilcox aujourd'hui ? demanda Cowart.

– Bruce ? Oh, on a eu quelques accidents de la route hier soir. Je l'ai envoyé à la morgue voir les corps. Cela apprend à considérer d'un autre œil les ceintures de sécurité, l'excès de vitesse et la consommation d'alcool.

– Il a besoin de ce genre de leçon ?

– Tout le monde en a besoin, c'est comme ça qu'on progresse.

– Et son caractère ?

– Il apprendra à se maîtriser. En dépit de ses manières un peu brusques, c'est un observateur très attentif. Vous seriez étonné de voir à quel point il sait repérer les preuves et les suspects. C'est plutôt rare de le voir perdre les pédales.

– C'est pourtant ce qu'il a fait avec Ferguson.

– Je crois que vous ne comprenez pas à quel point tout le monde était chamboulé par ce qui était arrivé à cette gamine.

– Ça ne devrait pas entrer en ligne de compte et vous le savez aussi bien que moi.

– Si, ça entre en ligne de compte. Ne faites pas celui qui ne comprend rien.

– Bien, dit Cowart après une seconde d'hésitation. Vous savez ce qui se passera quand j'écrirai qu'il a frappé Ferguson ?

– Oui.

– Il obtiendra un nouveau procès.

– C'est probable.

– Vous parlez comme quelqu'un qui sait quelque chose et qui ne veut rien dire.

– Non, monsieur Cowart, je parle comme quelqu'un qui a compris le système.

– Eh bien, ce système dit qu'on n'a pas le droit de frapper un suspect.

– Parce que c'est ce que l'on a fait ? Il me semble que je vous ai expliqué que Wilcox lui a seulement donné une ou deux gifles, ce n'est pas dramatique, non ? Tirer des aveux à un meurtrier, ce n'est pas comme un thé entre vieilles filles, bon sang ! Et puis, il n'est passé aux aveux que vingt-quatre heures plus tard. Alors, comme relation de cause à effet...

– Ce n'est pas ce que prétend Ferguson.

– Je suppose qu'il dit qu'on n'a pas arrêté de le torturer.

– Exact.

– Interdiction de boire, de manger et de dormir. Agression physique doublée de privations et de menaces. On connaît ça depuis l'âge de pierre. C'est ça qu'il vous a raconté ?

– Pratiquement, oui. Vous niez les faits ?

– Bien entendu, fit Brown avec un sourire. Parce que ça ne s'est pas du tout passé comme ça. Si on l'avait frappé, on aurait peut-être obtenu des aveux plus complets. On aurait su comment il a attiré Joanie dans sa voiture, où il a caché ses vêtements et le morceau de moquette, enfin tout ce qu'il ne nous a pas dit.

Cowart sentit que le policier disait vrai.

Brown fit une pause, plongé dans ses pensées. Puis il ajouta :

» Ça devrait vous aider pour votre histoire, non ? Un démenti officiel.

– Oui.

– Mais ça ne va pas vous arrêter.

– Non.

– Je suppose que c'est plus commode pour vous de le croire.

– Je n'ai pas dit ça.

– Non ? Mais alors, qu'est-ce qui rend sa version plus plausible que la mienne ?

– Je ne juge pas.

– Mon cul ! (Brown pivota sur son siège et fixa Cowart.) C'est l'excuse type du journaliste, hein ? Le genre : Je rapporte toutes les versions et je laisse les lecteurs décider. J'ai raison ?

Mal à l'aise, Cowart acquiesça.

Le policier opina du chef et retourna à sa contemplation.

Cowart roula encore quelque temps sans prononcer une parole, puis il ralentit avant d'arriver à l'intersection de deux routes. Il cherchait à reconnaître le paysage que lui avait décrit Sullivan.

– Qu'est-ce que vous cherchez ? lui demanda Brown.

– Des saules et une canalisation qui passe sous la route.

L'inspecteur fronça les sourcils et mit une seconde avant de répondre.

– C'est par ici, je vais vous montrer. Roulez encore un peu.

Puis il tendit la main vers un bouquet d'arbres. Cowart se gara à proximité.

» Bon, dit Brown, on a trouvé les saules, qu'est-ce qu'il vous faut d'autre ?

– Je n'en suis pas très sûr...

– Écoutez, monsieur Cowart, si vous étiez un peu plus explicite...

– On m'a demandé de regarder dans la canalisation.

– Qui ça, on, et pourquoi ?

– Plus tard. Commençons par jeter un coup d'œil.

L'inspecteur renifla et le suivit à contrecœur.

Matthew Cowart longea la route, en quête de la canalisation en saillie. L'endroit était jonché de papiers sales, de canettes de bière et de reliefs de repas. Une eau grasse s'écoulait du tuyau, parmi la mousse et les broussailles. Il hésita un instant, mais l'inspecteur, lui, marcha dans la boue sans se poser la moindre question.

– Dites-moi, fit le journaliste, c'est toujours dans cet état ou...

– Non, quand il pleut, c'est un vrai marécage par ici. Il faut un ou deux jours pour que ça sèche.

Cowart enfila ses gants.

– Tenez-moi la lampe, je vous prie.

Il se mit à genoux et enfonça le bras dans la canalisation.

– Vous savez ce que vous faites, au moins ?

Cowart ne répondit pas et déblaya toutes sortes de débris.

» Peut-être que si vous me disiez...

Les doigts de Matthew Cowart se refermèrent sur quelque chose. Il tira dessus. Il y eut une certaine résistance, comme si la terre ne voulait pas abandonner son trésor. Puis il se leva brusquement et se tourna vers l'inspecteur. Son visage irradiait.

– Un couteau, dit-il lentement.

L'inspecteur observa l'arme.

La lame, longue de dix centimètres, et le manche étaient rongés par la rouille. Un instant, Cowart crut que le couteau allait se briser entre ses doigts, tellement il paraissait fragile.

Tanny Brown regarda le journaliste et sortit un mouchoir de sa poche avant de prendre l'arme par la pointe et de l'envelopper délicatement.

– Je vais m'en occuper. (Il rangea l'arme dans sa poche.) Il n'en reste pas lourd, dit-il d'un air légèrement déçu. Je vais l'apporter au labo, mais je ne m'attends pas à grand-chose.

Du regard, il balaya les environs immédiats de la canalisation.

» Ne touchez à rien. Il y a peut-être des détails qui intéresseront les experts. (Ses yeux se posèrent sur Cowart.) Si ce site a un quelconque rapport avec un crime, je veux qu'il soit préservé.

– Vous savez de quel crime il s'agit.

L'inspecteur ne répondit rien et se contenta de serrer les poings avant de donner un formidable coup de pied dans la voiture de Cowart.

Matthew Cowart était assis dans le bureau du policier. Il attendait. Par la fenêtre, il voyait la nuit se glisser sur la ville, insidieusement, comme si elle jaillissait de chaque recoin pour envahir l'atmosphère tout entière. Cette brusque tombée du jour, digne de l'hiver, ne rappelait en rien le lent déclin des jours d'été.

Toute la journée, il avait regardé l'équipe des techniciens fouiller la canalisation en vue d'obtenir d'autres indices. Ils avaient rangé dans des sacs en plastique toutes sortes de débris ainsi que des échantillons de terre. Ils ne trouveraient rien d'intéressant, c'était certain, mais il les avait tout de même observés.

En fin d'après-midi, Tanny Brown et lui étaient revenus au siège de la police et l'inspecteur lui avait demandé d'attendre les résultats de l'analyse dans son bureau. Les deux hommes ne s'étaient pratiquement rien dit.

Cowart se tourna vers l'un des murs du bureau et s'attarda sur une photographie encadrée représentant l'inspecteur et sa famille devant une église d'un blanc immaculé. Une femme et deux filles : la première, avec ses couettes et son appareil dentaire, respirait l'insouciance malgré l'austérité de ses habits du dimanche ; l'autre, jeune adolescente à la poitrine déjà affirmée, affichait l'arrogance que lui conférait son âge. L'inspecteur et sa femme souriaient paisiblement à l'objectif.

Cowart se rendit brusquement compte qu'il avait jeté après son divorce toutes les photos de lui, de sa femme et de sa fille. Et maintenant, il se demandait pourquoi.

Il regarda les autres objets accrochés aux murs. Il y avait une série de plaques commémorant les concours annuels de tir du comté ; une citation du maire pour faits de bravoure ; une décoration encadrée, l'Étoile de bronze, accompagnée d'une autre citation et d'une photo de Tanny Brown, plus jeune, en treillis, quelque part dans le Sud-Est asiatique.

L'inspecteur, qui était sorti un instant, rentra dans le bureau.

– Qu'est-ce qui vous a valu cette décoration ? demanda Cowart.

– Oh ! j'étais infirmier ! Mon escouade s'est fait prendre en embuscade et quatre types sont tombés dans les rizières. Je les en ai sortis l'un après l'autre et je les ai ramenés au campement. Ce n'était pas grand-chose, mais il y avait un reporter du *Washington Post* qui nous accompagnait. Mon lieutenant avait la trouille de se faire taper sur les doigts pour nous avoir envoyés là-bas, il a voulu faire un geste et il m'a eu cette citation. C'était surtout pour que le journaliste oublie toutes ces heures passées dans la merdouille avec des sangsues qui le pompaient. Vous êtes parti ?

– Non, dit Cowart. J'ai tiré le 320 à la loterie, mon numéro n'est jamais sorti.

L'inspecteur hocha la tête et lui désigna une chaise. Il s'affala derrière son bureau.

– Rien du tout, dit-il.

– Des empreintes ? Du sang ? Autre chose ?

– Pas encore. On va envoyer tout ça au labo du FBI, ils sont mieux équipés que nous.

– Rien du tout, alors ?

– Eh bien, le médecin légiste dit que la lame a la taille de celle qui a provoqué les blessures. C'est déjà ça.

Cowart tira son carnet et prit des notes.

– L'origine du couteau ?

– C'est un modèle bon marché, à moins de vingt dollars, on peut acheter ça pratiquement n'importe où. On va y regarder de plus près, mais je ne crois pas qu'il y ait de numéro de série ou de marque du fabricant. (Il hésita et regarda Cowart.) Pourquoi vous voulez savoir tout ça ?

– Pardon ?

– Vous m'avez parfaitement compris. Qui est-ce qui vous a parlé de ce couteau ? C'est celui qui a tué Joanie Shriver ? Répondez-moi.

Cowart hésita.

» Vous ne voulez pas que je vous lise tout le rapport, non ? reprit Brown.

– Je vais vous dire une chose : Robert Earl Ferguson ne m'a pas révélé l'emplacement du couteau.

– Vous essayez de me faire comprendre que quelqu'un

d'autre vous a parlé du couteau qui aurait servi à tuer Joanie Shriver ?

– C'est cela.

– Vous souhaitez diffuser cette information ?

Matthew Cowart leva la tête de son carnet.

– Lieutenant, si je vous donne le nom de mon informateur, est-ce que vous rouvrirez l'enquête ? Est-ce que vous irez trouver le procureur ? Est-ce que vous parlerez devant le juge pour dire que l'affaire doit être reprise ?

L'inspecteur fit la grimace.

– Je ne peux rien promettre tant que je ne sais rien. Allez, Cowart, soyez sympa.

– J'ignore si je peux vous faire confiance, lieutenant, c'est aussi simple que cela.

Tanny Brown paraissait sur le point d'exploser.

– Je croyais que vous aviez compris quelque chose, murmura-t-il.

– Quoi ?

– Que dans cette ville, le meurtre de Joanie Shriver ne sera jamais classé tant que son assassin n'aura pas payé.

– Je suis bien d'accord, mais qui va payer ?

– Nous payons tous, tous et tout le temps. (Il abattit son poing sur la table.) Et si vous avez quelque chose à dire, faites-le !

Matthew Cowart réfléchit à ce qu'il savait et à ce qu'il ignorait, puis finit par déclarer : Blair Sullivan m'a expliqué où trouver le couteau.

Ce nom eut l'impact attendu sur le policier. Il parut surpris, puis choqué.

– Sullivan ? Qu'est-ce qu'il a à voir là-dedans ?

– Vous devriez le savoir. Il est passé par Pachoula en mai 1987. Il tuait tous ceux qu'il rencontrait.

– Ça, je le sais, mais...

– Il savait où se trouvait le couteau.

Brown le regarda quelques secondes sans parler.

– Sullivan a avoué le meurtre de Joanie ?

– Non.

– Mais est-ce qu'il a dit que Ferguson n'avait *pas* tué la petite ?

– Pas exactement, mais...

– Est-ce qu'il a dit quelque chose de contraire au premier jugement ?

– Il était au courant pour le couteau.

– Pour *un* couteau, plutôt. On ne sait pas si c'est le couteau qui a servi au crime. Sans analyse précise, ce n'est rien de plus qu'un bout de métal rouillé. Écoutez, Cowart, vous savez comme moi que Sullivan est complètement ravagé, alors est-ce qu'il vous a donné quelque chose qu'on pourrait de près ou de loin appeler une preuve ?

Brown plissait les yeux. Cowart l'imaginait en train de traiter l'information à toute allure, de faire toutes sortes de spéculations. Il ne voulait pas s'autoriser la moindre faute. Il avait son tueur et il en était satisfait.

– Rien d'autre.

– Ce n'est pas suffisant pour reprendre une enquête et entraîner un nouveau procès.

– Vraiment ? Dans ce cas, lisez le journal, et vous verrez si cela ne suffit pas.

Le policier indiqua la porte.

– Sortez d'ici, monsieur Cowart. Prenez votre voiture et retournez à votre motel. Faites vos valises, foncez à l'aéroport et rentrez chez vous. Et surtout, ne foutez plus jamais les pieds ici, compris ?

– Ce sont des menaces ?

– Non, seulement de bons conseils.

– Ah oui ?

– Et vous allez les suivre.

Matthew Cowart s'extirpa de sa chaise et toisa longuement l'inspecteur. Les deux hommes restèrent plusieurs secondes face à face, puis l'inspecteur lui tourna le dos. Cowart franchit la porte du bureau et s'engagea dans le couloir. Devant lui, les hommes en uniforme s'écartaient et se taisaient. Une fois passé, il entendait des murmures où revenait son nom.

Dans la rue, il se retourna pour apercevoir Tanny Brown qui le regardait depuis la fenêtre de son bureau. Une dernière fois, les hommes se mesurèrent du regard.

Brown disparut et Cowart se laissa envelopper par la nuit. Il partit d'un pas rapide tandis que les mots de son récit commençaient de s'assembler dans sa tête.

7

Des mots

La fatigue occasionnée par le retour à Miami contraignit la vie à se fondre dans les carnets de notes et la mort à s'emparer de son imagination.

Il était tard, bien plus de minuit, et dans le ciel de Miami scintillaient une infinité d'étoiles. Il aurait voulu partager son triomphe avec quelqu'un, mais il était seul. Tous étaient absents, arrachés par la vieillesse, le divorce ou la mort. Pardessus tout, il aurait aimé avoir ses parents auprès de lui, mais ils étaient partis depuis bien longtemps.

Sa mère était morte alors qu'il était jeune homme. C'était une femme paisible, le pur produit d'une époque qui avait fait d'elle une ménagère accomplie. Elle s'était parfaitement occupée de Matthew et de ses frères et sœurs; les problèmes de couches et de dents de lait avaient cédé la place aux égratignures puis aux matches de basket, aux devoirs pour l'école et aux inévitables crises de l'adolescence.

Elle était morte de manière rapide, quoique peu spectaculaire, d'un cancer du côlon inopérable. En cinq semaines, elle était doucement passée de la bonne santé à l'agonie, sa peau avait jauni, sa voix et sa démarche s'étaient affaiblies. Son mari l'avait suivie de peu. En vieillissant, Cowart avait découvert les innombrables infidélités de son père. Elles étaient toujours de brève durée et il ne faisait rien pour les cacher. Rétrospectivement, elles paraissaient moins graves que son obsession pour le travail, laquelle l'avait vraiment éloigné de sa famille. Six semaines après les funérailles, il avait surpris tout le monde en annonçant qu'il prenait sa retraite.

Il y avait eu de longues conversations téléphoniques. Qu'allait-il faire tout seul dans cette grande maison ? Matthew

Cowart était le cadet d'une demi-douzaine d'enfants, enseignants et médecins, avocats et artistes, disséminés dans tout le pays. Aucun ne pouvait aider directement son père et nul n'avait vu l'évidence. Il s'était tiré une balle dans la tête le jour de son anniversaire de mariage. On l'avait retrouvé l'arme à la main, une photo de sa femme sur les genoux.

Cowart avait discuté avec les inspecteurs; le journaliste qu'il ne pouvait oublier d'être les avait obligés à décrire la scène dans le moindre détail.

Les étoiles brillaient de plus belle dans le ciel d'un noir d'encre.

J'étais le plus jeune de tous, se disait-il. Le seul à avoir tenté d'exercer la même profession que lui. Je croyais que cela nous rapprocherait. Je pensais pouvoir mieux faire, je pensais qu'il serait fier de moi. Jaloux, peut-être.

Il revit le sourire de sa mère. Sa fille la lui rappelait. Dire que j'ai laissé une femme l'emmener comme ça... Le vide et les ténèbres l'envahirent, pour céder aussitôt la place aux photos cauchemardesques de la petite Joanie Shriver assassinée.

Au loin, le boulevard luisait sous la lumière des réverbères et des phares de voitures. Il tourna la tête en entendant le cri déchirant d'une sirène, puis il pénétra dans son immeuble. Il prit l'ascenseur, ouvrit la porte de son appartement. Un instant, il hésita sur le seuil, alluma la lumière, regarda autour de lui. Il vit un désordre de célibataire, des livres entassés sur des étagères, des affiches encadrées sur les murs, un bureau couvert de feuilles de papier, de magazines et d'articles de presse. Il cherchait un détail familier qui le rassurât. Il soupira, tira la porte derrière lui et défit son bagage avant d'aller se coucher.

Cowart passa une longue semaine à téléphoner et à combler la moindre lacune de son histoire. Il y eut des appels très secs aux représentants du ministère public qui avaient condamné Ferguson et ne voulaient discuter avec aucun journaliste. Il y en eut d'autres, plus longs, aux policiers qui avaient enquêté sur Blair Sullivan. Un inspecteur de Pensacola lui confirma la présence de Sullivan dans le comté d'Escambia à l'époque de la mort de Joanie Shriver; une facture avait été émise par une station-service de Pachoula la veille du crime. Les procureurs de Miami montrèrent à Cowart le couteau retrouvé sur Sullivan lors de son arrestation : une arme très quelconque pourvue d'une lame de dix centimètres, similaire mais pas identique à celle qu'il avait trouvée dans la canalisation.

Il avait tenu le couteau dans sa main, cela correspondait bien.

D'autres pièces trouvaient leur place dans le puzzle.

Il avait longuement conversé avec l'administration de Rutgers et obtenu les notes, plutôt modestes, de Ferguson. C'était un étudiant moyen, qu'on ne remarquait pas, qui ne s'intéressait pas à grand-chose en dehors de son travail. Le responsable des dortoirs l'avait qualifié de paisible, mais de peu liant. C'était un garçon solitaire, qui avait emménagé dans son propre studio peu après son arrivée à l'université.

Cowart parla au directeur d'étude de Ferguson, et celui-ci lui dit à peu près la même chose tout en insistant sur le fait que les notes du jeune homme étaient bien meilleures à Newark. Personne n'avait pu donner le nom d'un seul ami du condamné.

Cowart voyait dans Ferguson un individu vivant en marge de l'existence, peu sûr de soi, incertain quant à son avenir, un garçon qui attendait que les choses se fassent d'elles-mêmes. Et c'était en fait le pire qui était survenu. Ferguson était moins innocent que victime de sa propre passivité. Il était facile de profiter de lui. Et cela expliquait ce qui s'était passé à Pachoula. Le contraste entre les deux Noirs était saisissant : l'un ne voulait pas passer des heures en car et l'autre mettait sa vie en jeu pour défendre autrui, l'un traînait à l'université et l'autre entrait dans la police. Ferguson ne faisait vraiment pas le poids à côté de Tanny Brown.

Vers la fin de la semaine, le photographe envoyé par le *Journal* dans le nord-ouest de la Floride était revenu avec des clichés intéressants. Il les étala devant Cowart. Il y avait une grande photo couleurs de Ferguson dans sa cellule; une vue de la canalisation, des plans de Pachoula, de la maison des Shriver, de l'école. On voyait aussi Tanny Brown et Bruce Wilcox sortir des bureaux de la brigade criminelle du comté d'Escambia.

– Comment avez-vous eu celle-là? demanda Cowart.

– J'ai passé la journée en embuscade, répondit le photographe. Je ne peux pas dire qu'ils étaient très joyeux.

Cowart hocha la tête, heureux de ne pas avoir accompagné son confrère.

– Et Sully?

– Il n'a pas voulu que je le photographie, mais j'ai un bon cliché pris lors de son procès. Tenez.

Il lui tendit la photo. On voyait Blair Sullivan dans le couloir du palais de justice, pieds et mains entravés, encadré par deux inspecteurs. Il ricanait d'un air menaçant.

» Il y a une chose que je ne pige pas, fit le photographe.

– Oui ?

– Si vous voyiez un type comme ça dans la rue, vous foutriez le camp en quatrième vitesse, non ? Vous ne monteriez pas dans sa voiture.

– Ce type est un tueur psychopathe. Il peut embobiner qui il veut. Je ne parle pas de la petite fille. Pensez à tous ceux qu'il a tués. Le vieux couple qu'il a dépanné, ils ont dû le trouver sympa et le remercier. Et la serveuse, elle est partie de son plein gré avec lui. Pour se donner un peu de bon temps. Il n'avait rien d'un tueur alors. Le gosse dans le magasin, il avait le bouton d'alarme à portée de main et il ne l'a même pas pressé.

– Il n'en a pas eu le temps.

– Mais non, fit Cowart en haussant les épaules, Sullivan prend l'apparence qu'il veut. Bien sûr, à le voir sur cette photo, on ne monterait pas en voiture avec lui.

Il s'était installé à son vieux bureau dans un coin de la salle de rédaction, ses notes étaient étalées autour de lui et il avait les yeux rivés sur l'écran de l'ordinateur. Il éprouvait une certaine nervosité car cela faisait déjà quelque temps qu'il n'avait pas écrit d'article de cette sorte. Puis il se dit que tout était prêt et la passion balaya ses derniers doutes. Il décrivit les deux hommes dans leurs cellules, la façon dont ils lui étaient apparus, leur manière de parler. Il brossa un rapide tableau de Pachoula et insista sur le caractère si différent des deux inspecteurs. Les mots lui venaient facilement, il ne pensait à rien d'autre.

Il lui fallut trois jours pour rédiger le premier article, deux jours pour échafauder le suivant. Il passa une journée à peaufiner son texte, une autre à concevoir des accroches et des légendes. Pendant deux jours, son texte fut analysé ligne après ligne par le responsable des nouvelles locales ; des avocats l'étudièrent attentivement pendant toute une journée. C'était frustrant, mais capital. L'article allait faire la une de l'édition du dimanche. Le titre en était QUESTIONS SANS RÉPONSES, le sous-titre, DEUX HOMMES, UN CRIME ET UN MEURTRE QU'ON NE PEUT OUBLIER. Il était assez content de lui.

Il ne put dormir de la nuit. Ça y est, se répétait-il sans arrêt, j'y suis arrivé, enfin.

Le samedi, veille de la parution, il appela Tanny Brown. L'inspecteur était chez lui et les renseignements refusèrent de lui communiquer son numéro personnel. Il demanda à une secrétaire que l'inspecteur le rappelât. Ce qu'il fit une heure plus tard.

– Cowart ? C'est Tanny Brown. Je croyais qu'on n'avait plus rien à se dire.
– Je voulais simplement vous donner la chance de réagir à ce qui va paraître.
– Votre photographe, il nous a donné notre chance ?
– Je suis désolé.
– Il nous a piégés.
– Désolé, je vous dis.
– Dites-moi au moins que notre photo n'est pas trop nulle, reprit l'inspecteur après quelques secondes d'hésitation. On a aussi de la coquetterie.
Cowart ne savait pas si son interlocuteur plaisantait ou pas.
» Qu'est-ce que vous me voulez ?
– Vous souhaitez répondre à l'article qui paraît demain ?
– Demain ? Bon sang, il va falloir que je me lève tôt et que j'aille au centre commercial. Ça va faire du bruit.
– Je crois bien.
– En première page, hein ? Alors, Cowart, ça va faire de vous une star ?
– Je n'en sais rien.
– C'est la grosse affaire pour Robert Earl, non ? dit l'inspecteur sur un ton moqueur. Vous croyez que ça va jouer en sa faveur ? Vous allez le sortir du couloir de la mort ?
– Je ne peux pas vous dire, mais c'est une histoire plutôt intéressante.
– Je m'en doute.
– Je voulais seulement vous donner la possibilité de réagir.
– Je suppose que vous racontez qu'on lui a tapé dessus, hein ? Vous devez parler de mon arme.
– Je rapporte ses propos. Les vôtres aussi.
– Plus mollement, non ?
– De la même façon.
– J'aurais pu vous envoyer paître et je ne l'ai pas fait. Ça aussi, vous le dites ?
– Bien sûr.
Tanny Brown eut un petit rire nerveux.
– Vous savez déjà ce qui va se passer, mais moi, je vais vous dire quelque chose : vous vous plantez. Salement, même.
– C'est ça, votre commentaire ?
– Les choses ne se passent jamais aussi simplement qu'on le croit. Il y a toujours des doutes quelque part, des questions.
– C'est *ça* votre réponse, alors ?
– Vous vous plantez, Cowart.
– Bon, puisque, vous, c'est ce que vous désirez déclarer...

– Non, c'est ce que je veux que vous compreniez. Vous avez la tête dure, hein, Cowart ?

Le journaliste ne répliqua pas. Il entendit le souffle rauque de Tanny Brown, puis celui-ci grogna :

» Tenez, voilà mon commentaire : allez vous faire mettre.

Et il raccrocha.

8

Une autre lettre du couloir de la mort

Il ne vit pas Ferguson et ne lui parla pas jusqu'à l'audition. Il en alla de même avec les inspecteurs qui refusèrent de prendre ses appels téléphoniques au cours des semaines qui suivirent la parution des articles. Ses demandes d'information étaient traitées à la légère par les procureurs du comté d'Escambia, lesquels cherchaient à élaborer une stratégie. En revanche, les défenseurs de Ferguson étaient très affairés et l'appelaient pratiquement tous les jours, dressant un barrage de motions devant le juge qui avait présidé le procès criminel de Ferguson.

Dès la publication du récit, Cowart avait été pris dans un véritable maelström. La télévision et la presse écrite s'étaient jetées sur l'affaire, fondant avec rapacité sur les personnes, les événements et les lieux qui émaillaient son récit pour en faire une dizaine de paraphrases plus ou moins fidèles. Pour tous les journalistes, cette histoire réunissait des éléments plus fascinants les uns que les autres : des aveux extorqués, une ville toujours traumatisée par le meurtre d'une petite fille, des inspecteurs implacables et surtout, ironie suprême, un tueur qui en voit un autre partir pour la chaise électrique. Blair Sullivan avait effectivement refusé toute interview, tout contact avec des journalistes, des avocats, des policiers – même avec l'équipe de *60 Minutes*. Il appela tout de même Matthew Cowart une dizaine de jours après la publication des articles. En PCV.

Cowart était à son bureau et lisait la version que le *New York Times* donnait de l'affaire quand le téléphone sonna. L'opératrice lui demanda s'il acceptait un appel émanant d'un certain M. Sullivan résidant à Starke, en Floride. Un instant, il fut désemparé, puis littéralement électrisé. Il prit l'appel et entendit les intonations familières du sergent Rogers.

– Cowart, c'est vous ?
– Bonjour, sergent. Alors ?
– On amène Sully, il veut vous causer.
– Comment ça se passe chez vous ?
Le sergent rit.
– Je commence à me demander si j'ai eu raison de vous laisser venir. On se croirait dans une fourmilière. Tous les détenus convoquent des journalistes pour leur raconter leur histoire, c'est la vraie pagaille !
– Je suis désolé.
– Oh, ce n'est pas grave, ça fait du changement. Il faudra reprendre les choses en main, c'est tout.
– Et Ferguson ?
– Bobby Earl ? Il est si occupé à donner des interviews que ça irait plus vite s'il avait son propre show à la télé.
Cowart sourit.
– Et Sully ?
Le sergent hésita.
– Il ne veut parler de rien à personne. Pas seulement aux journalistes ou aux psys. L'avocat de Bobby Earl est venu cinq ou six fois. Les deux inspecteurs de Pachoula aussi, il s'est foutu d'eux et leur a craché à la figure. Citations à comparaître, menaces, promesses, rien n'y a fait. Il ne veut pas parler, surtout de cette petite fille de Pachoula. Il chantonne des hymnes et écrit beaucoup quand il n'étudie pas la Bible. Il n'arrête pas de me demander ce qui se passe, alors je fais de mon mieux, je lui apporte les journaux. Il regarde la télé tous les soirs et à chaque fois, il rigole.
– Qu'est-ce que vous en pensez ?
– Je crois qu'il se marre bien.
– Plutôt sinistre, hein ?
– Je vous avais prévenu, non ?
– Pourquoi veut-il me parler ?
– Je n'en sais rien. Il m'a seulement demandé ce matin s'il pouvait vous contacter.
– Je suis d'accord.
Le sergent toussota.
– Ce n'est pas si facile. Comme vous avez pu le constater, on aime bien prendre des précautions.
– Bien sûr. Il est comment en ce moment ?
– Pas très différent du jour où vous l'avez vu, plus rayonnant peut-être, comme s'il avait grossi, mais ce n'est pas le cas parce qu'il ne mange pratiquement rien. Je vous l'ai dit, il n'arrête pas de se marrer.

– Euh, sergent, vous ne m'avez pas dit ce que vous pensiez de mon article.

– Ah bon ? J'ai trouvé ça plutôt intéressant.

– Et ?

– Vous avez l'habitude des prisons, non ? Vous devez entendre les trucs les plus dingues...

Le sergent n'acheva pas sa phrase. Cowart entendit des bruits divers, des chuchotements.

» Le voilà, dit Rogers.

– C'est une conversation privée ?

– Vous voulez dire que le téléphone est sur écoute ? Ça je n'en sais rien, mais c'est la ligne qui sert aux avocats, alors ça m'étonnerait. Attendez un instant, on doit lui passer les menottes.

Cowart entendit la voix affaiblie du sergent et les réponses du détenu. Puis Blair Sullivan prit le combiné.

– Alors, monsieur Cowart, comment va notre célèbre reporter ?

– Bien, merci, monsieur Sullivan.

– Parfait, parfait. Alors, notre Bobby Earl va retrouver sa liberté ? Vous croyez que le dieu de la bonne fortune va l'arracher à ses barreaux et à la vallée de l'ombre de la mort ? Vous croyez que les rouages de la justice vont se mettre en branle ?

Sullivan eut un rire rauque.

– Je l'ignore, son défenseur a déposé un recours devant le tribunal qui l'a condamné...

– Et ça va suffire ?

– On verra. Dites, pourquoi m'avez-vous appelé ?

– Attendez, je n'arrive pas à allumer ce clope...

Cowart entendit qu'on reposait le combiné, des bruits de menottes, puis à nouveau la voix de Sullivan.

» Ça y est. Vous disiez ?

– Pourquoi m'avez-vous appelé ?

– Je voulais savoir quelle impression ça vous faisait d'être célèbre comme ça. Tout le monde doit s'intéresser à vous, non ? Tout ça parce que vous avez mis la main dans une vieille canalisation dégueulasse.

– Il n'y a pas que ça, tout de même.

– Je m'en doute, fit Sullivan en riant. Vous aviez l'air drôlement à l'aise pour répondre aux questions. Je vous ai vu à *Nightline.*

– Il le fallait bien puisque vous ne voulez pas parler.

– Normal, c'est à Bobby Earl et à vous de vous mettre à table. A part ça, j'ai remarqué que les flics de Pachoula n'étaient pas plus bavards. Ils ne croient pas Bobby Earl. Vous non plus, ils ne vous croient pas. Même chose pour moi. Les gens sont aveugles.

Cowart ne répondit pas.

» Hé. Je vous dis que les gens sont aveugles, vous n'êtes pas d'accord ?

– C'est vrai, fit vivement le journaliste, certains ne veulent rien voir.

– Vous ne croyez pas, monsieur le journaliste renommé, qu'on devrait leur ouvrir un peu les yeux et les conduire sur la voie des lumières ?

– Oui, mais comment ?

Cowart sentait la sueur lui couler le long de la colonne vertébrale.

– Imaginez que je vous révèle quelque chose d'autre, quelque chose de vraiment intéressant.

Cowart saisit un stylo et un bloc de papier.

– Quoi, par exemple ?

– Calmez-vous, je réfléchis.

– Prenez votre temps.

– Par exemple, ça pourrait être intéressant de savoir comment la petite fille est montée dans la voiture, non ? Ça ne titille pas votre curiosité, Cowart ?

– Si. Alors, comment ?

– Attendez, je vous dis que je réfléchis. Il ne faut pas parler à la légère de nos jours. Je ne veux pas qu'il y ait maldonne, si vous me suivez bien. Cowart, vous saviez qu'il faisait très beau quand la petite est morte ? Il faisait très chaud, même, et ça a dû être agréable de se retrouver dans le marais, à l'ombre de tous ces grands arbres. Vous croyez que son assassin en a profité un moment et qu'il a laissé la fraîcheur le calmer ?

– Il fait si frais que cela à l'ombre ?

– Comment est-ce que je le saurais ? dit Sullivan en riant. Franchement ? (Il se mit à siffloter.) Pensez à tout ce que ces deux flics aimeraient savoir. A propos des vêtements, des taches de sang, pourquoi on n'a pas retrouvé d'empreintes, de cheveux, d'échantillons de terre...

– C'est vrai, pourquoi ?

– Eh bien, je me dis que l'assassin de Joanie – c'est pas un joli nom, ça ? – devait avoir assez de jugeote pour avoir deux jeux de vêtements avec lui. Il peut en ôter un – celui sali par le sang et la boue – et l'enterrer quelque part. Il a certainement de grands sacs poubelles dans le coffre de sa voiture.

Cowart sentit son estomac se nouer. Il se souvint qu'un inspecteur de Miami lui avait parlé de vêtements et de sacs en plastique retrouvés dans le coffre de la voiture de Sullivan lors de son arrestation. Il ferma les yeux un instant et demanda :

– Où le tueur pourrait-il bien se débarrasser des vêtements ?

– Oh! dans un dépôt de l'Armée du Salut, par exemple! Comme celui à côté du centre commercial de Pensacola. Mais ils doivent pas être en trop mauvais état. Autrement, il y a les grosses poubelles des aires de repos, comme celle de Willow Creek, vous voyez ? Elles sont vidées toutes les semaines dans des décharges, personne ne fait jamais le détail.

– C'est ce qui s'est passé ?

Sullivan ne lui répondit pas et se contenta de dire :

– Je suis sûr que les flics et vous, Cowart, peut-être aussi les malheureux parents de la petite, aimeraient surtout savoir pourquoi Joanie est montée dans cette voiture. Comment une telle chose peut arriver.

– Dites-le-moi.

– C'est la volonté de Dieu, Cowart, fit Sullivan d'une voix sifflante. Ou celle du diable. Qu'est-ce que vous en pensez, Cowart ? Peut-être que Dieu ne tenait pas la forme ce jour-là et qu'il a laissé son ancien bras droit prendre les commandes, hein ?

Cowart ne répondit pas, il se contentait d'écouter les mots murmurés à l'autre bout de la ligne.

» Cowart, je vous parie que celui qui a fait monter la gosse dans la voiture, *quel qu'il soit*, lui a dit un truc dans le genre : « Ma petite fille, tu pourrais m'indiquer mon chemin ? Je suis un peu perdu. » C'est étonnant, cet homme dans la voiture, je le vois comme s'il se tenait devant moi, je comprends pourquoi il est perdu, à bien des égards d'ailleurs, mais ce jour-là, il se retrouve, n'est-ce pas, Cowart ?

Sullivan inspira profondément avant de poursuivre.

» Et quand il réussit à attirer l'attention de la gamine, qu'est-ce qu'il lui dit ? Peut-être bien : « Si tu veux, je te ramènerai chez toi. » C'est normal, non ?

Sullivan fit une nouvelle pause.

» Oui, tout à fait normal, tout à fait naturel. Exactement comme dans les cauchemars. Le genre de propos contre lequel les parents mettent leurs enfants en garde : si un monsieur ou une dame te parle dans la rue, ne lui réponds pas et ne le suis surtout pas. Sauf qu'elle ne les a pas écoutés.

– Est-ce ce que vous lui avez dit ? demanda Cowart après une légère hésitation.

– Quoi, j'ai dit cela, moi ? Non. Seulement que quelqu'un a

dû lui sortir ce genre de phrase. Quelqu'un qui se sentait particulièrement mauvais ce jour-là et qui a eu la chance de tomber sur cette gamine.

Il rit de nouveau, puis éternua.

– Pourquoi avez-vous fait cela ? lui demanda brusquement Cowart.

– J'ai dit que je l'avais fait ? répliqua Sullivan en gloussant.

– Non, mais vous n'arrêtez pas de me faire marcher...

– On s'amuse comme on peut.

– Ce serait plus simple si vous me disiez la vérité.

– Pourquoi ? Pour que je ne rigole plus ? Cowart, vous ne vous rendez pas compte du type de plaisir qu'on peut s'inventer quand on est dans le couloir de la mort.

– Vous croyez que voir un innocent passer sur la chaise...

– Oh, je fais ça, moi ? Est-ce qu'on n'a pas un système judiciaire assez puissant pour éviter ce genre de chose ?

– Vous m'avez très bien compris.

– Oui, fit Sullivan d'un air menaçant. Et je n'en ai strictement rien à foutre.

– Dans ce cas, pourquoi vouliez-vous me téléphoner ?

Il y eut un long silence, puis Sullivan parla d'une voix calme et sinistre.

– Je voulais vous faire savoir à quel point votre carrière m'intéressait, Cowart.

– C'est...

– Ne m'interrompez pas ! cracha Sullivan. Je vous l'ai déjà dit, non ? Quand je parle, vous écoutez, monsieur le journaliste. Pigé !

– Oui.

– Je voulais vous dire quelque chose.

– Quoi ?

– Je voulais vous dire que ce n'est pas terminé. Ça ne fait même que commencer.

– De quoi parlez-vous ?

– Faites marcher votre imagination.

Cowart attendit. Au bout d'un moment, Sullivan dit :

– Je crois que nous nous reparlerons un de ces jours. J'adore bavarder. Il se passe tant de choses après. Oh ! j'oubliais !

– Oui ?

– Vous saviez que la haute cour avait inscrit mon appel automatique pour la session d'automne ? Ils doivent se dire que je vais peut-être changer d'avis. Que je vais interjeter appel sur appel, comme on dit. Que je vais leur demander si c'est constitutionnel de faire cramer ce pauvre Bobby Earl. C'est vraiment sympa de leur part. Mais il y a une chose dont nous sommes certains, monsieur le journaliste.

– C'est quoi ?

– Qu'ils se gourent complètement. Je ne changerai rien à rien même si Jésus en personne redescendait sur terre pour me le demander.

Sur ce, il raccrocha sèchement.

Cowart quitta son siège. Il décida de se rendre aux toilettes, où il passa plusieurs minutes à faire couler de l'eau fraîche sur ses poignets. Son cœur battait à tout rompre.

Son ex-femme l'appela alors qu'il se préparait à quitter son travail. C'était le lendemain de son passage à *Nightline.*

– Matty ? dit Sandy. On t'a vu à la télé.

Il y avait dans sa voix une sorte d'excitation enfantine qui lui rappela des temps meilleurs, quand ils étaient plus jeunes et que leurs relations étaient au beau fixe. Il fut agréablement surpris de l'entendre.

– Salut, Sandy, tu vas bien ?

– Oh oui. Je grossis. Je suis tout le temps fatiguée. Tu sais ce que c'est...

Non, pas vraiment, se dit-il. Pendant la grossesse de Sandy, il travaillait quatorze heures par jour aux nouvelles locales.

– Qu'est-ce que tu en as pensé ?

– Ça a dû être super pour toi. C'était une drôle d'histoire.

– Ça l'est toujours.

– Ces deux types, qu'est-ce qui va leur arriver ?

– Je n'en sais rien. Je pense que Ferguson va obtenir un nouveau procès. Quant à l'autre...

– Qu'est-ce qu'il va devenir ?

– S'il ne fait pas appel, le gouverneur va signer l'ordre d'exécution dès que la cour suprême de l'État aura maintenu la décision de culpabilité. C'est pratiquement certain.

– Et ensuite ?

– Je ne sais pas trop. Le tribunal fait habituellement part de ses décisions au cours de plusieurs sessions, cela va jusqu'à la nouvelle année. Cela ne tiendra qu'en une seule ligne : « En l'affaire de : État de Floride contre Blair Sullivan. Le jugement et la sentence du tribunal sont confirmés. » Tout est très propre jusqu'au jour où l'ordre du gouverneur parvient à la prison, il y a tellement de papiers à remplir, de signatures, de sceaux officiels. Jusqu'à ce que cela arrive au type chargé de l'exécution.

– Je crois que ce ne sera une grande perte pour personne, dit Sandy d'une voix légèrement frémissante.

Cowart ne répondit rien.

» S'il n'avoue pas son crime, qu'est-ce qui arrivera à Ferguson ?

– Je ne sais pas. L'État peut le rejuger, le libérer sur parole ou le renvoyer au couloir de la mort. On voit de tout, tu sais.

– S'ils exécutent Sullivan, est-ce que quelqu'un saura la vérité ?

– La vérité ? Mais il me semble qu'on la *sait*, non ? La vérité, c'est que Ferguson ne devrait pas se trouver dans le couloir de la mort. Mais de là à le *prouver*, c'est une autre paire de manches !

– Et toi, qu'est-ce que tu vas faire ?

– Toujours la même chose, je vais suivre cette affaire jusqu'à son épilogue. Ensuite, j'écrirai d'autres éditoriaux jusqu'à ce que l'on me transforme en colle à affiche. C'est ce qu'on fait aux vieux chevaux et aux journalistes, tu sais.

Elle rit.

– Allons, tu vas décrocher le Pulitzer.

– Cela m'étonnerait, dit-il, sachant pertinemment qu'il mentait.

– Mais si, je le sens d'ailleurs. Et puis, tu le mérites. C'est une super histoire, comme celle de Pitts et Lee.

Elle aussi se rappelait cette affaire.

– Oui, mais tu sais ce qui est arrivé à ces types après que le juge a ordonné un nouveau procès ? Ils ont été condamnés à nouveau, par un jury raciste aussi débile que le premier. Il a fallu le pardon du gouverneur pour qu'ils quittent le couloir de la mort. Les gens oublient ce détail : douze ans, que ça leur a pris !

– Peut-être, mais ils sont sortis et le journaliste a eu le Pulitzer. Au fait, tu vas rester au *Journal* ?

– Je n'ai pas de raison de le quitter.

– Allez, si le *Times* ou le *Post* t'appelait ?

– On verra ça.

Ils rirent tous les deux.

» Est-ce que Becky m'a vue ? demanda Cowart.

– Euh, non. *Nightline* passe bien trop tard.

– Tu aurais pu enregistrer l'émission.

– Ah oui, et elle aurait entendu son père parler de quoi ? D'un type qui a tué une petite fille ? Une petite fille qui s'est fait violer et poignarder à trente-six reprises avant d'être jetée dans les marais ? Ce n'est pas une très bonne idée, me semble-t-il.

Elle avait raison, il devait l'admettre bien que cela lui fût pénible.

– J'aurais quand même aimé qu'elle le voie.

– C'est tranquille, ici, dit Sandy. Tampa n'est pas une grande ville. C'est grand, si, mais pas trop. Aucun rapport avec Miami, on n'a pas toutes ces histoires de drogue et d'émeutes. Elle n'a pas besoin de savoir qu'une petite fille comme elle a été enlevée, violée, poignardée et jetée à l'eau. Pas pour l'instant, tout au moins. Laissons-lui le temps de grandir sans s'angoisser pour tout.

– Ah oui ?

– Oui. Tu sais, il y a un truc que je n'ai jamais réussi à comprendre, c'est pourquoi les types des journaux croient toujours que ça n'arrive qu'aux autres.

– Je ne crois pas cela.

– On dirait pourtant.

Il n'avait pas envie de discuter.

– Peut-être.

– Excuse-moi de te chercher des poux, fit-elle en riant, je t'appelais simplement pour te féliciter et te dire que j'étais vraiment fière de toi.

– Fière, mais divorcée.

– Oui, répondit-elle avec un ton hésitant, mais en restant bons amis, me semble-t-il.

– Excuse-moi, je suis injuste.

– Dis, on peut parler de la prochaine visite de Becky ?

– Je suis coincé par cette affaire tant qu'elle ne sera pas résolue. Quand, ça je n'en sais rien.

– Je te rappellerai, alors.

– D'accord.

– Et encore bravo.

– Merci.

Il raccrocha et se traita aussitôt d'imbécile, incapable de dire ce qu'il voulait, d'avouer ce dont il avait besoin. Il donna un coup de poing sur le bureau, puis alla à la fenêtre pour contempler la ville. C'était la fin de l'après-midi et le gros du trafic se déplaçait vers les voies express. Il se sentit prisonnier de sa solitude. La ville paraissait cuire sous le ciel d'un bleu intense, les immeubles aux couleurs claires reflétaient la vigueur du soleil. Il vit des voitures manœuvrer au carrefour comme des insectes agressifs. Il y a danger, se dit-il. Aucune sécurité.

Deux automobilistes qui s'étaient accrochés s'étaient tirés dessus avec des pistolets semi-automatiques. C'était à l'heure de pointe. Aucun n'avait été blessé, mais un adolescent avait pris une balle dans le poumon. A Miami, ce genre d'incident, c'était la routine, la conséquence de la chaleur omniprésente, des conflits culturels et d'une population pour qui l'arme de poing était une pièce essentielle de la tenue vestimentaire. Il avait écrit un article sur un incident semblable survenu une demi-douzaine d'années auparavant. Son papier était passé en première page. Maintenant, ce style d'article ne ferait plus que quelques paragraphes en pages intérieures.

Il repensa à sa fille et se demanda quel besoin elle avait de savoir la vérité, de connaître le mal et les désirs ignobles d'une poignée de malades.

Mais lui-même était incapable de répondre à cette question.

De gros câbles de télévision se déroulaient dans le hall d'entrée du tribunal. Plusieurs cameramen installaient des magnétoscopes qui enregistraient les images transmises par l'unique caméra autorisée dans le prétoire. Les couloirs grouillaient de journalistes de la télévision et de la presse écrite : ceux de la télévision étaient sensiblement mieux habillés, mieux coiffés, en un mot plus nets que leurs confrères des journaux qui affectaient une tenue plus décontractée.

– Ils ont mis le paquet, dit le photographe qui marchait auprès de lui, le Leica en bandoulière. Personne ne voudrait rater ça.

Les articles étaient parus depuis deux mois et demi environ. Procédures et paperasses avaient retardé l'audience à deux reprises.

A l'extérieur du tribunal du comté d'Escambia, le puissant soleil de Floride chauffait la terre, mais il faisait frais à l'intérieur du bâtiment moderne. Les voix portaient et se répercutaient sous les hauts plafonds même lorsque les gens murmuraient. Une petite plaque était apposée sur les portes du prétoire : CIRCONSCRIPTION JUDICIAIRE – JUGE HARLEY TRENCH.

– C'est celui qui l'a traité de bête sauvage ? demanda le photographe.

– Exactement.

– Toute cette cohue ne doit pas l'emballer.

– Tu te trompes, c'est l'année des élections et il a besoin de publicité.

– Il faudra qu'il fasse ce qu'il convient.

– Ou ce que réclame la populace.

– Cela me semble incompatible.

– A moi aussi, fit Cowart, mais on ne sait jamais. Je te parie qu'à cette heure-ci il est dans son bureau à demander conseil à tous les hommes politiques du coin.

– A ton avis, il va le relaxer ?

– Aucune idée.

Il vit dans le couloir un groupe de jeunes gens en jean conduits par un Noir bien habillé et plus âgé.

– Prends-les, dit-il au photographe. Ils manifestent contre la peine de mort.

– Où est le Klan ?

– Quelque part probablement, mais ils ne sont plus aussi bien organisés. Ils vont être en retard ou se tromper de procès. A moins qu'ils ne soient venus hier et qu'on les ait refoulés.

Ils rirent tous les deux.

– Quel cirque, fit le photographe.

– Oui, et voilà justement les tigres.

Tanny Brown et Bruce Wilcox étaient acculés à un mur et cherchaient à échapper aux reporters.

» On devrait aller voir ce qu'ils pensent de tout ça.

Ils s'approchèrent des deux hommes. Wilcox leur tourna le dos, mais pas Tanny Brown.

– Eh bien, monsieur Cowart, vous créez de l'agitation.

– Eh oui, lieutenant.

– Satisfait ?

– Je me contente de faire mon boulot, comme vous ou Wilcox.

Brown s'adressa au photographe.

– Dites donc, vous, la prochaine fois, prenez mon profil droit, il me donne dix ans de moins et ça clouera le bec à ceux qui disent que je suis trop vieux pour ce métier ! (Il pivota et sourit au photographe.) Ce n'est pas mieux comme ça ?

– Comment se fait-il que vous ne prenez pas mes appels téléphoniques ? dit Cowart.

– Nous n'avions plus rien à nous dire.

– Même à propos de Blair Sullivan ?

– Il n'a pas fait le coup, répondit Brown.

– Comment pouvez-vous en être aussi sûr ?

– Je ne le suis pas, pas encore du moins. Ça ne lui correspond pas. C'est tout.

– Vous avez tort, dit doucement Cowart. Il y a le mobile. L'occasion. Une prédilection trop marquée. Vous le connaissez, vous ne le voyez pas en train de commettre pareil crime ? Et le couteau dans la canalisation ?

Le lieutenant haussa les épaules.

– Je le *vois* bien en train de faire ça, c'est sûr, mais ça ne veut rien dire.

– Encore votre instinct, lieutenant ?

Tanny Brown rit avant de poursuivre.

– Je n'ai plus envie de discuter avec vous des problèmes de fond de l'affaire, dit-il avec l'assurance d'un homme qui a déjà témoigné à plusieurs centaines de reprises devant les juges. Allons voir ce qui se passe là-dedans. (Il désigna le prétoire.) On se verra peut-être après.

L'inspecteur Wilcox revint vers Tanny Brown.

– Tu continues de causer avec ce mec qui nous fait passer pour des tarés!

– Arrête, fit-il en levant la main, j'en ai assez de m'entendre dire à quoi je ressemble. (Il s'adressa à nouveau à Cowart.) Quand tout ça sera terminé, on reprendra contact. Mais j'ai encore une petite chose à vous dire.

– Oui?

– Vous vous rappelez la dernière phrase que je vous ai dite?

– Oh oui, d'aller me faire mettre.

– Eh bien, dit Tanny Brown avec un sourire, cela tient toujours.

Wilcox éclata de rire et donna une grande tape dans le dos de son collègue avant de pointer l'index vers le journaliste comme s'il s'agissait d'un pistolet. « Pan! » Puis les deux inspecteurs pénétrèrent dans le prétoire.

Robert Earl Ferguson entra dans la salle d'audience, flanqué de deux gardiens de prison en uniforme gris. Il portait un costume bleu à rayures et tenait un dossier. Cowart entendit l'un de ses confrères murmurer : « Regarde, on dirait qu'il va suivre des cours de droit. » Il vit Ferguson serrer la main de Roy Black et de son jeune assistant, lancer un regard en direction de Brown et de Wilcox, le saluer brièvement, puis attendre l'arrivée du juge.

Quelques instants plus tard, on pria l'assistance de se lever.

Le juge Harley Trench était un petit homme rondouillard dont la tête grisonnante s'ornait d'une calvitie naissante. Il imposa tout de suite une image de sérieux en disposant ses papiers devant lui avant de regarder les avocats et de tirer de sa poche une paire de petites lunettes cerclées qui lui donnèrent un peu l'apparence d'un corbeau perché sur un fil électrique.

– Bien, dit-il en se tournant vers Roy Black, nous pouvons commencer?

L'avocat de la défense se leva. Ses gestes étaient exagérés, comme s'il jouait sur une scène. Cowart se dit qu'il n'allait pas avoir la partie belle avec le juge Trench.

– Nous sommes ici, monsieur le juge, afin d'obtenir un nouveau procès. Notre demande repose sur plusieurs points. Nous prétendons qu'il existe de nouvelles preuves tendant à disculper notre client ; nous prétendons aussi que la présentation de ces preuves à un jury ne pourrait que susciter de sa part un verdict de non-culpabilité, conséquence d'un doute raisonnable quant à la participation de M. Ferguson à l'assassinat de Joanie Shriver. Nous prétendons enfin que la cour a fait erreur en recevant pour tel l'aveu prétendu de M. Ferguson.

L'avocat s'était tourné vers les inspecteurs pour prononcer le mot « prétendu ».

– N'est-ce pas une affaire qui ressort de la cour d'appel ? demanda le juge.

– Non, monsieur le juge. Si l'on se rapporte aux affaires Rivkind, 320 Floride douze, 1978, État de Floride contre Stark, 211 Floride treize, 1982, et bien d'autres encore ; nous vous faisons respectueusement remarquer que c'est votre honneur qui a été empêchée de disposer de toutes les preuves lorsqu'elle a rendu son jugement...

– Objection !

Le substitut du représentant du ministère public, un certain Boylan, avait bondi sur ses pieds. C'était un homme jeune, moins de trente ans en tout cas, qui n'avait pas dû quitter la faculté de droit depuis très longtemps. Sa présence au procès avait alimenté nombre de discussions. Vu la publicité et l'intérêt de l'affaire, chacun pensait que le procureur plaiderait personnellement afin de défendre les intérêts de l'État de Floride. En voyant le jeune avocat, les vieux journalistes avaient hoché la tête d'un air entendu. Ce Boylan avait refusé d'accorder le moindre entretien à Cowart.

» M. Black laisse entendre que l'État a dissimulé des informations. C'est une contre-vérité catégorique. Votre honneur, nous avons là une affaire qui est du ressort des tribunaux d'appel.

– Monsieur le juge, puis-je achever ?

– Je vous en prie, maître Black. L'objection est rejetée.

Boylan s'assit et Black parla.

– Nous prétendons, monsieur le juge, que l'issue de l'audience aurait été différente et que l'État, privé des prétendus aveux de M. Ferguson, n'aurait pu maintenir les accusations lancées contre lui. Au pire, monsieur le juge, si la vérité avait été livrée aux jurés, l'avocat de M. Ferguson aurait pu argumenter devant eux de manière constructive.

– Je comprends, fit le juge en levant la main pour empêcher Black de poursuivre. Maître Boylan ?

– Monsieur le juge, l'État soutient que la présente affaire relève des tribunaux d'appel. En ce qui concerne les preuves, nous pensons que des déclarations faites à un journal ne constituent pas en soi des preuves dignes d'être considérées.

– Pourquoi donc ? dit sèchement le juge. Qu'est-ce qui ôte de la valeur aux dites preuves si la défense peut prouver leur authenticité ? J'ignore comment elle s'y prendra pour ce faire, mais pourquoi ne pas lui en laisser la possibilité ?

– Nous disons que ce sont des dépositions sur la foi d'un tiers et qu'elles devraient être rejetées.

Le juge secoua la tête.

– Il y a toutes sortes d'exceptions en ce domaine, maître Boylan, et vous le savez fort bien : il y a une semaine, vous étiez à cette même place pour soutenir la thèse adverse. (Le juge observa un instant le public.) Faites venir votre premier témoin.

– Ça y est, murmura Cowart au photographe.

– Quoi ?

– S'il entend, c'est qu'il a déjà fait son choix.

Le photographe haussa les épaules. L'huissier se leva et lança d'une voix forte :

– Inspecteur Bruce Wilcox.

Alors que Wilcox prêtait serment, le substitut se leva et dit :

– Monsieur le juge, je vois plusieurs témoins dans ce prétoire. Je crois qu'ils devraient en sortir.

Le juge acquiesça et pria tous les témoins de quitter les lieux. Cowart vit Tanny Brown s'en aller, suivi d'un petit homme que Cowart identifia comme un médecin légiste adjoint. Il y avait aussi, ce qui était plus surprenant, un membre du personnel de la prison d'État, un individu qu'il avait aperçu en se rendant au couloir de la mort.

» M. Cowart n'est-il pas témoin ? dit le substitut en se tournant vers lui.

– Pas pour l'instant, répondit Roy Black avec un petit sourire.

Le substitut voulut dire quelque chose, mais il fut interrompu par le juge.

– Vous n'avez pas l'intention d'appeler M. Cowart à la barre ?

– Pas pour l'instant, monsieur le juge, répéta Black. De même que nous n'avons pas l'intention d'appeler M. et Mme Shriver.

Il désigna le premier rang où étaient assis les parents de la petite victime. Ils regardaient droit devant eux et cherchaient à éviter les objectifs.

– Je vous en prie, dit le juge.

L'avocat de la défense s'approcha de la place du témoin et marqua une pause avant d'adresser la parole à l'inspecteur Wilcox. Celui-ci serrait la balustrade comme un homme qui attend le résultat d'une course de chevaux.

En premier lieu, l'avocat se contenta de reprendre l'historique des faits. Il demanda à l'inspecteur de décrire les circonstances de l'arrestation de Ferguson. Il réussit à lui faire dire que Ferguson avait suivi les deux hommes sans élever la moindre protestation. L'inspecteur reconnut que le seul lien avec Ferguson, dans un premier temps, était la ressemblance des automobiles.

– Il a donc été arrêté à cause de sa voiture ? demanda-t-il alors.

– Non, maître. Tant qu'il n'avait pas avoué son crime, il n'était pas placé en état d'arrestation.

– C'était tout de même un certain temps après qu'il eut été mis en détention. Plus de vingt-quatre heures, non ?

– C'est exact.

– Croyez-vous qu'il pensait pouvoir repartir à tout instant au cours de l'interrogatoire ?

– Il ne l'a pas demandé.

– Le pensait-il, selon vous ?

– Je n'étais pas dans sa tête.

– Parlons de l'interrogatoire. Vous souvenez-vous avoir témoigné dans ce même tribunal il y a trois ans ?

– Oui.

– Est-il vrai que Me Burns vous a demandé si vous aviez frappé M. Ferguson au moment des aveux et que vous avez formellement nié ? Dites-moi, vous disiez la vérité ?

– Oui, maître.

– Avez-vous eu connaissance des articles relatifs à cette affaire publiés il y a quelques semaines par le *Journal* de Miami ?

– Oui.

– Permettez-moi d'en lire un paragraphe. Je cite : « Les inspecteurs nient que Ferguson a été frappé pour faire des aveux, mais ils omettent de dire qu'il a été " giflé " par l'inspecteur Wilcox en tout début d'interrogatoire. » Fin de citation. Vous avez eu connaissance de cet article, inspecteur ?

– Oui.

– Et tout ceci est vrai ?

– Oui.

Roy Black se mit soudain à faire les cent pas, comme s'il était exaspéré.

– Qu'est-ce qui est vrai ?

L'inspecteur Wilcox se détendit et se permit un petit sourire.

– Les deux affirmations sont exactes, maître. Il est vrai qu'au début de l'entretien j'ai giflé à deux reprises M. Ferguson. Avec la paume de la main. Pas violemment. Il m'avait insulté et je n'ai pas pu garder mon sang-froid. Mais plusieurs heures se sont écoulées avant ses aveux, maître. Pratiquement une journée entière. Pendant tout ce temps, on a plaisanté et bavardé normalement. Il a pu manger et se reposer. Il n'a jamais demandé d'avocat ni à rentrer chez lui. Mon impression, maître, c'est qu'il s'est senti bien mieux après être passé aux aveux.

L'inspecteur Wilcox lança un regard en direction de Ferguson, lequel faisait la grimace, secouait la tête et prenait des notes.

Roy Black laissait la fureur teinter ses questions.

– Quand vous l'avez eu giflé, inspecteur, qu'est-ce qu'il croyait à votre avis ? Est-ce qu'il ne se croyait pas en état d'arrestation ? Est-ce qu'il se croyait libre de partir ? Ou est-ce qu'il pensait que vous alliez le frapper à nouveau ?

– Je n'en sais rien.

– Comment a-t-il réagi après ces gifles ?

– Il s'est montré plus respectueux. Ferguson n'avait pas l'air de trouver ça trop grave.

– Ensuite ?

– Je me suis excusé à la demande de mon supérieur.

– Je suis certain que, vues du couloir de la mort, ces excuses changent tout au problème, lança d'un air narquois l'avocat de la défense.

– Objection ! aboya Boylan en se levant.

– Je retire cette remarque, dit Black.

– Et vous faites bien, dit le juge. Pas d'autres questions ?

– Non, monsieur le juge.

– Le ministère public ?

– Oui, monsieur le juge, j'ai une ou deux questions. Inspecteur Wilcox, avez-vous déjà eu l'occasion de recueillir les dépositions de personnes avouant leurs crimes ?

– Oui, à de nombreuses reprises.

– Combien d'entre elles ont été écartées ?

– Objection ! Hors de propos !

– Objection admise et confirmée, dit le juge. Poursuivez je vous prie.

– Que les choses soient bien claires, vous dites que M. Ferguson est finalement passé aux aveux quelque vingt-quatre heures après que vous lui avez demandé de faire sa déposition ?

– Exact.
– La gifle lui a été donnée...
– Pendant les cinq premières minutes, je dirais.
– Y a-t-il eu d'autres menaces physiques à l'encontre de M. Ferguson ?
– Aucune.
– Des menaces verbales ?
– Aucune.
– Quelque autre type de menace ?
– Non.
– Je vous remercie.

Le substitut s'assit. Wilcox se leva et traversa le prétoire, conscient de l'objectif de la caméra braqué sur lui.

Vint le tour de Tanny Brown. Il prit place très calmement, en homme habitué à ce genre de chose. Cowart écouta attentivement le lieutenant expliquer la difficulté de l'affaire, à savoir que la voiture était la seule et unique pièce à conviction à laquelle se raccrocher. Il décrivit Ferguson comme un être nerveux, anxieux, évasif lorsqu'ils le virent pour la première fois chez sa grand-mère. Les mouvements de Ferguson étaient, selon lui, brusques, furtifs; il avait refusé de dire pourquoi il nettoyait sa voiture ou pourquoi un morceau de moquette manquait. Cette attitude l'avait amené à soupçonner Ferguson de dissimuler des informations. Rien de plus. Il concéda ensuite que Ferguson avait été frappé à deux reprises.

Ses mots faisaient écho à ceux de son collègue.

– L'inspecteur Wilcox a frappé le sujet en deux occasions, de la paume de la main et sans violence. Après quoi il s'est montré plus respectueux. Malgré tout, je me suis personnellement excusé et j'ai insisté pour que l'inspecteur Wilcox en fasse autant.
– Quel a été l'effet de ces excuses ?
– Il s'est un peu calmé. M. Ferguson n'avait pas l'air d'accorder une trop grande importance à ces gifles.
– Bien entendu, vous n'avez jamais exhibé d'arme au cours de l'interrogatoire ?
– Non, maître.
– Vous n'avez pas joué avec le chien et la détente en disant à mon client de passer aux aveux.
– Non.
– Vous n'avez jamais menacé de le tuer ?
– Jamais.
– Selon vous, c'est uniquement de son plein gré qu'il a fait sa déposition ?

– Exact.
– Levez-vous, s'il vous plaît, lieutenant.
– Pardon ?
– Levez-vous et venez ici.

Tanny Brown obtempéra. L'avocat de la défense prit une chaise derrière son bureau. Le substitut se leva.

– Monsieur le juge, je ne vois pas l'intérêt de cette démonstration...
– Maître Black ? fit le juge en se penchant.
– Si vous voulez bien me permettre ceci...

Le juge vit que la caméra de télévision avait pivoté et suivi l'inspecteur.

– Bien, mais hâtez-vous.
– Restez ici, lieutenant.

Tanny Brown s'immobilisa, les mains dans le dos. Black se tourna alors vers Ferguson, à qui il adressa un signe de tête.

Le détenu quitta le bureau de la défense et se plaça à côté du lieutenant, assez longtemps pour que l'on appréciât la différence de taille des deux hommes. Puis il s'assit. L'effet fut immédiat : Ferguson avait l'air d'un nain à côté de Tanny Brown.

» Bien. Quand il était assis devant vous, seul et menotté, ne croyez-vous pas qu'il craignait pour sa vie ?
– Non.
– Non ? Merci, regagnez votre place, je vous prie.

Cowart sourit. Un peu de mise en scène destinée à la presse. Toutes les infos du soir passeraient cette photo : l'inspecteur écrasant de sa stature le détenu. Cela n'aurait aucun impact sur la décision du juge, mais il était clair que Roy Black s'adressait à toutes les audiences possibles.

» Passons à autre chose, lieutenant.
– D'accord.
– Vous rappelez-vous le jour où l'on vous a montré un couteau découvert dans une canalisation à quelques kilomètres du lieu du crime ?
– Oui.
– Comment avez-vous eu ce couteau ?
– M. Cowart l'avait trouvé.
– Qu'est-ce que révèle l'examen de cette arme ?
– La longueur de la lame correspond à la profondeur des blessures les plus importantes identifiées sur le corps de la défunte.
– Autre chose ?
– Une analyse microscopique de la lame et du manche a indiqué la présence de petits résidus sanguins.

Cowart tendit l'oreille. Voilà qui était nouveau.

» Le groupe sanguin correspond à celui de la défunte.

– Qui a effectué ces analyses ?

– Le laboratoire du FBI.

– Quelles conclusions en avez-vous tirées ?

– Ce couteau pourrait être l'arme du crime.

Cowart prit des notes, tout comme les autres journalistes.

– Lieutenant, à qui appartenait ce couteau ?

– Impossible de le dire. Il n'y avait pas d'empreintes ni de marques quelconques permettant de l'identifier.

– Comment le journaliste a-t-il su où il se trouvait ?

– Je n'en ai pas la moindre idée.

– Connaissez-vous un certain Blair Sullivan ?

– Oui, c'est un tueur récidiviste.

– A-t-il été soupçonné dans le cadre de cette affaire ?

– Non.

– Et aujourd'hui ?

– Pas davantage.

– Il se trouvait pourtant dans le comté d'Escambia à l'époque de la mort de Joanie Shriver, non ?

Tanny Brown hésita avant de répondre que oui.

» Saviez-vous que M. Sullivan avait appris à M. Cowart où se trouvait ce couteau ?

– Je l'ai lu dans un article de presse, mais je ne le *savais* pas, non. Je n'ai pas les moyens de contrôler ce qui s'écrit dans les journaux.

– C'est vrai. Avez-vous essayé d'interroger M. Sullivan à propos de l'affaire qui nous concerne ?

– Oui. Il refuse de coopérer.

– Dites-nous exactement comment il s'y est pris pour refuser toute coopération.

– Il riait tout le temps et il n'a pas voulu faire de déclaration.

– Précisément, qu'a-t-il dit pour vous refuser cette déclaration, et où la scène se déroulait-elle ?

Tanny Brown serra les dents.

» Je vous ai posé une question, lieutenant.

– Nous l'avons rencontré dans sa cellule à la prison d'État de Starke. Nous, c'est-à-dire l'inspecteur Wilcox et moi-même, lui avons dit pourquoi nous étions là et nous l'avons informé de ses droits. Il nous a tourné le dos en disant : « Nul ne sera tenu de témoigner contre lui-même dans une affaire criminelle. »

– C'est le cinquième amendement à la Constitution, n'est-ce pas ?

– Oui, maître.

– Combien de fois a-t-il répété cette phrase ?
– Je ne sais pas, une douzaine de fois pour le moins.
– L'a-t-il fait sur un ton normal ?
Tanny Brown était mal à l'aise et se trémoussait sur sa chaise. Matthew Cowart ne le quittait pas des yeux.
– Non, maître, ce n'était pas sur un ton normal.
– Dans ce cas, comment était-ce, lieutenant ?
– Il chantonnait, dit Brown en faisant la grimace. On aurait dit une sorte de comptine. Ensuite, il s'est mis à hurler à pleins poumons et nous avons quitté la prison.
– Il chantait à tue-tête ?
– C'est exact, fit Brown, l'air furieux. Et il riait.
– Merci, lieutenant.
Tanny Brown quitta la place du témoin. Il avait les mâchoires crispées, les articulations des mains blanches d'avoir trop serré la balustrade. Cela, tout le monde pouvait le voir, mais l'image qui subsistait dans les esprits était celle du tueur dans sa cellule, chantant son refus comme un merle en cage.

L'adjoint du médecin légiste témoigna rapidement, insistant sur les détails concernant le couteau. Puis ce fut le tour de Ferguson. Cowart remarqua avec quelle confiance il s'était levé et avait traversé le prétoire pour prendre place à la barre. Il parla d'une voix calme, posée, comme pour faire oublier sa présence en ce lieu.
Superbe préparation, se dit Cowart.
Il se souvint de la description de Ferguson lors de son procès, les yeux sans cesse en mouvement comme s'il cherchait à échapper aux faits assenés par les témoins.
Il nota quelques mots dans son carnet pour ne pas oublier d'insister sur cette différence.
Il écouta Black faire adroitement raconter à Ferguson l'histoire de ses aveux extorqués. Ferguson dit encore une fois qu'il avait été frappé et menacé d'une arme. Puis il raconta comment on l'avait placé dans une cellule du couloir de la mort avant l'arrivée de Blair Sullivan dans la cellule voisine.
– Que vous a dit M. Sullivan ?
– Objection, lança le substitut d'une voix ferme. Ce sont des propos rapportés. Il ne peut exprimer que ce qu'il a dit ou fait.
– Admise.
– Fort bien, reprit Black sans se départir de son calme. Avez-vous eu une conversation avec M. Sullivan ?
– Oui.
– Et quel fut le résultat de cette conversation ?

– Je suis devenu furieux et j'ai essayé de l'agresser. On nous a placés dans des secteurs différents de la prison.
– Qu'avez-vous décidé de faire après cette conversation ?
– J'ai écrit à M. Cowart du *Journal* de Miami.
– Quand vous l'avez rencontré, que lui avez-vous raconté ?
– Je lui ai dit que Blair Sullivan avait tué Joanie Shriver.
– Objection !
– Sur quelle base ?
Le juge leva la main.
– Je désire une réponse. C'est pour cela que nous sommes ici.
Il hocha la tête en direction de l'avocat de la défense.
Le jeune substitut paraissait très énervé.
– Quelle preuve avez-vous de l'authenticité de cette histoire ?
– Aucune, je sais seulement que M. Cowart a parlé à M. Sullivan et qu'il a ensuite découvert le couteau.
– Vous pensez que ce tribunal va croire qu'un homme ait pu se confesser à vous dans sa cellule ?
– C'est déjà arrivé.
– Ce n'est pas une réponse.
– Je n'y peux rien.
– Quand vous avez avoué le meurtre de Joanie Shriver, vous disiez la vérité alors ?
– Non.
– Mais vous aviez prêté serment, exact ?
– Oui.
– Et vous risquez la peine de mort pour ce crime, exact ?
– Oui.
– Vous mentiriez pour sauver votre peau ?
Cowart vit Ferguson interroger Black du regard. L'avocat de la défense ébaucha un imperceptible sourire et hocha discrètement la tête.
» Alors, monsieur Ferguson, vous mentiriez pour sauver votre vie ? demanda à nouveau le substitut.
– Oui, répondit lentement Ferguson, c'est ce que je ferais.
– Merci, dit Boylan en ramassant une liasse de papiers.
– Mais je ne le fais pas en ce moment, ajouta Ferguson, ce qui eut pour effet de stopper Boylan dans son mouvement.
– Vous ne mentez pas en cet instant ?
– Non.
– Même si votre vie en dépend ?
– Ma vie dépend de la vérité, maître Boylan, dit Ferguson.
Le substitut était de plus en plus énervé par cet accusé qui lui résistait.

– Ça, vous pouvez le dire, fit-il d'un air sarcastique. Plus de questions.

Ferguson alla reprendre place derrière le bureau de la défense.

– Autre chose, maître Black ? demanda le juge.

– Oui, monsieur le juge, un dernier témoin. Nous appelons à la barre M. Norman Sims.

Quelques instants plus tard, un petit homme aux cheveux poivre et sel traversa le prétoire. Il portait des lunettes et un costume de mauvaise coupe. Il prit place à la barre.

» Monsieur Sims, voulez-vous vous présenter au tribunal, je vous prie ? lui dit Black.

– Je m'appelle Norman Sims et je suis directeur adjoint de la prison d'État de Starke.

– Quels y sont vos devoirs ?

L'homme hésita. Il avait une voix douce et un très léger accent.

– Vous voulez que je raconte tout ce que je fais ?

Black secoua la tête.

– Non, monsieur Sims. Je vais être plus clair : votre travail consiste-t-il entre autres choses à lire et à censurer le courrier expédié ou reçu par les occupants du couloir de la mort ?

– Je n'aime pas ce mot...

– Censurer ?

– Oui. J'inspecte le courrier, maître. Parfois, nous avons certaines raisons de l'intercepter, mais je n'empêche personne d'écrire ce qu'il veut.

– Et dans le cas de Blair Sullivan ?

– C'est différent, maître.

– Pourquoi ?

– Il écrit des lettres obscènes aux familles de ses victimes.

– Que faites-vous de ces lettres ?

– Eh bien, chaque fois, j'ai cherché à contacter les personnes à qui elles sont adressées. Je les informe de l'existence de ces lettres et leur demande si elles veulent les voir ou pas. J'essaye de leur faire comprendre ce qu'elles contiennent. La plupart du temps, ces gens ne veulent pas les voir.

– Très bien. Admirable même. M. Sullivan sait-il que vous interceptez son courrier ?

– Probablement. Il a l'air d'être au courant de tout ce qui se passe dans cette foutue taule. Pardon, monsieur le juge.

Le juge hocha la tête et Black reprit.

– Avez-vous eu l'occasion d'intercepter une telle lettre au cours des trois dernières semaines.

– Oui, maître.
– A qui était-elle adressée ?
– A M. et Mme George Shriver, à Pachoula.
Black brandit une lettre qu'il montra au témoin.
– Est-ce bien celle-ci ?
Il la regarda un instant.
– Oui, maître. Il y a mes initiales en haut de la page et le cachet de la prison. J'ai rédigé une note à ce propos, j'y rapporte la conversation que j'ai eue avec les Shriver. Ils n'ont pas voulu en entendre parler quand je leur ai raconté en gros ce qu'elle contenait.
Black donna la lettre au greffier, qui lui donna une cote en tant que pièce à conviction, avant de la rendre à Sims. Il se dirigea alors vers le couple Shriver. Cowart l'entendit leur dire à l'oreille : « Je vais lui demander de lire cette lettre. Ça va être dur, je m'excuse par avance, mais vous pouvez encore sortir si vous le voulez. Je vous ferai appeler quand ce sera fini. »
La familiarité et la douceur de son ton surprirent Cowart. Le journaliste vit les parents hocher la tête de concert. Puis ils se levèrent et sortirent lentement du prétoire. Les portes se refermèrent sur eux.
– Monsieur Sims, je vous en prie...
Le témoin toussota et se tourna vers le juge.
– C'est que c'est un peu osé, monsieur le juge, je ne sais pas si...
– Lisez-la, trancha le juge.
Le témoin pencha la tête et se mit à lire à toute allure, trébuchant malgré lui sur chaque obscénité.
– « ... Chers monsieur et madame Shriver, j'ai eu tort de ne pas vous écrire plus tôt, mais je me prépare à mourir et ça m'occupe vraiment. Je voulais seulement vous faire savoir que votre gamine était un drôle de beau petit lot. Lui enfoncer ma bite dans sa fendasse, c'était comme cueillir des cerises au printemps. Sa petite chatte était juteuse à un point que c'est pas croyable. Mais il y avait encore mieux que de la piner, c'était de la tuer. En plantant mon couteau dans sa peau bien tendre, j'avais l'impression d'éplucher un melon. Oui, c'est comme ça que je la voyais, un beau petit fruit. Dommage qu'elle est toute pourrie maintenant. Ça doit être dégueulasse de la tringler maintenant, vous n'êtes pas d'accord ? Avec tous ces bloches qui la bouffent de partout. Oui, c'est dommage. En tout cas, elle avait du goût quand elle était encore fraîche... » (Il regarda l'avocat de la défense.) C'est signé : « Votre bon ami Blair Sullivan. »

Black leva les yeux vers le plafond de la salle. Il laissa les mots imprégner chacun des membres de l'audience. Puis il demanda :

– Est-ce qu'il a écrit aux familles des autres victimes ?

– Oui, maître, à tous les parents des gens dont il a avoué le meurtre.

– Il écrit régulièrement ?

– Non, maître. Seulement quand il en éprouve le besoin. La plupart des lettres sont encore pires que celle-là. Il lui arrive de donner davantage de détails.

– J'imagine. Bien, pas d'autres questions.

Le substitut se leva avec lenteur.

– Monsieur Sims, il ne dit pas spécifiquement dans cette lettre qu'il a tué Joanie Shriver ?

– Non, maître, mais c'est ce que tout le monde comprend, il me semble.

Boylan se prépara à poser une autre question, puis il renonça. M. Sims quitta la barre pour regagner sa place, une minute ou deux avant le retour des Shriver. Cowart vit qu'ils avaient les yeux rouges.

– Je vais entendre vos plaidoiries à présent, dit le juge.

Les deux avocats furent étonnamment brefs, à la grande surprise de Cowart. Il ne prit pas de notes, il ne pouvait détacher ses regards du couple Shriver. Ils évitaient de poser les yeux sur Ferguson.

Quand les avocats eurent fini, le juge prononça quelques mots avant de se retirer dans son cabinet.

Tous se levèrent. Cowart vit Ferguson serrer la main à son défenseur avant que les gardiens ne le reconduisent en cellule. Les Shriver étaient assaillis de journalistes et cherchaient à se frayer un chemin en direction de la sortie. Le mari tenait sa femme par les épaules d'un air protecteur. Black fit un signe à Boylan, lequel les rattrapa et les entraîna vers le cabinet du juge. Cowart entendit le photographe lui chuchoter : « J'en ai une super. » Black lui fit un signe de triomphe, le pouce en l'air.

Black fut alors interviewé par un journaliste de la télévision. La lumière d'un projecteur l'auréolait. Il disait :

– ... Il est évident que se posent toutes sortes de questions. Je ne vois pas pourquoi le ministère public ne veut pas comprendre...

Au même instant, à quelques mètres de là, Boylan répondait également à des questions.

– Nous soutenons que l'homme conduit au couloir de la

mort est bien coupable et nous nous en tiendrons à cette opinion. Même si le juge devait accorder à M. Ferguson la révision de son procès, nous croyons qu'il existe des preuves plus que suffisantes pour le faire condamner à nouveau.

– Même sans aveux ? lui lança un reporter.

– Absolument, dit Boylan.

Il y eut des rires, que le regard noir du substitut fit cesser sur-le-champ.

– Comment se fait-il que le procureur en personne ne soit pas venu soutenir cette position ? Vous ne faisiez pas partie de ses collaborateurs à l'époque.

– On m'a choisi, c'est tout.

Roy Black répondait à la même question à quelques mètres de là.

– Parce que les officiels élus n'aiment pas venir au tribunal quand ils sentent qu'ils vont perdre. Vous pouvez me citer in extenso, ça ne me gêne pas.

Soudain, une caméra doublée d'un projecteur aveuglant se braqua sur Cowart.

– Vous qui êtes à l'origine de tout ça, qu'est-ce que vous pensez de l'audition ? Cette lettre, vous étiez au courant ?

Il chercha à dire quelque chose d'intelligent et, finalement, secoua la tête.

– Allez, Matt, vos impressions, lui lança un confrère.

Mais il s'éclipsa.

Il emprunta le couloir puis l'escalier roulant qui mène au vestibule. Il franchit les portes du tribunal et s'arrêta sur les marches. La chaleur était accablante, malgré le vent qui faisait claquer les trois drapeaux : celui du comté, celui de l'État et celui de la nation. De l'autre côté de la rue, Tanny Brown le regardait. L'inspecteur plissa le front puis s'installa au volant de sa voiture, démarra et se fondit dans la circulation.

Une semaine plus tard, le juge rendit sa décision : il ordonnait la révision du procès de Robert Earl Ferguson. Dans sa déclaration écrite, il ne le traitait nullement d'animal et réclamait que les aveux faits aux deux inspecteurs fussent écartés. De son côté, Roy Black demanda que Ferguson fût mis en liberté provisoire dans l'attente de son procès. Cela lui fut accordé. Plusieurs associations hostiles à la peine de mort se regroupèrent pour verser la caution. Cowart apprit par la suite que l'argent venait en fait d'un producteur de cinéma qui avait acheté les droits d'adaptation de la biographie de Robert Earl Ferguson.

9
Un ordre d'exécution

Il avait l'impression que sa vie s'était fragmentée en une série d'instants, et il attendait qu'un fait nouveau lui permette de retrouver son déroulement habituel. C'en était ennuyeux, énervant même, mais il espérait et il attendait quelque chose, il n'aurait su dire quoi. Il se rendit à la prison le jour même où Robert Earl Ferguson quittait le couloir de la mort dans l'attente du nouveau procès qui avait été fixé par le juge au mois de décembre. C'était la première semaine de juillet et la route menant à la prison était flanquée de part et d'autre de stands où l'on vendait des pétards et des feux d'artifice, des cocardes et des drapeaux aux couleurs de l'État ou de l'Union. Le printemps avait brusquement cédé la place à l'été, le soleil martelait la terre avec fureur et la rendait aussi dure que du ciment. Des nuages de chaleur flottaient au-dessus du sol, pareils à des hallucinations, aussi tangibles que des nappes de brouillard dans un paysage de Nouvelle-Angleterre; cette chaleur paraissait devoir saper toute énergie, toute ambition, tout désir. Comme si, en s'élevant, la température ralentissait le mouvement de la planète.

Une nuée de journalistes en sueur attendaient Ferguson devant les portes de la prison. Des membres des associations hostiles à la peine capitale leur tenaient lieu de renfort. Ils brandissaient des pancartes et chantaient à tue-tête des slogans tels que : « Non, non, non! Abolition! Dites-le encore! Non à la peine de mort! » Le détenu sortit enfin et ce fut un tonnerre d'applaudissements. Ferguson lança un bref regard au ciel d'un bleu pâle avant de s'immobiliser. Il était accompagné de son avocat et de sa grand-mère. Littéralement agrippée au bras de son petit-fils, elle défiait du regard les objectifs des caméras et des appareils photo. Ferguson prononça un bref discours du haut des marches de la prison; il dit que son aventure mettait en lumière les qualités et les défauts du système. Il était heureux d'être libre et allait s'offrir un bon repas, du poulet frit aux légumes suivi d'une énorme glace arrosée de chocolat. Il dit n'éprouver aucune amertume, ce qui ne trompa personne, et acheva son allocution par ces mots : « Je désire remercier le Seigneur qui m'a montré la voie à suivre, mon avocat, le *Journal* de Miami et M. Cowart, qui m'a écouté quand personne ne voulait m'entendre. Sans lui, je ne serais pas ici aujourd'hui. »

Cowart était persuadé que cette ultime phrase ne ferait pas les gros titres des autres journaux et il ne put s'empêcher d'en sourire.

Les journalistes le pressèrent de questions.

– Vous allez revenir à Pachoula?

– Oui, je suis de là-bas, vous savez.

– Vous avez des projets?

– Je voudrais terminer mes études. Je vais peut-être faire du droit ou de la criminologie. Je pense avoir une assez bonne approche du droit criminel.

Rires.

– Et le procès?

– Qu'est-ce que je peux vous en dire? On va me rejuger et je crois que je serai acquitté. Je veux vivre une vie tranquille, voyez-vous, loin de toute publicité. Retrouver l'anonymat. Ce n'est pas que je ne vous aime pas, mais enfin...

Nouveaux rires. Cowart remarqua que Ferguson était particulièrement à l'aise dans cette conférence de presse improvisée.

– A votre avis, pourquoi est-ce que l'on va vous poursuivre à nouveau?

– Pour sauver la face. C'est pour eux la seule façon de ne pas reconnaître qu'ils ont failli exécuter un innocent. Un Noir innocent. Ils préfèrent rester englués dans le mensonge qu'affronter la vérité.

– Oui, mon frère! cria l'un des manifestants. Parle encore!

Un reporter avait expliqué à Cowart que des individus de ce type étaient présents lors de chaque exécution; avec leurs camarades, ils portaient des cierges et chantaient des chants de victoire et de libération tels que *We Shall Overcome* et *I Shall Be Released* jusqu'à l'instant où le gardien-chef sortait annoncer que le verdict de la cour avait été mis à exécution. Parallèlement, il y avait aussi des partisans de la peine de mort en jean, T-shirt blanc et bottes de cow-boys, qui hurlaient des slogans et se heurtaient parfois aux membres du groupe adverse. Heureusement, ils n'étaient pas venus aujourd'hui.

La télévision se faisait en règle générale un devoir d'ignorer chaque groupe.

– Parlez-nous de Blair Sullivan ? cria un journaliste de la télévision en brandissant son micro vers Ferguson.

– Sullivan ? Je crois que c'est un type dangereux, vraiment tordu.

– Vous lui en voulez ?

– Non, le Seigneur m'a appris à tendre l'autre joue, mais je dois reconnaître que ce n'est pas toujours évident.

– Vous croyez qu'il fera des aveux pour vous éviter ce procès ?

– Non, sa seule confession sera pour le moment où il rencontrera son Créateur.

– Vous avez parlé du meurtre avec lui ?

– Il ne veut parler à personne. Surtout de ce qu'il a fait à Pachoula.

– Qu'est-ce que vous pensez des deux inspecteurs ?

Ferguson hésita. Pas de commentaires, finit-il par dire avec un semblant de sourire. Mon avocat m'a expliqué que je devais toujours répondre « Pas de commentaires » si je n'étais pas capable de dire quelque chose d'aimable ou tout au moins d'anodin.

Il y eut de nouveaux rires parmi les représentants de la presse.

Ferguson sourit une dernière fois, fit le V de la victoire et s'engouffra dans une voiture qui démarra aussitôt sous le mitraillage des photographes. Elle doubla un groupe de détenus qui marchaient en file indienne, le torse nu et ruisselant de sueur. Ils portaient des pelles et des pioches et chantaient un chant de travail dont on ne pouvait comprendre les paroles.

Le mois suivant, Cowart emmena sa fille à Disney World. Ils prirent une chambre tout en haut du Contemporary Hotel; de là, ils pouvaient admirer tout le parc. Becky savait parfaitement à quelle heure quelle attraction n'était pas prise d'assaut, et c'était elle qui régissait leur emploi du temps. Cowart la laissait libre d'aller quatre ou cinq fois de suite au même manège, puisque cela lui chantait. Et quand elle avait faim, il la laissait s'empiffrer de hot dogs, de frites et de barbe à papa.

Il passait l'après-midi au bord de la piscine de l'hôtel, et c'est seulement le soir, quand l'air se rafraîchissait un peu, qu'ils erraient dans le parc avant de profiter des illuminations et des feux d'artifice.

Chaque soir, il la ramenait dans ses bras, épuisée; ils prenaient le monorail qui les conduisait à l'hôtel, puis il la couchait avec douceur dans son lit et écoutait son souffle régulier. La respiration de sa fille lui ôtait tout souci et lui accordait une sorte de paix.

Il n'eut qu'un cauchemar au cours de ce séjour : Ferguson et Sullivan le jetaient dans le wagonnet du grand huit pour mieux lui arracher sa fille.

Il s'éveilla en haletant et entendit Becky dire :

– Papa ?

– Ça va, ma chérie, ne t'en fais pas.

Elle soupira et se rendormit instantanément.

Il resta longtemps éveillé, enroulé dans ses draps froissés.

La semaine s'acheva et il leur fallut regagner Tampa. Après une ultime halte dans une boutique de cadeaux, ils arrivèrent dans la banlieue chic où vivaient son ancienne femme et son nouveau mari. Il roulait au ralenti, comme à contrecœur, tandis que Becky lui indiquait les habitations de ses amies.

Il y avait une longue allée circulaire devant la maison de sa fille. Un vieux Noir tondait la pelouse; son camion, un peu délabré, était garé non loin de là. L'homme s'arrêta un instant, s'essuya le front et adressa un signe amical à Becky, qui lui rendit son salut.

Cowart observa la porte d'entrée à double battant. La maison elle-même était de plain-pied et ressemblait un peu à un ranch. Sur le côté, on apercevait une piscine. Becky sortit de voiture et courut vers la porte.

Il attendit un moment que Sandy apparaisse.

Sa grossesse la rendait radieuse, elle se mouvait avec lenteur à cause de la chaleur et de la gêne que lui occasionnait son état. Elle serra sa fille contre elle.

– Alors, c'était bien, demanda-t-elle à Cowart ?

– On est allé partout.

– J'en étais sûre. Tu es fatigué ?

– Un peu.

– Ça va comment à part ça ?

– Bien.

– Je m'inquiète toujours un peu pour toi.

– Il n'y a pas de quoi, je t'assure.

– J'aimerais bien qu'on bavarde un peu. Tu ne peux pas prendre une tasse de café ? Ou un verre ? (Elle sourit.) Je voudrais tout savoir. Il y a tellement de choses à se dire.

– Becky te fera son rapport.

– Allons...

Il secoua la tête.
– Je dois rentrer, je suis déjà en retard et...
– Tom sera là dans une petite demi-heure. Il voulait te voir, il dit que tu as fait un sacré boulot.
Il secouait toujours la tête.
– Remercie-le de ma part, mais j'ai encore pas mal de route. Je ne serai pas à Miami avant minuit.
– J'aimerais... Bon, comme tu voudras. Je t'appellerai un de ces quatre.
Il hocha la tête.
– Un petit câlin.
Il se baissa et serra sa fille contre lui. Son énergie le galvanisait. Puis elle se retira.
– Au revoir, papa.
Il lui caressa une dernière fois la joue.
– Ne raconte pas à ta mère tout ce que tu as mangé... fit-il à voix basse. Et ne lui parle pas non plus de tous tes cadeaux, elle va en être jalouse.
Becky sourit et secoua la tête avec vigueur.
Avant de s'installer au volant, il se retourna et leur adressa à toutes deux un petit salut de la main qui se voulait enjoué. Parfait. Tu as été impeccable dans ton rôle de père divorcé.

Au *Journal*, Will Martin essaya, sans grand succès, de l'intéresser à plusieurs croisades d'inspiration locale. Mais lui préférait retourner à Pachoula et écrire un article sur la façon dont la petite ville réagissait à la libération de Ferguson.
Le premier coup de fil qu'il donna de sa chambre d'hôtel fut pour Tanny Brown.
– Lieutenant ? C'est Matthew Cowart. Je voulais vous épargner d'avoir recours à vos espions. Je suis en ville pour quelques jours.
– On peut savoir pourquoi ?
– Pour faire le point sur l'affaire Ferguson. Vous comptez toujours le poursuivre ?
– C'est au ministère public qu'il faut demander cela, pas à moi, fit l'inspecteur en riant.
– Oui, mais il prend ses décisions en fonction des renseignements que vous lui fournissez. Alors, il y a du nouveau ?
– Rien.
– Ferguson, qu'est-ce qu'il fait ?
– Vous devriez le lui demander.
– J'y compte bien.
– Dans ce cas, allez chez lui et passez-moi un coup de fil après.

Cowart raccrocha avec le sentiment diffus que l'inspecteur se moquait de lui. Il prit sa voiture et traversa la pinède jusqu'à la route de terre au bord de laquelle se dressait la cabane de la grand-mère de Ferguson. Il écarta la volaille, grimpa les marches et tapa à la porte avec force. Après un instant, il entendit des bruits de savates et la porte s'entrouvrit.

– Madame Ferguson ? C'est moi, Matthew Cowart, du *Journal*.

La porte s'ouvrit un peu plus grand.

– Qu'est-ce que vous voulez encore ?

– Où est Bobby Earl ? J'aurais besoin de lui parler.

– Il est reparti dans le Nord.

– Quoi ?

– Il est retourné à l'école dans le New Jersey.

– Quand est-il parti ?

– La semaine dernière. Il avait rien à faire ici, mon gars, vous le savez aussi bien que moi.

– Et son procès ?

– Ça avait pas l'air de tarabuster.

– Comment puis-je le contacter ?

– Il m'a dit qu'il m'écrirait quand il serait casé. C'est pas le cas visiblement.

– Il s'est passé quelque chose de spécial à Pachoula ? Avant son départ, naturellement.

– Il a parlé de rien. Y a encore des questions ?

– Non.

Cowart redescendit les marches et observa longuement la cabane avant de s'en aller.

L'après-midi même, il appela Roy Black.

– Où est Ferguson ? lui demanda-t-il.

– Dans le New Jersey. J'ai une adresse et un numéro de téléphone, si vous le désirez.

– Mais comment a-t-il pu quitter l'État ? Il aurait dû être assigné...

– Le juge lui en a donné la permission. Ça n'a pas été compliqué, je lui ai dit qu'il voulait reprendre une vie normale et terminer ses études. Rien d'étonnant à cela. L'État doit nous faire connaître ses nouvelles conclusions, et pour l'instant on les attend toujours.

– Vous croyez qu'ils vont passer l'éponge ?

– Ça se pourrait. Vous savez, monsieur Cowart, ces petits substituts aiment bien se faire entendre, mais dès que ça ne marche plus, ils abandonnent et laissent les flics seuls responsables.

– Alors, comme ça, un homme qui a connu le couloir de la mort peut du jour au lendemain retrouver l'anonymat ?

– Ça s'est déjà vu.

– Trois ans d'une vie rayés d'un trait de plume...

– Oui, tout redevient normal, sauf une chose.

– Quoi ?

– La petite fille est toujours morte.

Il appela Tanny Brown.

– Ferguson a regagné le New Jersey. Vous étiez au courant ?

– Ce n'est pas vraiment un secret d'État. Le journal local a publié un article sur lui. Il disait qu'il voulait parfaire son éducation. Il a expliqué au journaliste qu'il ne pouvait pas rester à Pachoula à cause de la façon dont les gens le regardaient. Je ne sais pas si c'est vrai, je ne sais même pas s'il a essayé. En tout cas, il est parti. Je crois qu'il préférait quitter la ville avant que quelqu'un ne se charge de lui.

– Qui par exemple ?

– Je l'ignore. Sa libération en a dérangé plus d'un. Les autres s'en fichaient. C'est une petite ville, vous savez, on trouve de tout comme opinions.

– Qui est-ce que cela dérangeait ?

– Moi, fit Tanny Brown après un instant d'hésitation. Cela suffit.

– Qu'est-ce qui va se passer maintenant ?

– A votre avis ?

Matthew Cowart était bien incapable de répondre à cela.

Il n'écrivit pas l'article qu'il avait l'intention de rédiger. Il se consacra entièrement à son travail d'éditorialiste et s'intéressa aux futures élections locales. Il passa des heures à interviewer les candidats, à lire leurs professions de foi, à décortiquer leurs déclarations et à débattre avec le comité de rédaction de la position officielle du journal. En Floride, la matière était riche, avec la proximité de Cuba qui allait ou non accéder à la démocratie, le contrôle des armes à feu ou la place de l'anglais dans la vie de la communauté. Après les élections, il écrivit une série d'articles sur la gestion de l'eau dans le chapelet d'îles qui constituent les Keys. Cartes et graphiques s'entassaient sur son bureau, ils avaient quelque chose de réconfortant.

Début décembre, lors d'une audience présidée par le juge Trench, l'État abandonna toute charge d'homicide volontaire à l'encontre de Robert Ferguson. Sans aveux, expliqua-t-on aux journalistes, aucun système d'accusation ne tenait debout. Le ministère public et la défense s'employaient tous deux à démontrer l'importance du système et la valeur des lois qui nous régissent.

Tanny Brown et Bruce Wilcox n'assistaient pas à l'audience.

– Je n'ai vraiment pas envie de parler de ça maintenant, dit Brown quand Cowart alla le trouver.

Wilcox ajouta :

– Bon Dieu, je l'ai à peine touché. Vous croyez que si je lui avais tapé dessus, il n'aurait pas de marques ? Je lui aurais plutôt fait sauter la tête, oui !

Par un soir humide, il passa près de l'école, et du saule non loin duquel la petite Joanie avait quitté ce monde. Il s'arrêta à l'intersection et contempla un instant la route qu'avait empruntée le tueur avant de se rendre chez les Shriver. Il fit halte et vit George Shriver en train de tondre la pelouse. Le gros homme était en sueur. Il coupa le moteur et s'épongea le front en voyant le journaliste s'avancer vers lui.

– Nous sommes au courant, dit-il doucement. Tanny Brown nous a appelés, il a dit que c'était officiel. Ça ne nous a pas vraiment surpris, on savait que cela devait arriver. Tanny Brown nous a aussi dit que c'était fragile, je me rappelle bien son expression...

Cowart se sentait mal à l'aise.

– Vous pensez toujours que Ferguson a tué votre fille ? Et Sullivan, la lettre qu'il vous a écrite ?

– Je n'en sais rien. Ma femme et moi, on est aussi abasourdi que tout le monde. Mais dans mon cœur, vous savez, je crois toujours que c'est lui. Je n'oublierai jamais l'allure qu'il avait à son procès, ça non.

Mme Shriver apporta un verre d'eau fraîche à son mari. Elle regarda Cowart avec une curiosité empreinte de colère.

– Ce que je ne comprends pas, dit-elle, c'est pourquoi il a fallu qu'on revive tout ça. Vous d'abord, ensuite les autres journalistes de la presse et de la télévision. C'était comme si on la tuait à chaque fois, qu'on recommençait sans arrêt. Je n'allume pas le poste de peur de revoir sa photo. Ce n'est pas qu'on veut oublier, vous comprenez bien. Ce que Ferguson dit et puis ce que Sullivan dit et puis ce qu'ils ont fait ou pas fait, tout ça, ça ne m'intéresse pas. Moi, la seule chose qui compte, c'est qu'on m'a pris ma petite fille. Et ça, ça fait très mal...

La femme pleurait mais sa voix conservait toute sa fermeté.

George Shriver but plusieurs gorgées.

– Bien sûr, on ne vous en veut pas, monsieur Cowart. Enfin,

pas vraiment. Il s'est passé quelque chose de moche ici. Ce n'était pas de votre faute. Non, c'était fragile, oui, et tout s'est cassé...

Le gros homme prit sa femme par la main, ils rentrèrent chez eux et laissèrent Matthew Cowart planté au milieu de la pelouse à moitié tondue.

Quand il eut Ferguson au téléphone, il fut surpris par l'allégresse qui marquait la voix du jeune Noir. Le journaliste avait l'impression de se trouver tout près de lui et non pas à des milliers de kilomètres de distance.

– Je ne sais pas comment vous remercier, monsieur Cowart. Rien ne serait arrivé sans vous.

– Mais si, tôt ou tard.

– Non, monsieur, c'est vous qui avez tout déclenché. Sans vous, je serais toujours au couloir.

– Qu'est-ce que vous comptez faire ?

– J'ai des projets, monsieur Cowart. Je veux faire quelque chose de ma vie. Je vais continuer l'université. Je veux faire carrière, oui monsieur. (Ferguson hésita avant de dire :) Je me sens libre de faire n'importe quoi maintenant.

Cette phrase rappelait quelque chose à Cowart, mais quoi ?

– Comment vont vos cours ? lui demanda-t-il.

– J'ai beaucoup appris, dit-il en riant. Tout me semble différent.

– Vous allez demeurer à Newark ?

– Je n'en suis pas trop sûr, je ne me rappelais pas qu'il y faisait aussi froid. Je vais peut-être aller dans le Sud.

– A Pachoula ?

– J'en doute, dit Ferguson après avoir marqué une légère pause. Je ne m'y suis pas senti très à l'aise après ma sortie du couloir. Les gens me regardaient dans la rue, on me montrait du doigt. A chaque fois que j'allais chez un commerçant, il y avait une voiture de police qui m'attendait à la sortie. Même quand j'ai emmené ma grand-mère à l'église, il y en a qui se sont retournés sur moi. Ce n'est pas facile, monsieur Cowart. Mais la Floride est un grand État. Tenez, l'autre jour, une église d'Ocala m'a demandé de venir parler de mon expérience. Ce n'était pas la première fois. Pour beaucoup de gens, je ne suis pas un pestiféré. Il n'y a qu'à Pachoula qu'on pense ça. Et ça ne changera pas tant que ce Tanny Brown sera là.

– On reste en contact ?

– Bien sûr.

Fin janvier, soit près d'un an après avoir reçu la lettre de Robert Earl Ferguson, Matthew Cowart fut récompensé par l'Association de la Presse de Floride pour ses articles. Il fut également honoré par la Penney-Missouri School of Journalism et reçut l'Ernie Pyle Award de la part de Scripps-Howard.

Au même moment, la cour suprême de l'État de Floride confirmait le jugement et la condamnation de Blair Sullivan.

Une fois de plus, il fut appelé en PCV.

– Cowart ? C'est vous ?

– Oui, monsieur Sullivan.

– Vous êtes au courant de la décision du tribunal ?

– Oui. Qu'est-ce que vous allez faire ? Vous devriez parler à un avocat. Pourquoi ne pas choisir Roy Black par exemple ?

– Monsieur Cowart, vous croyez que je suis un homme qui n'a pas de conviction ? fit-il en riant. Allez, c'était une blague. Que je n'ai pas de conscience ? Très drôle, hein ? Qu'est-ce qui pousse à croire que je ne m'en tiendrai pas à ce que j'ai dit ?

– Je n'en sais rien. Peut-être parce que je pense que la vie vaut le coup d'être vécue.

– Vous n'avez pas eu ma vie.

– C'est vrai.

– Et vous n'aurez pas mon avenir. Vous pensez sûrement que j'en ai pas lourd, hein ? Vous allez être étonné...

– J'attends.

– Vous voulez que je vous dise quelque chose, monsieur Cowart ? Le plus marrant, c'est que je prends un super-pied.

– Tant mieux pour vous.

– Ce n'est pas tout. On va avoir l'occasion de causer ensemble un de ces jours. Quand ça se rapprochera.

– On vous a donné des précisions ?

– Non. Je me demande ce que fout le gouverneur.

– Vous désirez vraiment mourir, monsieur Sullivan ?

– J'ai des projets, monsieur Cowart. De grands projets. La mort n'en est qu'une petite partie. Je vous rappellerai.

Il raccrocha et Matthew Cowart se prit à frissonner. Il avait eu l'impression de converser avec un cadavre.

Le 1er avril, Matthew Cowart reçut le prix Pulitzer.

Il avait passé l'après-midi à assister à une conférence sur les problèmes de l'eau. Quand il entra dans la salle de presse, tout le personnel se leva pour l'acclamer. Un photographe l'immortalisa, une coupe de champagne à la main, devant l'écran où était inscrit son nom. Tous les patrons de la rédaction le félicitèrent. Le téléphone n'arrêta pas de sonner. Il y eut Roy Black, puis Robert Earl Ferguson, qui ne lui parla que quelques instants. Tanny Brown l'appela aussi et dit d'un air mystérieux : « Eh bien, au moins quelqu'un aura tiré quelque chose de tout ça. »

Son ex-femme lui téléphona également. « Je savais que tu y arriverais », dit-elle. Un bébé pleurait. Sa fille poussa des cris de plaisir quand il lui parla, elle ne comprenait pas trop ce qui lui arrivait, mais peu importe. Il fut interviewé par trois chaînes de télévision locale et un agent littéraire le contacta pour lui demander si cela l'intéressait d'écrire un livre. Le producteur qui avait acheté les droits de la biographie de Robert Earl Ferguson parvint à franchir le barrage du standard.

– Monsieur Cowart ? Ici Jeffrey Maynard pour Instacom Productions. Nous avons hâte de réaliser un film d'après vos enquêtes.

Le producteur paraissait agité, comme si chaque seconde lui faisait perdre des poignées de dollars.

– Désolé, monsieur Maynard, mais je...

– Ne dites pas tout de suite non, monsieur Cowart. Je pourrais venir à Miami pour que l'on discute un peu. Ou plutôt, j'ai une meilleure idée, c'est vous qui allez venir, à nos frais bien entendu...

– Je ne crois pas...

– Je vais être franc avec vous, monsieur Cowart. Nous avons parlé de ce projet avec tous les responsables de la société et nous cherchons vraiment à acquérir l'autorisation de toute personne concernée. Nous disposons de sommes considérables et ce serait peut-être pour vous l'occasion de quitter votre métier de journaliste.

– Je ne veux pas changer de métier.

– Je croyais que tous les reporters en rêvaient.

– Eh bien, vous vous trompiez.

– Malgré tout, j'aimerais bien vous rencontrer.

– J'y penserai.

– Vous me recontacterez ?

– Bien sûr.

Cowart raccrocha sans la moindre intention de le rappeler.

Une fois la petite fête terminée, il retrouva son appartement, solitaire, et il repensa à Vernon Hawkins, qui ne vivait que pour ses souvenirs et sa toux persistante. L'inspecteur hantait sa mémoire. Il aurait aimé que son ami fût le premier à le féliciter, à lui proposer une coupe de champagne. Il essayait d'imaginer la scène, mais elle disparaissait bien vite, et tout ce qu'il voyait, c'était Vernon dans son lit d'hôpital, sous sa tente à oxygène.

– Matty, c'est quoi la dixième loi de la rue ?

– Je n'en sais rien, Vernon. Tenez-vous tranquille, pour l'amour du ciel !

– La dixième loi, c'est que les choses ne sont jamais telles qu'elles se présentent.

– Vernon, qu'est-ce que cela veut dire ?

– Ça veut dire que je perds la tête. Allez me chercher cette infirmière, non, pas la vieille, la petite jeune avec les gros nichons. Dites-lui qu'il me faut une piqûre. N'importe quoi, du moment qu'elle me frotte mon vieux cul avec un tampon d'alcool.

Il avait appelé l'infirmière et vu le vieil homme avoir sa piqûre avant de s'endormir, satisfait.

J'ai gagné, Vernon, j'ai gagné, se répétait-il. Il contempla la première édition du journal qu'il avait apportée avec lui, le gros titre et la photo : UN COLLABORATEUR DU *JOURNAL* REMPORTE LE PULITZER POUR SES ARTICLES SUR LE COULOIR DE LA MORT.

Il passa la majeure partie de la nuit à admirer le ciel, laissant parfois le doute l'assaillir jusqu'à ce que le plaisir prît définitivement le dessus.

Deux semaines plus tard, alors que Matthew Cowart flottait toujours sur son petit nuage, une nouvelle tomba sur les télé-scripteurs.

Le gouverneur avait signé l'ordre d'exécution de Blair Sullivan. Le châtiment suprême devait avoir lieu à minuit précis, sept jours après la signature de cet arrêté. Certes, Sullivan pouvait encore reculer l'ultimatum en faisant appel ; le gouverneur en était conscient, mais le détenu ne réagit pas.

Un jour passa. Puis un deuxième, un troisième et un quatrième. Au matin du cinquième jour, le téléphone de Cowart sonna.

C'était le sergent Rogers, à la prison.

– Cowart ? C'est bien vous ?

– Oui, sergent. J'attendais de vos nouvelles.

– Ça se rapproche, on dirait ?

C'était une question qui ne nécessitait pas vraiment de réponse.

– Et Sullivan ?

– Je n'ai jamais rien vu de pareil. D'ordinaire, l'endroit est bourré de prêtres, de journalistes, de flics, de représentants du gouvernement ou du ministère de la Justice qui ne parlent que de ça. On ne doit pas être seul quand on passe à la chaise, c'est ce qu'on dit en tout cas. Eh bien, pas là. Sully reste seul.

– Il va faire appel, demander sa grâce?

– Il dit que non.

– Qu'est-ce que vous en pensez?

– C'est un homme de parole.

– Et les autres, qu'est-ce qu'ils en disent?

– Tout le monde croit qu'il va craquer, le dernier jour peut-être, et qu'il va encore tirer dix ans ici. Il y a même des paris là-dessus et on donne une demande en appel à cinq contre un. Le gouverneur est persuadé qu'il va lâcher.

– Seigneur! Et où en sont les préparatifs?

– La chaise est au point, on l'a essayée ce matin. Elle vous rectifierait en un instant, pas de doute là-dessus. Il passera en cellule isolée vingt-quatre heures avant. Il pourra commander ce qu'il aime, c'est la tradition. On ne lui coupera les cheveux qu'au dernier moment. Ce qui m'inquiète, c'est l'attitude des autres détenus, je ne sais pas comment ils vont réagir.

– Sully a parlé à quelqu'un?

– Non, et c'est bien pour cela que je vous appelle.

– Quoi?

– Il veut vous voir. En personne. Aussitôt que possible.

– Moi?

– Oui, il veut que vous partagiez son cauchemar. Il vous a inscrit sur la liste des témoins.

– Qu'est-ce que c'est que ça?

– A votre avis? Les invités de l'État et de M. Blair Sullivan pour sa petite représentation d'adieu.

– Mon Dieu, il veut que j'assiste à son exécution?

– Tout juste.

– Mais je ne sais pas si...

– Vous n'avez qu'à lui en parler vous-même. C'est bien beau de discuter comme ça au téléphone, mais vous feriez mieux de sauter dans le premier avion et d'être là cet après-midi.

Il pleuvait en cette fin d'après-midi quand il arriva à la prison dans sa voiture de location. Le sergent Rogers l'accueillit dans les locaux de l'administration. Ils se serrèrent la main comme de vieux collaborateurs et se mirent à bavarder.

– Il n'y a pas de manifestants? dit Cowart.

– Il pleut trop, mais la météo prévoit une éclaircie, on devrait les voir se pointer.

– Des gens sont venus le voir?

– Il y a des avocats avec des papiers tout prêts à être signés, mais il ne veut entendre parler que de vous. Les inspecteurs de Pachoula sont arrivés hier, mais il ne les a pas reçus. Plus des membres du FBI d'Orlando et de Gainesville, ils auraient bien aimé avoir des détails sur quelques meurtres qu'ils n'ont pas encore réussi à élucider. A eux non plus, il n'a pas voulu parler. Il n'a que vous en tête.

– Dans ce cas-là, allons-y.

Le sergent Rogers fouilla les affaires de Cowart avant de le faire passer sous les portiques détecteurs de métaux et de l'entraîner dans les méandres de la prison.

Sullivan attendait dans sa cellule. Le sergent tira une chaise à l'extérieur et fit signe à Cowart de s'asseoir.

– J'ai besoin de discrétion, grommela Sullivan.

Cowart était installé juste sous une ampoule électrique qui lui chauffait le crâne. Dans sa cellule, Sullivan faisait les cent pas; il avait les épaules voûtées et se tordait les mains.

» J'ai besoin de discrétion, répéta-t-il.

– Sully, vous pouvez parler librement, vous savez bien qu'il n'y a personne à côté.

Le détenu eut un sourire qui illumina son visage.

– Ils ont tout pour que ça ressemble à une tombe, dit-il à Matthew Cowart quand le sergent s'éloigna. Tranquille et silencieux pour qu'on s'habitue à l'idée de vivre dans un cercueil.

Sur ce, il se jeta sur les barreaux qu'il secoua frénétiquement.

» Comme un cercueil! hurla-t-il en éclatant de rire. (Puis il se reprit :) Alors, Cowart, ça roule pour vous?

– Ça va. En quoi puis-je vous aider?

– Ne soyez pas pressé. Dites-moi plutôt comment va notre vieil ami Bobby Earl?

– Quand on m'a décerné le Pulitzer, il m'a appelé pour me féliciter, mais je ne lui ai pas vraiment parlé. Je crois qu'il a repris ses études.

– Ah ouais? Il m'a pas paru particulièrement studieux. Enfin, on sait jamais. Il se pourrait que la fac lui propose des attractions originales.

– Qu'est-ce que vous voulez dire?

– Rien, je me comprends. Et vous me comprendrez aussi.

Blair Sullivan rejeta la tête en arrière et frissonna.

» Cowart, vous trouvez qu'il fait froid ici?

– Non, pas spécialement, pourquoi?

– C'est une blague. Vous vous rendez compte que je ne sens plus rien, ni le chaud ni le froid? Le jour, la nuit, c'est la même chose. Je suis comme un petit enfant. Ça doit être ça, la mort, on régresse gentiment.

Il alla boire au robinet de l'évier placé dans un coin de la cellule.

» Je suppose que ça doit donner drôlement soif quand on reçoit d'un coup deux mille cinq cents volts, non ?

Cowart se sentait vraiment très mal à l'aise.

– Vous allez demander votre grâce ?

– A votre avis ? ricana Sullivan.

– Je ne sais pas.

– Il faudrait que vous compreniez quelque chose, Cowart, en ce moment même, je me sens plus vivant que jamais.

– Pourquoi désiriez-vous me voir ?

– Dernières volontés et testament. Ultimes paroles. Mots historiques. Ça vous va comme ça ?

– Comme vous voudrez.

Sullivan donna un coup de poing dans le vide.

– Est-ce que je vous ai dit que je pouvais atteindre qui je veux ? Que ces barreaux ne représentaient rien pour moi ? Est-ce que je vous ai dit que je ne craignais pas la mort et que je l'accueillais volontiers ? Je crois qu'un petit coin spécial m'est réservé en enfer, Cowart, et vous allez m'aider à m'y installer.

– Comment cela ?

– Vous allez me rendre un service.

– Et si je ne suis pas d'accord ?

– Vous le serez. Vous n'avez pas faire le choix d'ailleurs.

Cowart hocha la tête en se demandant ce qu'il allait bien devoir accepter.

» Voilà, monsieur Pulitzer, je veux que vous alliez quelque part et que vous me fassiez un petit reportage à votre façon. C'est une petite maison et vous frapperez à la porte. S'il n'y a pas de réponse, entrez quand même. Tant pis si la porte est fermée à clef. Personne ne doit vous empêcher d'entrer, c'est compris ? Débrouillez-vous comme vous voulez, je m'en fous, mais entrez ! Ouvrez bien les yeux, pas un seul détail ne doit vous échapper. Vous allez faire une interview...

Blair Sullivan ne put s'empêcher d'éclater de rire en prononçant ce mot.

» Ensuite, vous reviendrez me dire ce que vous avez vu et je vous raconterai une histoire passionnante. Celle de l'héritage de Blair Sullivan.

Le tueur se cacha la figure dans les mains avant de lisser ses cheveux en arrière. Il affichait un large sourire.

» Cette histoire vous apprendra vraiment beaucoup de choses, vous verrez.

Cowart hésita. Il se sentit pris au piège de ténèbres soudaines.

» Toujours d'accord, monsieur Cowart? Bon, je veux que vous alliez au numéro 13 – joli chiffre, n'est-ce pas? – Tarpon Drive, à Islamorada.

– Mais c'est dans les Keys! Je viens justement...

– Allez là-bas! Et revenez me voir pour me raconter tout ce que vous avez vu. Et n'oubliez rien!

Cowart observa le détenu comme s'il hésitait encore. Puis ses doutes se dissipèrent et il se leva.

» Allez, Cowart, foncez, il ne nous reste plus beaucoup de temps.

Sullivan s'assit sur son lit. Il détourna la tête et se mit à hurler :

» Sergent Rogers! Virez-moi ce type tout de suite!

Puis il reposa les yeux sur Cowart.

» A demain. Ce sera le sixième jour.

Cowart hocha la tête et s'en alla d'un pas rapide.

Il eut juste le temps d'attraper le dernier avion pour Miami. Il était plus de minuit quand il retrouva son appartement et il s'écroula sur son lit sans même se déshabiller. Il se sentait très mal à l'aise, comme un acteur projeté sur une scène pour y jouer une pièce dont il ne sait strictement rien.

Vers huit heures du matin, il roulait en direction des Upper Keys. Quelques nuages blancs paressaient dans le ciel. Il s'engagea sur la South Dixie Highway, déjà chargée dans l'autre sens. Les buildings de Miami cédèrent la place à des centres commerciaux gigantesques avec leurs parkings, à des concessionnaires automobiles dont les bureaux arboraient des centaines de drapeaux américains. Il put voir une paire de chasseurs de l'armée traverser le ciel à toute allure avant de se positionner pour atterrir sur la base de Homestead.

Quelques kilomètres plus loin, il franchit le pont de Card Sound et traversa les mangroves et les étangs. Il vit un nid de cigogne en haut d'un poteau télégraphique; un grand oiseau blanc prit son essor et s'envola devant lui. Un monde liquide et verdâtre l'entourait de toute part.

Puis il se retrouva sur la route jetée entre les différentes îles qui constituent les Keys. La matinée était déjà bien entamée quand il arriva à Islamorada et trouva Tarpon Drive.

La rue se situait à l'extrémité méridionale de l'île, à un bon kilomètre cinq cents de l'océan. Le terme de rue n'était pas très approprié, il s'agissait plutôt d'une sorte de route sinueuse bordée de remorques de camions, de bus Volkswagen peints de couleurs psychédéliques et de cabanes en préfabriqué. Une femme en jean moulant regarda Cowart passer tout en tirant sur sa cigarette. Devant une maison, une barque reposait sur des cales. Des éclats de voix fusaient d'une caravane. Un peu partout se dressaient des antennes de télévision à demi tordues. Cowart savait qu'il entrait dans un monde d'espérances perdues et de pauvreté sans appel.

Vers le milieu de la rue, il y avait une église en planches entourée d'une clôture en fil de fer barbelé. Un grand panneau était planté dans la cour : PREMIÈRE ÉGLISE BAPTISTE DES KEYS – SOYEZ LES BIENVENUS – ENTREZ ET VOUS SEREZ SAUVÉS. Le portail ne tenait plus sur ses gonds, les marches en bois du porche étaient à moitié effondrées.

Il cherchait le numéro 13.

La maison se tenait à une trentaine de mètres en retrait de la route à l'abri d'un arbre chétif. C'était un petit bâtiment en préfabriqué avec des fenêtres à l'ancienne. Les volets perdaient leur peinture. Un grand crucifix était apposé sur la porte. Il n'y avait pas vraiment de végétation dans la cour, rien que de la poussière et des cailloux. Cowart s'approcha de la porte et vit que l'on y avait gravé les mots JÉSUS VIT DANS NOTRE CŒUR.

Un chien aboyait dans le lointain. L'arbre frémit doucement sous l'effet de la brise.

Il frappa à la porte. Une fois, deux fois. Encore une troisième. Personne.

– Ohé! il y a quelqu'un? cria-t-il.

Le silence. Il frappa à nouveau. Merde.

Cowart recula de quelques pas. Il ne vit pas de voiture, aucun signe de vie.

» Il y a quelqu'un? lança-t-il à nouveau.

Il ne savait vraiment pas quoi faire.

Il revint dans la rue et regarda autour de lui. Un bruit attira son attention, celui du moteur d'une Jeep blanche conduite par un facteur. Il s'arrêtait de temps à autre pour déposer du courrier ou des paquets. Il semblait se diriger vers le numéro 13.

» Bonjour, lui dit Cowart, ça va?

L'homme avait une queue de cheval, des lunettes noires et de grosses moustaches tombantes.

– Ça peut aller, fit-il en triant son courrier.

– Qui habite là? lui demanda Cowart.

– Vous êtes qui pour demander ça?

– Je m'appelle Cowart, je travaille au *Journal*.

– Je lis votre canard, fit le postier. Enfin, surtout la page des sports.

– Vous allez peut-être pouvoir m'aider. Je cherche les gens qui habitent ici, mais ça ne répond pas.

– Ah bon? Je ne les ai jamais vus aller nulle part.
– Qui ça?
– M. et Mme Calhoun. Dot et Fred. Ils passent leur temps à lire la Bible et à attendre le jugement dernier ou le nouveau catalogue de vente par correspondance. Entre nous, ils ont plus de chances de ce côté-là.
– Ils habitent là depuis longtemps?
– Peut-être bien six ou sept ans, plus même. Ça fait que sept ans que je suis ici.
Cowart était un peu perdu, mais il enchaîna très vite.
– Ils reçoivent du courrier de Starke? De la prison d'État?
– Oui, fit le facteur en posant son sac, une fois par mois environ.
– Vous avez entendu parler de Blair Sullivan?
– Bien sûr, fit le facteur, même qu'il va passer à la chaise. Je l'ai lu l'autre jour dans votre journal. Ça a rapport avec lui?
– Peut-être, je ne sais pas, répondit Cowart tandis que le facteur ouvrait la boîte aux lettres.
– Oh là!...
– Qu'est-ce qu'il y a?
– Ils n'ont pas pris leur courrier. J'aime pas ça. Les vieux prennent toujours leur courrier, sauf quand ils ont un pépin. J'ai travaillé à Miami Beach quand j'étais plus jeune, on savait toujours à quoi s'attendre quand le courrier était pas pris.
– Cela fait plusieurs jours?
– Quelques-uns, oui. Merde, ça me plaît pas du tout.
Cowart s'approcha à nouveau de la maison et regarda par la fenêtre. Il vit un mobilier bon marché, agencé avec simplicité; au mur, il y avait un chromo représentant Jésus, la tête entourée de rayons dorés.
» Vous voyez quelque chose? lui demanda le facteur, qui tentait de regarder par une autre fenêtre.
– Une chambre vide, c'est tout.
Les deux hommes reculèrent.
– Monsieur et madame Calhoun? Ohé! s'écrièrent-ils.
Ils n'obtinrent pas plus de réponse. Cowart posa la main sur la poignée de la porte, qui céda. Les deux hommes échangèrent un regard. Cowart poussa la porte et entra.
L'odeur l'assaillit immédiatement.
Le facteur grogna et posa la main sur son épaule.
– Je sais ce que c'est, dit-il. J'ai connu ça au Viêt Nam. Ça ne s'oublie pas. Écoutez...
L'odeur prenait Cowart à la gorge. Il en aurait vomi. Il distingua une sorte de bourdonnement sonore.

Le facteur recula.
» Je vais appeler les flics.
– Attendez, je veux voir.
– Je crois pas que ça soit la peine.
Cowart secoua la tête. L'odeur et le bruit l'attiraient vers un endroit précis de la maison. Il jeta un coup d'œil en arrière et constata que le facteur était parti chercher de l'aide chez des voisins. Cowart avança lentement, s'imprégnant de chaque détail du décor, les tapis élimés, les objets religieux. Il était au bord de la nausée quand il entra dans la cuisine.
L'homme et la femme s'y trouvaient.
Ils avaient été attachés à des chaises, de part et d'autre d'une table recouverte d'une toile cirée pour le petit déjeuner. Leurs bras étaient violemment tirés en arrière. La femme était nue, l'homme habillé. Ils étaient assis l'un en face de l'autre, comme s'ils se préparaient à déjeuner.
Ils avaient la gorge tranchée.
Une mare de sang noirâtre s'étalait à leurs pieds. Les mouches grouillaient sur leurs visages, dans leurs cheveux emmêlés. Ils avaient la tête rejetée en arrière et leurs yeux sans vie contemplaient le plafond.
Au centre de la table était ouverte une bible.
Choqué, terrifié, l'estomac retourné, Cowart luttait pour ne pas s'évanouir. La chaleur était insupportable, le bourdonnement des mouches lui emplissait les oreilles. Il fit un pas en avant et tenta de lire les mots que souillait une traînée de sang.

Et s'il en est certains, qui ont laissé un nom derrière eux afin que leurs louanges puissent être chantées, il en est d'autres qui n'ont point de monument; qui ont péri comme s'ils n'avaient jamais été; et qui sont devenus tels qu'on ne les eût dit jamais nés, et leurs enfants après eux.

Il recula, horrifié. Ses yeux se posèrent sur une petite porte donnant sur la cour. Le loquet et la chaîne avaient été forcés, le bois arraché. Son regard revint malgré lui sur le couple assassiné. Les seins flasques de la femme étaient zébrés de sang noir. Il se précipita vers la porte pour respirer, enfin. Il inspira profondément, penché vers le sol, les mains sur les genoux et vit le facteur qui revenait en courant. Cowart crut qu'il allait se trouver mal et se laissa tomber sur les marches.
– Est-ce qu'ils sont... commença le facteur.
Cowart fit signe que oui.
» Seigneur, c'est vraiment moche ?

Il fit oui de la tête à nouveau.

» Les flics vont arriver.

– Ils ont été tués, dit doucement Cowart.

– Seigneur, mais pourquoi ?

Cowart ne répondit pas, se contentant de secouer la tête, mais son esprit allait bon train.

Je sais, se dit-il, je sais.

Je sais qui ils sont et pourquoi ils sont morts.

Ce sont les gens que Blair Sullivan aurait adoré tuer, il le lui avait dit. Il l'avait toujours désiré et il y était enfin parvenu malgré les murs et les barreaux de la prison. Oui, il avait promis de le faire.

Mais comment s'y était-il pris ? Matthew Cowart était bien incapable de répondre à cette question.

10

Un accord signé sur la route de l'enfer

La matinée touchait à sa fin quand Cowart put enfin revenir à la prison. C'était le septième jour. Le temps avait été pris au piège, immobilisé, par l'enquête autour du double meurtre. Le facteur et lui avaient patiemment attendu l'arrivée d'un véhicule de patrouille.

Ils n'avaient échangé que peu de mots. La voiture vert et blanc était finalement arrivée par Tarpon Drive et un policier en était descendu, seul.

– Qui a appelé ? Il était très jeune, avec des muscles d'haltérophile et des lunettes de pilote qui lui dissimulaient les yeux.

– C'est moi, fit le facteur, mais c'est lui qui a tout vu.

Du pouce, il désigna Cowart.

– Vous vous appelez ?

– Cowart, je travaille au *Journal* de Miami, répondit ce dernier avec une certaine tristesse.

– Alors, on a droit à quoi ?

– Deux morts. Assassinés.

– Comment le savez-vous ? lui demanda le policier avec une certaine vivacité.

– Allez-y voir par vous-même.

– Ne bougez pas de là, vous deux.

Il entra dans la maison.

– Pour qui il se prend, celui-là ? fit le facteur. Je suis sûr que j'en ai vu plus que lui. Hé ! lui cria-t-il, faites comme au cinoche, ne touchez à rien !

– Je le sais, rétorqua le jeune policier depuis la maison. Seigneur !

– Je crois qu'il vient d'avoir le premier grand choc de sa carrière, dit Cowart.

– Il devait s'imaginer qu'il n'aurait qu'à coffrer les chauffards, surenchérit le facteur.

Un nouveau cri retentit à l'intérieur de la maison, puis le policier ressortit en courant avant de se mettre à vomir dans la cour.

– Je vous ai dit que c'était moche... fit Cowart en lui tendant un mouchoir.

– Mon Dieu... qui sont ces pauvres gens? Pourquoi?

– Qui? Ce sont la mère et le beau-père de Blair Sullivan, dit Cowart. Pourquoi? La réponse est un peu trop compliquée. Vous ne croyez pas que vous devriez appeler vos supérieurs?

– Sans blague? fit le policier en secouant la tête. Sullivan? Mais il doit passer à la chaise, non?

– Tout juste.

– Mais au fait, pourquoi vous êtes ici?

Voilà enfin une bonne question, se dit Cowart.

– Je suis à la recherche d'un sujet pour mon prochain article.

– Je crois que vous l'avez trouvé, grommela le facteur.

Cowart se tint à l'écart pendant que les techniciens et les experts en criminalistique étudiaient le lieu du crime. Il sentait le temps lui glisser entre les doigts. Il avait réussi à appeler le bureau et à informer son rédacteur en chef de sa découverte. Malgré sa grande habitude des mœurs en Floride, ce dernier avait été fortement ébranlé.

– A votre avis, qu'est-ce que va faire le gouverneur? demanda le rédacteur. Il va retarder l'exécution?

– Je ne sais pas. Vous avez une idée?

– Pas trop, non. Ce qu'il faudrait, c'est que vous retourniez à Starke le plus vite possible pour causer avec ce fils de pute.

– Je ne demande pas mieux.

Mais il lui fallait rester. La patience est nécessaire quand on passe au crible la scène d'un meurtre. De petits détails prennent une importance extrême. Et les experts s'en donnaient à cœur joie.

Cowart rongeait son frein et ne cessait de penser à Sullivan qui l'attendait, dans sa cellule. C'est seulement en fin d'après-midi qu'il fut contacté par deux inspecteurs du comté de Monroe. Le premier était un homme d'âge mûr au complet brun maculé de traînées de sueur. Son partenaire était une femme bien plus jeune, aux cheveux blondasses et aux manières un peu viriles. Cowart remarqua un pistolet semi-automatique dans un holster d'épaule. Les deux inspecteurs avaient des lunettes de soleil, mais la femme ôta les siennes en avançant vers Cowart. Elle avait les yeux gris.

– Monsieur Cowart ? Je m'appelle Andrea Shaeffer. Je suis de la criminelle. Voici mon associé, Michael Weiss. Nous sommes chargés de l'enquête. Nous aimerions prendre votre déclaration.

Elle sortit un petit bloc et un crayon.

Cowart prit son carnet et la femme ne put s'empêcher de sourire.

» Le vôtre est plus gros que le mien, dit-elle.

– Qu'est-ce que vous pouvez me dire à propos du lieu du crime ? demanda Cowart.

– C'est le journaliste qui parle ?

– Bien sûr.

– Si vous répondiez d'abord à nos questions ?

– Monsieur Cowart, intervint Michael Weiss, c'est une enquête criminelle. Nous n'avons pas l'habitude de voir des membres de la presse nous donner des renseignements. C'est plutôt le contraire. Dites-nous plutôt comment vous êtes arrivé ici et comment vous avez découvert les deux cadavres.

– Ils sont morts depuis plusieurs jours, dit Cowart.

– Visiblement, mais vous vous êtes pointé ce matin. Comment cela se fait-il ?

– Blair Sullivan m'a dit de venir ici. Hier. De sa cellule du couloir de la mort.

La femme écrivit tout en secouant la tête.

– Je ne comprends pas, il savait donc...

– Je ne sais pas ce qu'il sait, mais il a insisté pour que je vienne.

– Comment s'y est-il pris ?

– Il m'a demandé de faire l'interview des gens qui vivaient dans cette maison. C'est ensuite que j'ai compris qui ils étaient. Je suis supposé retourner le plus vite possible à la prison.

– Vous savez qui a tué ces gens ? demanda-t-elle.

Il hésita.

– Non.

Pas encore, tout au moins.

– Selon vous, Blair Sullivan le sait ?

– C'est possible.

– Monsieur Cowart, soupira Andrea Shaeffer, vous vous rendez bien compte que tout ceci est plutôt inhabituel. Cela nous aiderait si vous étiez un peu plus loquace.

Cowart sentit le regard de l'inspecteur Shaeffer le transpercer comme pour l'aider à faire fonctionner sa mémoire. Il était assez mal à l'aise.

– Il faut que je retourne à Starke, dit-il. Ensuite, je pourrai peut-être vous aider.

– Je crois que l'un de nous devrait vous accompagner. Peut-être même les deux.

– Il refusera de vous parler.

– Ah oui ? Pourquoi ?

– Il n'aime pas les policiers, voyez-vous.

Il n'avait quitté Tarpon Drive qu'en fin d'après-midi. Il était rentré tout droit à Miami et avait foncé au bureau pour écrire un article à sensation tandis que les deux inspecteurs du comté de Monroe l'attendaient dans une pièce voisine. Ils n'avaient pas réussi à prendre le dernier avion et avaient passé la nuit dans un motel. Ils s'étaient envolés dès le lendemain matin et le suivaient maintenant dans une voiture louée.

Le parvis de la prison avait changé depuis vingt-quatre heures. Deux douzaines de camionnettes d'équipes de télévision étaient stationnées sur le parking ; la plupart étaient hérissées d'antennes émettrices. Les techniciens bavardaient en mangeant des sandwiches. Leur matériel était fin prêt. Journalistes de presse et photographes étaient cantonnés un peu plus loin. Comme prévu, la route était bloquée par les manifestants de toute opinion, qui ne cessaient de klaxonner et de hurler des slogans.

Cowart se gara et tenta d'entrer discrètement dans la prison. Il fut immédiatement repéré par ses confrères. Les deux inspecteurs se frayèrent également un chemin vers la prison.

Cowart leva la main.

– Pas maintenant, je vous en prie.

– Matt, lui cria un journaliste de la télévision de Miami qui le connaissait, Sullivan va te rencontrer ? Il va te donner des explications, au moins.

Il s'abrita les yeux des projecteurs.

– Je n'en sais rien, Tom. On va voir ça.

– Est-ce qu'il y a des suspects ? insista le reporter.

– Je l'ignore.

– Sullivan, il va te parler de ça ?

– Écoute, laisse-moi...

– Et toi, qu'est-ce que tu lui as dit ?

Cowart avait du mal à se débarrasser de la foule. Le sergent Rogers l'attendait devant les portes de la prison. Il réussit à le rejoindre. Les deux inspecteurs s'étaient faufilés avant lui en évitant soigneusement les caméras.

– Vous devez être Weiss et Shaeffer, dit le sergent en riant et en leur serrant la main. Vous pourrez attendre dans ce bureau.

– Quoi ? fit Weiss. On est là pour voir Sullivan.

Le sergent prit Cowart par le bras et l'entraîna dans les couloirs. Il secouait la tête.

– Il ne voudra pas vous recevoir.

– Mais, sergent, fit Shaeffer, il s'agit d'une enquête criminelle.

– Je le sais, répliqua le sergent.

– C'est pour ça qu'on veut voir Sullivan sur-le-champ, insista Weiss.

– Ce n'est pas si facile que ça, inspecteur. Ce type a officiellement... (Il consulta une horloge murale) ... Neuf heures et quarante-deux minutes à vivre. S'il ne veut voir personne, je ne peux quand même pas le forcer, non ?

– Mais...

– Il n'y a pas de mais.

– Il va tout de même recevoir Cowart, dit Shaeffer.

– Exact, mais excusez-moi, mademoiselle, je n'ai pas la prétention de comprendre ce que M. Sullivan a en tête. Si vous avez une réclamation à faire, adressez-vous au bureau du gouverneur, il retardera peut-être l'échéance. Quant à nous, nous avons du travail. Nous, ça veut dire moi, M. Cowart, son carnet et son magnéto.

La femme se tourna vers son partenaire.

– On va contacter les services du gouverneur, on saura bien ce qu'il pense de tout ça. (Puis elle s'adressa au journaliste.) Monsieur Cowart, je sais que vous faites votre boulot, mais pouvez-vous lui demander s'il nous recevra ?

– Je le lui demanderai.

– D'autre part, comme vous avez une petite idée de ce que l'on aimerait savoir, essayez de le lui demander pour nous. (Elle ouvrit son sac et lui tendit quelques cassettes.) Je reste dans les environs. Nous nous reverrons.

– C'est d'accord.

– C'est toujours aussi bizarre ? dit-elle au sergent.

– Non, mademoiselle, heureusement. (Il regarda l'horloge murale.) On parle beaucoup ici, mais on agit peu et le temps passe.

Cowart et le sergent s'engagèrent dans les couloirs de la prison. Leurs semelles claquaient sur le linoléum impeccable. Rogers avait l'air ennuyé.

– Qu'est-ce qui se passe ?

– Je n'aime pas toute cette agitation, c'est tout. Il faut mettre de l'ordre dans ses affaires quand on va mourir.

– C'est pourtant ce qu'il avait souhaité, non ?

– Oh! oui!
– Où allons-nous?
Le journaliste se trouvait dans une aile de la prison qu'il ne connaissait pas.
– Sully est en cellule d'isolement. Juste à côté de la chaise. Il y a aussi un bureau avec des téléphones. Si l'exécution est ajournée, on le saura tout de suite.
– Comment va-t-il?
– Tenez, voyez par vous-même.
Il lui désigna une cellule extrêmement austère. Une chaise était placée à l'extérieur des barreaux. Cowart s'approcha, seul, et vit Sullivan allongé sur une banquette métallique. Il regardait la télévision. Ses cheveux avaient été rasés, son visage était semblable à un masque mortuaire. Il était entouré de petits cartons pleins d'objets – ses effets personnels, qu'on lui avait apportés de sa précédente cellule. Le détenu se retourna subitement, fit un geste en direction de la chaise et s'assit. Il tenait une bible à la main.
– Alors, Cowart, vous en avez mis du temps.
Il alluma une cigarette et toussa.
– Il y a deux inspecteurs du comté de Monroe, monsieur Sullivan. Ils veulent vous voir.
– Qu'ils aillent se faire enculer.
– Ils veulent vous poser des questions à propos de la mort de votre mère et de votre beau-père.
– Vraiment? Qu'ils aillent se faire enculer.
– Ils veulent que je vous demande de les recevoir.
– Ah, fit-il en riant, voilà qui fait la différence! Qu'ils aillent se faire enculer, je vous l'ai déjà dit!
Sullivan se leva brusquement et empoigna les barreaux avant d'y plaquer son visage.
» Hé! hurla-t-il. Quelle heure est-il? Je veux le savoir! Il n'y a personne?
– Nous avons tout notre temps, dit Cowart.
– Bien sûr, bien sûr, grinça le détenu avant de fermer les yeux et de prendre son souffle. Vous voulez que je vous dise quelque chose, Cowart? D'une seconde à l'autre, je sens les muscles autour de mon cœur qui se resserrent un peu plus.
– Vous pourriez appeler un avocat.
– Merde, on a des cartes en main et il faut les jouer.
– Vous n'allez pas...
– Non. Le problème est réglé. Oh! bien sûr, j'ai un peu la trouille, mais merde! Je sais ce que c'est que la mort, moi, monsieur. C'est même une des choses que je connais le mieux.

Blair Sullivan arpenta sa cellule un moment avant de reprendre place sur la couchette métallique. Soudain, il parut se détendre, se frotta les mains et se mit à sourire.

» Parlez-moi de votre interview, dit-il en riant. Je veux tout savoir. (Il désigna la télévision.) Ils n'ont pas donné tous les détails, rien que des saloperies de généralités sans intérêt. Vous allez tout me dire.

– Tous les détails ?

– Oui. N'oubliez rien. Brossez-moi la scène telle que vous l'avez découverte, comme on dit.

Cowart prit une profonde inspiration. Je deviens aussi dingue que lui, pensa-t-il, mais tant pis.

– Ils étaient dans la cuisine. Ils avaient été ligotés...

– Super. Ligotés, vous voulez dire ficelés comme des saucissons ?

– Non, ils avaient les bras dans le dos, comme ça...

Il lui fit une démonstration.

– Parfait, continuez.

– Ils avaient la gorge tranchée.

Sullivan acquiesça.

» Il y avait du sang partout. Votre mère était nue. Ils avaient la tête rejetée en arrière, comme ceci...

– Oui, allez-y. Ils ont été violés ?

– Je n'en sais rien. Il y avait des mouches partout.

– J'adore ça. Elles faisaient du bruit, beaucoup de bruit ?

– Oui.

Cowart s'entendit répondre et il eut l'impression que c'était un autre lui-même qui parlait.

– Ils ont souffert ? demanda le condamné.

– Comme le saurais-je ?

– Allons, Cowart, ils avaient l'air de s'être vus mourir ?

– Oui. Ils étaient ligotés à leurs chaises. Ils ont dû assister à l'exécution l'un de l'autre, s'il y avait deux assassins...

– Non, il n'y en avait qu'un, dit doucement Sullivan en se frottant les bras. Ils étaient sur leurs chaises, alors ?

– Oui. Attachés.

– Comme moi, quoi.

– Hein ?

– Oui, attachés sur une chaise avant d'être exécutés.

Il rit.

Cowart était en sueur.

– Il y avait une bible.

– ... Il en est d'autres qui n'ont point de monument ; qui ont péri comme s'ils n'avaient jamais été...

– Exactement.

– Eh bien, c'est parfait. Tout s'est passé comme prévu.

Sullivan se leva brusquement et referma les bras autour de son corps comme pour contenir tous les sentiments qui bouillonnaient en lui. Les muscles de ses bras étaient gonflés. Une veine de son front pulsait. Son visage blême s'empourpra. Il serra les poings comme s'il s'agissait de serres. Les dragons de ses avant-bras paraissaient vivants.

» Je vois, se mit-il à hurler, je vois!

Il leva les bras vers le ciel, puis les laissa retomber le long de son corps.

» Bien, dit-il enfin, tout est consommé. (Il reprit son souffle avant de se tourner vers Cowart.) On peut maintenant passer au plat de résistance, le fin du fin, vous verrez.

– De quoi parlez-vous?

– Prenez votre carnet. Branchez votre magnéto. Le moment est venu pour vous d'en apprendre beaucoup sur la mort. Je vous l'ai dit. Mon héritage. Les dernières volontés du vieux Sully, son testament.

Cowart se prépara tandis que Sullivan fumait tranquillement, assis au bord de sa couche.

» Vous êtes prêt, Cowart?

Le journaliste fit signe que oui.

» Bien. Par où vais-je commencer? Oui, c'est ça. A votre avis, Cowart, ils me mettent combien de meurtres sur le dos?

– Officiellement, douze.

– Tout juste, mais nous devons être plus techniques. J'ai été accusé et condamné à mort à cause de ce gentil couple de Miami, la petite mignonne et son copain. Ça, c'est de l'officiel. Je leur ai ensuite avoué une dizaine d'autres personnes, pour être poli en quelque sorte. Les inspecteurs ont tous les détails, je ne vais pas passer une plombe là-dessus. Et puis, il y a la gamine de Pachoula – numéro treize, c'est ça?

– Oui.

– On la laisse de côté pour l'instant. Repartons à douze, d'accord?

– Comme vous voudrez.

Il se mit à rire.

– Eh bien, non, monsieur, ce n'est pas du tout ça.

– Qu'est-ce que vous voulez dire?

– J'ai fait le total, Cowart. L'addition. J'ai repris les chiffres en essayant de trouver un total qui se tenait.

– Combien?

– Trente-neuf personnes, ça vous dirait, Cowart?

Le condamné se balançait légèrement sur sa couche. Il enserra ses genoux et continua de se balancer d'avant en arrière.

» En fait, j'en oublie peut-être un ou deux. C'est le genre de chose qui arrive. Les meurtres, ils finissent par se ressembler...

Cowart ne répliqua pas.

» Commençons par la petite vieille qui habitait la banlieue de La Nouvelle-Orléans. Elle vivait toute seule dans une résidence pour personnes âgées, dans une petite ville du nom de Jefferson. Je l'ai vue un après-midi, elle rentrait seule chez elle, toute gaie, comme si le monde lui appartenait. Je l'ai suivie. Elle habitait dans Lowell Place. Je crois qu'elle s'appelait Eugenia Mae Phillips. Je fais des efforts pour me rappeler tous ces détails, vous savez, parce que ça remonte à cinq ans. C'était en septembre. Après la tombée de la nuit, je suis passé par la porte de secours. Du gâteau. Elle n'avait même pas de porte blindée. Les gens viennent vraiment là pour se faire tuer. Ce genre de maison, c'est le rêve de tous les voleurs, violeurs et assassins du pays. Elle aurait pu avoir un gros chien noir bien vicieux. Même pas. Elle n'avait qu'un perroquet jaune dans sa cage. Je l'ai tué aussi. Voilà. Naturellement, je me suis un peu amusé avec elle. Il fallait la voir, elle avait tellement peur qu'elle n'a même pas crié quand je l'ai étouffée sous son traversin. Je m'en suis payé cinq autres comme elle dans le coin, mais c'est la seule que j'ai tuée, les autres, c'était seulement pour les violer ou leur piquer leur fric. Ensuite, j'ai filé. C'est ça qu'il faut faire, dégager vite fait pour qu'il ne vous arrive rien de mal.

» Oui, Cowart, n'oubliez jamais ça. Bougez sans arrêt, ne prenez pas racine. La police ne peut pas vous avoir. Bien sûr, je me suis fait ramasser pour vagabondage, bris de clôture, ce genre de foutaises, mais rien de plus. J'ai passé quelques nuits en taule. J'ai même fait un mois complet à Dothan, dans l'Alabama. Putain, l'enfer ! Il y avait des cafards et des rats partout, ça puait quelque chose de pas possible. Mais personne n'a su qui j'étais. Pour eux, j'étais un minable...

Il s'arrêta un instant et regarda à travers les barreaux.

» On n'en est plus là aujourd'hui, hein ? Blair Sullivan est devenu quelqu'un d'important, pas vrai ? (Il lança un regard noir au journaliste.) Ce n'est pas vrai ?

– Si.

– Alors dites-le !

– Vous êtes quelqu'un d'important.

Sullivan parut se calmer.

– Eh oui. (Il ferma les yeux un instant.) Bien, on passe à la suite. En passant par Mobile, j'ai tué un gamin dans une boutique. Un hold-up foireux, quoi. Personne ne vous voit entrer, personne ne vous voit ressortir. Plutôt facile. Il m'a un peu supplié. « Prenez l'argent, mais ne me tuez pas, je bosse ici pour me payer des études... » Je l'ai descendu, mais j'ai fait ça très proprement, une balle dans la tête. J'ai piqué deux ou trois cents dollars. J'ai aussi pris des chips et du Coca...

Il s'arrêta et Cowart remarqua que son front se couvrait de sueur.

» Si vous avez des questions, n'hésitez pas.

– J'aimerais plus de détails sur les dates, les villes.

Sullivan réfléchit puis éclata de rire.

– C'est vrai, je devrais avoir un carnet comme vous ! Mais je vais faire travailler ma cervelle.

Sullivan s'adossa au mur et se mit à parler, énonçant avec précision les circonstances de ses crimes, décrivant les lieux, donnant des dates précises. Cowart l'écoutait attentivement, posant parfois une question. L'horreur s'atténua après le récit des premiers meurtres. Toutes ces souffrances n'étaient plus que des mots. Blair Sullivan parlait sans passion des derniers instants de tous ces êtres humains qu'il avait froidement supprimés.

Les heures s'écoulèrent.

Le sergent Rogers apporta le dîner. Le dernier repas traditionnel – un steak accompagné de pommes de terre et une tarte aux pommes. Sullivan n'y toucha pas et continua de parler. Cowart l'écoutait.

Il était un peu plus de onze heures du soir quand le condamné acheva son récit.

– Voilà, ça fait trente-neuf. Pas mal, hein ? C'est peut-être pas le record absolu, mais tout de même. (Il soupira.) Ça me plairait bien de détenir le record. Dites, c'est quoi, Cowart ? Vous avez une petite idée, vous ? Je suis le numéro un ou il y a mieux ? (Il eut un rire étranglé.) En tout cas, si je ne suis pas le premier question chiffre, je suis largement en tête pour ce qui est de... comment diriez-vous, Cowart ? L'originalité ?

– Monsieur Sullivan, nous n'avons plus beaucoup de temps. Si vous pouviez...

Sullivan se redressa, les yeux hagards.

– Vous ne comprenez rien ou quoi ?

– Je voulais seulement savoir...

– Ce que vous voulez n'a aucune importance ! C'est moi qui veux ici !

– D'accord.
Sullivan se détendit. Il respira bien à fond et baissa la voix.
– J'ai encore le temps de vous raconter une histoire, Cowart, avant de quitter ce bas monde aux frais de l'État.
Cowart se sentait épuisé, comme si le condamné lui avait ôté toute sa vigueur.
» Je vais vous dire la vérité à propos de Joanie Shriver. Ça sera mes dernières paroles. Dans les tribunaux, ils y accordent beaucoup d'importance, ils ne croient pas que quelqu'un veuille quitter cette terre sur un mensonge. (Il éclata de rire.) Je vais donc vous dire la vérité... si vous êtes capable de la croire!
Ses yeux se posèrent sur Cowart.
» L'adorable Joanie Shriver. La belle petite Joanie.
– Numéro quarante, dit Cowart.
– Non, fit Sullivan en secouant la tête. Je ne l'ai pas tuée.
Cowart sentit son estomac se nouer.
– Quoi?
– Je ne l'ai pas tuée. J'ai tué tous les autres, mais pas elle. C'est sûr, j'étais dans le comté d'Escambia. Et si je l'avais aperçue, j'aurais cédé à la tentation. Ça ne fait pas de doute, si j'avais été garé devant l'école, j'aurais fait exactement ce qui lui est arrivé. J'aurais baissé ma vitre et je lui aurais dit : « Bonjour, ma petite fille... » Ça, c'est sûr. Mais pour le reste, non, je suis innocent. Je n'ai pas commis ce crime.
– Mais... la lettre...
– N'importe qui peut écrire une lettre.
– Le couteau...
– Là, vous avez raison. C'est bien le couteau qui a servi à tuer cette pauvre gosse.
– Je ne comprends pas...
Sullivan riait à s'en tenir les côtes et son rire résonnait de manière sinistre dans les couloirs de la prison.
– J'attendais cet instant, dit-il, je crevais d'envie de voir votre tête.
– Je...
– C'est vraiment unique, Cowart, dommage qu'il n'y ait pas de glace. Vous faites une tête, on croirait que c'est vous qui êtes sur la chaise!
Cowart ne dit rien.
» Vous pensiez tout savoir, hein, monsieur Pulitzer? Eh bien moi, je vais vous dire un truc, vous n'êtes pas aussi malin que ça!
Il ne cessait de rire et de tousser.

– Allez-y.
– On a le temps ?
– Oui, fit Cowart, les dents serrées.
Il regarda l'homme déambuler dans sa cellule.
– J'ai froid, dit le détenu.
– Qui a tué Joanie Shriver ?
Sullivan s'arrêta de marcher.
– Vous le savez très bien.
Cowart sentit le sol se dérober sous ses jambes. Il s'agrippa à sa chaise, les yeux fixés sur la bobine du magnétophone qui tournait en silence.
– Dites-le-moi, murmura-t-il.
– Vous voulez vraiment le savoir ?
– Dites-le-moi !
– D'accord, Cowart. Imaginez deux hommes dans des cellules voisines du couloir de la mort. L'un d'eux veut en sortir parce qu'il a été condamné par un jury raciste qui ne voit en lui qu'un sale bougnoule. Bien sûr, il a eu raison de le condamner, mais le négro en question est fou de rage. L'autre sait qu'il ne sortira jamais et qu'il est bon pour la chaise, un jour ou l'autre. Ce qui l'embête le plus, c'est qu'il n'a pas fini son travail, il n'a pas assouvi sa haine. Il donnerait n'importe quoi pour y arriver. C'est vraiment capital pour lui, c'est si énorme qu'il ne peut le demander qu'à une seule personne.
– Oui ?
– Quelqu'un qui lui ressemble en tout point.
Sullivan cloua littéralement Cowart du regard.
» En discutant, ils découvrent un certain nombre de coïncidences. Ils se trouvaient au même endroit au même moment, ils conduisaient le même genre de voiture. Et il leur vient une idée, une idée super, non ? Le genre de plan que le diable en personne pourrait revendiquer. Celui qui ne sortira jamais du couloir de la mort va endosser le crime de l'autre. Et celui-là va faire quelque chose pour son associé une fois libéré. Vous commencez à y voir clair ?
Cowart était impassible.
» Alors, pauvre trouduc, vous n'auriez jamais cru un truc pareil, hein ? Vous vous rendez compte, le pauvre Noir, innocent et injustement condamné, victime du racisme et des préjugés. Mais l'autre, le Blanc, quel immonde individu ! Tout ce que j'avais à faire, c'était de vous parler du couteau et d'écrire une lettre bien sentie au bon moment. Le plus chouette, ça a été de nier tout le temps le crime. Je n'ai pas arrêté de dire que je n'avais rien à voir là-dedans. C'était la

vérité. C'est vraiment le meilleur moyen de faire croire à un mensonge, Cowart. Glissez-y un petit poil de vérité. Si j'avais avoué, vous auriez trouvé le moyen de prouver le contraire. Je n'ai eu qu'à laisser faire, j'ai entrouvert la porte... et Bobby Earl s'est faufilé, dès que vous l'avez ouverte toute grande, Cowart!

– Qu'est-ce qui peut me faire croire...

– Deux cadavres assis dans une baraque du comté de Monroe. Numéros quarante et quarante et un.

– Pourquoi me racontez-vous cela?

Sullivan sourit une dernière fois.

– Cela ne faisait pas exactement partie du contrat que j'avais passé avec Bobby Earl. Il croit que notre association a pris fin quand il s'est rendu dans Tarpon Drive pour faire le boulot à ma place. Je lui ai donné la vie, il m'a donné la mort. Simple comme tout. Une poignée de main et ciao. Voilà ce qu'il croit, mais je vous ai prévenu, Sully a le bras long... (Sullivan était en sueur, l'ampoule de sa cellule faisait miroiter son crâne.) Et l'on ne peut vraiment pas me faire confiance, hein, Cowart?

Sullivan se leva et écarta les mains.

» Comme ça, je l'emmènerai peut-être avec moi sur la route de l'enfer. Numéro quarante-deux. Il fera un bon compagnon de voyage, je crois. Pas mal comme blague, hein?

– Et si je ne vous croyais pas?

– Quelqu'un qui me ressemble en tout point, Cowart. Vous voulez des preuves? A votre avis, qu'est-ce que ce vieux Bobby Earl a fabriqué depuis que vous l'avez tiré de ce trou?

– Il est allé étudier à la fac. Il donne des conférences dans des églises...

– Cowart, explosa Sullivan, vous vous rendez compte des conneries que vous dites? Vous croyez que Bobby Earl n'a rien appris quand il était ici? Vous le prenez pour un idiot ou quoi?

– J'ignore si...

– Exact, vous ignorez, mais vous feriez bien d'apprendre. Parce qu'il va y avoir des pleurs et des grincements de dents sur sa route.

Cowart faisait front comme il le pouvait. Il luttait désespérément contre l'horreur.

– J'ai besoin de preuves, répétait-il lamentablement.

Sullivan siffla et leva les yeux au ciel.

– Vous savez, Cowart, vous me faites penser à ces moines du Moyen Âge qui passaient leur temps à rechercher des preuves de l'existence de Dieu. Vous ne pouvez pas accepter la vérité quand on vous la sert sur un plateau?

Cowart secoua la tête.

Sullivan savoura cet instant avant de reprendre.

» Je ne suis pas idiot, Cowart, et quand on a fait ce petit arrangement avec Bobby Earl, j'ai pris mes précautions pour qu'il ne me double pas. Pour vous aider à comprendre, aussi.

– Quoi ?

– Écoutez-moi attentivement. S'il n'y avait pas qu'un couteau de caché... s'il y avait d'autres objets... Bien sûr, il y a de grandes chances pour qu'ils se trouvent dans un endroit vraiment dégueu, mais vous pourrez les voir, Cowart, suffit pour ça d'avoir un œil au cul.

Il éclata encore une fois de rire.

– Je ne comprends pas.

– Rappelez-vous bien mes paroles quand vous irez à Pachoula. La route de la sagesse n'est pas toujours très reluisante !

Cowart était pétrifié, incapable de dire quoi que ce soit.

» Alors, Cowart, j'ai réussi à tuer aussi Bobby Earl ? (Il se pencha en avant.) Et vous, Cowart, je vous ai tué ?

Sullivan se redressa vivement.

» Voilà, dit-il, c'est terminé. finie la parlote. Au revoir, Cowart. C'est l'heure de mourir. On se reverra en enfer.

Le condamné tourna lentement le dos au journaliste et croisa les bras, le regard fixé sur le plafond de sa cellule. Ses épaules tressautaient. Matthew Cowart se sentait parfaitement incapable de se mouvoir. Il avait la gorge sèche. Sa main trembla quand il saisit son carnet et son magnétophone pour les ranger. Il se leva en titubant. Il fit un pas, puis un autre dans le couloir, échappant ainsi à la vision du condamné. Au bout du couloir, il s'arrêta pour reprendre son souffle. Il se sentait fébrile, nauséeux. Il entendit des bruits de pas et releva la tête. Il vit le sergent Rogers et un groupe d'hommes à l'allure sévère. Parmi eux, il y avait un prêtre en col romain ; les officiels de la prison regardaient leurs montres. Cowart leva les yeux vers l'horloge murale. Il était minuit moins dix.

11

Panique

Il se sentait tomber, rouler sur lui-même, comme dans un grand trou noir.

– Monsieur Cowart ?

Il avait du mal à respirer.

» Monsieur Cowart, ça va ?

Son corps se brisait en mille morceaux.

» Hé ! monsieur Cowart, vous m'entendez ?

Cowart ouvrit les yeux et découvrit le visage du sergent Rogers.

» Il faut aller prendre votre place, monsieur Cowart. On n'attendra personne et tous les témoins officiels doivent être installés avant minuit.

Cowart hocha la tête.

» C'est une sale nuit pour tout le monde, dit le sergent. Allez par là. Prenez cette porte. Vous avez un siège au premier rang, juste à côté d'un inspecteur du comté d'Escambia. Sully a demandé qu'on vous mette là, il a même insisté. Vous pouvez marcher ? Ça ira ?

– J'y arriverai, grinça Cowart.

– Ce n'est pas aussi moche que vous le croyez, dit le sergent avant de secouer la tête. Non, ce n'est pas vrai, c'est très dur et vous n'êtes pas un homme si ça ne vous retourne pas l'estomac.

– Ne vous inquiétez pas.

– Sully a dû vous dire des choses terribles, vous avez l'air d'avoir rencontré un fantôme. Il vous a parlé de quoi ?

C'est exactement cela, pensa Cowart.

– De la mort.

– Je comprends ça, il est le premier concerné. Mais il faut y aller, monsieur Cowart. La mort n'attend personne.

Cowart hocha la tête, il comprenait parfaitement ce que cela voulait dire.

» Vous êtes sûr que ça va ? insista Rogers. On ne veut pas que quelqu'un tombe dans les pommes à ce moment-là, on tient à notre décorum.

Le sergent lui sourit, il essayait de détendre l'atmosphère.

Cowart fit un pas en direction de la salle. Il en aurait éclaté de rire. Oh, pour aller, ça va. Ça ne pourrait pas aller mieux. Je viens seulement de faire libérer un assassin.

Il eut la vision fugitive de Robert Earl Ferguson devant la petite maison des Keys, le jeune Noir lui souriait avant de se préparer à remplir sa part du contrat. Puis s'imposa à lui une nouvelle vision : une photographie de Joanie Shriver, couchée au bord de l'étang où l'on avait découvert son corps.

Il s'obligea à marcher et franchit la porte à minuit moins deux.

Le premier regard qu'il rencontra fut celui de Bruce Wilcox. L'inspecteur était installé au premier rang, il portait une veste rouge à carreaux qui choquait terriblement étant donné la gravité de l'instant. Il indiqua de la tête un siège libre à côté de lui. Cowart vit que deux douzaines de personnes se trouvaient déjà là ; elles étaient immobiles comme des figurines de cire.

Une grande vitre les séparait de la pièce réservée aux exécutions et l'on avait l'impression d'assister à un spectacle qui se déroulerait sur une scène de théâtre ou sur quelque immense écran de télévision en trois dimensions. Il y avait quatre hommes dans la pièce : deux gradés de la prison en uniforme, le médecin, avec sa petite trousse noire, et un individu en costume strict qui devait représenter le procureur de l'État de Floride. Tous attendaient sous la grande horloge électrique.

– Assis, Cowart, lui souffla Wilcox, ça va commencer.

Cowart vit dans l'assistance deux envoyés de la *Tribune* de Tampa et du *Times* de St. Petersburg. Ils avaient l'air grave mais imitèrent l'inspecteur en lui faisant signe de s'asseoir. Puis ils continuèrent de prendre des notes. Il y avait aussi une déléguée d'une chaîne de télévision de Miami. Elle avait les yeux braqués sur la chaise électrique et serrait un mouchoir dans sa main.

» Sale nuit, hein, Cowart ? murmura l'inspecteur.

Il ne répondit pas.

L'inspecteur émit un grognement.

» Ça va être encore plus dur pour certains.

– Oui, fit Cowart. Comment se fait-il que vous soyez ici ?

– Tanny a des amis bien placés. Il voulait savoir si Sully

tiendrait jusqu'au bout. Il ne croit toujours pas à ces conneries que vous aviez écrites sur lui et la petite Shriver. Il a voulu que je vienne pour que j'apprenne à mieux respecter la justice. Il veut toujours m'apprendre quelque chose. Mais je vous trouve un peu pâle, non ?

Cowart n'eut pas le temps de lui répondre, déjà Wilcox ajoutait :

» Une dernière parole ? Il est minuit.

Une porte latérale s'ouvrit sur le directeur de la prison ; il était suivi de Blair Sullivan, lui-même entouré de trois gardiens. Sullivan avait le visage impassible et blême, on eût dit un cadavre. Son corps noueux paraissait plus petit, maladif. Il portait une chemise blanche boutonnée jusqu'au cou et un pantalon bleu marine. Un prêtre fermait la marche, une bible à la main. Il se mit un peu à l'écart et ouvrit son livre pour lire à voix basse. Cowart vit Sullivan écarquiller les yeux quand il découvrit la chaise. Puis il entrevit un téléphone mural et, pendant un très bref instant, ses genoux fléchirent. Il se ressaisit pourtant très vite. C'était la première fois que Sullivan affichait un comportement humain, se dit Cowart. Puis tout alla très vite, comme dans un vieux film muet.

Sullivan fut installé sur la chaise et deux gardiens se mirent à genoux pour lui enserrer les bras et les jambes dans des boucles de maintien. Des sangles de cuir se refermèrent également sur sa poitrine, écrasant sa chemise blanche. Un gardien fixa des électrodes aux jambes du condamné. Un autre passa derrière la chaise et se saisit de la coiffe.

Le directeur de la prison s'avança et se mit à lire une lettre bordée de noir, l'ordre d'exécution signé par le gouverneur de Floride. Chaque syllabe faisait sursauter Cowart comme si c'était sa propre condamnation. L'homme parlait de manière précipitée et cherchait visiblement à ralentir son débit. Sa voix semblait curieusement lointaine malgré les haut-parleurs.

L'homme acheva sa lecture. Un instant, il regarda sa lettre comme s'il avait encore quelque chose à dire. Puis il se tourna vers Sullivan.

– Vous avez une dernière déclaration à faire ? lui demanda-t-il doucement.

– Allez vous faire enculer et qu'elle repose en paix, dit Sullivan.

Sa voix tremblait un peu.

Le directeur adressa un signe à un subordonné, qui abaissa brusquement la coiffe noire sur la tête du condamné. Il y fixa ensuite une grosse électrode. Sullivan se tordit sur sa chaise, les dragons de ses avant-bras se gonflèrent, de même que les veines de son cou. Sullivan hurlait quelque chose, mais ses mots étaient déformés par le bandeau de cuir qu'on lui avait glissé entre les dents. Ce n'étaient plus que des grognements inarticulés, un corps qui se débattait dans ses liens. Dans la salle réservée aux témoins, on n'entendait que des respirations oppressées.

Cowart vit le directeur de la prison adresser un imperceptible signe de tête à un homme qui se tenait dans la pénombre, au fond de la pièce. L'espace d'une seconde, il entrevit ses yeux. Les yeux du bourreau.

Il y eut une sorte de bruit sourd.

Quelqu'un toussa. Il y eut un murmure. Les lumières diminuèrent momentanément. Puis le silence revint.

Cowart crut ne plus pouvoir respirer, comme si une main formidable étreignait sa poitrine. Il vit les poignets de Sullivan passer du rose au blanc puis au gris.

Le directeur de la prison hocha une nouvelle fois la tête.

On entendit un générateur se déclencher, une vague odeur de chair brûlée emplit les narines de Cowart. Son estomac se souleva.

Le médecin attendit que les deux mille cinq cents volts quittent le corps du condamné. Puis il ouvrit son petit sac et en sortit un stéthoscope.

C'était terminé. Cowart vit les personnes présentes dans la salle d'exécution se regrouper autour du corps affaissé de Sullivan. Les autres témoins officiels et lui-même cherchèrent à entrevoir le visage du supplicié quand on le retira de la chaise pour le mettre dans un sac de caoutchouc noir. Mais Blair Sullivan fut enfermé si promptement que personne ne vit si ses orbites avaient éclaté ou si sa peau avait brûlé. Le corps fut déposé sur un brancard qui attendait devant la porte latérale. C'était terrible, pensa-t-il, mais en fait ce n'était que de la routine. Et c'était peut-être cela le plus terrible. Il avait assisté à la mise à mort mécanisée, systématisée.

Un de moins, dit Wilcox.

Son ton n'était plus celui de la plaisanterie, mais de la satisfaction.

» C'est terminé...

Il se tourna vers Cowart.

» Enfin, presque.

Il emprunta les couloirs de la prison en compagnie des autres témoins officiels et se dirigea vers l'endroit où avaient été contenus les représentants de la presse et les manifestants. La lumière artificielle des projecteurs de la télévision donnait un aspect irréel au vestibule. Le sol poli, les murs passés à la chaux éclataient de lumière. Des micros avaient été installés derrière un podium de fortune. Il tenta de gagner un recoin de la pièce et de s'éclipser par une porte, mais le directeur de la prison leva la main comme pour couper court à toute question.

– Je vais vous lire une brève déclaration, dit-il d'une voix chargée d'émotion. Ensuite je répondrai à vos questions, si vous désirez m'en poser. Enfin, les journalistes témoins vous feront un récit détaillé.

Il indiqua que le condamné était officiellement décédé à minuit huit. Il souligna qu'un représentant du ministère public avait assisté aux derniers moments de Sullivan pour qu'il n'y ait aucune controverse – pour que personne ne vienne prétendre par la suite que Sullivan n'avait pas eu lecture de ses droits, qu'il avait été frappé ou insulté. Cette procédure était respectée depuis que l'État de Floride avait rétabli la peine capitale douze ans plus tôt avec un individu assez pathétique nommé John Spenkelink. Il dit que Sullivan avait refusé son ultime demande de grâce. Enfin, il cita les derniers mots du condamné : « Allez vous faire enc... Qu'elle repose en paix. »

Les appareils photo cliquetèrent.

Le directeur céda la place aux trois journalistes accrédités. Ils lurent soigneusement les notes qu'ils avaient prises. Ils étaient pâles, mais leur voix ne tremblait pas. La femme de la télévision de Miami indiqua à son public que les doigts de Sullivan s'étaient tendus avant de se crisper quand il avait reçu la première décharge; son dos s'était ensuite arqué. Le journaliste de St. Petersburg avait remarqué la brève hésitation de Sullivan avant de s'asseoir sur la chaise; celui de la *Tribune* de Tampa précisa que le condamné avait regardé les témoins sans la moindre compassion et qu'il paraissait furieux d'être attaché. Un des gardiens avait eu du mal à attacher l'une des boucles de maintien. Le cuir s'était déchiré au moment de l'exécution. Deux mille cinq cents volts, rappela-t-il.

Cowart fut interpellé. Il se retourna et vit les deux inspecteurs du comté de Monroe.

– Qu'est-ce qu'il vous a dit, monsieur Cowart? lui demanda doucement Andrea Shaeffer. Qui a tué ces gens?

Ses yeux gris étaient braqués sur les siens.

– C'est lui, répondit Cowart.

Elle le prit par le bras. Elle n'eut pas le temps de lui parler, une clameur s'élevait déjà dans l'assemblée.

– Où est Cowart ?
– Cowart, dites-nous ce qui s'est passé ?
Cowart s'éloigna de l'inspecteur et se dirigea vers le podium d'un pas mal assuré. Il savait que ses mains tremblaient, que son visage était rouge, qu'il avait le front en sueur. Il tira un mouchoir de sa poche et s'épongea doucement comme pour faire disparaître le sentiment de panique qui s'était emparé de lui.
Je n'ai rien fait de mal, se dit-il. Ce n'est pas moi le coupable. Mais lui-même n'y croyait pas. Il aurait aimé avoir un instant pour réfléchir, mais on ne lui en laissa pas le temps.
– Il n'a pas fait appel, pourquoi ? lui cria-t-on.
Cowart prit son souffle pour répondre.
– Il ne voulait pas passer des années en prison, il a préféré devancer les autorités. Ce n'est pas inhabituel, d'autres ont déjà fait ça avant lui – au Texas, en Caroline du Nord, Gilmore en Utah. C'est une sorte de suicide légal.
Il vit les stylos courir sur les blocs.
– Qu'est-ce qu'il vous a dit quand vous êtes revenu pour parler avec lui ?
Cowart se sentait en proie au plus grand désespoir. Puis il se rappela un conseil que Sullivan lui avait prodigué : pour faire croire à un mensonge, il faut y mêler un peu de vérité.
– Il voulait se confesser, commença Cowart. Un peu comme Ted Bundy il y a quelques années de cela, quand avant de passer à la chaise il a avoué aux inspecteurs tous les crimes qu'il avait commis. C'est ce qu'a fait Sullivan.
– Pourquoi ?
– Combien ?
– De qui s'agit-il ?
– Attendez, nous n'avons aucune confirmation, dit-il. Je ne puis être sûr qu'il m'a dit la vérité, il a peut-être menti...
– Avant de passer à la chaise ? Allons ! cria quelqu'un.
– Hé, je n'en sais rien. Si je vous dis qu'il m'a avoué le meurtre de Joe Blow et que ce meurtre est fictif, que quelqu'un d'autre a été accusé ou qu'on n'a pas retrouvé le corps, on risque de se retrouver dans la pagaille. Il m'a avoué des homicides multiples, c'est tout.
– Combien ?
– Une quarantaine.
Ce nombre fit frémir la foule. Les questions fusèrent de plus belle.
– Où cela ?
– En Floride, en Louisiane, en Alabama. Il y a eu aussi pas mal de viols et d'attaques à main armée.

– Depuis combien de temps?
– Des années peut-être.
– Et le double meurtre du comté de Monroe, sa mère et son beau-père? Il en a parlé?
– Il a engagé quelqu'un pour tuer à sa place, dit Cowart avec lenteur. Du moins c'est ce qu'il m'a dit.

Cowart se tourna vers Shaeffer, il la vit se raidir et se pencher vers son partenaire. Weiss avait le visage empourpré.

– Qui a-t-il engagé?
– Je l'ignore, il n'a pas voulu me le révéler.

Premier mensonge.

– Allez, il a bien dû vous parler de quelqu'un!

Le premier mensonge en engendra un autre.

– Vous voulez nous faire croire qu'il vous a raconté une chose pareille et que vous ne lui avez pas demandé de détails?
– Si, je l'ai fait, mais il n'a rien dit.
– Comment a-t-il contacté le tueur? Son téléphone était sur écoute. Son courrier était censuré. Et il était isolé dans le couloir de la mort. Comment est-ce possible?

Cette question avait été posée par l'un des journalistes accrédités. Elle fut saluée par des applaudissements.

– Il prétend qu'il aurait utilisé une sorte de téléphone arabe.

Ce n'était pas vraiment un mensonge, se dit Cowart, rien qu'une vérité déformée.

– Vous nous cachez quelque chose!

Il secoua la tête.

– Des détails!

Il tendit les bras.

– Vous allez tout publier dans le *Journal* de demain, c'est ça?

Il se rendit compte que chacun d'eux aurait vendu son âme pour se trouver à sa place. Tous savaient qu'il s'était passé quelque chose et étaient furieux de ne pas savoir quoi. Cowart était quant à lui persuadé d'une chose : si la vérité éclatait un jour, on ne le lui pardonnerait jamais.

– Écoutez, j'ai des heures de bande à décrypter, ça va prendre du temps.
– Il était dingue.
– C'était un psychopathe.

Ça, c'était la vérité. Et puis, il y eut la question qu'il redoutait tant.

Il vous a parlé de Joanie Shriver? Il a enfin avoué son meurtre?

Cowart se rendit compte qu'il pouvait répondre oui, tout

simplement. Détruire les bandes. Vivre avec ses souvenirs. Mais il se lança malgré lui dans un récit mêlant fiction et réalité.

– Elle faisait partie de sa confession, dit-il.

– Il l'a tuée ?

– Il m'a raconté très exactement comment cela s'est passé. Il connaissait tous les détails comme seul le tueur aurait pu le faire.

– Pourquoi ne répondez-vous pas par oui ou par non ?

Cowart s'efforça de ne pas sourciller.

– Sullivan était un type vraiment spécial. Pour lui, ce n'était pas tout blanc ou tout noir. Il n'a jamais parlé de manière absolue, même pendant ses ultimes aveux.

– Il a parlé de Ferguson ?

– Il n'éprouvait que de la haine pour lui, répondit Cowart après avoir pris son souffle. S'il l'avait pu, il l'aurait éliminé, n'en doutez pas.

En plaçant Ferguson sur la liste des victimes potentielles de Sullivan, il lui assignait un tout autre rôle que celui qu'il méritait.

– Vous nous donnerez une transcription de sa confession ?

– Je ne suis pas accrédité.

La colère teintait les questions de ses confrères.

– Qu'est-ce que vous allez faire maintenant ? Écrire un livre ?

– Pourquoi vous ne partagez pas vos informations ?

– Vous voulez un autre Pulitzer, c'est ça ?

Il secoua la tête. Non, ce n'était pas cela. Il aurait même de la chance s'il pouvait conserver celui-là.

Il leva la main.

– J'aimerais pouvoir dire que l'exécution de cette nuit a mis un terme à l'histoire de Blair Sullivan, mais ce n'est pas vrai. Il y a encore un tas de pièces du puzzle à mettre en place. Des inspecteurs m'attendent et je dois faire mon boulot. Ce sera tout, désolé.

Il quitta le podium, suivi par les caméras. On lui lançait des questions, on l'attrapait par le bras. Il réussit tout de même à sortir de la prison et à retrouver la nuit. Un groupe d'opposants à la peine de mort chantait des hymnes près du bord de la route. Une manifestante le reconnut et lui lança une insulte.

Il allait réagir quand Andrea Shaeffer s'interposa.

– Il faut que je vous parle.

– Non, pas maintenant.

– Qu'est-ce qu'il y a, Cowart ? dit-elle en le tirant par le revers de sa veste. Hier, ça n'allait pas. Aujourd'hui, ça ne va pas. Quand est-ce que vous allez nous aider un peu ?

– Écoutez, s'écria-t-il, excédé, ils sont morts! Ils étaient vieux et il les détestait, ils se sont fait descendre et personne n'y peut rien! Vous n'avez pas besoin de réponse maintenant, non ? On verra ça demain matin.

L'inspecteur s'apprêta à dire quelque chose, mais n'en fit rien. Elle se contenta de le regarder droit dans les yeux avant de lui taper à trois reprises du doigt sur la poitrine.

– Demain matin, dit-elle.

– D'accord.

– Où ça ?

– A Miami. A mon bureau.

– J'y serai. Soyez-y aussi.

Elle s'écarta pour qu'il monte en voiture, puis elle eut un geste de la main comme pour l'autoriser à partir. Ses yeux semblaient pourtant pleins de soupçons.

Il se mit au volant et tourna la clef de contact avant de reculer. Ses phares éclairèrent alors la silhouette si reconnaissable de l'inspecteur Wilcox. Il se tenait au milieu de la route, bras croisés. Il regarda fixement Cowart puis, avec une lenteur exagérée, fit semblant de lui tirer dessus. Il s'écarta enfin pour le laisser passer.

Le journaliste regardait au loin. Il se moquait bien de savoir où il allait, du moment que c'était ailleurs. Il écrasa l'accélérateur et franchit le portail de la prison pour s'enfoncer dans l'obscurité. La nuit était à ses trousses.

DEUXIÈME PARTIE

UN HOMME D'ÉGLISE

Viendra peut-être un jour où je danserai sur ta tombe,
Si je ne peux pas danser je me traînerai dessus,
Si je ne peux pas danser je m'y traînerai.

The Grateful Dead
Hell in a Bucket

12

Une nuit blanche pour le lieutenant

A minuit moins dix, la nuit où était programmée la mort de Blair Sullivan, le lieutenant Tanny Brown jeta un rapide coup d'œil à sa montre et son pouls s'accéléra quand il pensa à l'homme du couloir de la mort. En face de lui, assise sur une banquette, une femme paraissait incapable de retenir ses gémissements.

– Oh ! Jésus, Seigneur mon Dieu, pourquoi ? se lamentait-elle. Sa voix ébranlait les parois de la caravane, elle faisait vibrer le bric-à-brac qui décorait la frisette et crevait jusqu'à la chaleur qui régnait en cette nuit. Toutes les deux ou trois secondes, les lueurs rouges et bleues de gyrophares des voitures de police garées en demi-cercle balayaient le fond de la pièce orné d'un crucifix et du texte d'une prière découpé dans un journal puis encadré.

» Oui, Seigneur, pourquoi ? sanglota la femme.

Voilà une question à laquelle il ne semble jamais désireux de répondre, se dit Tanny Brown, surtout quand on est dans un campement.

Il posa la main sur son front, rien qu'un instant, comme pour se couper du monde. Après un dernier cri, la femme fit silence.

Il se tourna vers elle. Elle se tenait ratatinée dans un coin, comme un enfant, les bras refermés autour des genoux. Elle paraissait assez grotesque pour une meurtrière, avec ses cheveux bruns mal coiffés et sa silhouette quasi squelettique. Elle avait un œil au beurre noir et son frêle poignet était ceint d'un bandage élastique. Elle portait un peignoir rose troué et ses manches relevées révélaient les bleus de ses avant-bras. C'est un détail qui attira son attention. Il vit les taches de nicotine sur ses doigts quand elle essuya les larmes qui coulaient sur ses joues. Elle contempla ses mains et parut surprise, comme si elle s'attendait à voir du sang.

Tanny Brown regardait la femme dans le calme revenu. Elle est vieille, se dit-il, puis il rectifia instantanément : elle est plus jeune que moi. Les années ne l'avaient pas épargnée, le temps avait passé plus vite pour elle que pour quiconque.

Il fit signe à l'un des officiers qui se tenaient à l'arrière de la caravane vers le coin cuisine.

– Fred, dit-il, vous avez une cigarette pour Mme Collins ?

L'officier présenta un paquet à la femme. Elle tendit la main en bredouillant :

– J'essaye d'arrêter.

Brown se pencha vers elle et lui alluma sa cigarette.

– Madame Collins, dites-nous calmement ce qui s'est passé quand Buck est arrivé ici après le travail.

Il y eut un bruit à l'extérieur, une petite explosion de lumière. Les yeux de la femme révélèrent sa terreur soudaine.

» Ce n'est qu'un photographe de la police, madame. Vous voulez un verre d'eau ?

– J'aurais préféré quelque chose de plus fort, répondit-elle.

Les mains tremblantes, elle tira longuement sur sa cigarette et se mit à tousser.

– Fred, un verre d'eau.

L'homme le lui apporta. Brown entendit des voix au-dehors. Il se leva brusquement.

» Madame, reprenez-vous, je reviens tout de suite.

– Vous allez pas me laisser ?

Elle semblait terrorisée.

– Non, je vais voir ce qui se passe. Fred, restez là.

Il aurait aimé que Wilcox fût avec lui. La femme s'était remise à gémir. Son partenaire aurait su d'instinct comment la rassurer, il avait un excellent contact avec les pauvres gens, surtout les Blancs. C'étaient les siens, après tout. Il avait grandi dans un univers pas très éloigné de celui-ci. Il connaissait les coups, la cruauté, le goût acide de l'espoir des camps de caravaning. Il aurait tenu la main de cette femme et elle lui aurait tout raconté en quelques secondes. Tanny Brown soupira, mal à l'aise dans ce monde de caravanes fuselées comme des balles de revolver.

Il sortit et vit le photographe tourner autour d'une forme sombre allongée dans l'herbe rare. D'autres policiers relevaient des mesures. D'autres encore interdisaient le passage aux occupants du campement, curieux d'apercevoir l'ancien mari de cette femme. Brown s'avança vers le corps. Il avait les yeux ouverts, rivés sur la nuit, tels ceux d'un masque grotesque exprimant à la fois l'étonnement et la mort. A l'emplacement de la poitrine, il y avait une large tache de sang. Il y en avait aussi autour de sa tête et de ses épaules, comme un halo. Sur le sol, là où l'impact du fusil de chasse les avait projetés, on pouvait voir une bouteille de scotch à moitié vide et une arme de poing bon marché. Des hommes chargés des relevés riaient et il se tourna vers eux.

– On peut savoir ?

– Plutôt rapide comme procédure de divorce, non ? dit l'un des hommes en ramassant soigneusement la bouteille. Plus qu'à Tijuana ou à Vegas.

– Ce vieux Buck s'imaginait qu'il pouvait foutre des raclées à sa bonne femme, mariés ou pas. Visiblement, il s'est gouré, dit un autre en riant.

– Hé, les interrompit Brown, vous ferez vos remarques tout à l'heure si ça ne vous dérange pas.

– Bien sûr que non, dit le photographe en prenant un nouveau cliché, on voudrait pas le froisser.

Brown retint un sourire et adressa un signe amical aux hommes qui poursuivirent leur travail.

Tanny Brown se rappelait sa grand-mère couchée dans son cercueil, les mains croisées sur la poitrine. L'église était pleine de pleurs et de gémissements. Il était un peu étranglé par le col amidonné de sa chemise. Il n'avait pas plus de six ans. Il se souvenait particulièrement de la main de son père sur son épaule, à la fois pour le rassurer et pour le conduire vers le cercueil. De ses mots murmurés : « Dis au revoir à mémé, dis-le vite pour qu'elle t'entende avant d'aller dans un monde meilleur. »

Il sourit. Des années durant, il avait cru que les morts pouvaient entendre ce qui se disait autour d'eux. La parole d'un père, c'était si important. En mission à l'étranger, il avait enfermé des hommes qu'il connaissait vaguement dans de grands sacs en caoutchouc noir. Au début, il leur disait toujours quelque chose, des paroles de réconfort, et puis ils avaient été de plus en plus nombreux, il s'était contenté de penser à quelque chose de chaleureux ; vers la fin de son temps, il ne faisait même plus cela et accomplissait son travail en silence.

Il regarda sa montre. Minuit. Ils entrent dans la pièce. Il imagina la sueur sur la lèvre supérieure du directeur, le visage blême des témoins officiels, puis les gestes saccadés des hommes chargés de serrer les lanières de cuir.

Il attendit une minute.

La première décharge.

Encore une minute.

La seconde décharge.

Il imagina le médecin s'approcher du corps, sortir son stéthoscope, écouter le cœur. Il relevait la tête et annonçait que l'homme était mort avant de consulter sa propre montre. Le directeur se tournait vers les témoins et prononçait les paroles rituelles : « Le jugement et la sentence de la cour de circuit du onzième judiciaire de l'État de Floride ont été exécutés conformément à la loi. Puisse Dieu prendre soin de son âme. »

Il secoua la tête. Une telle âme ne connaîtrait pas le repos.

Pas plus que la mienne.

Il revint vers la caravane. La femme s'était calmée.

– Madame Collins, vous pouvez nous dire ce qui s'est passé maintenant ? Vous préférez attendre votre avocat ou tout me raconter ?

La femme n'avait qu'un filet de voix.

– Il m'a appelée du Sportsman, vous savez, le club, c'est là qu'il allait quand il sortait de l'usine. Il a dit qu'il allait pas me laisser faire comme ça avec lui. Qu'il allait bien se passer du juge et des papiers pour le divorce.

– Il a précisé s'il avait une arme ?

– Oui, m'sieur Brown, il m'a dit qu'il avait le flingue de son frère et qu'il allait pas hésiter à s'en servir ce coup-ci.

– Ce coup-ci ?

– Il est venu dimanche, bien bourré, pas au point de tomber, mais bien imbibé tout de même, et il a tiré sur la lumière du dehors. Il se marrait et il me traitait de tous les noms. Ensuite, il m'est tombé dessus. Mon grand, il a que onze ans, mais il a essayé de me défendre. J'ai cru qu'il allait nous descendre tous les deux. J'avais tellement la trouille que j'ai envoyé les mômes chez la cousine, je les ai mis tous les trois dans le bus juste ce matin.

La femme attrapa un album-photo en similicuir. Elle l'ouvrit et le tendit à Tanny Brown, qui vit trois clichés pris à l'école.

» C'est des braves mômes, dit-elle, je suis bien contente qu'ils étaient pas là.

Il hocha la tête.

– Pourquoi ne pas avoir appelé la police dimanche ?

– Ça aurait pas servi à grand-chose. Y avait même un ordre du juge pour qu'il s'approche pas, mais tu parles, rien ne servait à rien quand il avait picolé. Même mon fusil.

Sa bouche frémit et elle se remit à pleurer.

» Oh ! Seigneur, mon Dieu...

– Votre fusil, où l'avez-vous eu ?

– Je suis allée chez Sears, à Pensacola, juste en sortant de la clinique. J'avais la carte d'acheteur de Buck et j'en ai profité. J'avais drôlement la trouille, vous savez, m'sieur Brown. Et quand je l'ai entendu débarquer dans sa camionnette, j'ai tout de suite compris ce qu'il me voulait.

Elle pleura de plus belle.

– Vous avez vu le revolver dans sa main avant de tirer ?

– J'en sais rien, il faisait sombre et j'avais tellement la trouille...

Tanny Brown parla calmement, mais d'une voix ferme. Il tenait toujours l'album contenant les photos des enfants.

– Faites un effort, madame Collins. Qu'avez-vous vu ?

Le lieutenant de police se tourna vers l'officier en uniforme et ce dernier hocha la tête d'un air entendu.

» Vous n'auriez pas tiré si vous ne l'aviez pas vu vous menacer de cette arme, n'est-ce pas ?

La femme le regarda d'un air un peu surpris.

» Vous n'auriez pas fait feu si vous n'aviez pas craint pour vos jours, je me trompe ?

– Non, c'est ça, dit-elle lentement.

– Ce fusil, c'était pour vous l'ultime recours, hein ?

Le visage de la femme se détendit, elle paraissait comprendre ce que voulait lui dire Brown.

– Je l'ai vu tendre quelque chose vers moi... dit-elle doucement.

– Vous saviez qu'il avait ce revolver et il vous en avait déjà menacée...

– C'est ça, m'sieur Brown, j'avais la trouille.

– Et vous ne saviez pas où vous cacher, hein ?

– Où j'aurais pu me planquer ? dit la femme en indiquant l'intérieur de la caravane. Je pouvais aller nulle part.

Brown hocha la tête, observa une fois encore les photos des enfants.

– Les trois gosses, ce sont les siens ?

– Non, m'sieur, Buck était pas leur père et il les aimait pas beaucoup. Ils devaient lui rappeler mon autre mari. Mais ce sont des bons petits, vous savez.

– Où se trouve leur vrai père ?

La femme haussa les épaules, résumant ainsi la vie dans les campements et le souvenir des coups.

– Il a dit qu'il allait en Louisiane pour bosser sur les puits de pétrole, mais ça c'était il y a près de sept ans. Il s'est barré, c'est tout. En fait, on n'était pas mari et femme officiellement.

Tanny Brown allait lui poser une autre question quand il entendit des cris furieux au-dehors. Il y eut des éclats de voix et il crut que les policiers se disputaient. Sur sa banquette, la femme fut prise de panique.

» C'est son frère, je le sais, il va me buter...

– Non, il n'en fera rien, lui dit gentiment Brown.

Il rendit l'album à la femme et elle le serra contre sa poitrine. Il fit signe à l'officier de monter la garde près de la porte pendant qu'il ressortait.

Sur le pas de la porte de la caravane, deux policiers étaient aux prises avec un individu assez costaud. Les techniciens s'étaient quelque peu éloignés. L'homme hurlait et se débattait, il entraînait les deux policiers vers le cadavre.

– Buck! Buck! C'est pas possible! Bon Dieu, je vais la buter, cette salope!

Deux autres policiers durent intervenir. L'un d'eux tomba à terre en jurant. La foule des curieux s'était rapprochée, leurs voix se mêlaient à celle du nouveau venu.

» Je vais la descendre, cette pute!

Son visage déformé par la haine était éclairé par les gyrophares. Il frappa du pied l'un des hommes et celui-ci poussa un cri de douleur en se tenant la jambe.

Tanny Brown sortit de la caravane et s'avança vers le frère du défunt.

– Fermez-la! lui cria-t-il.

L'autre hésita un instant avant de recommencer à s'agiter.

– Je vais la buter, cette pute!

– C'est votre frère? cria Brown.

L'homme continuait à se débattre.

– Elle a descendu Buck et je vais lui faire la même chose! Tu vas crever, salope!

– C'était votre frère? demanda de nouveau Brown, plus calmement.

– Je vais te faire ta fête, salope! (Il se tourna vers Brown.) On te demande quelque chose, le bougnoule?

Brown ne réagit pas à l'insulte. Il pensa un instant l'assommer d'un coup de poing. Le frère de la victime était peut-être suffisamment stupide pour lui lancer une injure raciste, mais pas assez pour ne pas déposer de plainte pour brutalité.

Un des officiers tenta de prendre sa matraque. Brown lui fit non de la tête et se colla littéralement au frère du défunt.

– Je suis le lieutenant de police Theodore Brown, trouduc, et je sens que je vais avoir les nerfs dans trois secondes, pigé?

L'homme hésita.

– Elle l'a tué, cette salope.
– Vous l'avez déjà dit.
– Vous allez faire quoi ?
Tanny Brown ignora sa question.
– C'est votre flingue ?
– Ouais, c'est à moi, je le lui avais refilé.
– Vous aviez donné cette arme à votre frère ?
– Ouais. Alors vous l'arrêtez, cette pute, ou faut que je la descende moi-même ?
Toute la violence de l'homme était maintenant contenue dans sa voix, il avait abandonné tout geste belliqueux.
– Vous saviez qu'il devait venir ici ?
– Il l'a dit à tout le monde au bistrot.
– Pourquoi avait-il ce revolver ?
– Oh ! pour lui foutre les foies, comme l'autre jour !
Brown se retourna et vit l'officier en uniforme debout dans la lumière de la porte. La femme se tenait tapie derrière lui. Il s'approcha alors du cadavre et dit à voix basse :
– Tu m'entends encore ? Tu es une belle saloperie...
Puis il regarda le frère.
– Vous allez faire quelque chose ou quoi ? demanda l'homme.
– Bien sûr, fit Brown en souriant.
Il appela l'un des techniciens.
» Tom, allez chercher le fusil de chasse de Mme Collins.
L'homme ouvrit le coffre d'une voiture pie et revint avec l'arme. Brown le prit et actionna la pompe pour préparer une cartouche.
Il regarda le frère du défunt et sourit à nouveau.
» Rendez son arme à Mme Collins ! dit-il d'une voix forte.
Il regarda l'homme.
» Fred ? cria-t-il. Officier Davis, veuillez verbaliser Mme Collins pour avoir jeté des ordures sur la voie publique. Mettez-lui cinquante dollars d'amende. Et appelez la voirie pour qu'ils nous débarrassent de cette saloperie.
Il désigna le cadavre.
– Hé ! fit l'homme.
– Donnez-lui une contravention pour dépôt d'ordures non autorisé.
– Hé !
– Dites aussi à Mme Collins que cela lui coûtera cinquante dollars chaque fois qu'elle déposera des charognes devant sa caravane.
Il pointa le doigt vers le frère.

» Celle-là, par exemple. Dites-lui qu'elle a ma permission de lui faire sauter la tête, à cette ordure, mais qu'elle en prendra encore pour cinquante dollars.

– Vous pouvez pas faire ça, dit l'homme décontenancé.

– Ah oui ? Je vais me gêner !

– Hé, Tanny ! cria l'un des officiers en uniforme. J'ai cinquante sacs, je peux lui prêter !

Les autres policiers éclatèrent de rire.

– Elle peut même nous débarrasser de toutes les pourritures, lança un autre, je veux bien organiser une collecte !

– Tiens, voilà dix sacs de ma part !

– Hé ! fit encore l'homme.

– Hé quoi ? lui demanda Tanny Brown.

– Vous pouvez pas...

– Je ne peux pas ? Eh bien regardez ça, répondit tranquillement le lieutenant. Arrêtez cet homme.

– Hé ! fit encore une fois l'homme quand on lui passa les menottes.

– Accès non autorisé à un site d'enquête. Rébellion. Insulte à un officier de police. Menaces de mort. Et puis aussi, tiens, complicité et incitation à la violence. Ça, c'est pour avoir donné une arme à son taré de frère.

– Vous avez pas le droit, dit l'homme sans la moindre conviction.

– Je parierais que vous n'avez même pas de port d'arme. Ajoutez cela, lieutenant. Et puis aussi conduite en état d'ivresse.

– Je suis pas bourré !

Tanny Brown se planta en face de lui.

– Regarde-moi bien, dit-il sans s'énerver. Si tu revois un jour cette tête, c'est que tu seras vraiment dans la merde. Pigé ?

– Vous pouvez pas faire ça...

– Emmenez-le, dit Brown aux officiers. Faites-le profiter de l'hospitalité du comté.

– Avec plaisir, dit l'officier qui avait été frappé à la jambe. Il poussa sans ménagement l'homme menotté.

– Allez-y doucement. (L'officier eut l'air étonné.) Pas trop, quand même. Et débrouillez-vous pour que ce salaud se retrouve dans la cellule la plus dégueulasse avec les bougnoules les plus infâmes du coin, ça lui apprendra à être poli avec les gens !

Tanny Brown se désintéressa de l'homme que l'on jetait sans ménagement à l'arrière d'une voiture. Il rentra dans la caravane et s'adressa à la femme.

» Madame Collins, il faut qu'on aille au poste de police. On va vous lire vos droits. Ensuite vous appellerez un avocat pour qu'il vous sorte de là. C'est d'accord ?

Elle acquiesça.

– Je voudrais voir mes gosses.

– Vous aurez tout votre temps. (Il se tourna vers l'officier. Faites venir un auxiliaire féminin.) Et donnez quelque chose à manger à Mme Collins.

– On l'arrête sous quelle charge ?

Tanny Brown regarda encore une fois le corps.

– Usage d'arme à feu dans les limites de la commune, pourquoi pas ? Ça suffira tant que je ne serai pas allé chez le procureur.

Quelle histoire, se dit-il. Il regarda sa montre. Tous ces morts en une seule nuit...

Il se pencha au-dessus du cadavre. Le visage de l'homme fut éclipsé par le souvenir de celui de Joanie Shriver. Il la revit au bord de l'étang, au milieu d'un groupe de citoyens. Il aurait voulu la toucher, la protéger, lui donner sa chaleur, mais il n'en avait rien fait. Il avait laissé faire l'administration. Tout était fini.

Il repoussa cette vision. Non, pensa-t-il en regagnant sa voiture, rien n'est fini ce soir.

L'aube allait poindre quand Bruce Wilcox appela. Les premières lueurs commençaient à donner forme aux objets.

Brown avait passé le reste de la nuit à recueillir les aveux de Mme Collins, deux heures à l'entendre raconter les insultes, les violences sexuelles, les coups. Rien de bien nouveau. C'est toujours le même récit, il n'y a que la victime qui change. Il avait ensuite contacté l'un des substituts du procureur, lequel appréciait peu d'être réveillé aussi tôt, et discuté avec l'avocat chargé du divorce. C'était un cas de légitime défense, il l'avait répété de nombreuses fois au substitut qui penchait pour l'homicide involontaire. Ils étaient finalement tombés d'accord sur le chef d'inculpation suivant : coups et blessures ayant entraîné la mort sans intention de la donner. Il y avait eu crime cette nuit-là, mais ce n'était rien à côté de tout ce qu'avait subi cette femme.

Brown était épuisé. Il signait un rapport quand le téléphone sonna.

– Oui ?

– Tanny ? C'est Bruce. C'est fini, mais on y a eu droit jusqu'au bout.

– Que s'est-il passé ?

– Il a dit qu'on aille se faire mettre et il s'est assis sur la chaise.

– Seigneur...

– Oui, ce vieux Sully aura été un enfoiré jusqu'au bout. Mais ce n'est pas ça le plus intéressant. (Le partenaire de Tanny Brown avait du mal à dissimuler son enthousiasme.) C'est Cowart. Il a passé la journée seul avec cette ordure et l'autre bâtard lui a avoué une quarantaine de meurtres. Floride, Louisiane, Alabama. Cowart est ressorti de là pâle comme un linge. Il n'a repris du poil de la bête que quand les autres vautours lui ont posé tout un tas de questions.

– Et alors?

– Quand il en a eu marre de répondre, il a filé comme s'il avait le diable aux trousses. Il est reparti pour Miami. Du moins c'est ce qu'il a dit. Il doit retrouver les inspecteurs de Monroe. Eux non plus n'avaient pas l'air d'apprécier beaucoup son petit numéro. Il sait quelque chose sur les deux morts qu'il y a eu chez eux et il ne veut rien dire.

– Eh, comment sais-tu tout cela, toi?

– Je devine, c'est tout. En tout cas, notre homme avait l'air drôlement mal à l'aise après tout ce qu'il a entendu. Et je ne crois pas qu'il nous en a raconté la moitié.

– Bruce, fit Tanny Brown, tu sais à quoi je pense?

– J'ai l'impression qu'on pense la même chose.

– Je crois que Cowart a appris un détail qui ne lui a pas fait plaisir. Un élément qui mettrait toutes ses théories en l'air.

– Avec ce que Sully a dû lui assener... Tous ces crimes, ça n'avait pas grande importance pour lui. Quoique...

– Oui, il n'y en a qu'un qui comptait vraiment pour lui.

– Je suis bien d'accord.

Pour moi aussi, il n'y a qu'un crime qui compte vraiment, se dit Tanny Brown au moment de raccrocher.

L'esprit encombré de questions, il roulait dans les rues paisibles de la ville. Le garçon qui distribuait les journaux était juste devant lui, sur sa bicyclette. Il se retourna en entendant le bruit de la voiture, reconnut Brown et lui adressa un petit signe.

Brown s'arrêta dans l'allée et regarda un instant autour de lui : des maisons aux couleurs pastel, des pelouses bien entretenues, des voitures récentes. Une existence bien calme. On était loin de la vieille image du Sud. Des médecins, des avocats, des policiers comme lui. Noirs et Blancs mélangés. L'Amérique moderne qui va de l'avant. Il regarda ses mains. Des mains d'employé de bureau. Pas comme celles de son père...

Une fois dans la maison, il accrocha son holster à une patère entre deux sacs à dos bourrés de livres de classe. Il sortit son arme et en vérifia l'état. C'était un 357 Magnum. Cela faisait des mois qu'il n'était pas allé à l'entraînement. Il ouvrit un tiroir, bloqua la détente de l'arme et la rangea. Puis il retira son autre arme, celle qu'il portait toujours à la cheville.

Il sentit le bacon que l'on faisait frire dans la cuisine et s'engagea dans le couloir, avec ses meubles danois et ses gravures encadrées. Il resta un moment à observer son père penché au-dessus de la cuisinière et occupé à casser des œufs.

– Salut, mon vieux père, dit-il doucement.

Son père ne réagit pas, il se contenta de pester quand de la graisse lui sauta sur la main.

» J'ai dit : salut, mon vieux père.

Son père se retourna avec lenteur.

– Je ne t'avais pas entendu rentrer, dit-il en souriant.

Tanny Brown lui rendit son sourire. Son père n'avait plus très bonne oreille. Il s'en approcha et le prit par les épaules. Cet homme jadis si robuste était aujourd'hui si frêle qu'il pouvait sentir les os saillir sous la chemise de coton. Une certaine tristesse l'effleura quand il pensa à ces bras si forts autrefois qu'ils soulevaient pratiquement tout et qui ne pouvaient plus faire grand-chose. La maladie leur avait ôté toute vigueur. Et il se revit enfant, jeune homme, avide d'être plus vigoureux que son père; maintenant, cela le mettait mal à l'aise.

– Tu t'es levé bien tôt, dit le fils en le lâchant.

Le père haussa les épaules. Il ne dormait pratiquement plus, Brown le savait si bien.

– Ne m'appelle pas « ton vieux père », je ne suis pas si vieux que ça, à ce que je sache. Et je pourrais encore te flanquer une belle correction.

– Ça, je n'en doute pas, répondit Brown en souriant. (C'était un jeu entre eux.) Les filles sont debout ?

– Non. Peut-être que l'odeur du bacon va les réveiller. Ah! si ta mère était encore là, elle les jetterait à bas du lit au chant du coq et ça serait elles qui prépareraient le bacon, ça c'est sûr!

Tanny Brown secoua la tête.

– Si leur mère était encore là, elle leur dirait de traîner au lit, elle les laisserait rater le bus scolaire pour les emmener en voiture.

Ils rirent tous les deux avant de s'installer à table pour prendre leur petit déjeuner. Après un long silence, le père dit :

– Theodore, comment ça se fait que tu n'as jamais pensé à prendre une nouvelle femme ?

– Je n'en retrouverai jamais une comme Lizzie, dit le fils en secouant la tête.

– Qu'est-ce que tu en sais si tu ne cherches pas ?
– Quand maman est morte, tu ne t'es pas cherché de femme.
– J'étais déjà vieux. Toi, tu es encore jeune.
– Non, j'ai ce qu'il me faut. Je t'ai toi et les filles et mon boulot et la maison. Ça me va.

Le vieil homme renifla. Quand son fils eut fini de manger, il prit son assiette et la mit dans l'évier.

» Je vais lever les filles, dit Tanny.

Son père se contenta d'un grognement. On fait une drôle de paire, pensa-t-il, le vieux veuf et le jeune veuf qui font de leur mieux pour élever les deux gamines. Le père se mit à chantonner en lavant les assiettes. Tanny Brown sourit. Le vieil homme refusait obstinément de se servir du lave-vaisselle et interdisait à quiconque de s'en servir. Les filles s'en étaient plaintes dès son arrivée dans la maison et Tanny leur avait expliqué que c'était comme ça, qu'on ne pouvait rien y faire. Les filles n'étaient pas vraiment satisfaites de cette explication et, le week-end suivant, il les avait emmenées dans sa voiture banalisée. Ils avaient roulé pendant près de quatre-vingts kilomètres et franchi la frontière de l'Alabama pour s'arrêter à Bay Minette. Ils avaient traversé la petite ville poussiéreuse, écrasée de soleil, avant de continuer dans la campagne environnante. Il avait amené les filles dans un grand champ où la chaleur semblait suspendue dans l'air. Il leur avait montré un groupe de cabanes, vides à présent, à demi délabrées par le temps, et leur avait expliqué que c'était dans l'une d'elles que leur grand-père était né et avait vécu. Ils avaient ensuite repris la direction de Pachoula ; là, elles avaient vu l'école pour Noirs où il avait appris à lire, la ferme où il avait travaillé si dur, l'atelier où il s'était formé à la tannerie. Il leur avait montré la maison que leur grand-père avait achetée dans ce qui s'appelait jadis Blocktown ; leur grand-mère s'y était installée comme couturière et sa réputation avait vite franchi les barrières raciales. Enfin, elles avaient visité la petite église blanche où leur grand-père avait été diacre et où leur grand-mère avait chanté dans la chorale. Ensuite, ils étaient rentrés, et plus personne n'avait jamais parlé de lave-vaisselle.

Moi aussi, j'oublie, se dit-il. Nous oublions tous.

Devant la chambre des filles, le couloir était plein de photos de famille. Il en vit une où il posait fièrement en tenue de footballeur. Il voyait le tissu un peu élimé au niveau des épaules. Les uniformes de son école étaient toujours un peu usés, ils provenaient d'une école pour Blancs, dans un district voisin. Les filles ne peuvent pas comprendre ça. Elles ne peuvent pas imaginer d'avoir des livres, du matériel scolaire, tout en fait, d'occasion. La première fois qu'il avait mis son casque de footballeur, il avait vu une traînée de sueur à l'intérieur et il en avait approché le nez pour en percevoir l'odeur. Cette guerre a tout changé pour moi, se dit-il. Mil neuf cent soixante-neuf. La marche sur Washington, c'était six ans auparavant. La loi sur les droits civils était passée l'année suivante, celle sur le droit de vote en 1965. Le Sud tout entier était en pleine convulsion. Il était revenu du service militaire et avait repris ses études grâce à une bourse de l'armée. A Pachoula, il avait découvert que son école n'existait plus. La ségrégation était officiellement abolie.

Il secoua encore une fois la tête. Non, il ne faut pas oublier. Il se rappelait le nom dont l'avait gratifié le frère de Buck, quelques heures plus tôt. Rien n'avait changé.

Il frappa à la porte de son aînée.

– Allez Lisa, debout, et que ça saute!

Puis il tambourina à la porte de la cadette.

– Samantha! Tout le monde sur le pont!

Leurs grognements de protestation l'amusèrent. Un instant, il oublia Pachoula, la petite fille assassinée et les deux hommes qui avaient occupé des cellules voisines dans le couloir de la mort.

Tanny Brown passa la demi-heure suivante à s'occuper de ses filles, à les préparer pour aller à l'école. Quand elles furent parties, juste à temps pour attraper le bus scolaire, il se retrouva seul. Son père était allé faire une petite sieste. Il était donc seul dans sa propre chambre inondée de soleil, un peu comme un animal nocturne saisi par la lumière du jour.

Il regarda les objets familiers. Sur une étagère était posé un grand vase en cristal en forme de sablier. Il sourit. Il repensa au jour où il l'avait offert à sa femme lors de leur voyage au Mexique. Elle y tenait tellement qu'elle ne le confiait à personne, ni aux porteurs ni aux grooms des hôtels. De retour à la maison, elle l'avait déposé cérémonieusement au milieu de la table. Il y avait toujours eu dedans d'énormes bouquets de fleurs. Aujourd'hui, le vase était vide, mis un peu à l'écart.

Il se rappela les efforts déployés aux urgences de l'hôpital pour la ranimer. Quand il était arrivé, on s'affairait encore autour d'elle, on lui faisait un massage cardiaque, mais au premier coup d'œil il avait compris que c'était inutile. La guerre lui avait appris cela. Vingt minutes auparavant, elle riait avec les autres infirmières. Elle leur avait dit bonsoir et elle était sortie prendre sa voiture. Cinq pâtés de maisons plus loin, un ivrogne au volant d'une camionnette l'avait projetée contre une maison. Ils avaient fait de leur mieux pour la ranimer, elle-même en aurait fait autant pour eux.

Il fixait le plafond sans pouvoir dormir. Il se releva et alla dans la chambre de sa cadette. Sur le petit bureau, il écarta des jouets et des babioles, un ours à l'oreille déchirée, un collier fantaisie. Il ne lui fallut pas longtemps pour trouver ce qu'il cherchait : un petit cadre d'argent avec une photo à l'intérieur.

Le cliché représentait deux petites filles, une blanche et une noire, une blonde et une très brune, bras dessus bras dessous, hilares, maquillées et habillées comme des danseuses des années folles.

Il regarda les deux visages.

Des amies. Il suffisait de voir cette photo pour comprendre que, pour elles, rien d'autre ne comptait ; elles s'aimaient bien, partageaient des secrets et des fous rires. Elles avaient neuf ans et c'était le soir d'Halloween.

La fureur s'empara de lui. Il vit le visage moqueur de Blair Sullivan. J'espère que tu as eu mal, j'espère que tu as connu toutes les souffrances du monde quand on t'a arraché l'âme du corps.

Le visage de Sullivan disparut et il pensa à Ferguson.

Et toi, tu te crois libre. Tu crois que tu vas t'en tirer. Tu n'as pas la moindre chance.

A nouveau il observa la photo. Il aimait particulièrement la façon dont les petites filles se tenaient enlacées, un bras noir pendant sur une poitrine blanche, un bras blanc sur une poitrine noire. Sa première et sa meilleure amie.

Il fixa les yeux de Joanie. Ils étaient d'un bleu électrique. Comme le ciel de Floride le matin de l'enterrement de sa femme. Il s'était tenu à l'écart des invités, ses deux filles serrées contre lui, et il avait écouté la voix du prêtre qui parlait d'amour et de dévotion, de foi et de retour vers le Père céleste. Il l'avait écoutée, mais ne l'avait pas entendue. Il tenait ses filles et elles étaient secouées de sanglots. Il aurait aimé céder à la colère, mais c'eût été trop simple, il le savait. Non, il allait connaître le doute constant, l'angoisse de perdre ses filles maintenant que leur mère était partie. Surtout Samantha, la plus petite, qui pleurait sans arrêt depuis l'instant où elle avait appris la terrible nouvelle.

Les invités avaient respecté son désir de solitude, mais pas Joanie Shriver. Elle avait quitté son père et, avec infiniment de sérieux, les yeux baignés de larmes, elle était venue à lui et lui avait dit : « Ne vous en faites pas pour Samantha, c'est mon amie et je m'occuperai bien d'elle. » Elle lui avait alors pris la main. Joanie s'était montrée fidèle à sa promesse. Elle avait toujours été là chaque fois que Samantha avait besoin d'elle, le week-end, pendant les vacances, après l'école. Elle n'avait que neuf ans et faisait preuve de plus de sagesse que bien des adultes.

Oui, pensa-t-il, elle était plus que l'amie de ma fille. Elle était mon amie, à moi aussi. Elle nous a sauvé la vie.

Il s'en voulut alors terriblement. Malgré toute sa force et son autorité, il avait été incapable de la protéger.

Il se rappela la guerre. Infirmier! lui criait-on, et il accourait. Est-ce que j'en ai sauvé quelques-uns? Il se souvint d'un petit gars, arrivé depuis moins d'une semaine, un cow-boy du Wyoming qui avait pris une balle en pleine poitrine. Il n'avait cessé de regarder Tanny Brown quand celui-ci lui avait prodigué des soins, il avait cherché dans ses yeux un signe, quelque chose qui lui indiquât s'il allait vivre ou mourir. Il avait toujours le même regard en rendant son dernier souffle. Et ce regard, c'était celui de George et Betty Shriver quand il était allé leur annoncer l'atroce nouvelle.

Brown secoua la tête. Je connais George Shriver depuis combien de temps? Depuis le jour où je suis allé travailler à la boutique de son père et qu'il a pris le balai pour nettoyer par terre.

Sa main tressaillit. J'en ai enterré bien plus que cela. Il regarda une dernière fois la photo avant de la replacer sur le bureau. Non, ce n'est pas fini. Je te dois trop.

La fatigue, le désir de repos, tout cela était oublié. Mû par la colère, il retourna dans sa chambre et jeta quelques affaires de rechange dans un sac de voyage tout en se demandant à quelle heure partait le premier avion pour Miami.

13

Un trou dans le récit

Il n'avait aucun plan de bataille.

Matthew Cowart avait, au lendemain de l'exécution de Blair Sullivan, tout l'enthousiasme de celui qui se sait en tête de liste des condamnés. Il roula pendant toute la nuit, à des vitesses excessives parfois, sans même se faire arrêter par un motard. Il fonçait dans le noir, éperonné par les contradictions furieuses auxquelles il était en proie. L'aube ne lui apporta pas de solution lumineuse. Il laissa son véhicule à l'agence de l'aéroport international de Miami; le loueur eut du mal à comprendre pourquoi il ne l'avait pas rapporté à son port d'attache. Un chauffeur de taxi cubain qui faisait mal la distinction entre le base-ball et la politique et passait sans cesse d'une langue à l'autre ramena Cowart chez lui à l'heure des premiers bouchons. Et le journaliste se retrouva seul au coin de la rue, les yeux levés vers le bleu pâle du ciel.

Il déambula dans son appartement en se demandant ce qu'il allait bien pouvoir faire. Il aurait dû aller au journal, mais il était bien incapable de rassembler l'énergie nécessaire. Le bureau n'était plus un sanctuaire, mais un marécage ou un champ de mines. Il regarda ses mains, ses veines. Quelle absurdité, quelques heures plus tôt, il aurait donné très cher pour être seul et, maintenant qu'il l'était, il était parfaitement incapable de prendre une décision.

Il se remémora d'autres journalistes qui avaient commis la même erreur que lui, comme si leurs doutes avaient pu atténuer les siens : aux débuts des années 60, les efforts de William F. Buckley pour sortir Edgar Smith du couloir de la mort, dans le New Jersey; l'appui que Norman Mailer avait apporté à Jack Abbott. Il se rappela le journaliste posant devant une rangée de micros et reconnaissant du bout des lèvres s'être fait duper par un tueur; il revit le romancier tenter d'échapper aux projecteurs des caméras et refuser de parler de son inculpation pour complicité. Je ne suis pas le premier journaliste à commettre une erreur, bon Dieu, c'est une profession à haut risque et les enjeux sont toujours élevés.

Mais tout ça ne le consolait pas.

Assis dans son fauteuil, il leva la tête, paraissant s'adresser à un interlocuteur invisible.

– Qu'est-ce que j'aurais pu faire ?

Il arpenta la pièce.

» Bon sang, il n'y avait aucune preuve. C'était pourtant clair, aucune preuve...

La fureur s'empara de lui et il balaya de la main une pile de magazines. Il retourna une petite table et l'envoya s'écraser contre le mur avant de hurler des obscénités et de s'en prendre à la vaisselle. Puis il projeta à terre tous les livres d'une étagère. Épuisé, il s'écroula sur son canapé.

» Qu'est-ce que j'aurais pu faire ?

Il n'eut que le silence pour toute réponse. Un épuisement d'un type différent s'empara de lui; il appuya la tête au dossier pour fixer le plafond. Et d'un seul coup il éclata de rire.

» Alors, mon pote, s'écria-t-il en affectant l'accent du Sud profond, tu t'es bien fait baiser la gueule, hein ?

Il se redressa.

» D'accord. Qu'est-ce qu'on va faire ? (Le silence.) C'est facile, fit-il en riant. On n'a rien à proposer.

Il fouilla dans un tiroir et en sortit un journal vieux d'un an. Son premier article sur Ferguson. Le papier commençait à jaunir. Il regarda le titre en hochant la tête.

Calmement, il relut son article, cochant parfois un mot, une phrase, une expression à l'aide d'un surligneur jaune. Il rit à nouveau. Dans tout ce qu'il avait écrit, il n'y avait rien qui fût franchement faux ou imprécis.

Il n'y avait que l'ensemble.

Le téléphone sonna et l'arracha à ses pensées. Il décrocha à contrecœur.

– Oui ?

– Matt, c'est toi ? fit Will Martin, du bureau éditorial.

– Oui.

– Seigneur Jésus, mais où tu étais passé ? Tout le monde te court après!

– Je suis revenu en voiture.

– De Starke ? Mais il y a au moins huit heures de route.

– Moins de six, j'ai fait quelques pointes.

– Eh bien, j'espère que tu peux écrire aussi vite que tu conduis. La rédaction s'arrache les cheveux et on n'a que quelques heures avant la première édition. Ramène-toi ici en quatrième vitesse.

– Bien sûr, bien sûr... Dis, Will, il y a du monde sur la ligne ?

– Non, mais il y a une conférence de presse en cours et ça discute de tout côté. On ne parle plus que de ça. Tu devrais voir les messages que tu as reçus ! Les chaînes de télé, le *Times* et le *Post*, les hebdos, ils sont tous excités comme des bleus. Leurs correspondants locaux font le pied de grue devant notre porte. Sans parler des flics des brigades criminelles qui appellent de partout, tout le monde veut savoir ce que le tueur t'a dit avant d'y passer.

– Sullivan m'a avoué beaucoup de crimes.

– On le sait. Mais il faut rentrer dans le vif du sujet à présent. Ils veulent des noms, des dates, des détails précis. Et ils les veulent tout de suite. Tu as tout ça sur bande ? On va te donner une secrétaire, non, une demi-douzaine de secrétaires pour assurer les transcriptions. Allez, Matt, tu es claqué, je m'en doute bien, mais secoue-toi, bois du café, prends des amphés ! Amène-toi ici avant qu'on devienne tous dingues. Tu dormiras plus tard.

– D'accord, fit Cowart sans le moindre entrain.

Toute envie de chercher à expliquer ce qui s'était vraiment passé s'était dissipée. Will faisait preuve d'un tel enthousiasme. La haute direction devait être sur les dents. Un article de ce poids avait un impact sur tout le journal. Tous ses collaborateurs ont l'impression de participer aux événements.

» J'arrive, dit-il calmement. Mais comment je fais pour éviter les photographes ?

– Pas de problème. Tu vois le Marriott Hotel derrière l'Omni International ? La petite rue parallèle à la baie...

– Bien sûr.

– Un camion de livraison va t'y prendre dans vingt minutes. Tu entreras par l'entrée des fournisseurs.

– On est en plein roman de cape et d'épée, hein ? dit Cowart en s'obligeant à prendre un ton badin.

– Les grands événements exigent des efforts exceptionnels, mon gars. On n'a pas pu trouver mieux. Peut-être que la CIA ou le KGB auraient de meilleures idées.

– Je suis déjà parti, dit Cowart.

Soudain, il pensa aux bandes contenant les aveux de Sullivan et la vérité sur le meurtre de Joanie Shriver. Personne ne devait entendre ces révélations. Pas pour l'instant, tout au moins.

» Attends, il faut que je prenne une douche. Fais patienter le camion. Dans trois quarts d'heure, plutôt une heure, ça ira ?

– Tu n'as pas besoin de sentir la rose pour pondre un article, tu sais.

– Il faut que je remette de l'ordre dans mes idées.

– Tu veux que je dise au big boss que tu réfléchis ?

– Non, dis-lui que j'arrive, je réunis mes notes. Une demi-heure, Will, c'est promis.

– Pas plus. Grouille-toi, fils.

Will Martin avait raccroché. Cowart avait la tête qui tournait. Il n'avait plus le choix, les inspecteurs allaient débarquer dans son bureau. Tout allait trop vite. Il devait écrire son papier. On attendait beaucoup de lui.

Mais au lieu de prendre sa veste, il ouvrit son attaché-case et en sortit les bandes magnétiques. Il ne lui fallut qu'une seconde pour repérer la dernière enregistrée – il avait pris soin de les numéroter au fur et à mesure. Il regarda la bande, pensa une seconde la détruire purement et simplement, puis se dirigea vers sa chaîne stéréo. Il fit défiler la bande jusqu'au bout puis fit marche arrière rapide pendant quelques secondes et appuya sur marche avant. La voix de Blair Sullivan jaillit des haut-parleurs. Cowart attendit les mots : « Je vais vous dire la vérité à propos de Joanie Shriver. »

Il fit stop et rembobina pendant quelques secondes, jusqu'à ce que Sullivan dise : « Voilà, ça fait trente-neuf. Pas mal, hein ? » et que lui-même réponde : « Monsieur Sullivan, nous n'avons plus beaucoup de temps. Si vous pouviez... » Le tueur avait hurlé : « Vous ne comprenez rien ou quoi ? » Puis : « J'ai encore le temps de vous raconter une histoire... »

Il rembobina encore une fois jusqu'à : « Pas mal, hein ? »

Il chercha dans sa collection de disques et de cassettes et en trouva une sur laquelle il avait enregistré quelques années auparavant l'album « Sketches of Spain » de Miles Davis. La bande avait beaucoup passé, elle était un peu usée et l'étiquette était à demi effacée. Il y avait tout un passage non enregistré à la fin. Il mit la bande dans le lecteur, la fit défiler jusqu'à la fin du dernier morceau. Là, il passa en enregistrement et copia la dernière partie des aveux de Blair Sullivan.

Il rangea la bande magnétique dans sa collection et réfléchit, les yeux fixés sur la bande originale, celle qui recelait la confession de Blair Sullivan. Il rembobina une nouvelle fois jusqu'à : « Pas mal, hein ? », appuya sur la touche d'enregistrement et effaça ainsi la fin des propos de Sullivan.

C'était un peu brutal comme fin, mais il faudrait faire avec.

Il ignorait si le subterfuge passerait auprès d'un laboratoire spécialisé, mais cela lui donnerait au moins quelque temps...

Cowart leva les yeux de son écran d'ordinateur et vit les deux inspecteurs traverser la salle. Ils zigzaguaient entre les bureaux et ignoraient les dizaines de journalistes qui s'arrêtaient de travailler à leur passage. Tout le monde avait les yeux sur eux quand ils arrivèrent auprès de Cowart.

– Bien, monsieur Cowart, fit Andrea Shaeffer. C'est à nous.

Sur l'écran, les mots scintillaient.

– J'en ai pour une seconde.

– Vous avez fini, intervint l'inspecteur Weiss.

Cowart les ignora. Une seconde plus tard, son rédacteur en chef s'interposait entre les deux policiers et lui.

– Nous voulons votre déposition. Nous l'attendons depuis des jours et nous en avons marre de vous courir après, expliqua Shaeffer.

– Dès qu'il aura terminé, dit le rédacteur en chef.

– Il n'a *jamais* terminé. L'autre jour, il voulait rentrer à Miami après avoir découvert les corps. Ensuite il lui fallait parler à Sullivan. Après quoi il a voulu être seul. Et maintenant, il pond un article. Si nous voulons des renseignements, il va falloir qu'on s'abonne à votre canard ou quoi ?

L'exaspération se faisait sentir dans les propos de l'inspecteur Shaeffer.

– Je vous dis qu'il va bientôt... reprit le rédacteur en chef.

– Vous voulez vous faire coffrer pour obstruction à l'enquête ?

– Ça me plairait bien. Cela ferait une superbe une, moi avec des menottes entre deux inspecteurs. Je suis persuadé que le shérif de Monroe sera aux anges.

Il présenta ses poignets.

– Écoutez, dit Shaeffer, il détient des renseignements relatifs à une enquête criminelle. Ce n'est pas exagéré de lui demander de se montrer un peu coopératif, non ?

– Matt, vous en avez pour longtemps ?

– Quelques minutes, répondit Cowart.

– Où sont les bandes ? demanda Shaeffer.

– A la transcription. On tient le bon bout.

Le rédacteur en chef eut une idée.

– Tenez, vous devriez en profiter pour lire ce que Sullivan a confié à Matt...

Les inspecteurs hochèrent la tête et le rédacteur en chef les entraîna dans un bureau à l'écart.

Cowart pouvait respirer. Il avait brossé un tableau succinct de l'exécution et rapporté fidèlement la confession de Blair Sullivan. Il avait donné la liste de tous les crimes qui lui avaient été confessés.

Il ne lui restait plus qu'à parler du double meurtre perpétré dans les Keys. C'était une chose capitale, mais son problème était le suivant : il ne pouvait dire à la police – ou écrire dans le journal – que Ferguson était impliqué dans ces crimes sans dire aussi pourquoi. Car cela consistait à dévoiler l'accord passé entre les deux pensionnaires du couloir, donc à exposer la responsabilité de Ferguson dans la mort de Joanie Shriver.

Matthew Cowart était paralysé devant son ordinateur. Taire le rôle de Ferguson, c'était la seule façon de protéger sa réputation, sa carrière et sa propre personne.

Je vais donc cacher un tueur ? se demandait-il.

Dans son imagination résonnaient les paroles de Sullivan : « Et vous, Cowart, je vous ai tué ? »

A un moment donné, il envisagea sérieusement de révéler toute la vérité. Puis, l'instant d'après, il se demanda à quelle vérité il faisait allusion. Tout reposait sur les propos du condamné. Un adepte du mensonge, jusqu'en ses derniers instants.

Cowart relut ce qu'il avait écrit, il savait que son article passerait tel quel dans la prochaine édition.

Une voix retentit derrière lui.

– Je ne marche pas.

C'était Edna McGee. Ses cheveux blonds voletaient autour de son visage lorsqu'elle secouait la tête.

– Quoi ? fit Cowart en se retournant brusquement.

Elle fronça les sourcils et s'efforça de lui sourire.

– Je crois qu'il y a un os.

– De quoi tu parles ?

– J'ai jeté un petit coup d'œil à ton texte, mais il y a un problème, là, quand il te dit qu'il a tué le jeune homme qui bossait dans une boutique où l'on trouvait des souvenirs indiens. C'était sur la Tamiami Trail, il y a quelques années de cela. Il dit s'être arrêté pour boire un Coca et avoir descendu le gars d'une balle dans le dos avant de prendre la caisse et de descendre sur Miami. Je m'en souviens très bien, j'ai couvert ce crime.

» C'était à l'époque où je faisais une enquête sur toutes les embrouilles qui tournaient autour de la réserve des Miccosukkees. J'avais fait un encart sur quelques-uns des crimes qui pourrissaient l'ambiance dans les Everglades. Tu ne t'en souviens pas ?

Il était agrippé à son bureau.

» Matt, ça ne va pas ?

– Je me le rappelle, dit-il lentement.

– Cela concernait surtout des gens qui se faisaient dépouiller sur la route. Les Indiens avaient dû établir leurs propres patrouilles.

– Je vois maintenant.

– J'ai fait des recherches sur le meurtre de ce type. C'est arrivé comme l'a dit Sullivan, on a vraiment l'impression qu'il était dans la boutique. Pour sûr, le gars s'est fait tirer dans le dos. C'était dans tous les journaux... Ce que je veux dire, c'est que la confession de Sullivan est inventée. Il n'a pas fait le coup. C'est impossible. On a arrêté trois ados de South Dade. Les experts ont démontré que c'était leur arme qui avait tiré la balle retrouvée sur le cadavre. Un des trois types a avoué, celui qui conduisait l'a chargé. Ils ont été condamnés pour homicide volontaire. Vingt-cinq ans. Pour le troisième, il y a eu compromis.

– Alors... Sullivan...

– Je ne sais pas, moi. Il était dans le sud de la Floride à l'époque. Il a dû passer dans le coin au moment où ça s'est produit. Tous les journaux locaux en ont parlé, le gosse était le neveu d'un notable indien. Alors, ça te revient ?

Oui, cela lui revenait vaguement, mais il se demandait surtout pourquoi il n'en avait pas été de même lorsque Sullivan lui avait décrit ce meurtre.

Edna désigna l'article qu'il écrivait.

» Matt, je suis sûre qu'il t'a probablement dit la vérité à propos de la plupart de ces crimes. Mais tous... S'il y en a un qui ne colle pas, combien d'autres ?

L'estomac de Cowart se noua. Les mots « probablement dit la vérité » lui étaient atroces. N'avait-il menti qu'une fois ? Pourquoi pas deux ? Pourquoi pas une douzaine de fois ? Qui avait-il tué ? Qui n'avait-il pas tué ? Quand disait-il *vraiment* la vérité ?

Et si tout était faux ? Et si Ferguson était sincère ? L'image qu'il se faisait du jeune Noir bascula subitement de celle du tueur cynique à celle de l'innocent piégé par le système. Les mensonges de Sullivan, ses demi-vérités et ses informations erronées, tout cela formait un ensemble impossible à manipuler.

Innocent ? se dit Cowart.

Il regarda l'écran de l'ordinateur et repensa aux propos de Sullivan.

Coupable ?

Il a fait le coup ?

Il ne l'a pas fait ?

Edna désigna une nouvelle fois son article.

» Il y en a quelques autres qui risquent de ne pas tenir. Le problème, c'est que je me demande pourquoi. Quel intérêt a-t-il à se mettre sur le dos des crimes avec lesquels il n'a aucun rapport ?

Elle prit son temps et répondit à sa propre question.

» Parce que c'était un type bizarre, jusqu'au dernier instant. Tous les meurtriers en série veulent détenir le plus beau palmarès. Tu te rappelles de ce type au Texas, Henley ? Il en était arrivé à vingt-huit avec son complice. Un jour, en prison, il apprend que John Gacy, à Chicago, est arrivé à trente-trois. Là-dessus, il appelle un inspecteur de Houston et lui balance : « J'en ai oublié quelques-uns... » Quand je dis qu'il était bizarre, je suis loin du compte.

– Oui, fit mollement Cowart, rongé par le doute.

– Au moins trente-neuf crimes, voilà ce qu'il t'a dit. Mais tu ferais bien de proposer du solide.

– J'y veillerai.

– Bon. Au fait, le double meurtre dans les Keys, il t'a donné de vrais détails ?

– Non, fit vivement Cowart, il m'a seulement dit qu'il s'était arrangé pour que le travail soit fait.

– Il a bien dû donner des précisions...

– Il a vaguement parlé du téléphone arabe, bredouilla Cowart. Que l'on pouvait tout acheter, il suffisait pour ça d'y mettre le prix, mais j'ignore qui il a soudoyé.

– Eh bien, je te souhaite du courage. (Elle se tourna vers le bureau où étaient retenus les deux inspecteurs.) Tu penses qu'ils ont des preuves ? Ils n'attendent pas que tu leur mâches le travail à leur place ? Le cynisme qu'elle affichait n'était que trop évident.

– Edna...

– Tu veux un coup de main, savoir ce qui est sûr et ce qui ne l'est pas ?

– Oui, dit-il. Tu t'en chargerais ?

– Ça me passionnerait. Ça prendra quelques jours, mais je ne ferai que ça. Je vais en parler au patron. Tu es sûr que ça ne te gêne pas que je cosigne ton papier ?

– Pas de problème.

– Ne rentre pas trop dans le détail avec la confession de Sully, dit-elle en désignant l'écran de l'ordinateur. Cela peut causer des problèmes. Ne tombe pas dans ton propre piège.

Cowart ne savait pas s'il devait rire ou pleurer.

» Tu vas apprécier ce vieux Sully, dit-elle. Il n'a jamais voulu faciliter la tâche à qui que ce soit.

Il vit Edna McGee aller trouver son supérieur et discuter avec lui de manière animée. Ensemble, ils regardaient la transcription des bandes. L'homme secoua la tête avant de s'approcher de lui.

– C'est vrai ? demanda-t-il.

– C'est ce qu'elle prétend, je n'en sais rien.

– Il va falloir tout éplucher.

– Oui.

– Seigneur, mais comment allez-vous faire pour votre papier ?

– Je me contente de rapporter les dernières paroles d'un condamné. Des allégations gratuites. Des questions sans réponses. Ce genre de choses, quoi.

– Insistez sur le côté descriptif et mettez la pédale douce question détails. Il nous faut du temps.

– Edna va me donner un coup de main.

– Parfait, elle va s'y mettre tout de suite. Vous en aurez pour longtemps ?

– Je voudrais bien me reposer...

– D'accord. Et ces inspecteurs ?

– Je ne bouge pas.

Cowart regarda son écran. Il copia les propos de Sullivan qu'il avait notés dans son carnet et acheva par ces mots : « Pas mal, hein ? »

Il enregistra son texte, enfonça quelques touches et le transmit ainsi à la rédaction où il serait relu, calibré, mis en page. Il ne savait plus distinguer la vérité du mensonge, et c'était bien la première fois que cela lui arrivait de toute sa carrière de journaliste.

Noyé dans une mer d'ambiguïté, il alla trouver les deux inspecteurs du comté de Monroe.

Shaeffer et Weiss étaient blafards.

– Où est-ce ? demanda la femme alors qu'ils franchissaient la porte donnant sur la salle de conférences.

Les trois secrétaires s'empressèrent de filer en voyant arriver les inspecteurs. Cowart ne répondit pas. Son regard se posa sur une fenêtre. La lumière qui se reflétait sur la baie éclairait la grande pièce. Au loin, un bateau de plaisance se dirigeait vers l'océan.

» Où est-ce ? demanda à nouveau l'inspecteur Shaeffer. Où explique-t-il la mort de sa mère et de son beau-père ? (Elle prit les feuillets de la transcription.) Il n'y a pas un mot dans tout ça.

Weiss le menaça du doigt.

– Vous feriez bien de nous donner quelques explications, Cowart, je commence à en avoir marre d'attendre. On pourrait vous boucler comme témoin numéro un et vous faire réfléchir en taule.

– Super, je pourrais peut-être dormir un peu.

– Écoutez, j'en ai assez de vous entendre menacer mon collaborateur, dit une voix derrière lui. (C'était celle de son rédacteur en chef.) Vous ne pouvez pas faire votre propre enquête ? On dirait que vous attendez de lui toutes les réponses.

– Si je fais ça, c'est parce que je crois qu'il les a, dit Shaeffer sur un ton menaçant.

Le rédacteur en chef indiqua des chaises.

– Asseyons-nous, on va essayer de débrouiller tout ça.

Cowart vit Shaeffer respirer profondément pour se calmer.

– Bon, je veux une déposition en bonne et due forme, dit-elle. Ensuite on vous laisse. Ça ira ?

Cowart hocha la tête. Le rédacteur en chef intervint :

– Puisqu'il est d'accord. Mais je vous préviens, encore une menace et on arrête tout.

Weiss s'assit pesamment et sortit un carnet de sa poche. Shaeffer posa la première question.

– Expliquez-nous ce que vous m'avez dit à la prison de Starke.

Elle avait les yeux fixés sur lui. Cowart ne baissa pas la tête et la regarda bien en face.

– Sullivan prétendait avoir engagé quelqu'un pour tuer à sa place.

– Ça, on le sait. Mais qui ? Comment ? Rapportez-nous ses paroles exactes. Et comment se fait-il que vous ne les ayez pas enregistrées ?

– Il m'a fait éteindre mon magnéto. Pourquoi, je l'ignore.

– D'accord. Continuez.

– Ce n'était qu'un détail dans une longue conversation...

– Bien sûr. Allez-y.

– Vous savez comment il m'a envoyé à Islamorada. Il m'a donné l'adresse et m'a demandé de faire une interview des gens que j'y rencontrerais. Il n'a pas précisé qu'ils seraient morts. Il n'a rien indiqué d'autre, il a seulement insisté pour que je...

– Vous ne lui avez pas demandé la moindre explication avant d'aller là-bas ?

– Pourquoi ? Il ne m'aurait pas répondu. Il était inflexible. Sa mort était programmée. Je suis parti. Sans poser de questions. Cela n'a rien d'extraordinaire.

– Pour sûr. Continuez.

– Dès que je suis revenu dans sa cellule, il m'a fait décrire ce que j'avais vu. Il voulait tous les détails, la façon dont les cadavres étaient assis, comment ils avaient été tués, tout ce que j'avais pu remarquer. Il semblait particulièrement intéressé par le fait de savoir s'ils avaient souffert ou non. Quand j'ai eu terminé, il avait l'air satisfait. Profondément réjoui, même.

– Continuez.

– Je lui ai demandé pourquoi et il m'a répondu : « Parce que je les ai tués. » Quand j'ai voulu savoir comment il s'y était pris, il m'a répondu : « On peut tout avoir, même au couloir de la mort, suffit pour ça d'y mettre le prix. » Naturellement, il a refusé de me dire qui il avait payé. Il ne l'ouvrirait pas avant d'être enterré, c'est ce qu'il a dit. J'ai essayé d'apprendre comment il s'était débrouillé, mais il a refusé de me répondre. « Vous n'êtes pas intéressé par mon testament ? » a-t-il ajouté, puis il m'a fait rallumer mon magnéto. Il a ensuite avoué tous ses crimes.

Il mentait avec une aisance qui le surprenait lui-même.

– Vous pensez qu'il y avait un quelconque rapport entre lui et le double meurtre ?

Ça, c'est la véritable question, se dit Cowart. Il haussa les épaules.

– Difficile à dire.

– Mais vous, vous pensez qu'il vous a dit la vérité ?

– Parfois, oui. Il est évident qu'il m'a envoyé dans cette maison en sachant que quelque chose s'y serait passé. Il savait donc qu'ils allaient être assassinés. Je crois qu'il a eu ce qu'il voulait, mais comment a-t-il réglé sa dette...

Cowart laissa sa phrase en suspens.

Shaeffer se leva brusquement et se planta devant Cowart.

– Bien, fit-elle, merci. Vous vous rappelez autre chose ?

– Si ça me revient, je vous le ferai savoir.

– On aimerait les bandes originales.

– Nous verrons ça, dit le rédacteur en chef. Ça pourrait se faire.

– Ce sont peut-être des preuves, fit-elle d'un ton acide.

– Nous devons d'abord en faire des copies. Ça devrait être prêt en fin d'après-midi. En attendant, vous pouvez emporter les transcriptions.

– D'accord.

Cowart regarda discrètement son supérieur. L'inspecteur paraissait subitement très accommodant.

» Si j'ai besoin de vous joindre ? demanda Shaeffer.

– Je suis à votre disposition.

– Vous ne pensez pas partir ?

– Je veux rentrer me coucher, c'est tout.

– D'accord, on reste en contact pour les bandes.

– Avec moi, dit le rédacteur en chef.

Shaeffer hocha la tête. Weiss referma son carnet.

– Monsieur Cowart, dit l'inspecteur Shaeffer, il y a quand même quelque chose qui m'intrigue. Lors de la conférence de presse qui a suivi l'exécution, vous avez dit que Blair Sullivan vous avait parlé de la petite fille de Pachoula.

Cowart sentit son estomac se nouer.

– Oui...

– On ne trouve rien sur les transcriptions.

– Il m'a fait éteindre mon magnéto, je vous l'ai déjà dit.

Elle affichait un sourire de satisfaction.

– C'est vrai... c'est ce que je pensais... Mais comment se fait-il qu'on n'entende pas Sullivan vous dire quelque chose dans le genre de : « Coupez votre magnétophone... »

Cowart haussa les épaules pour ne pas céder à la panique.

– Il a parlé de ce crime en même temps que du double meurtre.

– Bien sûr, dit Shaeffer qui ne le quittait pas des yeux. Mais vous auriez pu le dire plus tôt, non ? C'est bizarre, il parle de tous ses crimes sauf de ceux-là, le premier, celui qui vous a mené jusqu'à lui, et le dernier, celui d'Islamorada. Vous ne trouvez pas ça étrange ?

– Si, inspecteur, mais c'était un homme étrange.

– Vous ne l'êtes pas moins.

Sur ce, elle quitta la salle de conférences. Il la vit franchir les portes. Il remarqua ses mollets noueux. Elle doit faire de la course, pensa-t-il, elle a cette allure peu féminine des habituées des stades.

Il aurait aimé se persuader qu'elle croyait à son témoignage.

Le rédacteur en chef la regarda également partir, puis il soupira.

– Matty, cette nana ne croit pas un mot de ce que vous racontez. C'est comme ça que ça s'est passé avec Sullivan ?

– A peu près, oui.

– C'est vasouillard, non ?

– Oui.

– Matty, vous savez quelque chose ?

– Écoutez, Blair Sullivan adorait les jeux de l'esprit. Il a joué avec moi. Il jouait avec tout le monde d'ailleurs. Avec lui-même aussi, quand il ne tuait pas des gens.

– Qu'est-ce qu'a voulu dire l'inspecteur ?

– J'ai l'impression que Sullivan établissait une sorte de distinguo entre ses crimes, dit Cowart après un instant de réflexion. Ceux qui n'étaient pas sur la bande lui importaient vraiment, ils étaient différents. Pourquoi, je l'ignore. Les autres, c'était la routine, de quoi écrire sa légende. Je ne suis pas psy, moi, je ne sais pas ce qu'il avait en tête.

– C'est ce que vous allez dire dans votre papier ?

– Plus ou moins.

– Il faut qu'on prenne toutes sortes de précautions. Si vous avez des doutes sur un point, laissez tomber. Ou couvrez-vous au maximum.

– On va essayer, dit Cowart avec un sourire.

– Faites plus qu'essayer. Cette histoire pose plus de questions qu'elle n'apporte de réponses. Qui Sullivan essayait-il de protéger ? Vous allez le découvrir, hein ? Edna va s'occuper des autres crimes, mais vous, vous vous concentrez là-dessus, d'accord ?

– D'accord.

– C'est une putain d'histoire. Un type qui arrange un meurtre avant d'être exécuté. De qui va-t-on parler ? D'un gardien de prison, d'un avocat véreux ? Reposez-vous un peu et réfléchissez à tout ça. Vous savez par où commencer ?

– Bien sûr, répondit-il.

Non seulement par où commencer, mais aussi par où finir : Robert Earl Ferguson.

Malgré sa fatigue, Cowart passa toute la journée au bureau, jusqu'en début de soirée. Il ignora les journalistes qui l'attendaient au pied de l'immeuble et ne répondit pas aux demandes d'interview par téléphone. Il se contenta de brèves déclarations aux responsables des chaînes de télévision. Il attendait le couvert de la nuit, tout simplement. Quand la première édition parut, il lut les mots qu'il avait lui-même écrits, lentement, comme s'il redoutait d'être blessé. Il y apporta un ou deux changements pour l'édition ultérieure, insistant un peu plus sur le côté douteux de la confession de Sullivan. Il parla une dernière fois avec Edna McGee et son supérieur, comme s'il tenait vraiment à coordonner leurs actions. Puis il prit l'ascenseur jusqu'au sous-sol. Une camionnette l'attendait, qui le déposa à quelques pâtés de maisons de chez lui. Passant anonyme, il marcha dans la rue, un exemplaire du *Journal* sous le bras.

Il s'arrêta non loin de son immeuble. Personne ne l'attendait. Il ne vit pas non plus les inspecteurs du comté de Monroe. Pourquoi le suivraient-ils d'ailleurs ?

Il entra dans le bâtiment modeste et, pour la première fois, regretta l'absence de sécurité. Il hésita une seconde devant l'ascenseur, puis emprunta l'escalier de secours et monta quatre à quatre. Ses semelles claquaient sur le linoléum.

Il pénétra dans son appartement, reprit son souffle et marcha jusqu'à la fenêtre pour contempler les eaux sombres de la baie.

Il se croyait complètement seul, mais il se trompait. Il ne comprenait pas que beaucoup de gens, bien qu'éloignés parfois de plusieurs kilomètres, se trouvaient dans la même pièce que lui et attendaient, comme des fantômes, qu'il passe à l'action.

D'autres se trouvaient bien moins loin. Andrea Shaeffer, par exemple, qui n'était garée qu'à quelques dizaines de mètres et qui l'avait suivi à la jumelle à infrarouges. Sa concentration était telle qu'elle n'avait pas remarqué Tanny Brown. Il se tenait dans l'ombre d'un bâtiment voisin. Il regarda les fenêtres de l'appartement de Cowart jusqu'à ce que la lumière s'éteignît. Puis il attendit le départ de la voiture banalisée de l'inspecteur Shaeffer pour se diriger lentement vers l'appartement du journaliste.

14

La confession

Tanny Brown écoutait à la porte de l'appartement de Cowart. Il percevait les bruits de la ville, assourdis, à demi couverts par le ronflement d'une grosse mouche prise au piège de l'applique murale du couloir. Il sursauta quand, dans un appartement voisin, éclata un rire sonore. Aucun bruit ne parvenait de chez Cowart. Il posa la main sur le bouton de porte et le tourna doucement. La porte résista, le verrou était mis.

Il serra les dents. Il n'avait pas du tout envie de supplier Cowart de le laisser entrer. Ce qu'il aurait voulu, c'était pénétrer chez lui discrètement, le tirer de son sommeil et lui demander de but en blanc de lui dire la vérité.

Il entendit un grincement métallique derrière lui et tourna la tête tout en se tapissant dans l'ombre. Automatiquement, il porta la main à son arme. Ce n'était que l'ascenseur qui montait à un étage supérieur. Il abaissa la main et se demanda pourquoi il était si nerveux. La fatigue et le doute, certainement. Si un voisin le surprenait dans ce couloir, il ne manquerait pas d'appeler la police pour qu'elle arrête ce visiteur aux intentions plutôt douteuses.

Il sourit. Oui, il avait de curieuses intentions. Il prit son souffle et se concentra sur ce qui l'avait amené chez Cowart. Il frappa à quatre reprises à la porte du journaliste.

Cowart était assis en tailleur au beau milieu de son appartement en désordre. Quand les quatre coups avaient résonné à sa porte comme des détonations, il s'était figé. Il avait envisagé de se cacher sous son lit ou dans un placard, puis il avait trouvé son attitude ridicule et avait marché jusqu'à la porte.

– Qui est-ce ? demanda-t-il.

Les ennuis, pensa Brown.

– Le lieutenant Tanny Brown. Je veux vous parler. (Il y eut une seconde de silence.) Ouvrez!

Cowart en aurait éclaté de rire. Il entrouvrit la porte.

– Tout le monde a envie de discuter avec moi aujourd'hui. Je croyais que vous étiez un type de la télévision.

– Non, ce n'est que moi.

– Toujours les mêmes questions, j'imagine. A propos, comment avez-vous eu mon adresse? Je ne suis pas dans l'annuaire et ce n'est pas au journal qu'on a dû vous la donner.

– Pas très difficile. Vous m'aviez donné votre numéro personnel, je n'ai eu qu'à appeler la compagnie du téléphone. On ne refuse rien à la police.

– J'aurais dû penser que vous vous pointeriez, dit Cowart. Tout va de travers aujourd'hui.

Il ouvrit la porte en grand. La pièce était plongée dans l'obscurité.

– On vous a coupé l'électricité?

Cowart appuya sur l'interrupteur. Brown regarda autour de lui d'un air surpris.

» Qu'est-ce qui s'est passé ici? On vous a cambriolé?

– Non, j'ai piqué ma crise, c'est tout, dit le journaliste. Et je n'avais pas envie de faire du ménage.

Au centre du living, il prit un fauteuil qui gisait les pieds en l'air, et le remit d'aplomb. Il fit signe à l'inspecteur de s'y installer. Des papiers traînaient sur le canapé, il les balaya du revers de la main et s'assit.

– Je suis crevé, dit Cowart. Je manque de sommeil.

Il se passa les mains sur la figure.

– Moi non plus, je n'ai pas beaucoup dormi. Je me pose trop de questions. Et je n'ai pas assez de réponses.

– C'est vrai, ça tient éveillé.

Les deux hommes se regardèrent d'un air las. Puis Cowart sourit et secoua la tête.

– Allez, posez-moi une question, dit-il à l'inspecteur.

– Qu'est-ce qui se passe?

Cowart haussa les épaules.

– Trop imprécis, je ne peux pas répondre.

– Wilcox m'a dit que vous étiez complètement chamboulé par ce que Blair Sullivan vous avait confié. Qu'est-ce que c'était?

– Ah, il vous a dit ça? Ça lui ressemble bien. Un drôle de type, il n'a même pas sourcillé quand on a balancé le courant.

– Pourquoi l'aurait-il fait? N'allez pas me dire que vous avez versé une larme sur Sullivan.

– Non, c'est vrai, mais tout de même...

– Bruce Wilcox voit les choses d'un autre œil, c'est tout, l'interrompit Brown.

– Peut-être. Bon, vous voulez savoir ce qui m'a chamboulé, comme vous dites ? Vous ne croyez pas que ça ébranle d'entendre un type vous détailler tous ses crimes ?

– Ça peut se comprendre.

– Bien sûr, pour vous, la mort c'est votre quotidien. Comme pour Sully.

– Vous n'avez pas vraiment tort, mais je n'apprécie pas la comparaison.

Brown se demandait combien de temps il allait tenir avant d'empoigner ce journaliste et de lui arracher des réponses.

Cowart s'appuya au dossier du canapé comme s'il reprenait le fil de la conversation.

– Je disais donc que Sully m'en a balancé plein les oreilles. Des vieux, des vieilles, des jeunes, des gens d'âge moyen, des garçons, des filles. Des pompistes et des touristes. Des vendeurs, des passants. Éliminés, comme ça... A coups de couteau, de revolver, étranglés, frappés à coups de batte, noyés. Des morts ignobles, toutes différentes les unes des autres. C'en est fascinant, au point que l'on peut écouter ça pendant des heures. Est-ce que cela expliquerait mon... comment dire ? mon air troublé ? A la prison ?

– Ça pourrait.

– Mais vous n'y croyez pas.

– Non.

– Vous croyez qu'il y a autre chose et vous avez fait tout ce chemin pour me demander quoi. Je suis très touché par votre sollicitude.

– Elle ne s'adresse pas à vous.

– Je m'en doute bien, fit Cowart en riant. Vous voulez prendre un verre, lieutenant ?

Brown réfléchit, haussa les épaules, fit un geste qui signifiait « pourquoi pas ? » et s'appuya au dossier. Il regarda Cowart se lever, se rendre dans la cuisine et en revenir avec une bouteille, un pack de bière et deux verres.

» Du whisky bon marché et de la bière, si ça vous dit. C'est ce que les journalistes buvaient au canard de mon père. En les mélangeant, bien entendu. Ça supprime les tensions de la journée. On oublie qu'on fait un sale boulot mal payé et que l'avenir n'est pas rose. (Cowart prépara deux verres.) Tout à fait ce qu'il nous faut.

Il but à petites gorgées. Tanny Brown fit de même.

L'alcool lui brûlait la gorge et lui réchauffait l'estomac. Il fit la grimace.

– C'est épouvantable. Ça gâche à la fois le whisky et la bière.

– Oui, dit Cowart avec un sourire, c'est ça qui est génial. Vous prenez deux substances relativement potables quand elles sont séparées l'une de l'autre, vous les mélangez, et le résultat est des plus moches quand vous le buvez. C'est un peu comme nous.

– Et si on continue de boire, ça s'améliore.

– C'est en cela que ça diffère de la vie. (Il remplit leurs verres et se prit une chaise.) Pourquoi devrais-je vous raconter quoi que ce soit ? dit-il lentement. La première fois que je suis venu vous trouver, vous avez lâché votre chien sur moi. Wilcox. Vous ne m'avez pas vraiment facilité les choses. Quand on a trouvé le couteau, c'est la vérité qui vous intéressait ou le fait de ne pas perdre votre affaire ? Hein ! dites-moi, pourquoi devrais-je vous aider ?

– Pour une seule raison. Parce que je peux vous venir en aide.

Cowart secoua la tête.

– Je ne le crois pas. Et je ne crois pas non plus que ce soit une bonne raison.

Brown changea de position, les yeux fixés sur le journaliste.

– Et ça, comme raison, ça vous irait ? Nous sommes ensemble sur la même affaire. Depuis le début. Et ce n'est pas près d'être fini, non ?

– Non, concéda Cowart.

– Le gros problème, pour moi tout au moins, c'est que je ne sais pas où je mets les pieds. Vous pourriez me faire profiter de vos lumières.

Cowart regardait le plafond, se demandant ce qu'il pouvait dire et, surtout, ce qu'il ne devait pas dire à l'inspecteur.

– C'est comme ça la plupart du temps, hein ? dit-il.

– Quoi ?

Les rapports entre flics et journalistes.

Brown hocha la tête.

– Complices malgré eux. Dans le meilleur des cas.

– J'avais un ami, dit Cowart. Il était inspecteur à la criminelle, comme vous. Il me disait toujours qu'on était intéressé par les mêmes choses, mais qu'on avait des objectifs différents. Pendant longtemps, nous n'avons pas compris nos motivations réciproques. Il croyait que je voulais simplement écrire des articles, moi qu'il voulait résoudre des énigmes et grimper dans la hiérarchie. Ce qu'il me disait m'aidait à écrire, la publicité que je lui faisais contribuait à son avancement. On était utile l'un à l'autre. On voulait savoir les mêmes choses, on avait besoin des mêmes informations, on utilisait bien souvent les mêmes techniques. On se ressemblait plus qu'on ne l'aurait jamais reconnu et pourtant on se méfiait l'un de l'autre. Il a fallu bien longtemps pour que nous voyons davantage nos ressemblances que nos différences.

Brown remplit son verre, l'alcool lui faisait du bien.

– C'est dans la nature des inspecteurs de se méfier de tout ce qu'ils ne peuvent pas contrôler. L'information, tout spécialement.

– Voilà qui rend notre affaire si intéressante, dit Cowart en souriant. Je sais une chose que vous désirez connaître. Cette position a quelque chose d'unique, non ? D'habitude, j'essaye de tirer des renseignements de gens tels que vous.

Brown sourit également, mais ce n'était pas parce qu'il trouvait cela amusant. Ce sourire mit Cowart mal à l'aise. Il serra son verre un peu plus fort et se crispa sur son siège.

– Depuis le début, nous n'avons à parler que d'une chose. Et je n'ai pas assez bu pour oublier cette chose, vous comprenez, monsieur Cowart ? Je ne pense pas qu'il y ait assez d'alcool dans votre appartement pour que je puisse l'oublier. Je ne crois pas qu'il y ait assez d'alcool dans le monde entier.

Le journaliste se pencha en avant.

– Écoutez, lieutenant. Vous voulez savoir. Moi aussi. Faisons un troc.

– Pour troquer quoi ? dit l'inspecteur en baissant lentement son verre.

– Les aveux. C'est là que tout commence, non ?

– Exact.

– Vous me dites la vérité à propos de ces aveux et moi je vous dis la vérité à propos de Ferguson.

Brown se raidit brutalement comme si le souvenir imprégnait son corps et ses propos de rigidité.

– Monsieur Cowart, dit-il calmement, vous savez ce qui arrive quand vous passez toute votre vie dans une petite ville ? Vous en arrivez à savoir ce qui va et ce qui ne va pas rien qu'en respirant l'air de la rue, en sentant la chaleur monter le matin et diminuer vers le soir. Je ne veux pas dire que tout est parfait dans une petite ville. Pachoula n'a pas les dimensions de Miami, mais nous avons nous aussi des maris qui battent leurs femmes, des gamins qui se droguent, des putes, des escrocs, des meurtriers. Exactement la même chose. Mais pas en aussi évident que chez vous.

– Et Bobby Earl ?

– Dès le début, ça n'allait pas. Je savais qu'il attendait de tuer quelqu'un. Je le voyais. Peut-être à sa façon de marcher ou de parler, à ce petit rire qu'il avait quand je le doublais en voiture. Il était plein de haine, vous comprenez ça ? Pour moi, pour vous, pour tout ce qui l'entourait. Et il attendait le moment de passer à l'action. Je n'ai pas cessé de le surveiller. Et il savait que je l'attendais au tournant.

Cowart observa l'inspecteur et, à son regard, il comprit que Ferguson n'était pas le seul à incarner la haine.

– Donnez-moi des détails.

– Je n'en ai pas vraiment. Une jeune fille qui se plaint d'être suivie. Une autre qui nous raconte qu'il a essayé de l'embarquer en voiture, pour une petite virée entre copains. Une patrouille l'a surpris en train de rouler au pas, tous feux éteints. Il y a eu des viols et des attaques à main armée dans les parages, mais les experts n'ont pas pu établir de liens avec lui. Une autre patrouille l'a surpris devant le lycée, une semaine avant la mort de la petite Joanie ; il était garé et il regardait les bâtiments. Évidemment, il n'a pas pu leur donner d'explication. J'ai consulté l'ordinateur national et j'ai appelé la police du New Jersey pour voir s'ils avaient quelque chose sur lui à Newark. Rien à signaler.

– Sauf que Joanie Shriver se fait assassiner.

Brown soupira. L'alcool paraissait apaiser sa colère.

– Oui, c'est ça. Sauf que Joanie Shriver se fait assassiner, comme vous dites.

Cowart regarda le lieutenant droit dans les yeux.

– Vous ne me dites pas tout.

Brown hocha la tête.

– C'était la fille de mon meilleur ami. Mon amie aussi.

– Et ?

– Son père avait des quincailleries, dit Brown avec lenteur. Il les tenait de son propre père. Il m'a donné un petit boulot quand j'étais au lycée. C'était un de ces hommes pour qui la couleur ne comptait pas, à l'inverse de tous les autres. Vous vous souvenez de la Floride du début des années 60 ? Il y avait des marches, des sit-in, des croix qui brûlaient. Et lui, il m'a donné du boulot. Il m'a aidé aussi quand je suis allé à l'université. A mon retour du Viêt Nam, il m'a orienté vers la police. Il a passé deux ou trois coups de fil, tiré quelques ficelles, fait jouer ses relations. Vous croyez que ces petites choses n'ont pas beaucoup d'importance ? Et son fils était mon ami. Il travaillait comme moi à la boutique. On a partagé nos joies, nos problèmes, nos projets d'avenir. Ce genre de chose n'arrivait pas souvent à l'époque, vous pouvez me faire confiance. Et nos filles jouaient ensemble. Voilà. Si vous avez une petite idée de tout ce que cela signifie, vous comprendrez pourquoi je ne dors pas bien la nuit. J'avais une dette envers eux. Et je l'ai toujours.

– Poursuivez.

– Vous imaginez à quel point on peut s'en vouloir quand on ne peut pas empêcher une chose de se produire, pas plus qu'on ne peut empêcher le soleil de se lever ?

– Peut-être, oui...

– Quand on sait de manière absolue, avec la plus grande certitude, qu'un drame va se dérouler et qu'on est totalement impuissant ? Et quand ça se produit, sous vos yeux, qu'un ami a le cœur brisé ?

Brown parlait avec tant de vigueur qu'il s'était levé. Il serra le poing, comme pour contenir la rage qui l'étreignait.

» Alors, monsieur Cowart, vous commencez à comprendre ?

– Je crois, oui.

– Ce salaud était devant moi, sur sa chaise. Il ricanait. Parce qu'il *savait*, vous voyez ? Il pensait qu'on ne pouvait pas le toucher. Bruce et moi, on a échangé un regard et je suis sorti, je l'ai laissé s'en charger. Vous pensez que les aveux de Robert Earl Ferguson lui ont été extorqués ? Eh bien, vous avez tout à fait raison !

Brown tapa dans ses mains et produisit un bruit semblable à un coup de feu.

» Oui, avec l'annuaire du téléphone, comme il vous l'a dit. (Les yeux de l'inspecteur ne pouvaient se détacher de Cowart.) On l'a tapé, on l'a cogné, appelez ça comme vous voudrez, mais cette ordure était là à nous narguer sans arrêt, il n'arrêtait pas de se marrer. Il est résistant, vous savez, bien plus qu'il n'en a l'air. (Brown reprit son souffle.) J'aurais dû le buter sur place.

L'inspecteur serra le poing et le tendit vers le journaliste.

» Quand la violence physique ne donne rien, qu'est-ce qui vous reste ? Faire appel à la psychologie ? S'il n'avait peur ni de nous, ni de nos coups, de quoi avait-il peur alors ?

Brown releva sa jambe de pantalon.

» De mon flingue, comme il vous l'a dit.

– C'est ça qui l'a fait avouer en fin de compte ?

– Oui, dit Brown avec une froide férocité, c'est la peur.

En moins d'une seconde, l'inspecteur tira l'arme de son étui et en plaqua le canon sur le front de Cowart avant de faire jouer le chien.

Cowart sentit le sang lui monter aux joues.

» La peur, monsieur Cowart. Et le fait de ne pas savoir jusqu'où peut aller un homme en colère.

L'arme paraissait minuscule dans les mains de l'inspecteur.

» Je veux savoir, dit-il, je ne peux plus attendre.

Il éloigna l'arme de quelques centimètres.

Cowart était figé sur son siège. Il dut faire des efforts surhumains pour lever les yeux vers le policier.

– Vous allez me descendre ?

– Je le devrais, monsieur Cowart ? Vous ne croyez pas que j'aurais des raisons de le faire après toutes les saloperies de questions que vous êtes venu poser à Pachoula ?

– Ça n'aurait pas été moi, ç'aurait été quelqu'un d'autre, dit Cowart d'une voix qui chevrotait légèrement.

– J'aurais pu buter n'importe qui.

Le journaliste se sentit pris de panique. Il voyait le doigt de Brown crispé sur la détente, il avait l'impression de le voir appuyer doucement. Je suis bon, se dit-il, il va tirer.

» Dites-moi, fit Brown d'un ton glacial, dites-moi ce que je veux savoir.

– D'accord, mais rangez votre arme.

Brown hocha la tête.

– Vous voyez, ce n'est pas dur de faire parler quelqu'un.

Cowart regarda le policier.

– Ce n'est pas moi que vous voulez tuer.

Tanny Brown hésita un instant avant d'abaisser son arme.

– C'est vrai, ce n'est pas vous. Ou peut-être est-ce vous, mais le moment n'est pas venu.

Il s'assit et déposa l'arme auprès de lui avant de boire une gorgée d'alcool, ce qui apaisa quelque peu sa colère.

Cowart se reprit à son tour.

– Donc, pour les aveux, c'était vrai ?

– Oui. Je vois que vous me croyez enfin. (Brown secoua la tête.) Je n'aurais pas dû laisser les choses se passer ainsi. Je savais ce qu'on risquait. Mais c'était plus fort que moi, je me disais que c'était la seule façon d'en finir. Bobby Earl était son propre témoin à charge. Son avocat ne valait rien du tout. On a balancé cette ordure au couloir de la mort avec le minimum de mensonges et de bavures. Peut-être que le problème serait réglé, peut-être que je ne ferais plus de cauchemars tournant tout le temps autour de Joanie Shriver...

– Je sais ce que c'est que les cauchemars.

– Et voilà que vous arrivez avec vos questions. Vous repérez toutes nos lacunes, tous nos petits mensonges. Plus vous approchiez de la vérité et plus je vous en voulais. Vous comprenez ça ?

Il serra son verre avant de le reposer et de se resservir.

– Pourquoi avez-vous reconnu que Ferguson avait été frappé ? C'était la porte ouverte à toutes les...

– Non, ce qui a tout déclenché, c'est quand Bruce a craqué. Quand vous avez vu toute la colère dont il pouvait être capable, j'ai su que vous alliez croire Ferguson. En avouant une petite vérité, qu'il l'avait giflé, je croyais en dissimuler une plus grande. C'était un pari. Ça n'a pas marché.

– Le coup de l'iceberg, quoi.

– Oui. La partie émergée qui dissimule toute la saloperie.

L'inspecteur sourit en regardant le journaliste.

» De toute façon, je sais ce que Blair Sullivan vous a dit. Enfin, je ne sais pas exactement, mais je m'en doute.

– Tout à l'heure, vous m'avez dit que Ferguson était...

– Un tueur, oui.

– Eh bien, je pense que vous avez raison. Mais vous pouvez aussi avoir tort. A propos, vous aimez la musique, inspecteur ?

– Bien sûr.

– Quel genre ?

– Surtout la pop. Le rock et la soul des années 60, ça me rappelle ma jeunesse. Ça fait rire mes filles, elles me traitent de blaireau.

– Et Miles Davis ?

– C'est l'un de mes préférés.

Cowart se leva et se dirigea vers la chaîne stéréo. Il mit une cassette dans le lecteur et se tourna vers le policier.

– Ça ne vous gêne pas si on n'écoute que la fin ?

Il enfonça une touche et une musique plaintive emplit la pièce.

Brown regardait le journaliste sans comprendre.

– Qu'est-ce que vous faites ? Je ne suis pas venu écouter de la musique.

– « Sketches of Spain. » Certains spécialistes prétendent que c'est un des albums les plus importants de toute la musique américaine, même s'il y a un peu d'espagnolade. C'est très surprenant, vous croyez que ça va se terminer comme ça, mais non.

Les cuivres baissèrent d'intensité, brutalement remplacés par la voix mordante de Blair Sullivan. Brown se raidit aux premiers mots du meurtrier.

« ... Je vais vous dire la vérité à propos de Joanie Shriver... L'adorable Joanie Shriver... » Le condamné avait la voix moqueuse. « ... Numéro quarante... » disait Cowart. Le rire de Sullivan éclatait parfois.

Le journaliste et le policier ne bougèrent pas et ne prononcèrent pas la moindre parole jusqu'à la fin de la confession de Sullivan. La bande s'arrêta. Les deux hommes se dévisagèrent.

– Bon Dieu, fit Brown, je le savais, le fils de pute.

– Oui.

Brown se leva et tapa du poing dans sa main. Il serrait les dents.

– Je t'ai, salaud, je t'ai.

Cowart resta assis.

– Non, personne n'a personne, dit-il d'un air un peu triste.

– Qu'est-ce que vous me chantez là ? fit l'inspecteur en désignant le magnétophone. Vous avez fait entendre ça à d'autres personnes ?

– Non, il n'y a que vous et moi.

– Même pas aux inspecteurs du comté de Monroe ?

– Pas encore.

– Vous vous rendez compte que vous gardez par-devers vous des pièces à conviction capitales ? Vous savez que c'est un délit majeur ?

– Quelles pièces à conviction ? Un tueur dingue me raconte une histoire. Il accuse un voisin de cellule. Et alors ? Les journalistes entendent toute la journée ce genre de bobards. Cela prouve quoi ?

– Bon Dieu, c'est sa confession ! Il décrit la mort de sa mère et de son beau-père, comment il a organisé tout ça. Ce genre d'aveux est recevable par un tribunal.

– Il m'a menti. Il n'a pas arrêté de mentir. Je me demande même si, sur la fin, il faisait encore la différence entre la réalité et la fiction.

– Des conneries, tout ça ! Cette histoire me semble tout à fait réelle.

– C'est parce que vous voulez qu'elle le soit. Tenez, prenons les choses autrement. Imaginez que je vous dise que dans le reste de l'interview il raconte n'importe quoi. Il endosse des meurtres qu'il ne peut pas avoir commis. Il s'accuse de tout un tas de choses. Il prétend même avoir participé à l'assassinat de Kennedy et savoir où se trouve le corps de Jimmy Hoffa [1]. Quand vous aurez entendu tout ça, vous ne vous demanderez pas s'il continue à mentir à propos de la petite Shriver ?

Brown hésita.

1. Secrétaire du syndicat des camionneurs lié à la mafia américaine et contre qui Robert F. Kennedy mena une lutte personnelle. *(N.d.T.)*

– Non.

Cowart le regarda droit dans les yeux.

» Bon, peut-être...

– Et entre lui et Bobby Earl ? Où commence la trahison ? Il ne voulait pas lui jouer un dernier bon tour ? Comment le savoir ? Ce type est mort et à moins d'aller faire un tour en enfer...

– J'aimerais bien y aller pour le lui demander.

– Moi aussi.

L'inspecteur fronça les sourcils pendant quelques secondes avant de hocher la tête.

– Je commence à y voir clair.

– Dans quoi ?

– Pourquoi c'est si important pour vous de continuer à croire à l'innocence de Bobby Earl. Je comprends pourquoi vous avez tout cassé chez vous. Après ce que Blair Sullivan vous a révélé.

Cowart eut un geste comme pour approuver les conclusions de l'inspecteur.

» Le Pulitzer, la réputation, l'avenir. Des enjeux de taille, tout ça qui risque de s'envoler. Vous pouvez fermer les yeux, mais vous verrez toujours cette petite fille étendue au milieu des marais, non ?

– C'est vrai.

– Vous aussi, vous avez une dette.

– On peut dire ça.

– Vous voulez remettre les choses en place, c'est ça ?

Cowart ne répondit pas. Il eut un sourire triste, puis il but.

– Bien, c'est vous le policier. Vous commenceriez par quoi ? Aller trouver Bobby Earl ?

Brown réfléchit longuement.

– Peut-être, ce n'est pas évident. Il ne tombera dans le piège que s'il est correctement posé. Sullivan a dit un certain nombre de choses qui peuvent être vérifiées à Pachoula. Peut-être une nouvelle visite à la grand-mère et un coup d'œil chez elle. Sullivan dit que nous sommes passés à côté de quelque chose. On peut peut-être commencer par là.

– Oui, mais vous savez comme moi qu'on ne peut rien contre Bobby Earl du point de vue strictement légal. Et puis... dès qu'on se pointera chez elle, la grand-mère comprendra qu'il y a du nouveau. Et il sera immédiatement mis au courant.

– Je veux savoir, dit Brown d'une voix un peu rauque.

– Moi aussi. Il y a le double meurtre du comté de Monroe. S'il a fait le coup – attention, je dis bien *si*, vous pourriez le coincer. (Il rectifia aussitôt.) Nous pourrions le coincer. Vous et moi.

– Vous croyez que ça remettrait les choses en place de le renvoyer au couloir de la mort ? Que ça effacerait l'ardoise ?

– Peut-être. Je l'espère en tout cas.

– L'espoir, dit l'inspecteur, c'est une chose à laquelle je n'ai jamais vraiment fait confiance. C'est comme la chance et la prière. De toute façon, poursuivit-il en secouant la tête, le problème reste le même. Un menteur dit qu'un accord a été passé. Les seules personnes qui pourraient nous le confirmer sont mortes, à Islamorada. Vous pensez qu'on retrouverait une arme chez Bobby Earl ? Il s'est peut-être servi d'une carte de crédit pour acheter son billet d'avion. Quelqu'un l'a peut-être aperçu. Mais franchement, vous croyez qu'il est assez bête pour laisser des empreintes ou des cheveux ? Il a fait ça proprement, l'expérience, ça sert à quelque chose.

– Je ne sais vraiment pas si c'est lui...

– Si ce n'est pas lui, c'est qui alors ? Blair Sullivan aurait passé un autre accord en prison ?

– Écoutez, les accords, les mensonges, les manipulations, il ne vivait que pour et par ça.

– Et il en est mort.

Brown se détendit un peu. Il fit tourner son arme autour de son doigt avant d'en caresser le canon.

» Il y a autre chose sur la bande. Quand Sullivan dit : « quelqu'un qui lui ressemble en tout point... », ça ne vous fait pas frémir, ça ? Qu'est-ce qu'il entend par là ? (L'inspecteur parlait entre ses dents.) Ce n'est pas une question qu'on devrait se poser ?

– Oui, dit Cowart, plein d'amertume. Le silence s'installa entre les deux hommes.

» Bon, reprit-il. Vous avez raison. On va s'y mettre. On passe un accord ?

– Quel genre ?

– Je ne sais pas trop...

– Admettons.

Le policier et le journaliste se dévisagèrent longuement. Ils ne se faisaient pas totalement confiance, mais tous deux savaient qu'il leur fallait absolument faire éclater la vérité. Le problème, ils s'en rendaient bien compte, c'est que ce n'était peut-être pas de la même vérité qu'il s'agissait.

– Et les inspecteurs de Monroe ? demanda Cowart.

– Laissons-les faire leur boulot. Pour l'instant, tout au moins. Je veux voir par moi-même ce qui est arrivé.

– Ils reviendront à la charge. A part moi, je crois qu'ils n'ont personne.

– On verra. Ils vont certainement retourner à la prison. A leur place, c'est ce que je ferais. (Il désigna le lecteur de cassettes.) Si je n'étais pas au courant de ça, bien entendu.

– Il y a quelques minutes, vous m'accusiez de violer la loi.

– Je crois que la loi va encore être violée plusieurs fois avant que tout ceci ne se termine.

15

Sur le terrain

Les deux hommes marchaient lentement, leurs pieds soulevaient la poussière blanchâtre et écrasaient les fragments de coquillages et de corail qui constituaient le sol de Tarpon Drive. Ils ne se prenaient pas pour des alliés, mais ils se savaient engagés dans un processus qui nécessitait leur présence à tous deux et il valait donc mieux qu'ils restent ensemble. Cowart avait garé sa voiture à proximité de la maison où il avait découvert les corps. Puis ils avaient entrepris de faire du porte à porte, armés d'une photographie de Ferguson empruntée aux archives du *Journal*.

Dès la troisième maison, ils avaient trouvé leur rythme de croisière : Tanny Brown brandissait sa plaque, Matthew Cowart se présentait. Puis ils montraient la photo aux occupants en leur posant cette unique question : « Vous avez déjà vu cet homme ? »

Une jeune mère en T-shirt jaune, les cheveux tombant en grosses boucles sur son front trempé de sueur, avait posé son bébé sur sa hanche et secoué la tête. Des adolescents qui bricolaient un vieux moteur avaient observé la photo avec une attention dont ils ne devaient pas souvent faire preuve au lycée ; eux aussi avaient répondu par la négative. Un individu adipeux et puant la bière, vêtu d'un jean constellé de taches d'huile et d'un gilet couvert d'écussons Harley-Davidson, avait tout bonnement refusé de répondre. « Je cause pas aux flics. Et je cause pas aux types des journaux. De toute façon, j'ai rien à vous dire. » Il leur avait claqué la porte au nez.

Ils ratissaient la rue, méthodiquement. Certains leur avaient demandé : « C'est qui, ce type ? » ou encore : « Pourquoi vous me demandez ça ? »

Cowart se rendit rapidement compte que Brown tirait toujours partie de la curiosité. Quand on lui disait : « Ça a rapport avec les crimes au bout de la rue ? », il répliquait : « Vous savez ce qui s'est passé ? », mais il n'apprenait rien de plus.

Brown voulait également savoir si un représentant du shérif du comté de Monroe les avait questionnés. Ils répondaient tous que oui. Ils se rappelaient une jeune femme aux manières un peu brusques. Mais nul n'avait vu ni entendu quoi que ce soit d'inhabituel.

Ils se tenaient devant la clôture d'un bout de terrain sur lequel était installée une caravane aux couleurs fadasses. Un flamant rose en plastique était scotché à la porte. Le soleil tapait fort sur la caravane. Un appareil à air conditionné était accroché à l'une des fenêtres. A dix mètres de là, attaché à un piquet enfoncé dans le sol dur comme du béton, un pit-bull beige surveillait les deux hommes. Matthew Cowart remarqua que le chien avait fermé sa gueule alors qu'avec la chaleur il aurait dû laisser pendre sa langue. Il semblait en alerte, mais sans plus, comme s'il était inconcevable que l'on pût remettre en question son autorité sur ce bout de terrain.

– Charmant, hein ? fit Brown. On devrait abattre ces chiens. Vous avez déjà vu ce dont ils sont capables ?

Cowart acquiesça. Les pit-bulls étaient une véritable plaie en Floride. Dans le sud de l'État, les dealers s'en servaient comme chiens de garde. Près du lac Okeechobee, on les élevait, illégalement bien sûr, dans des fermes et on les entraînait au combat. Les petits propriétaires qui redoutaient d'être agressés ou cambriolés achetaient de ces chiens et venaient ensuite s'étonner quand ils arrachaient la figure au gosse du voisin. Cowart avait écrit un article sur ce sujet après avoir rendu visite à l'hôpital à un gamin d'une douzaine d'années dont les mots étaient déformés par la douleur et une opération de chirurgie réparatrice plutôt ratée. Son ami Hawkins avait bien tenté d'inculper le maître du chien pour détention d'arme illégale, mais il n'y était pas parvenu.

Un homme entre deux âges apparut. Il portait un T-shirt blanc et un pantalon kaki qui n'étaient pas passés à la machine depuis des mois. Il avait le visage rougeaud et mal rasé, son crâne se dégarnissait par endroits. Il ignora son chien, qui remua pourtant la queue à deux reprises.

– Vous voulez quelque chose ?

Tanny Brown présenta sa plaque.

– Vous poser une ou deux questions.

– Sur les vieux qui se sont fait refroidir ?

– C'est cela.
– Les flics m'ont déjà demandé là-dessus. Je sais que dalle.
– Je voudrais vous montrer une photographie. Dites-moi si vous avez déjà vu cet homme au cours des dernières semaines, peut-être de ces derniers mois.

Cowart lui tendit le portrait de Ferguson. L'autre la regarda bien et secoua la tête.

» Vous en êtes sûr ?
– Un peu que je suis sûr, dit l'autre. C'est un suspect ou quoi ?
– Nous vérifions, rien de plus, dit Brown en récupérant la photographie. Il n'est pas venu par ici, mais il avait peut-être une voiture de location...
– Non, dit l'homme en dévoilant des chicots noirâtres. J'ai vu personne traîner dans le coin, en bagnole ou à pinces. Et puis, vous êtes bien le premier nègre qui se balade dans cette zone.

L'homme cracha et eut un rire sarcastique avant d'ajouter :

» Il vous ressemble, c'est un négro, quoi.

Sur ce, il se retourna et siffla son chien, lequel se dressa immédiatement sur ses pattes, échine hérissée et babines retroussées. La dentition du chien était en meilleur état que celle du maître, se dit le journaliste en faisant un pas en arrière, mais le policier ne bougea pas. Il regarda longuement le chien, qui ne cessait de grogner, puis il tourna les talons.

– On s'en va, dit Brown.
– Il reste encore quelques maisons.
– On s'en va, répéta Brown. Il tendit la main en direction des cabanes et des caravanes.

» Ce salaud a raison.
– Qu'est-ce que vous voulez dire par là ?
– Un Noir qui arrive en voiture en plein jour, ça se voit comme le nez au milieu de la figure. Surtout s'il est jeune. Si Ferguson était venu, il aurait profité de l'obscurité. C'est tout de même prendre de gros risques.
– Pourquoi ? On ne l'aurait pas vu la nuit.

Le policier s'appuya à la portière de la voiture.

– Écoutez, Cowart, réfléchissez un peu. Vous avez une adresse et un boulot à faire. Un sale boulot. Vous devez vous rendre dans un endroit où vous n'avez jamais mis les pieds, trouver une maison que vous n'avez jamais vue. Vous y introduire et tuer deux personnes que vous ne connaissez pas, avant de repartir sans laisser le moindre indice. C'est très risqué. Vous allez d'abord tranquillement étudier la question chez vous. Les gens d'ici ne quittent jamais le quartier. La moitié d'entre eux sont des retraités qui passent leur temps au soleil, les autres ne doivent pas travailler plus de dix minutes par jour. Ils n'ont rien à faire, sinon guetter. Moi, je crois qu'après avoir passé trois années au couloir, Ferguson aurait pris toutes ses précautions pour ne pas y retourner.

Le journaliste hocha la tête. Il était d'accord, mais ne voulait pas céder aussi facilement.

– Pourquoi serait-il venu en repérage la semaine dernière? Il a peut-être fait ça il y a un an. Quelques semaines après sa sortie de prison, quand tout le tapage médiatique s'est apaisé. Il arrive, tout gentil, il fait un tour. Il sait que c'est un vieux couple, que ses habitudes ne changeront pas. Peut-être qu'il frappe à la porte, qu'il cherche à leur vendre une encyclopédie ou un abonnement à un magazine. Il repère les lieux avant de se faire mettre à la porte. Et il disparaît. Les autres l'oublient aussitôt.

Brown approuva.

– Pas mal pour un journaliste. Ça donne à réfléchir. Mais naturellement, ce n'est pas ça qui vous intéresse, vous voulez prouver qu'il n'est pas coupable, pas qu'il est venu.

Cowart allait répondre, mais Brown l'interrompit.

» J'ai justement une théorie qui va dans ce sens. Imaginez une minute que Blair Sullivan a pris des dispositions pour ces meurtres, mais pas auprès de Bobby Earl, non, auprès de quelqu'un de très différent. La meilleure façon de protéger cette personne, c'est de vous faire croire que le doux agneau n'est en fait qu'un tueur. Il sait que, tôt ou tard, quelqu'un viendra ici avec un portrait de Bobby Earl. Si son nom ressort pour une raison ou pour une autre dans le journal, cela donnera à l'autre du temps pour mieux disparaître. Cela renforcera la confusion. (L'inspecteur fit une pause.) Cowart, vous ne pouvez pas savoir à quel point c'est important de boucler rapidement une affaire de meurtre. Le temps efface les témoignages et les indices matériels jusqu'à ce qu'il ne reste plus rien.

– Oh! si, je le sais. C'est ce que vous avez fait à Pachoula, et regardez ce qui est arrivé.

L'inspecteur fit la grimace. Puis il se passa la main sur le front comme pour chasser ses soucis et soupira.

– Je veux voir le lieu du crime.

Il partit à grands pas dans la rue, comme pour échapper à la chaleur qui s'abattait sur eux.

Une fois devant le numéro 13, le policier hésita et se tourna vers Cowart.

» Il avait au moins ça pour lui.
– Quoi ?
– Regardez cette maison, Cowart, c'est l'idéal pour tuer quelqu'un. (Il la désigna de la main.) Un peu en retrait, pas de voisins immédiats. Quant aux autres ? Vous croyez que l'autre dingue va faire pisser son chien après dîner ? Je vous parie ma paie d'une semaine que dès que la nuit est tombée, à part les ados qui traînent dans la rue, tout le monde est vautré devant la télévision, à regarder la énième diffusion de *Dallas*, à boire de la bière ou à prier pour le retour de Jésus.

Cowart parcourut la maison du regard. Il l'imagina de nuit et ne put qu'admettre que Brown avait raison. Il devait bien y avoir des éclats de voix des couples qui se disputent, des bouteilles brisées, des chiens qui aboient. Mais impossible de les distinguer du vacarme de la télévision.

» Oui, c'est vraiment l'endroit idéal, reprit Brown.

Un ruban jaune de la police entourait la maison. L'inspecteur passa dessous et Cowart l'imita.

» Par là, dit Brown en montrant la porte de derrière.
– Il y a les scellés.
– Je m'en fous.

Brown ouvrit la porte d'un coup de pied.

Cowart hésita, puis pénétra à son tour à l'intérieur.

L'odeur de mort flottait toujours dans la cuisine et donnait à cette habitation des allures de mausolée. Il y avait encore des traces du passage de la police, les chaises et la table étaient recouvertes de poudre blanche servant à relever les empreintes. Des marques et des flèches tracées à la craie indiquaient certains emplacements. Les taches de sang étaient encore visibles sur le sol, mais elles avaient été grattées par endroits. Cowart regarda Brown étudier chaque indice.

En imagination, Tanny Brown reconstituait la scène telle que l'avaient vécue les experts en criminalistique. Il s'agenouilla près d'une tache de sang déjà noircie. Il passa le doigt dessus pour en éprouver la consistance. Il se releva et se figura l'homme et la femme, ligotés, bâillonnés, attendant la mort. Combien de fois avaient-ils pris place à cette table pour y partager leurs repas, parler de la Bible ou tout simplement ne rien faire ? C'était un des côtés les plus désagréables de l'enquête criminelle : le monde banal où vivaient la plupart des gens devenait subitement maléfique. Pendant la guerre, les blessures causées par des mines antipersonnel étaient les plus atroces qu'il avait eu à soigner. Ce n'était pas tant la sauvagerie des dégâts occasionnés par les mines qui était ignoble que leur principe : vous posiez le pied sur le sol, vous faisiez un pas et vous étiez trahi. Avec un peu de chance, on ne perdait qu'un pied. Est-ce que ces deux-là savaient qu'ils vivaient sur un champ de mines ? se demanda-t-il.

Il fit un tour rapide de la petite maison pour avoir une idée des existences qui y avaient été menées. Des gens frustes, à la foi bien ancrée et attendant que la mort vienne les faucher après une vieillesse plus ou moins longue. C'était arrivé tout autrement. Dans la chambre, il s'arrêta devant un petit placard et s'étonna des chaussons et des chaussures parfaitement rangés, comme des petits soldats à la parade. Son père faisait pareillement, les vieux n'aiment pas le désordre. Des pelotes de laine et des aiguilles reposaient dans un panier à côté d'un ouvrage tout juste commencé. Il vit deux figurines en plâtre sur le bureau, deux oiseaux le bec ouvert comme pour chanter. Brown ne put s'empêcher de penser qu'ils avaient tout vu. Qui est venu ici ? aurait-il voulu leur demander. Qui a fait ça ? Puis il revint dans la cuisine où il trouva Cowart en train de contempler la tache de sang.

– Vous avez appris quelque chose ? lui demanda le journaliste.

– Oui.

– Ah bon ?

– J'ai appris que j'aimerais mourir dans un endroit paisible et anonyme pour que personne ne vienne inspecter mes affaires.

Cowart indiqua une inscription à la craie. Il était écrit « Chemise de nuit ».

» Qu'est-ce que c'est ? demanda Brown.

– La vieille femme était nue. Ses vêtements étaient pliés, de manière impeccable, comme si elle allait les ranger dans un tiroir.

– Pliés ? (Le policier eut l'air soucieux.) Vous vous rappelez l'endroit où on a retrouvé Joanie Shriver ?

– Oui.

Cowart revit les abords du marécage. La tache de sang à l'endroit où la petite fille avait été tuée, les rayons de soleil qui passaient à travers les branches. Et les vêtements de Joanie Shriver, soigneusement pliés.

Ce genre de détail avait pris une certaine importance à l'époque où il avait rédigé son article principal ; il y avait là une ironie qui rendait plus réaliste sa description : le tueur avait un étrange travers, ce qui le rendait d'autant plus terrifiant, d'autant plus humain aussi.

Il se tourna vers l'inspecteur.

– Ça indique quelque chose.

Brown avait du mal à contenir la fureur qui l'habitait en cet instant.

– J'aimerais bien, fit-il simplement.

– Est-ce qu'il y a d'autres indices qui vous font croire que...

– Non, rien. En dehors de ça. A moins que vous ne préfériez penser à une coïncidence...

Il enjamba les taches de sang et sortit de la maison.

Les deux hommes s'éloignèrent sans se hâter du lieu du crime et regagnèrent la voiture.

– Vous avez une opinion de spécialiste ? demanda Cowart.

– Oui.

– Vous voulez me la communiquer ?

Le policier hésita avant de lui répondre.

– Vous savez, Cowart, dans certains endroits où un crime a été commis, on peut encore éprouver des émotions. La colère, la haine, la panique, n'importe quoi, en fait, mais elles flottent encore dans l'air comme les odeurs. Tandis que là... Il n'y a rien, rien que quelqu'un qui a fait son boulot, comme vous et moi, comme le facteur avec qui vous avez découvert les corps. Celui qui est entré dans cette maison et a tué ces deux personnes savait faire une chose sur le bout des doigts : tuer. Il n'a pas eu peur. Il n'était pas intéressé par les biens matériels. Une seule chose l'intéressait. Et il l'a faite.

Cowart approuva.

Brown ouvrit la portière et, avant de s'installer au volant, regarda le journaliste par-dessus le toit de la voiture.

» Est-ce que j'ai vu quelque chose qui m'a prouvé que Ferguson est le coupable ? (Il secoua la tête.) ... Mais celui qui a commis ce crime a pris son temps pour plier soigneusement les vêtements et il est certain qu'il avait l'habitude des couteaux. Et moi, je connais quelqu'un qui apprécie beaucoup ce genre d'instrument...

Ils quittèrent les Keys et le comté de Monroe pour rentrer dans celui de Dade, et Cowart retrouva un terrain qui lui était plus familier. Ils passèrent devant un grand panneau indiquant aux touristes la direction de Shark Valley et du Parc national des Everglades et continuèrent vers Miami jusqu'au moment où Brown proposa de s'arrêter pour manger un morceau. Le lieutenant ignora plusieurs fast-food et ils arrivèrent dans la banlieue de Perrine et de Homestead. Il sortit alors de la nationale et emprunta des rues dont la chaussée était truffée de nids-de-poule. Cowart observa les maisons : de petites habitations carrées, en préfabriqué la plupart du temps, avec des toits rouges hérissés d'antennes de télévision. Les pelouses étaient assez minables. Des voitures déjà anciennes et des carcasses de véhicules s'alignaient au bord du trottoir. Les quelques enfants qui jouaient dans la rue étaient tous noirs.

– Vous êtes déjà venu dans ce coin, Cowart ?

– Bien sûr.

– Pour couvrir des crimes ?

– Oui.

– Vous ne viendriez pas pour parler d'enfants qui suivent de brillantes études, de parents qui travaillent tous les deux et qui élèvent correctement leurs enfants ?

– Je viendrais aussi pour ça.

– Mais pas si souvent, je me trompe ?

– Non.

Les yeux du policier scrutaient les environs.

– Vous savez, il y a des centaines d'endroits comme ça en Floride, peut-être même des milliers. A la limite de la pauvreté et de la stabilité. Pas assez riches pour entrer dans la catégorie de la petite bourgeoisie. Des communautés noires qui n'ont ni progressé ni fait la culbute, qui existent, tout simplement. Dans toutes ces maisons, il y a deux revenus, mais ils sont infimes. Les gens s'y sentent bien, ils n'ont pas envie de tout casser. Ils ont un maire noir, un conseil municipal noir. Le chef de la police est probablement noir ainsi que la douzaine de types qui travaillent pour lui.

– Comment vous savez tout ça ?

– J'ai eu des propositions. Et puis, je circule beaucoup, vous savez. Surtout dans des endroits comme Perrine.

Ils traversèrent le quartier résidentiel. Cowart trouvait le terrain aride et peu fertile. Dans le sud de la Floride, n'importe quoi pousse n'importe où. Laissez à l'abandon un peu de terre et vous ne tarderez pas à la retrouver couverte de fougères, de vigne vierge, de toutes sortes de plantes. Mais pas ici. La terre avait cet aspect poussiéreux que l'on est plutôt habitué à rencontrer en Arizona ou au Nouveau Mexique. Plus près du désert que des marais.

Ils se trouvaient à présent dans une rue commerçante, avec un immense fast-food à un bout et un grand magasin de jouets à l'autre. Entre les deux, deux douzaines de boutiques de taille standard, dont un restaurant.

– C'est là qu'on va, dit Brown. Au moins, ce sera de la cuisine maison et pas des plats inventés par des bureaucrates.

– Vous êtes déjà venu ici ?

– Non, mais dans des endroits semblables. Après quelque temps, on les reconnaît facilement. (Il sourit.) Ça sert à ça d'être flic.

Cowart montra le magasin de jouets.

– Moi, je suis venu ici. Un homme avait kidnappé une femme et son fils alors qu'ils sortaient du magasin. Il les avait pris au hasard. Il les a trimbalés pendant plusieurs heures. A plusieurs reprises, il a rudoyé la femme. Un garde mobile qui rentrait chez lui après son service a arrêté la voiture parce qu'il lui trouvait un air suspect. Il a sauvé la femme et l'enfant. Il a descendu le type au moment où il sortait son couteau. Du premier coup. Une balle en plein cœur.

Brown regarda le magasin de jouets.

» Ils faisaient des achats pour les deux ans du gamin, reprit Cowart. Des ballons multicolores et des chapeaux de clown en papier. Ils tenaient encore le sac quand on les a sauvés.

Il se souvenait parfaitement de la femme et de l'enfant. On leur avait jeté une couverture sur le dos, bien que cela se passât en mai et qu'il fît très chaud. Ce genre d'aventure a de quoi vous glacer les sangs.

– Pourquoi le garde mobile les a-t-il arrêtés ? demanda Brown.

– Il a déclaré que le conducteur avait une attitude équivoque. Il évitait les regards.

– L'article est paru en quelle page ?

– A la une, dit Cowart après une seconde d'hésitation. En bas de page.

L'inspecteur hocha la tête.

– Je sais pourquoi le garde mobile a arrêté cette voiture. (Il parlait calmement.) La femme était blanche, le conducteur noir, exact ?

Cowart connaissait la réponse, mais il prit du temps avant de dire oui.

» Cowart, un jour, vous m'avez balancé vos statistiques, vous vous en souvenez ? Le pourcentage des crimes perpétrés par des Noirs sur des Blancs. Je suis au courant, imaginez-vous, je sais que cela se produit très rarement. Mais ce que je sais aussi, c'est pourquoi votre article s'est retrouvé en première page et non perdu au milieu du journal. S'il n'y avait eu que des Noirs d'impliqué, c'est bien là qu'il aurait atterri, non ?

– Probablement, dit Cowart un peu malgré lui.

– Probablement, ah ! voilà une réponse qui ne vous engage pas. Vous croyez que votre rédacteur en chef aurait envoyé un de ses meilleurs journalistes dans ce coin perdu s'il n'avait pas été sûr de faire la une avec cet enlèvement ?

Ils traversèrent le parking et se dirigèrent vers le restaurant.

» Vous voulez savoir pourquoi c'est si dur de vivre ici, Cowart ? Parce qu'on sait que le ghetto est tout près. Je ne parle pas de kilomètres. Liberty City, c'est à quoi, cinquante, soixante bornes ? Non, je parle de la proximité de la peur. Les gens savent qu'ils n'ont pas les mêmes dollars, les mêmes programmes, les mêmes écoles, tout, quoi. Ils s'accrochent à leurs rêves de tout petits bourgeois parce que le ghetto fait tout pour les aspirer.

– Ce n'est pas la même chose dans le nord de l'État ? A Pachoula, par exemple...

– C'est pratiquement la même chose, mais, là-bas, on craint que le Vieux Sud – vous savez, les cabanes sans eau courante, ce genre de chose – ne revienne prendre le dessus.

– Ce n'est pas de là que Ferguson est originaire ?

– Oui, mais il a réussi à s'en sortir.

– Un peu comme vous.

Brown s'arrêta de marcher et se tourna vers le journaliste.

– Un peu comme moi, oui, fit-il assez sèchement, mais je n'apprécie pas beaucoup la comparaison, monsieur Cowart.

Ils entrèrent dans le restaurant.

L'heure du déjeuner était passée depuis longtemps et ils avaient toute la place qu'ils voulaient. Ils s'assirent près de la vitre surplombant le parking. La serveuse portait un chemisier blanc que tendait sa poitrine ; le chewing-gum qu'elle mâchait nonchalamment indiquait qu'elle se moquait bien des éventuelles remarques des clients. Elle prit leur commande et la transmit à la cuisine. Quelques secondes plus tard, ils purent entendre que l'on faisait cuire les hamburgers qu'ils avaient demandés.

Ils mangèrent en silence. Quand ils eurent fini, Brown commanda une tarte au citron avec son café. Il en mangea une bouchée puis tendit sa fourchette à Cowart.

– Fabrication maison, Cowart. Vous devriez essayer. On ne trouve pas ça à Pachoula, pas comme ça du moins.

Le journaliste refusa d'un signe.

» Je parie que vous êtes plutôt du genre à ne manger que des salades. Pour garder la forme et rester mince.

Cowart haussa les épaules.

» Vous devez aussi boire cette eau pétillante qu'ils font en France.

Tandis que l'inspecteur lui parlait, Cowart observait la serveuse. Elle tenait à la main un cutter et s'apprêtait à ôter une affiche de la vitre. Elle gratta le ruban adhésif et mit l'affiche sous son bras. Cowart eut le temps d'apercevoir un jeune visage. La serveuse allait s'éloigner quand, sans trop savoir pourquoi d'ailleurs, il lui fit signe.

– Vous voulez aussi de la tarte ? lui demanda-t-elle.

– Non, je voulais voir ça.

Il indiqua l'affiche.

– Oh ! ça ?

Elle lui tendit l'affiche et il la posa bien à plat sur la table. Il y avait la photo d'une petite fille noire, souriante, avec des couettes. Dessous, en grandes capitales, était imprimé le mot DISPARUE. Suivait un message en caractères de plus petite taille : DWAN PERRY, 12 ANS, 1,50 M, 48 KG, A DISPARU L'APRÈS-MIDI DU 8/6/90. ELLE PORTAIT UN SHORT BLEU, UN T-SHIRT BLANC ET DES BASKETS AINSI QU'UN SAC DE SPORT. TOUTE PERSONNE SUSCEPTIBLE DE FOURNIR DES RENSEIGNEMENTS DOIT APPELER L'INSPECTEUR HOWARD AU 555-1212. Le message se terminait par un autre mot en grandes capitales : RÉCOMPENSE.

Cowart interrogea la serveuse :

– Que s'est-il passé ?

La femme haussa les épaules pour signifier qu'elle n'était pas chargée de renseigner les clients.

– J'en sais rien. Une petite gosse. On l'a plus revue du jour au lendemain.

– Pourquoi enlevez-vous cet avis ?

– Ça fait déjà longtemps, plusieurs mois. On l'a toujours pas retrouvée et c'est pas cette affiche qui va y changer quelque chose.

Cowart vit que Brown s'intéressait aussi à l'avis.

– La police n'a pas de piste ?

– Je crois pas. Vous voulez autre chose ?

– Rien que l'addition.

Il lui sourit et prit l'affiche qu'il plia en deux.

» Ça, je le garde, dit-il.

La serveuse s'éloigna.

» Alors, Cowart, ça vous coupe l'appétit ? (Il tapota l'affiche.) Encore une petite gosse qui disparaît. L'époque ne correspond peut-être à rien, mais allez savoir ? C'est tout de même intéressant, non ? Une petite fille qui disparaît pas très loin de la route menant aux Keys. Je me demande si ça s'est passé devant son école.

Cowart l'interrompit.

– On est à plus de quatre-vingts kilomètres de Tarpon Drive.

L'inspecteur hocha la tête.

– Il n'y a absolument rien qui nous indique si cette affaire est susceptible de nous intéresser.

– Dans ce cas, dit Brown, pourquoi avez-vous questionné la serveuse ?

Le policier plia l'avis en quatre et le fourra dans sa poche. Une fois la note réglée, ils quittèrent le restaurant.

Les deux hommes s'arrêtèrent sur le trottoir. Cowart regarda le magasin de jouets et vit un homme en chemise bleue. Un vigile. On avait dû l'engager après la tentative d'enlèvement. Il se souvint que, alors même que la police stationnait devant le magasin, les gens continuaient d'y entrer ou d'en sortir, les bras chargés de paquets, insouciants de toute la sauvagerie qui les entourait.

Il se tourna vers Brown.

– Alors, quel est le programme ? On est allé dans les Keys et tout ce qu'on a pêché, ce sont des questions supplémentaires. On pourrait peut-être aller trouver Ferguson ?

L'inspecteur secoua la tête.

– Non, on va d'abord rentrer à Pachoula.

– Et pourquoi ?

– Ce serait intéressant de savoir si Sullivan vous a dit la vérité à propos d'une certaine chose, non ?

Les deux hommes fatigués se séparèrent peu après leur retour à Miami. La nuit était profonde et la chaleur pesante. Cowart déposa Brown à l'Holiday Inn du centre-ville où il avait réussi à trouver une chambre. L'hôtel était situé entre l'Orange Bowl et les abords de Liberty City, dans une sorte de no man's land urbain défini par des hôpitaux, des immeubles de bureaux, des prisons, mais aussi des taudis.

Une fois dans sa chambre, Brown se débarrassa de sa veste et de ses chaussures. Puis il s'assit au bord du lit et composa un numéro de téléphone.

– Bureau du shérif du comté de Dade, secteur sud.

– Je désirerais parler à l'inspecteur Howard.

Il entendit des cliquetis et, deux secondes après, une voix lui répondait d'un ton assez officiel.

– Inspecteur Howard, que puis-je pour vous ?

– Lieutenant inspecteur Brown, comté d'Escambia...

– Comment ça va, lieutenant ? Je peux faire quelque chose ?

L'homme avait perdu son ton militaire et paraissait plus détendu.

– C'est bien possible, fit Brown, également plus détendu. Ça peut vous paraître un peu dingue, mais j'aimerais des détails sur une gamine qui a disparu il y a plusieurs mois de ça, elle s'appelle Dawn Perry...

– Oui, elle rentrait du centre municipal. Bon Dieu, quelle histoire...

– Que s'est-il passé exactement ?

– Vous avez des nouvelles ?

– Non, répondit Brown. Pour être franc, je viens de voir son avis de recherche et ça m'a fait penser à une affaire dont je me suis occupé. Je voulais vérifier quelque chose, c'est tout.

– Dommage, fit Howard, j'espérais que... Enfin, vous savez ce que c'est.

– Oui. Vous pouvez m'en dire quelques mots ?

– Bien sûr, mais ça n'ira pas loin. C'était une petite môme que tout le monde aimait bien, elle allait à la piscine et au centre une fois par semaine. Quand l'école est finie, il y a toutes sortes de programmes pour les gosses. Des copines à elle sont les dernières à l'avoir vue.

– Personne n'a rien remarqué ?

– Non. Enfin si, une vieille dame qui habite dans la même rue qu'elle. Toutes les maisons ont des climatiseurs, mais pas la sienne, elle n'a pas de quoi s'en payer un. Elle est donc tout le temps dans sa cuisine avec son ventilateur. C'est comme ça qu'elle a entendu un petit cri et la voiture qui démarrait sur les chapeaux de roue. Le temps qu'elle arrive à la fenêtre et la voiture était déjà loin. Une voiture blanche, une américaine. Pas de plaque, pas de description plus précise. C'est vague. Mais la mémé a des réflexes, elle saute sur son téléphone et appelle la police. Une voiture est arrivée, elle a tout raconté et ils ont aussitôt lancé un avis de recherche. Voilà. Vous savez combien de voitures blanches il y a dans le comté de Dade ?

– Beaucoup.

– Oui. Enfin, on a fait ce qu'on a pu. On a demandé aux chaînes de télévision de passer sa photo aux infos du soir, il n'y en a qu'une qui a accepté. Je ne sais pas pourquoi, peut-être qu'elle n'était pas assez jolie...

– Ou qu'elle n'avait pas la bonne couleur...

– Je ne vous le fais pas dire. Ensuite, on a tiré les avis. Une vingtaine de personnes nous ont contactés pour dire qu'elles l'avaient vue par-ci par-là, mais ça n'a rien donné. On a interrogé la famille. Les Perry sont de braves gens. Le père est employé de bureau, la mère s'occupe de la cafétéria d'une école. Ils ont trois autres gamins. Qu'est-ce qu'on peut faire, nous ? J'ai cent dossiers sur mon bureau.

L'inspecteur Howard égrena la longue litanie des homicides, des cambriolages, des attaques à main armée, des dealers jetés aux marécages.

» Enfin, vous connaissez ça, conclut-il.

– Vous avez eu d'autres cas comme ça ? Je veux parler de la petite.

– Non. J'ai vérifié auprès de Monroe et de Broward, mais ils n'ont rien non plus. J'ai interrogé l'ordinateur et il m'a livré quelques noms ; nous avons fait une enquête discrète : ils étaient tous loin d'ici ou au boulot quand Perry a disparu. Et puis, cela faisait déjà plusieurs jours. Résultat, nada, nichts, que dalle. Ça vous fait penser à quelque chose ?

– Pas vraiment. Chez nous, la petite fille était blanche et elle sortait de l'école. C'est déjà ancien. On avait un suspect, mais ça n'a rien donné.

– Dommage, j'espérais que vous auriez pu me filer un coup de main.

Brown remercia son collègue et raccrocha. Il se leva et s'approcha de la fenêtre. De sa chambre, il pouvait voir l'autoroute urbaine, les bâtiments entassés les uns sur les autres, mais il savait qu'au-delà c'était le parc des Everglades, les marécages, les rivières aux noms indiens, des forêts touffues. En Floride, on ne se trouve jamais très loin de la nature la plus sauvage.

Et voilà, encore une petite gosse qui disparaît, se dit-il. Ce coup-ci, ça s'est passé dans une grande ville, et son cas s'est noyé parmi tant d'autres. D'une seconde à l'autre, une môme est effacée de la scène et il ne reste plus rien que des parents qui pleurent et font des cauchemars. Il secoua la tête, il était en train de devenir paranoïaque. Une petite fille. Comme Joanie Shriver. Il y a dû en avoir d'autres comme elle. Dawn Perry. Il y en a sûrement eu une hier. Une demain aussi. L'école, le centre municipal. Ce sera où, la prochaine ?

Il n'y avait qu'une personne aux archives du *Journal* quand Cowart entra. C'était une jeune femme, une assistante d'aspect frêle et timide, qui baissait la tête quand on lui parlait. Elle installa Cowart devant un terminal et le laissa seul.

Il tapa les mots Dawn Perry. L'ordinateur chercha et lui proposa deux entrées. Il les ouvrit.

La première ne faisait que quatre paragraphes. L'article n'était pas paru dans l'édition normale, uniquement dans les éditions locales réservées à l'intérieur de l'État. DISPARITION D'UNE FILLETTE DE 12 ANS. L'article disait seulement que Dawn Perry n'était pas rentrée chez elle après une séance d'entraînement à la piscine. LA POLICE NE POSSÈDE AUCUN INDICE, c'était le titre du deuxième article. Il était un peu plus long que le premier, mais le reprenait pratiquement mot pour mot.

Cowart demanda à l'ordinateur d'imprimer les deux papiers. Cela ne prit qu'un instant. Il ne savait que penser. Il n'en savait pas plus qu'après sa conversation avec la serveuse.

Il se leva. Tanny Brown a raison, se sermonna-t-il, tu es en train de devenir dingue.

Cowart regarda par la porte qui donnait sur la salle de rédaction. Plusieurs journalistes y travaillaient. Il ne voulait pas se faire voir ni expliquer pourquoi il était là.

Il regarda les feuilles du listing. Deux articles sans détails. Dawn Perry, 12 ans, disparu un après-midi d'août alors qu'elle rentrait de la piscine. Jamais revue depuis. Probablement morte depuis des mois.

Il allait sortir de la salle des archives quand il se ravisa. Il revint au terminal et tapa le nom de Robert Earl Ferguson.

L'ordinateur lui proposa vingt-quatre entrées. Il demanda la liste détaillée et reconnut les papiers dont il était l'auteur, jusqu'au plus récent, celui qui suivait l'exécution de Blair Sullivan. Il y avait aussi un article datant du mois d'août. A cette date-là, il était à Disney World avec sa fille, Becky. C'était un mois après l'élargissement de Ferguson. C'était aussi quatre jours avant que Dawn Perry ne quitte ce monde. L'article ne faisait que quelques lignes.

Il se trouvait dans la rubrique « Vie religieuse ». Il y avait là la liste des sermons et des prédications donnés le lendemain dans les églises du comté de Dade. Un titre, aussi : UN ANCIEN DÉTENU DU COULOIR DE LA MORT VOUS PARLE.

Cowart lut le texte.

> ... Récemment libéré de la prison d'État après avoir été injustement accusé d'un crime commis dans le comté d'Escambia, Robert Earl Ferguson évoquera son expérience et racontera comment sa foi lui a permis de traverser cette épreuve. Église baptiste de la Nouvelle-Espérance, dimanche à 11 heures.

L'église était située à Perrine.

16

L'inspecteur Shaeffer

Quand le jour se leva, l'inspecteur Andrea Shaeffer était déjà à son bureau.

Elle avait eu beaucoup de mal à s'endormir, puis des cauchemars pleins de sang et de gorges tranchées l'avaient réveillée alors qu'il faisait encore nuit. Elle s'était habillée et s'était rendue au poste de police de Key Largo, à la brigade criminelle du shérif du comté de Monroe. D'un des bureaux situés en étage, elle avait vu les lueurs rosées gagner peu à peu sur la nuit. Elle imaginait la lente désintégration des ténèbres au-dessus du Gulf Stream, le matin qui taillait à coups de rasoir des formes dans les vagues et puis, enfin, l'horizon qui se dégageait tout entier de l'océan.

Un instant, elle regretta de ne pas se trouver sur le bateau de pêche de son beau-père. Elle préparerait des hameçons et de la traîne. La pêche serait bonne aujourd'hui. Les nuages d'orage feraient paraître les eaux encore plus sombres. Les poissons s'élanceraient vers la surface, avides de manger avant la tempête.

Ce que j'ai toujours aimé dans la pêche, se dit-elle, ce n'est pas le maniement de la canne quand ça mord ni l'ultime résistance du poisson jeté sur le pont; ce ne sont pas non plus les félicitations des copains, les beuveries qui s'ensuivent. Non, ce que j'aime, c'est la traque.

Elle regardait au-dehors du poste de police tout en récapitulant ce qu'elle savait et ce qu'elle ignorait. Quand la lumière réussit enfin à prendre le dessus dans son combat quotidien, elle se retourna et rejoignit le bureau couvert de feuilles de papier.

Elle jeta un coup d'œil au rapport qu'elle avait établi après l'interrogatoire des habitants de Tarpon Drive. Personne n'avait rien vu, rien entendu. Elle prit le rapport du médecin légiste. Dans les deux cas, la cause présumée de la mort était la même : section nette de l'artère carotide droite provoquant une hémorragie brutale. Il était gaucher, se dit-elle, il se tenait derrière eux pour les égorger. La peau au voisinage des blessures était pratiquement intacte. Un rasoir extrêmement tranchant, peut-être même un couteau de chasse en carbure de titane. Les victimes ne présentaient pas de signes de brutalité post mortem. Il les a tuées et il est parti. Les marques infligées avant la mort comportaient des bleus au niveau des bras, ce qui n'avait rien d'étonnant. L'assassin les avait sauvagement ligotées à leurs chaises. Un morceau de sparadrap les avait empêchées de crier. L'homme avait une ecchymose au front, la lèvre fendue, une paire de côtes cassées. Les jointures de sa main droite étaient écorchées, il y avait des traces de peinture. Les pieds de la chaise avaient éraflé le lino de la cuisine. Au moins, il s'est débattu, ne serait-ce qu'un instant. Il a dû être tué en second, il s'est débattu jusqu'à ce qu'on le frappe pour qu'il se tienne tranquille. La femme ne présentait pas de traumatisme sexuel, bien qu'elle eût été dénudée. Humiliation. Shaeffer se souvint du tas de vêtements soigneusement pliés dans un coin de la cuisine. Pliés par qui ? Par la victime ou par le tueur ? Les recherches sous les ongles n'avaient rien donné. A la morgue, ils n'avaient relevé aucune autre trace sur le corps.

Shaeffer reposa le rapport du médecin légiste.

Elle prit celui des experts en criminalistique. Le langage de ce type de document l'étonnait toujours. La mort était réduite à des mesures, des poids, des repérages, des clichés sur papier glacé. La corde utilisée pour ligoter le vieux couple n'était autre qu'une corde à linge de six millimètres, de celles que l'on trouve dans tous les supermarchés. Deux morceaux, l'un de un mètre deux et l'autre de quatre-vingt-dix-huit centimètres, avaient été prélevés sur une pièce de trois mètres soixante de long retrouvée près de la porte de derrière. L'assassin avait fait un nœud coulant, y avait enserré les poignets de ses victimes, avant de refaire deux ou trois tours et de terminer par un nœud simple.

Un nœud tout à fait ordinaire, qui n'indique rien. Assez résistant pour la mise à mort, mais qui avec le temps s'était un peu relâché. Ce n'était pas le nœud de quelqu'un de par ici; dans les Keys, on ferait d'instinct un nœud marin.

Elle hocha la tête. C'est au milieu de la nuit. Il entre par effraction. Les menace, les attache, leur met un bandeau. Ils croient qu'il va les cambrioler et ne se débattent pas pour sauver leur vie. Mais non. Il les tue, tout simplement. L'horreur au maximum. Rapide. Efficace. Sans perdre de temps. Une arme silencieuse. Pas un revolver qui risque d'ameuter le voisinage. Pas de vol. Pas de viol. Pas de porte claquée, de fuite éperdue.

Un assassin qui arrive, tue, s'en va, ne s'interrompant que pour ouvrir une bible à une page donnée, un assassin que personne ne voit ni n'entend. Tous les crimes sont porteurs de message, cependant. Le cadavre du dealer qu'on retrouve pourrissant dans la mangrove, une balle dans la nuque, et encore ses bijoux en or, ça c'est un message. La jeune serveuse de restaurant qui se dit qu'elle ne risque rien à faire du stop pour rentrer chez elle et qu'on retrouve à trois comtés de là, nue, morte, violée, voilà un autre message. Le vieil homme dans sa roulotte qui n'en peut plus de soigner sa femme avec son cancer en phase terminale, qui la tue et se suicide après, et qu'on retrouve serrant contre lui un album de photos de mariage vieux de plus de cinquante ans, c'est encore autre chose.

Elle regarda les photos prises sur le lieu du crime. Ces clichés en 18 × 24 lui rappelèrent la chaleur étouffante et la puanteur qui régnaient dans la maison. Un crime, ce n'était jamais beau, mais c'était encore pire quand le temps qui passe y mettait son grain de sel. On lui avait appris que chacune des minutes qui suivent un homicide ne fait qu'accroître les difficultés. De vieux crimes soudainement résolus font la une des journaux. Mais pour un qui débouche sur une inculpation, combien restent impunis ?

Deux vieillards qui ont élevé et formé, ou plutôt déformé, un assassin multirécidiviste sont eux-mêmes assassinés. Quelle sorte de crime est-ce là ?

La vengeance ? La justice ? Certainement une combinaison perverse des deux.

Elle poursuivit sa lecture du rapport des experts. Deux empreintes partielles de chaussures avaient été relevées. Les rainures de la semelle indiquaient qu'il s'agissait de chaussures de basket de la marque Reebok, taille 42 ou 44. Le modèle des semelles apprenait qu'elles avaient été fabriquées six mois plus tôt. Des fibres de textile avaient été retrouvées collées au sang répandu sur la poitrine de l'homme. C'était un mélange de coton et de polyester, d'ordinaire associé aux sweat-shirts. La pénétration dans la maison s'était faite par la porte de derrière. Le bois, vieux et pourrissant, avait cédé à la première attaque d'un tournevis ou d'un ciseau. Elle secoua la tête. Cela n'avait rien d'étonnant dans les Keys. Le soleil, le vent et l'air salé s'unissaient pour ravager les montants de porte – un détail qui n'échappait pas aux innombrables cambrioleurs sévissant entre Miami et Key West.

Mais là, il ne s'agissait pas d'un cambrioleur banal.

Elle prit un stylo et nota : voir les quincailliers, savoir si quelqu'un a acheté un couteau, de la corde et un tournevis ou une petite pince à levier. Interroger à nouveau les voisins, savoir si quelqu'un a repéré une voiture suspecte. Voir les hôtels des environs. Est-ce qu'il a apporté la bible avec lui ? Voir les librairies du coin.

Elle ne se faisait pas beaucoup d'illusions.

Elle continua : voir auprès du labo les échantillons de peau prélevés autour des blessures. L'analyse spectrographique pourrait montrer des fragments métalliques qui renseigneraient sur la nature de l'arme. C'était important. Elle tenait à mettre un ordre rigoureux dans ses pensées : quand un assassin ne laisse aucun indice valable, rien qui lui appartienne, sperme, empreintes ou cheveux, pour le replacer dans le contexte, il faut découvrir ce qu'il a emporté avec lui – arme du crime, sang des victimes sur ses vêtements ou ses chaussures, objet de la maison. N'importe quoi.

Shaeffer se frotta un instant les yeux. Ses pensées dérivèrent vers Cowart. Qu'est-ce qu'il nous cache ? se dit-elle. Une pièce du puzzle qui a beaucoup d'importance pour lui, mais laquelle ?

Elle ne connaissait pas bien les journalistes, elle savait seulement qu'ils voulaient se montrer mieux renseignés qu'ils ne l'étaient vraiment. Cowart n'avait pas ce profil. Après leur première confrontation sur le lieu du crime, il ne l'avait pas une seule fois interrogée à propos des meurtres de Tarpon Drive. Et il avait fait tout son possible pour ne pas être lui-même interrogé.

Qu'est-ce que cela veut dire ? Qu'il a déjà toutes les réponses.

Dans ce cas, pourquoi les lui cache-t-il ? Pour protéger quelqu'un.

Blair Sullivan ? Impossible.

C'est lui-même qu'il cherche à protéger.

Mais tout cela ne la menait nulle part. Elle se mit à gribouiller sur son bloc. Elle repensa à un cours donné à l'académie de police sur le thème : quatre meurtriers sur cinq connaissent leurs victimes.

Bon. Blair Sullivan dit à Matthew Cowart qu'il a organisé le double meurtre, mais comment peut-il y parvenir depuis le couloir de la mort ?

Les prisons sont des mondes en soi. On peut tout avoir, il suffit de payer le prix, même la mort de quelqu'un. Tous les détenus connaissent les mécanismes du troc et du service rendu. Mais il est difficile, pour ne pas dire impossible, à une personne extérieure de pénétrer les secrets de cet univers.

Elle envisagea non sans dégoût sa prochaine étape : questionner tous les détenus qui avaient été en contact avec Sullivan. L'un d'eux pourrait être son fil conducteur. Mais avec quoi payait-il ? Il n'avait pas d'argent. Si ? Il n'avait aucun statut. C'était un homme solitaire, condamné à la chaise électrique. Solitaire, vraiment ?

Comment peut-il rembourser sa dette ?

Et que raconte-t-il à Matthew Cowart ?

Une idée lui vint brusquement à l'esprit : peut-être a-t-il déjà payé ?

Blair Sullivan passe contrat pour un assassinat et nous supposons que le règlement se fait lorsque le contrat est rempli. Normal. Mais si l'on prend les choses à l'envers... Shaeffer sentit le rouge lui monter aux joues.

Elle décrocha le combiné et composa un numéro. Il y eut trois sonneries, puis une espèce de grognement.

– Oui ?

– Mike ? C'est Andy.

– Bon sang, tu ne dors jamais ?

– Désolée, non.

– Une seconde.

Elle l'entendit vaguement expliquer à sa femme ce qui se passait. Elle capta les mots : « ... sa première grosse affaire... ». Il y eut ensuite un bruit d'eau courante. Et un éclat de rire.

» C'est encore moi l'ancien et toi le bleu, non ? Quand je te dis de dormir, tu dois dormir !

– Désolée, répéta-t-elle.

– Tu parles. Bon, qu'est-ce qui se passe ?

– C'est à propos de Matthew Cowart.

Tout en prononçant son nom, elle se dit qu'elle ne devait pas abattre tout de suite toutes ses cartes.

– Monsieur Je-sais-tout-mais-je-ne-dirai-rien ?

– Exact.

– Il me cavale sur le haricot, celui-là.

Elle n'eut aucun mal à imaginer son partenaire assis au bord du lit. Sa femme avait dû se cacher la tête sous un oreiller. Contrairement à de nombreuses associations, celle qui réunissait Andrea Shaeffer et Michael Weiss était purement professionnelle et dépourvue de toute complicité. Ils n'étaient pas ensemble depuis assez longtemps. Weiss était bourru, sans imagination, il s'emportait facilement. Très fort pour mettre des photos sous le nez des témoins et compulser des dossiers d'assurance. Il avait dix années d'expérience et elle quelques mois seulement, mais cela n'avait pas d'importance. Elle pouvait facilement le laisser à la traîne.

– A moi aussi.

– Qu'est-ce que tu as en tête ?

– Je crois qu'on devrait le travailler un peu au corps. Se montrer de temps en temps. A son bureau. Chez lui. Quand il sort faire du jogging. Tout le temps, quoi.

– Et puis ? fit Weiss en riant.

– Qu'il comprenne qu'on ne le lâchera pas tant qu'on ne saura pas ce qu'il a vraiment à dire. Qui a commis ce crime, par exemple.

– C'est pas bête.

– Il va falloir aussi visiter la prison. Voir si quelqu'un sait quelque chose, le sergent par exemple. Il faudrait aussi fouiller les affaires de Sullivan. Il a peut-être laissé quelque chose d'intéressant.

– Andy, on ne pourrait pas poursuivre cette conversation sur le coup de huit heures ? Il faudrait peut-être que tu dormes, non ?

– Excuse-moi, Mike, mais je n'y arrive pas.

– Ça m'énerve quand tu es comme ça, ça me rappelle quand j'étais jeune et que je m'occupais de ma première grosse affaire. J'étais sur des charbons ardents, je ne pouvais pas attendre. Fais-moi confiance, vas-y mollo.

– Mike...

– Compris, tu préfères coincer le journaliste plutôt que de te faire la prison, c'est ça ?

– Oui.

– Tu vois, c'est ce genre de raisonnement qui te fera grimper dans la hiérarchie, dit-il en riant. Vas-y, persécute Cowart, moi je retourne à Starke. Mais je veux qu'on se cause. Tous les jours. Même deux fois par jour, d'accord ?

– Pas de problème.

Elle raccrocha et rangea son bureau, glissant des feuilles de papier dans des classeurs ou les empilant soigneusement, remettant les stylos épars dans le porte-crayons. Quand elle fut satisfaite de l'aspect bien ordonné de son plan de travail, elle se laissa aller à rêver.

Je le tiens, se disait-elle.

Elle revint à Miami sous un soleil de plomb. Tout en conduisant assez vite, elle fredonnait de vieilles chansons qui évoquaient la vie dans les Keys.

Elle était nouvelle à la criminelle après neuf mois passés en voiture de patrouille et trois mois à s'occuper de cambriolages. Elle était bourrée d'ambition et d'énergie et elle croyait que le travail acharné pouvait compenser le manque d'expérience. Cela apportait une solution à pratiquement tous ses problèmes. Elle avait connu une enfance solitaire dans les Upper Keys. Son père, inspecteur de police à Chicago, avait été tué en service commandé. Elle avait souvent réfléchi à cette expression. Cela lui rappelait le « tombé au champ d'honneur » des militaires et accordait énormément d'importance à ce qui n'était en fait qu'un malheureux concours de circonstances. Avec ses collègues, il avait investi un atelier clandestin et arrêté une vingtaine de personnes. Un seul coup de feu avait été tiré par l'un des occupants de l'atelier; la balle avait traversé une mince cloison et lui était entrée dans la poitrine alors qu'il prenait des notes dans son calepin. Il n'était même pas visé. Il était mort le crayon à la main.

Elle avait dix ans à l'époque, et elle se souvenait à présent d'un homme un peu rustre qui la traitait comme un garçon, puis qui l'emmenait à Comiskey Park voir jouer l'équipe des White Sox. Il lui avait appris à lancer et à rattraper, à apprécier la force physique. La vie d'alors lui paraissait étonnamment ordinaire.

Sa mère, ses frères et elle étaient venus dans les Keys un an après la mort du père.

Miami était leur objectif, en réalité : ils y avaient de la famille. Mais ils étaient allés plus au sud quand sa mère avait trouvé une place de gérante de restaurant dans une marina. C'était de là que son beau-père était originaire.

Elle l'aimait bien, tout compte fait. Un peu distant mais désireux de lui enseigner la pêche au gros. Quand elle pensait à lui, c'étaient surtout ses gros bras rougis par le soleil qu'elle voyait. Elle avait toujours eu envie de les toucher, mais n'en avait rien fait.

Sa mère ne le lui avait jamais avoué, mais elle était certaine d'être née « par accident ». Elle avait dix ans de moins que ses frères. Quand ceux-ci avaient quitté les Keys pour faire leurs études, elle avait songé à les imiter, hésitant entre le droit et le commerce. Elle était entrée à l'université de Floride.

Elle avait opté pour la police après s'être fait violer.

C'était à Gainesville, à la fin du semestre. Il faisait chaud et humide. Dans un premier temps, elle n'avait pas eu l'intention d'aller à la party donnée par le club des garçons, mais un examen de psychologie l'avait épuisée et, dans un état semi-comateux, elle avait suivi ses camarades féminines.

Elle se souvenait encore du bruit qui régnait là-bas. Les voix, la musique, les gens en nombre entassés dans un endroit minuscule. Elle avait bu un peu trop de bière.

Bien après minuit, elle avait abandonné ses camarades pour rentrer seule, non sans avoir rejeté des dizaines d'offres émanant de garçons qui souhaitaient la raccompagner. Elle était un peu ivre, pas assez toutefois pour ne plus se rappeler le chemin.

Deux hommes avaient jailli de l'ombre juste derrière elle; elle n'avait pris conscience de leur présence que lorsqu'ils lui avaient jeté une veste sur la tête et avaient commencé à la bourrer de coups de poing.

C'était cet instant, dans son souvenir, qu'elle détestait le plus. Elle sentit ses jarrets bander leurs muscles. Championne du demi-mille du district. Sans la bière, elle aurait réagi. Ils ne l'auraient jamais rattrapée.

Elle se souvenait encore du poids des deux hommes sur son corps. La douleur était intense, puis curieusement lointaine. Elle avait eu peur d'étouffer. Elle s'était débattue, puis un coup de poing au menton l'avait mise hors de combat. Elle s'était évanouie. Le trou noir de l'inconscience était encore préférable à l'horreur et à la souffrance.

Elle roulait de plus en plus vite au fur et à mesure que le film du souvenir se déroulait. Elle s'était réveillée à l'hôpital après avoir été violée à plusieurs reprises. Une déposition au flic du campus, une autre à un inspecteur du coin. « Est-ce que vous pouvez décrire vos assaillants, mademoiselle ? – Il faisait nuit. Ils me plaquaient au sol. – Ils avaient l'air de quoi ? – Ils étaient forts. L'un d'eux m'avait mis une veste sur la tête. – Est-ce qu'ils étaient blancs ? Noirs ? Hispaniques ? Grands ? Petits ? Gros ? Maigres ? – Ils étaient sur moi. – Est-ce qu'ils ont dit quelque chose ? – Non, rien. Ils m'ont violée, c'est tout. » Elle avait appelé chez elle, sa mère s'était effondrée en sanglots et son beau-père avait juré. Elle en avait enfin parlé à une assistante sociale spécialisée dans ce genre de cas. La jeune femme hochait la tête en l'écoutant. Shaeffer avait compris que la compassion faisait partie de son métier, un peu comme ces gens engagés à Disney World pour adresser des signes amicaux et spontanés aux visiteurs. Elle rentra chez elle pour voir ce qui allait se passer. Rien n'arriva. Il n'y eut ni arrestation, ni même de suspect. Un incident survenu de nuit sur le campus de l'université, ça s'arrêtait là.

Ses blessures s'étaient refermées.

Elle toucha du bout du doigt la petite cicatrice blanchâtre qu'elle portait au coin de l'œil. Celle-là resterait toujours.

Dans sa famille, on n'avait pas parlé de tout cela. Rien n'avait changé dans la maison. Elle avait repris ses activités sur le bateau de son beau-père.

Elle s'était mise à écrire à sa mère, des pages et des pages où elle décrivait son calvaire. Puis elle avait oublié le viol pour évoquer le passé, le présent, le futur. Le jour de son premier test pour entrer à l'école de police, elle avait écrit : *Je ne peux pas ramener papa...*

Bien entendu, elle n'avait jamais posté ces lettres et ne les avait montrées à personne. Elle les conservait dans un classeur en similicuir acheté dans une banlieue de Miami. Par la suite, elle y avait adjoint des rapports sur les affaires dont elle s'occupait, avec des notes et des réflexions. Elle se demandait ce qui se passerait si sa mère découvrait tout cela, si elle découvrait ce qu'on avait fait à sa fille, mais aussi à d'autres femmes.

Elle revit le vieux couple de Tarpon Drive. Ils n'avaient aucune chance, ils savaient ce qu'ils avaient engendré. Pensaient-ils mettre impunément au monde un individu comme Blair Sullivan ? Tout se paye, tout le monde paye un jour.

Shaeffer repensa à la première fois où elle avait soulevé le lourd 357 Magnum qui était l'arme de service des policiers du comté de Monroe. Sa solidité avait quelque chose de rassurant ; avec elle, elle ne serait plus jamais une victime.

Elle écrasa un peu plus l'accélérateur. Elle roulait maintenant à plus de cent quarante kilomètres à l'heure.

Le premier jour, elle n'avait mis qu'une balle sur six dans la cible. Le deuxième jour, deux balles. Au bout des six semaines de stage, les six balles étaient bien regroupées dans le centre. Elle s'entraînait au moins une fois par semaine, toutes les semaines. Elle s'était familiarisée avec un automatique de plus petite taille et avait appris à manier le fusil anti-émeute placé dans chaque voiture. Plus tard, elle était passée au M-16 et, pour son propre usage, avait opté pour un 9 mm utilisé dans l'armée.

Elle leva le pied et la voiture descendit au-dessous de la limite autorisée. Dans le rétroviseur, elle vit une voiture foncer sur la sienne avant de changer de file et de se mettre en parallèle. C'était une Ford banalisée conduite par un flic de l'État chargé de réprimer les excès de vitesse.

Il la regarda, dissimulé derrière ses lunettes d'aviateur.

Elle lui sourit et haussa les épaules de façon quelque peu

exagérée. L'homme lui rendit son sourire et leva une main comme pour dire que ce n'était pas grave. Il la dépassa. Elle ouvrit la radio sur la fréquence de la police locale.

– Ici agent un-quatre, criminelle de Monroe. A vous.

– Monroe, ici agent Willis. Je vous ai relevée à près de cent soixante. Il y a le feu ?

– Désolée, agent Willis, il fait beau, je suis sur un gros coup et j'avais envie de respirer un peu. Je ne recommencerai pas.

– Pas de problème, un-quatre. Euh, vous avez le temps de manger un morceau ?

Elle rit.

– Négatif pour l'instant. Rappelez dans quelques jours au poste de Largo.

– On y pensera.

Elle lui adressa un signe amical. Il vivra d'espoir pendant quelques jours, se dit-elle. Elle s'en serait excusée à l'avance. Il serait déçu, mais elle avait des principes : elle ne couchait jamais avec quelqu'un qui savait qu'elle était de la police et elle ne couchait jamais avec quelqu'un qu'elle ne reverrait pas une seconde fois.

Elle toucha à nouveau sa cicatrice au coin de l'œil. Et poursuivit sa route en direction de Miami.

A la réception du *Journal*, on l'informa que Matthew Cowart ne se trouvait pas dans son bureau. Après la surprise du premier instant, elle sentit son pouls accélérer. Il cherche quelque chose, se dit-elle, il est après quelqu'un. Elle demanda à voir le rédacteur en chef responsable des nouvelles locales. La standardiste décrocha son téléphone, dit quelques mots et lui fit signe de s'installer sur l'une des banquettes. Le rédacteur en chef franchit la double porte au bout de vingt minutes.

– Désolé de vous avoir fait attendre, mais on était en conférence.

– Je voudrais parler à nouveau à Cowart, dit-elle en s'efforçant de rester calme.

– Je croyais qu'il avait fait sa déposition.

– Pas complètement.

– Ah ?

Il haussa les épaules pour indiquer qu'il s'en moquait bien.

– J'aurais besoin de quelques précisions.

– Je regrette, mais il n'est pas là. Je peux peut-être vous aider ?

Sa proposition n'avait rien de sincère.

– Eh bien, dit-elle avec un enthousiasme feint, je n'arrive

pas à voir comment Sullivan a pu avoir des contacts et arriver à cet arrangement... Je ne sais pas ce que M. Cowart peut ajouter, mais il a peut-être eu le temps de réfléchir à tout ça...

Elle sentit que le rédacteur en chef se radoucissait.

– C'est vrai, avec le temps...

Il se passa la main dans les cheveux.

» Cowart est parti enquêter.

– Où cela ?

– Dans le nord de l'État, lâcha-t-il après une brève hésitation.

– C'est plutôt vaste, répondit-elle, le sourire aux lèvres.

– Écoutez, cette affaire ne s'est déroulée que dans deux endroits, vous le savez comme moi. A la prison d'État de Starke et dans une petite ville du nom de Pachoula. Je ne vais pas vous l'épeler. Excusez-moi, inspecteur Shaeffer, mais j'ai du boulot.

– Vous pouvez dire à Cowart que j'ai besoin de le contacter ?

– Oui, mais je ne vous promets rien. Où est-ce qu'il peut vous joindre ?

– C'est moi qui le joindrai.

Elle se leva comme pour s'en aller, puis se ravisa et dit :

» Je pourrais voir les premiers articles de Cowart ?

Le rédacteur en chef réfléchit une seconde et lui indiqua le chemin des archives.

– Ils vont s'occuper de vous, dit-il. Si vous avez des problèmes, faites-moi appeler.

Assise à son bureau, elle feuilletait le gros album relié. Elle s'étonna de tous les malheurs que l'on pouvait trouver dans les pages d'un journal, puis elle découvrit l'édition du dimanche, celle où Matthew Cowart parlait pour la première fois du meurtre de Joanie Shriver. Elle lut l'article avec beaucoup d'attention et prit des notes, relevant noms et dates.

En sortant de l'immeuble du *Journal*, elle s'arrêta brusquement. L'affaire se déroulait dans deux endroits, lui avait dit le rédacteur en chef. Cela limitait considérablement les hypothèses. Des questions s'imposèrent à elle.

Cowart. Qu'est-ce qui l'a amené à rencontrer Blair Sullivan ?

Le meurtre d'une petite fille à Pachoula.

Qui est au centre de l'affaire ?

Robert Earl Ferguson.

Quel est le lien entre Sullivan et Cowart ?

Robert Earl Ferguson.

Qui est-ce qui lui a valu son prix Pulitzer ?

Robert Earl Ferguson.

Elle rentra dans le hall de l'immeuble où se trouvaient plusieurs téléphones publics. Elle relut ses notes et appela les renseignements de Pensacola. Puis elle composa le numéro que lui avait fourni une voix électronique.

Après avoir parlementé avec une secrétaire, elle entendit la voix de l'avocat.

– Roy Black, je peux vous aider, mademoiselle ?

– Maître Black, c'est Andrea Shaeffer. Je suis au *Journal*, à Miami... Nous avons besoin de joindre M. Cowart et il est parti à Pachoula pour rencontrer votre client. C'est important et personne n'a l'air d'avoir son numéro. Je me demandais si vous pourriez m'aider...

– Vous ne me dérangez pas. Seulement, Bobby Earl a quitté Pachoula et il est reparti à Newark, dans le New Jersey. Je ne vois pas pourquoi M. Cowart reviendrait à Pachoula.

– Oh, fit-elle avec une surprise feinte. Il travaille sur les suites de l'exécution de Blair Sullivan. Vous pensez que M. Cowart va aller là-bas, lui aussi ? Il n'a pas été très clair sur son itinéraire, c'est important qu'on le contacte. Vous n'auriez pas une adresse ? Je suis désolée de vous importuner, maître, mais personne ne retrouve son carnet.

– Je n'aime pas beaucoup donner des adresses, fit l'avocat.

– Oui, je m'en doute. Comment je vais faire pour le retrouver ? Mon patron va m'incendier.

Après un instant d'hésitation, l'avocat céda.

– Bon, je vais vous renseigner, mais promettez-moi de ne parler de ça à personne. M. Ferguson essaye d'oublier, vous comprenez ?

– Bien sûr, fit-elle avec un enthousiasme exagéré, c'est promis.

– Ne quittez pas, je cherche.

Elle attendit patiemment. Ses petits mensonges lui étaient venus si facilement. Elle se demanda si elle réussirait à prendre le prochain avion pour le Nord. Elle ne savait pas exactement comment elle se comporterait avec Ferguson, mais elle était certaine d'une chose : cet homme était la clef de toutes les questions qu'elle se posait. Elle repensa à sa photographie dans le journal, à son regard. Les yeux d'un innocent.

17

Newark

L'avion creva une couche de nuages et Andrea Shaeffer découvrit la ville qui s'élevait dans le lointain, avec ses immeubles rectangulaires pareils à des jouets d'enfant empilés les uns sur les autres qu'éclairait le pâle soleil de ce début de printemps. En regardant par le hublot, elle se prit à regretter la chaleur franche des Keys. Puis elle chassa toute idée parasite de son esprit et ne pensa plus qu'à une chose, la façon dont elle allait aborder Ferguson.

En douceur, c'était évident. Comme un gros poisson qu'on attrape avec une ligne de petit diamètre. Un mouvement trop sec, un geste brutal peut casser la ligne et le poisson se dégage. Rien ne liait Ferguson aux meurtres de Tarpon Drive, si ce n'est la présence de ce journaliste sur les lieux. Pas d'empreintes, pas de témoins, pas de traces de sang. Le modus operandi n'était même pas identique, il n'y avait vraiment rien de commun entre une petite fille enlevée, violée et tuée et un couple âgé ligoté et égorgé. En outre, selon Cowart et son journal, Ferguson n'était pas responsable de la première moitié de l'équation.

L'avion tourna pour s'aligner avec la piste et elle vit le long ruban de l'autoroute partir de part et d'autre du New Jersey Turnpike. Un sentiment de dépression s'abattit sur elle et elle se demanda si elle n'allait pas reprendre le premier vol pour la Floride. Tout paraissait évident dans le hall du *Journal*, mais c'était vraiment très différent sous le ciel grisâtre du New Jersey.

Elle repensa à Ferguson. Est-ce que son séjour en prison lui avait appris quelque chose ? C'était très probable. Selon Cowart, c'était un garçon intelligent, qui avait fait des études et ne ressemblait en rien aux autres détenus. Dommage. Un des truismes de la police voulait que le suspect ayant déjà goûté de la prison était plus facile à appréhender qu'un autre. Avec Ferguson, ce serait différent.

L'avion aborda la piste en douceur et s'immobilisa bientôt. Elle réunit ses affaires et se dirigea vers la sortie.

Le capitaine responsable du département de police de Newark s'était arrangé pour que deux officiers en uniforme l'accompagnent chez Ferguson. Après de brèves présentations et quelques banalités, les deux hommes la conduisirent à l'adresse qu'elle leur avait fournie.

Shaeffer découvrit des rues qu'on aurait dites tout droit sorties d'un des bas quartiers de l'enfer. Les immeubles de brique sale ou de béton noirâtre suintaient le désespoir. Même le peu de soleil qui éclairait ces rues semblait gris. Il y avait une incessante procession de petites boutiques de vêtements, d'échoppes diverses, de bistrots, d'officines de prêt, tous accrochés avec l'énergie du désespoir à des trottoirs jonchés de détritus. Chaque coin de rue était occupé par un groupe d'adolescents, d'oisifs, de semi-clochards. Même les fast-food, avec leurs serveuses en uniforme et leur univers aseptisé, paraissaient délabrés, comme de tristes parodies de leurs homologues urbains. Toutes les boutiques étaient équipées de rideaux de fer, absolument nécessaires. La ville ressemblait à un boxeur en fin de carrière, titubant mais toujours planté sur ses pieds, parce que trop vieux, trop bête ou trop entêté pour tomber.

– Vous avez dit que ce type était à l'école, inspecteur ? C'est pas possible, pas ici, dit l'un des officiers, un Noir taciturne aux tempes grisonnantes.

– Je tiens cela de son avocat, répondit Shaeffer.

– Il n'y a qu'une école ici, celle où on apprend à se camer, à devenir maquereau ou pute, à faire des casses.

– Tout de même, dit son collègue, plus jeune avec des cheveux blonds et une moustache tombante, il y a des gens bien...

– Ouais, l'interrompit son aîné, planqués derrière leurs grilles.

– Ne faites pas attention à lui, remarqua le plus jeune, il n'est plus dans le coup. Ce qu'il oublie, c'est qu'il est de par ici et qu'il s'en est sorti grâce aux cours du soir. Il n'y a rien d'impossible. Peut-être que votre homme prend le train pour New Brunswick et va à Rutgers. Il peut aussi prendre des cours à St. Pete's.

– C'est idiot. Dans ce cas-là, pourquoi il vivrait dans ce trou à rats ? répliqua l'autre officier. S'il a un peu de fric, il peut choisir un autre endroit, non ? On vit ici que quand on peut pas aller autre part.

– Je vois une autre raison, dit le plus jeune.

– Laquelle ? fit Shaeffer.

– Quand on cherche à se cacher. A se fondre dans la masse. On ne trouverait pas meilleur endroit. (Il indiqua des immeubles abandonnés.) Il y a des coins, ici, c'est pire que la jungle ou les marécages. Vous voyez, cette baraque, on ne sait même pas ce qu'il y a dedans. Il y a peut-être des squatters qui croupissent là sans eau et sans électricité. Les bandes s'y planquent, elles y cachent des armes. C'est peut-être bourré de cadavres, qu'est-ce qu'on peut y faire ? L'endroit idéal pour se faire oublier. Il faut vraiment avoir besoin de quelqu'un pour aller le chercher là-dedans.

– C'est mon cas, dit Andrea Shaeffer.

– Qu'est-ce que vous voulez savoir ? demanda l'officier noir.

– Il a peut-être des renseignements sur un double meurtre auquel je m'intéresse.

– Vous croyez qu'il va se laisser faire ? On aurait peut-être dû demander des renforts. C'est une histoire de came ?

– Non, ça ressemble plutôt à un contrat.

– C'est sûr ? J'ai pas envie de tomber sur un mec qui nous sort son Uzi.

– Non, ça ne risque pas.

– Il est suspect ?

Elle hésita. Qu'était-il au juste ?

– Pas exactement. Nous avons besoin de lui parler, rien de plus.

– Bon, on vous croit sur parole, dit le plus jeune, mais je ne suis pas très chaud. Qu'est-ce que vous savez au juste ?

– Pas grand-chose, en fait.

– Alors vous allez à la pêche.

– Exactement, répondit-elle en souriant.

La voiture roulait toujours. Sur le trottoir, les gens les suivaient du regard. Ils ont très bien compris qui nous sommes, se dit-elle, pas besoin d'uniforme pour cela. Elle essaya de se concentrer sur les façades des maisons, mais sa vision se brouilla.

– Tenez, c'est là, dit le policier qui conduisait. Au milieu de ce pâté de maisons.

Il se gara entre une vieille Cadillac rouge cerise qui devait appartenir à un souteneur et l'épave d'une camionnette. Un petit garçon était assis au bord du trottoir, juste à côté de la Cadillac.

– Vous voilà arrivée, dit le plus jeune des deux officiers. Vous savez comment vous allez jouer ça, inspecteur ?
– Sur du velours. Je vais commencer par le gardien, s'il y en a un. Ou par un voisin. Ensuite, je frapperai à sa porte, tout simplement.
– Bon, dit le policier noir. On restera juste derrière vous, mais quand vous rentrerez chez lui, on pourra plus rien pour vous.
L'immeuble où habitait Ferguson était en briques ternies ; il devait y avoir cinq ou six étages. Shaeffer aperçut le gosse assis par terre. Il portait un jogging sale à moitié déchiré, et une paire de chaussures de basket blanches de belle qualité.
– Ça va ? lui dit-elle.
– Ça baigne.
– Qu'est-ce que tu fais ?
– Je regarde les bagnoles. T'es flic ?
– Tout juste.
– Mais pas d'ici, hein ?
– Non. Tu connais un certain Robert Earl Ferguson ?
– Celui qui vient de Floride ? Tu le cherches ?
– Oui, il est là ?
– J'en sais rien, on le voit jamais beaucoup.
– Pourquoi ça ?
– Peut-être qu'il a des choses à faire.
Shaeffer hocha la tête et monta quelques marches, suivie des deux policiers. Elle lut les noms sur les boîtes à lettres et y découvrit celui de Ferguson. Elle nota les noms de quelques voisins. A côté de l'un d'eux, il y avait les lettres « Gdn ». Elle sonna à l'interphone. Il n'y eut pas de réponse.
– Il marche pas, dit le Noir.
– De toute façon, il n'y a rien qui marche, renchérit l'autre.
Elle fit pression sur la porte d'entrée qui s'ouvrit. Elle se sentit un peu gênée.
– Je suis sûr qu'en Floride les serrures et les interphones marchent encore, dit le Noir.
L'intérieur de l'immeuble était sombre, on se serait cru dans une caverne. Les couloirs étaient étroits et couverts de graffiti ; il y avait des relents d'urine. Le jeune policier vit Shaeffer faire la grimace.
– Oh ! c'est pire autre part, alors !... fit-il avec un geste large. Il n'y a même pas de poivrots écroulés dans un coin.
Elle trouva la loge du gardien sous l'escalier, frappa plusieurs fois à la porte et entendit des bruits à l'intérieur. Puis une voix.

– Qu'est-ce qu'il y a ?
– Police, répondit-elle en mettant sa plaque devant l'œilleton.
Il y eut un cliquetis de clefs, trois ou quatre serrures que l'on ouvre. Puis apparut un Noir d'une quarantaine d'années, assez mince, qui portait un bleu de travail.
– Vous êtes M. Washington ? Le gardien ?
Il acquiesça.
– Qu'est-ce que vous lui voulez ? fit-il.
– Je désire entrer.
Il déverrouilla la porte et fit entrer les trois policiers.
– J'ai rien fait.
Shaeffer jeta un coup d'œil rapide aux tapis usés, au mobilier minable.
– Robert Earl Ferguson. Il est chez lui ?
L'homme haussa les épaules.
– Peut-être bien. Sûrement même. Je fais pas trop attention à lui, moi.
– Ah bon ? Et qui s'y intéresse ?
– Ma bourgeoise.
Il désigna une Noire, aussi grosse que son mari était svelte, qui se cramponnait à des cannes anglaises en métal.
– Madame Washington ?
– C'est elle-même.
– Robert Earl Ferguson est chez lui ?
– Il devrait, il est pas sorti de la journée.
– Vous en êtes sûre ?
La femme fit péniblement deux pas dans leur direction ; ses cannes semblaient avoir de la peine à la soutenir.
– Je me déplace pas beaucoup, je passe mon temps là... (Elle montra la fenêtre qui donnait sur la rue.) Je regarde, qu'est-ce que je pourrais faire d'autre ?
– Bien. Dites-moi, Ferguson a-t-il des horaires réguliers ?
Elle fit signe que oui. Shaeffer prit son carnet et se mit à noter.
» Où va-t-il ?
– J'en sais trop rien au juste, mais il a toujours des livres de classe dans un sac qu'il se met sur le dos, vous voyez ? Comme les soldats ou les scouts. Il part l'après-midi. Quand il revient, c'est que tard le soir. Des fois, il emmène une petite valise et il revient que quelques jours après, il doit faire des voyages.
– Vous veillez tard ?
– Je dors plus trop bien. Je marche pas, je respire mal. Je suis plus bonne à grand-chose.

Andrea Shaeffer aurait voulu la presser de questions.

– Et votre mémoire ?

– Ma mémoire, elle traîne pas la patte, si c'est ça que vous voulez dire. Vous voulez savoir quoi ?

– Il y a une semaine, dix jours, est-ce que Ferguson a quitté la ville ? L'avez-vous vu avec sa valise ? S'est-il absenté pendant un jour ou deux ? Y a-t-il eu quelque chose d'inhabituel ?

La femme parut faire des efforts de mémoire. Elle ferma à demi les yeux, hocha la tête ; ses lèvres remuèrent, puis elle secoua les épaules comme si elle était revenue sur sa décision. Shaeffer attendait, le crayon à la main.

– Je crois pas. Mais j'y réfléchirai encore, je peux pas vous dire ça de but en blanc.

Shaeffer était persuadée que la femme savait quelque chose, mais qu'elle souhaitait ne rien dire.

– Vous êtes sûre ?

– Je suis sûre de rien, faut que je réfléchisse, je vous dis. Huit, dix jours, hein ?

– Oui.

– Je vais voir.

– Bien. Quelqu'un d'autre pourrait-il me renseigner ?

– Non, m'dame. Il reste tout le temps tout seul. Il sort l'après-midi, il revient tard le soir. Ce gars-là fait jamais de bruit, il invite jamais des filles. Pourquoi vous voulez savoir tout ça ? Il a des ennuis avec la police ?

– Êtes-vous au courant de ce qui lui est arrivé ces dernières années en Floride ?

M. Washington intervint.

– On nous a dit qu'il a fait de la prison, mais c'est tout.

– Ici, ça arrive à tout le monde, m'dame, c'est pas dramatique, ajouta la femme. Et malheureusement, je crois que c'est pas demain la veille que ça va changer, oh ! non !

– Comment paie-t-il son loyer ? demanda Shaeffer.

– En espèces, le premier de chaque mois. Aucun problème.

Elle nota ce renseignement.

» C'est pas beaucoup, remarquez, c'est pas du luxe ici, au cas où vous auriez pas remarqué.

– Vous ne l'avez jamais vu avec un couteau ? Le genre couteau de chasse. Vous n'en avez jamais vu ?

– Non, m'dame.

– Une arme à feu ?

– Non, mais vous savez, tout le monde dans le coin en planque une quelque part.

– Vous ne pouvez vraiment rien me dire ?

– Non, sauf qu'il est tout le temps avec ses bouquins.

Shaeffer hocha la tête. Elle tendit au couple une carte de visite frappée du sceau du shérif du comté de Monroe.

– Si vous vous souvenez de quoi que ce soit, appelez-moi. En PCV. Je serai à ce numéro-ci pendant quelques jours.

Elle inscrivit le téléphone du motel proche de l'aéroport de Newark.

Dans le couloir, le policier noir lui demanda :

– Vous avez appris quelque chose ? Ça m'a pas paru passionnant à moi. Sauf que la dame vous a menti quand elle disait qu'elle ne se rappelait de rien.

– Je suis sûr qu'elle pensait à quelque chose, ajouta le jeune officier.

– Ah, vous l'avez remarqué ?

– Oui, mais je ne vois pas pourquoi. C'est bizarre. Qu'est-ce qu'on fait, inspecteur ?

– On y va, répondit-elle. On monte chez lui.

18

Le suspect idéal

Son cœur battait trop vite. Elle respira profondément à plusieurs reprises et frappa à la porte. Le palier était sombre en dépit de la fenêtre percée à une extrémité. Elle ne savait pas trop à quoi s'attendre. Un tueur ? Ce n'était pas évident. L'un des côtés du triangle, en tout cas. Un garçon qui prend parfois sa valise et disparaît pendant quelques jours. Elle frappa de nouveau.

– Qui est là ?

– Police.

Quelques secondes s'écoulèrent.

– Qu'est-ce que vous voulez ?

– Vous poser quelques questions. Ouvrez la porte.

– Quel genre de questions ?

Elle savait que l'homme se tenait juste derrière la porte, que seule une mince paroi les séparait.

– Ouvrez la porte.

Derrière elle, les deux officiers se raidirent et firent un pas en arrière. Encore une fois, elle frappa.

» Police, répéta-t-elle. Elle ne savait pas ce qu'elle ferait s'il refusait d'obéir.

– D'accord.

Elle n'eut pas le temps de se sentir soulagée. Elle crut percevoir une légère hésitation dans sa voix. Peut-être, se dit-elle, s'est-il retourné avant de répondre, peut-être a-t-il jeté un rapide coup d'œil sur son appartement pour déceler ce qu'elle pourrait y trouver. Quoi ? Une preuve ? Une preuve de quoi ?

Il y eut un bruit de serrures, de chaîne que l'on tire, et la porte s'entrebâilla. Andrea Shaeffer se retrouva face à Robert Earl Ferguson. Il portait un jean et un vieux sweat-shirt marron bien trop grand pour lui. Il avait les cheveux bien coupés et était rasé de frais. Elle faillit reculer sous l'effet de la surprise : la colère qui animait le regard de cet homme avait la violence d'un coup de poing.

» Qu'est-ce que vous voulez ? dit-il d'un ton rogue. Je n'ai rien fait.

– Je désirerais vous parler.

– Vous avez une plaque ?

Elle la lui tendit.

» Comté de Monroe ? En Floride ?

– Oui. Je suis l'inspecteur Shaeffer et je travaille à la brigade criminelle.

Elle crut voir le doute s'insinuer dans l'esprit de Ferguson.

– C'est bien au-dessous de Dade, non ? dit-il. C'est dans les Keys.

– Oui.

– Pourquoi voulez-vous me voir ?

– Je peux entrer.

– Dites-moi d'abord ce qui vous amène.

Ferguson et Shaeffer s'observèrent un instant. Ils avaient la même taille, mais sa carrure à lui était plus développée.

– Vous êtes loin de chez vous, dit-il.

Il vit les deux officiers qui se tenaient un peu à l'écart.

» Et eux ?

– Ils sont d'ici.

– Vous aviez peur de venir seule ?

Sa lèvre supérieure se retroussa. Les deux policiers se rapprochèrent. Ferguson demeurait dans l'encadrement de la porte, bras croisés sur la poitrine.

– Non, répondit-elle du tac au tac, et le rictus de Ferguson disparut.

– Je n'ai rien fait, déclara-t-il assez platement.

– Je ne vous ai pas accusé.

– C'est vrai, dit-il en souriant, mais vous n'auriez pas fait tout ce chemin, vous n'auriez pas quitté le comté de Monroe pour cet endroit délicieux si vous n'aviez pas une bonne raison, je me trompe ? (Il recula.) D'accord. Entrez. Posez vos questions. Je n'ai rien à cacher.

Cette dernière phrase, prononcée avec plus de vigueur, s'adressait directement aux deux policiers.

Elle entra dans l'appartement et, aussitôt, Ferguson s'interposa entre l'inspecteur et les policiers.

» Je ne vous ai pas invités, vous. Seulement elle. A moins que vous n'ayez un mandat.

Shaeffer se retourna. Les policiers étaient décontenancés, comme chaque fois qu'un civil leur donne un ordre.

– Bougez-vous, dit le Noir.

– Pas question. Elle veut me poser des questions, elle peut entrer sans problème.

Le plus jeune policier tendit la main vers la poitrine de Ferguson, comme pour l'écarter, puis il se ravisa.

– Ça ira, je peux me débrouiller toute seule, dit Shaeffer.

– Ce n'est pas la procédure habituelle, lui répondit le policier noir avant de se tourner vers Ferguson. Alors, tu dégages ?

Ferguson ne bougea pas.

Shaeffer leur fit signe et les deux hommes reculèrent sur le palier.

» D'accord, dit le Noir, on attendra là. Mais j'ai une mémoire impeccable pour les visages, trouduc, et je vais rajouter le tien à ma liste.

– Je ne vous oublierai pas non plus, dit Ferguson avec un ricanement.

Il voulut refermer la porte, mais le jeune policier la bloqua de la main.

– Elle reste ouverte, d'accord ?

Ferguson s'écarta de la porte.

– Si ça peut vous faire plaisir. (Il invita Shaeffer à le suivre dans l'appartement.) J'en ai déjà vu des comme ça. Le chef du couloir de la mort, par exemple. Ils croient jouer aux durs.

– C'est quoi, dur, monsieur Ferguson ?

– Ce qui est dur, c'est de connaître le jour et l'heure. Vous savoir en parfaite santé, mais savoir aussi que la société vous a transmis une maladie incurable. Ce qui est dur, c'est de savoir que chaque seconde vous rapproche de l'instant ultime.

Il se planta au beau milieu du petit living.

– Mais vous, inspecteur, vous vous croyez dure ?

– Je sais l'être quand il faut.

Il ne rit pas, mais la dévisagea d'un air dubitatif et moqueur à la fois.

– Prenez place, dit-il en lui désignant un siège.

– Merci, répondit-elle, mais elle ne s'assit pas.

Elle fit le tour de la pièce, en examinant le mobilier sans jamais oublier Ferguson. C'était une chose qu'on lui avait enseignée à l'école de police. Reste debout quand le sujet est assis. Ça le rendra nerveux et te donnera un atout supplémentaire.

– Vous cherchez quelque chose ?

– Non.

– Alors dites-moi ce que vous voulez.

Elle s'approcha de la fenêtre et regarda dans la rue. Elle vit la Cadillac rouge. La rue était déserte.

– Il n'y a pas grand monde dans ce quartier, dit-elle. Je me demande pourquoi quelqu'un choisirait de vivre ici.

Il ne répliqua pas.

» Des putes à chaque coin de rue. Des camés. A part ça, des bandes, des clochards, des assassins. Et vous.

– C'est vrai.

– Qui êtes-vous, monsieur Ferguson ?

– Je suis étudiant.

– Il y en a d'autres par ici ?

– Pas que je sache.

– Dans ce cas, pourquoi vivez-vous ici ?

– Ça me convient.

– Vous êtes dans votre élément ?

– Je ne dirais pas cela.

– Pourquoi alors ?

– C'est un endroit sûr, dit-il en riant doucement. Le plus sûr sur cette terre.

– Ce n'est pas une réponse.

Il haussa les épaules.

– On vit en soi. Pas dans le monde qui vous entoure. Non, en soi-même. C'est la première chose qu'on apprend au couloir de la mort. Mais il y en a beaucoup d'autres. Vous croyez qu'on les oublie en sortant ? Bon, dites-moi ce que vous voulez.

Au lieu de lui répondre, elle poursuivit sa visite du petit appartement. Dans la chambre, il n'y avait qu'un lit à une place et une commode. Elle put voir des vêtements accrochés dans le placard aménagé dans une alcôve. La cuisine était équipée d'un petit réfrigérateur, d'une cuisinière et d'un évier. Des assiettes et des tasses s'empilaient sur la paillasse.

Elle revint dans le séjour et remarqua une petite table sur laquelle étaient posées une machine à écrire portative et une liasse de feuilles de papier. Non loin, il y avait une bibliothèque de fortune et elle reconnut immédiatement plusieurs ouvrages : un abrégé de médecine légale écrit par un ancien coroner de l'État de New York, un livre sur les techniques d'identification du FBI publié par le gouvernement, un troisième livre sur la criminalité et les médias. Elle les avait lus à l'école de police. Les autres avaient tous trait à la criminologie, aux techniques d'enquête. Ils étaient tous d'occasion. Elle en prit un au hasard et constata que certains passages étaient surlignés en jaune.

– C'est vous qui avez fait ça ?
– Non. Dites-moi ce que vous voulez.
Elle reposa le livre et regarda les papiers. Elle remarqua une série de noms et d'adresses, dont celle de Matthew Cowart. Il y en avait plusieurs à Pachoula et aussi un avocat de Tampa qu'elle ne connaissait pas.
– Qui sont ces gens ? demanda-t-elle.
Il parut hésiter, puis répondit.
– Je dois leur écrire. Ils m'ont aidé à sortir de prison.
Il y avait aussi une pile de coupures de presse. Elle les feuilleta. Il y avait des gros titres, mais aussi des articles de dimensions plus réduites. Certains journaux venaient du New Jersey, d'autres de Floride. Elle y retrouva le *Journal* de Miami, la *Tribune* de Tampa, le *Times* de St. Petersburg. Une manchette du *Star-Ledger* de Newark attira son attention : SUITE À LA DISPARITION DE LA FILLETTE, LA FAMILLE OFFRE UNE RÉCOMPENSE.
– Ce genre de chose vous intéresse ? demanda-t-elle.
– Tout autant que vous, lui répondit Ferguson. Ce n'est pas vrai, inspecteur ? Quand vous ouvrez un journal, qu'est-ce que vous lisez en premier ?
Elle ne dit rien et poursuivit. Chaque coupure concernait une affaire criminelle. D'autres gros titres la frappèrent : ATTAQUE À MAIN ARMÉE : LA POLICE EN QUÊTE D'INDICES et RAPT D'ENFANT : AUCUNE PISTE NE MÈNE À RIEN, ADMET LE COMMISSAIRE.
– Où avez-vous eu ces journaux ?
– Je retourne souvent en Floride. Je donne des conférences dans les églises, devant des groupes. (Son regard accrocha le sien.) Des églises noires, des citoyens noirs. Des gens capables de comprendre ce que l'on peut éprouver en échappant au couloir de la mort. Des gens qui savent que cela n'a rien d'inhabituel pour un Noir de se faire tabasser par la police.
Elle reposa les derniers articles de presse.
» J'étudie la criminologie, reprit-il. « Les médias et la criminalité », UV 307, professeur Morin, le mercredi de 17 h 30 à 19 h 30. Voilà pourquoi je recueille ces coupures de presse.
Les yeux de l'inspecteur se posèrent à nouveau sur le bureau.
» J'ai obtenu un A, dit-il sur un ton moqueur. Bon, vous allez me dire ce que vous voulez ?
– D'accord.
Le regard de Ferguson la mettait très mal à l'aise.
» Quand êtes-vous venu pour la dernière fois dans les Keys ? Dans le nord des Keys, plus précisément. A Islamorada, Key Largo, Marathon. Quand êtes-vous allé parler devant un groupe de citoyens ?

Elle ne fit rien pour dissimuler ce qu'il y avait de sarcastique dans sa question.

– Je ne suis jamais allé dans les Keys.

– Vraiment ?

– Non, jamais.

– Bien entendu. Le contraire m'aurait étonnée.

Elle mentait facilement, mais la menace implicite à sa remarque n'impressionna pas Ferguson.

– Quelqu'un vous aura mal renseignée.

– Vous connaissez une rue appelée Tarpon Drive ?

– Non.

– La maison au numéro 13, vous y êtes déjà allé ?

– Non.

– Votre ami Cowart s'y est rendu.

Il ne réagit pas.

» Et vous savez ce qu'il y a trouvé ?

– Non.

– Deux cadavres.

– C'est pour ça que vous êtes là ?

– Non, mentit-elle. Je suis là parce qu'il y a quelque chose que je ne comprends pas.

La voix de Ferguson se fit plus dure.

– Qu'y a-t-il que vous ne compreniez pas, inspecteur ?

– Vous, Blair Sullivan et Matthew Cowart.

– Je n'y peux rien, fit-il après une seconde de silence.

– Vraiment ?

Ferguson avait le don de déranger les gens en ne faisant strictement rien, remarqua-t-elle.

» Vous allez me dire ce que vous avez fait quelques jours avant que votre vieux copain Blair Sullivan ne passe à la chaise.

La surprise se peignit un instant sur le visage de Ferguson. Puis il dit :

– J'étais ici, je révisais mes cours, j'allais en classe. Mon emploi du temps est sur le mur.

– Juste avant que Sullivan y passe, vous n'avez pas fait une petite balade ?

– Non.

Il tendit la main vers le mur. Une liste y était épinglée. Elle s'en approcha, la lut et nota ce qui y était inscrit. C'étaient des noms d'unités de valeur et de professeurs. Le professeur Morin et son cours sur les médias et la criminalité en faisaient partie.

– Vous pouvez le prouver ?

– Pourquoi, il le faut ?

– Peut-être.

– Dans ce cas, oui.

Une sirène hurla dans le lointain.

» En plus, Sullivan n'a jamais été mon pote, comme vous dites. Il me détestait autant que je pouvais le détester.

– C'est vrai ?

– Oui.

– Que savez-vous de l'assassinat de sa mère et de son beau-père ?

– C'est sur ça que vous travaillez ?

– Répondez à ma question.

– Rien. (Il lui sourit avant d'ajouter :) Non, je sais ce que j'ai vu à la télé et lu dans les journaux. Je sais qu'ils ont été tués quelques jours avant son exécution et qu'il a dit à M. Cowart s'être débrouillé pour régler chaque détail. C'était dans les journaux. Même le *New York Times* en a parlé, inspecteur. Mais ça s'arrête là.

Ferguson parlait à présent comme quelqu'un qui se délecte des joutes verbales.

– Dites-moi comment il a pu organiser ces meurtres. C'est vous l'expert du couloir de la mort, non ?

– C'est exact. (Il marqua une pause pour rassembler ses idées.) Il y a différentes manières... Je commencerais par la liste des visiteurs. Toute personne qui vient en visite au couloir est répertoriée. Qu'elle soit avocat, journaliste, ami, membre de la famille. Je remonterais au jour où Sullivan a débarqué dans le couloir et je m'intéresserais à chaque personne. Cela fait du monde, vous savez. Des psys, des producteurs, des experts du FBI. Et aussi, bien entendu, M. Cowart... (Ferguson avait un débit plus rapide.) Je parlerais aussi aux gardiens. Vous imaginez ce que c'est que d'être gardien au couloir de la mort ? Il faut avoir du tueur en soi parce qu'un jour c'est peut-être vous qui attacherez un pauvre type sur la chaise. Il faut vouloir être celui-là. (Il leva une main.) Bien entendu, ils vous diront tous que ce n'est qu'un boulot comme un autre, qu'il n'y a rien de personnel là-dedans, que c'est la même chose dans un autre quartier de la prison, mais c'est faux, il faut être volontaire pour travailler aux ailes Q, R et S. Il faut aimer ce que l'on fait. Et ce que l'on fera peut-être. Quand on attache quelqu'un sur une chaise pour le faire cramer, on peut attacher quelqu'un sur une chaise pour l'égorger !

– Je ne vous ai pas dit qu'ils l'avaient été.

– C'était dans tous les journaux.

– Bon, dit-elle. Donnez-moi des noms.

– Vous me demandez de vous aider ?

– Des noms. A qui parleriez-vous au couloir ?

Il secoua la tête.

– Je ne sais pas, mais c'est quelqu'un de là-bas, c'est sûr. Le couloir, c'est une société de tueurs. On comprend vite que les gardiens ne sont pas d'un autre bord. Mais pourquoi vous n'y allez pas voir par vous-même ? dit-il d'un air ironique. Un inspecteur aussi rusé que vous devrait voir tout de suite qui est tordu et qui ne l'est pas.

– Une société de tueurs, répéta-t-elle. Et vous, monsieur Ferguson, vous vous situiez où ?

– J'étais un marginal, moi.

– Combien faudrait-il payer ?

Il haussa les épaules.

– Je l'ignore. Beaucoup ? Un peu ? La somme est difficile à estimer, inspecteur, parce que les motivations peuvent être très différentes.

– Expliquez-vous.

– Blair Sullivan, par exemple. Il aurait pu vous tuer sans la moindre raison. Si, pour le seul plaisir. Vous avez déjà rencontré des types comme ça, inspecteur ? Vous me paraissez un peu jeune et inexpérimentée pour cela.

Elle ne réagit pas.

» Il y a dans le couloir de la mort des gars qui ont une telle haine des flics qu'ils en descendraient un gratuitement. Ils jouiraient à chaque seconde et, croyez-moi, ils feraient durer le plaisir. (Sa voix se faisait de plus en plus moqueuse.) Une femme flic, ce serait pour eux l'extase suprême. Vous ne me croyez pas, inspecteur ?

Elle ne réagissait toujours pas.

» Il y a aussi M. Cowart, il ferait n'importe quoi pour écrire un bon papier. Alors, inspecteur, qu'est-ce que vous en dites ?

– Vous, plus précisément, monsieur Ferguson, qu'est-ce que vous exigeriez pour tuer quelqu'un ?

Il perdit son sourire.

– Je n'ai jamais tué personne. Je ne le ferai jamais.

– Ce n'est pas ce que je vous demande, monsieur Ferguson. Combien demanderiez-vous ?

– Cela dépendrait, dit-il avec une certaine froideur.

– De quoi ?

– De la personne à éliminer. Mais je crois que ce serait la même chose pour tout le monde, non ? Certains meurtres exigent beaucoup d'argent et il y en a d'autres que vous commettriez pour rien.

– Qu'est-ce que vous feriez pour rien, monsieur Ferguson ?

– Difficile à dire. Je n'y ai jamais réfléchi.

– Vraiment ? Ce n'est pas ce que vous avez déclaré aux deux inspecteurs du comté d'Escambia, ce n'est pas ce que les jurés ont estimé.

Ferguson faisait des efforts pour ne pas laisser éclater sa colère. Sa bouche était légèrement tordue.

– Ils m'ont frappé, vous le savez aussi bien que moi. Le juge a expédié l'affaire. Je n'ai jamais rien fait à cette petite fille. Sullivan, oui, il l'a tuée.

– A quel prix ?

– A quel prix ? répéta Ferguson, glacial. Mais pour le plaisir, tout simplement.

– Revenons à la famille de Sullivan, combien aurait-il donné pour les faire tuer ?

– Blair Sullivan ? Il aurait donné son âme pour les emmener avec lui en enfer.

Ferguson s'approcha de l'inspecteur Shaeffer et baissa la voix.

» Vous savez ce qu'il m'a confié avant que je comprenne que c'était à cause de lui que je me retrouvais au couloir ? Il m'a parlé de cancer, oui, comme un docteur. Il s'est lancé sur une histoire de cellules modifiées, de structure moléculaire et de rupture de la chaîne d'ADN, il m'a expliqué comment une saloperie microscopique se développait en vous au point d'envahir vos poumons, votre côlon, votre pancréas et votre cerveau pour vous faire pourrir de l'intérieur. Quand il a eu terminé sa conférence, il s'est appuyé au mur et m'a expliqué qu'il fonctionnait exactement comme ça. Qu'est-ce que vous en pensez, inspecteur ?

Ferguson paraissait détendu, mais Shaeffer voyait ses muscles qui vibraient sous son sweat-shirt. Elle ne répondit pas et se remit à marcher dans l'appartement. Le sol vacillait sous ses pieds.

– Il vous parlait de la mort ?

– C'est plutôt fréquent quand on est là-bas.

– Et qu'avez-vous appris ?

– Que c'était la chose la plus banale au monde. Vous n'êtes pas d'accord, inspecteur ? C'est chacun son tour. Les gens croient que c'est une chose unique que de mourir, mais ils se trompent.

– Certaines morts sont vraiment spéciales.

– Celles qui vous intéressent.

– Oui.

Elle le vit se pencher en avant, comme s'il anticipait sa prochaine question.

» Vous aimez les baskets ? lui demanda-t-elle brusquement. Un instant, elle crut que ce n'était pas elle qui avait parlé.

– Bien sûr, fit-il, un peu surpris. J'en porte tout le temps. Comme tout le monde d'ailleurs.

– Cette paire, c'est quelle marque ?

– Des Nike.

– Elles ont l'air neuves.

– Je les ai achetées de la semaine dernière.

– Il y en a d'autres dans le placard ?

– Oui.

Elle se dirigea vers la chambre.

– Restez là.

Elle sentait son regard posé sur elle.

Dans le placard, il y avait une paire de baskets de belle qualité. Elle les retourna. C'étaient des Converse, vieilles et usées jusqu'à la corde. La semelle était lisse ; sa forme ne correspondait pas à celle des Reebok portées par l'assassin du vieux couple. Elle remit les chaussures en place.

Il la regardait faire.

– Ainsi donc, vous possédez l'empreinte d'une des chaussures du tueur...

Elle ne répondit pas.

» ... Et tout à coup l'idée vous prend de fouiller dans mon placard. Qu'est-ce que vous avez encore contre moi ? Pas grand-chose, hein ? Pourquoi êtes-vous venue chez moi ?

– Je vous l'ai dit. A cause de Blair Sullivan, de Matthew Cowart. Et de vous.

Il ne répondit pas tout de suite. Elle vit qu'il cherchait ses mots. Il dit enfin, visiblement irrité :

– C'est comme ça que vous avez choisi de jouer, hein ? Pour vous, je suis le suspect idéal. Un meurtre en Floride et c'est moi.

– Je n'ai pas dit que vous étiez suspect.

– Mais vous avez voulu voir mes baskets.

– C'est la routine, vous le savez bien...

– Ah oui ? Qu'est-ce que porte Matt Cowart ?

– Des Reebok, mentit-elle.

– Elles doivent être neuves alors. La dernière fois que je l'ai vu, il avait des Converse, comme celles du placard.

Elle ne dit rien.

» Vous regardez les chaussures de tout le monde, mais pour moi, pas de problème. Ce serait bien si elles pouvaient établir un lien entre ce double crime et moi, pas vrai, inspecteur ? Vous feriez les gros titres. Vous auriez même une promotion.

Personne ne s'interrogera sur vos raisons profondes. Moi, je les connais. Et si ce n'est pas moi, ce sera un autre qui me ressemble, quelqu'un de jeune et de noir. Ça vous rend automatiquement suspect.

Elle secoua la tête.

» Non ? Quand il leur a fallu quelqu'un à Pachoula, qui est-ce qu'ils sont venus trouver ? Et vous ? Vous croyez que vous allez me coincer uniquement parce que je bavardais avec Sullivan ? Vous ne vous rendez pas compte que j'ai failli crever à cause de lui ? J'ai passé trois ans au couloir de la mort pour un crime que je n'ai pas commis et à cause de flics comme vous. J'aurais fait un bon cadavre, j'étais idéal pour le système. Alors allez vous faire foutre, inspecteur, je ne serai plus le suspect idéal de qui que ce soit. Je suis peut-être noir, mais ça ne fait pas de moi un assassin ! Vous vouliez savoir pourquoi j'ai choisi de vivre ici ? Eh bien, ici, les gens comprennent ce que c'est que d'être noir et toujours suspect ou victime. C'est pour ça qu'ils sont là, tous tant qu'ils sont. Moi, j'ai été les deux et je colle parfaitement au tableau, même si je pourrais être autre part. Vous comprenez ça, inspecteur ? Ça m'étonnerait, parce que vous êtes blanche et que vous ne vous êtes jamais posé la question.

Il se dirigea vers la fenêtre.

» Vous ne comprendrez jamais ce que c'est que d'avoir un chez-soi ! (Il se retourna.) D'autres questions, inspecteur ?

La fureur de Ferguson la submergeait. Elle secoua la tête.

» Bon, dit-il calmement. Maintenant, vous dégagez.

Il lui désigna la porte et elle se prépara à sortir.

– J'aurai peut-être d'autres questions, dit-elle.

– Non, je ne le pense pas, inspecteur. La dernière fois que j'ai été sympa avec deux flics, ça m'a coûté trois années de ma vie et j'ai bien failli y passer. Vous avez eu votre chance. Maintenant c'est terminé.

Elle franchit la porte, hésitante. Dès qu'elle eut mis le pied sur le palier, elle se retourna vers lui, mais il referma brutalement. Elle eut juste le temps d'entrevoir ses yeux étincelants de fureur. Le bruit des verrous et de la chaîne résonna dans la cage d'escalier.

19

Un travail peu ragoûtant

Les trois hommes restèrent silencieux pendant la plus grande partie du trajet.

C'est seulement quand ils quittèrent la route principale et que la voiture cahota sur le chemin de terre que Bruce Wilcox prit la parole.

– On n'en tirera rien. Elle va décrocher sa pétoire et nous tirer du plomb dans le cul, oui. Moi, je vous dis qu'on perd son temps.

C'était lui qui conduisait. Assis à sa droite, Tanny Brown regardait à travers le pare-brise et ne pipait mot. Quand la voûte des arbres laissait passer un rai de lumière, sa peau sombre miroitait brièvement comme si elle était trempée de sueur.

» Ouais, on perd son temps, reprit Wilcox.

– Mais non, dit enfin Brown.

– Ah bon ? Et puis d'abord, j'aimerais bien que vous me disiez ce qui se passe, tous les deux.

Il fit un signe de tête en direction de Cowart, installé au milieu de la banquette arrière, dans la même position qu'un suspect que l'on vient d'appréhender.

– Avant de passer à la chaise, dit Brown, Sullivan a fait comprendre à Cowart qu'on serait passé à côté d'indices matériels chez Ferguson. Ils y seraient toujours et c'est pour ça qu'on est là.

Wilcox secoua la tête.

– Tanny, tu ne me dis pas la moitié de ce que tu sais. Il s'est foutu de sa tronche, c'est tout. (Il parlait de Cowart comme s'il n'était pas avec eux.) J'ai surveillé moi-même les recherches. On a tout visité, on a sondé les murs, arraché le plancher, fouillé dans le poêle pour voir s'il n'avait rien brûlé. On a passé un détecteur de métaux sous la baraque. J'ai même lâché un chien pour qu'il renifle partout. S'il avait planqué quelque chose, on l'aurait trouvé.

– Sullivan dit que vous êtes passés à côté d'une chose intéressante.

– Sullivan a raconté pas mal de conneries à l'autre gratte-papier, dit Wilcox à l'intention de son collègue. Pourquoi on s'occupe de tout ça ?

– Hé ! fit Cowart, je suis là, non ?

– Où vous a-t-il dit de regarder ?

– Il n'a rien dit, il a fait remarquer que vous étiez passés à côté de quelque chose avant de lancer une réflexion vulgaire. Je devrais avoir un œil au cul, selon lui.

– Ça ne servira à rien de tomber sur un indice, fit Wilcox en secouant la tête. Ferguson, c'est de l'histoire ancienne.

– Non, dit Tanny Brown.

– Et puis, la vieille ne nous laissera pas fouiller.

– Elle laissera entrer Cowart.

– Avec nous en voiture ? Ça m'étonnerait.

– Si.

– Elle déteste sûrement plus la presse que moi. C'est quand même elle qui a mis son petit chéri en taule.

– Et qui l'en a sorti.

– Je ne vois pas les choses comme ça, dit Wilcox. C'est une vieille baptiste accrochée à sa bible. Elle croit sûrement que c'est Jésus en personne qui a ouvert les portes de la prison parce qu'elle l'a bombardé de prières. De toute façon, même si elle le laisse entrer et fouiller, ce qui m'étonnerait, il ne trouvera rien parce qu'il ne sait même pas ce qu'il doit chercher.

– Ce n'est pas sûr, fit remarquer Brown.

– Et même ?

– On saura que Sullivan a dit la vérité.

– Et comment on doit agir à partir d'aujourd'hui, ajouta Cowart.

Wilcox ricana avant de retomber dans son mutisme.

Il faisait une chaleur étouffante. Cowart était en sueur. Dans la poche de sa chemise, les pages sorties de l'imprimante des archives collaient au tissu. Les informations qu'elles contenaient, il ne les avait pas transmises à Tanny Brown.

Ce n'était peut-être qu'une coïncidence, se dit Cowart. Ferguson avait donné une conférence dans une église. Quatre jours plus tard, une petite fille disparaissait. Et alors ? On ne sait même pas où il se trouvait à l'époque. Quatre jours... Il aurait pu revenir à Pachoula, à Newark. Il aurait pu se trouver n'importe où, sur la planète Mars même, pourquoi pas ?

La photographie de Joanie Shriver sur le mur de l'école s'imposa à sa mémoire. Puis ce fut celle de Perry Dawn sur l'avis de recherche. Une petite fille blanche, une petite fille noire. Sa gorge se serra.

– On y est presque, dit Wilcox.

La voiture s'arrêta dans la cour poussiéreuse. Wilcox contempla la cabane avant de hocher la tête.

– Allez, Cowart, faites-nous voir comment vous vous débrouillez.

– Lâche-le, tu veux ? grommela Brown.

Cowart ne répondit pas et descendit de voiture. Les deux inspecteurs l'imitèrent et s'adossèrent à la portière pour mieux l'observer. Il monta les quelques marches conduisant à la porte d'entrée.

– Madame Ferguson ? Vous êtes là ?

Le soleil était vif, il dut s'abriter les yeux de la main.

» Madame Ferguson, c'est Matthew Cowart, du *Journal* de Miami.

Pas de réponse.

Il frappa à la porte qu'il sentit vibrer sous les coups. Un peu de peinture s'écailla.

Il approcha son visage du grillage de la contre-porte.

» Madame Ferguson !

Il y eut un bruit à l'intérieur de la cabane sombre, une sorte de grattement. Puis une voix désincarnée qui n'avait cependant rien perdu de son arrogance.

– Je sais qui vous êtes, qu'est-ce que vous me voulez encore ?

– Je voudrais vous reparler de Bobby Earl.

– On en a causé assez, il me semble. Vous en savez pas assez, vous ?

– Non. Je peux entrer ?

– Pour quoi faire ? C'est toujours dedans que vous posez vos questions ?

– Madame Ferguson, je vous en prie, c'est important.

– Important pour qui ?

– Pour moi. Et pour votre petit-fils.

– Je vous crois pas.

Il y eut un autre silence. Cowart avait plaqué le visage tout contre le grillage et cherchait à habituer ses yeux à l'obscurité qui régnait à l'intérieur de la maison. Il entrevit le mobilier, la canne posée dans un coin, le fusil près d'un meuble. Puis il vit la vieille Noire marcher d'un air las, triste, comme si ce n'étaient plus seulement ses hanches et son dos qui la faisaient souffrir, mais aussi son cœur.

» On a déjà causé, qu'est-ce qu'il vous faut d'autre ? dit-elle.

– La vérité, lui répondit-il brusquement.

– Ah ! vous croyez que c'est dans ce trou que vous allez la trouver ? ricana-t-elle. Je l'ai peut-être serrée dans un tiroir, hein ? Et je la ressors quand j'en ai besoin ?

– C'est un peu ça.

Elle riait de manière assez déplaisante. Il se rendit compte que la vieille femme avait vu les deux inspecteurs.

– Vous venez pas seul, ce coup-ci.

Il secoua la tête.

» Alors, vous êtes avec eux maintenant, monsieur le journaliste blanc ?

– Non.

– A quoi vous jouez alors ?

– A rien.

– La dernière fois, vous étiez du côté de mon gamin. On dirait que ça a changé.

Il chercha les mots qui convenaient.

– Madame Ferguson, quand je me suis rendu à la prison, j'ai parlé avec l'homme qui, pour tout le monde, a tué la petite fille. Il m'a raconté une histoire. Une histoire pleine de détails sordides, de mensonges, de semi-vérités, je vous l'accorde. Mais il m'a dit que je trouverais des indices matériels si je cherchais ici. Chez vous.

– Des indices ?

– Oui, quelque chose qui prouve que Bobby Earl est bien le meurtrier.

– Comment il pourrait savoir ça ?

– Bobby Earl le lui aurait avoué.

La vieille femme secoua la tête et émit une sorte de rire étrange.

– Pourquoi que je vous laisserais fouiner partout pour tomber sur un truc qui ferait du mal à mon gars ? Vous pouvez pas le laisser tranquille ? Qu'il fasse sa vie comme tout un chacun ? C'est fini, tout ça. Que les morts reposent en paix et que les vivants vivent de même. Amen.

– Ce n'est pas comme ça que ça se passe, dit Cowart, et vous le savez aussi bien que moi.

– Ce que je sais, c'est qu'en fouinant, ça risque de lui retomber sur la tête, et ça j'en veux pas. Il en a pas besoin.

Il prit son souffle.

– Écoutez, madame Ferguson, je vais être très clair. Laissez-moi entrer et jeter un coup d'œil. Si je ne trouve rien, je vous promets que ce sera terminé. Bobby Earl pourra tout oublier. Vous n'entendrez plus jamais parler de ces deux inspecteurs. On m'aura menti, c'est tout. Mais si je n'entre pas, le doute planera toujours. On se posera des questions. Et cette affaire lui collera à la peau jusqu'à la fin de ses jours. Vous comprenez ?

La vieille femme avait posé une main sur le bouton de la porte. Elle réfléchissait.

– Je comprends. Mais si je vous laisse et que vous tombez sur ce truc que l'autre vous a dit, qu'est-ce que ça va faire ?

– Bobby Earl aura à nouveau des ennuis. Écoutez, madame, dit Cowart qui avait décidé d'abattre sa meilleure carte, si vous ne me permettez pas d'entrer, j'en déduirai que vous me cachez quelque chose et que certaines preuves sont dissimulées dans votre maison. Je devrai le dire aux deux inspecteurs que vous voyez ici. Ils reviendront avec un mandat et ils fouilleront tout. Ils ne dormiront pas tant qu'ils n'auront rien trouvé sur Bobby Earl. Quant à moi, je reviendrai aussi, mais avec toute une équipe de journalistes de la télévision et de la presse écrite. C'est cela que vous voulez ?

Les yeux de la femme brillaient de haine.

– Je comprends parfaitement, dit-elle, je comprends que l'homme blanc fait toujours ce qu'il a envie. Vous voulez rentrer ? Vous y arriverez même si je dis n'importe quoi. Alors allez-y.

– Bien.

Elle déverrouilla la porte et l'entrebâilla.

– Ce bonhomme en prison, il vous a dit où regarder ?

– Pas précisément.

– Bonne chance alors, ricana-t-elle.

En pénétrant dans la maison, il eut l'impression de changer d'univers. Il était habitué – autant qu'on puisse l'être – à la misère urbaine. Il avait accompagné son ami Vernon Hawkins dans de nombreux endroits où des crimes avaient été commis et plus rien ne le surprenait, ni la pauvreté, ni les rats, ni les murs lépreux. Mais ici, c'était très différent. Ça dérangeait.

Cowart découvrit la pauvreté à l'état brut : un lieu ne faisant aucune concession au confort ou à l'espoir. Un crucifix était cloué au mur au-dessus d'un sofa élimé. Un vieux rocking-chair orné d'un coussin brodé occupait un coin de la pièce. Il y avait quelques autres sièges, en bois taillé à la main pour la plupart. Sur le manteau de la cheminée trônaient un portrait de

Martin Luther King et une vieille photographie d'un Noir portant un costume austère. Son défunt mari, probablement. Il y avait également d'autres clichés, dont un de Robert Earl. Les murs de bois sombre donnaient à cet endroit l'apparence d'une caverne. Les rares rayons de soleil qui pénétraient par les fenêtres n'avaient aucune chance contre les ombres qui y régnaient. Un couloir menait à une cuisine qu'occupait en quasi-totalité un antique poêle à bois. Mais tout était immaculé. Mme Ferguson traitait certainement le moindre grain de poussière comme elle traitait ses visiteurs.

» C'est peut-être pas beaucoup, mais c'est à moi, dit-elle d'un air revêche. Il y a pas un banquier qui peut dire que ça lui revient, tout est à moi. Mon pauvre mari s'est tué pour l'avoir et j'y ai toujours été heureuse, même si c'est pas le palais d'un roi.

Elle regarda par la fenêtre.

» Je le connais, ce Tanny Brown. Je connaissais sa maman, qui est maintenant plus parmi nous, et son papa. Ils ont trimé dur pour l'homme blanc et lui il se croit au-dessus de nous. Il y a pas une once de vérité dans tout ça. Je m'en rappelle bien, quand il était gamin, il volait les oranges dans les vergers des Blancs. Maintenant qu'il est dans la police, il se prend pour un monsieur, mais en fait il est pas mieux que mon petit gars. (Elle se détourna de la fenêtre.) Alors, monsieur le journaliste blanc, qu'est-ce que vous allez chercher ? Il y a rien pour vous ici, vous voyez pas ? Il y a rien pour personne.

Cowart regarda autour de lui et se dit que Wilcox avait raison : il ignorait ce qu'il devait chercher et où il devait fouiller. Le visage moqueur de Blair Sullivan s'imposa à lui.

– Où se trouve la chambre de Bobby Earl ? demanda-t-il.

– A droite, par là.

Cowart parcourut le petit couloir. Il jeta un coup d'œil dans la chambre de la vieille femme. Une bible ouverte était posée sur un lit à deux places orné d'un jeté de lit fait au crochet. Une pièce austère et glaciale. Le seul réconfort qu'on pouvait y trouver était dans le Livre. Il passa devant une salle d'eau minuscule, à peine plus grande qu'un placard, et qui paraissait toute neuve. Puis il découvrit la chambre de Ferguson.

On eût dit, là aussi, une cellule de moine éclairée par une fenêtre petite et haute. Il y avait un lit de fer, une table de bois, une commode et une chaise. Une vieille planche avait été clouée à l'un des murs pour servir d'étagère à des livres de poche. *Homme invisible, pour qui chantes-tu ?* et *La Force d'aimer* [1] côtoyaient des romans de science-fiction. Des cannes à pêche étaient rangées dans un coin avec une boîte d'hameçons.

Cowart s'assit au bord du lit. Il scruta la pièce du regard à la recherche d'un signe. A quoi peut bien ressembler la chambre d'un assassin ?

Il n'en savait rien. Ferguson lui avait dit qu'à côté de Newark, Pachoula ressemblait à un camp de vacances, à un terrain de jeux pour un Huckleberry Finn [2] moderne. Mais lui ne voyait que des meubles tristes et des murs nus.

Par où commencer ? L'éventuelle pièce à conviction n'allait tout de même pas être mise en évidence, aussi il commença par les tiroirs du bureau, sans grande conviction. Puis ce furent les vêtements. Tout avait déjà été fouillé à de nombreuses reprises. Tu es inspecteur, se dit-il, fais ton boulot. Il passa la main sous le bureau, sous le matelas, il donna du poing contre les murs pour voir s'ils sonnaient creux et recelaient une cachette.

Pour y dissimuler quoi ? ne cessait-il de se demander.

Il était à quatre pattes quand la grand-mère de Ferguson entra.

» Ils ont fait tout ça, remarqua-t-elle. Alors, vous êtes satisfait ?

– Je ne sais pas, répondit-il en se relevant, l'air gêné.

– Bon, eh bien, c'est terminé.

– Je dois parler aux inspecteurs, dit-il en lissant ses vêtements.

Elle le raccompagna jusqu'à la porte d'entrée en ricanant. Les deux policiers étaient toujours appuyés à leur voiture.

Ce fut Tanny Brown qui parla le premier, mais son regard se posa sur la vieille femme avant de s'arrêter sur le journaliste.

– Alors ?

– Rien de remarquable là-dedans, si ce n'est la pauvreté.

– Je l'avais dit, fit Wilcox. (Il se tourna vers Cowart.) Vous êtes allé dans la chambre de Ferguson ?

– Oui.

– Y a pas grand-chose, hein ?

– Non, quelques bouquins, des cannes à pêche, des vêtements.

– C'est ça qui m'embête. Quand on débarque dans la chambre de quelqu'un, riche ou pauvre, il y a toujours un

1. *Homme invisible...*, publié en 1952, est l'œuvre du romancier Ralph Ellison; la critique unanime y a vu l'un des plus grands ouvrages jamais écrits en ce siècle. L'homme invisible, c'est l'homme noir dans la société américaine. *La Force d'aimer* est le premier recueil de sermons du pasteur Martin Luther King, prix Nobel de la paix, assassiné en 1968. *(N.d.T.)*

2. Huck Finn, héros du romancier et humoriste Mark Twain. *(N.d.T.)*

détail qui vous renseigne sur son compte. Mais pas ici, pas dans toute la maison.

– Ce n'est pas facile, dit Cowart, perdu dans ses pensées. Et puis, je peux voir quelque chose qui n'a pas de sens pour moi, mais qui en a pour vous.

– Attendez un peu.

Wilcox alla ouvrir le coffre de la voiture. A côté du matériel réglementaire – fusil anti-émeute, cordage, couverture, etc. –, il y avait une pile de dossiers. Il les feuilleta et tendit quelques feuilles à Cowart.

» C'est l'inventaire qu'on a fait.

Cela débutait par une liste d'objets saisis dans la maison et mis à la disposition de la justice. Il y avait plusieurs vêtements, notés « retournés après analyse négative ». Des couteaux trouvés dans la cuisine, avec la même appréciation.

L'inventaire comportait aussi des objets prélevés dans diverses parties de la maison; il y avait chaque fois une brève description des méthodes employées et des lieux fouillés. La chambre de Ferguson avait été passée au peigne fin. Résultat négatif.

– Regardez-la, fit Brown en désignant la grand-mère de Ferguson. Elle sait quelque chose, c'est évident.

Wilcox haussa les épaules, accablé par la chaleur. Cowart reprit sa lecture des documents, à haute voix cette fois-ci.

– Pièce de devant : empreintes digitales, tous les objets inspectés, aucun prélevé, plancher soulevé, murs sondés, usage du détecteur de métaux; chambre de la grand-mère : fouillée, pas d'objets cachés; placard : cisailles saisies, chiffons et serviettes saisis, plancher soulevé; chambre de Ferguson : vêtements saisis, murs et plancher examinés, cheveux prélevés; cuisine : couteaux inspectés et saisis, cendres du poêle emmenées au labo... Cela me paraît complet.

– On a passé des heures là-dedans à regarder chaque clou à la loupe, dit Wilcox.

Brown continuait d'observer Mme Ferguson.

– Rien n'a changé, dit Cowart en désignant les feuilles, à part le placard transformé en toilettes.

– Oui, Ferguson a fait faire les travaux avec l'argent du producteur d'Hollywood, dit Wilcox. Le progrès n'épargne personne.

– Avant, où est-ce qu'ils...

– Dans une cabane, au fond de la cour.

– Une cabane?

– Oui, quoi?

– Elle n'est pas sur la liste, dit Cowart qui sentit brusquement le sang lui monter aux tempes.

– Tu l'as fouillée, non ? demanda Tanny Brown.

– Euh, en quelque sorte... Le mandat ne concernait que la maison, alors je me suis dit... Mais un des techniciens y est allé, ça j'en suis sûr, et il n'a rien trouvé.

Brown regardait son associé d'un air bizarre.

» Écoute, Tanny, il y avait que de la merde et des saloperies. Tiens, c'est même marqué là, regarde.

Il posa le doigt sur une ligne dactylographiée.

Cowart s'éloigna de la voiture. Il se rappelait les paroles de Sullivan : « ... Suffit pour ça d'avoir un œil au cul... »

– Nom de Dieu, s'écria-t-il en revenant vers Brown. Sullivan a dit...

– Je m'en souviens très bien.

Brown avait l'air soucieux.

Cowart partit comme une flèche vers l'arrière de la cour. Il entendit la voix de la grand-mère de Ferguson.

– Où vous courez comme ça ? Il y a rien pour vous, revenez tout de suite !

Brown se lança derrière lui après avoir pris un levier dans le coffre de la voiture. La cabane de planches se dressait tout près des arbres. Les parois de bois avaient une vilaine teinte grisâtre, des toiles d'araignée s'étalaient sur la porte. Cowart saisit la poignée et tira un coup sec. La porte grinça et s'ouvrit à demi.

– Faites attention aux serpents, dit Brown en tirant à son tour sur la porte.

D'un seul coup, elle céda.

» Bruce ! Amène-moi une torche ! cria Brown.

A l'aide du levier, il détruisit les toiles d'araignée. Une sorte de petit rat poussa un couinement de terreur et passa entre les jambes des hommes.

Côte à côte, ils contemplaient la lunette de bois, taillée dans une vieille planche. L'odeur était difficile à supporter, cela sentait plus la mort ou la vieillesse que l'excrément.

– Par là, dit Cowart.

Brown acquiesça.

– Plus bas.

Wilcox braqua sa torche.

– Bruce, lui demanda son collègue, l'expert, il a enlevé la lunette ? Il a regardé dans la cuvette ?

Wilcox secoua la tête.

– Tout était cloué. Avec des vieux clous, je m'en souviens bien, il me les a montrés. Rien n'indiquait qu'il y avait eu des travaux récents, pas de coups de marteau, de traces de lime. Rien n'avait bougé. Tout de même...

– Oui ?

– Je ne vous garantis pas qu'il n'a pas planqué quelque chose qu'on n'aurait pas vu, mais l'expert et moi, on a bien regardé.

– Pour moi, quand on veut dissimuler quelque chose, c'est l'endroit idéal, dit Brown.

– Pourquoi ne pas l'enterrer dans les bois ?

– Avec les chiens ? Non, c'est trop risqué. En revanche, personne ne va s'aventurer dans un chiotte par plaisir.

Wilcox l'approuva. La voix tendue, il dit :

– Alors, tu crois que...

Un cri perçant l'interrompit.

– Tirez-vous de là !

Les trois hommes se retournèrent pour découvrir la vieille femme, un fusil de chasse à deux coups à la main.

» Je vous jure que je vous fais la peau si vous vous barrez pas tout de suite !

Cowart se figea sur place, mais les deux inspecteurs s'écartèrent, instinctivement.

» Je vous fais sauter la tête si vous vous barrez pas tout de suite d'ici !

– Madame Ferguson... commença Brown.

– La ferme ! lança-t-elle en braquant son fusil sur lui.

– Écoutez, madame Ferguson, fit Wilcox en levant lentement les mains, dans un geste qui ressemblait à une supplique.

– Vous aussi ! s'écria la vieille femme en tournant l'arme vers lui. Et restez sur place, vous deux !

Cowart vit les deux hommes échanger un rapide regard. Il ne comprit pas sa signification.

La femme s'en prit à lui.

» Je vous avais dit de vous tirer de là.

Il leva les mains, mais secoua la tête.

– Non.

– Ça veut dire quoi, non ? Vous voyez pas cette pétoire ? Je me gênerai pas pour m'en servir.

Cowart sentit la colère bouillonner en lui. La rage habitait cette femme et il comprit à cet instant qu'elle savait très exactement ce qu'elle dissimulait. C'est là, se dit-il, je ne sais pas ce que c'est, mais c'est là. Il ne parvenait plus à contenir la colère et la frustration qui sommeillaient en lui depuis plusieurs jours. Il secoua à nouveau la tête.

– Non, répéta-t-il d'une voix forte. Non, madame, je vais regarder là-dedans même s'il faut que vous me descendiez pour ça. J'en ai marre qu'on me mente, j'en ai marre qu'on se foute de moi et qu'on m'utilise, j'en ai marre de faire le guignol! Vous comprenez ça? J'en ai marre!

Chaque fois qu'il répétait cette phrase, il avançait d'un pas.

– Bougez pas! lui cria-t-elle.

– Vous voulez me buter? Super, devant deux inspecteurs de police, on ne peut pas faire mieux! Allez-y, qu'est-ce que vous attendez?

Il fit un nouveau pas dans sa direction. Le fusil tremblait un peu entre ses mains.

– Me cherchez pas!

– Alors tirez!

Cowart était fou furieux, la façon dont Ferguson l'avait abusé le mettait hors de lui.

» Allez-y, tuez-moi! Tuez-moi! De sang-froid, comme votre petit-fils avec cette gamine! Alors, la vieille, vous aussi vous êtes une tueuse? C'est vous qui lui avez donné des cours? Vous lui avez appris à massacrer une pauvre gosse sans défense?

– Il a rien fait!

– Tu parles qu'il n'a rien fait!

– En arrière!

– Vous lui avez peut-être seulement appris à mentir, c'est ça?

– Tirez-vous de là!

– Alors, c'est grâce à vous qu'il a fait toutes ses saloperies?

– Il a rien fait, je vous dis! Maintenant cassez-vous ou je vous fais sauter la cervelle!

– Mais si, il l'a fait, et vous le savez très bien!

Il y eut une explosion.

Les plombs passèrent à quelques centimètres de la tête de Cowart avant de s'écraser sur le mur du poulailler. Les deux inspecteurs dégainèrent en même temps et braquèrent leurs armes sur Mme Ferguson.

– On ne bouge plus! Lâchez votre fusil!

L'air empestait la cordite. Cowart avait la tête qui tournait. Son front était trempé et il y porta la main : c'était de la sueur, pas du sang.

Les inspecteurs continuaient de hurler des ordres, mais la vieille femme s'en moquait bien.

– Je vous l'avais dit, monsieur le journaliste blanc, criait-elle d'une voix perçante, je vous avais prévenu, j'irais supplier le diable pour sauver mon gars!

Il la regardait sans parler.

» Alors, vous êtes mort?

– Non, répondit-il avec calme.

– Dommage, je vous aurais bien fait péter le crâne. (Elle abaissa son fusil.) J'avais qu'une cartouche. (Elle se tourna alors vers Brown.) J'aurais dû la garder pour vous.

– Lâchez votre arme! lui cria l'inspecteur, qui braquait toujours sur elle son revolver.

– Vous allez me descendre, Tanny Brown?

– Lâchez votre arme!

La vieille femme le regarda avec mépris et posa le fusil contre le mur. Puis elle le regarda d'un air bravache et croisa les bras.

– Alors vous tirez ou quoi?

Wilcox était aux côtés de Cowart.

– Ça va?

– Oui, merci.

– Bon Dieu, ça c'était quelque chose, vous avez eu un sacré cran. Tu veux que je la boucle? dit Wilcox à son collègue. Je lui mets les poucettes et je lui lis ses droits...

Tanny Brown secoua la tête. Il s'empara du fusil, l'ouvrit et éjecta la cartouche, qu'il lança à Cowart.

– Tenez, ça vous fera un souvenir. (Puis il s'adressa à la grand-mère de Ferguson.) Il y a d'autres armes dans la maison?

Elle fit signe que non.

» Vous n'avez rien à me dire?

Elle secoua à nouveau la tête et cracha par terre en signe de mépris.

» Bon, vous pourrez regarder. Bruce?

– Oui?

– Va me chercher une pelle dans l'appentis.

Le lieutenant de police rangea son arme et rendit son fusil à la vieille femme. Puis il donna le levier à Cowart.

» Vous avez bien mérité d'y aller en premier.

Le bois vermoulu ne résista pas longtemps aux assauts du levier puis de la pelle. Quand il explosa, ce fut pour révéler un trou immonde creusé dans la terre. De la chaux vive avait été jetée là pour détruire les excréments.

– C'est dégueulasse, ne put s'empêcher de dire Cowart.

– Si vous avez une coupure, une blessure, n'importe quoi, faites attention, lui murmura Wilcox. Bon, j'attaque. (Il prit dans sa poche un mouchoir qu'il noua devant son nez et sa bouche.) J'aurais dû faire ça il y a quatre ans, tiens. Bon Dieu, ce que ça pue là-dedans...

Il grattait le monticule de chaux et d'excréments.

» Regardez bien, lança-t-il aux deux hommes, qu'on ne passe pas à côté d'un truc intéressant...

Brown et Cowart ne lui répondirent pas. Ils regardèrent Wilcox travailler, lentement, méthodiquement. Les déchets extraits formaient maintenant un monticule et Wilcox n'avait pas hésité à descendre dans la fosse septique.

» Je me demande combien la vieille peut chier par jour, dit-il en continuant de pelleter. On en est déjà à...

– Là! s'écria Cowart.

– Où ça?

– Là, à droite. Qu'est-ce que c'est?

Le coin d'un objet encore indéterminé avait été mis au jour par la pelle.

Wilcox fit la grimace et le saisit entre les doigts. C'était une bande de tissu synthétique de forme rectangulaire.

Brown s'accroupit et hocha la tête.

– Bruce, tu reconnais?

– Un peu, oui!

– Qu'est-ce que c'est? demanda Cowart.

– De la moquette de voiture. Du tapis de sol. Il en manquait un grand bout dans la voiture de Ferguson. Le voilà.

– Tu vois autre chose? s'enquit Brown.

– Non. Mais attends un peu...

Avec sa pelle, il arracha à la fosse une masse informe et la tendit à Brown.

» Et voilà.

Le lieutenant se tourna vers Cowart.

– Regardez.

Cowart lui obéit et il comprit.

Ce n'était autre qu'une paire de jeans, une chemise, des baskets et des chaussettes roulés en boule et attachés avec un lacet de chaussure. Les années passées dans la fosse septique avaient réduit les vêtements en haillons.

– Je vous parie ma bicoque qu'on va trouver des résidus de sang, dit Wilcox.

– Il n'y a plus rien?

– Je ne crois pas, non.

– Alors sors de là.

– Avec plaisir.

Wilcox se hissa hors de la fosse.

Les trois hommes revinrent au milieu de la cour. Ils étalèrent les vêtements sur le sol.

– On peut en tirer quelque chose? demanda Cowart après un moment.

– Il y a des chances, dit Brown, mais pour moi ils parlent d'eux-mêmes.

Wilcox s'essuyait et remettait sa chemise dans son pantalon.

– Tanny, dit-il doucement, je suis désolé. J'aurais dû faire plus attention.

– Et moi j'aurais dû mieux surveiller les recherches. Ça va, Bruce. (Il continuait de contempler les vêtements.) Putain, lâcha-t-il finalement. Maintenant, c'est clair, non ?

Il s'était tourné vers Cowart, lequel hocha la tête.

Les trois hommes emportèrent les affaires et le fragment de moquette. La vieille femme les regardait du haut de ses marches. Cowart remarqua que ses mains tremblaient.

– Ça veut rien dire du tout! cria-t-elle. (Elle brandit un poing rageur dans leur direction.) C'est toujours là qu'on jette les saloperies, ça veut rien dire du tout! »

Les deux inspecteurs et le journaliste passèrent devant elle sans même la regarder. Elle continuait de hurler des insultes, le poing tendu vers le ciel.

» Ça veut rien dire! Vous m'entendez, Tanny Brown? Ça veut rien dire, rien du tout!

20
Pièges

Tanny Brown roulait lentement dans les rues de la ville qui l'avait vu naître. Cowart était assis à côté de lui et attendait que le policier parlât en premier. Ils avaient déposé Wilcox au labo avec les pièces à conviction retrouvées dans la fosse septique. Le journaliste avait pensé qu'ils seraient directement retournés au poste de police afin de décider de leur prochaine action, mais ils se retrouvaient à parcourir sans but des artères sans grand intérêt.

– Bon, dit-il finalement, où va-t-on comme ça ?

– Vous savez, lui répondit Brown sans se hâter, ce n'est pas vraiment une ville. Elle a toujours été à la traîne derrière Mobile et Pensacola, mais je ne connaissais rien d'autre. Et c'était tout ce que je désirais. Même quand j'ai fait mon service et que je suis allé étudier à Tallahassee, je ne pensais qu'à revenir ici. Mais vous, Cowart, c'est quoi votre ville à vous ?

Cowart revit la petite maison de brique où il avait grandi. Elle se tenait un peu à l'écart de la rue, avec un gros chêne planté au milieu de la cour. Il y avait un porche avec, dans un coin, une balancelle que personne n'utilisait jamais et que de nombreux hivers avaient rouillée. Presque immédiatement, l'image devint floue, pour être remplacée par une autre : le journal de son père tel que, vingt ans plus tôt, il le voyait à travers ses yeux d'enfant. C'était bien avant les ordinateurs et les imprimantes. Sa vision du monde avait été dictée par cet univers de bureaux gris et de tubes au néon, de téléphones qui n'arrêtaient pas de sonner, de doigts qui pianotaient sur des claviers bruyants. En grandissant, il n'avait désiré qu'une chose, fuir tout cela, partir loin, très loin, mais il n'avait réussi qu'à faire de même, en plus grand seulement, en plus moderne, en plus aseptisé. Tout ça pour finir à Miami dans l'un des meilleurs journaux du pays.

Une vie définie par des mots.

Et peut-être une mort définie par ces mêmes mots.

– Il n'y a pas de ville, répondit-il, rien qu'une carrière.

– Ce n'est pas la même chose ?

– Je ne sais pas, je n'arrive pas à faire la distinction.

L'inspecteur hocha la tête.

» Bon, alors, qu'est-ce qu'on fait ? demanda le journaliste.

– Eh bien, nous savons qui a tué Joanie Shriver...

Les deux hommes se sentaient mal à l'aise. Brown pensait : Je le savais, je l'ai toujours su. Mais il éprouvait une sensation désagréable : quelque chose avait changé.

– On ne peut rien contre lui, c'est ça ?

– Du point de vue juridique, non. Des aveux extorqués. Une fouille illégale. On a tous les torts.

– Moi non plus, je ne peux rien contre lui, dit Cowart plein d'amertume.

– Vous ne pouvez pas écrire un nouvel article ? Que se passerait-il ?

– Vous n'avez pas envie de le savoir.

Brown écrasa la pédale de frein et la voiture s'immobilisa au bord du trottoir. Il se tourna vers le journaliste.

– Qu'est-ce qui se passera ? cria-t-il. Dites-le moi, nom de Dieu !

Cowart sentait le sang lui monter aux joues.

– Je vais vous dire ce qui va se passer : j'écris mon article et tout le monde nous tombe dessus. Vous trouvez que la presse s'est montrée dure avec vous ? Vous n'avez pas la moindre idée de ce dont elle est capable. Il y aura plus de micros, de carnets et de caméras que vous n'en avez jamais vus. Un flic débile et un journaliste tout aussi débile s'associent pour faire sortir de taule un assassin. Il n'y a pas un canard dans tout ce pays qui refuserait de s'offrir une telle une !

– Qu'arrivera-t-il à Ferguson ?

– Pour lui, ce sera facile, ricana Cowart. Il niera en bloc. Il regardera les caméras et dira simplement : « Non, monsieur, je n'ai rien fait. Ils ont dû déposer les pièces à conviction. » Ces pièces, Blair Sullivan nous aura dit où elles se trouvaient, comme le couteau, et on n'aura eu qu'à les transporter chez sa grand-mère. Vous essaierez de tirer des aveux de Ferguson ? Ils n'auront aucune valeur devant un tribunal, quand on sait comment vous avez eu les premiers.

Brown ouvrit la bouche, mais Cowart n'avait pas terminé.

» Et s'il vous balance un procès en diffamation ? Vous avez vu ce film où un type débarque avec un beau costume et arrive à faire oublier à tout le monde qu'on le juge pour le meurtre de sa femme et de ses gosses ? Vous ferez quoi quand les stars du 20 heures vous harcèleront de questions ? « C'est bien vous qui avez ordonné que M. Ferguson soit maltraité ? Même si vous saviez que c'était illégal ? Même si vous saviez qu'il serait libéré si quelqu'un l'apprenait ? » Vous croyez que vous arriverez à répondre à ces questions, inspecteur ? Comment vous pourrez prouver que vous n'avez pas déposé les pièces à conviction chez la vieille Ferguson ? Répondez-moi, ça m'intéresse.

– Et vous ?

– Oh ! ce sera du pareil au même, ne vous inquiétez pas ! L'Amérique est habituée aux tueurs, c'est une espèce qui lui est familière. Mais l'erreur, ça c'est intéressant ! Les fausses pistes et les échecs, on ne connaît pas ! En Amérique, on tolère le meurtre, oui, mais pas la défaite. Je les vois venir : « Alors, monsieur Cowart, vous avez eu le prix Pulitzer en faisant libérer un innocent, qu'est-ce que vous espérez comme récompense en le reconnaissant coupable ? Vous faites souvent des erreurs de ce genre, monsieur Cowart ? Vous ne faites pas la différence entre la vérité et le mensonge ? » Inspecteur, il faut que vous compreniez bien quelque chose.

– Oui ?

– Il n'y a que deux personnes à le croire coupable. Vous et moi.

– Et Ferguson ?

– Il est libre. C'est peut-être même un héros pour les gens de sa communauté.

– Libre de faire...

– Ce qui lui plaît, oui.

Cowart ouvrit la portière et descendit de voiture. Il soufflait une petite brise qui calma ses émotions. Son regard balaya la rue et s'arrêta sur la vitrine d'un barbier à l'ancienne, avec son enseigne dont les trois couleurs tournoyaient sans cesse sans jamais parvenir à se rencontrer. C'est à peine s'il s'aperçut que Brown l'avait rejoint.

– Imaginez, dit froidement l'inspecteur, qu'il est déjà en train de faire ce qui lui plaît tant.

Une autre petite fille. Comme Dawn Perry. Disparue un jour, pour toujours. « Dis, tu veux bien que j'aille à la piscine ? Je reviendrai pas trop tard... »

» Maintenant, nous savons ce qu'il apprécie, n'est-ce pas, Cowart ?

– Oui.
– Et rien ne peut l'empêcher d'agir avant son retour au couloir de la mort.
– Non, rien. Qu'est-ce que vous envisagez ?
– Un piège, dit-il assez platement. On lui tend un piège. On l'asticote. Si on ne peut pas le coincer sur un vieux truc, on va essayer sur un nouveau.
Cowart savait, sans même se retourner, que le visage de son compagnon était figé par la colère.
– Oui, je vous écoute.
– Quelque chose sans équivoque, qui établisse clairement qui il est. Au point qu'il n'y aura plus le moindre doute possible quand je l'arrêterai et que vous écrirez votre papier. Vous pourrez faire ce genre d'article, Cowart ?
Matthew Cowart se rappela brusquement un pêcheur du Maine qui appâtait les homards avec des morceaux de poisson. Il était tout jeune et cela se passait pendant les grandes vacances. La simplicité de la nasse l'avait fasciné. Un peu de bois et de fil de fer. Les homards y entraient, incapables de résister à cette carcasse pourrissante, mais tout aussi incapables d'en ressortir. Pris au piège de leur propre avidité, mais aussi de leurs limites physiques.
– Oui, j'écrirai cet article. (Il regarda l'inspecteur.) Tendre un piège, ça prend du temps. Est-ce que nous en avons, au moins ?
Brown secoua la tête.
– On peut essayer en tout cas.

Brown laissa Cowart seul dans son bureau pour aller voir si Wilcox avait reçu les premiers résultats d'analyse. Le journaliste regarda les citations et les photographies qu'il avait déjà eu l'occasion d'observer, puis il décrocha le combiné pour appeler le *Journal*, à Miami. Une standardiste lui passa Edna McGee. Cowart se demanda combien de personnes se laissaient abuser par la légèreté de sa voix et ignoraient tout de cet esprit subtil et amoureux du détail.
– Edna ?
– Matty ! Mais où étais-tu passé ? Je n'arrête pas de te laisser des messages.
– Je suis à Pachoula, chez les flics.
– Pourquoi ça ? Je croyais que tu devais te rendre à Starke.
– Ce sera pour après.
– J'irais assez vite à ta place. Le *Times* de St. Petersburg dit que Blair Sullivan a laissé plusieurs cartons de documents, de

journaux intimes et de carnets de notes. Il explique peut-être comment il a commis ses meutres. On dit aussi que les inspecteurs de Monroe sont déjà sur place. Ils interrogent tous ceux qui ont pu approcher Sullivan pendant son séjour au couloir de la mort. Ils ont aussi la liste de ceux qui lui ont rendu visite. J'ai commencé à écrire quelque chose là-dessus, mais le boss se demande pourquoi tu n'as pas grillé nos copains de St. Petersburg au poteau. Il n'est pas vraiment content, si tu vois ce que je veux dire. Qu'est-ce que tu as fait ?

– Je suis allé dans les Keys, maintenant je suis ici.

– Tu as du nouveau ?

– Rien d'intéressant pour le canard. Un truc ou deux peut-être...

– Du genre ?

– Edna, attends un peu.

– Écoute, Matty, il y a intérêt à balancer quelque chose de costaud d'ici peu, sinon les loups vont se mettre à hurler à notre porte. Tu piges ?

– Oui.

– Ce n'est qu'un avertissement.

– Message reçu. Alors qu'est-ce que tu as à me proposer ?

– Avec ton ami Sullivan, on peut dire que le mensonge doit être considéré comme un des beaux-arts.

– Qu'est-ce que tu me racontes ?

– Eh bien, sur la quarantaine de meurtres dont il s'est accusé, je dirais qu'il n'en a commis que la moitié. Peut-être moins.

– Seulement vingt...

Il s'entendit prononcer ces mots et se rendit compte de ce qu'ils avaient d'absurde. *Seulement vingt.* Comme si cela le rendait moitié moins ignoble que ceux qui ont quarante crimes sur la conscience.

– Oui. Du moins vingt qui paraissent crédibles.

– Et les autres ?

– Pour certains crimes, les coupables sont déjà en prison ou même au couloir de la mort. Il les a intégrés à sa propre histoire, tout simplement. Tu te rappelles l'histoire de la réserve des Miccosukkees. A un moment, il t'a raconté qu'il avait tué une femme à la sortie de Tampa. Il l'avait rencontrée dans un bar et lui avait proposé de passer un bon moment, avant de la descendre, tu t'en souviens ?

– Oui, même qu'il n'est pas entré dans le détail sauf pour me décrire le plaisir qu'il avait pris à la tuer.

– C'est bien celle-là. Eh bien, l'auteur de ce crime a tué

deux autres femmes dans la même région et il occupait une cellule située à une dizaine de mètres de celle de Blair Sullivan. Ton pote Sully s'est adjugé ce meurtre, avec d'autres, uniquement pour gonfler son palmarès.

– Mais pourquoi ?

– Ça... fit Edna en haussant les épaules. C'est peut-être pour ça que les psys du FBI s'intéressaient tant à lui.

– Oui, mais...

– Attends, je vais t'exposer ma théorie. Appelons ça le postulat de McGee, pour faire plus sérieux. Je me suis un peu renseignée et, en ce qui concerne Ted Bundy, on arrive à trente-huit meurtres. Il y en a peut-être plus, mais pas moins en tout cas. Moi, je crois que le vieux Sully a voulu faire un peu mieux. On a trouvé au moins trois bouquins sur Bundy dans les effets personnels de Sullivan. Intéressant, non ? Dans le couloir de la mort, il y a un certain Okrent, un Polonais originaire de Lauderdale, tu vois de qui je parle ? Il avait des problèmes avec les prostituées, donc il les tuait. Officiellement, on arrive à onze, mais officieusement, c'est peut-être dix-sept ou dix-huit. Il était dans la même aile que Sully. Matty, tu commences à voir où je veux en venir ? Sully voulait être célèbre, alors il a pris quelques libertés.

– Je vois... Tu peux trouver quelqu'un qui raconte tout ça et le faire passer ensuite dans le journal ?

– Pas de problèmes, les psys du FBI nous déballeront tout. Il y a aussi deux sociologues de Boston qui se sont spécialisés dans les meurtriers en série. Je les ai déjà appelés, ils *adorent* le postulat de McGee. En résumé, ça devrait être bon pour demain. Mettons plutôt après-demain.

– Super.

– Ce serait encore mieux si tu écrivais quelque chose en parallèle. Si tu disais qui a tué le vieux couple dans les Keys ?

– J'y travaille.

– J'y compte bien, parce que c'est la seule chose qui intéresse les gens en ce moment.

– Compris.

– Le boss devient frénétique, il veut mettre son équipe d'enquêteurs de choc sur le coup, tu imagines!

– Mais ils sont nuls!

– Je sais, mais il y en a pas mal qui disent que tu n'es plus à la hauteur. Si tu entendais tout ce qui se raconte... Le coup de grâce, ça a été l'article du *Times*. Sans compter qu'on ne peut jamais te joindre. Le chef a même été obligé de raconter un bobard à l'inspecteur de Monroe.

– Lequel ? Shaeffer ?

– Oui, la nana, et elle semble bien décidée à ne pas te lâcher.

– Compris.

– Trouve qui a assassiné le couple, on te décernera peut-être un autre prix.

Dès qu'il eut raccroché, il pesta à voix basse, mais il n'aurait pu dire contre qui ou quoi. Il allait appeler le rédacteur en chef des nouvelles locales quand la porte s'ouvrit sur Bruce Wilcox. L'inspecteur était livide.

– Où est Tanny ? demanda-t-il.

– Pas loin. Il m'a dit de l'attendre. Je croyais qu'il était avec vous. Vous avez du nouveau ?

Wilcox secoua la tête.

– Je n'arrive pas à me dire que j'ai tout foutu en l'air...

– Le labo n'a rien trouvé ?

– Si j'avais fait fouiller les chiottes à l'époque... (Wilcox jeta quelques feuilles de papier sur son bureau.) Ce n'est même pas la peine de les lire. Ils ont trouvé sur le jean, la chemise et la moquette un matériau ressemblant à un résidu sanguin. Ressemblant ! Ils ont regardé au microscope. C'était tellement détérioré qu'ils ne voyaient rien à l'œil nu. Plus de trois ans de merde, de saloperie et de chaux vive ! La chemise est tombée en poussière quand ils l'ont dépliée avec leurs pincettes. Ils vont l'envoyer à un labo mieux équipé, à Tallahassee, mais le technicien n'était pas très optimiste.

Wilcox s'arrêta de parler, reprit son souffle et poursuivit.

» Bien sûr, vous et moi, on sait pourquoi ces affaires se trouvaient là, mais on ne peut rien en tirer comme pièces à conviction. Bon Dieu, si j'avais fait fouiller à l'époque... Il suffisait de mettre le jean dans l'eau et de récupérer le sang. Le sang de Joanie Shriver... Maintenant, il n'y a plus que des bouts de chiffon.

L'inspecteur tournait en rond dans le bureau. Il serrait les poings et les ouvrait comme un lutteur avant le match.

» Dire que j'ai tout bousillé. Ma première grosse affaire. Dire que je l'ai bousillée, bousillée !

Tanny Brown s'était installé dans un bureau vide pour passer quelques coups de téléphone. Son carnet et son bloc étaient posés devant lui. Il dut laisser des messages lors de ses trois premiers appels. Il en était à présent au quatrième.

– Police d'Eatonville.

– Le capitaine Lucious Harris, s'il vous plaît, pour le lieutenant inspecteur Theodore Brown.

Il attendit patiemment qu'une voix tonitruante fasse vibrer le combiné.

– Tanny ? C'est toi ?

– Salut, Luke.

– Eh bien dis donc, ça fait une paye. Ça baigne ?

– Oh, il y a des hauts et des bas. Et toi ?

– Bah, je ne me plains pas trop.

Brown imaginait le colosse qui lui parlait en ce moment, plus de cent trente kilos de muscles que contenaient difficilement un uniforme, et une poitrine impressionnante sur laquelle trônait l'insigne doré. Il aimait appeler son collègue car le monde pouvait s'écrouler, Lucious Harris était toujours aussi modéré dans ses jugements. Cela faisait cependant longtemps qu'il ne l'avait pas contacté, il s'en rendait compte à présent.

– Comment ça se passe à Eatonville ? lui demanda-t-il.

– Ah, tu sais, on se transforme en véritable piège à touristes. Tous ces gens qui viennent à cause de feue Mme Hurston [1]. On ne fait pas le poids avec Disney World ou Key West, c'est sûr, mais c'est plutôt sympa de voir des nouvelles têtes.

Brown essaya de s'imaginer Eatonville. Son ami y avait grandi, son accent et son phrasé étaient inimitables. C'était une petite ville qui avait étonnamment le sens de l'ordre. Pratiquement tous ceux qui y vivaient étaient noirs. Elle avait acquis une certaine notoriété grâce aux écrits de Zora Neale Hurston, sa résidente la plus célèbre. Quand elle avait été découverte par les milieux littéraires puis par les producteurs, Eatonville avait bénéficié des uns et des autres. Mais c'était toujours une petite ville de Noirs dirigée par des Noirs.

» Tu ne m'appelles plus beaucoup, hein ? fit Harris. Difficile de dire qu'on est potes. Faut dire que tu t'es fait pas mal de publicité dernièrement. Je crois que tu t'en serais bien passé, non ?

– Plutôt, oui.

– Alors, qu'est-ce qui t'amène ? C'est pour me dire bonjour ou tu as quelque chose de spécial ?

– Ce serait plutôt ça. Je me suis dit que tu pourrais peut-être me filer un coup de main.

– Dis toujours.

Tanny Brown prit son souffle.

– Des disparitions inexpliquées. Des assassinats. Au cours de

1. Zora Neale Hurston (1903-1960). Après des études universitaires, elle débuta sa carrière comme folkloriste avant de publier son roman le plus célèbre, *Une femme noire (Their Eyes were watching God)*, en 1937 : la question des droits sociaux et civiques y est traitée dans une optique résolument raciale et féministe. On lui doit aussi le recueil de nouvelles posthume, *Spunk. (N.d.T.)*

l'année dernière. Des enfants, des adolescentes, des petites filles. Noires principalement. Tu as eu ça chez toi ?

Le capitaine Harris ne répondit pas tout de suite.

– Tanny, pourquoi tu me demandes ça maintenant ?

– Simple curiosité, je...

– Tanny, dis-moi la vérité.

– Luke, je suis dans la panade. J'ai un mauvais pressentiment et je vais un peu à la pêche...

– Tu as mis dans le mille.

Brown se raidit.

– Raconte-moi, demanda-t-il doucement à son ami.

A l'autre bout du fil, la voix s'était faite moins claironnante, les mots semblaient prendre plus de poids.

– Une gosse, dit lentement Harris. Un peu paumée. Grace Alexandra Jones, treize ans. Des fois elle en paraît huit et des fois dix-huit. Tu vois le genre. Des fois elle est toute mignonne, elle vient faire du baby-sitting chez nous, et d'autres fois, on la retrouve devant le drugstore à fumer et à rigoler avec des copains.

– On dirait mes filles, fit remarquer Brown.

– Non, tes filles ont un port d'attache, pas elle. Elle est un peu perdue et subitement elle trouve que cette ville est trop petite pour elle. Elle fait une fugue, son père la retrouve à quelques kilomètres d'ici, sur la route, une petite valise à la main. Son père est un de mes hommes, alors on sait tout. La deuxième fois, elle va jusqu'à Lauderdale, elle veut se faire prendre en stop par des routiers. L'armée la repère et nous la ramène. La troisième fois, c'était il y a trois mois. Ses parents ont fait toutes les routes, ils se sont dit qu'elle était peut-être montée en Georgie où ils ont de la famille, il y a même un cousin dont la petite est entichée. J'envoie un avis de recherche, je contacte les commissariats de tout l'État. On tire des affiches, enfin, tu connais... Seulement elle ne se montre jamais en Georgie, ni à Lauderdale, à Miami ou à Orlando. Quand on la retrouve, c'est trois semaines plus tard, dans les étangs de Big Cypress. Autant dire qu'il n'en reste plus grand-chose. Entre le soleil, les rongeurs et les oiseaux... Pas beau à voir, tu peux me croire. On l'a identifiée grâce à sa fiche dentaire. Les causes de la mort ? Blessures multiples par couteau, enfin c'est ce que dit le médecin légiste parce qu'il a décelé des éclats sur les ossements. Ses vêtements sont introuvables. Bon, on comprend ce qui lui est arrivé, mais qui a fait le coup, ça...

Brown ne dit rien. Il entendit Harris reprendre son souffle.

» On n'arrivera jamais à rien. Tu sais combien de personnes

on a interrogées ? Plus de trois cents. Là, je parle de moi et de mon inspecteur principal, tu le connais, Henry Lincoln. Des fédéraux s'y sont mis aussi. Résultat : néant. Pas de témoins, personne ne l'a vue au bord d'une route. Le rapport du légiste, idem, il ne reste pratiquement plus rien d'elle. Pas de suspects, même en interrogeant l'ordinateur. Rien de rien. Tout ce qu'on peut faire, c'est essayer d'aider ses parents à vivre ça et aller un peu plus souvent à l'église, peut-être que quelques prières en plus ça ne fera pas de mal. Tu sais pour quoi je prie, Tanny ?

– Non, répondit-il d'une voix enrouée.

– Je ne prie pas pour que nous on chope ce type, Tanny. Je crois que même le Tout-Puissant n'y arriverait pas. Non, je prie pour que s'il recommence, parce que ça arrivera sûrement, ça se passe dans une ville où il y aura des témoins, des équipes mobiles et des labos un peu plus modernes que les nôtres, et puis qu'il se fasse gauler. Voilà pour quoi je prie, Tanny.

Il y eut un nouveau silence, puis le capitaine dit :

» Et toi, tu arrives avec tes questions, et je me demande ce que tu as en tête.

– Tu as entendu parler du type qui est sorti du couloir de la mort ? demanda Brown après quelques secondes de silence.

– Bien sûr, Robert Earl Ferguson, c'est ça ?

– Il est déjà venu à Eatonville ?

– Je croyais qu'il était innocent, fit Lucious Harris. C'est ce qu'ont dit les journaux et la télé.

– Est-ce qu'il est déjà venu à Eatonville ? A peu près à l'époque où la petite a disparu ?

– Il y est venu, dit lentement Harris.

Brown émit une sorte de grognement ou de soupir.

– Quand cela ?

– C'était peut-être trois ou quatre mois avant la disparition d'Alexandra. Il a parlé dans une église. Je suis même allé l'entendre, c'était drôlement intéressant. Il disait que Jésus était avec nous et qu'il nous apportait la lumière même quand on était dans les ténèbres...

– Qu'est-ce qu'il a fait ?

– Il est resté deux ou trois jours, un week-end quoi. Ensuite, il est reparti faire ses études, je crois. Je ne crois pas qu'il était là quand Alexandra Jones a disparu. Je peux vérifier dans les hôtels si tu veux. Qu'est-ce qui te fait croire...

– Vérifie, s'il te plaît. Essaye de le localiser dans le coin quand la petite a disparu.

– Je vais essayer. Tu veux dire qu'il n'est pas innocent ?

– Je ne dis rien du tout. Vérifie, c'est tout.
– Pas de problèmes, Tanny, ça sera fait. Ensuite on causera un peu tous les deux parce que je te trouve bizarre aujourd'hui.
– Moi aussi, je me trouve bizarre, rétorqua Brown avant de raccrocher.

Il se rappela Pachoula juste après la disparition de Joanie Shriver. Les sirènes qui hurlent, les gens qui s'attroupent, les premières équipes de reportage, les coups de téléphone des journalistes. Une petite fille blanche disparaît au retour de l'école. Une petite fille blonde et souriante. Moins de quatre heures plus tard, une photo d'elle passait à la télévision. Chaque minute ne faisait qu'empirer la situation.

De tout cela, qu'en a-t-il tiré ? se demanda Brown. Qu'a-t-il appris ? Il a appris que le même type d'événement sera ignoré, qu'il n'y aura ni micros, ni caméras, ni boys-scouts, ni hélicoptère, ni battues dans les marais s'il modifie un seul paramètre de l'équation. La couleur. Le blanc qui se change en noir.

Brown prit sur lui pour garder son calme et alla rejoindre Cowart. Une grande carte géographique de la Floride était accrochée au mur. Son regard se posa d'abord sur Eatonville, puis sur Perrine. Des dizaines, oui, il y a des dizaines d'enclaves noires dans cet État. Le Sud délaissé... Repoussé par l'histoire et l'économie dans de petites poches de pauvreté, avec une seule chose en commun : la précarité des moyens. Un manque d'effectifs certain, des hommes insuffisamment entraînés, la moitié des ressources dont bénéficierait une communauté blanche, mais deux fois plus de problèmes de drogue, d'alcool, de vol à main armée, de désespoir et de frustration.

Un terrain de chasse idéal.

21

Conjonction

Andrea Shaeffer regagna tard sa chambre de motel. Elle ferma la porte à double tour avant de jeter un coup d'œil dans la salle de bains et le petit placard, sous le lit et derrière les doubles rideaux. Elle résista à l'envie de sortir de son sac son pistolet 9 mm. Un étrange sentiment de peur s'était emparé d'elle depuis son départ de l'appartement de Ferguson. Quand les dernières lueurs du jour s'étaient évanouies, elle s'était sentie oppressée, comme si elle portait des vêtements bien trop petits pour elle.

Qui était-il ? ne cessait-elle de se demander.

Elle fouilla dans sa petite valise et trouva le bloc de papier à lettres parfumé à la lavande qui lui servait à rédiger à l'intention de sa mère des lettres qu'elle ne postait jamais. Puis elle alluma la lampe posée sur la minuscule table, tira une chaise et se mit à écrire.

Chère maman, il s'est passé quelque chose. Elle regarda les mots inscrits tout en haut de la page. Qu'a-t-il dit ? se demanda-t-elle. Il a dit qu'il était en sécurité. Mais par rapport à quoi ?

Elle s'appuya au dossier de la chaise et mâchouilla son stylo comme un étudiant qui réfléchit aux questions d'un test. Elle se souvint de ce jour où on l'avait conduite dans une petite pièce, derrière une glace sans tain, bien qu'elle eût protesté qu'elle ne se rappelait rien. Elle avait regardé les hommes qui prenaient place le long du mur. Quand on le leur demandait, ils présentaient leur profil droit, puis gauche. Elle se souvenait des questions chuchotées des inspecteurs. « Il y en a un qui vous semble familier ? Prenez votre temps. » Mais elle était bien incapable d'effectuer toute identification. Elle avait secoué la tête en regardant les inspecteurs, lesquels avaient haussé les épaules. Elle avait capté leurs regards et décidé de ne jamais laisser qui que ce soit s'en tirer après avoir fait tant de mal.

Elle écrivit : *J'ai rencontré un homme empli de mort.*

Oui, c'est bien cela. Elle repensa à tout ce que Ferguson avait pu lui montrer : de la colère, de la moquerie, de l'arrogance. De la peur aussi, mais à petites doses – uniquement quand il se demandait pourquoi elle venait le trouver. Sa crainte s'était très vite dissipée. Pourquoi ? Parce qu'il n'avait rien à craindre. Pourquoi ? Parce qu'elle n'était pas venue sous le bon prétexte.

Elle posa son stylo et se leva.

C'est quoi, le bon prétexte ?

Elle s'assit sur le lit à deux places, remonta les genoux et enserra ses jambes avant de se balancer doucement. Elle réfléchit quelques instants et se releva pour aller décrocher le téléphone.

Il ne lui fallut que quelques appels pour retrouver Michael Weiss; il se trouvait dans le bureau du surveillant général de la prison de Starke.

– Andy ? C'est toi ? Mais où es-tu ?

– Mike ? Je suis à Newark, dans le New Jersey.

– Le New Jersey ? Bon sang, mais qu'est-ce que tu fais là ? Tu devais coincer Cowart à Miami. Il est monté dans le New Jersey ?

– Non, mais...

– Où est-ce qu'il est alors ?

– A Pachoula...

– Pourquoi tu n'y es pas alors ?

– Mike, laisse-moi au moins t'expliquer.

– J'espère que tu as de bonnes raisons. Tu étais censée lui coller aux talons jour et nuit, non ? Et je te rappelle que c'est moi qui suis chargé de cette enquête.

– Eh, laisse-moi parler ! Je suis allée voir Robert Earl Ferguson.

– Le type que Cowart a sorti du couloir ?

– Exact. Celui qui était dans la cellule à côté de Sullivan.

– Jusqu'au moment où il a essayé de l'étrangler à travers les barreaux ?

– Oui.

– Et alors ?

– Ça a été... plutôt inhabituel.

L'inspecteur Weiss mit quelques secondes avant de demander :

– Comment cela ?

– Je n'arrive pas à dire pourquoi.

Elle l'entendit soupirer.

– Quel rapport avec notre affaire ?

– Il faut que je réfléchisse, Mike. Tu sais, Sullivan et Cowart étaient comme les deux côtés d'un triangle. Ferguson formait le troisième, celui qui fait que le triangle existe. Sans Ferguson, Cowart n'aurait jamais vu Sullivan. Je voulais voir s'il avait un alibi pour le moment du meurtre. S'il savait quelque chose. Le voir de près aussi.

– Mettons, fit Mike après une certaine hésitation. Ce n'est pas idiot, même si je ne sais pas trop à quoi ça peut nous mener. Tu crois qu'il y a un lien entre ces trois types ? Quelque chose qui aurait entraîné ce meurtre ?

– Peut-être.

– Si c'est ça, pourquoi Cowart n'en aurait pas parlé dans son canard ?

– Je ne sais pas, peut-être que ça l'aurait mis en difficulté.

– En difficulté ? Mais Andy, c'est une pute, tous les journalistes sont des putes. Ils se foutent bien de ce qui s'est passé hier, il n'y a qu'aujourd'hui qui les intéresse. S'il avait eu quelque chose, il se serait empressé de le balancer. Je vois le titre d'ici : RÉVÉLATIONS SUR LA CONNEXION DU COULOIR DE LA MORT. Je ne sais pas s'ils ont des caractères d'imprimerie assez gros pour un titre de ce genre-là. Ça lui vaudrait sûrement un autre prix.

– Peut-être bien.

– Oui. Mais à part ça, tu as autre chose pour relier Ferguson à Tarpon Drive ?

– Non.

– Personne n'a parlé de lui à Islamorada ? Les gens que tu as interrogés, ils n'ont jamais fait état d'un Noir ?

– Non.

– Tu as un reçu d'hôtel, un billet d'avion ? Question empreintes, groupe sanguin, arme du crime ?

– Rien du tout.

– Alors tu es allée chez lui uniquement parce qu'il connaissait les deux autres ?

– Oui, dit-elle lentement, c'était une sorte d'intuition.

– Écoute, Andy, les intuitions, c'est bon pour les séries télé comme *Perry Mason*. Me parle pas de ça, je t'en prie. Dis-moi seulement ce que ce type t'a raconté.

– Il a nié avoir une connaissance directe du double meurtre, mais il a évoqué la façon dont les choses se déroulaient dans le couloir de la mort. Pour lui, la plupart des gardiens sont des tueurs en puissance. Il suggère qu'on s'intéresse un peu à eux.

– Ce n'est pas bête, dit Weiss. C'est d'ailleurs ce que je suis en train de faire, et tu devrais en faire autant. Il avait un alibi ?

– Oui, il était en cours. Il étudie la criminologie.

– Ah oui ? Intéressant, ça.

– Il a tout un tas de bouquins qui traitent de médecine légale, de méthodes d'enquête. Ils lui servent en classe.

– Bon, tu peux vérifier ça ? Quand ça sera fait, tu te ramènes ici.

– Euh... bien sûr.

– Andy, je te trouve un peu hésitante, je me trompe ? fit Mike.

– Écoute, ça ne t'est jamais arrivé d'avoir l'impression de parler à la bonne personne mais pas du bon sujet de conversation ? Ce que je veux dire, c'est que ce type m'a donné froid dans le dos. Je ne peux pas dire autrement. Ce type mentait, j'en suis sûre, mais à propos de quoi ? En tout cas, il m'a foutu la trouille.

– Encore une intuition ?

– Non, Mike, plutôt un sentiment. Je ne suis pas dingue.

Mike attendit un instant avant de répliquer :

– Une trouille sérieuse ?

– A quatre-vingt-dix-neuf pour cent, je dirais.

Elle sentait bien que son collègue était plongé dans ses réflexions.

– Bon, tu sais ce que je suis censé te dire, non ?

– Oui, fit-elle en hochant la tête, que je dois prendre une douche froide, ou chaude, selon mon goût, et penser à autre chose. Que ce mec se débrouille et aille faire ses coups autre part et que les flics se démerdent. Et puis que je me ramène illico presto en Floride.

– J'ai l'impression de m'entendre ! dit Mike en riant.

– Alors ?

– Tu prends ta douche de toute façon. Tu restes sur place pendant un jour ou deux. Je peux me débrouiller tout seul. Ensuite, tu me fais un rapport complet, sans oublier tes impressions et tes pressentiments, et on envoie le tout à un mec que je connais à la police d'État du New Jersey. Ça le fera peut-être marrer, mais toi tu seras couverte.

– Merci, Mike.

Curieusement, elle se sentait soulagée, mais également un peu effrayée.

» Oh ! ajouta-t-il, il y a autre chose ! Tu ne m'as même pas demandé ce que j'avais trouvé ?

– Alors, qu'est-ce que tu as trouvé ?

– Sullivan a laissé trois cartons pleins d'affaires personnelles. Des livres, une radio, une petite télé, une bible, ce genre de trucs, mais il y avait aussi quelques documents plutôt intéressants. Entre autres, une demande en appel parfaitement rédigée et prête à être transmise au juge. Il la confiait à un avocat et toc, l'exécution était automatiquement repoussée. Et tu sais quoi ? Sullivan a relevé des vices de forme dans la procédure appliquée par le procureur.

– Et pourtant il ne l'a pas transmise.

– Non. Mais ce n'est pas tout. Il y a aussi la lettre d'un certain Maynard, un producteur d'Hollywood. Le même qui a acheté les droits de la bio de Ferguson quand il est devenu une star grâce à Cowart. Il a fait la même offre à Sully. Dix mille dollars. Enfin, presque, neuf mille neuf cents. Pour l'exclusivité de sa biographie.

– Sullivan était déchu de ses droits civiques, comment aurait-il pu lui payer ?

– J'ai appelé Maynard aujourd'hui même, il m'a expliqué qu'on pratiquait toujours comme ça avant de faire un film. Ça bloque les contrats. Et puis, Sullivan lui avait promis de faire appel. Il a plutôt été étonné quand l'autre est passé sur la chaise.

– Continue.

– On a donc neuf mille neuf cents dollars qui se baladent quelque part, il suffirait de découvrir où ils sont passés pour connaître l'auteur du double crime.

– Attends, tu oublies les droits des victimes, l'argent est censé leur revenir.

– Oui, mais imagine que le producteur a déposé le fric dans une banque de Miami et qu'il en a informé la commission sur les droits des victimes. Il faudra des mois aux bureaucrates pour se bouger et entre-temps...

– Je vois.

– Oui, l'argent est retiré et s'évapore, les victimes n'en voient pas la couleur et Sullivan encore moins.

– Alors ?

– On doit pouvoir pister cette somme et trouver qui l'a retirée. Ça nous fera un suspect raisonnable.

– Dix mille dollars...

– Neuf mille neuf cents. Ça contourne la loi fédérale sur les transactions monétaires puisque la barre est placée à dix mille.

– Neuf mille neuf cents, c'est tout de même beaucoup, non ?

– Ici, on tuerait pour un paquet de clopes ! N'oublie pas que les gardiens ne se font que dans les trois ou quatre cents dollars par semaine. Dix gros biftons, c'est tout de même intéressant.

– Mais pour ouvrir le compte ?

– A Miami ? Suffit d'un faux permis de conduire et d'un faux numéro de sécu. Ce que je veux dire, c'est que les banques ne s'occupent pas d'une somme aussi modeste, elles ont tellement à faire avec le fric blanchi par les dealers. En plus, on doit pouvoir fermer le compte depuis un distributeur automatique.

– Le producteur ne sait pas qui l'a ouvert ?

– Cette andouille ? Tu parles, Sullivan lui a donné un numéro et des instructions, c'est tout. En plus, il râle parce que Sully a tout raconté à Cowart et que son exclusivité est tombée à l'eau. Et il l'a encore doublé en montant sur la chaise.

Shaeffer ne répondit rien. Elle se sentait tiraillée entre deux tourbillons contraires.

» Encore un détail, dit Weiss. Plutôt étonnant.

– Quoi ?

– Sullivan a laissé un testament.

– Hein ?

– Oui. C'est un document assez intéressant. Il l'a rédigé sur deux pages de sa bible. Le vingt-troisième psaume, tu sais, « Même quand je marcherais dans la vallée de l'ombre de la mort, je ne craindrais aucun mal », je te passe la suite. Il a écrit au feutre et a mis un signet entre les pages. Sur un des cartons, il a écrit qu'il fallait lire le passage indiqué.

– Ça disait quoi ?

– Il désirait laisser tous ses biens à un gardien de la prison. Le sergent Rogers. Tu te souviens de lui ? C'est celui qui ne nous a pas laissés voir Sully avant l'exécution. Le même qui a fait entrer Cowart.

– Est-ce qu'il...

– Voilà ce que Sullivan a écrit : « Je lègue toutes mes possessions terrestres au sergent Rogers qui... » écoute ça « ... m'a apporté aide et réconfort dans un moment aussi critique et que je ne pourrai jamais assez récompenser pour les services si délicats qu'il m'a rendus. Bien qu'ayant essayé... » Qu'est-ce que tu en dis ?

Shaeffer hocha encore une fois la tête, même si son interlocuteur ne pouvait pas la voir.

– Ça fait une combinaison d'événements plutôt intéressante.

– Oui, mais ce n'est pas tout.

– Raconte.

– Ce brave sergent a eu quarante-huit heures de perm trois jours avant la découverte des corps par Cowart. Il y a encore autre chose.

– Quoi ?
– Le sergent a un frère qui vit dans les Keys.
– Bon Dieu !
– Et en plus qui a un casier judiciaire. Deux inculpations pour bris de clôture et effraction. Il a fait onze mois de taule pour agression. On l'a aussi arrêté pour port d'arme illégal, à savoir un 357 Magnum. Il n'y a pas eu de suite. Mais attends, tu te rappelles les rapports des experts ? Le frère est gaucher, et les deux vieux se sont fait trancher la gorge de la droite vers la gauche. Intéressant, non ?
– Tu lui as parlé ?
– Pas encore, je voulais que tu sois là.
– J'apprécie. Mais attends, j'ai une question.
– Vas-y.
– Comment se fait-il que le sergent ne se soit pas débarrassé des affaires de Sullivan après l'exécution ? Il devait se méfier de lui, non ?
– Oui, j'y ai déjà pensé. Je ne sais pas, il n'est peut-être pas aussi malin qu'on le croit ou il a oublié, tout simplement. C'est une gaffe de taille.
– Plutôt. Bon, je vais venir.
– C'est un bon suspect, Andy. Un de première. J'aimerais voir si on peut le replacer dans les Keys, s'il a contacté son frère, vérifier ses relevés de téléphone. Ensuite on pourrait peut-être exposer tout ça au procureur. (L'inspecteur Weiss hésita.) Il y a quand même quelque chose qui m'embête.
– C'est quoi ?
– Si on a le doigt pointé sur Rogers, c'est uniquement à cause de Sully, et je n'ai pas envie de lui faire confiance, même mort. Le meilleur moyen de bousiller une enquête, c'est de faire passer les gens pour ce qu'ils ne sont pas. Même si on arrive à éliminer d'autres suspects, il y a toujours un avocat de la défense qui les ramènera au tribunal et sèmera le doute chez les jurés. Je crois que Sully en était conscient. Mais attends, ça c'est ma parano qui prend le dessus. On va s'intéresser à Rogers. C'est peut-être un gros coup, ça ne ferait pas de mal à ta carrière. En t'attendant, j'interroge un peu tout le monde, ensuite on jettera un œil du côté des Keys.
– D'accord, dit-elle sans enthousiasme.
– Qu'est-ce qu'il y a ? Tu as des doutes ?
Elle était effectivement partagée entre l'enthousiasme de son partenaire et l'impression de saboter ce qui était à ce jour sa plus grosse affaire.
– Je ne sais pas, je vais peut-être boucler ma valise.

– Écoute, tu fais comme tu le sens. En tout cas, on a sûrement meilleur temps ici que chez toi.

– Oui, il fait froid. Et il pleut.

– Je m'en doutais. Bon, et ton Ferguson ?

– C'est un sale type, Mike. Un sale type.

– Bon, eh bien, tu n'as qu'à étudier son emploi du temps, voir si ses alibis tiennent le coup. Ensuite tu fais comme je t'ai dit et tu oublies tout ça. Ce ne sera pas du temps perdu, on lui mettra les flics du coin sur le dos. De toute façon, j'ai encore pas mal à faire avec les détenus et le personnel du couloir. Notre sergent va se fondre dans la masse. Des questions de routine, comme à tout le monde, pour ne pas lui mettre la puce à l'oreille. Profites-en pour satisfaire ta curiosité.

Leur conversation s'arrêta là et elle se demanda ce qu'elle allait bien pouvoir faire. Cela lui fit penser à ce jour où sa mère avait entassé tous leurs biens dans la caravane et quitté Chicago. Ça se passait par une fin de journée grisâtre, le vent soufflait sur le lac Michigan. Elle avait claqué la portière et c'était à cette seconde précise qu'elle avait vraiment compris que son père était mort et qu'il ne reviendrait plus jamais. Pas quand elle avait vu un prêtre accompagné de deux policiers en uniforme. Ni même quand l'organiste avait joué son air préféré, aux obsèques. Pas non plus lorsque ses camarades de classe l'avaient assaillie de questions perfides. Non, c'était en claquant la portière de la caravane.

Sa mère avait pris une décision irrévocable. Car il est des jours où il faut se décider en sachant qu'on ne pourra pas faire demi-tour. C'était le cas aujourd'hui.

Elle se souvenait de Ferguson. Elle revoyait son sourire, son air moqueur.

Pourquoi ? se demanda-t-elle encore une fois.

La réponse s'imposa immédiatement à elle.

Parce que ce n'est pas de ce crime-là que j'aurais dû lui parler.

Elle s'allongea sur le lit. Non, elle ne quitterait pas de si tôt Robert Earl Ferguson.

La pluie fine et le froid pénétrant persistèrent pendant toute la matinée. Le ciel gris se fondait au brun de la Raritan River qui coulait non loin des bâtiments de brique du campus de Rutgers. Andrea Shaeffer traversa le parking, emmitouflée dans son trench-coat qui lui donnait l'air d'une réfugiée.

Il ne lui fallut pas longtemps pour se heurter aux lourdeurs de la bureaucratie. Dès son arrivée dans le département de criminologie, elle expliqua à une secrétaire le but de sa visite et fut envoyée par celle-ci au bâtiment administratif. Là, un assistant du doyen lui fit une véritable conférence sur le caractère confidentiel de tout renseignement et, en dépit d'une certaine tendance à radoter, lui donna enfin l'autorisation de rencontrer les trois professeurs qu'elle cherchait. Trouver les trois hommes se révéla tout aussi difficile. Les heures de bureau étaient plutôt lâches, les numéros personnels impossibles à donner. Brandir son insigne ne lui servit pas à grand-chose.

Ce n'est qu'à midi qu'elle mit la main sur le premier professeur qui déjeunait au restaurant universitaire. De forte corpulence, vêtu d'un anorak et d'un pantalon kaki, il avait la détestable habitude de regarder légèrement à côté d'elle quand il lui parlait. Ses questions ne portaient que sur une chose bien précise, l'époque du double meurtre, chose qu'elle trouvait un peu ridicule, d'autant que son partenaire lui avait parlé du gardien. Mais il fallait bien commencer par quelque chose.

– Je ne vois pas en quoi je pourrais vous aider, dit le professeur qui se débattait avec une salade verte défraîchie. M. Ferguson est un excellent étudiant. Pas le meilleur, mais très bon tout de même. B plus, je dirais. Pas A, c'est certain, mais vraiment très bon. Il fallait s'y attendre. Plus d'expérience pratique que ses camarades. Une réelle aptitude à la procédure aussi. S'intéresse beaucoup à la médecine légale. Rien à dire vraiment.

– Question assiduité ?

– Toujours présent.

– Et pendant les jours en question ?

– Deux cours seulement cette semaine, mardi et jeudi. Et vingt-sept étudiants. Impossible d'échapper à l'appel ou d'envoyer quelqu'un d'autre à sa place. Attendez. (Il prit son carnet et le parcourut du doigt.) Voilà. Pas raté un seul cours pendant tout le mois. Quelques absences au début de l'année, mais toujours justifiées.

– Justifiées ?

– Avec de bonnes raisons, quoi. S'est proposé pour des cours de rattrapage. Plutôt remarquable, à notre époque.

Le professeur referma son carnet et reporta son attention sur sa salade.

Shaeffer trouva le deuxième professeur dans un couloir bondé d'étudiants. Il enseignait l'histoire de la criminalité aux États-Unis, vaste sujet susceptible d'attirer une centaine d'étudiants. Il portait un cartable et des livres et ne se rappelait pas si Ferguson était présent précisément à ces dates-la, mais il montra à Shaeffer une feuille de présence sur laquelle la signature de Ferguson était bien visible.

C'était déjà l'après-midi. Un jour terne emplissait les couloirs de l'université. Shaeffer était furieuse et déçue. Elle n'espérait pas vraiment découvrir ici la preuve de l'absence de Ferguson, mais elle se sentait frustrée et avait l'impression de perdre son temps. Elle décida de regagner son motel et puis, au tout dernier moment, elle s'accorda une ultime chance et décida de rendre visite au troisième professeur. S'il ne répondait pas, elle rentrerait tout droit en Floride.

Elle eut du mal à trouver son bureau. Dès qu'elle eut frappé, la porte s'ouvrit sur un homme assez trapu qui portait des lunettes rondes, de celles à la mode dans les années 60. Ses cheveux couleur sable étaient en bataille. Dans la poche de sa veste de sport pointaient une demi-douzaine de stylos. Il avait desserré son nœud de cravate et sa chemise était un peu sortie de son pantalon. On aurait dit quelqu'un qui vient de se réveiller.

– Professeur Morin ?

– Vous êtes étudiante ?

Elle lui montra son insigne.

» La Floride, hein ?

– Je peux vous poser quelques questions ?

– Bien sûr. (Il la fit entrer.) Je vous attendais en fait.

– Vous m'attendiez ?

– Vous voulez des renseignements sur M. Ferguson, non ?

– C'est exact.

Le bureau était une pièce minuscule percée d'une unique fenêtre. Des livres occupaient tout un pan de mur. Un petit bureau et un ordinateur étaient installés contre le mur opposé. Des articles de journaux étaient placardés un peu partout, ainsi que des aquarelles représentant des fleurs, ce qui donnait un peu de gaieté à l'endroit.

» Comment le saviez-vous ?

– Il m'a appelé. Il m'a dit que vous enquêtiez sur lui.

– Et ?

– Eh bien, fit le professeur Morin avec l'enthousiasme de quelqu'un qui se tait depuis trop longtemps, M. Ferguson a un carnet de présence irréprochable. Particulièrement en ce qui concerne la période qui vous intéresse.

Il s'installa sur une chaise de bureau qui craqua sous son poids.

» J'espère que cela dissipera tous les doutes que vous pouvez nourrir.

Le professeur lui sourit et exhiba des dents blanches et régulières qui contrastaient étonnamment avec son aspect général.

» C'est un bon étudiant, voyez-vous, très travailleur. Un peu solitaire, mais je crois que son séjour au couloir de la mort y est pour quelque chose. Un côté écorché vif, on ne trouve pas ça chez beaucoup d'étudiants. Il fait un peu peur, c'est vrai, mais ça passe très vite.

Shaeffer s'installa sur une chaise bancale, visiblement conçue pour faire fuir le plus rapidement possible les indésirables.

– Vous le connaissez bien ?

– Un peu, oui, fit le professeur en haussant les épaules. C'est un garçon intéressant.

– Par exemple ?

– Eh bien, je donne un cours sur « Les médias et la criminalité », et il a pas mal de connaissances en ce domaine.

– Et alors ?

– On l'a consulté en diverses occasions pour qu'il donne son opinion. C'est toujours, comment dirais-je ? oui, passionnant. Ce n'est pas tous les jours qu'on a en face de soi quelqu'un qui a l'expérience du terrain. Et qui serait passé à la chaise électrique sans l'intervention des médias.

– Vous parlez de Cowart ?

– Oui, Matthew Cowart, du *Journal* de Miami. Un prix Pulitzer largement mérité selon moi.

– Et c'est quoi, les opinions de Ferguson ?

– Je dirais qu'il prête une attention extrême aux questions raciales et journalistiques. Il a rendu un devoir où il examine le cas de Wayne Williams, à Atlanta. Il a posé le problème du double critère, voyez-vous, un ensemble de règles pour traiter les crimes survenus dans la communauté noire, un autre ensemble pour les crimes survenus chez les Blancs. C'est un distinguo auquel j'adhère entièrement, inspecteur.

Elle acquiesça.

– Il a toujours assisté à vos cours ?

– Sauf lorsqu'il avait une excuse.

– Quel genre ?

– Il donne de temps à autre des conférences dans des églises de Floride. Par ici, les gens ne savent rien de son passé. La moitié des étudiants de mon groupe n'avaient même pas entendu parler de lui au début du semestre. Vous vous rendez compte ? Ça donne une idée du niveau où sont tombés les étudiants, non ?

– Il retourne souvent en Floride ?

– Parfois.

– Vous avez les dates ?

– Oui, mais je croyais que vous ne vous intéressiez qu'à la semaine où ces deux...

– Non, je m'intéresse aussi au reste.

Le professeur Morin hésita avant de hausser les épaules.

– Je suppose que cela n'aura aucune conséquence...

Il prit un carnet et en feuilleta les pages avant d'en présenter une à l'inspecteur Shaeffer. Elle recopia les dates où Ferguson n'avait pas suivi les cours.

» C'est tout, inspecteur ?

– Je crois, oui.

– Vous savez, il n'a rien d'extraordinaire. Il se fond dans la masse. Il a de l'avenir, à mon avis. Il a toutes les chances d'avoir son examen.

– Il se fond dans la masse ?

– Oui. C'est une grande université urbaine, vous savez. Il y a sa place.

– Un anonyme ?

– Comme tous les autres étudiants.

– Vous savez où il habite, professeur ?

– Non.

– Rien à ajouter ?

– Non.

– Vous n'avez pas la chair de poule quand vous parlez avec lui ?

– Il a une certaine intensité, comme je vous l'ai déjà dit, mais je ne vois pas en quoi cela fait de lui le suspect idéal de chaque affaire criminelle. Il doit se demander quand la police d'État de Floride cessera enfin de s'intéresser à lui. Cela me semble assez légitime, non, inspecteur ?

– Un innocent n'a rien à craindre, répondit-elle.

– Non, répliqua le professeur en secouant la tête, je crois que dans notre société ce sont souvent les coupables les plus en sécurité.

Le professeur Morin semblait sur le point de se lancer dans une conférence de type radical, le genre post-soixante-huitard. Elle n'avait pas la moindre envie de l'entendre et prit congé.

Elle n'était pas trop certaine de ce qu'elle avait entendu, mais un mot l'avait marquée : *anonyme*. Elle parcourut la moitié du couloir avec la sensation d'être observée. Elle se retourna brusquement et vit le professeur refermer sa porte. Elle chercha du regard la multitude d'étudiants. Ils avaient tous disparu dans les bureaux, les bibliothèques, les salles de cours.

Elle était seule.

Il fait encore jour, se dit-elle, et c'est un lieu public. Malgré tout elle pressa le pas. Elle entendait ses talons claquer sur le linoléum. Elle accéléra davantage. Elle trouva un escalier, déserté lui aussi, et s'y engouffra. Elle était à mi-étage quand une porte s'ouvrit au-dessus d'elle et se referma. Elle se plaqua au mur et chercha son arme dans son sac. Le poids du pistolet la rassura. Une étudiante apparut et passa devant elle, chargée de livres. Elle ne remarqua même pas l'inspecteur. Qu'est-ce qui m'arrive ? Ses doigts se desserrèrent sur la crosse. Elle reprit sa descente et arriva dans le hall. Le ciel était de plus en plus gris mais il avait tout de même quelque chose d'accueillant.

Elle se dirigea vers les portes.

Elle ne vit pas Ferguson, elle l'entendit seulement.

– Alors, inspecteur, vous avez appris ce que vous vouliez ?

Elle pivota sur elle-même et plongea la main dans son sac. Ses yeux découvrirent Ferguson, son sourire narquois.

» Satisfaite ?

Elle recula d'un pas.

» Je vous ai fait peur, inspecteur ?

Elle secoua la tête, toujours incapable de répondre. Ses doigts se refermaient sur son arme.

» Vous allez me tirer dessus, inspecteur ? C'est ça que vous cherchez ?

Ferguson sortit de la pénombre. Il portait une veste des surplus de l'armée et une casquette des Giants de New York. Il avait à l'épaule un sac qu'elle imaginait bourré de livres. Il ressemblait à tous les autres étudiants qu'elle avait pu croiser. Elle maîtrisa sa respiration et retira lentement la main de son sac.

» Qu'est-ce que vous avez là, inspecteur ? Un P 38 ? Peut-être un automatique calibre 25 ? Quelque chose de petit mais d'efficace ?

Il la regardait fixement.

» Non, je pencherais pour quelque chose de plus gros. Vous voulez vous affirmer. Un 357 Magnum. Ou un 9 mm. En tout cas, quelque chose qui fait réfléchir.

Elle ne répondait toujours pas.

Il rit.

» Secret défense, hein ?

Sur ce, Ferguson ouvrit son sac et en vida le contenu à terre avant de la regarder d'un air qui se voulait suppliant.

» Vous voyez ? Je suis désarmé.

Il se releva.

» Alors, inspecteur, vous avez découvert quoi ?

– Des choses intéressantes, dit-elle enfin.

– Que j'ai assisté aux cours, c'est ça ?
– Oui.
– Et par conséquent que je ne pouvais pas me trouver en Floride pour y tuer ce vieux couple. C'est bien ce que vous aviez imaginé, non ?
– Je continue de chercher.
– Vous êtes tombée sur le mauvais bonhomme, inspecteur, dit Ferguson en souriant. C'est votre défaut, à vous, les flics de Floride, vous tombez toujours sur le mauvais bonhomme.
– Non, monsieur Ferguson, dit-elle en le regardant droit dans les yeux. Je crois que vous êtes celui que je recherche, mais je ne sais pas encore pourquoi.
– Vous êtes toute seule, inspecteur ?
– Non, mentit-elle, je suis avec un collègue.
– Et où est-il donc ?
– Il travaille.
Ils étaient tout près des portes à présent. La pluie redoublait d'intensité.
– Une fille s'est fait violer ici même l'autre soir. Elle sortait de cours, juste à la tombée de la nuit. Un type l'a attrapée et l'a emmenée derrière le parking. Juste là. Il l'a assommée et lui a fait son affaire. Il ne l'a pas tuée, il s'est contenté de lui briser la mâchoire et de lui casser un bras.
Ferguson regardait à travers les portes vitrées. Il tendit le bras dans une certaine direction.
» Oui, juste là, où vous êtes garée.
Elle n'eut pas de réaction.
» Ils n'ont aucun suspect. La fille est toujours à l'hôpital. Vous vous rendez compte, inspecteur ? On n'est même plus en sécurité sur un campus universitaire ou un parking. Et dans une chambre de motel, alors... Ça ne vous rend pas un peu nerveuse ? Même avec ce gros flingue que vous n'arriveriez pas à attraper si besoin était ?
Deux étudiantes les rejoignirent dans le hall et hésitèrent un instant en voyant la pluie tomber. Puis elles poussèrent les portes et sortirent.
Une bouffée d'air frais lui arriva au visage.
» Alors, inspecteur, c'est fini ? Vous avez appris ce que vous vouliez savoir ?
– J'en sais assez, fit-elle.
– Vous ne répondez jamais franchement, dit-il en souriant. Oh, c'est une technique éprouvée. On doit en parler dans un de mes bouquins.
– Vous êtes un bon étudiant, monsieur Ferguson.

– C'est vrai. La connaissance est une chose importante : elle rend libre.
– Où avez-vous appris cela ?
– Au couloir de la mort, inspecteur. J'y ai beaucoup appris, mais j'ai surtout appris à me faire une instruction. Sans elle, je n'aurais pas d'avenir. Je serais comme tous ces pauvres bougres du couloir qui attendent qu'on leur rase la tête et qu'on les assoit sur la chaise.
– C'est pour ça que vous suivez les cours ?
– La vie n'est-elle pas une école, inspecteur ?
Elle acquiesça.
» Alors, vous allez me laisser tranquille maintenant ? lui demanda-t-il.
– Et pourquoi ?
– Parce que je n'ai rien fait.
– Ça, monsieur Ferguson, je n'en sais encore rien.
Il ferma à demi les yeux. Il parlait lentement, d'une voix égale.
– C'est une méthode dangereuse, inspecteur. (Comme elle ne répondait pas, il poursuivit.) Surtout lorsqu'on est seule.
Il la regarda et lui sourit avant de faire un geste en direction de la porte.
» Je pense que vous voulez partir, n'est-ce pas ? Avant qu'il ne fasse vraiment nuit. Le jour n'en a plus pour très longtemps, un quart d'heure, vingt minutes tout au plus. Vous ne voudriez pas vous perdre pendant que vous cherchez votre voiture de location. De quelle couleur est-elle, inspecteur ? Gris métallisé ? Difficile à repérer quand il fait sombre. Ne vous perdez pas, il y a des sales types partout, même sur les campus universitaires.
Elle se raidit. Il connaissait la couleur de sa voiture. Pure coïncidence, certainement.
Ferguson s'écarta de la porte.
» Faites bien attention, inspecteur, l'avertit-il d'un ton moqueur.
Puis il disparut à l'intérieur du bâtiment. Elle tendit l'oreille et guetta le bruit de ses pas, mais elle ne perçut rien. La pluie continuait de s'abattre. Elle referma son trench-coat et en remonta le col. Elle dut lutter contre sa peur pour sortir.
La pluie la glaça aussitôt. Elle la sentait qui lui coulait dans le cou. Elle se hâta malgré ses chaussures qui dérapaient, tournant parfois la tête pour voir si Ferguson ne la suivait pas. Arrivée à hauteur de sa voiture, elle inspecta la banquette arrière avant d'y jeter ses affaires. Dès qu'elle fut au volant, elle bloqua

les portières et mit le contact. La voiture démarra et elle se sentit mieux. Elle accéléra et s'engagea dans une rue à double sens. Du coin de l'œil, elle crut entrevoir une silhouette en treillis, mais elle se fondit très vite dans un groupe d'étudiants qui attendaient à l'arrêt d'autobus. Le chauffage de la voiture était efficace, mais il ne la réchauffait pas.

Qu'a-t-il appris au couloir de la mort? se demanda-t-elle.

Il a appris à étudier.

Quoi?

Le crime.

Pourquoi?

Parce que tous les autres détenus ont échoué à leurs examens. Ce sont tous des hommes qui ont commis meurtre après meurtre, parfois même massacre après massacre, qui ont fini par se faire prendre et qui attendent maintenant de passer sur la chaise, uniquement parce qu'ils se sont plantés un jour. Même Sullivan s'est planté. Elle se rappela une phrase extraite d'un article de Cowart : Sullivan lui avait avoué qu'il en aurait tué davantage s'il ne s'était pas fait prendre. Ferguson a une seconde chance, lui, et il est bien décidé à ne pas la gâcher.

Pourquoi?

Parce qu'il veut continuer à faire ce qu'il fait aussi longtemps qu'il le désirera.

La tête lui tournait. Elle se parlait à la troisième personne et tentait d'adopter un ton familier.

– Oh! là là! Andy, dans quoi tu t'es fourrée?

Elle essaya de ne plus penser à rien, sinon à rouler dans la nuit en quête de son motel. A un moment, elle fut prise de panique en regardant dans le rétroviseur : elle crut qu'une voiture la suivait, mais ses phares disparurent aussi rapidement qu'ils étaient apparus. En apercevant l'enseigne du motel, elle éprouva un soulagement qui disparut rapidement : il n'y avait plus de place libre sur le parking et elle dut se garer à cinquante mètres de l'entrée, dans une zone très mal éclairée. Elle coupa le moteur, respira profondément et estima la distance à franchir. C'est quand même plus facile en uniforme, pensa-t-elle soudainement; avec une voiture de patrouille, on est en contact permanent avec le standard. On n'est jamais vraiment seul, on fait partie d'une équipe. Elle sortit le 9 mm de son sac avant de quitter la voiture et de marcher en direction du motel, attentive au moindre bruit. Ce n'est qu'à quelques mètres de la porte qu'elle rangea son arme. Un vieux couple qui sortait se retourna sur elle. Elle saisit des bribes de leur conversation.

– Tu as vu? Elle avait un revolver...

– Mais non, ma chérie, ce devait être autre chose...

Un jeune homme en blazer bleu se tenait derrière la réception. Elle lui demanda sa clef et il la lui tendit en disant sur un ton léger :

– Oh! il y avait quelqu'un pour vous, inspecteur.

– Quelqu'un ?

– Oui, il n'a pas laissé de message, il voulait seulement vous voir.

– Comment était-il ?

– Je ne sais pas trop, c'est mon collègue qui l'a reçu.

Elle sentit quelque chose se briser en elle.

– Il ne vous l'a pas décrit ?

– Il m'a seulement dit que c'était un jeune Noir et qu'il vous recontacterait.

– Merci.

Elle s'obligea à marcher vers l'ascenseur.

Comment m'a-t-il retrouvée ?

Elle sortit sur le palier et inspecta chaque recoin du couloir. Elle regarda partout dans sa chambre avant de s'asseoir lourdement sur son lit et de s'adonner à des pensées plus futiles : ce qu'elle allait manger ce soir, par exemple. Mais elle n'avait pas réellement faim. Et surtout, elle ne savait pas trop comment s'y prendre avec Robert Earl Ferguson.

Elle tentait de l'imaginer sans son air moqueur, mais n'y parvenait pas.

Le coup frappé à la porte la glaça de peur.

Elle se leva brusquement.

Il y eut un autre coup, puis un troisième. Elle prit son arme dans son sac et posa l'index sur le pontet, ainsi qu'on le lui avait enseigné. Elle s'approcha de la porte et voulut regarder par l'œilleton, mais un quatrième coup la fit sauter en arrière.

Elle s'obligea à ouvrir les verrous et à tourner la poignée de la porte avant de lever son arme, prête à tirer.

La porte s'ouvrit sur Matthew Cowart.

Il avait la main levée pour frapper encore une fois. Il s'immobilisa en découvrant l'arme de la jeune femme. Un silence de mort s'installa. Il allait lever les mains quand elle vit que deux hommes l'accompagnaient. Elle baissa son arme.

– Cowart, souffla-t-elle.

Il hocha la tête.

– Drôle de façon d'accueillir les gens, parvint-il à articuler. Tout le monde veut me tirer dessus, j'ai l'impression.

Elle regarda les deux hommes.

– Je vous reconnais, dit-elle, vous étiez à la prison.

– Wilcox, dit l'inspecteur, du comté d'Escambia. Et voici mon chef, le lieutenant Brown.

Elle découvrit la stature imposante de Tanny Brown. Le lieutenant la regarda droit dans les yeux avant de porter son regard sur l'arme qu'elle tenait encore à la main.

– Visiblement, dit-il, vous avez rendu visite à Bobby Earl.

22

L'entrevue

Les trois policiers et le journaliste solitaire n'étaient pas vraiment à l'aise. Wilcox était appuyé le dos au mur, près de la fenêtre, perdu dans ses pensées. Shaeffer et Brown occupaient les uniques chaises de la chambre, de part et d'autre d'une petite table, comme des joueurs de poker qui attendent la dernière main. Cowart était assis au bord du lit, un peu à l'écart. Dans la chambre voisine, quelqu'un avait monté le son de sa télévision : la voix du présentateur des actualités traversait le mur. Une tragédie résumée en quinze secondes, trente lorsqu'elle sort vraiment de l'ordinaire, déclamée d'un air faussement douloureux.

Cowart regarda Andrea Shaeffer. Bien que réellement surprise lorsqu'elle avait découvert les trois hommes, elle les avait laissés entrer sans émettre le moindre commentaire. Ils étaient tous conscients de ce qui les réunissait dans cette chambre de motel d'une ville inconnue. Elle fouilla dans une liasse de papier avant de demander :

– Comment m'avez-vous retrouvée ?

– Le commissariat du coin nous a renseignés, dit Brown. On y est passé dès notre arrivée. Ils ont dit qu'ils vous avaient accompagnée chez Ferguson.

Shaeffer acquiesça.

» Pourquoi avez-vous fait cela ? lui demanda Brown.

Elle allait répondre quand elle se ravisa et se tourna vers Cowart.

– Qu'est-ce que vous faites ici ?

Le journaliste ne souhaitait pas répondre à cette question, mais Tanny Brown le fit à sa place, en termes choisis.

– Nous aussi, on est venu voir Ferguson.

– Pourquoi ? fit Shaeffer. Je croyais que vous en aviez fini avec lui. Vous aussi d'ailleurs, ajouta-t-elle en désignant Cowart.

– Non, pas encore.

– Et pourquoi ?

Ce fut encore Brown qui répondit.

– Nous sommes ici parce que nous avons des raisons de croire qu'il y a eu des erreurs de commises lors de la première inculpation de Ferguson. Nous pensons aussi qu'il y a pu en avoir dans les articles de M. Cowart. Nous voulons enquêter sur ces deux problèmes.

Shaeffer paraissait à la fois furieuse et étonnée.

– Des erreurs ? Mais de quel genre ?

– Il m'a menti, dit Cowart qui avait compris qu'il lui fallait enfin parler.

– A propos de quoi ?

– Du meurtre de la petite fille.

– Et maintenant, vous êtes là pour quoi ?

– Pour rétablir la vérité.

Ce cliché déclencha un sourire cynique.

– Je suis certaine que c'est d'une réelle importance, mais cela n'explique pas ce que vous faites en pareille compagnie.

– Nous aussi, nous voulons la vérité, dit Brown.

Tout en prononçant ces mots, le lieutenant se rendit compte qu'il commettait une erreur. La jeune femme assise en face de lui le jaugeait, et il avait échoué.

Shaeffer réfléchit un instant.

– Vous n'êtes pas ici pour arrêter Ferguson ?

– Non, je ne le peux pas.

– Vous voulez discuter avec lui ?

– Oui.

Elle secoua la tête.

– Vous me mentez tous.

Elle croisa les bras.

– Nous... commença Brown.

– Vous mentez, l'interrompit-elle.

– C'est parce que... commença Cowart.

– Vous mentez, dit-elle pour la troisième fois.

Le journaliste et le lieutenant de police la regardèrent fixement. Après quelques secondes de silence, suffisantes pour laisser leur imagination travailler, elle dit :

» Quelle vérité ? Ce type est louche, c'est tout. Et vos erreurs... Si Cowart en avait commis, il serait venu seul. Si vous, inspecteur Brown, en aviez commis, vous seriez venu seul ou avec votre adjoint. Mais je constate que vous êtes là tous les trois, la situation est donc différente.

Tanny Brown hocha la tête.

» Bon, on joue aux devinettes ou quoi ?

– Non, dites-moi ce qui vous amène ici et je vous raconterai tout.

Shaeffer réfléchit à sa proposition et accepta.

– Je suis allée trouver Ferguson parce qu'il était en contact à la fois avec Sullivan et Cowart et parce que je pensais qu'il pourrait avoir des informations sur le double meurtre d'Islamorada.

– Et il en a ? demanda Brown.

– Non, il a nié détenir le moindre renseignement.

– Vous vous attendiez à quoi ? fit Cowart.

– En tout cas, il s'est montré plus coopératif que vous, lui lança-t-elle.

Même si ce n'était pas vrai, cela le calmerait pour un temps.

– S'il n'a pas d'informations et rien à voir avec ces meurtres, dit Brown, pourquoi êtes-vous encore là ?

– Je voulais vérifier son alibi pour la période des meurtres.

– Et ?

– Il en a un.

– Il en a un ? ne put s'empêcher de dire Cowart.

Elle lui lança un regard noir.

– Ferguson avait cours cette semaine-là. Il n'en a séché aucun. Je le vois mal descendre dans les Keys, tuer le vieux couple et rentrer sans être en retard. C'est probablement impossible.

– Mais bon Dieu, ce n'est pas ce que Sullivan...

Cowart s'arrêta net.

– Quoi, Sullivan ?

– Rien.

– Quoi, nom de Dieu ?

– Ce n'est pas ce que Sullivan m'a raconté, finit par avouer Cowart.

Brown voulut intervenir, mais un regard de Shaeffer l'en empêcha. Elle était furieuse, elle serrait les dents et ses mains tremblaient. Des mensonges, se dit-elle en dévisageant le journaliste. Des mensonges et des omissions. Elle respira à fond. Je le savais.

– Quand Sullivan vous a-t-il parlé ? demanda-t-elle lentement.

– Avant de passer à la chaise.

– Qu'est-ce qu'il vous a dit ?

– Que Ferguson avait commis ces crimes, mais ce n'est pas...
– Enfoiré, murmura-t-elle.
– Non, vous ne comprenez pas, je vais...
– Espèce d'enfoiré. Qu'est-ce qu'il a dit au juste ?
– Qu'il s'était arrangé avec Ferguson pour échanger des crimes. Il s'accusait de celui de Ferguson s'il tuait à sa place.

Il ne lui fallut pas longtemps pour comprendre que le journaliste était dans une impasse, mais elle n'éprouvait aucune sympathie à son égard.

– Et vous croyez peut-être que c'est comme ça que vous allez aider les personnes chargées de l'enquête ?
– Ce n'est pas si simple. Il a beaucoup menti, j'essayais de...
– Ça vous donnait le droit de mentir ?
– Essayez de comprendre un peu...

Cowart se tourna vers Tanny Brown.

– Je devrais vous arrêter sur-le-champ, dit-elle d'un ton méprisant. Vous pourriez peut-être écrire vos torchons en cellule. Du genre : UN JOURNALISTE INCULPÉ DE RECEL D'INFORMATIONS DANS UNE AFFAIRE CRIMINELLE, ça ferait un beau titre, non ? En première page, avec votre photo. On aurait peut-être enfin la vérité.

Ils se regardèrent droit dans les yeux jusqu'à ce que Cowart ait une idée.

– Oui, la vérité. Mais ce n'est peut-être pas la vérité...
– Qu'est-ce que vous racontez encore ?
– C'est clair. Sullivan m'a dit que Ferguson avait tué le vieux couple, mais je ne savais pas si je devais le croire ou pas. Il m'a avoué beaucoup de choses et il y a là-dedans pas mal de mensonges. J'aurais pu vous raconter tout ça et l'écrire aussi dans le journal. Mais aujourd'hui, c'est vous, inspecteur, qui me dites que Ferguson avait un alibi, donc tout aurait été faux. Il n'a pas tué ce couple, et peu importe ce qu'a dit Sullivan. J'ai raison oui ou non ?

Shaeffer hésitait.

» Alors, inspecteur, j'ai raison ?

Il lui était impossible de le contredire. Elle hocha la tête.

– C'est vrai que son alibi est bon, je suis allée à Rutgers et j'ai rencontré trois professeurs. Il n'a jamais manqué les cours. Mais, d'un autre côté, mon partenaire a également certaines informations.
– Lesquelles ?
– Laissez tomber.

Il y eut un long silence au cours duquel chacun put réfléchir à ce qui venait de se dire. Puis Tanny Brown prit la parole.

– Si Ferguson n'est plus suspect à vos yeux et s'il ne peut en rien vous aider dans votre enquête, pourquoi n'avez-vous pas sauté dans le premier avion ? Pourquoi avez-vous tenu à rencontrer les professeurs de Ferguson ? Vous auriez pu vous renseigner par téléphone. Et puis, cela vous arrive souvent de brandir un 9 mm sur les gens qui frappent à votre porte ? Pourquoi vous faites ça, dites-moi un peu.

Elle secoua la tête.

» Moi, je vais vous le dire, poursuivit Brown. Parce que vous savez qu'il y a quelque chose qui cloche, mais vous ne pouvez pas dire quoi.

Shaeffer se tourna vers lui et acquiesça discrètement.

» Eh bien, nous aussi, c'est pour ça qu'on est là, dit Brown.

Le jour naissant éclairait faiblement le quartier où habitait Ferguson. De gros nuages gris flottaient au-dessus de la ville, prometteurs de pluie. Shaeffer et Wilcox arrêtèrent leur voiture au coin de la rue où se situait l'appartement de Ferguson, tandis que Brown faisait halte à un autre coin de rue. Cowart vérifia qu'il avait bien son magnétophone, son carnet et ses stylos, puis il se tourna vers le lieutenant.

Dans la chambre d'hôtel, Shaeffer leur avait brusquement demandé :

– Bon, c'est quoi, votre plan ?

– Notre plan, lui avait répondu Cowart, c'est de lui donner un sujet d'inquiétude, quelque chose qui le fasse sortir de son trou afin que nous puissions le filer. Il doit penser que les choses ne vont plus aussi bien qu'avant. On va lui donner un sujet d'inquiétude, répéta-t-il avec un petit sourire satisfait. Et le sujet, c'est moi.

Dans la voiture, il essaya de détendre l'atmosphère.

» Au cinéma, je porterais un émetteur, c'est sûr. Et nous aurions un mot de passe pour signaler que j'ai besoin d'aide.

– Vous allez en porter un ?

– Non.

– Je m'en doutais bien. Il n'y a donc pas besoin de mot de passe.

Cowart sourit, uniquement parce qu'il ne savait pas quoi faire d'autre.

» Nerveux ? lui demanda Brown.

– J'en ai l'air ?

– Il ne vous fera rien.

– J'espère bien.

– Il ne peut pas se le permettre.

Cowart sourit à nouveau.

– Je me fais l'impression d'être un dompteur qui se retrouve devant des lions qui lui sont familiers, mais qui se rend compte qu'il n'y a plus de cage et qu'il est en pleine jungle.

– Il rugira, c'est tout.

– Oui, mais un coup de gueule vaut un coup de croc.

– Ça c'est pour les chiens, pas les lions.

Cowart ouvrit la portière.

– Oui, on commence à tout mélanger, dit-il. Bon, eh bien, à bientôt.

L'air frais et humide qui tournoyait au-dessus de l'asphalte gras lui fit l'effet d'une gifle. Il marcha d'un pas rapide sur le trottoir. Sur le pas d'une porte dormaient deux hommes enroulés dans ce qui semblait être un vieux manteau. Les premières rumeurs du trafic lui arrivaient aux oreilles, quelques coups de Klaxon, le grondement significatif des bus diesel.

Il s'arrêta devant l'immeuble de Ferguson, hésita sur le seuil, puis entra dans le couloir sombre et s'engagea dans l'escalier. Ferguson doit dormir, se dit le journaliste, je vais le prendre par surprise. Là résidait l'intérêt d'une visite matinale. C'est à ces heures de transition entre la nuit et le jour que les individus sont les plus vulnérables.

Il prit son souffle et frappa à la porte. Puis il attendit. Aucun bruit à l'intérieur. Il frappa de nouveau. Au bout de quelques secondes, des pas résonnèrent. Il tapa une troisième puis une quatrième fois du poing sur la porte.

Il y eut des bruits de verrou, de chaîne que l'on manipule. La porte s'entrebâilla.

Ferguson le découvrit.

– Monsieur Cowart ?

Assassin, pensa Cowart, mais il se contenta de dire :

– Salut, Bobby Earl.

Ferguson se frotta les yeux et sourit.

– J'aurais dû me douter que vous viendriez.

– Eh bien, me voilà.

– Qu'est-ce que vous voulez ?

– Toujours la même chose. J'ai des questions qui ont besoin de réponses.

Ferguson ouvrit tout grand la porte et le fit entrer. Ils passèrent dans le petit séjour, où Cowart fit une inspection rapide.

– Vous voulez du café, monsieur Cowart ? J'en ai du tout prêt. (Il lui fit signe de s'asseoir sur le canapé.) Une tranche de cake ?

– Non.

– Ça ne vous gêne pas si j'en prends un peu ?
– Allez-y.
Ferguson disparut dans la petite cuisine avant de revenir avec une tasse de café fumant et une assiette à gâteau. Cowart avait déjà disposé son magnétophone sur la table. Ferguson déposa son gâteau à côté. Cowart remarqua qu'il se servait d'un couteau de chasse pour en couper une tranche. Il possédait une lame de quinze centimètres de long, avec un côté en dents de scie, et une poignée à fusée. Ferguson posa le couteau et commença à manger.
– Ce n'est pas vraiment du matériel de cuisine, dit Cowart.
Ferguson haussa les épaules.
– Je l'ai toujours à proximité. Il y a eu des cambriolages. Des camés. Le quartier n'est pas idéal, mais vous n'avez peut-être pas remarqué.
– J'ai remarqué.
– On a besoin de se protéger.
– Ce couteau, il vous a déjà servi à autre chose ?
Ferguson sourit. Cowart avait l'impression qu'il se moquait de lui, un peu comme un enfant se moque d'un vieillard quand il sait que ses parents le soutiennent.
– A part couper du pain...
Ferguson but un peu de café.
» Bon. Une visite matinale. Des questions. Vous êtes venu seul ? Il se leva, alla à la fenêtre et regarda dans la rue.
– Je suis seul.
Ferguson hésita et regarda longuement dans la direction de la voiture du journaliste.
– Naturellement.
Il se rassit.
» Bien, monsieur Cowart, qu'est-ce qui vous amène ?
– Vous avez parlé à votre grand-mère ?
– Cela fait des mois que je n'ai contacté personne à Pachoula. Elle n'a pas le téléphone. Moi non plus.
– Moi, je suis allé la voir.
– C'est gentil.
– J'y suis allé parce que Blair Sullivan m'a dit de chercher quelque chose chez elle.
– Il vous a dit ça quand ?
– Juste avant de mourir.
– Monsieur Cowart, vous avez une idée en tête, mais je ne vois pas laquelle.
– J'ai visité la cabane qui servait de latrines.
– Ce n'est pas l'endroit le plus chic. Elle ne s'en sert plus depuis un an.

– Je sais.
– J'ai fait faire des travaux de plomberie. J'en ai eu pour mille dollars, payés cash.
– Pourquoi avez-vous fait ça ?
– Pourquoi j'ai fait faire des transformations ? Mais parce qu'il fait froid en hiver et que ce n'est pas très marrant d'aller faire ses besoins à l'extérieur.
Cowart secoua la tête.
– Non, ce n'est pas ce que je veux dire. Pourquoi avez-vous tué la petite Joanie Shriver ?
Ferguson regarda fixement Cowart avant de s'adosser à sa chaise.
– Je n'ai tué personne. Surtout pas cette petite fille. Je croyais que vous le saviez, non ?
– Vous mentez.
– Non.
– Vous l'avez violée et vous l'avez tuée avant de jeter son corps dans les marais et de cacher le couteau dans la canalisation. En rentrant chez vous, vous avez constaté qu'il y avait du sang sur vos vêtements et le tapis de sol de votre voiture. Vous avez découpé la moquette, mis vos vêtements en boule et caché le tout dans le puisard parce que vous saviez que personne n'aurait le courage de regarder là-dedans.
Ferguson secoua la tête.
» Vous niez ? lui demanda Cowart.
– Naturellement.
– J'ai trouvé les vêtements et la moquette.
Ferguson parut surpris, puis il haussa les épaules.
– Vous avez fait tout ce chemin pour me dire ça ?
– Pourquoi l'avez-vous tuée ?
– Je ne l'ai pas tuée, je vous l'ai déjà dit.
– Menteur. Vous me mentez depuis le début.
Cowart pensait que cette accusation mettrait Ferguson hors de lui, mais il n'en fut rien. Calmement, il coupa une autre part de gâteau, garda un instant le couteau dans sa main et but un peu de café.
– Le menteur, c'est Sullivan. Qu'est-ce qu'il vous a dit à part ça ?
– Que vous aviez tué ses parents dans les Keys.
Ferguson secoua la tête.
– Là non plus, ce n'est pas moi, mais je comprends maintenant pourquoi l'inspecteur de charme est venue me trouver.
– Pourquoi avez-vous tué Joanie Shriver ? demanda à nouveau Cowart.

Ferguson se leva à demi. Sa voix n'était plus la même.

– Je n'ai pas commis ce crime! Bon Dieu, combien de fois vais-je devoir le répéter?

– Dans ce cas, que faisaient ces affaires dans vos latrines?

– On y balançait toutes sortes de vieilleries. Des vêtements, des pièces de voiture usagées. Les affaires dont vous parlez, je les ai jetées parce que j'étais couvert de sang de cochon. J'avais aidé un voisin à tuer une vieille truie. Dans les bois, je me suis fait arroser par une mouffette et je n'ai pas pu me débarrasser de l'odeur. Comme j'avais un peu d'argent, j'ai tout foutu en l'air et je me suis offert une paire de jeans neufs.

– Et le bout de moquette?

– C'était un accident, j'avais posé une tronçonneuse dessus. Je l'ai découpée régulièrement pour pouvoir la changer ultérieurement. Je venais de faire ça quand on est venu m'arrêter.

Ferguson lança un regard de défi à Cowart.

» Les résultats du labo donnent autre chose?

Cowart commença à secouer la tête et s'arrêta net. Il ne savait pas si Ferguson avait remarqué ce léger mouvement de sa part.

» Vous me prenez pour un imbécile ou quoi? Après ma sortie de prison, surtout après une inculpation pour homicide volontaire, je me serais hâté de faire disparaître des indices aussi compromettants! Franchement, monsieur Cowart, vous croyez que je n'ai rien appris au couloir de la mort? Et pendant mes cours de criminologie?

– Mais non, dit Cowart, je ne vous prend pas pour un idiot. Et je sais que vous avez beaucoup appris.

Les deux hommes se turent quelques instants.

» Comment Sullivan était-il au courant pour les latrines?

Ferguson haussa les épaules.

– Un jour, à l'époque où on se parlait, il m'a raconté qu'il avait étranglé une femme avec son collant et qu'il l'avait ensuite jeté dans les toilettes. Personne ne le retrouverait dans la fosse septique. Il m'a alors demandé ce qu'il y avait chez moi et je lui ai dit qu'on avait des latrines avec un puisard et qu'on y balançait toutes sortes de vieilleries. Il a mélangé les deux histoires et vous les a servies, monsieur Cowart.

– Pratique, comme explication.

Ferguson serra les dents avant de se détendre.

– Désolé, mais je ne peux pas vous en fournir de plus belle. Et puis, elle est digne de Blair Sullivan, ce type était capable de tirer parti de n'importe quoi. Ce n'est pas vrai, monsieur Cowart?

– C'est vrai, admit-il.

Ferguson désigna le carnet et le magnétophone.

– Vous êtes là pour écrire un article ?

– Exact.

– Vos nouvelles fraîches, ce ne sera que de l'ancien.

– Ah oui ?

– Toujours la même histoire. Vous avez parlé à Tanny Brown. Ce type ne me lâchera jamais, n'est-ce pas ?

Cowart sourit.

– Non, répondit-il, il n'abandonnera jamais.

– Le salaud, dit Ferguson entre ses dents. Mais il ne peut plus rien contre moi.

Cowart se sentait un peu désemparé. Il essaya de deviner ce que demanderait Tanny Brown, quel type de question parviendrait à entamer la carapace d'innocence de Ferguson. Pour la première fois, il comprit pourquoi Tanny Brown avait laissé son collègue frapper le suspect afin d'obtenir de lui des aveux complets.

– Bobby Earl, quand vous vous rendez dans le Sud pour parler devant un groupe de citoyens ou dans une église, vous leur servez le même discours à chaque fois ou est-ce que vous le modifiez en fonction de l'auditoire ?

– J'y apporte quelques changements, cela dépend à qui je m'adresse, mais le message est en grande partie toujours le même.

– Qu'est-ce que vous leur dites ?

– Je dis à ces gens comment Jésus est venu et m'a apporté Sa Lumière dans les ténèbres du couloir de la mort. Je leur explique comment la foi nous protège quand nous traversons les plus graves épreuves. Le plus noir pécheur peut être touché par cette lumière exceptionnelle et trouver du réconfort dans la parole de Dieu. Je leur dis que la vérité triomphera toujours et tranchera le mal comme un glaive flamboyant afin de leur montrer la voie de la liberté. Et ils répondent amen, monsieur Cowart, car c'est un message qui apaise à la fois l'âme et le cœur. Vous n'êtes pas d'accord ?

– Si. Et ici, à Newark, vous fréquentez souvent les églises ?

– Non, ici, je suis étudiant.

Cowart hocha la tête.

– Combien de fois avez-vous prononcé ce sermon ?

– Huit ou neuf fois.

– Vous avez les noms des églises, des centres civiques ?

– C'est pour un article ?

– Donnez-moi des noms.

Ferguson regarda fixement Cowart avant de hausser les épaules comme si tout cela ne le concernait pas. Rapidement, il débita une liste d'églises baptistes, pentecôtistes ou unitariennes et y ajouta le nom de quelques centres civiques. Les noms des villes suivirent tout aussi rapidement. Cowart avait du mal à noter tout cela dans son carnet, son stylo courait sur les lignes. Quand Ferguson eut terminé, il attendit que Cowart lui dit quelque chose. Le journaliste faisait le compte. Perrine se trouvait sur la liste.

» Cela ne fait que sept.

– J'en ai peut-être oublié une ou deux.

Cowart se leva, incapable de tenir en place. Il se dirigea vers la bibliothèque et parcourut les titres, ainsi que Shaeffer l'avait fait lors de sa visite.

– Vous devez être un expert après avoir lu tout cela.

– Ce sont des lectures imposées.

Cowart se retourna.

– Dawn Perry, dit-il doucement. Il passa derrière le bureau de Ferguson, comme pour se protéger au cas où le jeune homme se jetterait sur lui.

– Ce nom ne me dit rien.

– Une petite fille. Noire. Douze ans. Elle revenait de la piscine, fin août, quelques jours après que vous avez parlé dans sa ville.

– Non, je ne vois pas. Je devrais la connaître ?

– Oui. Perrine, en Floride. La piscine est à trois ou quatre pâtés de maisons de la première église baptiste de Perrine. Vous avez parlé à la congrégation de la Lumière de Jésus qui est venue vous visiter ? Ils n'ont pas dû comprendre ce que c'était que cette lumière.

– Vous me posez une question, monsieur Cowart ?

– Oui. Pourquoi l'avez-vous tuée ?

– La petite fille est morte ?

– Elle a disparu.

– Je ne l'ai pas tuée.

– Non ? Vous étiez là. Et elle disparaît.

– C'est *ça* votre question, monsieur Cowart ?

– Dites-moi comment vous vous y êtes pris.

– Je n'ai rien fait à cette petite fille. (Ferguson parlait sans s'emporter.) A aucune petite fille d'ailleurs.

– Je ne vous crois pas.

– Oh, c'est facile de croire, monsieur Cowart. Les gens croient pratiquement tout. Que les ovnis rendent visite aux habitants de l'Ohio et qu'Elvis est bien vivant, la preuve c'est qu'on l'a vu la semaine dernière en train de faire ses courses dans un supermarché. Ils croient que la CIA empoisonne l'eau qu'ils boivent et qu'une organisation secrète est à la tête des États-Unis. Croire, c'est facile, monsieur Cowart, mais prouver, ça c'est autre chose. (Il regarda le journaliste droit dans les yeux.) Prouver un crime, par exemple.

Cowart demeurait impassible.

» Il faut un mobile, une occasion, une preuve matérielle. Quelque chose de scientifique, que les experts ne pourront discuter en plein prétoire, une empreinte digitale ou un peu de sang, par exemple. Ou même une analyse de l'ADN, comme on en fait maintenant. Mais vous savez déjà cela, n'est-ce pas, monsieur Cowart ? Vous avez besoin d'un témoin ou même d'un complice. Sans cela, il vous faut au moins des aveux. La confession de l'assassin, avec les mots de son choix, mais tout cela, nous le savons déjà, n'est-ce pas ? Avec tous ces éléments, vous avez quelque chose de solide à présenter, sinon ce ne sont qu'impressions et suppositions. Une petite fille a disparu dans une grande ville et, moi, je suis venu dans cette même ville deux jours plus tôt, vous croyez que ça prouve quelque chose ? A votre avis, il y a combien d'assassins en liberté à Miami à l'heure où je vous parle ? Il y a combien de types qui crèvent d'envie d'enlever une petite gosse qui revient de l'école ou de la piscine ? Vous croyez que les flics du coin n'ont pas dressé des profils et interrogé tout le monde ? Ils l'ont sûrement fait, monsieur Cowart, mais moi je ne me trouve sur aucune liste. Ou plutôt, je ne m'y trouve plus. Parce que je suis innocent. Vous m'y avez aidé. Et je tiens bien à le rester.

– Combien ? demanda Cowart dans un murmure. Six ? Sept ? Chaque fois que vous prononcez un sermon, quelqu'un doit donc mourir ?

Ferguson ferma à demi les paupières, mais le ton de sa voix ne changea pas.

– Ce sont des crimes de Blancs, monsieur Cowart, vous l'ignoriez ?

– Quoi ?

– Des crimes de Blancs. Pensez un peu à tous les « serial killers », comme vous dites, dont vous avez entendu parler. Tous les Speck, Bundy, Corona, Gacy, Henley, El Fovos, Lucas et même notre ami Blair Sullivan. Des Blancs. Jack l'Éventreur et Barbe-Bleue. Des Blancs. Caligula et Vlad l'Empaleur. Des Blancs, monsieur Cowart. Faites un tour dans une prison, on vous montrera Charlie Manson et David Berkowitz, et vous verrez des Blancs, parce que ce sont eux qui cèdent à cet étrange besoin. Cela ne veut pas dire qu'il n'y a pas de temps à autre une exception qui confirme la règle, comme Wayne Williams à Atlanta, mais il y a beaucoup de questions à son propos, non ? On a même réalisé un téléfilm à son sujet. Vous l'avez vu, monsieur Cowart ? Non, enlever une petite fille dans la rue et l'abandonner morte dans quelque endroit perdu, ce n'est pas typique d'un Noir. Nos crimes sont liés à la violence. Ce sont des poussées soudaines, imprévisibles, des armes à feu, des couteaux, des hurlements. Une criminalité urbaine, monsieur Cowart, avec des témoins et un lieu du crime avec surabondance d'indices matériels, de sorte qu'il ne reste plus de questions une fois que les flics nous ont mis au trou. Des violeurs, des règlements de comptes entre vendeurs de crack, des cambriolages... toutes ces choses qui incitent les Blancs à installer des alarmes dans leurs maisons et qui font grimper le taux de la criminalité. Mais pas de meurtriers en série. Et vous savez quoi, monsieur Cowart ?

– Non.

– Le système adore cela. Il est assez mal à l'aise avec tout ce qui ne rentre pas dans les statistiques et les catégories qu'il a lui-même établies.

Ferguson le toisa.

» Alors, comment allez-vous raconter cette histoire, monsieur Cowart ? Une histoire qui ne rentre dans aucune case préétablie ? Dites-moi, les journaux arrivent à raconter des choses étranges à leurs lecteurs ? Des choses inattendues ? Ou est-ce que vous vous contentez de faire toujours le même reportage, en changeant simplement les noms et les visages ?

Il ne répondit rien.

» Et vous pensez que vous pourrez écrire une chose pareille sans la moindre preuve ?

– Joanie Shriver, dit Cowart.

– Oubliez-la, monsieur Cowart, c'est déjà de l'histoire ancienne. Essayez de le comprendre. Et dites à votre ami Tanny Brown d'en faire autant.

Cowart se tenait toujours près du bureau de Ferguson. Il s'appuya aux rebords.

– J'écrirai cet article, et vous le savez.

Ferguson ne réagit pas.

» Oui, je l'écrirai. Avec toutes les fausses vérités, tous les mensonges que je ne cesse de rencontrer. Vous pourrez nier, nul ne vous en empêchera, mais vous savez ce qui se passera ?

– Dites toujours.

– Ça marchera. Je m'y casserai les dents. Peut-être que

Tanny Brown aussi s'y cassera les dents, mais qu'est-ce qui vous arrivera à vous, Bobby Earl ?

– Dites-le-moi, fit-il sèchement.

– Vous n'irez pas en prison, non. Vous avez raison, il n'y a pas assez de preuves. Beaucoup de gens vous croiront et diront que c'est un coup monté. Ils vous croiront lorsque vous proclamerez votre innocence. La plupart des gens me tomberont dessus et tomberont sur les flics, ils se rallieront à vous, je vous le promets.

Ferguson regardait toujours fixement Cowart.

» Mais vous savez ce que vous allez perdre, Bobby Earl ? L'anonymat.

Ferguson haussa les épaules et Cowart reprit :

» Vous savez ce qu'on fait quand on a un matou qui adore chasser ? Un matou qui fiche le camp pour tuer des souris et des oiseaux et les ramener dans le sous-sol de votre beau pavillon de banlieue ? On lui met une clochette autour du cou, et aussi intelligent soit-il, votre matou ne pourra plus jamais s'approcher assez d'une pauvre créature sans défense.

Ferguson ferma à demi les yeux.

» Vous croyez que ces églises vont continuer à vous demander de prononcer des discours s'il subsiste le moindre doute ? Elles ne préféreraient pas trouver un autre orateur ? Un homme qui, au moins, ne risque pas de traîner dans la rue ou de revenir un autre jour pour s'en prendre à une petite fille ?

Cowart vit Ferguson serrer les poings.

» Et la police, Bobby Earl, pensez à la police. Elle ne va pas cesser de se poser des questions. Dès que quelque chose arrivera, vous serez le premier qu'elle viendra trouver. Combien de temps pourrez-vous tenir sans commettre la moindre faute, Bobby Earl ? Sans oublier quelque chose ? Vous vous rendez compte ? La moindre petite erreur et le ciel vous tombe sur la tête, vous vous retrouverez alors là où nous avons eu notre première conversation. Seulement, cette fois-ci, il n'y aura plus un journaliste de Miami ou d'autre part pour vous faire sortir.

Cowart voyait Ferguson bouillonner de rage. Le sang lui montait aux joues. Il vit la main de l'homme se tendre vers le couteau de chasse.

Je suis mort, se dit-il.

Il voulut chercher autour de lui un endroit où se protéger, mais ne parvint pas à détacher les yeux de Ferguson. Si j'avais un micro et un mot de passe, pensa-t-il, un mot qui ferait venir Tanny Brown. Mais il n'en avait pas.

Ferguson commença à se lever de son siège. Cowart sentit sa

main se refermer sur une liasse de papiers. Puis Ferguson se rassit lentement.

– Non, dit-il, je ne crois pas que vous écrirez cet article.

– Et pourquoi ?

Ferguson posa les yeux sur la table où Cowart avait installé son petit magnétophone. Un instant, il regarda la bande défiler en silence. Puis il se pencha vers l'appareil et dit d'une voix ferme et distincte :

– Il n'y aurait rien de vrai là-dedans.

Il laissa passer une ou deux secondes et coupa l'enregistrement.

» Vous savez pourquoi vous n'écrirez pas cet article ? Eh bien, moi je vais vous le dire. Il y a beaucoup de bonnes raisons, mais la première, c'est celle-là : vous-même savez que vous n'avez rien, ni preuves, ni faits. Rien qu'une combinaison invraisemblable de mensonges et d'événements, et le premier rédacteur en chef venu refusera de passer ça dans son canard. Il y a celle-là aussi : tous les articles comportent des « selon X » et « la police a dit » et « le porte-parole confirme », sans compter les rapports et les documents émanant de tout un tas d'autres personnes. C'est ça qui fait le squelette d'un récit. La chair autour, c'est ce que vous avez vu et les détails dont vous avez entendu parler, mais dans le cas présent, vous n'avez rien vu ni entendu d'important qui vous permette d'écrire un papier. Voilà, monsieur Cowart, et c'est pour ça que vous ne me faites pas peur. Mais dites-moi, je vous fais peur ?

Cowart hocha la tête.

» C'est bien. Et vous croyez que je fais également peur à votre ami Tanny Brown ?

– Oui et non.

– Voilà une réponse plutôt étrange pour un homme qui tient à la précision. Qu'est-ce que vous voulez dire par là ?

– Je crois qu'il a peur de ce que vous pouvez faire, mais pas de vous.

Ferguson secoua la tête.

– Comment se fait-il que les gens aient toujours peur de ce qui pourrait leur arriver ? Une peur personnelle, naturellement. Comme vous en ce moment. Je pourrais prendre ce couteau de chasse et vous trancher la gorge, c'est ça ? Ou vous ouvrir le bide ? Hein, qu'est-ce que vous en dites ? Vous me croyez expert à ce point-là ? Je pourrais planquer vos restes sanglants, on croirait que vous avez eu des problèmes avec des gars du quartier, il y en a plein qui ne sont pas trop sympas avec les Blancs qui traînent dans le coin. Vous pensez que je pourrais faire passer ça pour un crime de gang? Imaginez, un journaliste blanc qui se paume dans le quartier...

– Non.

– Vous ne croyez pas ça possible? De la part d'un expert comme moi?

– Je ne...

– Et pourquoi pas? demanda brutalement Ferguson.

Sa main se referma sur le manche du couteau.

– Le sang, dit Cowart rapidement. Les taches de sang. Vous ne pouvez pas espérer les faire disparaître complètement.

– Bien. Continuez.

– Quelqu'un m'a peut-être vu entrer. Un témoin.

– Mais oui, monsieur Cowart, la femme du gardien surveille toujours tout, elle vous a peut-être vu arriver. Il y a aussi les pauvres épaves qui peuplent le quartier. Pourquoi pas? Même si ce sont de piètres témoins. Mais continuez.

– J'ai peut-être dit à quelqu'un que j'allais chez vous.

– Non, dit Ferguson avec un rictus, tout cela ne servirait à rien. Il n'y a pas de preuve de votre passage chez moi.

– Si, mes empreintes.

– Vous n'avez pas voulu de café quand je vous en ai offert, cela aurait laissé des empreintes digitales et de la salive. Qu'est-ce que vous avez pu toucher? Le bureau. Et les papiers. Je pourrais m'en occuper.

– Il y aurait toujours un doute.

– C'est vrai, dit Ferguson en souriant.

– Ce n'est pas tout. Des cheveux. De la peau. Je pourrais me débattre. Vous blesser. On retrouverait votre sang sur moi.

– C'est possible. En tout cas, vous réfléchissez enfin, monsieur Cowart.

Ferguson désigna le couteau.

» Oui, il y a trop de paramètres. Vous avez raison. Trop d'aspects qu'il convient de ne pas ignorer. N'importe quel étudiant en criminologie le comprendrait tout de suite. (Il le regarda fixement.) Malgré tout je m'obstine à croire que vous n'écrirez pas cet article, monsieur Cowart.

– Si, je l'écrirai.

– Vous savez quoi? Il y a bien d'autres moyens quand on veut arracher le cœur à quelqu'un. Un couteau de chasse n'est pas toujours utile...

Ferguson tendit la main et prit le couteau par la lame. Il le fit tourner dans sa main, accrochant au passage un faible rayon de lumière.

» ... Non, monsieur. Vous deviez penser que c'était l'arme idéale pour vous blesser à mort, mais vous vous trompiez.

Ferguson continuait de jouer avec le couteau.

» Qui habite 1215 Wildflower Drive, monsieur Cowart ?

Le journaliste sentit son cœur sauter dans sa poitrine.

» Dans cette jolie banlieue de Tampa. Quelqu'un qui prend le car scolaire tous les jours. Qui va jouer au parc à quelques pâtés de maisons de là. Qui aide sa maman à faire les courses et joue avec son petit frère. Bien sûr, le bébé ne doit pas beaucoup vous préoccuper, et je ne pense pas que la mère vous intéresse vraiment. Le divorce fait parfois naître la haine et j'ignore vos sentiment à cet égard. Mais la petite fille ? Voilà qui est différent.

– Comment savez-vous tous ces...

– C'était dans le journal. Après que vous avez eu le prix. (Ferguson lui sourit.) Et puis, j'aime bien effectuer quelques recherches personnelles. Cela n'a pas été trop dur, je dois le dire.

Cowart était terrifié. Ferguson ne le quittait pas des yeux.

» Non, monsieur Cowart, je ne crois pas que vous écrirez cet article. Je ne pense pas que vous ayez des *faits*, je ne pense pas que vous ayez des *preuves*. Je me trompe ?

– Je vous tuerai, fit Cowart.

– Me tuer ? Mais pour quelle raison ?

– Approchez-vous de...

– Et quoi ?

– Je vous dis que je vous tuerai.

– Cela vous ferait vraiment du bien, monsieur Cowart ? Après les *faits* ? Plus rien d'autre ne compterait, c'est cela ? Mais vous auriez toujours ce souvenir en tête, vous savez. Vous y penseriez en vous réveillant, vous vous endormiriez avec. Et, la nuit, vous feriez des cauchemars. Vous ne serez plus jamais tranquille, monsieur Cowart.

– Je vous tuerai, répéta le journaliste.

Ferguson secoua la tête.

– Je ne sais pas. Non, je ne sais pas si vous savez assez ce que sont la mort et l'agonie pour agir de la sorte. Mais écoutez-moi bien, monsieur Cowart.

– Quoi ?

– Vous commencez un peu à comprendre ce que c'est que de vivre au couloir de la mort.

Ferguson se leva, se pencha et ouvrit le couvercle du magnétophone. Il mit la cassette dans sa poche avant de jeter le magnétophone au journaliste, qui l'attrapa avant qu'il ne tombe à terre.

» Cette entrevue, dit Ferguson sur un ton glacial, elle n'a jamais eu lieu.

Il lui montra la porte.
» Ces paroles ? Elles n'ont jamais été prononcées.
Il regarda fixement le journaliste.
» Alors, quel article allez-vous écrire, monsieur Cowart ?
Le journaliste secoua la tête.
» Quel article ?
– Aucun, dit Cowart d'une voix brisée.
– Je m'en doutais un peu.
Tête basse, les jambes en coton, Cowart quitta l'appartement. Il n'eut que vaguement conscience de la porte qui se refermait sur lui, des verrous que l'on tirait. L'air humide et vicié du couloir l'agressa, il remonta son col. Il descendit de son mieux les marches, franchit la porte d'entrée et se retrouva dans la rue. La pluie tombait déjà. Il ne leva pas les yeux vers l'appartement de Ferguson et se mit à courir, comme si le vent qui lui fouettait le visage allait lui faire oublier l'horreur et la nausée qui lui serraient le ventre. Il vit Tanny Brown sortir par la portière de droite de leur voiture de location. Cowart lui fit signe de se remettre au volant et se précipita dans la voiture.
– Foutons le camp d'ici, murmura-t-il.
– Qu'est-ce qui s'est passé ? lui demanda Brown.
– Foutons le camp d'ici ! hurla Cowart.
Il se pencha et tourna la clef de contact.
– Vite, nom de Dieu, vite !
Tanny Brown, les yeux agrandis par la surprise mais une expression de compréhension sur la figure, démarra et parcourut quelques mètres avant de s'arrêter à hauteur du véhicule de Wilcox et de Shaeffer.
– Bruce, tu vas rester là. Surveille l'appart de Ferguson.
– Pendant combien de temps ?
– Surveille-le.
– Où est-ce que...
– Ne quitte surtout pas Ferguson des yeux.
Wilcox acquiesça.
Cowart tapait sur le tableau de bord.
– Foutons le camp d'ici !
Tanny Brown écrasa la pédale de l'accélérateur.

23

La négligence de l'inspecteur Shaeffer

Les deux inspecteurs passèrent la majeure partie de la journée à un demi-pâté de maisons de l'immeuble où vivait Ferguson. Leur surveillance n'avait rien de discrète; moins d'une heure après le départ précipité de Brown et de Cowart, tous les habitants du quartier, délinquants ou pas, étaient au courant de leur présence.

La plupart les ignorèrent.

Un vendeur de crack qui officiait habituellement dans une impasse située tout près de leur voiture leur envoya quelques injures avant de chercher un autre lieu de travail. Deux membres d'un gang local, vêtus de blouson de sport et chaussés de baskets de grande qualité, se plantèrent devant leur voiture et leur adressèrent des gestes obscènes. Quand Wilcox abaissa sa vitre pour leur demander de dégager, ils se moquèrent de lui en imitant son accent sudiste. Deux prostituées en talons aiguilles, imperméable ciré et short moulant, prirent leur service à quelques mètres des deux inspecteurs, sachant bien qu'ils ne les inquiéteraient pas. Une demi-douzaine de SDF trimbalant leurs maigres possessions dans des caddies frappèrent à la vitre pour leur demander de l'argent.

La pluie qui ne cessait de tomber avait considérablement réduit le nombre des passants et des curieux; les gens étaient maintenant claquemurés chez eux, bien à l'abri de leurs portes blindées et de leurs vitres grillagées. Il faisait sombre et triste.

Plus d'une fois, chaque inspecteur s'était demandé ce qui avait bien pu arriver à Cowart. Isolés dans leur voiture, ils n'avaient pu obtenir de réponse. Wilcox était allé dans une cabine pour appeler les deux hommes au motel, mais en vain. Privés de toute information et ne sachant que ce que Brown leur avait demandé en partant, les deux inspecteurs attendaient dans la rue dans la plus grande frustration.

Ils mangèrent des sandwiches achetés dans un fast-food et burent du café qui avaient eu le temps de refroidir; parfois, ils essuyaient avec un chiffon la buée qui s'accumulait sur le pare-brise. A deux reprises, chacun d'eux s'était rendu dans une station-service voisine pour y faire usage de toilettes ignobles. Leur conversation était limitée; après quelques tentatives pour se trouver des points communs, ils s'étaient réfugiés dans le silence. Ils avaient un peu parlé technique, de la différence existant entre les crimes perpétrés dans les Keys et ceux dans le nord-ouest de l'État, tout en sachant que ces différences n'étaient que superficielles. Shaeffer avait posé des questions sur Brown et Cowart et découvert que Wilcox en idolâtrait un pour n'afficher que du mépris à l'égard de l'autre; il était cependant incapable d'expliquer pourquoi il éprouvait cela. Ils avaient parlé de Ferguson, et Wilcox avait raconté à sa collègue son expérience de l'ancien détenu. Elle l'avait interrogé à propos des aveux; chaque fois qu'il frappait Ferguson, c'était pour lui arracher un fragment de vérité, un peu comme on secoue un arbre pour en faire tomber les fruits. Il disait cela sans regret ni sentiment de culpabilité, mais avec une colère rentrée qui surprenait la jeune femme. Wilcox était un impulsif, autrement plus explosif que le lieutenant dont il était l'adjoint. Sa fureur devait être soudaine et théâtrale, celle de Tanny Brown plus froide, plus réfléchie. C'est pour cela qu'il ne se pardonnait pas d'avoir permis à son partenaire d'arracher ses aveux au suspect.

Ferguson ne se manifestait pas, mais il n'ignoraient pas qu'il savait certainement qu'ils étaient là.

– Combien de temps ça va durer? demanda Shaeffer. (Les lampadaires étaient déjà allumés.) Il n'est pas sorti de la journée, à moins qu'il n'y ait une autre issue. Il y en a sûrement une, d'ailleurs, et il doit bien se foutre de nous.

– Attendons encore un peu.

– Mais à quoi ça sert?

– Ça sert à lui montrer que quelqu'un s'intéresse de près à lui, voilà.

– Oui.

Mais elle aurait voulu ajouter qu'elle n'attendrait pas éternellement. Le temps lui échappait. A la prison d'État, Michael Weiss devait se demander où elle était passée. Il faudrait qu'elle ait une excuse réellement valable, quelque chose d'officiel.

Shaeffer s'étira les bras et les jambes.

» J'ai horreur de ça.

– Quoi ? De planquer ?

– Oui, toute cette attente. Ce n'est pas mon genre.

– Et c'est quoi votre genre ?

Elle ne répondit pas.

– Il va faire vraiment nuit dans dix minutes, se contenta-t-elle de dire.

Wilcox fit un geste en direction de l'entrée de l'immeuble mais ne l'accompagna d'aucun commentaire.

Shaeffer regarda autour de la voiture. Elle se dit que la rue avait la même apparence luisante et vulgaire que les imperméables des deux prostituées qui avaient passé là une bonne partie de la journée. On aurait pu se croire sur un plateau d'Hollywood, le réel et l'irréel s'y mêlaient curieusement. Elle se sentit frissonner.

– Ça ne va pas ? dit Wilcox à qui cette réaction n'avait pas échappé.

– Si, lui répondit-elle, mais cet endroit me fout la trouille, c'est encore pire qu'en plein jour.

– C'est sûr qu'il n'y a rien de mieux que chez soi. On se croirait dans une caverne.

– Ou dans une cellule, ajouta-t-elle.

Son sac était posé à terre, entre ses pieds. Il était grand, informe, un peu comme une besace. Elle le déplaça du bout du pied et l'entrouvrit légèrement, juste assez pour se rassurer en en vérifiant le contenu : un carnet, un magnétophone, des bandes vierges, un portefeuille, une plaque officielle, une petite trousse de maquillage et surtout un semi-automatique calibre 9 mm accompagné de deux chargeurs supplémentaires.

Cela n'échappa pas à Wilcox.

– Moi, dit-il en souriant, je préfère un 357 à canon court. Ça tient bien sous le veston et ça descendrait un ours.

La nuit enveloppait leur voiture.

» Et les ours, ça ne manque pas par ici. Il tapota le pan gauche de son veston.

Une sirène hurla dans le lointain, le son se rapprocha puis s'éloigna avant de s'évanouir. Ils ne virent pas de quel type de véhicule il s'agissait.

Wilcox se frotta les yeux.

» Qu'est-ce qu'ils peuvent bien faire à votre avis ? demanda-t-il.

– Je n'en sais rien. Pourquoi est-ce qu'on ne se tire pas d'ici pour aller voir ? Cet endroit commence à me rendre nerveuse.

– Commence ?

– Oui, enfin, vous me comprenez. (Il y avait de la colère dans sa voix.) Regardez-moi ce quartier. On pourrait disparaître comme ça... Les deux flics du coin qui m'ont accompagnée ici l'autre jour n'avaient pas l'air très emballés non plus, pourtant il faisait jour. Et l'un d'eux était noir.

Wilcox émit un grognement en guise d'assentiment.

Ils pensaient tous deux la même chose, bien qu'ils n'eussent pas parlé de toute la journée : leur position était des plus précaires – deux flics blancs, du Sud, hors des limites de leur juridiction, arrachés à leur élément naturel, dans un univers inconnu.

– Bon, dit lentement Wilcox. Vous savez ce que je pense ?

– Non.

– Tout a l'air si vieux ici. Vieux et usé. (Il tendit la main en direction de la rue.) En train de crever. Oui, on dirait que tout est en train de crever.

Il se tenait raide sur son siège, les yeux fixés sur le pare-brise.

» Je ne sais pas comment, mais je me dis qu'il avait pensé à tout ça. Il a de l'avance sur nous. Il nous a eus depuis le début.

Il s'exprimait à voix basse, dans un murmure.

– Je ne comprends pas ce que vous dites, dit Shaeffer. Comment ça, il nous a eus ? A quoi il a pensé ?

– J'aimerais bien qu'il me retombe dans les pattes, poursuivit Wilcox sans répondre à sa question. Il lâcherait le morceau, faites-moi confiance. Je ne le laisserais pas nous baiser ce coup-ci.

– Je ne comprends toujours pas de quoi vous parlez, dit-elle, alarmée par son ton glacial.

– Je voudrais le retrouver dans la petite pièce, seuls, tous les deux, on verrait s'il s'en tirerait cette fois-ci.

– Vous êtes cinglé.

– Oui, cinglé. Complètement dingue. C'est bien le mot.

Elle s'enfonça dans son siège.

– Le lieutenant Brown avait des ordres.

– Sûr. Et on les a suivis.

– Dans ce cas, tirons-nous d'ici. Et voyons ce qu'il veut maintenant.

Wilcox secoua la tête.

– Pas tant que je n'aurai pas vu ce salaud et qu'il sache que je suis ici.

– Ce n'est pas comme ça qu'il faut le prendre, dit-elle en agitant la main.

– Ah oui ? répliqua Wilcox entre ses dents. Vous êtes depuis combien de temps dans la crime ? Pas assez pour en juger, sûrement. Des types comme Ferguson, vous en avez vu souvent ?

– Non, mais, je sais quand même comment limiter les dégâts quand il y a déjà eu une connerie de faite.

Wilcox s'apprêtait à lui répondre de manière agressive, mais il se retint et hocha la tête.

– Vous avez raison, dit-il doucement, vous avez raison...

Il se cala au dossier comme pour laisser la colère et les souvenirs l'abandonner lentement.

» Vous avez raison, dit-il de nouveau. On ne va pas jouer le coup avant de voir toutes ses cartes.

Shaeffer s'attendait à ce qu'il démarre. Il avait tendu la main vers la clef de contact et s'apprêtait à la tourner. Soudain, il se figea.

» Le fils de pute, dit-il lentement.

Elle sursauta.

» Le voilà.

Un instant, sa vision fut brouillée par la buée du pare-brise, puis, comme un objectif qui fait le point, elle aussi aperçut Ferguson. Il avait hésité un instant sur le pas de la porte, comme toute personne qui quitte son appartement pour affronter l'air froid et humide de la rue. Il portait un jean et un long manteau bleu, ainsi qu'un sac jeté sur l'épaule. Il mit le pied sur le trottoir et, sans même un regard dans leur direction, s'éloigna d'un pas rapide.

– Nom de Dieu! (Wilcox avait lâché la clef de contact et posé la main sur la poignée de la portière.) Je vais le filer.

Elle n'eut pas le temps de protester. Il sortit de voiture et claqua la portière derrière lui.

Shaeffer voulut ouvrir sa propre portière, mais elle était coincée. Elle dut s'acharner dessus pour l'ouvrir. Son sac était également coincé sous son siège et paraissait rempli de plomb. La ceinture de sécurité s'accrochait à ses vêtements. Quand elle parvint finalement à s'extirper, elle réalisa qu'il lui faudrait courir pour rattraper Wilcox, qui avait déjà une bonne cinquantaine de mètres d'avance. Ses chaussures glissaient sur le pavé humide.

Elle pesta et se lança à sa poursuite, le sac dans une main et les clefs de voiture dans l'autre. Elle arriva enfin à sa hauteur.

– Bon Dieu, mais qu'est-ce que vous faites? demanda-t-elle en l'attrapant par le bras.

– Je vais suivre un peu ce salaud, dit-il en se dégageant.

Elle s'arrêta un instant pour reprendre son souffle, piqua un nouveau sprint pour le rejoindre. Ils marchèrent un moment côte à côte. Ferguson avait une avance d'un demi-pâté de maisons, il ne se retournait jamais et se contentait de s'enfoncer dans la nuit.

A nouveau, elle prit Wilcox par le bras.

» Lâchez-moi ! gronda-t-il en la repoussant. On va le paumer.

– On ne devait pas...

Il se retourna, furieux.

– Allez chercher la tire ! Grouillez-vous ! Ou restez avec moi, mais me collez pas comme ça !

– Mais s'il...

– Je m'en fous qu'il me repère ! Maintenant dégagez !

– Mais qu'est-ce que vous faites ? demanda-t-elle une dernière fois.

Sans la regarder, il lui fit signe de s'éloigner, puis il pressa le pas pour combler la distance qui le séparait de Ferguson. Shaeffer hésita un instant. Elle vit Ferguson tourner au coin de la rue et Wilcox accélérer l'allure au même instant.

Elle pesta contre elle-même et revint en courant à la voiture. Deux sans-abri, deux vieilles bonnes femmes emmitouflées dans des manteaux miteux, une casquette en tricot plantée sur la tête, débouchèrent devant elle, lui barrant le chemin. L'une d'elle poussait un caddie en jacassant tandis que l'autre faisait de grands gestes. Elles gueulèrent après elle quand elle arriva à leur hauteur. Une vieille essaya de l'attraper par son manteau quand elle passa à côté d'elle et toutes deux se rentrèrent dedans. La femme s'affala sur le trottoir, en criant et en jurant. Shaeffer trébucha, reprit son équilibre, marmonna des excuses et fila vers sa voiture. C'étaient maintenant deux hommes qui étaient sortis d'on ne sait où et qui l'interpellaient. « Alors, ma poule, ça urge ? » Elle les ignora, ouvrit la portière et s'installa au volant.

Sans cesser de jurer à voix basse, elle tourna nerveusement la clef de contact, écrasa l'accélérateur et passa une vitesse, déboitant sans même regarder dans le rétroviseur. Les pneus dérapèrent sur le pavé et la voiture zigzagua un instant avant de se stabiliser.

Elle accéléra et tourna au coin de la rue. Elle aperçut Wilcox au moment où il passait sous un réverbère. Malgré ses efforts, elle ne voyait Ferguson nulle part.

Elle enfonça la pédale de l'accélérateur, mais le moteur ne répondit pas comme elle l'aurait souhaité. Un instant, elle se prit à regretter son propre véhicule, celui qu'elle utilisait dans les Keys. Elle arriva à hauteur de Wilcox. Il tournait dans une rue en sens interdit. Elle baissa sa vitre et passa la tête dehors, malgré la pluie.

– Continuez! lui dit Wilcox sans s'arrêter. Rabattez-le-moi!

Haletant, il traquait son gibier, tout à sa chasse. Shaeffer cria qu'elle avait compris avant de reprendre l'artère principale.

Elle ne pourrait pas tourner avant le prochain bloc. Elle brûla un feu rouge, mordit sur le trottoir dans le virage, déclenchant les cris d'une bande de jeunes qui traînaient là. La rue était étroite, bordée de bâtisses sombres qui l'empêchaient de bien voir. Des véhicules étaient garés en double file, elle passa à côté en klaxonnant.

Au carrefour suivant, elle prit à droite pour retomber sur Wilcox et Ferguson. Elle imaginait déjà ce qu'elle allait devoir dire et faire. Puis elle comprit que la situation était bien différente de ce à quoi elle s'attendait. Les yeux rivés sur le trottoir malgré l'obscurité quasi totale, elle cherchait les deux hommes.

Et ils n'étaient pas là.

Elle ralentit et regarda plus attentivement dans les passages latéraux et les coins abandonnés où s'entassaient des ordures. Les ombres prenaient de la consistance. La rue était totalement déserte.

Elle jura et accéléra jusqu'au croisement suivant. Peut-être avaient-ils coupé par une ruelle. Là encore, il n'y avait personne. Elle fit demi-tour, prenant la rue à contresens. Elle accéléra, dérapa sur la chaussée glissante.

Toujours personne.

Elle fit le tour du pâté de maisons à toute allure, ne freinant qu'au dernier moment. Elle n'avait pas la moindre idée de ce qu'elle pouvait faire. Prise de panique, tenaillée par l'angoisse, elle s'arrêta à un coin de rue et descendit de voiture. Elle s'efforça de réfléchir et partit à pied dans la direction où ils auraient dû se trouver. Il faut que je retrouve leurs traces, se dit-elle, que je les dépasse. Ils ne sont sûrement pas loin. Elle tendit l'oreille. Pas un bruit. Elle pressa le pas. Ses chaussures claquaient sur le bitume comme des coups secs frappés sur un tambour, de plus en plus vite : elle s'était mise à courir, s'enfonçant dans la nuit.

Bruce Wilcox ne s'était retourné qu'une fois, juste assez longtemps pour entrevoir les feux de position de la voiture, puis il avait reporté toute son attention sur Ferguson.

Il accéléra la cadence, étonné de ne pouvoir réduire la distance entre sa proie et lui. Ferguson avait une vivacité toute particulière, il ne courait jamais mais marchait à une allure impressionnante, comme certains athlètes.

Wilcox pestait contre ses jambes qu'il trouvait lourdes, pesantes. Une fois de plus, il vit Ferguson tourner au coin de la rue et une nouvelle fois il accéléra pour ne pas le perdre définitivement.

Deux prostituées décaties étaient en poste au carrefour, dans la lumière blafarde d'un réverbère. Elles reculèrent quand il déboula comme un fou.

– Où il est passé ? leur demanda-t-il.

– Qui ça, mon chou ?

– On n'a vu personne.

Il leur lança une insulte et elles se moquèrent de lui. La rue latérale dans laquelle Ferguson s'était engagé avait un aspect particulièrement sinistre. L'homme se trouvait à une quarantaine de mètres de là, ombre parmi les ombres, et il lui emboîta le pas.

Ses pensées se bousculaient.

Il n'avait pas la moindre idée de ce qu'il allait dire ou faire, obnubilé par la nécessité de rattraper sa proie. Des images fugitives s'imposaient à lui, comme si l'univers dans lequel il s'enfonçait ne faisait plus qu'un avec sa mémoire. Un clochard effondré sur le pas d'une porte cria à son passage et sa voix lui rappela celle de Tanny Brown. Un chien tira sur sa chaîne, aboya furieusement, et il repensa aux battues destinées à retrouver Joanie Shriver. Des poubelles dégageant une odeur infecte le firent penser aux latrines dans lesquelles ils avaient retrouvé les vêtements.

Devant lui, Ferguson parvint à l'extrémité du pâté de maisons. Wilcox le vit faire halte et se retourner. Pendant un dixième de seconde, leurs regards se croisèrent.

Wilcox ne put se retenir.

– Arrêtez ! Police !

Sans demander son reste, Ferguson se mit à courir.

Wilcox poussa un cri, puis, tête baissée, s'élança à sa poursuite. Il n'était plus question de filature ou de surveillance discrète, mais d'une véritable chasse. Pendant quelques instants, la distance entre eux parut se réduire, puis Ferguson accéléra. Coudes au corps, bouche grande ouverte, Wilcox fonçait sur les trottoirs humides.

Un autre pâté de maisons. Ferguson tourna encore une fois. La course ne semblait visiblement pas lui demander trop d'efforts. Le cœur de Wilcox battait à tout rompre, sa vision était brouillée. Il ne ralentit pas au coin de la rue pour ne pas perdre de temps, dérapa sur une plaque métallique et alla percuter un réverbère. Son veston se déchira, un goût de sang lui vint aux lèvres. Il ne lui fallut pas longtemps pour reprendre ses esprits, l'instinct de la chasse était le plus fort. Il se releva et se remit à courir. Un souvenir lui revint à l'esprit : un championnat de football au cours duquel un affrontement aurait pu le laisser sur le terrain, mais où le désir de vaincre avait été le plus fort.

Tout en courant, il vit Ferguson traverser la rue et se diriger vers un chantier sombre. Les phares d'une voiture le paralysèrent un court instant. Il y eut un crissement de pneus suivi d'un coup de Klaxon.

Il crut que c'était l'inspecteur Shaeffer.

– Par là! cria-t-il en agitant les bras. Coupez-lui la route!

Puis il comprit que ce n'était pas sa collègue qui conduisait. Une rage soudaine l'envahit : où diable était-elle passée? Il fonça à son tour vers le chantier tandis que le chauffeur abreuvait d'injures cette forme qui s'était soudain matérialisée devant lui.

Il se retrouva parmi les caillasses et les ordures dans lesquelles il se tordait les chevilles. Devant lui, Ferguson progressait plus difficilement. A un moment, il grimpa sur des caisses et un vieux réfrigérateur éclairés par un lampadaire. Les regards des deux hommes se croisèrent une nouvelle fois et, d'instinct, Wilcox cria encore une fois :

– Arrêtez, police!

Ferguson sauta à bas des caisses et Wilcox lâcha une obscénité avant de reprendre sa traque.

Il monta sur un tas de briques, mais son pied dérapa et la masse s'écroula sous son poids. Il se sentit projeté en avant et tendit les mains pour amortir la chute. Il parvint à ne pas se rompre le cou mais écrabouilla sa main droite sur un bout de métal rouillé. Le fer lui déchira la paume et trois de ses doigts se retournèrent. Il poussa un cri de douleur et referma sa main gauche sur celle qui était blessée. Le sang coulait entre ses doigts qui enflaient déjà, et la douleur était cuisante. Pas de doute là-dessus, ils étaient cassés, et il lâcha une bordée de jurons. Puis il serra le poing malgré la douleur et le plaqua contre sa poitrine pour reprendre sa course.

Grimpé sur un tas de débris, il entrevit Ferguson. Celui-ci parcourait les derniers mètres du chantier et enjambait tant bien que mal une barrière, avant d'emprunter un petit escalier et de pénétrer dans un bâtiment abandonné.

D'accord, se dit Wilcox, toi aussi, tu es claqué. Reprends ton souffle, mais ne t'imagines pas que tu vas m'échapper.

L'inspecteur serra les dents pour tenter d'oublier un instant sa main qui l'élançait. Parvenu à son tour devant la barrière, il la franchit et courut jusqu'à la porte de la bâtisse.

D'accord, se dit-il à nouveau. Il fouilla dans sa poche et y trouva un mouchoir qu'il noua tant bien que mal autour de sa blessure. Il voyait mal comment elle se présentait, mais il lui faudrait sûrement des points de suture. Ainsi qu'une piqûre antitétanique. Tout doucement, il contracta les doigts et bougea son poignet : une douleur cuisante lui transperça le bras. Il toucha la peau avec délicatesse, essayant de deviner quels os étaient brisés. Sa main enflait à vue d'œil et il se demanda si les assurances du comté d'Escambia prendraient les frais médicaux en charge. Sûrement, je suis en service. Mais j'espère qu'il n'y aura pas besoin d'opération.

Serrant à nouveau les dents, il contempla les gravats jonchant la ruelle qui s'ouvrait devant lui. Il n'y avait visiblement personne dans aucun des immeubles qui s'y dressaient. C'était une zone totalement abandonnée.

Si seulement l'inspecteur Shaeffer pouvait se pointer, se dit-il.

Il haussa les épaules. Et merde, j'ai besoin de personne pour gauler cet enculé. Même d'une seule main, je peux lui faire sa fête.

Il en était absolument convaincu. Il s'avança vers l'entrée du premier immeuble.

La porte ouverte sur le couloir sombre l'attirait. Il s'arrêta, le dos au mur, et écouta.

Il sortit son arme de son holster d'épaule. Le poids du revolver dans sa main blessée était insupportable. Il se retint pour ne pas pousser un hurlement et le fit prestement passer dans la main gauche. Est-ce que tu pourras tirer de cette main-là ? se demanda-t-il. Est-ce que tu pourras faire mouche ? Si la cible n'est pas trop éloignée, peut-être. Tu en es certain au moins ? Et s'il est armé ? Non, ça ira. Tu vas le cravater et l'embarquer. Il comprendra tout de suite ce qu'il risque avec toi.

Il tendait l'oreille, analysant le moindre bruit. Une canalisation gouttait. Au loin, la rumeur assourdie de la circulation. Plus près, le souffle rauque de sa propre respiration. Et puis, de l'intérieur de la bâtisse, des planches qui craquent.

Il est là, se dit Wilcox. Tout près.

Il prit son souffle et se courba pour entrer dans l'immeuble.

Et ce fut le noir total. Il s'en voulut de ne pas avoir emporté une lampe de poche. S'il avait fumé, il aurait eu sur lui des allumettes ou un briquet. Il attendit quelques instants que ses yeux s'habituent à l'obscurité et distingua des formes. Ce n'était pas grand-chose, mais tout de même mieux que rien.

Il fit quelques pas. Un escalier montait sur sa gauche, un autre descendait sur sa droite. C'était donc un ancien immeuble d'habitation et non pas un entrepôt, comme il l'avait un instant pensé. Des gens avaient donc logé ici ? Le plancher cria sous son poids. Et s'il tombait dans un trou ? La main droite toujours plaquée sur la poitrine, il avança, en laissant courir sa main gauche sur le mur.

Il choisit de prendre à droite, de descendre. Une pensée venait de l'effleurer. Ferguson est un animal, c'est un rat. Il va choisir les profondeurs, c'est là qu'il sera le plus en sécurité. Il s'arrêta pour écouter à nouveau.

Rien.

Mais ça ne voulait rien dire. L'autre était là.

Il progressait avec lenteur, précaution, s'irritant dès qu'il faisait le moindre bruit. Sa respiration était pareille à un crissement d'ongles sur un mur.

Il luttait contre le désir lancinant de dire quelque chose, de crier un ordre. Il fallait attendre d'être le plus près possible pour demander à l'autre de se rendre.

Les marches de l'escalier semblaient solides, mais il ne s'y fiait pas. A chaque pas, il posait le pied avec d'infinies précautions, comme un baigneur qui entre dans l'eau froide. Il compta vingt-deux marches avant d'arriver au sous-sol. Il y régnait une atmosphère étrangement humide. Il y avait du ciment sous ses pieds et il se sentit plus à l'aise. Il avança le pied et marcha dans une grande flaque d'eau. Sa chaussure fut immédiatement trempée.

Il s'accroupit et tendit l'oreille. Cette respiration qu'il percevait, était-ce la sienne ou celle de Ferguson ? Il est tout près, en tout cas, se dit l'inspecteur. Il retint son souffle et écouta.

Oui, tout près...

Il respira à nouveau et perçut une odeur nauséabonde. Un frémissement le parcourut des pieds à la tête. C'était l'odeur de la mort. Il y avait un cadavre en putréfaction quelque part. Il tourna la tête et ne vit rien. C'était le noir absolu.

C'était à qui serait le plus fort en lui, de la terreur et de l'excitation. Sa main gauche était toujours en contact avec le mur suintant. Il pensa aux rats et aux araignées, à l'homme qu'il traquait aussi.

Il n'en pouvait plus.

– Ferguson, allez, sors de là. Tu es en état d'arrestation, alors arrête. Tu me connais. Lève les mains et amène-toi.

Ses paroles résonnèrent dans la cave, puis ce fut à nouveau le silence absolu.

Il attendit. Il n'y eut pas de réponse.

» Arrête, Bobby Earl. Ne complique pas les choses.

Le doute l'étreignit. Où est passé ce fils de pute ? La peur et la colère le faisaient frémir.

» Bobby Earl, je vais t'en loger une entre les yeux si tu ne sors pas tout de suite !

Il y eut une sorte de grattement sur sa gauche. Il se tourna dans cette direction. Son esprit n'était pas assez rapide pour analyser parfaitement la situation, mais il savait qu'il faisait noir et qu'il n'était pas seul.

Pendant un millième de seconde, il eut concience d'une forme qui jaillissait à ses côtés, de quelqu'un qui lançait un grognement. De la main droite, il para un coup qu'il ne voyait pas arriver. Il fit feu, au hasard. Il y eut un éclair blanc. Il entrevit un tuyau de métal qui s'abattait sur son épaule. Il s'écroula à terre, la joue sur le ciment humide.

Il leva la main pour éviter un second coup, mais le tuyau s'écrasa sur son bras et il poussa un hurlement de douleur. Il ne savait pas où et comment il avait perdu son revolver, mais il ne l'avait plus. Soudain, un corps s'effondra sur le sien. Les deux hommes roulèrent sur le sol, leurs souffles entremêlés. Wilcox se défendait de son mieux, il cherchait à saisir son adversaire à la gorge, aux parties génitales, à lui enfoncer les doigts dans les yeux. Les deux combattants ne parlaient pas, haletant et émettant des grognements rauques.

Bruce Wilcox sentit ses doigts se refermer sur le cou de Ferguson et il serra de toutes ses forces, de ses deux mains à présent, malgré la douleur intense qui lui remontait jusqu'à l'épaule.

Je vais te faire la peau, enculé.

Et puis, la douleur lui déchira le ventre.

Il ne savait pas ce qui était en train de le tuer, ni même qui lui portait le coup fatal. Quelque chose lui crevait l'estomac et remontait vers son cœur. La panique s'empara de lui. Ses mains lâchèrent le cou de son agresseur, il les porta à son ventre et ses doigts se refermèrent sur le manche d'un couteau. Un gémissement s'échappa de ses lèvres, il roula sur le dos à même le ciment humide.

Il n'avait plus conscience de rien, mais il lui fallut bien une minute et demie pour que son dernier souffle filtrât entre ses lèvres et qu'il mourût.

24

La boîte de Pandore

Sa solitude était totale.

Andrea Shaeffer déambulait dans les rues désertes à la recherche de son compagnon. Elle refit le trajet pour la dixième fois, tentant de se raisonner et de comprendre sa disparition, mais chaque fois elle s'enfonçait un peu plus dans le désespoir. Elle se refusait à imaginer le pire, et se morigénait, tentant de se persuader que tout cela n'était pas grave. Rien qu'un incident banal.

Elle s'arrêta sous un réverbère pour reprendre son souffle.

Elle aurait payé cher pour tomber sur une voiture de patrouille de la police de Newark, mais il n'y en avait pas. Les rues demeuraient vides. C'est complètement dingue, pensait-elle. Il n'est pas si tard, il ne fait pas nuit depuis longtemps. Où sont passés les gens ? La pluie tombait de plus en plus fort. Quand elle finit par apercevoir une vieille femme à moitié dissimulée dans l'encoignure de porte, elle éprouva un immense soulagement. Andrea Shaeffer s'approcha doucement de la vieille et s'arrêta à trois mètres d'elle pour lui présenter sa plaque officielle.

– S'il vous plaît. Police.

La femme le regarda du coin de l'œil et commença à s'éloigner.

» Hé ! je veux seulement vous poser une question.

L'autre accélérait. Shaeffer la suivit.

» Arrêtez, bon sang ! Police !

Lentement, la femme s'arrêta et se retourna. Elle regarda Shaeffer d'un air méfiant.

– C'est à moi que vous causez ? Qu'est-ce que vous voulez ? J'ai rien fait.

– Une question, c'est tout. Vous avez vu deux hommes qui couraient, il y a quinze, vingt, peut-être trente minutes ? Un Blanc, un flic. Et un jeune Noir. Ils sont passés par ici ?

La vieille recula de quelques pas.

» Écoutez-moi, dit Shaeffer. Deux hommes, un Noir et un Blanc, qui se couraient après.

– J'ai rien vu, je viens de vous le dire.

Shaeffer serra les poings.

» Arrêtez de vous foutre de moi, madame, ou vous allez avoir des ennuis. Alors, vous avez vu quelque chose ? Dites-moi la vérité ou je vous fais coffrer !

– J'ai pas vu de types qui se couraient après, j'ai vu personne de toute la nuit.

– Non, ce n'est pas possible, insista Andrea Shaeffer, ils sont passés par ici.

– Il y a eu personne par ici. Maintenant laissez-moi tranquille.

La femme recula d'un pas en secouant la tête.

Shaeffer allait encore l'interroger quand une voix la fit sursauter.

– Pourquoi vous embêtez les gens, m'dame ?

Elle se retourna brusquement. La question provenait d'un individu plutôt costaud vêtu d'un long imperméable noir et coiffé d'une casquette du club des Yankees. Des gouttelettes tombaient de la visière. Il se trouvait à trois ou à quatre mètres, mais marchait sur elle sans la moindre hésitation. Son attitude était assez menaçante.

– Police, répliqua-t-elle. Restez où vous êtes.

– Je m'en fous de qui vous êtes. Vous arrivez comme ça et vous embêtez ma mère. Pourquoi vous faites ça ?

L'inspecteur Shaeffer s'empara de son arme et la braqua sur le nouveau venu.

– Pas un geste, dit-elle sèchement.

L'homme s'arrêta.

– Vous allez me descendre ? Je crois pas. (Il eut une sorte de rictus et tendit les mains.) Je crois que vous êtes pas là où il faut, ma p'tite. Vous avez pas de partenaire et vous avez l'air drôlement paumée, ça pourrait vous valoir des embrouilles.

Il fit un pas.

Elle actionna le chien et engagea une cartouche.

– Je recherche mon partenaire, dit-elle entre ses dents. Il suivait un suspect. Alors est-ce que vous avez vu un flic blanc poursuivre un jeune Noir il y a vingt ou trente minutes de cela ? Répondez-moi et je ne vous brûlerai pas les couilles.

Elle dirigea son arme vers l'entrejambe du nouveau venu. Cela le fit hésiter.

– Non, dit-il au bout d'un moment. Personne est passé par là.

– Vous en êtes sûr ?

– J'en suis sûr.

– Bien. Elle s'apprêtait à passer à côté de l'homme. Dans ce cas, je vous laisse. Alors calmos, c'est compris ?

Elle fit quelques pas, il se retourna lentement et la regarda.

– Vous avez intérêt à vous barrer d'ici, m'dame. Il pourrait vous arriver quelque chose de moche.

C'était à la fois une menace et une promesse. Tout en s'éloignant, elle vit l'homme baisser les mains et l'entendit murmurer des insultes. Elle garda l'arme à la main et marcha dans les rues jusqu'à l'endroit où elle avait laissé la voiture.

Les mains tremblantes, elle mit le contact. Avec les portières bien fermées et le moteur qui tournait, elle se sentait un peu plus en sécurité, et la colère se raviva.

– Cette saloperie, où est-ce qu'il est passé ?

Sa voix avait quelque chose de brisé, de gémissant, et cela l'énerva. Elle secoua la tête et regarda par la vitre, se laissant, l'espace d'une seconde, aller à imaginer que Bruce Wilcox sortirait d'une maison, en sueur, tout essoufflé.

Mais elle ne vit rien.

» Merde ! dit-elle tout fort.

Elle hésitait à passer une vitesse, à démarrer, certaine qu'il apparaîtrait à l'instant même et qu'elle devrait plus tard s'excuser de l'avoir ainsi laissé tomber.

» Ce n'est pas vrai, dit-elle, c'est lui qui m'a laissée.

Elle ne savait vraiment pas quoi faire. la nuit avait assuré son emprise sur la ville et la pluie avait redoublé d'intensité. Le cocon de la voiture était sécurisant, mais il renforçait aussi son sentiment de solitude. Poser la main sur le levier de changement de vitesse et passer la première exigea d'elle un effort surhumain. Parcourir la distance d'un pâté de maisons avait quelque chose d'épuisant.

Elle roulait lentement et regardait de tout côté. Elle s'arrêta devant l'immeuble de Ferguson. Il n'y avait pas de lumière dans son appartement. Elle se gara au coin de la rue et attendit cinq minutes. Et encore cinq. La rue était déserte. Elle revint alors vers l'endroit où elle avait vu Wilcox pour la dernière fois, puis elle parcourut les rues adjacentes. Il a dû prendre un taxi. Ou il a arrêté une voiture de patrouille. Il m'attend au motel avec Cowart et Tanny Brown. Ou bien il est au commissariat du coin en train de prendre la déposition de Ferguson et il se demande ce que je peux bien faire. C'est sûrement ça. Il est enfermé dans un bureau avec Ferguson et une sténographe et il ne veut pas briser le rythme de l'interrogatoire en envoyant quelqu'un à ma recherche. Il se doute bien que je saurai me debrouiller toute seule.

Elle quitta les rues sinistres de ce quartier pour s'engager sur un vaste boulevard. Quelques instants après, elle trouva la bretelle d'accès de l'autoroute qui la ramènerait au motel. Elle se sentait comme une gamine, jeune et terriblement inexpérimentée. Elle n'avait pas suivi la procédure habituelle, elle n'avait pas fait confiance à son propre jugement et avait tout fait capoter.

Elle s'attendait à ce que Bruce Wilcox la traite de tous les noms pour ne pas l'avoir couvert. Bon Dieu, se dit-elle, c'est quand même l'un des premiers trucs qu'on apprend à l'école!

Son sentiment d'indépendance chancelait. Elle pénétra sur le parking et se gara avant de rassembler ses affaires. Sous la pluie battante, elle courut vers sa chambre où les trois hommes devaient l'attendre impatiemment.

Cowart avait l'impression que la mort le traquait. Il avait fui l'appartement de Ferguson dans la terreur et l'angoisse et tenté vainement de refréner ses émotions. Tanny Brown avait insisté pour connaître les détails de la conversation qui avait eu lieu entre les deux hommes, puis il avait laissé Cowart à son silence quand le journaliste avait refusé de lui répondre. Pour le policier, il était évident qu'il s'était passé quelque chose : Cowart était réellement épouvanté – et Tanny Brown aurait apprécié de le voir ainsi si la cause de son effroi avait été tout autre.

Ils avaient échoué à Rutgers, uniquement pour voir l'université où Ferguson suivait des cours. Après avoir déambulé sous la pluie et s'être mêlé aux étudiants, Cowart avait enfin daigné parler de sa conversation. Il avait fidèlement rapporté les propos qui s'étaient tenus, puis il s'était brutalement arrêté au moment d'évoquer les menaces proférées par Ferguson à l'encontre de sa fille. Il voyait bien que l'inspecteur ne le quittait pas des yeux et attendait, mais il ne voulait plus rien dire.

– Quoi d'autre ?

– Rien.

– Allez, Cowart, vous creviez de trouille. Qu'est-ce qu'il vous a dit ?

– Rien de spécial. C'est l'ensemble qui m'a fait peur.

« Vous commencez un peu à comprendre ce que c'est que de vivre au couloir de la mort... »

Tanny Brown voulut écouter la bande.

» C'est impossible, lui dit Cowart, il me l'a prise.

L'inspecteur demanda également à voir les notes de Cowart, mais le journaliste se rendit compte qu'après la première page il n'avait fait que gribouiller des choses sans suite. Les deux hommes se savaient pris au piège.

Ils regagnèrent le motel en début de soirée, énervés par les embouteillages et le manque de coopération réciproque. Brown laissa Cowart dans sa chambre et alla dans la sienne pour passer des coups de téléphone, non sans avoir promis de revenir avec des sandwiches. Le policier savait qu'il s'était passé bien plus de choses qu'on ne lui en avait dit, mais il était persuadé que le journaliste ne pourrait garder longtemps ses informations secrètes. Quand on a une telle expérience de la peur, on la partage obligatoirement au bout d'un moment.

Il ignorait totalement en quoi consisterait la prochaine étape, mais ce serait certainement une réaction à une quelconque action de la part de Ferguson. Il pourrait encore une fois arrêter le jeune Noir pour le meurtre de Joanie Shriver. C'était assez désespéré du point de vue juridique, mais cela le ramènerait au moins en Floride. L'autre solution consistait à continuer ce qu'il avait commencé en appelant son ami d'Eatonville : se plonger dans toutes les affaires non résolues de l'État jusqu'à ce qu'il en trouve une qui lui permette de s'adresser au tribunal.

Il soupira. Cela prendrait des semaines, des mois, plus longtemps peut-être. Est-ce que tu auras la patience ? se demanda-t-il. Un instant, il essaya d'imaginer la petite disparue d'Eatonville. Elle était comme ses filles. Combien d'autres vont mourir pendant que tu fais ton travail de fourmi ?

Il n'avait pas le choix. Il appela plusieurs fois en Floride. La routine, il faut t'y tenir. Chercher dans chaque petite ville, chaque bled reculé que Ferguson a pu visiter au cours de l'année passée. Identifier chaque petite disparue avant de trouver l'élément qui associe l'homme et le lieu. Il y aura bien une ville où ce fameux élément n'aura pas été effacé par le temps ou volontairement détruit. C'était un travail lent et pénible, et il se rendit compte que chaque heure écoulée rapprochait une enfant inconnue de l'heure de sa mort.

Cowart était assis dans sa chambre, bien décidé à prendre une décision, quelle qu'elle fût. Il relut ses notes, avec la désagréable impression que son écriture tremblée se moquait de lui. Il ne possédait qu'une chose, la liste des voyages en Floride de Ferguson depuis sa sortie du couloir de la mort. Sept voyages. Est-ce que sept petites filles sont mortes ? se demanda-t-il.

Y a-t-il eu une victime lors de chaque visite ?
Ou attendait-il de revenir un peu plus tard ?
Joanie Shriver. Dawn Perry. Il y en avait certainement d'autres. Dans sa tête défilaient des milliers de petites filles vêtues de short ou de jean et de tee-shirt, souriantes, des petites filles à queue de cheval, proies faciles et innocentes. Il imaginait Ferguson en train de s'avancer vers elles, bras ouverts, sourire aux lèvres. Il secoua la tête comme pour chasser ces images, mais les paroles de Blair Sullivan s'imposèrent à lui. Il se rappelait la facilité avec laquelle le condamné à mort racontait comment il ôtait la vie.
« Vous aussi, vous êtes un tueur ? »
Est-ce que j'en suis un ? se demanda-t-il.
A nouveau, il regarda la liste des voyage en Floride et sentit comme un courant électrique lui parcourir les bras et les doigts.
Certaines personnes sont mortes qui ne le seraient pas sans toi. Des petites filles.
Sullivan avait bénéficié du caractère purement aléatoire de ses rencontres avec ses victimes. Il avait tué des gens qu'il ne connaissait nullement, uniquement parce qu'ils avaient croisé son chemin. En minimisant le contexte du meurtre, il avait réduit les capacités des policiers. Cowart soupçonnait Ferguson d'agir de même. Après tout, il avait été à bonne école. Sullivan lui avait enseigné quelque chose de capital : être maître de ses désirs les plus ignobles.
Cowart se rappela sa visite aux archives du *Journal* et le titre de l'article : LA POLICE NE POSSÈDE AUCUN INDICE. Bien entendu, se dit-il. Il n'y a pas de piste, pas de réel indice, du moins pas d'indice dont tu aies conscience. Il n'y a qu'un innocent qui emploie son temps à faire passer des enfants de vie à trépas.
Cowart prit son souffle et laissa tous les éléments dont il disposait, les faits, les suppositions, même les crimes imaginaires, se déverser dans sa tête comme un torrent d'horreur avant d'aboutir à sa propre fille. Il lui semblait que, jusqu'à cet instant, il avait vécu dans quelque crépuscule de la morale : toutes les morts qui scellaient sa relation avec Blair Sullivan et Robert Earl Ferguson ne le concernaient pas. Ce n'était plus le cas désormais.
Cowart se prit la tête dans les mains et se dit : est-ce qu'il va tuer quelqu'un ? Quand ? En ce moment même ? Ce soir ? La semaine prochaine ? Il se redressa et se regarda dans le miroir de la coiffeuse.
– Et toi, pauvre imbécile, tu ne t'occupais que de ta réputation, c'est bien cela ? dit-il tout haut.

Il secoua la tête et vit son reflet l'admonester. Maintenant, c'en est fini de ta renommée, si tu ne te dépêches pas d'agir...

Mais que peux-tu faire ?

Il se rappela un article que son amie, Edna McGee, avait un jour écrit pour le *Journal*. Elle avait appris que la police d'une banlieue de Miami enquêtait sur une demi-douzaine de viols perpétrés le long d'une seule et même route. Elle avait rencontré les inspecteurs chargés de l'enquête et ils avaient insisté pour qu'elle garde le silence. Pour eux, un article de presse ne pourrait qu'alerter le violeur récidiviste : il modifierait alors sa technique, changerait de style ou de quartier, échappant par là même aux pièges tendus par les policiers. Edna McGee n'avait pas tenu compte de leurs exigences : elle croyait qu'il était plus sage de prévenir les femmes susceptibles de croiser le chemin du violeur.

L'article était passé en première page, dans l'édition du dimanche, en même temps que le portrait-robot établi par la police. Les inspecteurs étaient fous furieux, leur homme allait leur échapper.

Tout s'était passé de manière très différente. Le violeur n'avait pas agi qu'à six reprises. En réalité, le nombre de ses forfaits dépassait la quarantaine. Plus de quarante-cinq femmes avaient été agressées, mais la grande majorité, atrocement humiliée, avait décidé de ne pas en parler à la police. Ces femmes étaient rentrées chez elle, tant bien que mal, remerciant le ciel d'être encore en vie, avant de panser leurs plaies tant physiques que morales. L'une après l'autre, elles avaient appelé Edna. D'une voix brisée, entre deux sanglots, elles avaient tenté de raconter leur calvaire à la journaliste dans l'espoir que cela servirait à sauver une future victime. Avant la fin de la semaine, Edna possédait le numéro d'immatriculation de la voiture du violeur, une description plus précise du véhicule et de l'homme qui la conduisait, ainsi qu'une foule de petits détails d'apparence anodine. Quinze jours après la parution de l'article, les policiers avaient frappé à la porte de l'individu, un soir, et l'avaient appréhendé alors qu'il s'apprêtait à commettre un nouveau forfait.

Cowart repensa à la menace proférée par Ferguson et se demanda s'il fallait y accorder quelque importance.

Allez, vas-y, se dit-il.

Reprends le tout, les mensonges, les erreurs, les pièces à conviction découvertes sans mandat de perquisition, et fais-en un article. Fais-le tout de suite avant qu'il n'ait la possibilité de s'enfuir. Assomme-le de la force de tes mots, et puis cours chercher ta fille et mets-la à l'abri.

C'est la seule arme dont tu disposes.

– Naturellement, dit-il tout haut, tes confrères vont s'empresser de te tomber dessus. Ce sera l'hallali, on va te mettre en pièces. Ensuite, ce sera encore pire, parce que ton ex va te détester, et son mari va te détester, et ta fille n'y comprendra rien, mais tu auras de la chance, peut-être, si elle, tout au moins ne te déteste pas.

Il n'y avait pourtant pas d'autre solution.

Assis sur le lit, il pensait : le ciel va te tomber sur la tête, mais sur la sienne aussi. Et alors tout le monde aura ce qu'il mérite. Même Ferguson.

Des titres énormes, des photos en couleurs. S'assurer que les télés reprennent l'affaire, les hebdos aussi. Frapper du côté des talk-shows. Ne pas cesser de hurler la vérité sur Ferguson jusqu'à ce que cela le mette sur le flanc et fasse voler en éclats ses dénégations. Alors plus personne n'ignorera rien. Le faire suivre, où qu'il aille, de journalistes bardés de carnets de notes, de magnétophones, de caméras, d'appareils photo. Surtout ne pas le laisser retomber dans l'anonymat où il pourrait recommencer à agir à sa guise.

Vole-lui son invisibilité, c'est ça qui le tuera, se dit Cowart.

« Vous aussi, vous êtes un tueur ? »

Pourquoi pas ?

Il décrocha le combiné pour appeler Will Martin quand quelqu'un frappa à la porte. Tanny Brown, probablement.

Il se leva, la tête bouillonnante de tout ce qu'il envisageait d'écrire, et alla ouvrir la porte. Il découvrit Andrea Shaeffer dans le couloir du motel.

– Il est là ?

Elle avait les cheveux trempés. La pluie avait traversé son trench et dessinait de grosses taches noires. Sans prêter aucune attention à Cowart, Andrea Shaeffer chercha du regard dans la pièce. Avant même qu'il pût parler, elle redemanda :

» Wilcox est là ? On a été séparés.

Il secoua la tête.

» Je croyais qu'il serait là. Et le lieutenant Brown ?

– Il sera de retour dans un instant. Il y a eu un problème ?

– Non, dit-elle d'une voix cinglante. (Plus doucement, elle ajouta :) On s'est perdus de vue. On essayait de filer Ferguson. Wilcox était à pied et moi j'avais pris la voiture. Je pensais qu'il vous aurait appelé.

– Non, il n'y a pas eu de coup de fil. Vous l'avez laissé ?

– C'est lui qui m'a laissée ! Quand est-ce que Brown va revenir ?

– D'un instant à l'autre.

Elle entra dans la petite chambre et ôta son trench-coat trempé. Il la vit frissonner.

– Je suis glacée, dit-elle. Je voudrais du café. Il faudrait que je me change.

Dans la salle de bains, il saisit une serviette de toilette et la lui tendit.

– Tenez, séchez-vous.

Elle se passa la serviette sur le visage et les cheveux avant de respirer profondément. Cowart voulut lui poser une nouvelle question, mais on frappa à la porte.

– C'est peut-être Wilcox, dit-elle.

Tanny Brown entra. Il tenait des sacs en papier, qu'il tendit à Cowart.

– Il n'y avait pas beaucoup de choix. (Il aperçut Shaeffer, figée au milieu de la pièce.) Où est Wilcox ?

– On a été séparés, dit-elle.

Brown leva les sourcils d'étonnement. Au même instant, il sentit son estomac se tordre. Il refoula les idées terribles qui lui étaient tout de suite venues à l'esprit et s'approcha lentement de Shaeffer.

– Séparés ? Où ? Quand ?

– Il a vu Ferguson sortir de son appartement et il a décidé de le filer à pied, dit-elle. J'ai essayé de les rattraper en voiture, il y avait des sens interdits. Enfin on a été séparés. Je l'ai cherché dans tout le quartier. Ensuite je suis retournée à l'appartement de Ferguson, il n'y était pas non plus. J'ai pensé qu'il était revenu en taxi ou qu'il avait trouvé une voiture de patrouille.

– Attendez, vous dites qu'il a filé Ferguson...

– Ils marchaient très vite.

– Ferguson l'avait repéré ?

– Je ne crois pas, non.

– Pourquoi a-t-il fait ça alors ?

– Je n'en sais rien, répliqua Shaeffer, tiraillée entre la fureur et le désespoir. Il a vu Ferguson et il a bondi hors de la voiture. Comme s'il avait besoin de se confronter à lui. Je ne comprends pas pourquoi il a agi ainsi.

– Vous avez vu ou entendu quelque chose ?

– Non, ils ont disparu dans la seconde. Wilcox était peut-être à une cinquantaine de mètres de Ferguson. Et puis plus rien.

– Qu'est-ce que vous avez fait alors ?

– J'ai parcouru les rues en tout sens, j'ai interrogé les gens. Rien.

– Bien, fit Tanny Brown qui avait du mal à garder son calme. Qu'est-ce qui est arrivé, *selon vous* ?

Shaeffer regarda le lieutenant et haussa les épaules.

– Aucune idée. Je croyais qu'il était revenu. Ou qu'il aurait téléphoné.

Brown se tourna vers Cowart.

– Pas de messages ?

– Non.

– Et vous, demanda-t-il à Shaeffer, vous avez essayé d'appeler le commissariat de ce coin pourri ?

– Non, je ne suis ici que depuis quelques minutes.

– Bon, dit Brown. On peut au moins faire ça. Appelez de votre chambre, ça laissera cette ligne libre.

– Je dois me changer, je voudrais seulement...

– Téléphonez, dit Brown assez sèchement.

Elle hésita, puis hocha la tête. Elle tira une clef de sa poche, regarda les deux hommes et ouvrit la bouche comme pour parler, puis elle se ravisa et s'en alla.

– Qu'est-ce que vous en pensez ? dit Cowart.

La réponse de Brown fut cinglante.

– Je n'en pense rien. Et vous non plus, vous n'en pensez rien.

Cowart ne dit rien. Il se contenta de hocher la tête. Cette absence d'information était insupportable. Ils mangèrent leurs sandwiches sans échanger une seule parole, le regard posé sur le combiné téléphonique.

Shaeffer revint au bout d'une demi-heure.

– J'ai appelé les trois commissariats du quartier, dit-elle. Ils n'ont aucune nouvelle. Du moins, il ne s'est pas présenté chez eux. Il n'y a pas eu d'appels inhabituels. Il y a bien eu une fusillade, mais c'est une histoire de gangs. Le sale temps a calmé un peu les esprits, selon eux. J'ai aussi appelé les urgences des hôpitaux, au cas où, et le Samu.

Brown regarda ses deux compagnons.

– On perd son temps, dit-il brusquement. Allons-y, on va essayer de le retrouver.

Cowart consulta ses notes.

– Vous savez, Ferguson a encore un cours ce soir. Médecine légale. De huit heures à dix heures et demie. Il l'a peut-être filé jusqu'à l'université.

– C'est possible, fit Tanny Brown, mais on ne peut pas attendre.

– A quoi ça sert de ressortir ? Supposez qu'il soit en route...

– Et s'il ne l'est pas ?

– C'est votre partenaire, après tout. Vous devez mieux connaître ses réactions que nous...

Shaeffer réfléchissait. Oui, il a dû filer ce salaud, en bus puis en train, et il n'a pas eu le temps d'appeler. Maintenant, il le suit jusque chez lui, et il ne va pas rentrer avant minuit. Elle se sentit quelque peu soulagée. Cela la changeait de ce sentiment d'impuissance qu'elle avait éprouvé en perdant de vue Wilcox.

– De toute façon, je sors, dit Brown. Et vous, ajouta-t-il en désignant Andrea Shaeffer, vous allez me montrer où ça s'est passé. Allez, on y va.

Cowart prit son manteau et le trio partit dans la nuit.

Shaeffer conduisait. Tanny Brown était effondré sur son siège.

Il aurait dû appeler, c'était évident.

Brown savait bien que Wilcox était trop impétueux, à la limite du caractériel. Il se laissait trop diriger par ses impulsions et par une certaine confiance arrogante en ses capacités. C'étaient là des traits de caractère que Brown regrettait parfois de ne pas avoir; il trouvait sa propre vie un peu trop rigide, un peu trop clairement définie. Chaque instant de son existence semblait devoir concourir à l'édification de sa personnalité. A l'église, enfant, avec son père; lors des matchs de football; à l'armée, quand il soignait les blessés, dans les rangs de la police d'Escambia, où il était devenu le plus haut gradé... Il n'y a aucune spontanéité dans ma vie, se disait-il. Et il se rendit compte que le choix de ses partenaires reposait entièrement là-dessus. Bruce Wilcox était son complément idéal, lui qui voyait le monde en termes fort simples de bien et de mal et qui ne réfléchissait jamais longuement avant de prendre une décision.

Je suis presque jaloux de lui, se dit Tanny Brown.

D'instinct, il savait qu'il lui était arrivé quelque chose, mais il était incapable de réagir à cette impression sinistre. Quand il fouillait dans ses souvenirs, il retrouvait des dizaines d'incidents à l'issue desquels Bruce Wilcox était revenu tout penaud, essoufflé et empourpré, avant de se faire passer un savon par son supérieur. Mais cela se produisait chaque fois dans les limites bien définies de leur circonscription, une région qui les avait vus naître et grandir, où ils se sentaient en sécurité, pour ne pas dire tout-puissants.

Tanny Brown contemplait le paysage mortuaire.

Non, on n'aurait jamais dû venir ici.

Il lança un regard furieux à Cowart.

J'aurais dû laisser ce salaud se démerder tout seul.

Cowart regardait le paysage nocturne, lui aussi. Les rues luisaient sous la pluie et reflétaient les éclairages blafards des lampadaires ou des enseignes des bars. Une brume flottait audessus de la chaussée; des jets de vapeur jaillissaient des bouches de chaleur comme le souffle de quelque divinité souterraine.

Shaeffer conduisait et Brown scrutait les environs. Cowart les observait tous les deux.

Il ne savait pas à quel moment il avait compris que cette expédition était plus que futile. Peut-être lorsqu'ils avaient quitté la voie express pour s'enfoncer au cœur de la ville. Oui, c'était à cet instant que le côté désespéré de la situation l'avait frappé. Il prenait garde de ne pas exprimer tout haut ce qu'il pensait. De seconde en seconde, cela lui paraissait de plus en plus évident : Tanny Brown s'approchait d'une sorte d'abîme. A la façon inhabituelle dont Shaeffer conduisait, il était clair qu'elle aussi était ébranlée par la disparition de Wilcox. Il n'était cependant pas le moins affecté des trois. Il n'aimait pas Wilcox, il ne lui faisait pas confiance, mais frissonnait intérieurement à l'idée qu'il pût avoir été englouti par les ténèbres.

Andrea Shaeffer aperçut quelque chose et se rapprocha du trottoir.

– Qu'est-ce que c'est que ça ? dit-elle.

Ils tournèrent les yeux et virent deux hommes, misérables, loqueteux, se battre pour la possession d'une bouteille. L'un des deux antagonistes frappa sauvagement l'autre et le renversa sur le trottoir. A plusieurs reprises, il lui lança des coups de pied dans les côtes, avant de s'accaparer la bouteille. Il s'éloigna, puis revint sur ses pas et frappa encore une fois l'homme à terre avant de disparaître dans la nuit.

Tanny Brown se disait : j'ai vu la pauvreté, les préjugés, la haine, le mal et le désespoir. Mais jamais à ce point. Le cœur de la ville était semblable au quartier ravagé par les bombardements d'une cité étrangère. Que n'aurait-il donné pour retrouver le comté d'Escambia ? Tout n'y est pas extraordinaire, c'était certain, mais cela lui était au moins familier.

– Seigneur, dit Cowart, ce type est peut-être mort.

Il avait à peine prononcé ces paroles que tous trois virent le malheureux se relever péniblement et disparaître à son tour dans la nuit.

Shaeffer aurait aimé, elle aussi, se trouver loin d'ici. Elle reprit de la vitesse et passa pour la troisième fois devant l'endroit où elle avait perdu Wilcox.

– On perd son temps, dit Tanny Brown. Allons chez Ferguson.

Le bâtiment était sombre, les trottoirs déserts. La voiture était à peine arrêtée que déjà Brown en descendait et se dirigeait vers la porte d'entrée. Cowart s'empressa de le suivre. Shaeffer fermait la marche. Elle indiqua au lieutenant le numéro de l'appartement de Ferguson.

– Qu'est-ce qu'on va faire ? demanda Cowart.

Personne ne daigna lui répondre.

Les chaussures de Tanny Brown claquaient sur les marches d'escalier comme des rafales de mitrailleuse. Il s'arrêta un instant devant la porte de Ferguson, fouilla dans sa veste et en tira un gros calibre. Il se plaça sur le côté et donna de violents coups de poing dans la porte.

– Police ! Ouvrez !

Sans attendre de réponse, il tapa à nouveau.

» Ferguson, ouvrez !

Seul le silence leur répondit. Cowart savait que Shaeffer se tenait près de lui, l'arme à la main elle aussi. Il se plaqua contre le mur comme pour y chercher une éventuelle protection.

Tanny Brown frappa de plus belle contre la porte. Ses coups résonnaient dans tout l'immeuble.

» Police ! Ouvrez !

Toujours rien. Il se tourna alors vers Shaeffer.

» Vous êtes sûre que...

– Oui, c'est là, dit-elle entre ses dents.

– Bon Dieu, où est-il passé ?

C'est alors qu'ils entendirent une sorte de grattement derrière eux. Cowart sentit son estomac se tordre. Shaeffer fit volte-face, bras tendus pour mieux tirer.

– Ne bougez plus ! Police !

Brown fit un pas en avant.

– J'ai rien fait, moi, dit une voix.

Cowart vit au pied de l'escalier une grosse Noire vêtue d'une robe de chambre bleu ciel et portant des pantoufles roses. Elle s'aidait de cannes anglaises en métal. Elle avait sur la tête une sorte de bonnet de douche en plastique d'où dépassaient des bigoudis multicolores. Cette apparition était si insolite que Cowart se sentit subitement ridicule.

» Pourquoi vous faites tout ce raffut ? Vous voulez réveiller les morts ou quoi ? Y a pas de drogués ici, c'est une maison respectable. Les gens, ils ont du travail et ils ont le droit de dormir la nuit. Et vous, monsieur le policier, qu'est-ce que vous faites à taper comme ça dans la porte ?

Tanny Brown regardait la femme avec surprise. Andrea Shaeffer passa devant lui.

– Madame Washington ? Vous ne vous souvenez pas de moi ? Je suis déjà venue, je suis l'inspecteur Shaeffer, de Floride. On est à la recherche de Ferguson. Voici le lieutenant Brown et M. Cowart. Vous l'avez vu ?

– Il est sorti tôt.

– Oui, je sais, peu après six heures, je l'ai vu partir.

– Non, il est revenu, et puis il est reparti, sur le coup de dix heures. Je l'ai vu de ma fenêtre.

– Où allait-il ? demanda Tanny Brown.

La femme émit une sorte de grognement.

– Comment je pourrais le savoir ? Il avait des sacs. Il est parti, comme ça. Sans dire bonjour ni bonsoir. Peut-être qu'il va revenir. J'en sais rien, moi, je lui pose pas de question. Bon, maintenant, vous pourriez peut-être laisser les gens dormir ?

– Non, répondit Tanny Brown d'un ton sec, je veux rentrer.

De son arme, il désigna l'appartement.

– C'est pas possible, fit la femme.

– Je veux rentrer, répéta-t-il.

– Vous avez un papier ?

– Non, et je m'en fous complètement.

La femme parut réfléchir un instant.

– Je veux pas d'ennuis, moi.

– Si vous ne me trouvez pas la clef immédiatement, vous en aurez encore plus que vous ne pouvez imaginer.

La femme hocha la tête. Son mari, jusque-là invisible, se manifesta enfin. Il était vêtu d'un pyjama à rayures plutôt défraîchi et portait des bottines non lacées. Il tenait un gros trousseau de clefs.

Il monta l'escalier le plus rapidement possible.

– Vous devriez pas faire ça, dit-il en regardant Brown. (Il se planta devant la porte.) Vous devriez pas faire ça, répéta-t-il.

Il essaya plusieurs clefs. Ce n'est qu'à la troisième que la porte s'ouvrit.

» Vous devriez avoir un papier, dit-il.

Tanny Brown l'écarta. Il trouva l'interrupteur et visita rapidement l'appartement, revolver à la main, pour s'assurer qu'ils étaient bien seuls.

– Vide, dit-il. Ce simple mot résumait tout ce qu'il éprouvait. Vide et froid comme un tombeau. Il savait très bien ce qui s'était passé, mais se refusait à admettre la vérité. Il se rendit au centre de la pièce, vers le petit bureau de Ferguson. Un étudiant, se dit-il. Des papiers étaient tombés à terre. Il donna un coup de pied dedans et vit Matthew Cowart qui observait la pièce.

– Il est parti, dit Cowart d'une voix cassée.

Le journaliste s'était attendu à trouver Ferguson dans son appartement. Il se serait moqué d'eux, il les aurait poussés à bout. Maintenant il n'y a plus de temps à perdre, se dit-il. L'histoire qu'il allait écrire lui brûlait les doigts. Non, il n'y a plus de temps à perdre. Il n'avait pas la moinde idée de ce que Ferguson envisageait, il ignorait si sa fille était ou non en danger. Sa fille ou une autre petite fille. Il regarda Tanny Brown et comprit qu'il pensait exactement la même chose.

La nuit allait bientôt céder la place à l'aube, mais les ténèbres dans lesquelles ils étaient plongés n'étaient pas près de se dissiper.

25

Perte de temps

Ils perdirent des heures précieuses pour de simples questions de bureaucratie.

Tanny Brown se sentait pris au piège, tiraillé entre la peur et la procédure. Après avoir trouvé vide l'appartement de Ferguson, il s'était senti dans l'obligation de signaler la disparition de Wilcox à la police locale tout en se disant que chaque instant qui passait ne faisait que l'éloigner un peu plus de sa proie. Shaeffer et lui avaient passé la fin de la nuit en compagnie de deux policiers de Newark qui, visiblement, ne comprenaient absolument pas pourquoi ils venaient de deux parties bien distinctes de la Floride pour interroger un homme sur lequel aucun soupçon ne pesait. Ils écoutèrent Shaeffer raconter comment elle avait planqué en compagnie de Wilcox et eurent l'air surpris quand elle décrivit sa disparition dans les ruines de la ville. Leur attitude laissait entendre que Wilcox n'avait eu que ce qu'il méritait; pour eux, il était absurde qu'un homme éloigné de sa juridiction, loin de son territoire familier et, de surcroît, poussé par la colère, pût en traquer un autre dans ce qui n'était visiblement pas une partie des États-Unis, mais une nation barbare dotée de ses propres lois et codes de comportement. Tanny Brown n'apprécia pas leur manière d'être, qu'il trouva raciste, bien que logiquement correcte. Pour Shaeffer, ils étaient franchement odieux et elle se promit une fois de plus de ne jamais céder à ce genre de pression.

Ils passèrent encore plus de temps à les emmener à l'endroit où elle avait vu Wilcox pour la dernière fois et à leur montrer le chemin qu'elle avait suivi. Ils revinrent à l'appartement de Ferguson, mais celui-ci n'y était toujours pas réapparu. Visiblement, les deux policiers ne croyaient pas qu'il pût avoir quitté la ville.

Le jour allait se lever quand ils dirent à Brown qu'ils lanceraient un avis de recherche concernant Wilcox et demanderaient à une équipe de quadriller le secteur. Ils insistèrent aussi pour qu'il prenne contact avec le comté d'Escambia au cas où son collègue se manifesterait.

Cowart passa la nuit dans sa chambre à attendre les deux inspecteurs. Il n'évaluait pas exactement l'importance des menaces proférées à son égard ou à celui de sa fille, mais il savait que chaque minute affaiblissait sa position et que sa seule arme pesait de moins en moins lourd. Son nouvel article n'aurait de poids que s'il savait où se cachait Ferguson. Celui-ci devrait être pris au piège, immédiatement assailli de questions. C'était pour Cowart le seul et unique moyen de protection. L'anonymat de Ferguson constituait un danger invisible et permanent. Cowart en était persuadé : avant qu'un seul mot ne fût imprimé, il devait mettre la main sur Ferguson.

Il consulta sa montre. L'aiguille des secondes lui rappela la pendule murale du couloir de la mort.

« Vous commencez un peu à comprendre... »

Il ne pouvait plus attendre. Sans ce soucier du choc que crée toujours une sonnerie de téléphone au beau milieu de la nuit, il composa le numéro de son ex-femme.

Il y eut deux sonneries avant que son nouveau mari n'émette un grognement.

– Tom ? C'est Matt Cowart. Désolé de vous réveiller, mais j'ai un gros problème et...

– Matt ? Seigneur, vous savez l'heure qu'il est ? Qu'est-ce qui se passe ?

Cowart perçut la voix de sa femme mais ne comprit pas vraiment ce qu'elle disait. Tom lui répondit :

» C'est ton ex, on dirait qu'il y a urgence.

Il y eut une pause, puis il entendit les deux voix.

» Bon, Matty, qu'est-ce qui se passe ?

L'avocat avait l'air irrité. Cowart n'eut pas le temps de répondre. Son interlocuteur s'écria :

» Oh merde ! voilà le bébé qui se réveille.

Matthew Cowart aurait aimé préparer ce qu'il avait à dire.

– Je crois que Becky est en danger, dit-il.

Le silence. Puis à nouveau les deux voix.

– En danger ? Mais Matty, de quoi tu parles ?

C'était Sandy.

– Le type sur qui j'ai écrit des articles, celui qui était au couloir de la mort. Il a menacé Becky. Il sait où vous habitez.

Un autre silence, puis Tom parla.

– Mais pourquoi ? Vous avez prouvé qu'il était innocent...

– Je me suis peut-être trompé.

– Mais pourquoi Becky ?

– Il ne veut pas que j'écrive quelque chose de différent.

– Écoute, Matt, sois un peu plus clair. Quel genre de menace ?

– Je n'en sais rien. Écoute, ce n'est pas cela, je... C'est tout ce qu'il a dit...

– Matt, vous nous réveillez en pleine nuit, dit l'avocat, et vous ne...

Il fut interrompu par sa femme.

– Matty, c'est sérieux, vraiment ?

– Sandy, je voudrais te dire que tout ceci n'est qu'un cauchemar, mais ce n'est pas le cas. Ce type est dangereux et je ne sais plus où il est. Il fallait que je fasse quelque chose et c'est pour ça que je vous ai appelés.

– Mais Matt, intervint l'avocat, nous avons tout de même besoin de certains détails. Il me faut apprécier la gravité de la situation, vous comprenez ?

Matthew Cowart n'en pouvait plus.

– Non, je ne comprends pas, et vous n'avez pas besoin de savoir quoi que ce soit, sinon que Becky est peut-être en danger. Il y a un type hyper-dangereux qui se balade dans la nature, il sait où vous habitez et il veut pouvoir m'atteindre à travers Becky. C'est clair, non ? Bon, Sandy, tu vas faire ton sac et emmener Becky. Dans le Michigan, par exemple, tu iras voir ta tante. Fais ça tout de suite et prends le premier avion. Reste là-bas tant que cette histoire ne sera pas réglée. Je vais m'occuper de lui, je te le promets, mais je ne peux rien faire tant que je ne sais pas Becky en sécurité. Tu comprends ? C'est trop risqué.

Il y eut quelques secondes de silence, puis Sandy répondit :

– C'est d'accord.

Son mari réagit immédiatement.

– Mais enfin, Sandy, nous ne savons pas...

– On le saura assez tôt, dit-elle. Matty, tu me rappelleras ? Tu pourras tout expliquer à Tom ? Dès que possible ?

– C'est d'accord.

– Seigneur, fit le nouveau mari. Matty, j'espère que ce n'est pas une histoire complètement... Si, en fait, j'espère que ce n'est qu'une histoire de fous. Et quand vous me donnerez des explications, j'espère qu'elles seront bonnes. Ce que je ne comprends pas, c'est pourquoi on n'appelle pas la police ou on n'engage pas un détective privé...

– Parce que la police ne peut rien faire contre une menace ! Elle ne peut pas agir tant qu'il ne s'est rien produit ! Becky ne serait pas en sécurité même si vous engagiez la Garde nationale. Il faut seulement la mettre à l'abri.

– Elle va être terrorisée, dit Sandy.

– Je sais, mais ce qu'elle risque est encore pire.

– Ce type... commença l'avocat.

– Ce type est un tueur, dit Cowart sans desserrer les dents.

– Bien, dit l'avocat, elles prendront le premier avion et, moi je resterai là, d'accord ? Il ne m'a pas menacé personnellement ?

– Non.

– Bien.

Après quelques secondes de silence, Cowart ajouta :

– Sandy ?

– Oui, Matt ?

– Quand tu auras raccroché, ne va pas te dire que je délire et que tu ne vas rien faire du tout. (Il parlait très calmement.) Pars tout de suite. Mets Becky à l'abri. Tu me le promets ?

– Je comprends.

– Tu me le promets ?

– Oui.

– Merci, dit Cowart. Je donnerai des détails à Tom dès que j'en aurai.

Ce dernier grogna son assentiment. Cowart reposa doucement le combiné comme s'il craignait de le briser et se cala le dos au mur. Il se sentait mieux et plus mal à la fois.

Quand Brown et Shaeffer revinrent au motel, le découragement semblait peser sur leurs épaules.

– Alors, qu'est-ce que ça a donné ? demanda Cowart.

– Les flics du coin ont l'air de nous prendre pour des cinglés, dit Shaeffer. Des incompétents, tout au moins. Mais je crois surtout qu'ils n'ont pas envie de se fouler. Ce serait peut-être différent s'ils y trouvaient leur intérêt, mais, là, ce n'est pas le cas.

– Où est-ce qu'on en est alors ?

– On traque un homme coupable de quelque chose, dit doucement Brown, soupçonné de tout, sans l'appui de la moindre preuve.

Il ne put s'empêcher de rire.

Shaeffer se passa lentement la main sur le visage et tira ses cheveux en arrière.

– Il y en a eu combien ? dit-elle en s'adressant aux deux

hommes. La première, celle dont vous avez parlé dans vos articles...

Le journaliste et l'inspecteur restaient silencieux.

» Combien ? demanda-t-elle à nouveau. Qu'est-ce qu'il y a ? Vous croyez que ça sera encore pire si vous me mettez au courant de ce que vous savez ? Ça serait difficile !

– Joanie Shriver, dit Cowart. C'est la première. Du moins, la première dont nous ayons connaissance. Et puis cette fillette de douze ans qui a disparu à Perrine...

– Perrine ? s'écria Shaeffer. Ça ne m'étonne plus...

– Quoi ?

– C'est la première question qu'il m'a posée quand je suis allée le voir. Il voulait être sûr que j'enquêtais sur un crime perpétré dans le comté de Monroe. Il voulait savoir où se situait la frontière entre Dade et Monroe. Ensuite, il s'est senti plus à l'aise.

– Bon sang...

– Il n'y a rien de certain, dit Brown, ce ne sont que des hypothèses...

Cowart se leva et secoua la tête. Dans la poche de son manteau, il prit les listings qu'il trimbalait depuis la Floride. Il les tendit à Brown, qui les examina rapidement.

– C'est quoi, ça ? demanda Shaeffer.

– Rien, fit Brown sèchement. (Il serra nerveusement les pages entre ses doigts avant de les rendre à Cowart.) Donc il était là ?

– Il y était.

– Mais il n'y a toujours rien contre lui.

– Pas de cadavre, vous voulez dire. Pourtant, si je m'en tiens à ce qu'elle vient de dire, le corps de la petite fille doit se trouver quelque part dans les Everglades, pas loin de la limite des comtés.

– Oui. (Cowart se tourna vers Shaeffer.) Bon, ça fait deux, jusqu'à présent...

– Trois, dit Brown. Une fillette a disparu à Eatonville il y a quelques mois de cela.

Cowart se tourna vers le policier.

– Vous ne m'aviez pas... commença-t-il.

Brown haussa les épaules.

Les mains tremblantes, Cowart reprit son carnet de notes.

» Il est allé à Eatonville il y a six mois. A l'église presbytérienne du Christ-Sauveur. Est-ce que c'est là que...

– Non, plus tard.

– Bon sang, dit de nouveau Cowart.

– Il y est revenu. Il a dû faire ça quand il savait que personne ne se méfierait.

– Il y a de grandes chances, mais comment allez-vous le prouver ?

– J'y arriverai.

– Super, mais pourquoi ne m'avez-vous rien dit ?

Cowart ne pouvait dissimuler sa colère.

Brown lui répondit sur le même ton.

– Vous le dire ? Pour que vous fassiez quoi ? Pour en parler dans votre torchon avant même que je puisse me pencher sur l'affaire ? Avant même que je contacte toutes les villes noires de Floride ? Vous le dire pourquoi ? Pour que vous préveniez le monde entier et sauviez votre réputation ?

– Ah, vous pencher sur l'affaire ! Et combien de personnes vont mourir en attendant ?

– Parce que vos articles vont tout arranger, peut-être ?

– Oui, je le coincerai !

– Vous réussirez seulement à l'alerter et il prendra encore plus de précautions !

– Non, tout le monde sera prévenu et...

– Eh bien, il changera de méthode et on n'arrivera jamais à le traîner devant un tribunal !

Les deux hommes semblaient prêts à en venir aux mains. Shaeffer s'interposa en criant :

– Vous devenez dingues ou quoi ? Vous ne pouvez pas mettre en commun vos renseignements ? A quoi ça rime, tous ces secrets ?

Cowart la regarda en secouant la tête.

– On ne dit jamais tout, surtout lorsqu'il s'agit de la vérité.

– Combien de personnes sont mortes... commença-t-elle.

Elle se rendit compte qu'elle-même détenait des informations qu'elle se refusait à livrer. Cela n'échappa pas à Cowart.

– Et vous, inspecteur, qu'est-ce que vous nous cachez ? Qu'est-ce que vous savez dont vous ne voulez pas que l'on parle ?

Elle comprit qu'elle n'avait pas le choix.

– Les parents de Sullivan, dit-elle. Ferguson ne mentait pas. Il ne les a pas tués.

– Quoi ?

Elle leur rapporta les propos de Michael Weiss : la bible, le gardien, son frère.

Cowart parut surpris, puis il secoua la tête.

– Rogers, dit-il. Qui aurait pensé à lui ?

Cela n'avait rien d'impossible. Rogers était au courant de

tout ce qui se tramait à Starke. Rien ne lui aurait été plus facile. Malgré tout...

» Il y a une chose que je ne comprends pas. Si c'est vraiment Rogers, pourquoi Sullivan a-t-il passé tout ce temps à impliquer Ferguson dans le meurtre de ses parents tout en écrivant le nom de Rogers dans sa bible ?

Brown haussa les épaules.

– C'est le meilleur moyen de faire payer ces meurtres à quelqu'un, qui que ce soit. Des suspects multiples... Un vrai tracas pour les avocats de la défense. Je crois surtout que Sullivan était un vrai cinglé, Cowart. Un malade plein de haine pour tous ses semblables. C'était sa façon d'attirer tout le monde dans l'enfer qui l'attendait : vous, Ferguson, Rogers... et aussi trois flics qu'il ne connaissait même pas.

Tout le monde resta silencieux pendant quelques instants.

– Peut-être que Rogers a fait le coup, et peut-être que non, dit Cowart. En tout cas, Sully doit bien se marrer à l'heure qu'il est. (Il secoua de nouveau la tête.) Mais qu'est-ce que ça veut dire ?

– Ça veut dire qu'on peut laisser tomber Sullivan et son esprit torturé, dit Shaeffer. Occupons-nous de Ferguson et de ses victimes. Trois, c'est ça ?

– Il a effectué sept déplacements en direction du Sud. Sept dont nous ayons connaissance, pour être plus exacts.

– Sept ?

Cowart leva les bras dans un geste d'impuissance.

– Nous ne savons pas quand c'était pour repérer les lieux et quand c'était pour passer à l'action. Tout ce que l'on sait – Seigneur ! – tout ce que l'on *soupçonne*, c'est trois petites filles. Une Blanche et deux Noires. Plus Bruce Wilcox.

– Ça fait donc quatre, dit-elle doucement.

– Quatre, répéta Tanny Brown d'une voix sourde. (Il se mit à déambuler dans la chambre comme un détenu dans sa cellule.) Vous ne comprenez donc pas ce qu'il fait ? dit-il sèchement.

– Quoi ?

La voix de Brown vibrait sous l'urgence de la situation. Il se tourna vers Shaeffer.

– Qu'est-ce que nous faisons, nous ? Un crime se produit et notre première idée, c'est qu'il est unique, mais qu'il s'inscrit dans une catégorie parfaitement définie. Il est représentatif d'une centaine d'autres du même style. C'est ce que l'on nous a enseigné, ce à quoi nous nous attendons. Nous cherchons alors des suspects. Ces mêmes suspects qui, quatre-vingt-dix-neuf fois sur cent, se révèlent être coupables. Nous scrutons minutieusement le lieu du crime dans l'espoir qu'un cheveu, un peu de sang ou une fibre textile nous aidera à cocher un nom sur notre liste. Si nous agissons ainsi, c'est parce que l'autre éventualité est trop terrible : à savoir que quelqu'un de totalement étranger ait pu commettre le meurtre. Quelqu'un que nous ne connaissons pas, que personne ne connaît, qui se trouve peut-être à des centaines de kilomètres de là. Qui a commis cet acte pour des raisons que l'on n'arrive même pas à imaginer. Dans ce cas-là, on a une chance sur un million de le découvrir, et encore je suis généreux. C'est pour ça que nous avons envoyé Ferguson en prison quand la petite Joanie s'est fait tuer. Parce que nous avions un crime et qu'il se trouvait sur notre liste de suspects...

Brown regarda successivement ses deux interlocuteurs.

» Maintenant, il a compris comment nous agissions...

Le lieutenant frappa du poing dans la paume de sa main pour donner plus d'impact à ses mots.

» Il a compris que la distance est le meilleur garant de sa sécurité, que personne ne doit le connaître quand il arrive pour tuer dans une petite ville. Personne ne fait attention à lui. Et personne ne le remarque quand il enlève sa victime. Et à qui s'en prend-il ? Il a appris à ses dépens ce qui arrive quand on attaque un petite fille blanche. Et maintenant, il va dans des villes où la police n'est pas aussi bien équipée et où la presse a d'autres chats à fouetter, il enlève une petite fille noire parce que personne n'y prêtera attention. Il peut faire comme il en a envie, et ensuite il revient ici suivre ses cours, et personne ne s'intéresse à lui. Personne.

Il attendit quelques secondes.

» Personne, à l'exception de nous trois.

– Et Wilcox ? fit Cowart.

Tanny Brown soupira.

– Il est mort, dit-il simplement.

– Nous n'en savons rien, répliqua Shaeffer.

Cette idée lui paraissait impossible. Elle savait que c'était vrai, mais ne pouvait se résoudre à l'admettre.

– Oui, mort, reprit Brown. Pas loin d'ici. Et c'est pourquoi Ferguson s'est enfui. C'est sa règle d'or : tuer en toute sécurité, tuer dans l'anonymat, et puis prendre de la distance.

Il regarda dans les yeux la jeune femme.

» Il est mort dès l'instant où vous l'avez perdu de vue.

– Vous n'auriez pas dû le quitter, dit Cowart.

– Mais je ne l'ai pas quitté ! s'écria-t-elle. C'est lui qui m'a laissée. J'ai voulu l'en empêcher. Et puis j'en ai marre de vos histoires, je ne sais même pas ce que je fous ici !

– Ah bon ? fit Cowart. Vous ne voyez pas ? Il y a un assassin qui se balade dans la nature. A cause d'une succession d'accidents, de jugement erronés, d'erreurs, de tout ce que vous voudrez. Il l'a laissé partir... (Il désigna Tanny Brown.) Je l'ai laissé partir. Et vous aussi, maintenant, vous le laissez partir.

Il reprit son souffle.

» En fait, il n'y en a qu'un qui ne l'a jamais lâché, et c'est Wilcox...

– Il est mort, dit à nouveau Tanny Brown.

Debout au milieu de la pièce, il serrait les poings. Puis il se détendit.

» Nous sommes les seuls à vraiment le chercher.

Il tendit la main vers Shaeffer.

» Et là, vous avez votre rôle à jouer.

Elle éprouva une sorte de malaise, comme si le sol se dérobait sous ses pieds, comme si elle se trouvait sur le pont du bateau de son beau-père. Mais elle savait qu'ils disaient vrai. Ils avaient suscité un problème et c'était maintenant à eux d'en trouver la solution.

Wilcox et quelques petites filles, se dit-elle.

Ces deux-là ne peuvent pas s'imaginer ce que c'est que d'être agressé, de redouter la mort à chaque instant et de savoir que l'on ne peut rien faire, pensait-elle. Elle imagina les dernières minutes des fillettes, l'horreur des derniers instants, le dernier souffle...

– Bon, dit-elle, par où on commence ? Vous avez une idée ?

– La Floride, dit Cowart. Je crois qu'il y est retourné. C'est un endroit qu'il connaît bien. Il s'y sent en sécurité. Selon moi, il a deux gros problèmes, l'inspecteur Brown et moi. Je ne pense pas qu'il vous associe à nous. Est-ce qu'il vous a vue avec Wilcox ?

– Je ne crois pas.

– C'est peut-être un avantage.

Cowart se tourna vers Brown. Il ne cessait de penser à une chose que lui avait dite Sullivan : « Il faut être un homme libre pour faire un bon tueur. »

» Pour vous et moi, c'est différent. Il a besoin de savoir qu'il est débarrassé de nous. Il pourra agir à sa guise s'il ne nous a pas tout le temps sur le dos.

– Expliquez-vous.

– L'autre jour, dit le journaliste, quand je l'ai vu, il a menacé ma fille. Il sait où elle habite, avec sa mère. C'est à Tampa.

– C'est pour ça que... commença Tanny Brown.

– C'est quoi, ces menaces ? demanda Shaeffer.

– Il a seulement dit qu'il savait où elles vivaient. Il n'a pas dit qu'il ferait quoi que ce soit. Seulement qu'elles m'empêcheraient d'écrire un nouvel article. Et surtout de le mêler sans preuve à d'autres crimes.

– Vous allez céder ?

– Qu'est-ce que vous feriez à ma place ? rétorqua le journaliste.

– Vous pensez donc qu'il est parti pour Tampa ? Pour...

– Pour me blesser à mort. Ce sont ses propres paroles.

– Vous le pensez vraiment ?

Cowart secoua la tête.

– Non. Il croit qu'il me tient avec ça. Et qu'il n'a pas à passer à l'action pour me faire taire.

– Moi aussi, j'ai des filles, dit Tanny Brown. Est-ce qu'il les a menacées ?

– Non, il n'en a jamais parlé, dit Cowart, mal à l'aise.

– Il sait où elles vivent. A Pachoula, tout le monde sait où j'habite.

– Il n'a rien dit.

– Est-ce qu'il savait que je vous attendais quand il vous a menacé ? Il savait que j'étais tout près ?

– Je ne pense pas.

– Pourquoi est-ce qu'il n'a pas parlé de mes filles ? Ce genre de menace ne donnerait rien ?

– Non. Il sait que vous ne céderiez pas.

– Pour une fois, vous avez raison, dit Brown. Alors, comment va-t-il faire avec moi ? Si je suis son dernier problème, comment va-t-il le résoudre ?

Cowart réfléchit. Une seule réponse s'imposait à lui, et il en fit part à l'inspecteur.

– Il veut probablement vous faire le même coup qu'à Wilcox. Vous faire tomber dans un piège...

Il hésita.

» Peut-être que je me trompe. Il envisage peut-être de s'enfuir. A Boston, Chicago, Los Angeles, dans n'importe quelle grande ville. Il pourrait disparaître, se fondre dans la foule et, s'il est assez patient, recommencer au bout de quelque temps.

– Vous croyez qu'il aura de la patience ? demanda Schaeffer.

– Non, fit Cowart, je ne le crois pas. C'est une chose qu'il ne connaît pas. Il est arrogant et il a gagné sur tous les tableaux. Il ne pense pas que nous pourrons l'avoir. Et même si nous le capturons, que pourrons-nous lui faire ? Il nous a déjà battus et il doit être certain de pouvoir recommencer.

– Ce qui veut dire qu'il n'y a qu'un endroit où il puisse aller, dit avec force Tanny Brown. Un seul endroit. Là où tout a commencé.

– A Pachoula, fit Cowart.

– Oui, à Pachoula, reprit Tanny Brown. C'est chez lui. C'est chez moi aussi. Il s'y croit en sécurité. Même si tout le monde le déteste, c'est encore là qu'il peut vivre tranquille.

Cowart tendit la main vers le téléphone.

– Dans ce cas, appelez tout de suite. Faites surveiller la maison de sa grand-mère.

Brown hésita avant de décrocher le combiné. Il composa le numéro d'un geste nerveux et attendit. Puis il dit :

– Le standard ? C'est le lieutenant Brown. Passez-moi l'officier de jour. (Nouvelle attente.) Randy ? C'est Tanny Brown. Écoutez, il se passe un drôle de truc. C'est important, mais je vous donnerai les détails plus tard. Faites-moi plaisir. Placez deux voitures devant l'école et une autre devant chez moi. Dites à mon père que je vais revenir le plus vite possible.

L'inspecteur écouta son interlocuteur avant de lui répondre.

» Non, non, faites seulement ce que je vous demande. C'est sympa, mais ce n'est pas la peine. Mon père peut se débrouiller tout seul. C'est pour mes filles que je m'inquiète... Oui, je ferai un rapport dès mon retour... Aujourd'hui, si je peux, demain au plus tard... Qui est-ce qu'ils doivent surveiller ? Quelqu'un qui n'aurait rien à faire là où il est... Oui, sans plus de détails... D'accord.

Il raccrocha.

– Vous ne lui avez pas parlé de Ferguson, dit Cowart quelque peu surpris. Vous ne lui avez rien dit en fait.

– J'en ai dit assez. Il n'a pas une telle avance sur nous. En se dépêchant, on pourra le rattraper à temps.

– Oui, mais s'il...

– Il n'y a pas de si, Cowart. Les voitures de patrouille le tiendront tranquille jusqu'à mon arrivée. Ensuite il sera à moi. (Il les regarda dans les yeux.) A personne d'autre. C'est moi qui réglerai cette affaire, compris ?

Cowart ouvrit sa mallette et en sortit un dépliant avec l'horaire des avions.

– Il y a à midi un vol pour Atlanta. Rien pour Mobile avant la fin de l'après-midi. On pourrait aller à Birmingham et louer une voiture, on serait à Pachoula en fin d'après-midi.

Tanny Brown dit qu'il était d'accord. Il se tourna vers Shaeffer qui hocha la tête en signe d'approbation.

26

L'attente

Ils franchirent la frontière de l'Alabama et entrèrent dans le comté d'Escambia alors que le soir tombait déjà. Au sud, le ciel avait perdu son éclat bleu nacré ; le gris brunâtre annonciateur de mauvais temps se manifestait à l'horizon. Un vent chaud soufflait par rafales. Ils passèrent devant des exploitations agricoles balayées par la poussière et des bouquets de grands pins dont les silhouettes rappelèrent à Cowart les spectateurs debout dans le stade aux moments de tension intense. Ils roulaient vite, poussés par le doute et l'angoisse. Le paysage défilait à toute allure de part et d'autre de la voiture. Cowart s'accrocha à la poignée de sécurité lorsqu'ils foncèrent sur un vieux bus scolaire jaune sale qui se traînait sur la route étroite. Tanny Brown dut écraser la pédale de frein pour ne pas le percuter. Cowart leva les yeux et vit, écrits à la bombe en rouge vif au-dessus de l'issue de secours, les mots : IL EST TOUJOURS TEMPS D'ACCUEILLIR VOTRE SAUVEUR !

Et juste au-dessous, toujours en rouge mais en lettres plus petites : ÉGLISE BAPTISTE DE LA NOUVELLE RÉDEMPTION, PACHOULA, FLA.

Enfin, collée sur le pare-chocs, une affichette : TOUS ENSEMBLE, VENONS À JÉSUS !

Cowart abaissa sa vitre et perçut le chant des membres de la chorale de l'église malgré le vacarme du moteur et des essieux. Il tendit l'oreille sans pouvoir reconnaître l'hymne qu'ils chantaient.

Tanny Brown donna un brusque coup de volant tout en écrasant l'accélérateur et doubla le bus. Des dizaines de Noirs se balançaient sur leurs sièges au rythme de la musique et des chaos de la route.

Ils continuèrent à rouler alors que la nuit qui tombait rendait floues les silhouettes des fermes et des granges. On ne distinguait pratiquement plus le tracé de la route.

– Jésus fait des heures sup par ici, dit Brown. Il rassemble les âmes égarées.

Brown avait conduit en silence, impuissant à se débarrasser d'un souvenir qui s'était brutalement imposé à lui. Un épisode de la guerre, horrible bien que banal : il se battait depuis sept mois quand sa section avait franchi une zone entièrement dégagée. C'était la fin de la journée et ils n'étaient plus très loin du campement; ils avaient chaud, ils étaient sales et fatigués et ne prenaient plus vraiment de précautions – tous pensaient à ce qui les attendait, le dîner, le repos, la touffeur de la nuit. Rétrospectivement, ils n'auraient pas dû être étonnés quand l'air avait été déchiré par la balle unique d'un tireur embusqué. Un homme s'était écroulé, comme fauché par la colère imprévue d'un dieu capricieux.

L'homme avait appelé, d'une voix rendue suraiguë par la peur et la douleur : « Au secours! Vite! »

Tanny Brown n'avait pas bougé. Il savait que le franc-tireur attendait que quelqu'un vienne secourir le blessé pour le viser à son tour. Il était resté immobile, plaqué au sol, avec une seule pensée : Moi aussi, je veux vivre. Il avait attendu que le responsable de la section demande l'intervention de l'artillerie sur les positions occupées par le tireur. Ce n'est qu'après que la forêt eut été embrasée par une douzaine d'obus explosifs, qu'il se rendit auprès du blessé.

C'était un Blanc de Californie, il n'était incorporé à cette section que depuis une semaine. Brown s'était penché au-dessus de la poitrine déchiquetée du garçon dont il essayait désespérément de se rappeler le nom.

C'était son dernier blessé. Et il était mort.

Une semaine plus tard, Brown était rentré au pays; la durée de son service avait été raccourcie, comme cela arrivait souvent aux membres du personnel médical. Retour à l'université d'État de Floride, au programme de formation à la justice criminelle. Il n'était pas le premier Noir à travailler pour le bureau du shérif du comté d'Escambia, mais chacun s'attendait à ce qu'il décrochât de hautes fonctions.

Il ne put s'empêcher d'éprouver une certaine culpabilité. Dans sa mémoire résonnaient souvent les cris des blessés, mais c'étaient les cris d'hommes qu'il avait sauvés. C'étaient des voix agréables à entendre, parce qu'elles rappelaient que l'on faisait quelque chose de bien au milieu de toute cette horreur. Là, pour la première fois, il se souvenait du cri d'un homme qu'il avait laissé mourir.

Est-ce que Bruce Wilcox a appelé au secours ? se demanda-t-il. Lui aussi, je l'ai laissé tomber.

Il allait devoir prévenir la famille de Wilcox. Heureusement, il n'avait ni femme ni petite amie attitrée. Il avait bien une sœur, mariée à un officier de marine en garnison à San Diego. La mère de Wilcox était morte, il en était sûr, et son père vivait dans une maison de retraite. Rien que dans le comté d'Escambia, il y avait plusieurs dizaines d'établissements de ce genre ; c'était une véritable industrie. Il avait vu deux ou trois fois le père de Wilcox : c'était un vieillard rigide, qui haïssait le monde. Cela ne ferait que renforcer ses convictions.

Une fureur soudaine le submergea : Mais qu'est-ce que je vais lui dire ? Que je l'ai perdu ? Que je l'ai fait planquer avec un inspecteur inexpérimenté du comté de Monroe et qu'il s'est évanoui dans la nature ? Présumé mort ? Tué en service commandé ? Il n'a quand même pas été englouti par la jungle !

Justement, si.

Il alluma les phares. Ils entrevirent les petits yeux rouges d'un opossum, tapi au bord de la route comme s'il défiait les véhicules. Le volant bien en main, il regarda le petit animal détaler au dernier moment et plonger vers le bas-côté.

Brown aurait aimé pouvoir l'imiter, rentrer dans sa tanière.

Mais il savait que c'était impossible.

Peu après, il se gara sur le parking de l'Admiral Benbow Inn, à la limite de Pachoula, et déposa Cowart et Shaeffer. Leurs visages étaient illuminés par une grande enseigne au néon, assez vive pour attirer l'attention des conducteurs de véhicules qui empruntaient la nationale.

– Je vais revenir, dit-il de manière assez vague.

– Qu'est-ce que vous allez faire ?

– Organiser les soutiens. Vous ne croyez quand même pas qu'on va le prendre tout seuls.

Cowart repensa à ce que Brown lui avait dit, à Newark. Il n'avait pas songé un seul instant qu'ils pussent avoir besoin d'aide.

– Non, bien sûr.

– A quelle heure ? demanda Shaeffer.

– Tôt. Je vous prendrai avant le lever du jour. Mettons cinq heures et quart.

– Et ensuite ?

– Nous irons chez sa grand-mère. Je pense qu'il y sera. Avec un peu de chance, on le surprendra au lit.

– Et s'il n'y est pas? dit-elle. Qu'est-ce qu'on fera?

– Eh bien, on continuera de chercher. Mais je crois vraiment qu'on le trouvera.

Elle hocha la tête. Cela lui paraissait en même temps possible et improbable.

– Et maintenant, où allez-vous? demanda à nouveau Cowart.

– Je vous l'ai dit, organiser les soutiens. Jeter un coup d'œil à la paperasse qui m'attend. Et puis, je veux voir ma famille. Je vous attends avant le lever du jour.

Il démarra très vite, laissant le journaliste et l'inspecteur sur le trottoir comme un couple de touristes perdu en terre étrangère. Il jeta tout de même un coup d'œil dans le rétroviseur et les vit entrer dans le hall du motel. Ils paraissaient petits, hésitants. Puis il prit un virage et ils disparurent.

Il éprouvait une curieuse impression, comme si quelque chose en lui était en train de se dénouer. Dans sa bouche, il y avait comme un goût de fiel. Le journaliste et l'inspecteur quittèrent bientôt ses pensées, pas totalement toutefois, mais juste assez pour que sa propre colère aille en amplifiant. Il conduisait vite, nerveusement, sans but précis. Il n'avait nullement l'intention de trier des papiers ou de demander à quelques officiers de l'appuyer. La comptabilité de la mort pouvait attendre.

Cowart et Shaeffer se dirigèrent droit vers le restaurant pour y dîner. Ils n'avaient pas particulièrement faim, mais c'était l'heure du repas et ils agissaient mécaniquement. Ils passèrent la commande à une serveuse taciturne, engoncée dans un uniforme bleu et blanc trop petit pour elle. En attendant d'être servi, Cowart regarda Shaeffer et se dit qu'il ne savait pratiquement rien d'elle. Il réalisa que cela faisait longtemps qu'il n'avait pas pris de repas en compagnie d'une jeune femme. L'inspecteur Andrea Shaeffer avait quelque chose d'attirant, même si elle paraissait abrupte et acerbe au premier abord. Si on était à Hollywood, on éprouverait une émotion commune très intense à tout ce qui vient de nous arriver et on tomberait dans les bras l'un de l'autre. Il aurait voulu sourire, mais se contenta de se dire qu'il serait déjà comblé si elle daignait lui faire la conversation.

– Ça change des Keys, hein? dit-il.

– Oui.

– Vous êtes de là-bas?

– Oui. Plus ou moins. Je suis de Chicago, mais on a déménagé quand j'étais toute môme.

– Et pourquoi êtes-vous entrée dans la police ?

– Eh, c'est une interview ? Ça vous sert pour vos articles ?

Cowart leva la main en signe de dénégation, mais il se rendait bien compte qu'elle n'avait pas tort. Quand il raconterait cette histoire dans le *Journal*, elle serait très probablement truffée de petits détails glanés à droite à gauche.

– Non, je voulais seulement être poli. Vous n'avez pas à me répondre. Nous pouvons très bien ne pas parler.

– Mon père était policier. Inspecteur à Chicago jusqu'à ce qu'il se fasse descendre. Après sa mort, on a déménagé dans les Keys. Comme des réfugiés, en quelque sorte. Je me suis dit que la police, ça me plairait, et j'y suis entrée après la fac. Voilà.

– Et depuis combien de temps...

– J'ai fait deux ans de patrouilles en voiture. Six mois aux vols et cambriolages. Trois mois à la crime. Voilà pour mon pedigree.

– Les meurtres de Tarpon Drive, c'était votre première grosse affaire ?

Elle secoua la tête.

– Non. Et puis tous les homicides sont de grosses affaires.

Elle aurait été bien incapable de dire s'il avait gobé ce lieu commun, car il s'absorba dans la contemplation de sa salade, une montagne de laitue couronnée d'un unique quartier de tomate et recouvert de sauce. Il piqua la tomate à l'aide de sa fourchette et la brandit.

– New Jersey numéro six, dit-il.

– Quoi ?

– Des tomates du New Jersey. C'est encore trop tôt pour la cueillette, mais celle-là donne l'impression d'avoir un an. Vous savez comment ils s'y prennent ? Ils les cueillent quand elles sont encore bien vertes et dures comme un caillou, comme ça, elles ne s'écrasent pas quand on les coupe. C'est ce qui plaît dans les restaurants. Comme personne ne voudrait manger une tomate verte, on leur injecte de la teinture rouge pour leur donner une apparence normale. On les vend par milliards dans les fast-food.

Elle le dévisagea avec stupéfaction. Il débloque, se dit-elle. Pas étonnant, sa vie part en lambeaux. Elle regarda sa propre main. Nous avons peut-être ça en commun.

Ils restèrent silencieux pendant quelques instants. Puis la serveuse taciturne leur apporta la suite. Tout à coup, incapable de se retenir plus longtemps, Andrea Shaeffer lui posa la question qui lui brûlait les lèvres :

– Franchement, qu'est-ce qui va se passer à votre avis ?

Elle parlait à voix basse, comme une conspiratrice, mais avec une certaine dureté. Cowart repoussa légèrement sa chaise et l'observa avant de répondre.

– Je crois que nous allons trouver Robert Earl Ferguson dans la maison de sa grand-mère.

– Et puis ?

– Je crois que le lieutenant Brown l'arrêtera une seconde fois pour le meurtre de Joanie Shriver, même si cela se révèle inutile. Ou pour obstruction à la justice. Ou mensonge sous serment. Peut-être aussi comme témoin numéro un de la disparition de Bruce Wilcox. N'importe quoi, en fait. Ensuite, vous et lui allez reprendre tous les éléments dont nous disposons, même ceux dont nous ne savons rien, pour recommencer l'interrogatoire. Moi, j'écrirai un article et j'attendrai les retombées.

Cowart s'arrêta de parler pour la regarder dans les yeux.

» Au moins, il sera en main et non dans la nature à faire ce dont il a envie.

– Et vous croyez que ce sera aussi facile que ça ?

Cowart secoua la tête.

– Non, répondit-il. Tout est dangereux. Tout est risqué.

– Je le sais, fit-elle avec calme. Je voulais être sûre que vous le sachiez aussi.

Le silence se glissa une nouvelle fois entre eux. Quelques secondes étranges s'écoulèrent avant que Cowart ne dise :

– C'est allé vite, non ?

– Je ne comprends pas.

– J'ai l'impression que ça fait une éternité que Blair Sullivan est monté sur la chaise, pourtant ça ne fait que quelques jours.

– Ce n'est pas assez pour vous ?

– Oh ! si, je voudrais bien que tout ça soit fini.

Andrea Shaeffer commença une phrase, changea d'avis et embraya sur autre chose. Qu'est-ce qui va se passer ensuite ?

Cowart n'hésita pas.

– J'aurai la chance de refaire ce que je faisais avant.

Il ne lui fournit pas cette réponse qui eût été plus précise : J'aurai la chance d'être en sécurité.

Il eut un rire sarcastique.

» Naturellement, je vais me faire taper sur les doigts. Idem pour Tanny Brown. Et pour vous aussi peut-être. De toute façon...

Il haussa les épaules comme pour indiquer que cela n'avait aucune importance, ce qui était faux, bien entendu.

Shaeffer réfléchit. Elle se disait que les gens qui espèrent que les choses vont revenir à leur état primitif sont d'indécrottables naïfs. Et qu'ils sont presque toujours déçus. Puis elle lui demanda :

– Vous faites confiance au lieutenant Brown ?

Cowart hésita.

– Je le crois dangereux, si c'est ce que vous voulez dire. Et sur le point de craquer. Je crois aussi qu'il fera ce qu'il a dit.

Cowart était sur le point d'ajouter qu'il le trouvait aussi plein de rage et de ressentiment à l'égard de ceux de sa race.

» Mais il n'en est pas arrivé là en violant la loi. Non, il a joué le jeu. Il s'est comporté exactement comme on le lui demandait. Il n'a dérapé qu'à une seule reprise, quand il a permis à Bruce Wilcox de cogner Ferguson pour le faire avouer, et il ne retombera plus dans le piège.

Shaeffer acquiesça.

– Moi aussi, je le crois à bout, mais il tiendra le coup.

Elle ne savait pas trop si elle devait croire ou non à ses propres paroles. On aurait pu dire la même chose de Cowart. Ou d'elle.

– De toute façon, ça ne fait pas de différence.

– Et pourquoi ?

– Parce qu'on est tous dans le coup jusqu'au bout.

La serveuse leur enleva leurs assiettes et leur demanda s'ils voulaient du dessert. Tous deux dirent que non et refusèrent également de prendre un café. Comme si elle s'attendait à cette réponse, la serveuse avait préparé leur note, qu'elle déposa sans cérémonie au milieu de la table. Shaeffer insista pour payer sa part. Ils regagnèrent leurs chambres sans parler et ne se souhaitèrent même pas bonne nuit.

Andrea Shaeffer referma la porte derrière elle et se dirigea vers la commode. Des images des jours passés, des bribes de conversations lui revenaient en mémoire, et cela lui était plutôt désagréable. Elle s'efforça de les chasser de son esprit et calmement, posément, plaça son sac sur le haut de la commode et en sortit son 9 mm. Elle retira le chargeur et vérifia qu'il était bien plein. Elle actionna la détente pour s'assurer que tout fonctionnait parfaitement. Puis elle remit le chargeur en place avant de fouiller dans son sac, où elle trouva un chargeur supplémentaire. Après en avoir également vérifié le contenu, elle le déposa à côté de l'arme.

Elle avait passé des heures à s'exercer avec son 9 mm. Les services du shérif du comté de Monroe avaient installé un terrain d'entraînement, dans un coin désert, un peu au sud de

Marathon. Shaeffer marchait au milieu de bâtiments en préfabriqué. Des silhouettes apparaissaient soudain, sur lesquelles il lui fallait tirer. Elle faisait toujours de très bons scores. Ce qui lui plaisait le plus, c'était de devoir deviner si c'était une silhouette amie ou ennemie avant de prendre la décision de faire feu. Le tout en un centième de seconde. Elle aimait cette atmosphère : il n'y avait que le soleil, le poids de l'arme dans la main, les cibles qui surgissaient de nulle part. Elle était seule responsable.

A nouveau elle regarda son arme.

Je n'ai jamais tiré que sur des cibles, se dit-elle.

Elle se rappela le brouillard et le froid de Newark.

Ce n'était pas du tout ce à quoi elle s'était attendue. Elle n'avait même pas réalisé qu'elle était en service. Les gens sur les trottoirs, leurs regards et leurs gestes menaçants, cette course éperdue dans les rues. C'était *pour de vrai*, pour la première fois de sa vie. Elle serra les dents et se promit de ne plus jamais échouer à ce genre de test.

Elle posa l'arme sur le lit et décrocha le combiné. Elle entra en contact avec Michael Weiss au troisième essai.

– Andy ! s'écria-t-il. Je suis bien content de t'avoir. Alors, où tu en es avec ton zouave ?

Cette question la fit presque rire.

– J'avais raison, dit-elle. Ce type est vraiment dangereux. Je vais aider le collègue d'Escambia à l'arrêter, ensuite je reviens.

Elle sentait bien que Weiss s'interrogeait et elle s'empressa d'ajouter :

» Je suis en Floride. Je peux être à Starke dès demain. D'accord ? Je te raconterai tout.

– D'accord, mais ne traîne pas trop. Oh, à propos, tu sais sur qui je suis tombé ?

– L'arme du crime ?

– Ce serait trop beau, mais devine qui a passé une douzaine de coups de fil à son frangin dans les Keys un mois avant le double meurtre ? Et c'est à qui le 4 × 4 flambant neuf qui s'est ramassé un PV pour excès de vitesse sur la 95 à la sortie de Miami, vingt-quatre heures avant que le journaliste trouve les corps ?

– Le bon sergent ?

– Tout juste. Je vais demain chez le concessionnaire pour savoir comment il a payé son 4 × 4. Tu te rends compte ? Rouge, avec des pneus larges et une traverse d'installation, une vraie Ferrari ! (Weiss se mit à rire.) Bon, maintenant que j'ai dégrossi le boulot, je compte sur ta magistrale technique d'interrogatoire pour me le coffrer.

– Je m'en occuperai, dit-elle. A demain.

Elle raccrocha. Elle regarda encore une fois son revolver avant de le prendre en main. Elle ôta ses chaussures et s'allongea toute habillée sur son lit. Elle ferma les yeux pour essayer de dormir un peu. Elle repensa aux derniers mots de Cowart. Oui, elle aussi était dans le coup jusqu'au bout.

Cowart s'assit sur le lit après avoir refermé la porte. Il tourna la tête vers le téléphone, comme s'il s'attendait à l'entendre sonner. Puis il décrocha et fit le 8 pour obtenir l'interurbain. Il se mit alors à composer le numéro de Sandy et de Becky, à Tampa. Il s'arrêta au neuvième chiffre.

Il ne savait quoi leur dire. Il n'avait rien à ajouter à son avertissement de la matinée. De plus, il ne voulait pas découvrir que son ex avait changé d'avis. Il préférait imaginer Becky bien à l'abri, quelque part dans le Michigan.

Il appuya sur l'interrupteur et refit le 8 avant d'appeler le standard du *Journal*. Il parlerait à Will ou à Edna, au rédacteur en chef, à n'importe qui.

– Le *Journal*, j'écoute, fit une voix féminine.

Il ne répondit pas.

» Le *Journal*, j'écoute, dit la standardiste sur un ton plus sec. J'écoute.

Comme il ne disait rien, la standardiste raccrocha brutalement.

Il pensa à Vernon Hawkins et se surprit à se demander comment faire pour appeler le Ciel. Ou l'Enfer, pourquoi pas ? Mais cette plaisanterie ne le fit pas rire. Qu'en penserait Vernon Hawkins ? Le vieil inspecteur lui dirait certainement de rester sur ses gardes et de ne pas se mêler de ce qui ne le regarde pas.

Cowart tenait toujours le combiné. Il secoua la tête comme pour refuser un ordre que quelqu'un lui aurait adressé et appela la réception du motel.

– Matthew Cowart, chambre 101. Vous pouvez me réveiller à cinq heures ?

– Si tôt ?

– Oui, si tôt.

– Bien. Chambre 101. A cinq heures.

Il raccrocha. Cela avait quelque chose de risible, de pitoyable aussi : la seule personne au monde à laquelle il pût parler était le veilleur de nuit d'un motel anonyme. Il s'allongea et attendit le sommeil.

La nuit l'enveloppait comme un costume mal taillé. L'humidité et une chaleur moite emplissaient l'air nocturne. Des éclairs déchiraient parfois l'horizon ; un orage se déchaînait sur le Golfe, au large de Pensacola. Tanny Brown se dit qu'on aurait cru qu'un violent combat se déroulait là-bas, quelque part. A Pachoula, petite ville ignorante des forces qui se déchaînaient, c'était le silence. Il observa la rue dans laquelle il roulait. Il pouvait voir l'école à sa droite, endormie jusqu'à ce que les enfants lui redonnent vie. La vitre baissée, il n'entendait que le crissement des pneus. Puis il s'arrêta un instant sous le saule.

C'est là que tout a commencé. C'est ici même qu'elle est montée en voiture. Pourquoi n'a-t-elle pas compris qu'elle était en danger ? Pourquoi ne s'est-elle pas mise à courir et à appeler au secours ?

Son âge était le seul responsable. Le même que celui de sa propre fille, assez vieille pour être vulnérable devant toutes les horreurs du monde, mais toujours assez jeune pour les ignorer. Souvent, il avait pensé à cela alors qu'il était assis en face de sa fille et de Joanie Shriver, il avait envisagé de leur dire la vérité à propos des ignominies tapies autour d'elles, dans le monde. Et puis il avait choisi de leur accorder encore un jour, encore une heure, encore une minute ou deux d'innocence et de liberté.

Dès qu'on sait, on perd quelque chose, se dit-il.

Il se rappela la première fois où on l'avait traité de « bougnoule ». Il avait tout juste cinq ans et il était rentré chez lui en larmes. Sa mère l'avait consolé, mais elle avait été bien incapable de lui promettre que cela ne se reproduirait jamais plus. Ce jour-là, il avait perdu quelque chose, et il en avait été tout de suite conscient. Lentement, mais sûrement, on apprend ce qu'est le mal. Les préjugés. La haine. La contrainte. La mort. Chaque leçon vous arrache des lambeaux de jeunesse.

Il enclencha une vitesse et s'éloigna de l'école. Il passa devant la maison des Shriver. Il y avait de la lumière dans la cuisine et le living et, l'espace d'un instant, il songea à sonner à la porte. Il serait le bienvenu, c'était certain, on lui offrirait du thé et peut-être même à manger. Jadis, nous étions amis, mais ce temps-là est révolu. Je ne suis plus aujourd'hui qu'un porteur de mauvaises nouvelles. Ils le feraient asseoir et attendraient poliment qu'il raconte sa journée. Il serait forcé d'inventer quelque chose de vaguement officiel, bien incapable de leur dire la vérité, lui qui ne savait plus trop où se situaient les limites de la réalité.

Et puis, il en était persuadé, ils en viendraient à parler de leur fille, à dire qu'elle leur manquait tant. Ce serait trop dur à entendre. Ce serait insupportable.

Il resta tout simplement garé devant la maison des Shriver jusqu'à ce que la dernière lumière s'éteigne.

Il éprouvait un étrange sentiment d'invisibilité, la sensation curieuse de pouvoir se déplacer librement dans la nuit. L'idée terrifiante lui vint que Robert Earl Ferguson ressentait peut-être la même chose. Il parcourut des rues qu'il connaissait depuis toujours, des rues qui lui parlaient du temps qui passe et de la continuité des choses, puis il arriva dans les nouveaux quartiers. Et bientôt, il fut dans sa propre rue. Il vit qu'une voiture de patrouille stationnait à quelques mètres de chez lui et s'arrêta à sa hauteur.

L'officier en uniforme bondit au-dehors, la main droite sur son arme de service, la gauche brandissant une torche.

Tanny Brown sortit de voiture.

– C'est moi, le lieutenant Brown, dit-il calmement.

Le policier s'approcha de lui.

– Seigneur, vous m'avez foutu la trouille.

– Désolé. Je faisais un tour.

– Vous rentrez chez vous ? Vous voulez que je m'en aille ?

– Non, restez là. J'ai des choses à faire.

– Pas de problème.

– Rien d'anormal ?

– Non, chef. Si, il y a bien eu quelque chose, mais ce n'est probablement rien. Une Ford sombre, dernier modèle. Des plaques d'un autre État. Elle est passée deux fois il y a une heure environ. Au pas, comme si le chauffeur me regardait. Je n'ai pas pu relever son numéro. Je me suis dit que je le filerais s'il repassait, mais il n'est pas revenu.

– Vous n'avez pas vu qui conduisait ?

– Non, chef. Mais franchement, je crois que c'est quelqu'un qui cherchait une adresse, c'est tout.

– Oui, c'est probable, mais ouvrez l'œil, d'accord ?

– Oui, chef. Je vais être relevé dans une heure, je parlerai de la Ford au collègue.

Tanny Brown leva la main comme pour lui adresser un salut militaire. Il remonta en voiture. Chez lui, tout était éteint. Il pensa soudain à ses responsabilités domestiques. Il réalisa que Robert Earl Ferguson lui avait subtilisé une grande partie de sa vie, mais il ne se sentait pas coupable : c'était dans la nature de son travail de policier de se couper d'une existence normale. Et il en éprouva un certain bien-être... Allez, papa, fais-leur faire leurs devoirs et éteins la télé pour qu'elles ne se couchent pas trop tard.

Un instant, il pensa entrer pour observer le visage endormi de ses filles, celui de son père, aussi, car il somnolait probablement dans un fauteuil. Il buvait souvent un verre ou deux quand les filles étaient au lit, cela l'aidait à oublier son arthrite. Parfois Tanny Brown prenait un verre avec lui, pour faire taire ses propres douleurs. Il se prit à sourire de satisfaction. Un instant, il imagina même que sa femme, aujourd'hui défunte, était assise sur le siège d'à côté et qu'il lui parlerait.

Mais que lui dirais-je ? pensa-t-il.

Que je ne m'en suis pas trop mal tiré, peut-être. Mais maintenant il faut que je prenne les choses en main, que tout redevienne comme avant.

Que la sécurité règne à nouveau...

Il hocha la tête et s'éloigna. Une fois de plus, il emprunta des rues et des routes familières, il traversa des endroits qu'il connaissait depuis toujours. Il sentait la présence de Ferguson planer comme une ombre sur la ville. Il se sentait mieux en étant sans cesse en mouvement, comme si le fait de rester éveillé lui faisait une sorte de bouclier. L'idée de dormir ne lui vint même pas à l'esprit. Non, il errait sur les chemins de sa mémoire, en attendant que la nuit touche à sa fin et qu'il puisse voir assez clair pour passer à l'action.

27

Deux chambres vides

Tout d'abord, les lueurs de l'aube parurent ne pas chercher à se frayer une place parmi les ombres. Les formes étaient douteuses, le monde immense et suspect. Il faisait encore nuit quand Tanny Brown prit Cowart et Shaeffer au motel. Ils traversèrent des rues désertes, passèrent devant des lampadaires et des néons dont la pauvre lumière ne faisait que renforcer le sentiment de solitude qu'on éprouve toujours au petit matin. Ils doublèrent de rares voitures, un unique camion. Cowart ne vit personne sur les trottoirs, mais aperçut tout de même quelques individus qui mangeaient des beignets dans un café.

Brown conduisait à vive allure; il grilla un stop et deux feux rouges et, en quelques minutes, ils quittèrent la ville et s'enfoncèrent dans la campagne. Pachoula semblait s'évanouir derrière eux. La nature les enveloppait, les attirait dans un dédale de saules, de buissons épais et de bouquets de pins. Un immense camaïeu de vert, de gris et de brun ôtait toute réalité aux choses, qu'il transformait en une vaste mer végétale.

Le lieutenant de police abandonna la route et la voiture s'engagea sous une voûte d'arbres, sur le chemin de terre qui menait à la cabane de la grand-mère de Ferguson. Cowart éprouva une curieuse sensation, comme s'il y avait quelque chose de terrible et pourtant de rassurant dans le fait de parcourir une fois de plus cette route de campagne.

Il s'efforça d'imaginer ce qui allait se passer, mais ne parvint pas à mettre ses idées en ordre. Il eut un bref souvenir de cette lettre reçue tant de mois auparavant : ... *UN CRIME QUE JE N'AI PAS COMMIS...* Il s'agrippa à la poignée de sécurité et regarda droit devant lui.

Andrea Shaeffer avait pris place à l'arrière.

– Je croyais que vous deviez vous occuper des renforts, dit-elle. Je ne vois personne. Qu'est-ce qui se passe ?

Brown lui répondit de manière assez vive, comme pour couper court à toute autre question.

– On aura de l'aide si on en a besoin.

– Il n'y a pas de tenues ? Je n'en vois pas.

– Ça ira.

– Où sont les renforts ?

Il serra les dents et répondit d'un ton amer :

– En attente.

– Où ça ?

– Tout près.

– Vous pouvez me les montrer ?

– Bien sûr, répondit-il avec froideur. (Il entrouvrit sa veste et sortit son revolver du holster d'épaule.) Les voilà. Vous êtes satisfaite ?

Cela mit fin à ce semblant de conversation. Shaeffer était furieuse, mais cela ne la surprit pas qu'ils dussent agir seuls. En fait, elle préférait que cela se passât ainsi. Elle imagina la tête que ferait Ferguson quand elle se pointerait dans la cabane de la grand-mère. Il croit qu'il m'a foutu la trouille, que je me suis barrée pour ne plus jamais revenir, pensait-elle. Eh bien, me voilà. Et moi aussi j'ai de quoi me défendre. Elle posa la main sur son arme. Puis elle se tourna vers Cowart, qui regardait au loin. Ce qui venait de se dire ne semblait pas le préoccuper.

Shaeffer réalisa que, jamais autant qu'en cet instant, elle ne serait proche de savoir réellement ce que c'est que d'être policier. Leur traque ne tenait plus compte de considérations telles que les droits de l'inculpé et la recherche des preuves matérielles, elle entrait désormais dans un domaine extrêmement différent. Elle se demanda si la proximité de la mort rendait les gens fous, et elle répondit à sa propre question : oui, c'était évident.

– Bon, dit-elle après un instant d'une voix encore mal assurée. C'est quoi, notre plan ?

La voiture roula dans un nid-de-poule.

» Seigneur, dit-elle en s'agrippant à la banquette, ce type vit vraiment dans la jungle.

– Il n'y a que des marais par ici, lui expliqua Cowart. Les terres pauvres sont de l'autre côté. (Il se rappela que c'était Bruce Wilcox qui lui avait pour la première fois fait découvrir ce paysage.) Oui, c'est quoi, notre plan ? demanda-t-il à Tanny Brown.

Le lieutenant de police ralentit et s'arrêta au bord de la

route. Il abaissa sa vitre et un air chaud et humide emplit immédiatement la voiture. Il eut un geste vague.

– La maison de la grand-mère de Ferguson est par là, à quatre ou cinq cents mètres, dit-il. On va faire le reste à pied. Comme ça, on ne réveillera personne. C'est aussi simple que ça. Inspecteur Shaeffer, vous contournerez la maison. Soyez prête à intervenir. Surveillez la porte de derrière. Assurez-vous qu'il ne file pas par là. S'il tente une sortie, vous l'en empêcherez. C'est compris ? Vous l'en empêcherez...

– Vous voulez dire...

– C'est clair, il me semble. La procédure est la même partout, à Monroe ou à Escambia. Ce salaud est soupçonné d'homicides. Plusieurs homicides, même, sans parler de la disparition d'un officier de police. C'est déjà pas mal. En plus, c'est un condamné à mort... (Il se tourna vers Cowart, qui ne répliqua pas.) Du moins il l'était. Vous savez comment vous comporter en cas de force majeure.

Shaeffer blêmit, mais hocha la tête.

– Compris, dit-elle d'une voix qui se voulait ferme. Vous croyez qu'il est armé ? Qu'il nous attend ?

Brown haussa les épaules.

– Il est probablement armé, mais je ne pense pas qu'il soit nécessairement réveillé et en pleine forme. On est venu vite, probablement aussi vite que lui. Non, il ne sera pas prêt, pas encore. Mais n'oubliez jamais ceci : il est sur son territoire.

Elle émit un grognement d'assentiment.

Tanny Brown reprit son souffle. Au début, sa voix était tendue, pleine de menaces, mais on y percevait maintenant une lassitude qui indiquait que toute cette aventure touchait à sa fin.

» Vous comprenez ? reprit-il. Je ne veux pas qu'il sorte par-derrière et qu'il se tire dans les marais. S'il y parvient, je ne vois pas comment on le retrouverait. Il est né ici, il y a grandi et...

– Je le coincerai, dit-elle. Elle n'ajouta pas les mots *cette fois-ci*, bien qu'ils fussent dans l'esprit de chacun.

– Bon, poursuivit Brown. Cowart et moi passerons par devant. Je n'ai pas de mandat et il va falloir que j'improvise. Je vais frapper à la porte, m'annoncer et entrer. Au diable la procédure, je ne vois pas comment faire autrement.

– Et moi ? dit Cowart.

– Vous n'êtes pas officier de police, je n'ai donc aucune autorité sur vous. Vous voulez lui parler ? Lui poser des questions ? Faites ce que vous voulez. En tout cas, je n'ai pas envie qu'un avocat me sorte que j'ai violé les droits de Ferguson –

encore une fois –, tout cela parce que je *vous* ai emmené avec moi. Vous agirez seul. Vous pouvez rester à l'écart ou rentrer, je m'en fous. Compris ?

– Parfaitement, répondit Cowart avec un signe de tête.

Séparés, mais ensemble tout de même. Un qui frappe à la porte une arme à la main, l'autre avec ses questions. Tous deux pour obtenir les mêmes réponses.

– Vous allez l'arrêter ? demanda Shaeffer. Sous quel chef d'inculpation ?

– Eh bien, je vais d'abord lui demander de m'accompagner pour subir un interrogatoire. On verra s'il accepte. S'il le faut, je l'arrêterai de nouveau pour le meurtre de Joanie Shriver. Qu'est-ce que j'ai dit hier ? Obstruction à la bonne marche de la justice, mensonge sous serment. De toute façon, il nous suivra. Quand il sera sous les verrous, on essaiera de débrouiller tout ça.

– Vous allez lui *demander*...

– Je serai poli, dit Brown. (Un sourire triste apparut brièvement sur ses lèvres.) Le flingue à la main, le doigt sur la détente et le canon sur la tempe de cette ordure.

Elle hocha la tête.

» Il ne s'en sortira pas, continua Brown. Il a tué Bruce. Il a tué Joanie Shriver. Et je ne sais pas combien d'autres petites filles, mais sûrement plusieurs. Ça s'arrêtera là.

Cette déclaration fut faite dans le plus grand calme.

Cowart détourna les yeux des deux inspecteurs. La lumière commençait à filtrer à travers les branches des arbres pour donner forme à la route.

» Et pour vous ? lui demanda subitement le lieutenant de police. C'est clair, tout ça ?

– Très clair.

Brown posa la main sur la poignée de la portière, la secoua et ouvrit.

– Naturellement, fit-il d'un air un peu moqueur. Dans ce cas, allons-y.

Il descendit de voiture et se mit à marcher sur le chemin de terre, le dos quelque peu courbé comme s'il devait affronter un vent contraire. Un instant, Cowart observa la démarche du policier et il ne put s'empêcher de se demander : Comment aurais-je pu prétendre comprendre ce qu'il y a vraiment en lui ? Et en Robert Earl Ferguson ? En cet instant, les deux hommes lui paraissaient aussi mystérieux l'un que l'autre. Mais il écarta cette pensée aussi vite qu'elle était venue.

Shaeffer et lui sortirent également de voiture et tous trois marchèrent à l'unisson, le bruit de leurs pas atténué par le brouillard du matin qui s'enroulait autour de leurs jambes tels des serpents de fumée grise.

Cowart fut le premier à apercevoir la cabane, dressée au milieu d'une clairière, tout au bout du chemin. Les brumes des marais s'amoncelaient devant et lui donnaient une apparence spectrale. Il n'y avait pas de lumière à l'intérieur. Au premier coup d'œil, il ne vit rien bouger dans la maison, mais les occupants étaient certainement sur le point de se réveiller. La vieille femme se levait probablement au chant du coq, si ce n'est avant. Cowart ralentit pour marcher au même rythme que ses compagnons qui, dissimulés dans l'ombre, observaient la maison.

– Il est là, dit calmement Brown.

Cowart se retourna vers lui.

– Comment le savez-vous ?

Le lieutenant de police tendit la main et Cowart aperçut l'arrière d'une voiture qui dépassait du porche. En regardant plus attentivement, il distingua le bleu et le jaune de la plaque minéralogique : elle provenait du New Jersey.

– Tout à fait le genre de voiture qu'il affectionne, dit Brown. Pas toute neuve. Fabrication américaine. Pas le moindre signe distinctif, j'en suis sûr. La voiture passe-partout. Comme celle qu'il avait avant.

Il se tourna vers Shaeffer et lui posa la main sur l'épaule. Cowart remarqua que, pour la première fois, le lieutenant avait un geste amical pour la jeune femme.

» Il n'y a que deux portes, dit-il à voix basse. (C'était un murmure plein de fermeté.) Une devant, c'est par là que je vais entrer. Et l'autre derrière, celle que vous surveillerez. Si ma mémoire est bonne, il y a aussi des fenêtres à gauche, là... (Il montra la partie de la maison qui donnait sur les bois.) Les chambres sont de ce côté. Les fenêtres de droite, je pourrai m'en occuper, que ce soit de l'intérieur ou de dehors. Surveillez bien la porte arrière, mais n'oubliez pas qu'il peut sortir par une fenêtre. Soyez prête à intervenir, d'accord ?

– D'accord, répondit-elle. Elle crut entendre trembler sa voix.

– Je veux que vous gardiez cette position tant que je ne vous aurai pas appelée. Par votre nom. Restez tranquille. Vous êtes notre soupape de sûreté.

– D'accord, dit-elle de nouveau.

– Vous avez déjà fait ça avant ? lui demanda brusquement

Tanny Brown. (Puis il lui sourit.) Je suppose que j'aurais dû vous poser plus tôt ce genre de question...

Elle secoua la tête.

– Pas mal d'arrestations. Des chauffards, des petits cambrioleurs. Plus un ou deux violeurs. Mais jamais de types comme Ferguson...

– Des comme lui, il n'y en a pas beaucoup, intervint Cowart.

– Ne vous inquiétez pas, dit Brown qui lui souriait toujours. C'est un lâche. Oh! il fait le fier-à-bras avec des petites mômes sans défense, mais il n'aura pas le dessus avec nous... (Brown parlait doucement, comme pour la rassurer. Cowart avait envie de mentionner Bruce Wilcox, mais il n'en fit rien.) ... N'oubliez jamais ça et il n'y aura pas de problèmes...

Il avait repris malgré lui l'accent du Sud et cela créait un étrange contrepoint à ses propos.

» Bon, allons-y, avant que le soleil ne se lève vraiment et que tout le monde se réveille dans la maison.

Shaeffer hocha la tête, fit un pas et s'arrêta.

– Il y a un chien? demanda-t-elle, nerveuse.

– Non, fit Brown. Dès que vous serez arrivée au coin, je me dirigerai vers le devant de la maison. Vous la contournerez. Vous saurez quand je suis à la porte parce qu'il va y avoir du remue-ménage.

Shaeffer ferma une seconde les yeux, prit une profonde respiration et se sermonna. Pas d'erreur, ce coup-ci, se dit-elle. Elle regarda la cabane: elle était bien trop petite pour cela.

– On y va, dit-elle.

Légèrement courbée, elle traversa l'espace à découvert.

Cowart vit qu'elle avait son arme à la main et qu'elle était prête à tirer à la moindre alerte.

– Alors, Cowart, vous regardez bien? lui dit Brown. (Il y avait quelque chose de moqueur dans le ton de sa voix.) Vous ne ratez rien?

– Non, répondit-il entre ses dents.

– Vous avez votre calepin?

Cowart tendit la main et agita son carnet.

Brown sourit.

– Content de voir que vous êtes armé et prêt à tout.

Cowart le regarda sans comprendre.

» Allez, Cowart, je blaguais, détendez-vous.

Cowart hocha la tête. Le policier avait les yeux fixés sur Shaeffer, laquelle s'était arrêtée au coin de la baraque. Brown souriait toujours, moins franchement toutefois. Il leva les épaules et s'ébroua, et cela fit penser Cowart à quelque grand félin prêt à bondir sur sa proie. Il comprit que Brown était une sorte de guerrier dont les craintes et les appréhensions suscitées par la proximité de l'affrontement s'évanouissaient dès que l'ennemi apparaissait. Le lieutenant n'était pas précisément heureux, mais il n'était pas inutilement inquiet, quel que fût le danger qui l'attendait dans cette cabane de planches. Le journaliste regarda ses mains comme si elles allaient le renseigner sur son propre état d'esprit. Elles étaient blanches, mais ne tremblaient pas. Eh bien, allons-y se dit-il. Finissons-en.

– Ça ira, dit-il à Brown.

– Bien. L'heure est venue.

Le lieutenant se dirigea vers la cabane et se rappela la première fois qu'il y était venu. Il n'avait pas compris que son arrivée pût déclencher un tel torrent de haine et de préjugés. Tous les sentiments que Pachoula souhaitait faire taire s'étaient libérés quand Robert Earl Ferguson avait été conduit en ville pour y être interrogé à propos de l'assassinat de Joanie Shriver. Il était bien décidé à ne plus jamais revivre une telle situation.

Brown partit d'un pas rapide en direction de la cour en terre battue et ne se retourna pas pour voir si Cowart le suivait. Le journaliste aspira une grande goulée d'air et se demanda un instant pourquoi l'atmosphère était si sèche, puis il comprit qu'il avait la bouche desséchée par l'angoisse. A grands pas, il rejoignit le lieutenant de police.

Brown s'arrêta au bas des marches. Il se tourna vers Cowart et lui souffla :

– Si ça tourne mal, ne restez pas dans ma ligne de tir.

Cowart acquiesça. Il sentait la passion se réveiller en lui et chasser ses ultimes frayeurs.

» On y va, dit le policier.

En deux pas, il fut en haut des marches. Cowart l'imita. Leurs pieds claquaient sur les vieilles planches qui grinçaient sous leur poids. Brown se plaça d'un côté de la porte et fit signe à Cowart de l'imiter. Il ouvrit la contreporte et posa la main sur la poignée. Il l'abaissa doucement, mais elle refusa de céder.

– C'est fermé à clef ? murmura Cowart.

– Non, seulement bloqué, je crois.

Il essaya à nouveau de faire basculer la poignée et secoua la tête. Serrant alors le poing, il frappa à trois reprises contre le bois.

» Ferguson ! Police ! Ouvrez !

Sans attendre, il arracha la contreporte et la jeta au loin avant de reculer d'un pas et de lancer son pied dans la porte. Le bois craqua et Cowart rentra instinctivement les épaules, comme pour se protéger. Brown prit alors son temps pour viser la serrure. Il lança une nouvelle fois son pied et, cette fois-ci, le bois céda et la porte s'entrouvrit.

» Police! cria-t-il de nouveau.

L'inspecteur fit pression de tout son corps et la porte explosa littéralement.

Tanny Brown pénétra dans la baraque, à demi courbé, se balançant doucement d'un pied sur l'autre et prêt à faire feu. Une nouvelle fois, il hurla :

– Police! Ferguson, montrez-vous!

Cowart hésita un instant avant de franchir le seuil, et il eut l'impression curieuse de marcher au bord d'une falaise, avec le vent qui siffle aux oreilles et la mer en contrebas.

Et soudain, Robert Earl Ferguson apparut.

Un instant, sa peau noire se confondit avec les ombres qui envahissaient encore l'intérieur de la maison. Puis il avança lentement vers le lieutenant de police. Le tueur portait un vieux T-shirt de la marine plutôt défraîchi et un jean délavé. Ses pieds nus claquaient avec un bruit doux sur le plancher. Il levait les bras avec nonchalance, dans un geste de rémission ironique. Il pénétra dans le séjour et se planta en face de Tanny Brown, qui se redressa doucement. Un sourire artificiel éclairait le visage de Ferguson. Son regard balaya la pièce, s'attarda une seconde sur la porte fracturée et se posa sur Cowart. Puis il regarda Tanny Brown droit dans les yeux.

– Vous allez rembourser pour cette porte? Elle n'était pas fermée à clef, rien qu'un peu bloquée. Ce n'était pas la peine de tout casser. A la campagne, les gens ne verrouillent pas leurs portes, vous devriez le savoir. Alors, inspecteur, qu'est-ce que vous me voulez?

Il n'y avait pas la moindre trace d'angoisse dans la voix de Ferguson, rien qu'un peu de tension.

– Vous le savez très bien, dit Brown.

Il serrait les dents et pointait son arme sur la poitrine de Ferguson.

Les deux hommes se jaugeaient de part et d'autre de la petite pièce. Tous deux semblaient fatigués de toute cette histoire.

– Oh! oui, je le sais. C'est toujours la même chose, vous avez besoin d'un coupable, dit Ferguson avec une certaine froideur.

Il observa l'arme braquée sur lui avant de fermer à demi les yeux.

» Je ne suis pas armé, dit-il. (Il tendit les mains, paumes en l'air.) Et je n'ai rien fait. Vous n'avez pas besoin de ce pistolet.

Tanny Brown était impassible mais un tic nerveux agitait la joue de Ferguson. Cela ne dura pas longtemps et Ferguson recouvra son calme. On eût dit un homme hors de toute atteinte.

Le tueur dédaigna le policier et se tourna vers Cowart. Les coins de sa bouche se relevèrent en une parodie de sourire qui glaça le journaliste jusqu'au sang.

» Alors, c'est aussi pour ça que vous êtes venu, monsieur Cowart ? Je m'attendais bien à voir l'inspecteur, mais je pensais que vous feriez preuve d'un peu plus de bon sens.

– J'attends toujours certaines réponses, dit Cowart d'une voix rauque.

– Je croyais que notre petite conversation de l'autre jour vous avait pleinement satisfait. Je ne vois pas quelles questions peuvent encore se poser à vous, monsieur Cowart, tout cela me semblait très clair.

Ces derniers mots furent prononcés sur un ton doux et très assuré.

– Rien n'est jamais clair, dit Cowart.

– En tout cas, fit calmement Ferguson en désignant Brown, vous pouvez voir par vous-même comment se comporte ce policier. Il enfonce une porte et menace les occupants de cette maison. Je suis sûr qu'il meurt d'envie de me taper de nouveau dessus.

Brusquement, il se tourna vers Brown.

» Qu'est-ce que vous voulez me faire avouer cette fois-ci ?

Tanny Brown ne broncha pas.

Ferguson serrait les poings de colère, les veines de ses bras et de son cou étaient gonflées.

» Je n'ai rien à vous dire, dit-il en faisant un pas en direction du journaliste. (Il se figea et Cowart comprit qu'un conflit intérieur le déchirait. Il parut se calmer et s'adossa au mur.) Je ne sais rien. A propos, où est votre partenaire, lieutenant ? L'inspecteur Bruce Wilcox, c'est bien ça ? Il va encore s'occuper de moi ?

– C'est vous qui allez me dire où il est passé... (La voix de Tanny Brown était tranchante comme un sabre.) Vous êtes la dernière personne à l'avoir vu.

– Oh, vraiment ? (Ferguson avait tout l'air d'avoir préparé ses réponses, comme s'il s'était attendu à cet interrogatoire matinal.) Je peux baisser les mains ?

– Non. Qu'est-ce qui est arrivé à Wilcox ?

Ferguson sourit et baissa tout de même les mains.

– Je ne vois pas comment je le saurais. Il est parti quelque part ? J'espère que c'est en enfer.

Il afficha un sourire moqueur.
– A Newark, dit Tanny Brown.
– C'est pareil.
Il y eut un certain flottement, puis Ferguson prit la parole.
» Je ne l'ai pas vu là-bas. Je viens de rentrer à Pachoula, ça fait de la route. Vous dites que Wilcox était à Newark ?
– Il vous a vu. Il vous a suivi.
– Je ne suis pas au courant. Il y a bien une espèce de cinglé, un Blanc, qui m'a couru après l'autre jour, mais je n'ai pas vu dc qui il s'agissait. Je l'ai semé dans une ruelle. Il tombait des hallebardes. Je ne sais pas ce qu'il est devenu. Vous savez, dans le quartier où j'habite, il y a tout le temps des gens qui vous suivent et on a l'habitude de piquer un sprint. En tout cas, je n'aimerais pas être à la place d'un Blanc qui traîne dans ce coin-là, si vous voyez ce que je veux dire. C'est plutôt malsain. On se fait saigner pour quelques dollars qui serviront à acheter du crack.
Il s'adressa directement au journaliste.
» Vous vous rendez compte, monsieur Cowart ? On peut se faire blesser à mort.
Matthew Cowart sentit la tête lui tourner. Les dernières paroles de Ferguson avaient réveillé toute la fureur qui sommeillait en lui. La frustration prenait le pas sur la raison. Il s'avança vers Ferguson, le stylo braqué comme un revolver.
– Vous mentez. Vous m'avez menti tout le temps et vous continuez aujourd'hui. Vous l'avez tué, hein ? Comme vous avez tué Joanie Shriver. Et toutes les autres. Ça fait combien, hein ? Combien ?
Ferguson se raidit.
– Vous délirez, monsieur Cowart, dit-il, extrêmement calme. Ce policier... (Il tendit la main en direction de Tanny Brown.) ... Il vous a raconté n'importe quoi. Je n'ai tué personne. Je vous l'ai dit l'autre jour et je vous le répète aujourd'hui. Vous n'avez rien contre moi, Tanny Brown. Tous vos arguments ne tiendraient pas trois minutes devant un tribunal. Vous n'avez rien.
– C'est faux, dit Cowart, j'ai tout.
Ferguson foudroya le journaliste du regard.
– Vous croyez détenir la vérité, peut-être ?
Il serrait les poings.
Brown s'avança à hauteur de Cowart.
– Ça suffit, Bobby Earl, tu vas venir en ville avec moi. On va...
– Vous m'arrêtez ?

– Oui. Pour le meurtre de Joanie Shriver. Pour obstruction à la justice en dissimulant des vêtements dans les latrines. Pour avoir menti au tribunal alors que tu étais sous serment. Et puis aussi en tant que témoin numéro un de la disparition de Bruce Wilcox. On aura de quoi faire avec ça.

Tanny Brown avait les traits tendus. Sa main libre fouilla dans la poche de sa veste et en ressortit une paire de menottes. Il tendit son arme vers le visage de Ferguson.

» Tu connais la manœuvre. Face aux murs, bras et jambes écartés.

– Vous allez m'arrêter ? dit le tueur dont la voix devenait de plus en plus aiguë sous l'effet de la colère. J'ai déjà répondu de ce crime. Le reste, c'est des conneries. Vous ne pouvez pas faire ça !

Tanny Brown leva son revolver de service.

– Écoute-moi, dit-il lentement. Tu n'aurais jamais dû me laisser te retrouver, Bobby Earl, parce que c'est terminé pour toi. Terminé, tu comprends ?

– Vous n'avez rien contre moi. (Ferguson eut une sorte de rire à glacer le sang.) Sinon vous seriez venu avec toute une armée, pas avec un journaliste de merde et ses questions à la con qui ne mènent à rien.

Il lançait chaque mot comme une obscénité.

» Je vais sortir d'ici libre, Tanny Brown, et vous le savez. (Il rit encore.) Libre !

Les paroles de Ferguson étaient en contradiction avec les tremblements qui agitaient son corps. Il se tenait les épaules en avant, les pieds écartés, comme s'il s'attendait à livrer combat.

Cela n'échappa pas à Tanny Brown.

– Vas-y, ne te gêne pas...

– Je ne vous suivrai pas, dit Ferguson. Vous avez un mandat ?

– Tu vas venir avec moi, insista Brown. (Il y avait de la fureur dans sa voix.) Je veux te voir au couloir de la mort parce que c'est là ta place. Tu piges ? C'est terminé.

– Rien n'est jamais terminé, dit le tueur en reculant d'un pas.

– Et personne va aller nulle part, ajouta une voix brisée.

Les deux hommes se retournèrent.

Cowart découvrit le double canon du fusil de chasse qui précédait la silhouette nerveuse de la grand-mère de Ferguson. L'arme était braquée sur Tanny Brown.

» Personne va aller nulle part, répéta la vieille, surtout pas au couloir de la mort.

Brown tourna son arme vers la poitrine de la grand-mère. Elle portait une chemise de nuit blanche qui flottait autour d'elle et lui donnait l'air d'un fantôme. Elle avait les cheveux attachés sur le sommet du crâne, les pieds nus. Un peu comme si on l'avait arrachée au doux confort de son lit pour la projeter en plein cauchemar. Elle tenait le fusil coincé sous son bras, prête à tirer sur le policier ainsi qu'elle l'avait déjà fait sur Cowart.

– Madame Ferguson, dit calmement Tanny Brown sans abandonner pour autant sa position de tir, vous allez poser cette arme.

– Vous emmènerez pas mon gars, dit-elle avec force.

– Madame Ferguson, montrez-vous raisonnable...

– Pas question, et je veux pas que vous me preniez mon garçon.

– Madame Ferguson, ne compliquez pas la situation, je vous en prie, c'est déjà assez difficile.

– Et ma vie à moi, elle est pas difficile ? Peut-être que ma mort sera plus facile !

– Madame Ferguson, ne parlez pas comme ça. Et laissez-moi faire mon boulot. Tout va bien se passer, vous verrez.

– Vous foutez pas de moi, Tanny Brown, vous avez amené que du malheur dans cette maison.

– Non, dit doucement Brown, ce n'est pas moi mais votre petit-fils qui a causé tous ces malheurs.

Imperceptiblement, sa voix avait repris des accents sudistes, comme pour mieux communiquer avec la vieille femme.

– Vous et votre satané journaliste. J'aurais dû vous descendre l'autre jour. (Elle se tourna vers Cowart et lui cracha ces mots :) Vous avez apporté que la haine et la mort avec vous !

Cowart ne répliqua pas. Il savait qu'elle n'avait pas tout à fait tort.

– Non, madame, reprit Brown d'une voix douce. Ce n'est ni moi ni lui. Vous savez très bien à qui on doit tous ces ennuis.

Ferguson s'écarta un peu comme pour éviter d'éventuels plombs. Sa voix avait pris une intonation cruelle.

– Vas-y, mémé. Descends-le. Descends-les tous les deux.

La femme ne put dissimuler sa surprise.

» Allez, descends-les. Vas-y, reprit Ferguson en avançant vers sa grand-mère.

Tanny Brown fit un pas en avant, prêt à faire feu.

– Madame Ferguson, dit-il, on se connaît depuis toujours. Vous connaissez mes parents et mes cousins, on est même allés ensemble à l'église un jour. Ne m'obligez pas à...

Elle l'interrompit brutalement.

– Vous m'avez tous laissé tomber il y a des années de ça!

– Descends-les, murmurait Ferguson, tout près d'elle à présent.

– Ta gueule, fils de pute! Et les mains en l'air! lui cria Brown.

– Descends-les, dit encore Ferguson.

– Il n'est pas chargé.

C'était Cowart.

Il n'avait pas bougé. Il mourait d'envie de se mettre à l'abri, mais son corps ne lui obéissait pas. C'est un coup de bluff, se dit-il, mais on peut bien essayer.

» Elle a tiré ses dernières cartouches sur moi l'autre jour, ajouta-t-il. Il n'est pas chargé.

La grand-mère se tourna vers lui.

– Vous êtes vraiment dingue si vous croyez ça. Vous voulez parier que j'ai pas rechargé?

Tanny Brown tenait toujours la vieille femme en joue.

– Je ne veux pas tirer, dit-il.

– Moi si, fit-elle. Et ce que je sais, c'est que vous allez pas emmener mon garçon, faudra me tuer d'abord.

– Madame Ferguson, vous savez ce qu'il a fait...

– Je m'en moque bien de ce qu'il a fait. J'ai plus que lui, moi, et vous allez pas me le reprendre.

– Vous n'avez pas vu ce qu'il a fait à cette petite fille? lui demanda soudain Cowart.

– Je m'en fiche, c'est pas mes oignons.

– Il n'y a pas eu qu'elle, continua lentement Cowart. Il y a eu d'autres petites filles, madame Ferguson, à Perrine, à Eatonville. Des petites filles noires. Il les a tuées aussi.

– J'ai pas entendu parler de ces gosses, dit-elle d'une voix légèrement tremblante.

– Il a également tué mon partenaire, dit calmement Brown comme pour mieux la toucher.

– Je m'en fous, je me fous de tout ça.

Ferguson se plaça derrière sa grand-mère.

– Retiens-les, grand-mère.

Il s'engagea dans le couloir central de la maison.

– Je ne le laisserai pas s'enfuir, dit Tanny Brown.

– Ou c'est vous qui me descendez ou c'est moi qui vous bute, lui lança la vieille femme.

Cowart voyait le doigt de Brown se raidir sur la détente, il voyait aussi le chien frémir.

Non, il ne le fera pas, se dit Cowart. Sinon il aurait déjà tiré depuis longtemps. A l'instant même où elle est apparue avec son fusil.

Tanny Brown sentait son estomac se nouer. Un goût acide lui remontait dans la gorge. Il voyait la femme qui lui tenait tête, sa fragilité, mais aussi sa détermination inébranlable.

Tue-la! se disait-il.

Mais aussi et en même temps :

Comment pourrais-tu faire ça?

Les pensées les plus diverses l'agitaient.

Pendant ce temps, Robert Earl Ferguson était rentré dans sa chambre pour s'habiller. Il portait maintenant un sweat-shirt de couleur brune et des baskets. Il tenait à la main un sac de sport.

Il fit une dernière tentative.

– Descends-les, mémé, dit-il. Mais sa voix manquait de conviction.

– Va-t'en, lui lança-t-elle d'un ton glacial. Va-t'en et reviens plus jamais ici.

– Grand-mère...

Il n'y avait ni affection ni tristesse dans sa manière de prononcer son nom, rien qu'une sorte de frustration.

– Reviens plus à Pachoula. Ni dans ma maison. Jamais! Il y a en toi quelque chose de mauvais que je comprends pas. Va faire ça autre part. Dieu sait que j'ai fait ce que j'ai pu, fit-elle d'un air triste. Tout ce que j'ai pu. Il aurait mieux valu que tu grandisses pas pour faire toutes tes saletés ici. Je peux plus rien pour toi. Alors va-t'en. Quand tu auras franchi cette porte, ce qui t'arrivera, ça me regardera plus. C'est compris?

– Grand-mère...

– Et tout ce sang, toutes ces histoires, c'est fini, ça...

Ferguson éclata de rire.

– Bon, puisque c'est ce que tu veux...

Il se tourna vers Cowart et Brown.

» Je pensais qu'on en aurait fini aujourd'hui. Mais non. Ce sera pour une autre fois, je suppose.

– Il ne s'en ira pas, dit le lieutenant.

– Si, il va partir, dit la grand-mère. Puisque vous le voulez, vous avez qu'à l'attraper autre part, mais pas chez moi. C'est à moi, vous comprenez ça, Tanny Brown? C'est peut-être pas grand, mais c'est à moi. Et, vous aussi, vous allez emmener toutes ces histoires, je veux plus en entendre parler. Cette maison, Jésus la protège.

Tanny Brown hocha la tête. Il se redressa, dans un geste qui était une manière d'acquiescer. Il n'abaissa pas son revolver, mais le garda braqué sur la vieille tandis que Ferguson se dirigeait doucement vers la porte d'entrée. Brown le suivit du regard, son arme trembla un peu dans sa main.

» Va-t'en, dit la vieille.

Sa voix était empreinte d'une grande tristesse et ses yeux étaient rougis de larmes. De sorte que Cowart ne put s'empêcher de penser : Elle aussi, il l'a tuée.

Ferguson s'arrêta au seuil de la porte aux gonds arrachés. Il lança un dernier regard aux occupants de la maison.

Brown était furieux de perdre ainsi la partie.

– Ça ne change rien, dit-il, on se retrouvera.

Ferguson répondit :

– Peut-être bien, mais je repartirai libre. Vous pigez, Tanny Brown ? Libre ! Et ce sera toujours comme ça. Toujours.

Peu importait qu'il se vantât ou non. Ce mot claquait comme un coup de feu aux oreilles du lieutenant.

Cowart avait l'impression que le monde tournait à l'envers. Le tueur s'en allait et le policier était cloué sur place. Fais quelque chose ! se dit-il, mais il était incapable de bouger. Devant lui, la peur et la menace se dressaient comme une vision cauchemardesque. C'est à moi de jouer... Il allait bredouiller une parole quand il vit le visage du tueur se figer sous l'effet de la surprise. Puis il entendit un cri.

– On ne bouge plus !

Une voix aiguë, qui cinglait.

Andrea Shaeffer, jambes légèrement écartées et bras tendus pour mieux tenir son 9 mm, se tenait derrière la grand-mère de Ferguson, à trois mètres de celle-ci. Elle avait réussi à s'introduire par la porte de derrière sans se faire remarquer.

» Lâchez votre fusil ! hurla-t-elle pour tenter de dissimuler son angoisse.

Mais la vieille femme refusa d'obtempérer. Et, comme dans une séquence de film qu'on passe au ralenti, elle se retourna vers l'inspecteur, son fusil devant elle comme pour tirer.

» Stop ! cria Shaeffer.

Elle voyait le double canon de l'arme pointé sur elle comme le regard d'un prédateur. Elle ne savait qu'une chose, la mort hésite parfois avant de frapper, et elle ne lui laisserait pas sa chance.

Cowart ouvrit la bouche et émit une espèce de cri inarticulé. Brown hurla :

– Non !, mais tout cela fut étouffé par la détonation lorsque Shaeffer fit feu.

La grosse arme à poing sauta dans ses mains, elle s'efforça de la stabiliser, et c'est à trois reprises qu'elle appuya sur la détente.

La première balle toucha la vieille femme en pleine poitrine et la plaqua au mur. La deuxième s'écrasa contre le mur projetant du plâtre et du bois dans toute la pièce. La troisième fit éclater une fenêtre et se perdit dans la campagne. La grand-mère de Ferguson écarta les bras, son fusil tomba à terre. Puis elle s'écroula doucement, agitant vaguement les mains en un geste de supplication.

» Non! cria encore une fois Tanny Brown.

Le policier s'avança vers la femme, hésita et s'arrêta.

Il détourna les yeux de la grosse tache de sang qui maculait la chemise de nuit de la grand-mère et les posa sur Cowart. Le journaliste était comme paralysé, la bouche grande ouverte, puis il secoua la tête comme pour chasser un mauvais rêve.

– Mon Dieu, dit-il doucement, avant de regarder en direction de la porte d'entrée.

Ferguson avait disparu.

Cowart tendit la main en bredouillant des mots de surprise et de colère. Tanny Brown se lança vers la porte.

Andrea Shaeffer pénétra dans la pièce. Ses mains tremblaient, elle ne pouvait détacher ses yeux de la femme en train de mourir.

Brown se précipita sur le porche. Le calme qui régnait au-dehors le surprit. Il n'y avait que des volutes de brume, les premières lumières de l'aube. Pas un bruit. Pas le moindre signe de vie. Il balaya la cour du regard, puis le côté de la maison. Et là, il vit Ferguson qui courait vers sa voiture.

– Arrête-toi! cria-t-il.

Ferguson fit halte, effectivement, mais pas pour se rendre au policier. Il se tourna vers lui et tendit le bras. Dans sa main, il y avait un revolver à canon court. Il fit feu à deux reprises sur l'inspecteur. Un souvenir familier revint à Brown : ces détonations lui rappelaient celles de l'arme de prédilection de son partenaire. La fureur l'envahit.

» Arrête-toi! cria-t-il de nouveau avant de s'élancer sur la véranda.

Il tira sur le tueur et le rata. En revanche, il toucha la voiture. Une des vitres explosa. Les balles firent ricochet sur le métal de la carrosserie.

Ferguson tira à son tour avant d'obliquer vers les arbres qui bordaient la clairière. Tanny Brown se mit en position et respira profondément. Il avait le dos du tueur dans sa ligne de mire. Maintenant! se dit-il.

Son doigt appuya sur la détente.

L'arme sauta dans sa main. La balle s'écrasa sur le tronc d'un arbre.

Ferguson se retourna une dernière fois, tira une dernière balle et disparut dans l'ombre de la forêt.

Dès que Brown avait franchi la porte, Andrea Shaeffer s'était précipitée vers la grand-mère de Ferguson. Elle s'agenouilla sans lâcher son pistolet et, de sa main libre, toucha doucement la poitrine ensanglantée, un peu comme un enfant qui doit toucher une chose pour s'assurer qu'elle est bien vraie. Ses doigts étaient pleins de sang. La vieille femme respira une dernière fois, puis elle émit une sorte de râle et mourut. Shaeffer la contempla un instant avant de se tourner vers Cowart.

– Je n'avais pas le choix... dit-elle.

Ces mots tirèrent le journaliste de sa torpeur. Il alla ramasser le fusil de la grand-mère, le cassa et vit les deux chambres vides des canons jumeaux.

– Vide, dit-il simplement.

– Non, fit Shaeffer.

Il lui tendit le fusil.

» Non, dit-elle de nouveau. Seigneur...

Elle leva les yeux vers Cowart comme pour quémander du réconfort. En cet instant, elle lui parut incroyablement jeune.

» Je n'avais pas le choix, répéta-t-elle.

C'est alors qu'ils entendirent la fusillade.

Matthew Cowart se jeta à terre, instinctivement. Il avait l'impression que le silence entre chaque coup de feu était plus profond, plus épais, il se sentait comme un nageur qui affronte l'océan. Il bondit vers la porte d'entrée, Andrea Shaeffer sur les talons.

Il vit Tanny Brown, de dos, sur la véranda et comprit qu'il était en train de recharger fébrilement son revolver.

– Où est-il ? demanda Cowart.

Brown se retourna.

– La grand-mère ?

– Elle est morte, lui répondit Shaeffer. Je ne savais pas...

Il l'interrompit.

– Ce n'est pas de votre faute.

– Son fusil était vide, dit Cowart.

Tanny Brown se contenta de hausser doucement les épaules. Puis il eut un geste en direction de la forêt.

– J'y vais.

Shaeffer hocha la tête, entraînée par un courant qu'elle percevait mais contre lequel elle ne pouvait rien. Cowart l'imita.

Tanny Brown traversa la clairière au pas de course, vers la lisière de la forêt distante d'une dizaine de mètres. Très vite, il trouva son rythme.

Il avait bien conscience de la respiration de Shaeffer et de Cowart, derrière lui, mais il ne s'en préoccupait pas. Il pénétrait dans la pénombre verdâtre de la forêt, les yeux fixés sur le petit chemin qui se dessinait devant lui. Il savait qu'il ne lui faudrait pas attendre trop longtemps pour que Robert Earl Ferguson fût acculé. Ce serait alors l'affrontement. A moi aussi, c'est mon territoire, se disait-il. Je suis né ici. Et ces bois, je les connais aussi bien que lui.

Il se rassura comme il pouvait et continua de courir.

La chaleur faisait craqueler le matin, elle s'élevait autour d'eux avec une insistance poisseuse et suçait leurs forces tandis qu'ils se frayaient un chemin entre les branches entrelacées. Shaeffer et Cowart suivaient obstinément le chemin parcouru par Tanny Brown, lequel ne ralentissait pas et tentait d'anticiper les décisions de Ferguson.

Le tueur était passé par là, comme le prouvaient de petits indices : Tanny Brown vit l'empreinte de ses pas dans la terre meuble, Cowart remarqua à la pointe d'une ronce un fragment de laine arraché à son sweat-shirt.

La peur pesait sur leurs yeux, la sueur dégoulinait sur leur visage.

Brown se rappelait la guerre, il avait déjà vécu cela; l'appréhension et l'excitation se mêlaient en lui, et il poursuivait sa traque. Shaeffer courait mécaniquement, elle ne voyait que le corps de la vieille femme fauchée par la mort dans sa pauvre maison. A cette vision se mêla celle de Bruce Wilcox disparaissant dans les ruines et la nuit. Il lui semblait que la mort se riait d'elle : chaque fois qu'elle essayait tout simplement de faire son devoir, la faucheuse la détournait de son chemin. Elle avait tant de choses à corriger et ne savait vraiment pas comment s'y prendre.

Pour Cowart, chaque foulée l'entraînait un peu plus dans le cauchemar. Il avait perdu son carnet et son stylo. Des épines les lui avaient arrachés et sa main était maintenant en sang. Un instant, il se demanda ce qu'il faisait là. Puis la réponse lui vint : il écrivait le dernier paragraphe.

Il pressa l'allure pour ne pas se laisser distancer.

Sous leurs pieds, le sol se faisait plus collant. La chaleur, épaisse et humide, les entourait de toute part. La forêt paraissait plus touffue alors qu'elle cédait la place aux marécages, comme si ces deux représentants de la nature s'affrontaient pour la suprématie des lieux. Shaeffer et Cowart étaient sales, leurs vêtements étaient déchirés. Cowart se dit que le matin existait quelque part, avec sa clarté et sa chaleur bienveillante, quelque part mais pas ici, sous cette voûte de branches qui occultait le ciel. Depuis combien de temps poursuivaient-ils Ferguson ? Il n'en savait rien. Cinq minutes ? Une heure ? Il avait l'impression que cette traque durait depuis une éternité.

Tanny Brown s'arrêta d'un seul coup, s'agenouilla et fit signe aux deux autres de se courber. Ils s'approchèrent de lui et suivirent son regard.

– Vous savez où l'on est ? dit Shaeffer à voix basse.

Le lieutenant de police hocha la tête.

– Il le sait, dit Brown en désignant Cowart.

Le journaliste prit son souffle.

– Pas loin de l'endroit où l'on a retrouvé le corps de la petite, dit-il.

Brown acquiesça.

– Vous voyez quelque chose ? lui demanda Shaeffer.

– Pas encore.

Ils tendirent l'oreille. Un oiseau s'envola tout près d'eux. Il y eut un bruit infime sous un buisson. Certainement un serpent qui se cache. Cowart frissonna. Le vent agitait doucement la cime des arbres.

» Il est par là, dit Brown.

Il montra du doigt un passage dans le dédale d'arbres et de marécages. Des rayons de soleil leur ouvraient un chemin. Il y avait là une sorte de clairière qui ne devait pas mesurer plus de trois ou quatre mètres de diamètre et qu'entourait un labyrinthe végétal. Le chemin qu'ils suivaient passait entre deux arbres, de l'autre côté de la clairière.

» Il va falloir traverser ça, dit Brown. Ensuite l'eau est tout près. Les marais s'étendent sur des kilomètres, jusqu'au comté voisin en fait. Il a le choix entre plusieurs solutions. Il peut continuer par là, mais c'est un terrain plutôt difficile. Quand il sera de l'autre côté, en supposant qu'il ne s'est pas fait piquer par un serpent ou choper par un alligator, il sera trempé, il crèvera de froid et, de toute façon, il y aura quelqu'un pour l'attendre. Moi, je crois que ce qu'il veut, c'est faire marche arrière et retrouver sa voiture pour passer en Alabama et mettre toutes les chances de son côté.

– C'est possible ? questionna Cowart.

– Il nous emmène où il veut. Il nous coince. Et il repart dans l'autre sens. (Brown fit une pause avant d'ajouter :) Exactement ce qu'il est en train de faire.

– Et la clairière ? demanda Cowart d'une voix affaiblie.

– C'est l'endroit idéal pour nous avoir.

Shaeffer regardait droit devant elle.

– Il veut nous tuer, articula-t-elle avec lenteur.

Les deux hommes ne cherchèrent pas à la contredire.

– Bon, alors qu'est-ce qu'on fait ?

– On continue, on ne lâche pas, fit Brown en haussant les épaules.

Cowart observa la trouée dans la forêt.

– C'est toujours comme ça, hein ? dit-il. On finit toujours par se montrer en plein jour.

Tanny Brown acquiesça. A son tour, il observa la clairière et se dit que c'était l'endroit idéal pour un traquenard. Le genre d'endroit qu'il aurait choisi. Il était impossible de le contourner. Impossible de l'éviter. Il fallait traverser. Brown trouva injuste que les abords du marais conspirent avec Ferguson pour l'aider à prendre la fuite. Chaque branche d'arbre, chaque obstacle les retardait et le dissimulait. Il observa soigneusement les arbres pour y déceler une couleur, une forme qui n'y eût pas sa place. Allez, bouge un peu, se disait-il. Rien qu'un peu, que je te voie. Mais tout était immobile.

Il n'avait pas le choix : il lui fallait se montrer à découvert.

– Faites attention, leur murmura-t-il.

Il déboucha dans la clairière, l'arme à la main. Aux aguets, les muscles bandés. Shaeffer était à moins d'un mètre derrière lui. Elle serrait son pistolet à deux mains. Ainsi donc, c'est là que tout va se terminer, pensait-elle. Elle était submergée par le désir de faire enfin quelque chose de bien, avant de mourir. Cowart la suivait à un mètre ou deux. Il se demandait si les autres avaient aussi peur que lui, mais qu'est-ce que cela changeait ?

Le silence de toute part.

Tanny Brown aurait voulu hurler. La sensation de marcher dans une ligne de mire lui écrasait la poitrine à lui couper la respiration.

Cowart ne sentait que la chaleur et une formidable vulnérabilité, il avait l'impression d'être aveugle.

Ce fut pourtant lui qui discerna le premier quelque chose qui bougeait. Un frémissement de branches et de feuilles, puis un canon gris foncé qui pointait vers eux. Et il hurla : « Attention ! », avant de plonger à terre, tout surpris d'avoir pu faire quoi que ce soit en dépit de la terreur qui le broyait.

Tanny Brown s'était également jeté à terre dès la première syllabe. Il roula sur le sol et essaya de se mettre en position de tir sans pour autant savoir sur quoi tirer.

Shaeffer ne se baissa pas. Elle poussa un cri sauvage et fit feu sans même prendre la peine de viser. Sa balle se perdit dans les arbres, mais au rugissement de son 9 mm répondirent les trois détonations du revolver de Ferguson.

Brown faillit s'étouffer de peur quand une des balles s'écrasa tout près de sa tête. Cowart fit de son mieux pour s'enfoncer dans la terre spongieuse.

Shaeffer cria à nouveau, mais de douleur cette fois-ci.

Elle s'écroula à terre comme un oiseau à l'aile brisée, la main gauche refermée sur le coude droit. Elle émit une sorte de gémissement plaintif. Cowart tendit la main et la tira vers lui, tandis que Brown se redressait pour viser, sans rien voir toutefois. Son doigt se crispa, mais il n'appuya pas sur la détente. Ferguson s'était enfui parmi les arbres.

Cowart vit le pistolet de Shaeffer pendre lamentablement de ses doigts ensanglantés. Il s'empara de l'arme et se releva pour mieux entendre la fuite de Ferguson.

Il n'avait pas conscience d'avoir franchi une barrière invisible.

Il fit feu.

Sauvagement, sans réfléchir à ce qu'il faisait, il crispa le doigt sur la détente et tira vers les arbres et les broussailles toutes les balles qui restaient dans le chargeur.

Il continua même quand le chargeur fut vide, debout au milieu de la petite clairière, entouré de l'écho des détonations.

Enfin il laissa retomber son bras, comme épuisé.

Tous trois demeurèrent un instant immobiles, silencieux, puis Shaeffer gémit aux pieds de Cowart, qui se pencha vers elle. Tanny Brown s'approcha pour inspecter la blessure. L'os du bras était brisé et crevait la chair. Le sang coulait d'une artère sectionnée. Le lieutenant regarda autour de lui comme pour y chercher du secours, puis il déchira un morceau de sa veste et improvisa un garrot. Il cassa une petite branche et s'en servit pour bloquer son pansement improvisé. Ses doigts n'hésitèrent pas un seul instant, il n'avait rien oublié de ce qu'il avait appris. L'écoulement sanguin diminua.

Il leva les yeux et vit Cowart de l'autre côté de la clairière, qui guettait entre les arbres. Il avait toujours le pistolet à la main.

Brown le vit palper les buissons.

– Je crois que je l'ai eu, dit le journaliste.

Sa main était maculée de sang.
Brown se releva.
– Restez auprès d'elle, lui dit-il.
– Non, je viens avec vous.
Shaeffer poussa un grognement étouffé.
– Restez auprès d'elle, répéta Brown.
Cowart ouvrit la bouche pour répliquer, mais le lieutenant ne lui en laissa pas le temps.
» Maintenant, il est à moi, dit-il.
Le journaliste respirait de manière précipitée. Les émotions le submergeaient. Il pensait à tout ce qu'il avait déclenché. Ça ne peut tout de même pas finir comme ça, se dit-il.
Shaeffer gémit encore une fois.
Et il comprit qu'il n'avait plus le choix.
Il hocha doucement la tête.
Matthew Cowart tint donc compagnie à l'inspecteur blessé, mais jamais de sa vie il ne s'était senti aussi seul.

Le lieutenant de police plongea entre les branchages entremêlés qui s'accrochaient à ses vêtements et lui griffaient le visage. Il fonçait droit devant. S'il est blessé, il va courir en ligne droite, se disait-il. Il se rendait compte qu'il avait perdu un temps précieux à s'occuper du bras du jeune inspecteur.
Il vit une tache de sang, puis une autre à une quinzaine de mètres. Une troisième tache ponctuait la piste à quelques mètres de là. De petites gouttes écarlates qui contrastaient avec les ombres vertes.
Les eaux noires étaient là, juste devant.
Redoublant d'efforts, il écartait sauvagement toutes les lianes et les branches qui lui barraient le chemin. La fureur décuplait ses forces.
Il ne vit Ferguson qu'au tout dernier moment.
Le tueur s'était retourné, il était appuyé au tronc torsadé d'un arbre, juste au bord du grand marécage. Une traînée de sang noirâtre barrait sa jambe, de la cuisse à la cheville. Son arme était braquée dans la direction de Tanny Brown.
Le lieutenant n'eut qu'une pensée : Je suis mort.
Une terreur glacée s'abattit sur lui, figeant en une sorte de tableau sinistre le souvenir de sa famille et de ses amis. Il crut que le monde s'arrêtait. Il aurait voulu plonger pour se mettre à couvert, reculer, se dissimuler quelque part, mais tout en lui fonctionnait au ralenti et il ne put que placer son avant-bras devant son visage comme si ce bouclier dérisoire était capable d'infléchir la trajectoire d'une balle.

Sa vue et son ouïe étaient plus fines que jamais. Il vit le chien du revolver reculer doucement.

Il ouvrit la bouche pour pousser un cri silencieux.

Mais tout ce qu'il entendit, ce fut deux cliquetis quand le chien du revolver du tueur ne rencontra que des chambres vides. La surprise et l'affolement traversèrent les yeux de Ferguson. Il regarda son arme comme il aurait dévisagé un prêtre pris en flagrant délit de mensonge.

Tanny Brown se rendit compte qu'il était tombé. La terre gluante collait à ses vêtements. Il se mit à genoux et braqua son arme.

Ferguson fit la grimace. Il leva les mains comme pour se rendre.

Tanny Brown prit son souffle. Une centaine de voix hurlaient en lui et chacune lui adressait un ordre différent, les voix de l'ordre et de la responsabilité qui s'opposaient ardemment à celles qui criaient vengeance. Il regarda Ferguson et se souvint de ce que le tueur lui avait dit : « Je repartirai libre et ce sera toujours comme ça. » Ces mots se joignirent au tumulte des voix qui résonnaient dans sa tête et la cacophonie fut bientôt telle qu'il n'entendit même pas les deux détonations. Seules les convulsions du revolver dans sa main lui firent comprendre qu'il tirait.

Les balles s'enfoncèrent dans le corps de Robert Earl Ferguson avec une telle violence qu'il se trouva projeté contre les branches couvertes d'épines. Un instant, il se tordit de douleur. L'incrédulité se lisait dans ses yeux. Il se mit à secouer la tête, puis la surprise céda la place à la mort.

Plusieurs minutes s'écoulèrent.

Il restait à genoux, face au cadavre du tueur. Il éprouvait un immense vertige, puis une vague de nausée le submergea. Quand cela passa, il attendit que son cœur se remît à battre à un rythme normal. Il avala alors une grande bouffée d'air.

Il contempla les yeux morts de Ferguson.

– Voilà, dit-il avec une certaine amertume, tu as eu tort.

Toutes sortes de pensées envahirent son esprit tandis qu'il regardait le corps du tueur. Il vit dans la boue le revolver à canon court. Cette arme lui était aussi familière que la voix et le rire de son partenaire. Ferguson n'avait pu se la procurer que d'une seule façon, et son cœur se serra de douleur et de tristesse. Il regarda à nouveau Ferguson.

– Alors, fils de pute, tu voulais me descendre avec le flingue de mon copain, c'est ça ?

Ses yeux se posèrent alors sur la traînée de sang qui maculait sa jambe. Il ne serait pas allé très loin avec une telle blessure. Il n'aurait jamais recouvré la liberté. La balle, tirée au hasard par Cowart, avait été aussi dévastatrice que les deux siennes.

Brown porta le pistolet à son front. Le métal froid de son arme apaisa momentanément sa migraine. Encore une fois, il regarda Ferguson.

– Qui étais-tu ? demanda-t-il, comme si le mort pouvait lui répondre.

Puis il se retourna et repartit à travers bois jusqu'à la clairière où il avait laissé Cowart et Shaeffer.

Il marchait lentement, conscient pour la première fois qu'il faisait grand jour. Les rayons du soleil traversaient la voûte des arbres et éclairaient son chemin. Cela le mit quelque peu mal à l'aise. Curieusement, il regretta les ombres de l'aurore.

Il mit quelques minutes pour rejoindre la clairière.

Le journaliste leva les yeux. Il avait enlevé sa veste pour la jeter sur les épaules de la jeune femme. Livide, elle tremblait comme une feuille malgré la chaleur. Le sang coulait de son bandage improvisé. Elle était consciente mais en état de choc.

– J'ai entendu des coups de feu, dit Cowart. Alors ?

Brown fronça les sourcils.

– Il s'est enfui, répondit-il.

– Il quoi ? hurla Cowart.

– Il faut le rattraper, gémit Andrea Shaeffer. Elle se tordit de colère et de douleur. Elle paraissait sur le point de s'évanouir.

– Il était déjà dans les marais, expliqua Brown. J'ai essayé de loin...

– Il s'est sauvé ? dit Cowart d'un air incrédule.

– Il a disparu. Les marais son impénétrables, je vous l'avais dit. On ne le retrouvera jamais.

– Mais je l'ai touché, protesta Cowart, j'en suis sûr.

Le lieutenant ne répondit pas.

» Je l'ai touché, insista le journaliste.

– Oui, vous l'avez touché.

– Mais alors... pourquoi... bredouilla Cowart.

Il se tut brusquement et dévisagea le policier.

Tanny Brown avait du mal à affronter le regard du journaliste, mais il se reprit assez rapidement.

– Vous allez l'emmener. Elle n'est pas grièvement blessée, mais il vaudrait mieux ne pas tarder.

– Et vous ?

– Je vais retourner là-bas pour jeter un dernier coup d'œil. Je vous rejoindrai.

– Mais...

– En rentrant à Pachoula, on lancera un avis de recherche au niveau national. Le FBI prendra ça en main. Vous pourrez écrire votre article.

Cowart dévisageait toujours le policier, il essayait de comprendre ce qui se cachait derrière les paroles de Brown.

» Il s'est sauvé, répéta Brown machinalement.

C'est alors que Cowart eut comme une révélation. Le choc fut brutal.

– Vous l'avez tué, dit-il au policier. J'ai entendu les coups de feu.

Tanny Brown ne répondit pas.

» Vous l'avez tué, répéta-t-il.

Brown secoua la tête, mais dit pourtant :

– Il faut que vous compreniez, Cowart. S'il meurt ici, personne ne saura jamais rien. A propos de Bruce Wilcox, à propos de tous les autres. L'histoire s'arrêtera là et tout le monde se fichera de Ferguson. On ne s'intéressera qu'à nous deux, un policier qui fait sa petite vendetta et un journaliste qui tente de sauver sa carrière. Personne ne voudra entendre parler de nos soupçons, de nos théories, des indices que nous avons retrouvés. Les gens voudront seulement savoir pourquoi on est venu ici pour tuer un homme. Un innocent. N'oubliez jamais cela, un innocent ! En revanche, s'il s'enfuit...

Cowart regarda le policier droit dans les yeux. C'est fini, se dit-il. Mais non, rien n'est jamais fini.

– C'est qu'il est coupable, dit-il pour terminer la phrase commencée par le policier.

– Exact.

– La traque peut continuer. Les réponses...

– Les gens ont toujours besoin de réponses. Vous leur en donnerez, moi aussi je leur en donnerai.

Cowart respira à pleins poumons.

– Il est mort. Vous l'avez tué...

Brown regarda fixement Cowart.

» ... Je l'ai tué, reprit le journaliste.

Il hésita, puis ajouta ce qui n'était que l'évidence :

» ... Nous l'avons tué.

Un tourbillon de pensées s'éleva dans son crâne. Il sentait la chaleur matinale monter autour de lui. Il vit Ferguson et se rappela ce que Blair Sullivan lui avait demandé en riant : « Et vous, Cowart, je vous ai tué ? » Il répondit non à cette vision en espérant ne pas se tromper. Dans un torrent de souvenirs, il revit sa famille, sa propre enfant, la fillette assassinée, les petites disparues, tout ce qui s'était déroulé. Et il se dit : C'est un cauchemar. Dis la vérité et tu seras puni. Dis un mensonge et tout se passera bien. Il se sentait glisser, comme s'il perdait prise sur un à-pic. Mais c'était une paroi qu'il avait lui-même érigée. Dans un sursaut d'énergie, il s'imagina en train d'enfoncer son piolet dans le granit et de bloquer sa chute. Tu pourras vivre avec ça, se dit-il, *seul*. Il vit Tanny Brown penché au-dessus d'Andrea Shaeffer pour vérifier l'état de son pansement et il comprit qu'il se trompait. Ce cauchemar, il le partagerait. Il regarda alors la jeune femme. Au moins, sa blessure se cicatriserait.

» Non, fit-il après un long moment d'hésitation, il s'est enfui.

Tanny Brown ne dit rien.

» Exactement comme vous le pensiez. Il a traversé les marais. Une fois dedans, personne n'aurait pu le retrouver. Il peut aller n'importe où maintenant. Dans n'importe quelle ville. Atlanta. Chicago. Detroit. Dallas. N'importe où.

Il se pencha et aida Shaeffer à se relever.

– Écrivez votre article, lui dit Tanny Brown.

– Je l'écrirai.

– Faites qu'ils y croient.

– Ils y croiront, répondit Cowart.

Il avait dit cela sans la moindre colère.

Brown acquiesça.

Matthew Cowart entraîna Andrea Shaeffer sur le chemin qui menait à la civilisation. Elle s'appuyait contre lui. Il pouvait l'entendre grincer des dents, mais elle ne se plaignait pas. Déjà il imaginait ce que serait son article. Je ferai en sorte qu'elle soit récompensée pour sa bravoure, pensait-il. Je dirai à tout le monde comment elle s'est opposée à un tueur sadique et comment elle a reçu une balle. Une femme flic, une héroïne. A la télé, ils adoreront ça. Sans parler des journaux à sensation. Elle aura sa chance. Les mots s'accumulaient en lui et lui donnaient de la force. Il imaginait déjà les gigantesques presses qui crachaient leurs pages. Il passa un bras autour de la taille de Shaeffer. Il avait progressé de quelques mètres quand il se retourna et vit le lieutenant de police toujours debout dans la clairière.

» Ça ira ? demanda le journaliste. Cette question lui était venue machinalement aux lèvres.

Brown haussa les épaules.

– Ça n'a jamais été. Depuis le premier jour. Mais on n'a pas vraiment eu le choix.

Cowart hocha la tête. C'était la seule vérité qu'il pouvait accepter. Il ne sourit pas, mais dit :

– Un drôle de moment pour commencer à se faire confiance.

Puis il repartit avec la jeune femme. Elle gémit doucement et s'appuya contre lui. Ce n'était pas grand-chose, pensa-t-il, mais au moins il sauvait quelqu'un. L'idée qu'il aurait pu en sauver bien d'autres lui apporta un peu de consolation.

Tanny Brown observa Cowart qui aidait Shaeffer à marcher. Il les vit disparaître dans un entrelacs d'ombre et de lumière. Puis il repartit vers les abords du marécage. Il ne lui fallut que quelques minutes pour atteindre le corps de Ferguson.

Il tira le cadavre des broussailles dans lesquelles il était tombé. L'eau stagnante lui parut froide quand il entra dedans. Il posa le pied sur la vase et entendit une sorte de bruit de succion. Puis il marcha dans l'eau, poussant le corps devant lui, et s'éloigna du rivage. Un labyrinthe d'arbres aux formes fantastiques et de lianes se dressait hors de l'eau à une cinquantaine de mètres de là. Épuisé, essoufflé, il réussit à y amener le cadavre. Réunissant ses dernières forces, il enfonça sous l'eau le corps de Ferguson et le poussa sous les racines géantes des arbres où il se coinça. Il ignorait complètement s'il resterait là à tout jamais. Un jour, Ferguson s'était demandé la même chose. Brown s'écarta de quelques mètres et constata que le corps ne remontait pas à la surface. Les racines le gardaient prisonnier, l'eau le recouvrait entièrement.

La lumière qui filtrait à travers les arbres fit miroiter la surface des eaux. Sans se hâter, Tanny Brown regagna la terre ferme à la nage.

DANS LA MÊME COLLECTION

Jeffrey Archer, *Opération silence du désert*
Elizabeth George, *Mal d'enfant*
Martha Grimes, *La Jetée sous la lune*
Eric Lustbader, *Le Kaisho*
Ed McBain, *Kiss*
David Wiltse, *Terreur noire*
Bari Wood, *Double vue*

Cet ouvrage a été réalisé par la
SOCIÉTÉ NOUVELLE FIRMIN-DIDOT
Mesnil-sur-l'Estrée
pour le compte des Presses de la Cité
12, avenue d'Italie, 75013 Paris
en février 1995

Imprimé en France
Dépôt légal : septembre 1994
N° d'édition : 6276 – N° d'impression : 29955